易明善 ◎ 著

ZHONGGUO XIANDAI WENXUELUN
YIMINGSHAN XUESHU WENJI

易明善学术文集

钟文真 胡余龙 ◎ 编
四川大学文学与新闻学院 ◎ 组编

中国现代文学论

巴蜀书社

图书在版编目（CIP）数据

中国现代文学论 / 易明善著. —成都：巴蜀书社，2023.3
ISBN 978-7-5531-1926-7

Ⅰ．①中… Ⅱ．①易… Ⅲ．①中国文学－现代文学－文学研究 Ⅳ．①I206.6

中国国家版本馆 CIP 数据核字（2023）第 037737 号

中国现代文学论　易明善学术文集
ZHONGGUO XIANDAI WENXUELUN　YIMINGSHAN XUESHU WENJI

易明善　著

特约审稿	曾绍义
责任编辑	李　蓓
出　　版	巴蜀书社
	成都市锦江区三色路 238 号新华之星 A 座 36 层
	邮编：610023
	总编室电话：(028)86361843
网　　址	www.bsbook.com
发　　行	巴蜀书社
	发行科电话：(028)86361852
经　　销	新华书店
照　　排	四川胜翔数码印务设计有限公司
印　　刷	成都东江印务有限公司 (028)82601550
版　　次	2024 年 2 月第 1 版
印　　次	2024 年 2 月第 1 次印刷
成品尺寸	170mm×240mm
印　　张	29
字　　数	470 千
书　　号	ISBN 978-7-5531-1926-7
定　　价	128.00 元

本书若有印装质量问题，请与印刷厂联系调换

易明善

作者介绍

易明善，男，1934年4月生，四川万县（今重庆万州）人。四川大学文学与新闻学院教授，硕士研究生导师，中国当代文学研究会理事，中国台港文学研究会理事。

易明善1957年毕业于四川大学中文系，留校任教。1963年毕业于中国科学院文学研究所、中国人民大学合办的文艺理论研究生班。1995年5—9月，在香港中文大学作访问学者。出版学术专著《刘以鬯传》、《香港文学简论》、《梁凤仪财经小说论析》（合著），以及《刘以鬯研究专集》、《何其芳研究专集》、《台港澳文学作品精选》、《香港〈星岛晚报·大会堂〉目录》等资料书，发表学术论文数十篇。

易明善在香港文学国际研讨会上报告论文

易明善与香港作家刘以鬯(右)合影

易明善看望病中的香港作家李辉英

易明善与曾敏之总编辑(左三)、黄维梁教授(右二)合影

出版说明

自 1896 年四川大学诞生以来，中国语言文学学科一直伴随着时代发展，成就了一大批在国内外有影响的专家、学者。其中，中国现当代文学专业便是重要的组成部分，无论是作为现代作家的李劼人、吴虞、吴芳吉，还是作为学者的刘大杰、林如稷与华忱之，都先后在创作与学术的领域中做出了自己独特的贡献。为了集中展示他们的学术实绩，不断传承其治学精神，我们决定从 2020 年起，陆续编辑出版"四川大学学术群落·中国现当代文学卷"丛书，入选者每人一册，重点编入作者在不同学术时期最有代表性的、社会影响最大的论文或专著选段，少数有历史意义的文学创作文字也酌情作为附录收入，以帮助读者理解这些学术活动的历史语境。另有论述性的学术总结置于文前，著作年表殿于集后，以供读者参考。为了确保学术质量，即请"特约审稿人"曾绍义教授审读本卷各集全部文稿，并对其具体内容负责。

首先入选的是一批在历史上贡献突出、目前均不在岗的前辈学人，他们的学术探索具有筚路蓝缕之功、启迪来者之义。

需要说明的是，出于对历史的尊重，所收录的文章均保持原貌，包括引文、注释等，仅对个别笔误及排版错误进行改正，对于无法辨认的字则用□代替。

四川大学文学与新闻学院
2020 年 2 月

目　录

序　言 …………………………………………………… 李　怡 001
易明善先生的中国香港文学研究及其他 ………………… 胡余龙 001

第一辑　中国现代文学研究 ………………………………… 001

试论鲁迅在文艺理论上的贡献 ………………………………… 003
关于郭沫若生平活动的几点考订 ……………………………… 028
郭沫若在广州 …………………………………………………… 049
抗战时期郭沫若在武汉活动纪略
　　——沫若自传《洪波曲》补遗 …………………………… 061
郭沫若《洪波曲》的几处史实误记 …………………………… 077
郭沫若四十年代中期在上海活动纪略 ………………………… 082
略谈郭沫若对李劼人小说的评价 ……………………………… 091
何其芳的生平与创作纵论 ……………………………………… 098
试论何其芳早年的创作 ………………………………………… 111
何其芳1938年在成都的文学活动 ……………………………… 121
关于新发现的何其芳佚诗五首 ………………………………… 131
读何其芳的一封未刊书简 ……………………………………… 139
《戏剧运动的出路》：新发现的何其芳佚文 ………………… 144
《何其芳评传》若干史实辨正 ………………………………… 152

何其芳谈文学研究与论文写作
　　——忆何其芳老师在中国人民大学文学研究班 ······ 159
海峡两岸文学的交流和影响 ······ 163

第二辑　中国香港文学的整体格局　187

香港文学的分期、特征和类型 ······ 189
香港文学与大陆文学的关系 ······ 207

第三辑　中国香港作家刘以鬯研究　231

刘以鬯的生平与小说创作综论 ······ 233
刘以鬯早期的文学创作 ······ 259
刘以鬯在重庆、上海的编辑和出版工作 ······ 270
刘以鬯五十年代初期在香港的文学活动 ······ 285
刘以鬯主编的副刊和杂志对香港文学的贡献 ······ 293
刘以鬯的文学评论的特色 ······ 315
刘以鬯的流行小说略论 ······ 330
刘以鬯与文友的情谊 ······ 341
刘以鬯的生活乐趣 ······ 351

第四辑　中国香港小说选评　357

徐訏的小说《彼岸》简论 ······ 359
曹聚仁的小说《酒店》漫评 ······ 369
夏易的短篇小说浅谈 ······ 374
西西的《像我这样的一个女子》比较分析 ······ 381
也斯的小说《剪纸》解读 ······ 398
梁凤仪财经小说的整体观照 ······ 407

易明善学术著作年表 ······ 430

编后记 ······ 435

序 言

李 怡

2018、2019年，四川大学领导多次提出了建设"川大学派"的问题，在我们看来，这并非一时兴起的口号，其中，既有对未来学术发展的前瞻性期待，更有对一百多年来四川大学学人奋力开拓的学术传统的深刻认同。如何在承袭百年传统的基础上砥砺前行，是四川大学学人义不容辞的神圣职责。为此，四川大学文学与新闻学院组织了能够反映各个学科学术发展的大型丛书，精选在各个历史阶段于不同学术领域卓有建树的先贤著述，分别以"四川大学学术群落·×××卷"的系列方式陆续推出，以期能够形成对百年传统的系统总结，为新世纪"川大学派"的进一步成熟和发展夯实根基。"中国现当代文学卷"就是其中的重要组成部分。

在当代中国的学术版图上，四川大学留给人们的印象常常是古代文化的研究，包括"蜀学"传统中的中国古代史、古代文学、古代汉语研究，新时期以后兴起的比较文学研究也拥有深刻的古代文学背景，其实，中国现当代文学的发展和学术研究也与四川大学渊源深厚。

作为西南地区历史久远的高等学府，四川大学经历了一系列复杂的演化、聚合与重组过程，众多富有历史影响的知识分子都在不同的时期与川大结缘，构成"川大文脉"的一部分。例如四川省城高等学校下属机构的分设中学堂时期的学生郭沫若与李劼人，公立外国语专门学校时期的学生巴金，成都高等师范学校时期的受聘教师叶伯和，国立成都大学时期的受聘教师李劼人、吴虞、吴芳吉，国立四川大学时期的陈衡哲、刘大杰、朱光潜、卞之琳、熊佛西、林如稷、刘盛亚、罗念生、饶孟侃、吴宓、孙伏园、陈炜谟，中华人民共和国成立以后的川大学生中则先后出现过流沙河、童恩正、钱道远、杨应章、郁小萍、易丹、张放、周昌义、莫怀戚、何大草、徐慧、赵野、唐亚平、邹建军、张宝泉（阿泉）、马骏（马平川）、胡冬、颜歌等。作为学术与教学意义的中国现当代文学，也在川大早早生根。文学史家刘大杰在川大开设"现代文学"必修课的时间可以追溯到1935年，是中国较早开展新文学创作研究的高校之一。中华人民共和国成立后，随着中国现代文学（新文学）学科的建立，四川大学的相关学者代代相承，在各自的领域中成就斐然，成为中国现代文学研究界的主要力量。林如稷、华忱之先生是新中国中国现代文学学科的奠基人之一，继之则有李昌陟、易明善、尹在勤、王锦厚、李保均、朱先贵（朱玛）、陈厚诚、邓运佳、曾绍义、毛迅、黎风等持续努力，在郭沫若研究、李劼人研究、四川作家研究、中国新诗研究以及小说、散文、戏剧、电影等各体文学研究方面做出了引人注目的贡献，川大成为中国西部地区最早培养硕士生与博士生的学术机构①。

  我个人的学术经历也见证了这一学科学术如何在继往开来中努力拼搏的重要历史。我是2004年加入四川大学中国现当代文学学术群体的，当时中国高校的"学科建设"大潮已经开始，许多高校招兵买马，跃跃欲试，而川大刚好相反，老一代学者因年龄原因逐步淡出学术中心，相对而言，当时地处西部，又居强势学科阴影之下的川大现代文学学科困难重重。在这个情势下，如何重新构建自己的学术队伍，寻找新的学科优势，是我们必须面对的头等大事。幸运的是，我在川大的经历给了我许多别样的体验，以及别样的启迪。

  首先是宽阔、自由而富有包容性的学术环境。虽然生存在传统强势学术的学科阴影之下，但是川大却自有一种巴蜀式的、特殊的自由氛围，学人的生存方式、思想方式都能够在较少干扰的状态下自然生长。也正如"海纳百川，有容乃大"的川大校训所示，古典的规诫中依然留下了现代学术的发展

---

① 参见程骥：《四川大学与中国现代文学》，《现代中国文化与文学》2008年第5辑。

空间。2004年，在学院的支持下，四川大学现代中国文化与文学研究中心成立，中国现当代文学学科有了一个新的学科活动的平台。2005年，《现代中国文化与文学》创刊，除中国现代文学研究会的《中国现代文学研究丛刊》外，这在当时属于国内仅有的一份由高校创办的现代文学研究丛刊。八年之后，该刊被南京大学社科评价中心列为CSSCI来源辑刊，算是实现了国内学界认可的基本目标。

其次是相对超脱、宁静的治学氛围。进入川大以前，我所服务的高校正处于"学科建设"的焦虑之中，那种"奋起直追"、"迎头赶上"的热烈既催人"奋进"，又瓦解着学术研究所需要的从容与余裕心境。到川大没几天，我即受"学科带头人"毛迅教授之邀前往三圣乡"喝茶"。山清水秀的成都郊外风和日丽，往日熟悉的生存紧张烟消云散，"喝茶"之中，天南地北，学术人生，无所不谈，半日功夫虽觉时光如梭，却灵感泉涌，一时间竟生出了许多宏大的构想！毛迅教授与我一样，来自步履匆忙、心性焦躁的山城重庆，对比之下，对成都与川大的生存方式多了几分体验。在后来的多次交谈中，他对这里的"巴蜀精神"、"成都方式"都有过精辟的提炼和阐发。据我观察，这里的"溢美之辞"并非是文学的想象，实则是对当今学术生态的一种反省，而只有在一个成熟的文化空间中，形形色色又各得其所的生存才有可能，学术生活的多样化才有了基础，所谓潜心治学的超脱与宁静也就来自这"多元"空间中的自得其乐[①]。春日的川大，父亲带着孩子在草坪上放风筝，老者在茶楼里悠闲品茗，学子在校园里记诵英文，教授一时兴起，将课堂上的研究生带至郊外，于鸟语花香间吟诗作赋、畅谈学问之道……这究竟是"学科建设"的消极景观呢，还是另一种积极健康的人生呢？真的值得我们重新追问。

第三是多学科砥砺切磋的背景刺激着现代文学的自我定位。在四川大学，中国现当代文学并非优势学科，所以它没有机会独享更多的体制资源，但应当说，物质资源并不是学术发展的唯一，能够与其他优势学科同居于一

[①] 李怡、毛迅：《巴蜀学派与当代批评》，《当代文坛》2006年第2期。

个大的学术平台之上,本身就拥有了获取其他精神资源的机会。与学科界限壁垒森严的某些机构不同,我所感受到的川大学术往往形成了彼此的对话与交流,例如文学与史学的交流,宗教学、社会学与其他人文学科的交流。就现代文学而言,当然承受了来自其他学科的质疑与挑战——包括古代文学与西方文学,然而,在古今中外文化的挑战中发展自己不正是中国现当代文学的实际吗?除了挑战,同样也有彼此的滋养和借镜,例如从中国少数民族文学中发展起来的文学人类学,原本与中国现当代文学关系密切,但前者更为深入地取法于文化人类学、符号学、民族学、社会学等当代学科成果,在学术观念的更新、研究范式的革命等方向上大胆前行,完全可以反过来启示和推动现当代文学研究的发展。

以上的这些学术生态特征也是我在川大逐步感受、慢慢理解到的。而这一氛围的孕育形成,则是好几代川大学人思索、尝试、矻矻耕耘的结果。从刘大杰首开风气,于传统蜀学的大本营开辟"现代文学"的生长空间,到华忱之以古典学术之学养,开启曹禺研究、田汉研究、鲁迅研究的新路,传统与现代在此获得了交汇融合的可能。华忱之先生、林如稷先生是新中国四川大学中国现当代文学学科的创建人,他们都非常注意打捞和甄别文献材料,这样的努力为这一学术群落注入了鲜明的史学个性与严谨求实的学术品格。中国新文学文献史料工作于新时期开始复苏,而四川大学中国现当代文学学者在20世纪80年代所取得的最重要的成就就是编辑文学研究资料,易明善、尹在勤、王锦厚、李保均、陈厚诚、曾绍义、毛迅、黎风等学人都在这一领域做出了重要的贡献。在新时期,四川大学学人致力于郭沫若、何其芳、李劼人等四川作家生平资料的搜集与整理,收获丰硕。《郭沫若全集·文学编》、《中国当代文学研究资料》等主要课题都得力于四川大学学人的积极参与。王锦厚与多人合编的《郭沫若佚文集(1906—1949)》、《饶孟侃诗文集》、《百家论郭沫若》等,王锦厚的专著《闻一多与饶孟侃》、李保均的专著《郭沫若青年时代评传》、尹在勤的《何其芳评传》、陈厚诚的《死神唇边的微笑:李金发传》、易明善的《刘以鬯传》、曾绍义主编的《中国散文百家谭》等,都属于现代文献史料整理研究的重要成果。四川大学学人还编辑了两辑《四川作家研究》，收录王锦厚、陈厚诚、易明善等数人的多篇作家年谱与著译目录。论文方面，则有易明善《郭沫若〈洪波曲〉的几处史实误记》和《郭沫若四十年代中期在上海活动纪略》、李保均的《郭沫若学生时代年谱（1892—1923）》和《郭沫若族谱》等，展示了川大学者深厚的治学功底。事实证明，正是这种以文献史料为基础的文学研究铸就了川大学术群落醇厚的史学品质。2018 年，中国社科院文学所著名文学史料学者刘福春教授携 10 余吨文献史料加盟川大；2019 年，国内第一个中国现代文献学博士点在川大文新学院创立。这些都属于这一"文史结合"的学术传统在新的历史时代的有效延伸和蓬勃发展。

今天，在新的学科建设的征途上，我们回首历史，重温川大学术的来龙去脉，将有助于自我精神的反省与成长。认同传统与突破传统总是不可分割地交织在一起，没有自我的梳理和必要的认同，也不会有新的挑战机会，更不会赢得撬动世界的"阿基米德点"。

这就是"四川大学学术群落·中国现当代文学卷"的缘起。本卷的第一辑主要收入目前已经不在岗的前辈学者的相关论述。阅读这些历史开创者的文字，我们仿佛透过一层发黄的岁月的尘埃，触及了一个个温润的生命。是的，他们当年的学术文字留下了他们对历史的敬意，是用真诚的心灵对话经典，也对话着饱经沧桑的自我。系列丛书还将继续编辑下去，也会有更多的前辈学人的道德文章将陆续呈现在我们面前。

2020 年春节于四川大学文学与新闻学院

易明善先生的中国香港文学研究及其他

胡余龙

在一代又一代四川大学学人的不懈努力下，中国现当代文学学科在四川大学生根发芽，不断成长。其中，易明善先生的中国现当代文学研究，尤其是中国香港文学研究，对四川大学中国现当代文学学科的建设起到了推动作用。整体而言，易明善先生以中国现当代文学整体格局为研究视野，从中国现当代文学的一些具体领域切入，致力于做到宏观论述与微观分析的有机结合，在阐释"部分"的过程中通向"整体"。本文拟将回到易明善先生所处的时代语境里，集中论述易明善先生的中国香港文学研究的整体情况、风格特征、历史贡献与当下启示，兼及分析易明善先生的其他中国现当代文学研究。

一

易明善先生的中国现当代文学研究始于《试论鲁迅在文艺理论上的贡献》，这篇两万多字的论文是其毕业论文，由华忱之先生担任指导老师，发表在《四川大学学报》1959年第4期"庆祝新中国成立十周年特大号"上。1953年9月至1957年7月，易明善先生就读于四川大学中文系，其毕业论文的指导老师华忱之先生是"中国现代文学学科第一代研究者、建国后四川大学现代文学学科的重要奠基人"[①]，这对易明善先生日后的学术研究有着重

---

① 康斌：《华忱之的现代文学研究》，《中国现代文学研究丛刊》2015年第9期，第41页。

要影响。

在有些研究者看来，新文学早期在四川的推行并不顺利，与之相应，中国现代文学学科在四川大学的建设也是滞后的，然而事实并非如此。"在当代中国的学术版图上，四川大学留给人们的印象常常是古代文化的研究，包括'蜀学'传统中的中国古代史、古代文学、古代汉语研究，新时期以后兴起的比较文学研究也拥有深刻的古代文学背景。其实，中国现当代文学的发展和学术研究也与四川大学渊源深厚。"[①] 中国现代文学学科在四川大学的萌发和发展在全国范围内都是比较早的。刘大杰先生早在1935年就已经为四川大学学子开设"现代文学"必修课，而在1950年《高等学校文法两学院各系课程草案》将"中国新文学史"规定为大学中文系必修课以后，四川大学随即建立中国现代文学学科，华忱之先生也由中国古典文学研究转向中国现代文学研究，并侧重于对曹禺、田汉、鲁迅等作家的研究。

1957年7月毕业后，易明善先生留校工作，同年12月被安排到江油农村劳动锻炼。1958年8月，易明善先生回到四川大学中文系，负责讲授中华人民共和国成立以来的文学发展史。这门课程是全新的课程，筚路蓝缕，时间紧迫，其备课难度可想而知。1959年，易明善先生参与指导学生撰写毕业论文，所指导的名为《试谈当代文学中英雄人物的塑造》的毕业论文发表在《四川大学学报》1959年第4期上。

1960年9月至1963年7月，易明善先生就读于中国科学院文学研究所与中国人民大学合办的文艺理论研究班。文艺理论研究班是在周扬的倡议和支持下成立的，以培养三年制研究生为目标，以培养高水平文艺理论人才为宗旨。时任中国科学院文学研究所所长的何其芳担任文艺理论研究班的主任，时任中国人民大学语文系系主任的何洛担任该班的副主任，何其芳、钱钟书、朱光潜、宗白华、唐弢、余冠英、王季思、萧涤非、冯至、李健吾、卞之琳、罗念生、戈宝权、季羡林、周振甫等数十名知名学者和作家为就读

[①] 李怡：《构建中国现代文学研究"川大群落"的雏形——民国文化与文学·四川大学特辑引言》，《现代中国文化与文学》2017年第2期，第38页。

于该班的研究生授课。其中部分老师还承担了研究生毕业论文写作的指导工作，指导易明善先生毕业论文写作的老师是唐弢先生。根据易明善先生的回忆，唐弢先生在寻找选题、搜集资料、确定大纲、撰写和修改论文等各个环节上都给予了悉心指导。与此同时，何其芳先生的为人处世之道和教学治学之法也给易明善先生留下了深刻印象。这段特殊而难得的求学经历，让易明善先生受到了系统而严格的学术训练，对他日后的学术研究影响很大。1963年7月从文艺理论研究班毕业后，易明善先生回到四川大学中文系，继续从事中国现当代文学的教学与研究。

在相当长的一段时间里，中国大陆与中国港台的联系都是有限的，文学上的交流更是如此。随着改革开放的到来和推进，中国大陆与中国港台的往来越来越多，文学上的交流也在不断开展，易明善先生正是在这种时代背景下开始关注中国港台文学。随着对中国港台文学的了解持续深化，他愈发感受到将中国港台文学纳入中国现当代文学教学之中的必要性，但是根据当时的相关规定，教师不得随意增加课程内容，于是他只能通过设立选修课的方式来讲授中国港台文学，并且开始搜集和整理中国港台文学的研究资料。

1982年8月，易明善先生出席在广州召开的全国第一届台湾香港文学研讨会，提交了研究白先勇小说的论文——《略谈白先勇短篇小说的语言描写艺术》(《当代作家评论》1984年第6期)。1985年9月，易明善先生第一次开设中国港台文学选修课。当时，全国只有福建、广东、上海、四川等地的少数高校开设这一课程。此后，易明善先生在中国香港文学研究上投入了更多精力。1986年3月1日，易明善先生在《文艺报》上发表了论文《刘以鬯：刻意创新的香港作家》。该文是《文艺报》发表的第一篇研究刘以鬯的文章，也是易明善先生发表的第一篇研究中国香港文学的论文。1986年8月，易明善先生参加在深圳召开的全国第三届台港文学研讨会，宣读了自己的论文《创新意识：刘以鬯小说艺术的核心》。1988年12月5—8日，易明善先生参加在香港中文大学召开的中国香港文学国际研讨会，提交了学术论文《试论中国当代文学整体格局中的香港文学》，引起了一定反响。例如：中国香港《大公报》对这次会议做了长篇报道，大段摘录《试论中国当代文学整体格局中的香港文学》中的部分论述,并且以易明善先生在论文中提出的"开放型、多元化、通俗性:香港文学具有的三大特色"作为报道的总标题;中国香港《文汇报》记者对易明善先生进行了专访,听取他对中国香港文学的基本见解;中国香港《经济日报》以《香港文学的整体格局》为题发表了这篇论文的一部分,而《香港文学》则以《香港文学的基本特征》为题发表了该文的另外一部分。

1991年9月,易明善先生开始招收中国港台文学研究方向的研究生,并且在学术研究上用力更勤,多篇论文在中国香港的报纸杂志上发表,仅1992年就在《香港文学》上发表了7篇论文。应当说明的是,《香港文学》是刘以鬯于1985年创办、当时香港唯一的纯文学杂志[1],在改善中国香港文学评论生态方面发挥过重要作用。

易明善先生之后又陆续出版了《香港文学简论》(四川大学出版社,1995年)、《刘以鬯传》(香港明报出版社,1997年)、《梁凤仪财经小说论析》(与张承志、廖安厚合著,成都科技大学出版社,1993年)等著作,发表了研究徐訏、曹聚仁、夏易、西西、也斯等知名作家的多篇论文。

二

在20世纪80年代的四川从事中国香港文学研究,是一项十分艰难的事业,更何况当时中国香港文学评论的生长环境差强人意,中国香港文学的发展成就也尚未得到足够重视。"香港是'文化沙漠'"、"香港没有文学"、"香港文学是中国文学的'弃婴'"等言论一度在中国香港文坛甚嚣尘上,再加上"在香港搞评论尤其难,被人视为吃力不讨好的苦差事"[2],使得当时中国香港文学评论的发展滞后于中国香港文学创作的实绩。易明善先生迎难而上,毅然投身到那时并不怎么被看好的中国香港文学研究之中,这是需要学术勇气和学术自信的!

---

[1] 施建伟、应宇力、汪义生:《香港文学简史》,同济大学出版社1999年版,第72页。
[2] 潘亚暾、汪义生:《香港文学概观》,鹭江出版社1993年版,第675页。

易明善先生的研究领域选择固然受到了一些外在因素的影响，但主要源自其内在的学术兴趣和学术规划。具体来说，易明善先生从中国现当代文学整体研究转向中国香港文学研究，不是为了追逐所谓的"学术热点"，也不是为了迎合外在的种种评价标准，而是为了进一步展开个人的学术抱负——以中国现当代文学整体格局的视野来观照中国香港文学，评判中国香港文学之于中国现当代文学的独特价值与历史地位。这种内生性的学术追求能够保证易明善先生对自己所从事的中国香港文学研究保持持久的学术热情和学术动力，同时也能够确保其中国香港文学研究的纯粹性与持续性。

在易明善先生的学术认知里，中国香港文学始终是中国现当代文学的重要组成部分，绝不是可有可无的，不应该游离于中国现当代文学史叙述之外。这种学术理念明显不同于单纯的作家作品论，后者固然能够为丰富中国香港文学史提供一些有价值的资料、细节与结论，然而在文学史的整体建构和宏观阐释上，尤其是在评判中国香港文学与中国现当代文学的内在肌理和历史脉络上，可能或多或少存在着力有不逮的遗憾。易明善先生的中国香港文学研究既有对中国香港文学史的宏观论述，也有对中国香港文学史上具有代表性的作家作品的微观剖析，后者并非是单纯的作家作品论，而是将作家作品置于中国香港文学史乃至中国现当代文学史的宏大坐标里进行综合性考察。易明善先生的刘以鬯研究便是以中国现当代文学整体格局为视角切入的，采用宏观论述与微观阐释相结合的研究方法，讨论刘以鬯之于中国现当代文学的独特贡献。例如《刘以鬯的生平与小说创作综论》一文从报刊编辑、文学创作、学术研究、翻译活动四个方面概述刘以鬯为中国香港文学、中国现当代文学乃至世界华文文学做出的多重贡献，并没有局限于刘以鬯研究本身，而是在梳理刘以鬯的文学活动及其特征的基础上，尝试着发掘刘以鬯在中国现当代文学史上的独特价值。易明善先生的这种文学史意识令其作家作品论具有史学的品质和宏阔的视野，同时也不缺乏精细的文学审美分析。

整体而言，易明善先生的中国香港文学研究不是囿于"中国香港文学"本身的研究，而是以中国现当代文学为底座的中国香港文学研究。他不满足于单纯地阐释中国香港文学的历史景观和文学特征,而是从中国现当代文学的总体视野出发,把中国香港文学置于中国现当代文学的历史坐标之中,考察香港文学之于中国现当代文学的特殊意义。

现行的中国现当代文学史著作往往习惯于将中国香港文学单列成章,这样自然会带来一些论述上的便捷,但又可能会割裂中国香港文学与中国现当代文学的内在联系,在一定程度上遮蔽两者交互的丰富景象。当然,怎么做到将中国香港文学有机融入中国现当代文学史的宏观叙述之中,的确是道棘手的难题。尽管"结果"看似漫漫无期,但其"过程"总是必须而可贵的,对于"怎样妥善处理中国现当代文学的'整体'与'部分'的关系"这一话题,过去的讨论在今天依然有着回响,将来的讨论也不会消弭。

当然,并非所有的"部分"都在呈现"整体"上具备说服力,因此,易明善先生对研究对象的挑选是经过反复思量的,往往选择从中国香港文学史上具有代表性的作家作品入手,尽量让自己论述的中国香港文学此一"部分"更具典型性,从而更加准确地概括其在中国现当代文学此一"整体"中的独特位置。

易明善先生之所以能够做到以作为"部分"的中国香港文学呈现作为"整体"的中国现当代文学,其中一个重要原因是他长期从事中国现当代文学的教学与研究,这种经历使他积累了丰富的专业知识,对中国现当代文学有着准确的整体性把握。正如著名学者张炯所言,"易明善教授从事港台澳文学的研究有年,比较熟悉那里的创作情况,他又曾多年讲授中国现当代文学,因而自然具有宏观的比较眼光"[1]。从这个层面来讲,可以看出教学与研究之间的良性互动。对于一名学者来说,教学与研究是一体两翼的统一关系,而不是非此即彼、厚此薄彼的对立关系。这一点本是不言自明的"常识"。然而,不知从何时起,"轻教学、重研究"的风气开始在学术界兴盛起来,在客观上造成了教学与研究之间的紧张与冲突。纵观易明善先生从事中国香港文学研究的十余载历程,易明善先生始终把教学作为自己的主要着眼

---

[1] 张炯:《梁凤仪财经小说论析·序》,成都科技大学出版社1993年版,第5页。

点和主要目标之一，这跟当今"轻教学、重研究"的风气有着显著差别。

三

正如上文所说，易明善先生以中国现当代文学整体格局的视野切入中国香港文学研究，考察在中国香港文学史上具有代表性的作家作品之于中国现当代文学史的独特贡献。其中，刘以鬯研究和梁凤仪"财经小说"研究在易明善先生的中国香港文学研究里占据着特殊位置，它们犹如两座高峰，鲜明地体现出易明善先生的文学研究风格和文学研究成就，而且在学术史上也具有一定的突破性价值。

在开展中国香港文学研究的过程中，易明善先生与中国香港学术界进行了良好的交流与互动，还获得了后者的不少支持，尤其是在刘以鬯研究上。刘以鬯研究在易明善先生的中国香港文学研究里占据着重要地位，耗费了易明善先生的许多心血，《中国现代文学论——易明善学术文集》收录了《刘以鬯的生平与小说创作综论》、《刘以鬯早期的文学创作》、《刘以鬯在重庆、上海的编辑和出版工作》、《刘以鬯五十年代初期在香港的文学活动》、《刘以鬯主编的副刊和杂志对香港文学的贡献》、《刘以鬯的文学评论的特色》、《刘以鬯的流行小说略论》、《刘以鬯与文友的情谊》、《刘以鬯的生活乐趣》共九篇专门研究刘以鬯的论文，足见刘以鬯研究在易明善先生的中国香港文学研究中的分量。

从上文列举的篇目以及未被收入《中国现代文学论——易明善学术文集》的《刘以鬯传》的内容来看，易明善先生的刘以鬯研究基本上涵盖了有关刘以鬯的方方面面，刘以鬯在不同时期的生平经历与文学活动几乎都被论及。其中尤其令人感到眼前一亮的是在严肃文学与通俗文学分庭抗礼的中国香港文学生态里，易明善先生并没有表现出文学类型上的偏颇，而是将刘以鬯的严肃文学创作与通俗文学创作都统摄其中，有意淡化两种文学类型的旧有冲突，从学理上予以文学性的价值评判。与此同时，易明善先生采用了多种多样的研究视角与研究方法，从编辑出版、人际交往、日常生活、文学创作、文学评论等多种角度还原刘以鬯在中国现当代文学史上的真实面貌。这些研究视角与研究方法为后来的刘以鬯研究提供了多重经验与多元路径。

如上所述,刘以鬯研究对于易明善先生的中国香港文学研究来说有着重要意义,而易明善先生在刘以鬯研究方面取得的成就集中体现在《刘以鬯传》上。1995年5月至9月,易明善先生在香港中文大学和香港岭南学院(现为香港岭南大学)作访问学者。在此期间,易明善先生完成了《刘以鬯传》的初稿。该书稿经过刘以鬯本人的审定和修订,并且得到香港艺术发展局的资助,由香港明报出版社于1997年8月出版。公开出版以后,《刘以鬯传》收获了一些好评。知名学者黄维梁教授在《〈刘以鬯传〉序》一文里称赞《刘以鬯传》是"刘以鬯研究的一块里程碑。这本'易传',是作者多年阅读作品、搜罗资料、访问传主,然后构思结撰而成的"[1]。值得注意的是,《刘以鬯传》是中国香港回归祖国以后问世的第一批研究中国香港作家的学术著作,这一点赋予了《刘以鬯传》特殊的历史意义。

《刘以鬯传》的价值是多方面的,它还体现出易明善先生在治学上的严谨态度。例如,其中有一节专门评介刘以鬯主编的中国香港《星岛晚报》副刊《大会堂》,易明善先生为此在香港大学图书馆查阅了《大会堂》共计9年多、477期的全部内容,还与香港学者合编了《〈星岛晚报·大会堂〉目录》(香港岭南学院文学与翻译中心,1997年)。这种"竭泽而渔式"的史料搜集方法在如今各类电子数据库盛行的信息化时代或许并不鲜见,但在那个年代却是不容易做到的。诚然,受到当时历史条件和认知水平的限制,《刘以鬯传》也存在一些不足之处。例如,许定铭对《刘以鬯传》在史料搜集方面做出的工作给予了高度肯定,同时也质疑了易明善先生可能没有找到刘以鬯的中篇小说《失去的爱情》原文,并且客观地指出这是时代局限导致的:"没找到《失去的爱情》不是他的过失,因此书实在罕见,我翻查了中国现代文学馆编的《唐弢藏书目录》也不见,连现代文学藏书大家唐弢也缺藏的书,肯定是凤毛麟角!"[2]

---

[1] 黄维梁:《〈刘以鬯传〉序》,《华文文学》1998年第3期,第51页。
[2] 许定铭:《刘以鬯的第一部单行本》,《文学研究》2007年第7期,第59页。

现在看来，相比刘以鬯研究而言，易明善先生从事梁凤仪"财经小说"的研究使人感到意外。如今的中国大陆读者对刘以鬯应该是比较熟悉的，他是中国第一部意识流长篇小说的作者，而且在中国大陆也进行过较多的文学活动。然而，中国大陆读者对梁凤仪可能就没有那么熟悉了。事实上，梁凤仪在20世纪八九十年代的中国香港文坛享有盛名，而且在当时的中国大陆文坛也有一定的知名度。如果梁凤仪在中国香港文学史上不具代表性的话，易明善先生也不会把自己有限的学术生命耗费在梁凤仪"财经小说"研究上。简言之，易明善先生选择以梁凤仪的"财经小说"作为研究对象是经过深思熟虑的，这跟梁凤仪在中国香港文学史上的特殊地位有着密切关系；而梁凤仪之所以会创作"财经小说"、她的"财经小说"之所以会引起强烈反响，这跟中国香港儒商文学的兴盛有着紧密联系。

就当时的中国香港文学而言，现代社会文化形态相对稳定，商品经济高度发达，文学的生存空间较为逼仄，以文学创作为志业往往是比较艰难的事情，文学作品的内容风格与普通读者的阅读期待之间的龃龉、作家的文学理想与出版机构的盈利宗旨之间的冲突、文学评论家的文学批评与作家的文学创作之间的脱节等诸多问题不断加剧着文学的生存困境。儒商文学现象的兴起正是针对此种局面的一种兼具现实性与理想性的反抗，其目的恰恰是为了实现文学创作的自由、保全作家的主体性，而梁凤仪便是其中的佼佼者之一，她的"财经小说"成为众多中国香港文学史著作无法绕开的重要组成部分。"梁凤仪的小说在短短的几年中，无论是香港或大陆都有一定的'轰动效应'，这是事实，之所以有这种'轰动效应'与它定位在通俗文学的范围内，加上别有风味的言情特点外，重要原因在于她的小说开辟了一个新的领域。"[①] 易明善先生选择研究梁凤仪的"财经小说"，从侧面表明了他对当时的中国香港文坛有着较为深入的观察，将梁凤仪的"财经小说"作为窥探中国香港文学与社会文化形态的一个窗口。

《梁凤仪财经小说整体观照》可以被视为易明善先生研究梁凤仪"财经

[①] 王剑丛：《香港文学史》，百花洲文艺出版社1995年版，第398页。

小说"的"总纲式"文章。该文对梁凤仪的生平经历、创作活动以及"财经小说"进行了概括,被收入《梁凤仪财经小说论析》之中。《梁凤仪财经小说整体观照》并没有从梁凤仪的作家身份谈起,而是先谈她如何发家成为一名在中国香港商界闻名一时的女强人,交代了梁凤仪"财经小说"的题材来源,然后再解析梁凤仪"财经小说"的创作历程及其风格特征,进而将梁凤仪的"财经小说"置于中国香港通俗文学的历史脉络中进行考察,指出它为中国香港通俗文学做出的历史贡献,剖析它与中国香港本土社会文化形态的复杂联系。不仅如此,该文还从经济题材、女性文学、都市文学、畅销效应、不足之处及改进方向等多个方面阐释梁凤仪的"财经小说",论者也明确表达了自己如此细致地研究梁凤仪的现实动机,那就是希望能够为梁凤仪今后的文学创作实践提供一些助力——"在已经取得重要实绩的基础上,把财经小说创作推向一个新的发展阶段,以更多的作品、更大的成就,为香港当代文学、乃至整个中国当代文学作出应有的贡献!"[①] 由此可见,易明善先生的梁凤仪"财经小说"研究有着明确的现实旨归,同样是以中国当代文学整体格局的视野开展的。从这个层面来说,易明善先生的刘以鬯研究和梁凤仪"财经小说"研究有着鲜明的相似性和一致性,都是在作为"整体"的中国现当代文学里阐释作为"部分"的中国香港文学的典型例子。

四

除了中国香港文学研究以外,易明善先生还在中国现当代文学研究的其他领域里耕耘过,其研究成果也值得重视。

在易明善先生的课堂教学内容中,中国台湾文学占据着比中国香港文学更大的比重,但他有关中国台湾文学研究的学术论文较少,《海峡两岸文学交流和影响》是《中国现代文学论——易明善学术文集》里收录的唯一一篇研究中国台湾文学的论文。《海峡两岸文学交流和影响》显示出易明善先生

[①] 易明善:《梁凤仪财经小说整体观照》,收入易明善、张承志、廖安厚编《梁凤仪财经小说论析》,成都科技大学出版社1993年版,第40页。

不仅擅长对文学细节与历史细节的考订，而且有着对文学思潮与文学史流变的宏观洞察能力。通过观察易明善先生的学术路径和治学方法，可以看出从微观阐释到宏观分析的研究视角切换自有其内在的逻辑。易明善先生在《何其芳谈文学研究与论文写作——忆何其芳老师在中国人民大学文学研究班》一文里总结了何其芳先生传授的学术研究方法，这也是易明善先生在自己的学术生涯里一以贯之的学术研究方法——"首先，要详细地占有材料，特别是第一手材料；其次，要对这些材料进行科学的分析，从中发现问题、解决问题；最后，要通过深入调查、认真研究，从而引出合乎实际的实事求是的正确结论"[①]。其中所说的第一步、第二步都格外强调对史料（尤其是第一手材料）的搜集、整理与辨伪，与之对应的学术研究自然主要是着眼于具体史实梳理与局部历史还原的微观研究。第一步、第二步完成以后，接下来的第三步则跨出了对史料的辨析，迈向对作家作品、文学思潮、文学史景观的整体性把握，与之对应的学术研究因而主要着眼于文学审美分析与文学史建构的宏观研究。《海峡两岸文学交流和影响》是这套学术研究方法的典型产物，即在大量史料的基础之上，以时间线索和政治逻辑建构起 20 世纪海峡两岸文学交流史的整体图景，虽然其中使用的资料和著述已经滞后于中国台湾文学的研究现状，但该文的论述方式直至今日仍然具有启发性和普适性。

纵观易明善先生的学术历程，中国香港文学研究、郭沫若研究、何其芳研究可谓是其中最为突出的三个研究领域。前文已经详细讨论过易明善先生的中国香港文学研究，这里略评其郭沫若研究和何其芳研究。

1979 年，四川大学与乐山文化部门联合举办了全国第一届郭沫若学术研讨会，易明善先生参与了此次会议的筹备工作，并且开始研究郭沫若，之后陆续发表了《绿川英子与郭沫若》（《成都晚报》1980 年 6 月 19 日）、《略谈郭沫若对李劼人小说的评价》（《四川大学学报》1980 年第 4 期）、《抗战时期郭沫若在武汉活动纪略——沫若自传〈洪波曲〉补遗》（《武汉师范学院学

---

① 易明善：《何其芳谈文学研究与论文写作——忆何其芳老师在中国人民大学文学研究班》，收入中国社会科学院文学研究所编《衷心感谢他——纪念何其芳同志逝世十周年》，上海文艺出版社 1987 年版，第 165 页。

报》1980年第4期)、《郭沫若〈洪波曲〉的几处误记》(《四川大学学报》1981年第4期)、《郭沫若四十年代中期在上海活动纪略》(《上海师范学院学报》1982年第4期)等十余篇研究郭沫若的论文。这些论文以考订史实为主,厘清和纠正了以往有关郭沫若的一些记载的讹错,具有史料价值,显示出论者扎实的考辨功底与严谨的治学态度。

在进行郭沫若研究不久之后,易明善先生受《中国当代文学研究资料丛书》编委会之托,联合陆文璧、潘显一编选多达52万字的《何其芳研究专集》,由此开始其何其芳研究。除此之外,易明善先生还发表了《何其芳谈文学研究与论文写作》(《何其芳研究资料》1983年第2期)、《何其芳抗战时期简谱》(《四川作家研究》1983年第2辑)、《关于新发现的何其芳佚诗五首》(《四川大学学报》1984年第1期)、《试论何其芳早年的创作》(《何其芳研究》1985年第7期)、《何其芳别名、笔名录》(《何其芳研究》1985年第8期)等多篇研究何其芳的论文。

易明善先生的郭沫若研究、何其芳研究有着明显的相似性,都表现出对史料的高度重视和严谨考辨。这既跟易明善先生受到的文学教育与学术训练有关,也跟当时四川大学中国现当代文学学科的整体氛围有关。进入20世纪80年代以后,在王锦厚、易明善、黄莉如、陆文璧、尹在勤、陈厚诚、曾绍义、毛迅、黎风等学人的持续耕耘下,四川大学中国现当代文学学科在郭沫若研究、四川作家研究、中国新诗研究、中国港台文学研究等方面取得了重要进展。对于四川大学中国现当代文学学科来说,"对现当代文学研究资料的搜集整理,是学科在80年代取得的最为重要的学术实绩"[①]。在1979年至1990年间陆续出版的《中国当代文学研究资料》里,川大负责编辑其中五位作家的研究资料,包括《曹禺研究专集》(王兴平、刘思久、陆文璧编,海峡文艺出版社,1985年)、《胡可研究专集》(陆文璧、王兴平编,解放军文艺出版社,1984年)、《艾芜研究专集》(毛文、黄莉如编,四川文艺出版社,1986年)、《何其芳研究专集》(易明善、陆文璧、潘显一编,四川

[①] 程骥:《四川大学与中国现代文学》,《现代中国文化与文学》2008年第1期,第16页。

文艺出版社，1986年）、《刘以鬯研究专集》（梅子、易明善编，四川大学出版社，1987年）。易明善先生参与了其中两部研究资料的编辑工作，足见他对史料的重视程度。

不仅如此，易明善先生的郭沫若研究、何其芳研究在论文写法上也颇为类似，都采用了评传式写法和考订式写法。评传式写法重在采用一般作家评传的体例与形式。例如《抗战时期郭沫若在武汉活动纪略——沫若自传〈洪波曲〉补遗》按月梳理抗战时期郭沫若在武汉的活动轨迹，跟作家评传的常见写法已经较为接近了，作者并非只是单纯地罗列史实，而是将自己的独特见解和叙述逻辑融入其间。又如《试论何其芳早年的创作》从文学教育、创作准备、诗歌创作、小说创作等方面梳理何其芳先生在1927年至1931年夏期间的文学创作活动，其写法跟《抗战时期郭沫若在武汉活动纪略——沫若自传〈洪波曲〉补遗》的按月纪事又有差别，显示出作者用不同写法撰写史料、梳理文章的学术探索精神。考订式写法重在考证历史细节、订正史实错误，《关于郭沫若生平活动的几点考订》、《〈何其芳评传〉若干史实辨证》都采用了这种写法，而后者尤其值得关注，因其涉及易明善先生与尹在勤先生关于《何其芳评传》的一次学术讨论。易明善先生在《〈何其芳评传〉若干史实辨证》一文里从订正史实的角度，有理有据地指出尹在勤所著《何其芳评传》里的某些细节讹错，同时也高度肯定了《何其芳评传》的学术贡献——"这部专著鲜明地展示了何其芳生活道路和文学生涯的一个相当清晰的轮廓，如实地评价了何其芳的文学成就及其在现代文学史上应有的历史地位"[①]。尹在勤先生则专门撰文《关于〈《何其芳评传》若干史实辨正〉的信》进行回应，心平气和地接受并称赞易明善先生的辨析，同时也提出了自己的一些看法："转来易明善同志《〈何其芳评传〉若干史实辨证》一稿，匆匆拜读，深受教益。易明善同志查阅了许多史料，并作了一些信访，据此辨证了拙作《何其芳评传》在运用史料方面的一些失误之处，这是一种严肃的科学

[①] 易明善：《〈何其芳评传〉若干史实辨正》，《四川大学学报》（哲学社会科学版）1982年第2期，第105页。

态度,对此我要诚挚地向他表示感谢。"① 两位先生的对话没有意气之争或门户之见,只有纯粹的学术交流,在客观上助推了当时的何其芳研究。

---

① 尹在勤:《关于〈《何其芳评传》若干史实辨正〉的信》,《四川大学学报》(哲学社会科学版) 1982年第2期,第110页。

第一辑

中国现代文学研究

试论鲁迅在文艺理论上的贡献

鲁迅的文艺思想，是高度现实主义的文艺思想，是中国马克思主义文艺理论遗产重要的、丰富的宝藏。鲁迅的文艺思想，继承和发扬了现实主义文艺思想的优良传统，在中国革命文艺运动的斗争实践过程中，在与各种反动和错误的文艺思想的斗争中，逐步形成和发展起来。因此，鲁迅的文艺思想，正是马克思列宁主义与中国革命文艺运动的具体斗争实践相结合的产物，是中国现代文学史上，尖锐复杂的文艺思想斗争的战斗经验的结晶。毫无疑问，我们应该认真学习、深入研究、继承并发扬鲁迅的文艺理论遗产，不断提高我们的马克思主义文艺理论水平，对任何反马克思主义的文艺思想展开坚决的斗争，大力发展和繁荣光辉灿烂的社会主义的文艺事业！

鲁迅的文艺理论遗产，是那样深刻丰富、博大精深。由于自己水平的限制，本文对鲁迅在文艺理论上的贡献，不可能作十分全面和深刻的论述，只能就几个重要方面做一些初步的、粗略的探讨。

一

文学艺术的实质，文学艺术与现实的关系问题，是文学艺术最根本的问题。一切其他文学艺术问题的解决，归根到底都取决于对这个根本问题的回答。在文学艺术史和美学思想史上，对这个根本问题，有各种各样的、形形色色的回答。但是，就这些回答的实质来说，却可以基本上划分为两大对立的派别与路线——唯物主义与唯心主义。一切唯物主义认为，客观现实是第一性的，文学艺术是第二性的，文学艺术是客观现实的反映，是一种社会意识形态。一切唯心主义则认为，文学艺术是第一性的，客观现实是第二性的，文学艺术不是客观现实的反映，而是作家心灵的创造、主观精神的产物。这两种完全对立的观点与路线，不断进行着尖锐的斗争，这种斗争就是文学艺术史和美学思想史上最基本的斗争。马克思列宁主义的文艺思想与美学思想，就是在同各种各样的唯心主义文艺思想与美学思想的斗争中形成并发展起来的。

鲁迅从现实主义观点与唯物主义美学原则出发，对文学艺术与现实的关系这个最根本的问题，有非常正确的、唯物主义的理解，并且以这种理解，作为他从事文学创作与批评活动，以及解决一切文学艺术问题的根本的出发点和方向。

我们知道，青年时期的鲁迅，之所以放弃学医而专门从事文学活动，提倡文艺运动，就因为他认定：改变国民精神是当时的第一要著，而善于改变国民精神的，当然要推文艺①。为什么文艺有善于改变国民精神的功效呢？这就不能不涉及文艺的本质和特性。鲁迅当时对这个问题是有深刻认识的。在《摩罗诗力说》中，他指出：

> 一切美术（按：泛指文学艺术）之本质，皆在使观听之人，为之兴感怡悦。文章（指文学）为美术之一，质当亦然……涵养人之神思，即文章之职与用也。
>
> ……盖世界大文，无不能启人生之闷机，而直语其事实法则，为科学所不能言者。所谓闷机，即人生之诚理是已。此为诚理，微妙幽玄，不能假口于学子。如热带人未见冰前，为之语冰，虽喻以物理生理二学，而不知水之能凝，冰之为冷如故；惟直示以冰，使之触之，则虽不言质力二性，而冰之为物，昭然在前，将直解无所疑沮。惟文章亦然，虽缕判条分，理密不如学术，而人生诚理，直笼其辞句中，使闻其声者，灵府朗然，与人生即会。如热带人既见冰后，曩之竭研究思索而弗能喻者，今宛在矣。昔爱诺尔特氏以诗为人生评骘，亦正此意。故人若读鄂谟以降大文，则不徒近诗，且自与人生会，历历见其优胜缺陷之所存，更力自就于圆满。此其效力，有教示意；既为教示，斯益人生；而

---

① 参见《呐喊自序》，《鲁迅全集》卷一，第5页。

其教复非常教，自觉勇猛发扬精进，彼实示之。凡苓落颓唐之邦，无不以不耳此教示始①。

十分清楚，在这里，鲁迅正确地指出了文艺的本质、特征、作用，扼要地阐述了文艺是现实生活的反映、文艺的根本特点及其巨大的社会作用、美感教育作用。这些精辟的见解，就是鲁迅对文学艺术的根本问题的基本观点，是鲁迅高度的现实主义文艺思想的鲜明表现。鲁迅这些卓越的见解的可贵之处就在于，基本上是从唯物主义的观点出发，来解决文艺反映现实和如何反映现实，文艺对现实的影响与作用以及如何发生对现实的影响和作用等一系列十分重要的问题。鲁迅肯定文艺必须反映现实生活的本质，启示人生的真理。这种反映不是抽象的、概念的，而是具体的、形象的、真实的。正因为文艺能够具体地、形象地、真实地反映现实的本质，启示人生的真理，因此，文艺不仅能够使人们正确认识生活的规律、人生的真谛，更加"自觉勇猛发扬精进"，而且能够"涵养人之神思"，"使人兴感怡悦"，"灵府朗然，与人生即会"。由此可见，文艺既能影响人的理智也能影响人的感情，既有认识的意义也给人以美感享受和美感教育。

鲁迅对文艺与现实的反映关系所持的现实主义观点，在他的文艺活动实践中得到不断丰富和发展，有着更加深刻的发挥和明确的阐述。他在《论睁了眼看》里曾这样写道：

文艺是国民精神所发的火光，同时也是引导国民精神的前途的灯火。这是互为因果的，正如麻油从芝麻榨出，但以浸芝麻，就使它更油。……中国人向来因为不敢正视人生，只好瞒和骗，由此也生出瞒和骗的文艺来，由这文艺，更令中国人更深地陷入瞒和骗的大泽中，甚而至于已经自己不觉得。世界日日改变，我们的作家取下假面，真诚地，深入地，大胆地看取人生，并且写出他的血和肉来的时候早到了；早就应该有一片崭新的文场，早就应该有几个凶猛的闯将②！

---

① 均见《摩罗诗力说》，《鲁迅全集》卷一，第202—204页。
② 《论睁了眼看》，《鲁迅全集》卷一，第332页。

在这里，鲁迅对于文艺对现实的反映，以及对现实的影响与作用问题做了极其深刻的、辩证的阐述。这两者是密切联系、互为因果的。首先，文艺必须正确地、真实地反映现实，然后它才可能给现实以积极的影响和推动。这种情形正如鲁迅在另一个地方所说的那样，"文学与社会之关系，先是它敏感的描写社会，倘有力，便又一转而影响社会，使有变革。这正如芝麻油原从芝麻打出，取以浸芝麻，就使它更油一样"[①]。可见，描写社会现实，必须"有力"——即正确、真实，才能有"影响社会，使有变革"的能动作用。如果描写社会现实"无力"，或者"不怎样有力"，那么，就不可能对现实生活发生积极作用，或者只能发生"不怎样有力"的作用。由此可见，描写社会现实是否"有力"，是文艺对社会现实是否有所影响和作用的决定性因素。但是，我们要进一步问，又是什么东西决定描写社会现实是否"有力"——即正确、真实？很显然，在这里起决定性作用的东西，乃是作家对社会现实的认识是否正确和深刻，作家是否有先进的思想和进步的立场，作家是否具有进步和革命的人生观与世界观。上面引文中鲁迅指出的"不敢正视人生，只好瞒和骗"与"真诚地，深入地，大胆地看取人生……"不正是两种对立的思想、立场、人生观和世界观的反映吗？因此，正是"不敢正视人生，只好瞒和骗"的人生态度，决定了不敢正视人生的"瞒和骗的文艺"的产生；正是"真诚地，深入地，大胆地看取人生"的人生态度，决定了真实地写出现实生活的"血"和"肉"来的新文艺的产生。十分明白，不敢正视人生的"瞒和骗的文艺"，当然不可能"有力"——正确、真实地描写现实，只能对现实采取瞒和骗的态度。所以，这种"瞒和骗的文艺"，也就不能对现实生活发生积极的作用和影响，只能发生消极的作用和影响——正如鲁迅指出的，"更令中国人更深地陷入瞒和骗的大泽中"。但是，鲁迅倡导的新文艺，却能"真诚地，深入地，大胆地看取人生并写出他的血和肉来"，因此也一定能够对现实生活发生积极的作用和影响——"影响社会，使有变革"。

鲁迅坚决反对不敢正视人生的"瞒和骗的文艺"，提倡"真诚地，深入

---

① 《鲁迅书简》，第638页。

地,大胆地看取人生并写出他的血和肉来"的新文艺。这鲜明地体现了鲁迅高度的现实主义精神。在鲁迅看来,要"真诚地,深入地,大胆地看取人生并写出他的血和肉来",真实地、深刻地反映现实生活,就必须加强生活实践,彻底改造思想,转变自己的阶级立场,坚决站稳无产阶级立场。我们知道,当时的文艺界,小资产阶级出身的文艺工作者是比较多的,他们多半没有经过彻底的改造,带有不少错误的思想。因此,彻底改造他们的思想,反对他们错误的文艺思想,在当时来说,的确是非常重要的、迫切的任务。

鲁迅清楚地知道,在革命的历史进程中,那些未经彻底改造、未根本转变阶级立场的小资产阶级,由于对革命没有坚定的认识,没有真正建立革命的人生观,在尖锐的革命斗争中常常表现出不稳定性和两面性、动摇性和软弱性。当革命比较顺利、处于高潮的时期,他们俨然是最彻底、最激进的革命者;而当革命曲折发展、处于低潮的时期,他们便常常消极、悲观、动摇、妥协,甚至脱离革命。这样一些"翻着筋斗的小资产阶级"正如鲁迅所指出的那样,常常是脚踏两只船,"当环境较好的时候,作者就在革命这一只船上踏得重一点,分明是革命者,待到革命一被压迫,则在文学的船上踏得重一点,他变了不过是文学家了"[①]。鲁迅十分清楚,这些小资产阶文学家"翻筋斗"的前后并没有本质上的不同,因为他们无论是在做"革命文学家"的时候,或者变成了"不过是文学家"的时候,他们的思想立场、人生观与世界观,以及对革命的根本认识并没有本质上的不同。因此,所谓"革命文学家"与"只不过是文学家"二者互相转换,只不过是未经彻底改造的小资产阶级文学家,在革命和革命文学不同的发展时期,对革命和革命文学所抱态度的不同表现形式。其实,他们并没有经历真正的"突变"——思想发展的质的飞跃。他们自己虽以为已变,实际上却并没有变。所以,那些"忽然一天晚上自称突变过来的小资产阶级文学家,不久就又突变回去了"[②]。

正因为如此,鲁迅又进一步指出,这样一些翻筋斗的小资产阶级文学

[①]《上海文艺之一瞥》,《鲁迅全集》卷四,第235页。
[②]《上海文艺之一瞥》,《鲁迅全集》卷四,第236—237页。

家,"无论变与不变,总写不出好的作品来的"①。因为他们无论变与不变,在本质上是没有什么不同的。他们的思想没有彻底改造,阶级立场未能根本转变,对革命又没有坚定的认识,对人民群众及其所进行的革命实际斗争不熟,也不懂。因此,他们描写"对于和他向来没有关系的无产阶级的情形和人物,他就会无能,或者弄成错误的描写了"②。所以,鲁迅说他们"即使是在做革命文学家,写着革命文学的时候,也最容易将革命写歪;写歪了,反于革命有害,所以他们的转变,是毫不足惜的"③。

当然,也应该承认,这样一些翻着筋斗的小资产阶级文学家,对旧社会的情形和人物还是比较熟悉的。他们写暴露旧社会的作品也许会写得好一些。不过,事实证明,却也并不见佳。因为他们并非是真正的革命文学家,不能用革命的观点去观察现实,处理题材。因此,他们不可能创造出有力揭露旧社会的、真正的革命文学作品,充其量不过写出一些"貌似革命的作品"。虽然他们也多少有些不满于旧社会,也攻击一下旧社会,但是出发点常常不过是希望有所"改良",并不一定就有从根本上推翻旧社会的要求。同时,他们在暴露和攻击旧社会的罪恶和黑暗时,也往往由于"知不清缺点,看不透病根"④,并不能击中要害,有力地打击反动势力。显然,这样的作品,算不上真正的革命文学作品,因此,对革命也不可能发生巨大的积极作用。

综上所述,鲁迅认为,"突变式"的小资产阶级文学家无论变与不变,无论写"与他们向来没有关系的无产阶级的情形与人物",或者写他们比较熟悉的旧社会的情形和人物,都写不出于革命有益的、真正的革命文学作品。因为,这些小资产阶级文学家并没有彻底转变思想立场,建立革命的人生观与世界观。所以,他们就不能深刻地认识和真实地反映人民群众的生活与斗争,也不能有力地揭露和打击旧社会的反动统治,也就不能完成革命文

---

① 《上海文艺之一瞥》,《鲁迅全集》卷四,第237页。
② 《上海文艺之一瞥》,《鲁迅全集》卷四,第237页。
③ 《上海文艺之一瞥》,《鲁迅全集》卷四,第236页。
④ 《上海文艺之一瞥》,《鲁迅全集》卷四,第238页。

艺的战斗任务。

鲁迅在这一系列的论述中，一再强调的根本精神就是：作家必须克服脱离实际、脱离革命的倾向，必须加强生活实践、革命实践，彻底改造思想，坚决站稳无产阶级立场。只有这样，才可能创作出真实地、深刻地反映现实生活和群众的革命斗争的、有高度的思想性和深刻的典型性的艺术形象，以及具有感人的艺术魅力、深厚的美感教育作用的作品。这种真正的无产阶级文学作品，不仅将有力推动整个无产阶级文艺运动的发展，而且也必定能够发挥巨大的革命作用。由此可见，鲁迅对于文艺对现实的反映，没有停留在一般的理解上，而是从现实主义的根本精神出发，紧密结合当时文艺界的情况，特别强调了作家加强生活实践与革命实践、改造思想、站稳无产阶级立场的重大意义。很显然，在这里，鲁迅所强调的、企图彻底解决的，正是无产阶级革命文艺运动中最关键的问题。因此，他在标志着中国无产阶级革命文艺队伍在组织上正式形成的"中国左翼作家联盟"成立大会上，更加明确地提出并着重阐述了这个问题。他指出：

> 倘若不和实际的社会斗争接触，单关在玻璃窗内做文章，研究问题，那是无论怎样的激烈，"左"，都是容易办到的；然而一碰到实际，便即刻要撞碎了。关在房子里，最容易高谈彻底的主义，然而也最容易"右倾"[①]。

鲁迅在这里特别强调了作家与社会实际、革命实际结合的重要性，认为作家必须不断地改造自己，认清革命的长期性与艰苦性，加强革命的信心和献身革命的决心，并且努力克服脱离实际、自视特殊以及容易幻灭、动摇和妥协等劣根性，树立坚定的革命人生观和世界观。

由此可见，在鲁迅看来，真正的无产阶级文学作品创作的最根本的问题"是在作者可是一个'革命人'，倘是的，则无论写的是什么事件，用的是什么材料，即都是'革命文学'。从喷泉里出来的都是水，从血管里出来的都

[①]《对于左翼作家联盟的意见》，《鲁迅全集》卷四，第182页。

是血"①。因此，一个革命文学家，"至少是必须和革命共同着生命，或深切地感受着革命的脉搏的。（最近'左联'提出了'作家的无产阶级化'的口号，就是对于这一点的很正确的理解。）"②这样，他就必定能够写出现实生活的"血"和"肉"来，创作出真实地、艺术地反映社会现实和革命的实践斗争的真正的无产阶级文学作品，从而，充分发挥革命文学的战斗作用，有力地推进无产阶级革命运动和无产阶级革命文学运动胜利地向前发展！

二

鲁迅在解决文学艺术与现实的关系这个最根本的问题的时候，不仅首先正确地解决了文学艺术反映现实以及如何反映现实的问题，而且，对文学艺术对现实的影响和作用以及如何发生对现实的影响和作用也有着深刻的理解。鲁迅强调文学艺术必须真实地反映现实，也恰当地、充分地肯定了文学艺术对于现实的影响和作用；正因为文学艺术真实地、艺术地反映了现实，才可能反转来又给予现实以积极的影响和推动。因此，文学艺术真实地反映现实以及对现实的作用，这二者是紧密联系、不可分割的。

我们知道，鲁迅早在从事文学活动的初期，就对文学艺术的作用寄予很高的期待。他认定文学艺术可以拯救民族，改造社会，而且是最善于改变国民精神的武器。他翻译外国文学作品，撰写介绍外国文学的论文，或者创作，都是从此出发的。他翻译、介绍外国文学作品，就是想借其力量来"转移性情，改造社会"③。他在论文中介绍拜伦等爱国主义诗人的作品时，所竭力强调、特别宣扬的正是他们"立意在反抗，指归在动作"的反抗精神，以及"动吭一呼，闻者兴起，争天拒俗，而精神复深感后世人心"④的巨大的能动作用。他写小说也同样"不过想利用他的力量，来改良社会"⑤。

---

① 《革命文学》，《鲁迅全集》卷三，第408页。
② 《上海文艺之一瞥》，《鲁迅全集》卷四，第237页。
③ 参见《域外小说集·序言》。
④ 参见《摩罗诗力说》，《鲁迅全集》卷一，第197页。
⑤ 《我怎么做起小说来》，《鲁迅全集》卷四，第392页。

鲁迅早年企图用文艺来改变国民精神，从而达到改造社会的目的这种主张，如果说还有某些偏颇，那么，随着鲁迅思想的发展，特别是革命运动发展的影响，鲁迅进而对文艺与革命的关系，对文艺在革命中的地位与作用，有了更加精辟的唯物主义的理解。鲁迅确认，无产阶级革命文艺的产生、无产阶级革命文艺运动的兴起和发展，正是无产阶级的革命实际斗争、无产阶级革命运动的兴起和发展的反映。因此，鲁迅公开承认了无产阶级革命文艺运动与无产阶级革命运动的密切联系。他以为，这种联系正是无产阶级革命文艺运动所具有的无限生命力和不可战胜的力量的源泉。当时，虽然反动派对中国无产阶级革命文艺进行了严重破坏和摧残，却无论如何，都不能阻止它的繁荣滋长，发展壮大。鲁迅指出：

　　无产阶级革命文学，却仍然滋长，因为这是属于革命的广大劳苦群众的，大众存在一日，壮大一日，无产阶级革命文学也就滋长一日[①]。

　　无产文学，是无产阶级解放斗争底一翼，它跟着无产阶级的社会的势力的成长而成长[②]。

同时，无产阶级革命文学一经产生，就必定对无产阶级革命运动发生积极的作用。在这里，鲁迅既没有夸大革命文艺的作用，也没有对革命文艺的作用估计不足。革命文艺既服从于革命，又给予革命以积极的影响。鲁迅认为：

　　各种文学，都是应环境而产生的，推崇文艺的人，虽喜欢说文艺足以煽起风波来，但在事实上，却是政治先行，文艺后变[③]。

鲁迅对于文艺与革命的关系、对文艺在革命中的地位与作用的理解的卓越之处，不仅在于对这个问题很早就有坚定的认识、明确的主张，而且在于对文艺如何为革命服务、如何服务得更好的问题，有着更为精彩的见解。

鲁迅从当时革命的实际情况与要求出发，从文艺特有的性质与规律出发，特别是考虑到当时革命文学界的实际状况，着重强调了革命文学家必须

---

① 《中国无产阶级革命文学和前驱的血》，《鲁迅全集》卷四，第222页。
② 《对于左翼作家联盟的意见》，《鲁迅全集》卷四，第185页。
③ 《现今的新文学的概观》，《鲁迅全集》卷四，第107页。

是一个真正的"革命人",革命文学作品"当先求内容的充实和技巧的上达"①。只有如此,才能创作出真实地、艺术地反映现实生活和革命的实际斗争,政治性与真实性、思想性与艺术性、内容与形式高度统一的革命文艺作品,更好地服务于革命,充分发挥革命文艺应有的战斗作用。

鲁迅非常清楚,革命文艺为革命服务有其特有的方式和手段,不同于一般的革命宣传鼓动,也不同于社会的、政治的和文化的教育作用。虽然,它们都能很好地为革命服务,也有某些共同之点。但是,如果只看到它们的共同之点,而忽视了它们的差别以及各自的特性与规律,那么,不但会影响革命文艺的发展,也将影响革命文艺为革命服务的积极作用。所以,鲁迅在谈到文艺与宣传的关系时,曾明确指出:

> 我以为一切文艺固是宣传,而一切宣传却并非全是文艺,这正如一切花皆有色(我将白也算作色),而凡颜色未必都是花一样。革命之所以于口号,标语,布告,电报,教科书……之外,要用文艺者,就因为它是文艺②。

鲁迅从文艺的特性出发,从文艺为革命服务所特有的方式和手段出发,极其辩证地阐明了文艺与宣传的关系,以及各自的特点。在这里,鲁迅既坚持了文艺必须为革命服务的政治原则,也充分考虑到文艺服务于革命的特点,反对了无视文艺特性和规律的庸俗机械论和标语口号化的倾向。

文艺必须通过它特有的方式与手段来为革命服务的原则,是鲁迅高度的现实主义文艺思想的鲜明表现。鲁迅深深地知道,充分考虑到文艺的专门特点与规律,不仅不妨害文艺为革命服务,而且能够促进文艺更深刻地反映现实,更有效地服务于革命。因此,鲁迅在考察文学艺术各部门的创作及其社会作用时,从来没有离开文学艺术的专门特点和规律性。譬如,在谈到木刻时,他说:

> 木刻是作某用的一种工具,是不错的。但万不要忘记它是艺术(着

---

① 参见《文艺与革命》,《鲁迅全集》卷四,第68页。
② 参见《文艺与革命》,《鲁迅全集》卷四,第68页。

重点是原有的），它之所以是工具，就因为它是艺术的缘故。斧是木匠的工具，但也要它锋利，如果不锋利，则斧形虽存，即非工具，但有人称之为斧，看作工具，那是因为他自己并非木匠，不知作工之故……①

可见，木刻对革命能起到一种"工具"的作用，乃在于木刻以它所特有的艺术手段与规律，较正确、有力地反映了现实，表现了某种革命的内容。如果放弃了木刻特有的艺术手段与规律，那种革命内容就不能以木刻的形式得到反映。当然，内容也可用其他的方式与手段得到反映，也起到一种革命的"工具"的作用；不过那时已非木刻了，也不是以木刻而起到一种革命"工具"的作用。因此，鲁迅教导我们：木刻是一种"工具"，而且不能忘记的是，它是一种具有木刻特有的艺术特性的"工具"。

文艺总是通过它特有的方式和艺术手段，创造一系列活生生的艺术形象来发挥对现实的积极的能动作用。文艺不仅影响人的理智，也影响人的感情；文艺既有认识的意义，也能给人以美感享受、美感教育。正如前所述，鲁迅还在文学活动的初期，就已经认定，文艺不仅具有"启人生之闷机"的认识作用，而且具有"涵养人之神思"，使之"兴感怡悦"，"灵府朗然"，"与人生即会"②的美感教育作用。特别是那些有反抗性的诗人，发出的"自觉之声，每响必中于人心，清晰昭明，不同凡响"，"动吭一呼，闻者兴起，争天拒俗，而精神复深感后世人心，绵延至于无已"③。这些作品，之所以具有鼓舞人民群众的巨大作用，发生那样深远的精神影响，乃至其"精神复深感后世人心，绵延至于无已"，正在于这些作品的反抗性、革命性，以及巨大的艺术力量。鲁迅曾这样写道：

> 凡一读其诗，心即会解者，即无不自有诗人之诗。无之何以能解？惟有而未能言，诗人为之语，则握拨一弹，心弦立应，其声澈于灵府，令有情皆举其首，如睹晓日，益为之美伟强力高尚发扬，而污浊之平和，以之将破。平和之破，人道蒸也。虽然，上极天帝，下至舆台，则

---

① 《鲁迅书简》，第906页。
② 参见《摩罗诗力说》，《鲁迅全集》卷一，第208—204页。
③ 参见《摩罗诗力说》，《鲁迅全集》卷一，第197页。

不能不因此变其前时之生活……①

在这里，鲁迅深刻地指出了，诗人的诗作（或小说、戏剧等）之所以能引起人们的共鸣，造成精神上深远的影响，就是因为诗人写出了人们的"心中之诗"、"有而未能言"的东西。譬如，诗人写出了人们共有的对反动统治的反抗意志、推翻旧社会的决心，那么，这样的作品一定会使广大人民"心弦立应，声彻灵府"，"美伟强力高尚发扬"，进而为破"污浊之平和"、"变其前时之生活"而斗争。因为只有真实地、深刻地反映了现实生活的真正的艺术，才能对现实生活发生巨大的作用——认识的能动作用和具体的美感教育作用。上述鲁迅所说"心弦立应，其声澈于灵府，令有情皆举其首，如睹晓日，益为之美伟强力高尚发扬"，正是一种美感享受的心理状态，而由此产生的为破"污浊之平和"、"变其前时之生活"的斗争，则是美感教育的积极的能动作用的表现。由此观之，文学艺术发生作用的过程，可以说，首先和主要影响的是人们的思想感情、精神世界，进而影响现实生活，发生一种革命的能动作用，积极地推动现实生活向前发展（无疑，这个过程是一个统一有机的过程）。正因为如此，鲁迅在论述文艺对现实生活的影响和作用的时候，总是充分考虑到文艺的特性和规律，考虑到文艺是以具体感性的、美感的形象来概括和反映现实生活的本质和规律。因此，鲁迅相当重视文艺对人们精神和思想的影响，以及文艺的美感教育作用。在他的文章中，有不少地方论及文学艺术的美和美感的作用。譬如，早在1913年所写的《拟播布美术意见书》中就有不少阐述。他指出"美术（按：泛指一切文学艺术）诚谛，固在发扬真美，以娱人情，比其见利致用，乃不期之成果"，又说"其力足以渊邃人之性情，崇高人之好尚"，因此，将文学艺术"传诸人间，使与国人耳目接，以发美术之真谛，起国人之美感，更以冀美术家之出世也"②。在这里，鲁迅强调的是：文艺必须真实地反映现实，发扬生活的真美，这样才能"以娱人情"，"崇高人之好尚"，给人以美感享受、美感教育，

---

① 《摩罗诗力说》，《鲁迅全集》卷一，第199—200页。
② 《拟播布美术意见书》，《鲁迅全集》卷七，第273—274页。

并进而达到一定的功利目的。鲁迅在分析普列汉诺夫的美学思想时,对美感作用的心理过程的特点以及美感的社会功利性质、目的,又做了如下的阐述:

> 享乐着美的时候,虽然几乎并不想到功用,但可由科学底分析而被发见。所以美底享乐的特殊性,即在那直接性,然而美底愉乐的根柢里,倘不伏着功用,那事物也就不见得美了[①]。

鲁迅正是从文学艺术的真、美、善是不可分割的统一的观点出发,正是从文学艺术的美学特质和美学作用出发,对文学艺术作品提出了高度的美学要求。譬如,1918年他谈到美术时指出,美术作品是美术家"思想与人格的表现",不但使人"欢喜赏玩,尤能发生感动,造成精神上的影响"[②]。这就是指美术作品的美感享受、美感作用问题。又如,在1933年讨论小品文时,鲁迅指出,"生存的小品文,必须是匕首,是投枪,能和读者一同杀出一条生存的血路的东西";同时,它也"给人愉快和休息"——不是"抚慰和麻痹",而是一种"休养,是劳作和战斗之前的准备"[③]。鲁迅这种把文艺的革命的战斗作用与美感教育作用统一起来的观点,以及上述一系列精辟的见解,正是鲁迅高度的现实主义文艺思想的鲜明表现,正是鲁迅战斗的唯物主义美学思想的特色!

三

文艺与群众的关系问题、文艺大众化的问题是中国革命文艺运动的一个带根本性的问题。这个问题,在中国现代文学史上,曾不止一次地引起争论和研究,却一直未能彻底解决,直到1942年毛主席《在延安文艺座谈会上的讲话》才从根本上给予彻底的解决。毛主席指出,大众化"就是我们的文艺工作者的思想感情和工农兵大众的思想感情打成一片"[④]。这就是说,文艺

---

① 《艺术论·译本序》,《鲁迅全集》卷四,第208页。
② 《随感录四十三》,《鲁迅全集》卷四,第208页。
③ 《小品文的危机》,《鲁迅全集》卷四,第443页。
④ 《毛泽东论文艺》,第55页。

工作者必须彻底转变阶级立场，整个思想感情也必须来一个根本的变化。只有这样，才能从根本上解决文艺为群众和如何为群众的问题，也才能彻底解决文艺大众化的问题。

文艺大众化问题，是鲁迅为发挥文学艺术在群众中和革命斗争中的战斗作用，为文学艺术的现实主义而斗争的重要内容之一。鲁迅对文艺大众化的认识和解决，当然没有也不可能达到毛主席那样深刻、彻底的认识与解决。不过，在当时来说，鲁迅对这个问题的认识与理解，也还是极为深刻的。从鲁迅强调革命文学家，特别是小资产阶级文学家，必须加强思想改造，转变阶级立场，必须是一个革命人，"至少是必须和革命共同着生命，或者深切地感受着革命的脉搏"等等非常卓越、深刻的见解中，我们完全可以窥见鲁迅对文艺大众化的本质的认识和基本观点。虽然有些见解不是系统地专门讨论文艺大众化问题的，而是针对当时革命文艺发展中的一些问题而提出的批评和改进意见，但是，如果我们将这些批评与意见加以系统的整理和研究，并且与其专门论述文艺大众化的文章中的意见联系起来予以比较、分析和综合，那么，不难发现，鲁迅不但对文艺大众化的具体实践，而且对一些根本性的原则问题，都有许多精辟的见解。这些见解的具体内容，在前几节中已经提到一些，就不再重复了。在这里，我们只要再补充考察一下鲁迅对文艺大众化的具体认识与意见，就可以了解鲁迅关于文艺大众化的认识与解决的大概情形了。

鲁迅对于文艺是为什么人的，对于文艺的服务对象问题，一直是很重视的。在鲁迅看来，如果一个作家连对自己的服务对象——人民大众都没有坚定的认识、清楚的了解，还谈得上创作为大众服务的大众化作品么？还谈得上完成"普及的任务"么？当然不能。鲁迅曾以连环木刻为例具体指出：

"连环木刻"也不一定能负普及的使命，现在所出的几种，大众是看不懂的。现在的木刻运动，因为观者有许多层——有知识者，有文盲——也须分许多种，首先决定这回的对象是那一种人，然后动手，这才有效①。
　　鲁迅之所以强调创作大众化的作品，必须首先搞清楚服务的对象，必须从群众的要求、希望和实际水平出发，是因为这乃是解决文艺大众化的具体实践问题的关键，同时也考虑到当时不少文艺工作者在这方面认识不清，存在着一些问题。因此，在解决文艺大众化的问题时，就必须从解决这些问题着手。特别是考虑到当时中国社会的具体情况，工农大众不可能有受教育的机会，又加上汉字的繁难，要工农大众具备相当的文化知识和文学修养，从而直接参与文艺创作，解决文艺大众化的问题，是不可能的。所以，这样一个任务就主要靠那些背叛了本阶级、坚定地站在无产阶级立场的文艺工作者来完成。这些文艺工作者要很好地完成这一任务，就必须不断地、彻底地改造自己，逐步与人民大众的思想感情打成一片，真正成为"大众中的一个人"。

　　　　由历史所指示，凡有改革，最初，总是觉悟的智识者的任务。但这些智识者，却必须有研究，能思索，有决断，而且有毅力。他也用权，却不是骗人。他利导，却并非迎合。他不看轻自己，以为是大家的戏子，也不看轻别人，当作自己的喽罗。他只是大众中的一个人，我想，这才可以做大众的事业②。

　　很明显，文艺工作者是否"是大众中的一个人"，是否与大众同心同德，是否真正与大众结合，乃是能否创作出真正大众化作品的关键。从此出发，每个有志于革命的文艺工作者，就不能不看到，根据当时的社会情况和文艺界的实际状况，以及群众和革命的要求，大力创作于群众有益的真正大众化的作品，是多么迫切而重要的任务啊！鲁迅当时就清楚地看到了这点，所以，他指出：

　　　　在现下教育不平等的社会里，仍当有种种难易不同的文艺，以应各种程度的读者之需。不过应该多有为大众设想的作家，竭力来作浅显易解的作品，使大家能懂，爱看，以挤掉一些陈腐的劳什子③。

---

　　① 《鲁迅书简》，第906页。
　　② 《门外文谈》，《鲁迅全集》卷六，第84页。
　　③ 《文艺的大众化》，《鲁迅全集》卷七，第579页。

鲁迅强调的是"应该多有为大众设想的作家",多创作一些于人民大众有益的、浅显易解的、人民大众能懂爱看的作品,有效地发挥和扩大文艺在人民大众中积极的作用。但是,要能如此,关键仍在于:作家必须十分明确自己的作品是给人民大众阅读、观赏的,是为他们服务的。这种思想应该成为一种指导思想,在作家的整个创作过程中发生决定性的影响。鲁迅曾以连环图画的创作为例,进一步阐述了这种观点:

> "连环图画"确能于大众有益,但首先要看是怎样的图画。也就是先要看定这画是给那一种人看的,而构图,刻法,因而不同。现在的木刻,还是对于智识者而作的居多,所以倘用这刻法于"连环图画",一般的民众还是看不懂①。

可见,大众化的作品并非就是一般的具有通俗形式的作品;起决定作用的不是形式,而是内容。连环图画通俗,一般人民大众是爱看的,但要他们真正看懂,得到益处,那还得看是"怎样的图画"。如画的是"智识者"欣赏的那一套,人民大众是不爱的,当然就谈不到收益。这种情况,就要求作家丝毫也不能忘记自己的作品是"给那一种人看的",应该根据人民大众的需要来决定创作中的一系列问题。只有这样,才能创作出名副其实的、真正的大众化作品。

鲁迅在着重解决文艺大众化的一些理论性、根本性问题的同时,也相当透辟地阐述了文艺大众化的具体实践中的一些基本问题。譬如,大众化作品的语言运用、艺术形式、表现手法以及艺术价值等等。

在大众化作品的语言运用方面,鲁迅首先要求"以活人的唇舌作为源泉","博采口语"②——譬如,"采说书而去其油滑,听闲谈而去其散漫,博取民众的口语而存其比较的大家能懂的字句"③。鲁迅既反对"生造除自己之外,谁也不懂的形容词之类"④,也反对"在古文,诗词中摘些好看而难懂的

---

① 《鲁迅书简》,第913页。
② 《写在〈坟〉后面》,《鲁迅全集》卷一,第364页。
③ 《关于翻译的通信》,《鲁迅全集》,卷四,第310页。
④ 《答北斗杂志社问》,《鲁迅全集》卷四,第289页。

字面，作为变戏法的手巾，来装潢自己的作品"①。鲁迅这些意见，是对文学作品的语言的最起码的要求，当然，对大众化作品尤其重要。因为，如果一个作品人民大众根本读不懂或者不完全懂，那么，哪怕有再好的内容，大众也是无福消受的。这样的作品当然与大众化的作品是毫不相干的。

在语言运用上，鲁迅坚决反对庸俗化和低级趣味的倾向。

> 现在有些作品，往往并非必要而偏在对话里写上许多骂语去，好像以为非此便不是无产者作品，骂詈愈多，就愈是无产者作品似的。其实好的工农之中，并不随口骂人的多得很，作者不应该将上海流氓的行为，涂在他们身上的。即使有喜欢骂人的无产者，也只是一种坏脾气，作者应该由文艺加以纠正，万不可再来展开……②

在语言运用上的这种低级趣味的倾向，不仅说明有些作者对工农大众的轻视和错误的看法，而且也是对文艺大众化庸俗、错误的理解。因此，鲁迅坚决反对这种不良倾向，强调吸取群众的语言必须做必要的选择、提炼，进而创造。这样不但能丰富文学语言，同时也为群众提供了准确、鲜明、生动地表达思想的榜样。这正是文艺工作者义不容辞的责任。

在大众化作品的艺术形式上，鲁迅以为，任何艺术形式的采取——无论利用旧形式，或者创造新形式，都必须从群众的实际需要出发。

> 以为艺术是艺术家的"灵感"的爆发，像鼻子发痒的人，只要打出喷嚏来就浑身舒服，一了百了的时候已经过去了。现在想到，而且关心了大众。这是一个新思想（内容），由此而在探求新形式，首先提出是旧形式的采取，这采取的主张，正是新形式的发端，也就是旧形式的蜕变……③

鲁迅强调的正是：必须从"想到，而且关心了大众"出发，去选择和探索大众化作品的形式，以及旧形式的利用和新形式的创造。新内容必然要求与之相适应的新形式，新形式则是根据新内容的要求，适当采取旧形式中有

---

① 《写在〈坟〉后面》，《鲁迅全集》卷一，第365页。
② 《辱骂和恐吓决不是战斗》，《鲁迅全集》卷四，第345页。
③ 《论"旧形式的采用"》，《鲁迅全集》卷六，第18—19页。

用的成分，并加工、改造而成。这正如鲁迅所说：

> 旧形式的采取，必有所删除，既有删除，必有所增益，这结果是新形式的出现，也就是变革①。

大众化作品的表现方法，在鲁迅看来，必须遵循这样一个原则，即便于人民大众看懂。因为只有为广大群众所理解和热爱的作品，才可能在广大群众中发生积极有效的作用，从而圆满地完成文艺鼓舞人民、教育人民的伟大使命。

要创作出群众真正能懂的大众化作品，的确需要作家们多方面的努力和艰苦的劳动。而这种种努力和劳动中，有一条非常重要，就是必须了解群众的需要，顾及群众的接受能力，照顾群众的欣赏习惯。在这方面，鲁迅提出过许多具体的意见。譬如，他指出，连环图画可以没有阴影，人物旁边写上名字，表示做梦可从人头上放出一道毫光来，均无不可。鲁迅认为，这样的处理方法是不会使作品"失真"的，因为"观者懂了内容之后，他就会自己删去帮助理解的记号。这也不能谓之失真，因为观者既经会得了内容，便是有了艺术上的真……"② 在这里，作品的表现手法和形式不但没有妨害内容的表达，而且还有助于内容的表达；内容与形式是和谐统一的。这样的作品不仅是艺术，而且是成功的艺术！

真正大众化的作品，群众能懂爱看，常常能在群众中发生极为巨大的影响和作用，有效地服务于群众的革命斗争。不言而喻，大众化的作品的这种对群众和革命的影响与作用，是通过文艺特有的手段和较为通俗的艺术形式体现出来的。成功的大众化作品，不仅在于作者是站在人民大众的立场，对人民大众的生活与思想感情，有真切的体验和深刻的感受；而且也因为采取的艺术形式、表现手法有助于内容的表达，便于群众了解和接受。所以，成功的大众化作品，是思想与艺术、内容与形式高度统一的作品。绝不像当时有些人的看法那样，似乎大众化的作品是没有什么艺术价值的，不过是一种

---

① 《论旧形式的采用》，《鲁迅全集》卷六，第20页。
② 《连环图画琐谈》，《鲁迅全集》卷六，第23页。

通俗的宣传品。鲁迅坚决反对这种忽视大众化作品的艺术价值的倾向。他在谈到连环图画时，用了许多艺术史上的事实，证明连环图画这种大众化的作品"不但可以成为艺术，并且已经坐在'艺术之宫'的里面了"①。他在批评"第三种人"时又指出，连环图画虽产生不出托尔斯泰、弗罗培尔来，"却可以产出密开朗该罗，达文希那样伟大的画手。而且我相信，从唱本和说书里是可以产生托尔斯泰，弗罗培尔的。现在提起密开朗该罗们的画来，谁也没有非议了。但实际上，那不是宗教宣传画，'旧约'的连环图画么？而且是为了那时的'现在'的"②。

在这里，鲁迅十分明确地表达了他对文艺的普及与提高的关系的辩证理解，肯定了大众化作品的艺术价值，并用艺术史上一些不可辩驳的事实，证明了大众化作品在艺术上的重要地位以及广阔的发展前途。鲁迅多次亲切地教导青年艺术学徒，必须认真研究和努力创作大众化的作品。他说：

我并不劝青年的艺术学徒蔑弃大幅的油画或水彩画，但是希望一样看重并努力于连环图画和书报的插图；自然应该研究欧洲各家的作品，但也更注意于中国旧书上的绣像和画本，以及新的单张的花纸。这些研究和由此而来的创作，自然没有现在的所谓大作家的受着有些人们的照例的叹赏，然而我敢相信：对于这，大众是要看的，大众是感激的③！

鲁迅对文艺的普及与提高的关系，对创作与研究普及的大众化作品的重要性，以及普及的大众化作品的艺术价值等等问题的认识与解决，虽然没有也不可能达到毛主席对这些问题的解决那样深刻和彻底，但是在当时来说，鲁迅的见解的确是有见地的、深刻的，就是在现在看来，也仍然值得我们好好学习和深入体会。

四

文艺批评，是鲁迅整个文学活动的重要方面，是鲁迅用以推动和指导无

---

① 《"连环图画"辩护》，《鲁迅全集》卷四，第343页。
② 《论"第三种人"》，《鲁迅全集》卷四，第337页。
③ 《"连环图画"辩护》，《鲁迅全集》卷四，第343页。

产阶级革命文学运动,促进革命文学创作的发展和提高的重要方法之一,同时,也是鲁迅进行文艺思想斗争的重要武器。鲁迅通过具体的文艺批评活动,有力地打击了形形色色的反现实主义的文艺作品和文艺思想,扩大和巩固了马克思主义文艺思想阵地;同时,也发展了其马克思主义的美学思想,充分表现了鲁迅高度的现实主义战斗精神。

在阶级社会里,一切文艺批评家,正如一切作家一样,都有一定的立场和观点。不论他们意识到与否,这一定的立场观点,总是支配着他们对各种社会现象的看法,决定着他们对文学作品的思想与艺术的评价,以及对各种文艺理论问题和文艺思想斗争的观点和态度。正如没有任何超阶级、超政治、超时代的作家一样,根本没有超阶级、超政治、超时代的文艺批评家。鲁迅就曾指出了这样一个千真万确的事实:

> 我们曾经在文艺批评史上见过没有一定圈子的批评家吗?都有的,或者是美的圈,或者是真实的圈,或者是前进的圈。没有一定的圈子的批评家,那才是怪汉子呢。办杂志可以号称没有一定的圈子,而其实这正是圈子,是便于遮眼的变戏法的手巾。……我们不能责备他有圈子,我们只能批评他这圈子对不对[1]。

鲁迅所谓批评家的一定的"圈子",正是指批评家进行文艺批评的立场和观点。每一个批评家都有一定的"圈子",这是客观事实,不容抹杀,也没有必要去抹杀。鲁迅已经指出,关键是必须考察这"圈子"对不对?目的何在?为谁服务?其具体内容又是什么货色?

既然如此,那么,鲁迅期望的是什么样的"圈子"、什么样的批评家呢?一个文艺批评家又应具备些什么样的基本素养呢?在鲁迅看来,一个革命的文艺批评家,必须坚定地站在无产阶级立场,具有明确的是非、热烈的好恶,"像热烈地主张着所是一样,热烈地攻击着所非,像热烈地拥抱着所爱一样,更热烈地拥抱着所憎——恰如赫尔库来斯的紧抱了巨人安太乌斯一

---

[1] 《批评家的批评家》,《鲁迅全集》卷五,第348—349页。

样，因为要折断他的肋骨"①。不仅如此，鲁迅所殷切期望的文艺批评家，还必须是"坚实的，明白的，真懂得社会科学及其文艺理论"②、"能操马克思主义批评的枪法的"③文艺批评家。只有这样的批评家，才能有效地推动和指导革命文艺创作和革命文艺运动蓬勃地向前发展，也才能有力打击各种反动和错误的文艺思想，充分发挥文艺批评在革命运动与革命文艺运动中的战斗作用，圆满完成革命的文艺批评的光荣使命。

为了更好地发挥文艺批评的战斗作用，每个革命的文艺批评家，除了必须具备上述最基本的素养外，在鲁迅看来，在当时的具体情况下，还必须充分注意对敌斗争的策略和战略问题。一个革命者，不但应有高度的革命修养，熟悉自己阵营的情况，同时也应该熟悉敌人的情况，对准敌人的要害，给以致命的打击。鲁迅曾以当时的刊物《列宁青年》上的一篇评论为例，批评当时革命文学阵营中的有些人对敌人的底细不够清楚，因而打击敌人时软弱无力，不能击中要害。他说：

> 先前的《列宁青年》上，有一篇评论中国文学界的文章，将这分为三派，首先是创造社，作为无产阶级文学派，讲得很长，其次是语丝社，作为小资产阶级文学派，可就说得短了，第三是新月社，作为资产阶级文学派，却说得更短，到不了一页。这就在表明：这位青年批评家对于愈认为敌人的，就愈是无话可说，也就是愈没有细看。自然，我们看书，倘看反对的东西，总不如看同派的东西舒服，爽快，有益，但倘是一个战斗者，我认为，在了解革命和敌人上，倒是必须更多的去解剖当面的敌人的④。

这些批评是何等的中肯，何等的深刻！这是鲁迅战斗的经验之谈！大家知道，鲁迅在战斗中，既注意本阵营的情况，也注意了解敌人的底细。所以，其战斗的批评，总是对准敌人的要害，给予致命的打击，以巨大的威力

---

① 《再论文人相轻》，《鲁迅全集》卷六，第266—267页。
② 《我们要批评家》，《鲁迅全集》卷四，第189页。
③ 《对左翼作家联盟的意见》，《鲁迅全集》卷四，第186页。
④ 《上海文艺之一瞥》，《鲁迅全集》卷四，第238页。

彻底摧毁其阵地。

文艺批评，是一种艰巨、繁重的战斗性工作，它既需要有坚定的立场、广博的知识、高度的修养，也需要实事求是的科学精神、认真细致的工作作风。从此出发，鲁迅既反对那些"高踞文坛"、以为对创作可操生杀之权的"不平家"、"胡评家"式的"批评家"；也反对把复杂的文艺批评庸俗化、简单化，不从实际出发，而从抽象的"教条"、固定的"公式"出发，不去具体分析作品，而用套子去套的教条主义的批评；更反对那种专吹嘘同伙的作品的宗派主义批评；以及"不是举之上天""就是按之入地"，不是"捧杀"就是"骂杀"的更为恶劣的批评。

鲁迅从当时的社会情况，从文艺界的实际水平出发，对当时的文艺批评提出了具体的要求。譬如，他曾具体指出文艺批评的方法和态度：

（我）所希望于批评家的，实在有三点：一，指出坏的；二，奖励好的；三，倘没有，则较好的也可以。……倘连较好的也没有，则指出坏的译本之后，并且指明其中的那些地方还可以于读者有益处。

他还提倡用"吃烂苹果的方法"来进行批评：

我们先前的批评法，是说，这苹果有烂疤了，要不得，一下子抛掉。……此后似乎最好还是添几句，倘不是穿心烂，就说：这苹果有着烂疤了，然而这几处没有烂，还可以吃得。……我又希望刻苦的批评家来做剜烂苹果的工作，这正如"拾荒"一样，是很辛苦的，但也必要，而且大家有益的[①]。

鲁迅的这些意见，虽然是在谈到对翻译的批评时提出的，却很能代表鲁迅对文艺批评的基本态度，充分反映了鲁迅对作家、翻译家的劳动的尊重，对读者严肃负责的精神。如果所有的文艺批评家，都能如鲁迅所指出的那样，去进行诚恳的、细致的文艺批评工作，不但对于读者有莫大的好处，而且对当时的创作的发展和提高将发生多么大的影响和作用呵！

鲁迅实事求是的、严肃认真的文艺批评观点，还表现在具体评论作家作

[①] 均见《关于翻译》（下），《鲁迅全集》卷五，第236—238页。

品的全面观点上。他曾一再说这样的话：

> 我们想研究某一时代的文学，至少要知道作者的环境，经历和著作①。

> 倘要论文，最好是顾及全篇，并且顾及作者的全人，以及他所处的社会状态，这才较为确凿。要不然，是很容易近乎说梦的②。

鲁迅说得非常清楚，他坚决主张在考察和批评作家作品时，从实际出发，既要从作家的全人、作品的全篇着眼，也要注意到作家所处的社会及其在社会中的地位、作品产生的具体的社会历史条件，等等。只有这样，才能比较正确、全面地评价作家作品，对复杂的文学现象和文学史上的一些问题也才能获得正确的、实事求是的解决，从而有助于对文艺的发展规律的探索。如果不顾及作家作品产生的历史条件和具体的社会状态，也不全面深入地研究作品，却以自己的主观好恶来摘取作品的只言片语，以断章取义的方式来"研究"与"评价"作家作品，就必然得出片面的、错误的结论。鲁迅多次指出这种错误倾向，批评拙劣的"选本"、"寻章摘句"的研究方法。

> 倘要研究文学或某一作家，所谓"知人论世"，那么，足以应用的选本就很难得。选本所显示的，往往并非作者的特色，倒是选者的眼光。眼光愈锐利，见识愈深广，选本固然愈准确，但可惜的是大抵眼光如豆，抹杀了作者真相的居多，这才是一个"文人浩劫"③。

这种"寻章摘句"式的研究方法弊病很大，"它往往是衣裳上撕下来的一块绣花，经摘取者一吹嘘或附会，说是怎样超然物外，与尘浊无干，读者没有见过全体，便也被他弄得迷离惝恍"④。鲁迅曾批评朱光济只取钱起《省试湘灵鼓瑟》的最后两句，推为美的"极境"，实际上完全割裂了全篇，"踢开他的全篇，又用这两句来概括作者的全人"⑤。又如一些人对陶潜的歪曲，

---

① 《魏晋风度及文章与药及酒之关系》，《鲁迅全集》卷三，第379页。
② 《题未定草》（七），《鲁迅全集》卷六，第344页。
③ 《题未定草》（六），《鲁迅全集》卷六，第336页。
④ 《题未定草》（七），《鲁迅全集》卷六，第339页。
⑤ 《题未定草》（七），《鲁迅全集》卷六，第343页。

只看见"悠然见南山"的飘飘然的陶潜，却无视"猛志固常在"的"金刚怒目"的陶潜。这样随便"取舍"、"扬抑"，就割裂了陶潜的全部作品，又以此去概括"作者的全人"，那当然是错误荒谬之极了。

鲁迅不但对文艺批评本身发表了许多精辟的见解，而且对文艺批评与文艺创作、批评家与作家的关系问题，也发表了很多有益的重要意见。

本来，文艺批评与文艺创作、批评家与作家之间的关系是相辅相成、密不可分的，他们应该亲密合作，共同努力，以促进文艺运动的发展。但是，实际上，他们之间的关系并不经常是正常的、和谐的，反倒常常有所抵触，互相埋怨，甚至怀着厌恶的情绪。为了繁荣文艺创作与文艺批评，推进文艺运动蓬勃地向前发展，正确地处理与对待批评家与作家的关系还是很重要的。鲁迅不但注意到了这个问题，而且有非常精彩独到的意见。鲁迅以生动准确的譬喻，明确表述了对这个问题的基本观点。他说：

> 作家和批评家的关系，颇有些像厨司和食客。厨司做出一味食品来，食客就要说话，或是好，或是歹。厨司如果觉得不公平，可以看看他是否神经病，是否厚舌苔，是否挟夙嫌，是否想赖账。或者他是否广东人，想吃蛇肉；是否四川人，还要辣椒。于是提出解说或抗议来——自然，一声不响也可以。但是倘若他对着客人大叫道："那么，你去做一碗来我吃吃看！"那却未免有些可笑了[①]。

当然，"食客"对"厨司"的"食品"，"只要说出品味如何就尽够，若于此之外，又怪他何以不去做裁缝或造房子，那是无论怎样的呆厨子，也难免要说这位客官是痰迷心窍的了"[②]。

鲁迅这些深刻、精辟的意见，如果我们每一个作家、批评家，都能认真实践，彻底贯彻，一定大大有助于繁荣我们的文艺创作，活跃我们的文艺批评，推动我国的社会主义文学沿着前进的道路，蓬勃地、胜利地向前发展！

[①] 《看书琐记》（三），《鲁迅全集》卷五，第343—344页。
[②] 《对于批评家的希望》，《鲁迅全集》卷一，第469页。

鲁迅的文艺理论遗产，是鲁迅整个文学活动的成果的重要组成部分，是鲁迅在继承我国和世界文艺遗产、接受苏联先进文艺理论的基础上，在各种尖锐、复杂的文艺思想斗争中，在文艺创作实践过程中，经历了相当艰苦的努力和不断摸索的结果。鲁迅虽然没有文艺理论的专著，但是其全部文学活动的光辉业绩，其针对中国革命文艺运动发展中的各种问题而作的许多深刻的分析、精辟的论断、严正的批评，无一不闪耀着高度现实主义美学思想的光辉，对中国无产阶级革命文艺运动的发展产生了极其巨大的作用、极为深广的影响，对中国马克思主义文艺理论的初步建立有着辉煌的贡献、不朽的功勋！

（原载《四川大学学报》［社会科学版］1959年第4期）

关于郭沫若生平活动的几点考订

一、一九二六年参加北伐、随军出发的具体日期

郭沫若于一九二六年三月十八日离开上海，二十三日到达广州之后，在当时处于革命热潮中的广州生活了整整四个月。在郭沫若的整个革命生涯中，广州的这段生活经历，是一个颇为重要的时期。正是在此期间，他结识了毛泽东同志、周恩来同志等无产阶级革命家；也正是在此期间，他不仅热情地参加了一些革命活动，而且毅然投笔从戎、随军北伐，投身于革命的实际斗争。然而，对于郭沫若生活道路和革命历程上的这样一个重要时期的某些情况，长期以来，我们却所知甚少，略而不详。比如，郭沫若参加北伐、随军出发的确切日期，就一直不甚清楚。一些关于郭沫若研究的论著，甚至在郭沫若的回忆录中，都只记载了一个大概时间，一般的说法是，一九二六年七月下旬或七月底，离开广州，随军北伐。

前不久，新发现的郭沫若一九二六年在广州期间主编的革命刊物《鹃血》，提供了一些以前很少为人所知的重要情况。现在已经不多见的《鹃血》这份革命刊物所提供的重要材料，不仅使我们了解了郭沫若一九二六年在广州期间参加的一些革命活动和撰写的革命文稿，而且为我们提供了郭沫若一九二六年离开广州、随军北伐的确切日期。

郭沫若一九二六年在广州期间，与陈启修等四川旅居广州的革命同志一起，共同发起、组织了一个群众性的革命团体——四川革命同志会。四川革命同志会于一九二六年五月十四日，在广东大学召开了成立大会。在成立大会上，通过了该会总章，选举了郭沫若、陈启修等十九人为执行委员，欧阳继修（按：欧阳继修即阳翰笙同志）等七人为监察委员。一九二六年五月十

七日，四川革命同志会召开了执行委员和监察委员联席会议，选举了该会总务部、农民部、工人部、青年部和出版部的主要负责人。郭沫若被选举为出版部委员长。这次联席会议还决定由出版部编辑发行旬刊一种，作为该会会刊[①]。

根据四川革命同志会执行委员和监察委员联席会议的决定，该会出版部在郭沫若的主持下，编辑出版了会刊——《鹃血》。《鹃血》第一期于一九二六年六月一日出版，第二期于六月十一日出版，第三期于七月十五日出版，第四期于八月一日出版。《鹃血》的第一期和第二期为旬刊，第三期和第四期为半月刊。

郭沫若不仅主持《鹃血》的编务，而且还亲自为刊物撰稿。他在《鹃血》上发表的重要文稿有：《四川革命同志会成立大会宣言》（第一期）、《革命势力的普及与集中》（第四期）、《在欢送革命同志参加北伐大会上的演说》（第四期）。

四川革命同志会于一九二六年七月二十日，举行了一次隆重而热烈的欢送大会，欢送该会郭沫若、朱代杰、李民治（按：李民治即李一氓同志）等同志参加北伐。欧阳继修同志在欢送大会上发表的热情洋溢的欢送词、郭沫若发表的慷慨激昂的演说词以及欢送大会的有关情况，《鹃血》第四期都做了详细的报道。正是这些报道，为我们提供了郭沫若参加北伐、随军出发的具体日期。

欧阳继修同志在欢送大会上致欢送词时说：

> 我们许多同志北伐是很难得的，而且很奇妙的。因郭沫若同志由文学大家而大学教授文科学长，由学长而宣传科长，可以说他现在武装北伐，一枝笔能够横扫千万军的！自从创造社成立以来，所发行的刊物，无人不受沫若同志的影响，而今沫若同志由东方的诗人，浪漫的文学家实行武装起来了，明日就道长征，大有还我河山之慨，这样，自然一般的群众一定要相继加入杀敌了，尤其是许多教师，文人，浪漫派，将来也能勇敢革命的。

《鹃血》上关于这个欢送大会的报道还有这样的记述：

> 郭沫若同志等是全身中山服，武装，佩刀带，精神极佳，明日即出发。（带宣传员，政治工作员千余人随行赴长沙。）他们要步越南岭，当这炎暑的时候舍美好的文艺生去作军事工作，真是难得②。

值得注意的是，欧阳继修的欢送词，《鹃血》的记者关于欢送大会的报道，都提到郭沫若等参加北伐的同志"明日就道长征"，"明日即出发"。我们知道，就在这个报道中，明明白白地记载了这个欢送大会是一九二六年七月二十日午十二时在广东大学法科学院举行的。因此，所谓"明日就道长征"和"明日即出发"，显然是指一九二六年七月二十一日。由此可知，郭沫若参加北伐、离开广州的具体日期是一九二六年七月二十一日。

二、关于《五十年简谱》的几点订正

郭沫若亲自编撰的他自己的年谱、年表资料，笔者见到的有两种。一种是，一九三三年八月二十六日编撰的《民国三年以来我自己的年表》③；另一种是，一九四一年九月二十五日编撰的《五十年简谱》④。这两种年谱、年表虽然都比较简略，但对于了解和研究郭沫若生平活动来说，却提供了重要的依据。不过，由于郭沫若经历丰富、活动面广、事务繁多，加之年代久远，所以，在他自编的年谱、亲自撰写的回忆录里，在个别地方也难免出现记忆有误、记载失实之处。

（一）一九三九年回故乡乐山的时间记载不确切。

《五十年简谱》在一九三九年的条目中是这样记述的：

> 三月中旬告假回家省父（二十七年后第一次回沙湾并赴峨嵋为先母扫墓）。四月六日第五子汉英生。七月五日父病殁，年八十六岁。十一日与立群回家奔丧。辞第三厅职未获准。九月初返重庆。十月十六日复回沙营葬父丧。再辞第三厅职，亦未获准。十一月二十九日返重庆。

《五十年简谱》的记载表明，郭沫若一九三九年一共三次回乐山。而据笔者涉猎的有关材料判断，《五十年简谱》关于郭沫若第一次回乐山和第三次离开乐山的时间记载有误，现分别考订如下。

① 《五十年简谱》关于郭沫若一九三九年第一次回乐山的时间是"三月

中旬"的记载,是不确切的,实际上是二月下旬中。

郭沫若的父亲于一九三九年七月五日逝世之后,郭沫若亲自撰写了《先考膏如府君行述》。关于他第一次回乐山的经过和时间,其中有比较具体的记述。他写道:

> 前岁芦沟桥事变起,不孝贞子身返国,奔赴国难。未几,淞沪战役爆发,戎马倥偬之际,未遑归省。翌春军事委员会政治部成立,出长第三厅,益复鲜暇。今春政治部迁渝,贞乃得重入长别二十六年之蜀门。家中虽深相庆幸,然未敢遽以告府君,因恐大喜毗阳,反伤宁静也。三月九日即夏历正月十九,为府君八十又六度悬弧之辰,不孝等拟称觞上寿,广征鸿文,以益光宠。府君以国难期间,不令铺张,遂乃罢议。惟贞得先期告假归里,叩首府君于榻次。府君泪眼莹然,启齿即以男女孙为问,盖贞之四子一女尚被抛置于海外,府君未及知也。贞之假期仅旬有四日,旅次往返去其四,中间赴峨眉县哭母墓又其四,计得重依膝下者仅六七日耳。此数日间,府君神特豫逸,饮食较前有加。然于寿辰之翌日,贞即不得不叩别首途。叩别时,府君唯颔之,虽有重忧,不形于色。私意嘉渝密迩,一机可航,今后存省,已较易易。孰料畴昔一飞,竟成终天永痛耶⑤?

郭沫若这段情深意挚的文字,具体地记述了他回家省父的经过和时间。他告假回家省父的"假期仅旬有四日",他父亲的"八十又六度悬弧之辰"是"三月九日即夏历正月十九";而他正是在其父"寿辰之翌日",即三月十日,"叩别首途",离家返渝的。由此可以推断,既然他的假期只有十四日,又确知他系三月十日离家返渝的,因此,只要从三月十日倒推十四日,即可确定,他大约是在二月下旬中,从重庆回到家里的,而不可能是三月中旬。《五十年简谱》中"三月中旬"回乐山的记载,显系误记。

除了这个主要证据而外,我们还可以从当时报刊的有关记载,找到两个佐证。

其一,一九三九年三月二十日重庆《新华日报》上的《本市简讯》栏,有这样一则报道:"政治部孩子剧团主办的儿童星期讲习班,昨日(按:即一九三九年三月十九日）请郭沫若先生讲《二期抗战中小朋友怎样做工作》。"这则消息证实：一九三九年三月十九日郭沫若尚在重庆。因此，《五十年简谱》中"三月中旬"回乐山之说，显系记载有误。

其二，郭沫若有一篇题为《文化与战争》的论文⑥，文章末尾注明写于"一九三九年三月十六日"。按常理推断，既然三月十六日郭沫若还撰写了《文化与战争》这样的论文，那么，当时他肯定不会是在乐山家里，而是在重庆。试想，郭沫若在离别故里亲人二十多年之后，在第一次回家探亲的时候，何况又是在假期只有短短十多天的情况下，显然不可能在回家期间撰写《文化与战争》这类文稿。由此亦可判断，《五十年简谱》中"三月中旬"回乐山一说，显系记忆有误。

②《五十年简谱》中，把郭沫若第三次回乐山之后，由乐山返回重庆的时间，确定为一九三九年十一月二十九日。这也是不确切的。实际上，郭沫若第三次从乐山回重庆的时间，不是"十一月二十九日"，而大约是"十二月中旬末或下旬初"。

郭沫若在回乐山期间，曾在已故长兄橙坞先生一九〇五年"负笈日本时，留别嫂氏诗五绝"装制成册的手稿册上，题了七律一首。这首七律及其跋语如下：

连床风雨忆幽燕，
踵涉东瀛廿有年。
粗得裁成蒙策后，
愧无点滴报生前。
雄才拓落劳宾戏，
至性情文轶述阡。
手把遗篇思近事，
一回雒诵一潸然。

长兄橙坞先生乙巳负笈日本时，有留别嫂氏诗五绝，嫂氏装制成册嘱为题词。捧读再四，思今感昔，不知涕之何从，率成一律，惜不得起伯氏于九泉为斧政耳。

廿八年夏历十月廿二日，先兄逝世第四次冥诞之辰⑦。

郭沫若这首诗的跋语及其写作时间，为我们考订他第三次从乐山返回重庆的时间，提供了重要的材料。这首诗明确记载了写作时间是"廿八年夏历十月廿二日"，即阳历一九三九年十二月二日。这就是说，十二月二日，郭沫若尚在乐山家里，由此就明白无误地证实了《五十年简谱》中"十一月二十九日返重庆"的说法，显系记载有误。

至于郭沫若第三次从乐山返重庆的确切时间，还有待于根据确凿的材料加以考证。现在，笔者只能根据一点旁证材料，推测出一个大概的时间。

当时，重庆《新华日报》对文化界一些知名人士的活动的报道是比较多的。查一九三九年十一月和十二月的重庆《新华日报》，有几次文化界人士的重要活动，一般来说，郭沫若如果在重庆的话，他是会出席的；但那几次文化界的重要活动，均未见郭沫若出席。一直到十二月下旬初才见到郭沫若出席一次集会的报道。十二月二十四日，重庆《新华日报》报道了十二月二十三日中华全国文艺界抗敌协会举行招待战地归来作家的集会，郭沫若出席了这次集会。由此可以推断，郭沫若第三次从乐山回到重庆的时间，大约在十二月中旬末或下旬初。

（二）《五十年简谱》写道："一九三七年十二月二十七日　由上海赴香港。"这是一个明显的误记。据郭沫若《韬奋先生印象》一文中的记载和其他资料，郭沫若是一九三七年十一月二十七日离开上海前去香港的。

（三）《五十年简谱》写道："一九三二年三月十五日　母在故乡病殁。"这一记载也有误。据郭沫若的哥哥郭橙坞撰写的《先妣事略》和《祭母文》记述，其母逝世之日应是一九三二年三月二十五日。

（四）《五十年简谱》写道："一九二二年　第三子佛生生。"这也显系误记。据郭沫若一九二三年一月二十二日家书所记："今日上午十一时四十分顷富子安产第三儿……命名之为'佛生'。"由此可知，郭沫若第三子佛生，不是生于一九二二年，而是生于一九二三年一月二十二日。

（五）《五十年简谱》写道："一九四一年一月十六日　新四军事件发生。"这一记载有误。国民党阴谋袭击我新四军的皖南事变，发生在一九四一年一月七日。国民党军队七个师共八万余人，在泾县茂林对我新四军北移部队九千余人进行了突然袭击。一月十七日，国民党又宣布新四军为"叛军"，取消新四军的番号，并下令进攻新四军江北部队。中共中央革命军事委员会于一月二十日和二十二日分别发布命令并发表谈话，对国民党的阴谋罪行进行了坚决的揭露和斗争。

三、关于第三厅改组和文工会成立的一点补正

关于郭沫若主持的文化工作委员会成立的时间及其有关情况，拟提供一些材料，对过去的某些说法做一点补正。

（一）郭沫若辞去第三厅厅长职务的时间

国民党当局先后三次逼第三厅全体人员加入国民党，第一次在一九三八年底，第二次在一九三九年八九月间，第三次在一九四〇年八九月间。第三厅全体进步人士一致抵制国民党当局逼他们加入国民党的这三次斗争，最激烈的是一九四〇年八九月间那场斗争。在郭沫若的带领下，第三厅全体进步人士面对国民党的威胁利诱，展开了针锋相对的斗争。最后，郭沫若愤而辞去第三厅厅长的职务，第三厅进步人士亦随即纷纷提出辞职。

关于郭沫若辞去第三厅厅长职务的确切日期，在有关记载中似乎不大清楚。这里提供一点材料，以供参考。

阳翰笙同志在回忆录《第三厅》中谈道：郭沫若正式辞去第三厅厅长职务的时候，政治部部长已经换成了张治中。而张治中是在一九四〇年九月一日正式就任政治部部长职务的，九月二日各报都刊载了中央社发布的消息："新任政治部部长张治中已于昨晨到部视事。"由此可以知道，郭沫若正式辞去第三厅厅长职务的时间，当在一九四〇年九月一日以后。一九四〇年九月十六日重庆《新华日报》报道："政治部拟设文化工作委员会由郭沫若主持。"从这条消息又可以知道，一九四〇年九月十五日，郭沫若已经离开第三厅，并同意主持文化工作委员。从以上材料可以推断，郭沫若大约是在一九四〇年九月一日至十五日期间，正式辞去第三厅厅长职务，并同意主持政治部文化工作委员会的。

（二）郭沫若主持的文化工作委员会成立的日期

关于文化工作委员会成立的日期，一般的说法是一九四〇年十一月一日。郭沫若在《五十年简谱》中就明确指出："一九四〇年十一月一日文委会成立。"但是，他作于一九四一年九月三十日的诗《文化工作委员会成立一周年》的诗题和小序，似乎又说明：文化工作委员会是一九四〇年九月三十日成立的。现在，我们提供一则当时报纸的消息，以供参考。

一九四〇年十月三十一日重庆《大公报》发表了一则消息："军委会政治部文化委员会现已正式成立。大部人员均将移至城内办公。该会委员业经张治中部长聘定。计主任委员郭沫若，副主任委员谢仁钊、阳翰笙，委员有张志让、孙伏园、胡风、茅盾、洪深、沈志远、马宗融、王昆仑、伊伯休、吕振羽、吕霞光、老舍、蓬子、郑伯奇、熊佛西、杜国庠、孙师毅等。依负责之可能程度，分专任、兼任二种。又该部前副部长周恩来氏顷又被聘为指导委员云。"

一九四五年三月三十一日重庆《新华日报》报道："郭沫若先生领导下的政治部文化工作委员会已于昨日（三十日）奉政治部张部长命令，予以解散。"

以上两则报道告诉我们，郭沫若主持的文化工作委员会从一九四〇年十月三十日正式成立，到一九四五年三月三十日奉命解散，其间经历了整整四年零五个月的战斗历程。在党的领导下，文化工作委员会为抗日战争的胜利，做出了不可磨灭的贡献！

四、郭沫若离川赴日的几个时间考订

郭沫若于一九一三年十月从成都出发，经重庆等地去天津、北京，不久即离开北京赴日本留学。郭沫若这一段经历中的几个时间点，在一些有关的记述中不大清楚，并有误记，现略加考订，以供参考。

（一）离开成都去重庆的时间

关于郭沫若离开成都去重庆的时间，《初出夔门》中说，是一九一三年九月中旬。这一说法是不准确的。郭沫若离开成都去重庆的确切时间是一一三年十月八日。郭沫若从成都到达重庆的当天，即一九一三年十月十七日所写的一封家书中明确写道："男第八号由成都出发。"由此可知，郭沫若是一九一三年十月八日离开成都，十月十七日到达重庆的。

（二）离开重庆的时间

郭沫若在《初出夔门》中说，他在重庆"住了五六天的光景"，就乘轮船沿江东下了。他是一九一三年十月十七日到达重庆的，在重庆住了五六天就离开了。那就是说，他是十月二十二日或二十三日左右离开重庆的。郭沫若在《初出夔门》中提供的他离开重庆的日期是不够确切的。

郭沫若从重庆到达汉口时所写的一封家书中说，他是一九一三年十月三十一日到达宜昌，十一月三日到达汉口的。他在《初出夔门》中又有这样的记述："记得离开重庆以后，在未进峡以前宿过一夜，在出峡后宿过一夜"，而出峡以后那一次过夜的地方"已经是湖北的秭归县境了。轮船过了秭归以后，没两点钟的光景便是宜昌……"这些记述告诉我们，郭沫若从离开重庆到抵达宜昌，在途中只宿过两夜。而我们从他的家书中又得知他到达宜昌是十月三十一日。据此可知，从十月三十一日倒推两天，即十月二十九日，这就是郭沫若离开重庆的日期。

（三）离开北京去日本的时间

郭沫若于一九一三年十一月六日到达天津后不久，又于十一月十日去北京，找他在北京任职的大哥郭橙坞。在北京住了一段时间之后，他大哥便让他到日本去留学。关于郭沫若离开北京去日本的具体日期，《我底学生时代》说是一九一三年十二月三十日；而《初出夔门》则说是一九一三年十二月二十八日。那么，郭沫若离开北京的日期，究竟是十二月二十八日还是十二月三十日呢？

首先，我们注意到，在《我底学生时代》和《初出夔门》的记述中，关于郭沫若离开北京的日期虽然说法不一，但所记载的郭沫若到达朝鲜釜山的日期却是相同的，即一九一三年新历除夕到达釜山，在釜山迎接了一九一四年的新年。

其次，只要我们略加考察《我底学生时代》和《初出夔门》关于郭沫若离开北京的具体记述，即不难发现，《我底学生时代》中十二月三十日离开北京的记载，显然与实际情况不符，因为从北京到釜山的路程，是不可能在一天之内到达的；而《初出夔门》中十二月二十八日离开北京的记述，不仅相当具体，而且显然是符合实际情况的。据《初出夔门》的记述，他是十二月二十八日晚离开北京的，二十九日晚到达沈阳，三十日晚到达丹东，三十一日晚到达釜山，在釜山迎接一九一四年的新年。由此可见，郭沫若离开北京的确切时间应该是一九一三年十二月二十八日晚。

（四）到达日本东京的时间

关于郭沫若最初到达日本东京的确切日期，大约有以下几种说法：

1. 郭沫若在《我底学生时代》中说他是"在朝鲜的釜山迎接了一九一四年的新年"，又说"在釜山领事馆里面住了一个星期的光景……之后便又渡过日本，直到东京"。根据这里的说法推算，他似乎是一九一四年一月七日或八日到达日本东京的。

2. 唐明中、黄高斌同志编注的郭沫若家书《樱花书简》在一九一四年二月的一封家书的注释里说："郭沫若从朝鲜到达日本的时间，应是（一九一四年）一月八九日左右。"

3. 李保均同志在《郭沫若学生时代年谱》中说："郭沫若于一九一四年一月十四日抵日本东京。"

笔者认为，郭沫若最初到达日本东京的确切日期，应是一九一四年一月十三日。这个确切日期，是郭沫若在一九三三年十一月三十日撰写的题为《自然底追怀》的文章中提供的。他在这篇文章中写道："我最初到东京，是一九一四年一月十三日。"这篇文章先后发表在一九三四年二月号日本改造社《文艺》杂志、一九三四年三月四日上海《时事新报》、一九三四年四月一日《现代》杂志四卷六期、一九三六年十月二十日汉口《西北风》第十期以及一九六三年十一月上海文艺出版社出版的《中国现代文艺资料丛刊》第三辑五个刊物上。这篇文章的五个版本，虽然某些文字略有差异，但是，郭沫若在该文中提供的他从朝鲜到达日本东京的确切日期是一九一四年一月十三日，在该文的以上五个版本中却是相同的。

五、郭沫若《樱花书简》相关史实辨析

(一)《樱花书简》歧异辨析

在郭沫若《樱花书简》中，有几封家书谈到了他母亲的生日，但是所提供的具体日期尚有歧异，需要做一点辨析。

郭沫若一九一七年十一月七日的家书中，提及他母亲的诞生日是阴历一八五七年九月十七日，而一九一六年十月的一封家书中，提供的具体日期则是阴历一八五七年九月十八日。那么，郭沫若母亲的诞生日，究竟是九月十八日，还是九月十七日？

笔者认为，在郭沫若母亲诞生日的这两种说法中，九月十七日的说法比较可靠。

1. 九月十七日的说法并非孤证。在郭沫若的家书中，还有一封家书也谈到其母的诞生日是九月十七日。一九一九年十一月九日的家书中，所说的"母亲的生日又到了"，指的是阳历十一月九日，即阴历九月十七日。

2. 郭沫若一九一六年十月的一封家书中，提及他母亲的诞生日，确实是阴历九月十八日。但是，我们全面考察这封家书的写作日期和具体的内容，却发现这封家书所提供的他母亲的诞生日可以有以下两种理解和解释：

其一，一九一六年十月的信是明信片，没有注明写信日期，但此信的寄发日期和日本冈山邮戳，却都是十月十四日，即阴历九月十八日；而在明信片中又明确写道："本日乃阿母诞日。"据此，确实可以认定郭沫若在这封家书中提供的其母亲的诞生日是阴历九月十八日。

其二，如果仔细分析一九一六年十月这张明信片的内容，似乎对于郭沫若在信中提供的其母亲的诞生日，还可以作另一种理解和解释。郭沫若在这张明信片中写道："本日乃阿母诞日，恨不能驾飞行船航空归视也。家中团庆之乐，不识何似？顷间购得红心柑一枚，午饭后，剥而食之，如享蟠桃也。今晚特杀鸡为黍，请同寓诸人，用表欢庆之诚焉。"信中谈到的"午饭后"和"今晚"的那两件事，显然叙述的是已经做过的事，而不是将要做的事。据此，可以推测这封信不可能写于十月十三日或十四日白天，而很可能

写于十月十三日或十四日晚上。那么,究竟此信是写于十四日晚上,还是十三日晚上呢?此信的寄发日期和日本冈山邮戳都是十月十四日。这就是说,如果此信写于十月十四日晚上的话,那必然是当晚写信,当晚从邮局寄走,这在一般情况下似乎不大可能。而这样的情形倒是可能的:此信写于十月十三日晚上,由于第二天即十月十四日才付邮,所以此信的寄发日期和日本冈山邮戳都是十月十四日。而信中所说的"本日乃阿母诞日",就不应该是指十月十四日,应该指的是十月十三日,即阴历九月十七日。

综上所述,《樱花书简》中郭沫若有三封家书,即一九一六年十月、一九一七年十一月七日和一九一九年十一月九日的家书,谈到了他母亲的诞生日。而其中有两封家书都明确地说是阴历九月十七日,还有一封家书虽然在理解上尚有歧义,但从以上的辨析和有关情况来看,还是倾向于阴历一八五七年九月十七日的说法。

(二)《樱花书简》史实正误

《樱花书简》涉及的某些史实,有误记之处,现正误如下:

郭沫若《樱花书简》收录的一九一三年十月十七日家书,是他从成都出发,去天津陆军军医学校读书,到达重庆后书寄的。这封家书谈到了当时重庆的一些情况,写道:"重庆城内贵州兵业已退完,城外焚毁民房数千家,惨不忍睹。现在第四师师长刘存厚暂署镇守使事(实授系第一师师长周峻),第一支队长王方舟署理川东观察使事,俱驻城内,居民渐就安静。"这里关于王方舟署理川东观察使的记述有误。据《辛亥以后十七年职官年表》(刘寿林编,中华书局一九六六年三月出版)记载,一九一三年二月七日赵一德被任命为川东观察使,大约十月赵一德死亡,继由裴钢代理川东观察使,王方舟一直都没有署理过川东观察使。

当时,王方舟不仅没有署理川东观察使,而且也不是重庆镇守使。后来,郭沫若在《创造十年续篇》的有关记述中,曾说一九一三年十月他经过重庆的时候,王方舟是重庆镇守史。这一记载,也是误记。

《创造十年续篇》在记述南薰之死时写道:"南薰的死听说是从主席台上拉下来,被刺刀当场凿死的。凿死他的兵,是我同胞同乡乐山县人王方舟的部下。王家和我家本是世交，民国二年我最初出川的时候，王方舟在当重庆镇守使，我还在他的衙门里做过几天食客。十几年后却由他的手下杀死了我的一位友人，真是令人不胜感慨的。"郭沫若最初经重庆出川是一九一三年十月。据《辛亥以后十七年职官年表》记载，当时的重庆镇守使是刘存厚，而不是王方舟。王方舟担任过重庆镇守使，这是不错的，但那已经是一九一六年的事了。王方舟是一九一六年五月二十五日被任命为重庆镇守使的，同年八月七日即辞职。

《樱花书简》收录的郭沫若一九二〇年三月十五日（阴历正月二十五日）家书曾谈道："不日便是父亲寿诞，想家中正欢庆团圆也。"这里的"不日便是父亲寿诞"，显系误记。据郭沫若亲自撰写的《先考膏如府君行述》记载，其父寿诞之日，乃是"三月九日即夏历正月十九日"。郭沫若此信写于阳历三月十五日，即阴历正月二十五日，其寿父诞之日早已过了。信中说"不日便是父亲寿诞"，这显然是一时误记。

六、郭沫若抗战初期几首诗歌的写作时间商榷

郭沫若抗战初期的几首诗歌的具体写作时间，至今说法不一，现略加考订，以供参考。

（一）关于《又当投笔请缨时》的写作时间

关于这首七律的写作时间有三种说法：

1. 一九三七年七月二十七日。这是最普遍的说法，郭沫若的著译系年目录和有关文章，一般都采用这种说法。

2. 一九三七年七月二十六日。这是一九四五年九月出版的殷尘的《郭沫若归国秘记》一书中提出的。

3. 一九三七年七月二十四日。这是郭沫若在《由日本回来了》一文中提供的。

我们认为，以上第三种说法比第一、第二种说法更符合实际，因而也更加可靠。郭沫若在《由日本回来了》一文中写道：

想起了二十四日那一天，预想到回到了上海的那首七律：

又当投笔请缨时,别妇抛雏断藕丝。

去国十年余泪血,登舟三宿见旌旗。

欣将残骨埋诸夏,哭吐精诚赋此诗。

四万万人齐蹈厉,同心同德一戎衣。

这是用的鲁迅的韵。鲁迅有一首诗我最喜欢,原文是:"惯于长夜过春时,挈妇将雏鬓有丝。……"

……原诗大有唐人风韵,哀切动人,可称绝唱。我的和作是不成气候的,名实相符的效颦而已。但写的时候,自己确有一片真诚,因此工拙也就在所不计了。

细细考虑起来,真的登了岸后,这诗恐怕是做不出来的。……

郭沫若在《由日本回来了》一文中所说的"想起了二十四日那一天,预想到回到了上海的那首七律"明白无误地说明,《又当投笔请缨时》这首七律系作于一九三七年七月二十四日。郭沫若在日本的友人金祖同,曾与郭沫若一道秘密磋商和安排归国有关事宜,并陪伴郭沫若从日本回到上海。后来,金祖同用殷尘的笔名写了一本《郭沫若归国秘记》,详细记述了郭沫若离日归国的经过。《郭沫若归国秘记》告诉我们:郭沫若在金祖同等友人的陪同下,经过周密的筹划,于一九三七年七月二十四日决定了第二天凌晨出走的办法,在启程归国的前夕,想到就要别妇抛雏、孑身离家,又预想到回到上海的情景,不禁心潮起伏,激动不已,于是赋诗抒怀,写下了那首著名的七律。

郭沫若《由日本回来了》是以日记的形式,记述二十五日、二十六日和二十七日这三天归国旅途的所遇所感。在二十六日的记述中,他谈到"想起了二十四日那一天,预想到回到了上海的那首七律"。这里说得很清楚,他在二十六日,想起了二十四日所做的预想回到了上海的那首七律;显然,那首七律,并非作于二十六日,而是作于二十四日。由此不难看出,此诗作于一九三七年七月二十四日的说法,比作于七月二十六日或二十七日的说法更符合实际,因而也更为合理,更加可靠。

(二) 关于《相隔仅差三日路》的写作时间

一九三七年十一月，郭沫若接到东京友人来信，谈及在他毅然离日归国之后，其妻曾被逮关月余，饱尝鞭笞之苦。他读友人来信后，内心十分凄苦，于是赋诗抒怀，作七律《相隔仅差三日路》一首。曾健戎同志在《抗日战争期间郭沫若活动记略》中，把这首七律《相隔仅差三日路》的写作时间确定为一九三七年十一月十一日，不知根据何在？据阿英同志《关于郭沫若夫人》一文提供的材料，这首七律的写作时间应是一九三七年十一月十九日或二十日。阿英同志在文章中写道："去年十一月十九日晨，余至兄（指郭沫若）高恩路寓所，入室即见其面窗默坐，若有重忧。既见余，乃告以东京有友人寄书来，谓夫人因彼之逃脱，曾被逮月余，饱尝鞭笞之苦。诸儿在乡，时遭无赖袭击。出信为余译读，声苦颤，泪亦盈眶。余讷于言，无以慰，相对默默者甚久。翌晨再往，则兄已成七律一章，书成立轴，余就视之，墨沈犹未干也。诗云：'相隔仅差三日路'……又一立轴，书彼四年前所作诗云：'信美非吾土'……"阿英同志说得很清楚，他在十一月二十日晨，去郭沫若寓所，看到七律《相隔仅差三日路》已经写成，并书成立轴，其墨沈未干。由此可知，这首七律当写于二十日或十九日。如果说这首七律写于十九日之前，郭沫若十九日晨见到阿英时，一般来说他不会只告诉收读东京友人来信所述妻子儿女的情况，而不谈及他有诗作抒怀的。

(三) 关于《六用寺字韵题嘉定苏子楼》的写作时间

曾健戎同志在《抗日战争期间郭沫若活动记略》中认为这首诗作于一九四〇年一月二十八日，不知根据何在？据有关材料看来，这首诗当作于一九三九年秋郭沫若回乐山期间。这首诗写成之后，郭沫若于一九四〇年九月五日曾将此诗书赠张肩重同志并在跋语中说："离乡二十六年后，去秋始得返里，重至其地，风景尚无大殊，而余年则将庙知命，意感赋肩重同志索字书以付之。"一九四〇年二月，郭沫若为常任侠写了一个诗立轴，写的也是这首诗。常任侠特地说明："这是郭沫若回到故乡乐山纪游之作。"从这些材料看来，认定这首诗作于一九三九年秋郭沫若回乐山的时候，应该说是有根据的。

七、一篇早年作诗情况回忆文章的版本问题

郭沫若在二十世纪三十年代用日文写了一篇关于早年作诗情况的回忆文章，这篇文章的中文译文先后在几个刊物刊登过。但是，关于这篇文章的写作和发表的有关问题，迄今似乎尚未弄得十分清楚。由于这是一篇提供了研究郭沫若早年诗作珍贵资料的重要文章，我们有必要对这篇文章的写作和发表的有关问题，作一点考订，以供研究者参考。

据笔者所知，郭沫若这篇早年作诗情况的回忆文章的中文译文曾先后在四个刊物上发表。将这篇文章的四个版本对照研究、互相参证，可以帮助我们弄清这篇文章的写作和发表的大概情况。

（一）关于这篇文章中文译文的版本问题

这篇文章的中文译文，据笔者所知，一共有四个版本：

①以《自然底追怀》为题，刊登在一九三四年三月四日上海《时事新报》副刊《星期学灯》第七十期。

②以《自然之追怀》为题，刊登在一九三四年四月一日出版的《现代》杂志第四卷第六期。

③以《我在日本生活》为题，刊登在一九三六年十月二十日出版的《西北风》第十期。

④以《我在日本的生活》为题，刊登在一九六三年十一月出版的《中国现代文艺资料丛刊》第三辑。

这篇文章的四个版本，内容基本相同，字句略有差异。另外，后两个版本末尾的"本文是受日本《文艺杂志》编辑之约，我几乎把留学时期十年间对于自然的感慕完全写出来了"等几小段文字，前两个版本没有。

一九六三年十一月出版的《中国现代文艺资料丛刊》第三辑上刊登的《我在日本的生活》这个版本，是由海英同志翻译并全文转录的。海英同志曾在注文中特地说明："据说，中译文曾刊载《宇宙风》，现在查该杂志并无此文，因此，本文原刊何处尚待考证。"海英同志的这个疑问，显然是因为他当时并不知道此文还有另外三个版本；至于他提到的，据传此文曾刊《宇

宙风》一说，则显系曾刊于《西北风》之误。

一九三四年三月四日上海《时事新报》副刊《星期学灯》第七十期刊登的《自然底追怀》这个版本，由洪静同志辑录，重新刊在一九七九年十一月出版的《中国现代文艺资料丛刊》第四辑。这个版本与其他三个版本相比较，特别有价值的是：它提供了这篇文章确切的写作时间，即一九三三年十一月三十日。而其他三个版本都没有注明写作时间。由于《时事新报》这个版本的发现，一直不甚清楚的这篇文章的具体写作时间问题，才算得到了解决。同时，这也说明了，海英同志关于这篇文章系写于一九三六年的说法[⑧]显然有误。

（二）关于这篇文章的日文原刊何处的问题

海英同志认为，这篇文章"系刊载于一九三六年东京出版的日本《文艺》杂志"[⑨]。洪静同志看来也是同意海英同志这一说法的。洪静同志说："似乎可以断定，郭氏在发表《自然底追怀》两年后，因日本《文艺杂志》编辑约稿，又用日文把这篇文章重写一次（或者可以说把这篇文章译成日文）。"[⑩]洪静同志认为，《自然底追怀》一文，一九三四年三月四日在上海《时事新报》发表两年后，日本《文艺杂志》才予以刊载，因此其刊载时间当然是一九三六年。由此可以看出，洪静同志也认定，这篇文章的日文是刊载于一九三六年的日本《文艺》杂志上的。

海英同志和洪静同志说这篇文章的日文原刊日本《文艺》杂志，这是对的；但不是刊载于一九三六年的日本《文艺》杂志，而是刊载于一九三四年的日本《文艺》杂志。一九三四年四月一日出版的《现代》杂志第四卷第六期刊载的《自然之追怀》这个版本，在文后注明："原文载日本《文艺》（改造社）二月号，济民译。"这是一个有说服力的证据。它明白无误地说明了《自然之追怀》一文，是译自日本《文艺》杂志二月号，译者是济民。这也就是说，这篇文章的原文系日文，原刊于日本《文艺》杂志二月号。这里虽然没有标明"一九三四年"字样，但这里所省略的年份决不会是一九三六年，而显然是一九三四年。因为译载这篇文章的《现代》杂志第四卷第六期，是一九三四年四月一日出版的；一九三四年出版的中文刊物，决不可能译载一九三六年出版的外文刊物上的文章。而《自然之追怀》这篇文章，原刊日本《文艺》杂志一九三四年二月号，译载于一九三四年四月一日出版的中文刊物《现代》杂志第四卷第六期，这显然是合乎情理的。事实上，也确乎如此。

由此可以断定，海英同志认为这篇文章原刊"一九三六年东京出版的日本《文艺》杂志"的说法，并不确切。此文确系原刊日本《文艺》杂志，但海英同志的说法年份不对，不是原刊于一九三六年的日本《文艺》杂志，而是原刊于日本《文艺》杂志一九三四年二月号。事实上，日本《文艺》杂志，不可能在一九三四年和一九三六年，将同一篇文章刊登两次。

关于郭沫若这篇回忆早年作诗情况的文章，如果我们以上的考订基本上符合事实的话，那么，概括地说来，其写作和发表的实际情形大体上是这样的：这篇文章是应日本《文艺》杂志编辑之约，于一九三三年十一月三十日写成的，发表在一九三四年二月号的日本《文艺》杂志上。此文的中文译文，先是在一九三四年三月四日的上海《时事新报》副刊《星期学灯》第七十期上发表，文章题目是《自然底追怀》；不久又在一九三四年四月一日出版的《现代》杂志第四卷第六期上，以《自然之追怀》为题发表；后来又在一九三六年十月二十日在汉口出版的《西北风》第十期上，以《我在日本生活》为题发表；直到一九六三年十一月出版的《中国现代文艺资料丛刊》第三辑，又以《我在日本的生活》为题予以刊登；最后，一九七九年十一月出版的《中国现代文艺资料丛刊》第四辑，又将《时事新报》发表的《自然底追怀》一文予以重新刊登。

由于这篇文章是研究郭沫若早年诗作的珍贵资料，其中文版本较多，而弄清其写作和发表的有关情况，有助于我们更好地使用这篇珍贵的资料。

八、关于《登尔雅台怀人》的写作时间

登尔雅台怀人

依旧危台压紫云，

青衣江上水殷殷，

>归来我独怀三楚，
>
>叱咤谁当冠九军？
>
>龙战玄黄弥野血，
>
>鸡鸣风雨际天闻。
>
>会师鸭绿期何日，
>
>翘首嵩高苦忆君。

这是郭沫若同志写的一首寄怀朱德同志的重要诗章。关于这首诗的写作时间，长期以来都不甚清楚，颇有考订的必要。

关于《登尔雅台怀人》的写作时间，有如下几种说法：

（一）作于一九四一年七月十日。这是郭沫若一九五八年编定的诗集《潮汐集》收录《登尔雅台怀人》这首诗时，所注明的写作时间。

（二）作于一九三九年秋。这一说法见于朱德同志的《和郭沫若同志〈登尔雅台怀人〉》一诗的注释中。《朱德诗选》在关于这首诗的注释中，征引了郭沫若《登尔雅台怀人》诗里的《小序》说："一九三九年秋返嘉定，登尔雅台怀玉阶先生。"[⑪] 玉阶，系朱德同志号。从这里我们知道了《登尔雅台怀人》一诗尚有另一种有作者《小序》的版本。我们未见到这种版本，不知何年何月出版；而《潮汐集》收录的此诗，并无《小序》，可见这是《潮汐集》之外的另一种版本。

（三）作于一九三九年三月。这一说法，见郭沫若的《龙战与鸡鸣》一文。这篇文章作于一九四一年七月二十七日，文章中郭沫若曾谈到《登尔雅台怀人》一诗的写作时间。他说："我这诗是前年三月回嘉定的时候做的。"[⑫]

关于这首诗写作时间的三种说法中，哪一种较为正确呢？我们认为：

第一种说法，即作于一九四一年七月十日之说，显然有误。《登尔雅台怀人》一诗的内容明明白白地说明了，这是作者回到故乡、登尔雅台、感事怀人之作。我们知道，郭沫若回故乡乐山是一九三九年，而不是一九四一年。因此，这首诗根本不可能作于一九四一年七月十日。

第二、三种说法都认为这首诗作于一九三九年郭沫若返故乡乐山之时，这是对的。但究竟是作于一九三九年秋，还是作于一九三九年三月？这还需要略加考订。

据郭沫若《五十年简谱》的记载和上述的考订,我们知道,郭沫若在一九三九年这一年之内,共返回故乡乐山三次。第一次,是二月底至三月十日,回家省父并为母亲扫墓;第二次,是七月,因父亲逝世,回家奔丧;第三次,是十月间。

我们认为《登尔雅台怀人》这首诗,当作于郭沫若第一次回故乡乐山期间,即一九三九年三月。《登尔雅台怀人》的最早出处,系见之于郭沫若一九四一年七月二十七日撰写的《龙战与鸡鸣》一文。此文在引录这首诗之后写道:"我这诗是前年三月回嘉定的时候做的","并不曾发表过,只是爱把那两句摘下来替朋友们写对联……"⑬在这里,郭沫若不仅十分明确地写出了这首诗的写作时间,而且说明了这首诗的第一个版本,正是出自《龙战与鸡鸣》一文。而这首诗的其他两个版本,都晚于《龙战与鸡鸣》这个版本。因此,《龙战与鸡鸣》记载的写作时间显然更为可靠。因为这个版本的刊出时间与这首诗的写作时间仅仅相距两年,作者的记忆当是比较清楚的;而时间过了几年乃至十几年,一九五八年编定的《潮汐集》记载的写作时间,或由于时间久远,记忆模糊,难免记载有误了。

以上关于郭沫若生平活动的几点考订,虽然往往只涉及有关时间乃至某些细节,但对于了解和研究郭沫若生平活动、编撰年谱和传记来说,却并非是可以随便马虎处理的细枝末节。因此,本文所做的一些考订,对于了解和研究郭沫若来说,也许是不无裨益的吧!不过,由于水平和资料的限制,本文所作考订的不妥之处在所难免,很希望得到读者的批评指正。

一九八〇年八月于川大铮园

注释:

①关于四川革命同志会成立大会的情况,参加《鹃血》第三期之《本会纪事》。

②以上两引文均见《鹃血》第四期。

③《民国三年以来我自己的年表》,载一九三四年乐华书局出版的《沫若自选集》。

④《五十年简谱》，载一九四二年六月十五日出版的《抗战文艺》第六卷第六期。

⑤《先考膏如府君行述》，藏乐山文管所。

⑥《文化与战争》，初收《蒲剑集》，现收《沫若文集》第十一卷。

⑦这首诗藏乐山文管所。

⑧海英《郭沫若留学日本初期的诗》，载《中国现代文艺资料丛刊》第三辑。

⑨见海英《郭沫若留学日本初期的诗》一文的《附记》。

⑩洪静关于郭沫若《自然底追怀》一文的《辑录附记》。

⑪《朱德诗选》第十七页。

⑫《龙战与鸡鸣》，见《羽书集》。

⑬《龙战与鸡鸣》，见《羽书集》。

(原载《文学评论丛刊》第十一辑，1982年12月)

郭沫若在广州

一九二六年三月下旬至七月下旬，郭沫若在广州住了整整四个月，这是他整个革命生涯中颇为重要的时期。然而，我们对郭沫若在这个时期的活动情况，却所知甚少。郭沫若的回忆录也没有记述这个时期的活动情况。《创造十年续编》只写到一九二六年三月下旬到达广州；《北伐途次》则是从一九二六年八月二十四日离开长沙时写起的。因此，一九二六年在广州这个虽然短暂但颇为重要的时期，在郭沫若生平活动的记叙和研究中，几乎成了一段空白。本文拟根据不久前发现的革命刊物《鹃血》和其他有关材料，对郭沫若一九二六年在广州时期的一些经历和活动，做一综述，以供参考。

一

一九二六年三月，郭沫若离开上海奔赴广州。这是他在这个时期思想发展的必然结果，也是他走向革命实际斗争道路的重要一步。

一九二四年至一九二五年间，郭沫若"与水平线下的悲惨社会略略有所接触"[①]。同时，在这个时期，他认真地学习了马克思主义的一些基本原理，积极参加了一些政治斗争和思想斗争。他通过翻译河上肇的《社会组织与社会革命》，比较系统地学习了马克思主义的基本理论；通过参加"齐卢之战"的战祸调查，接触到民众的悲惨生活，加深了对社会底层的认识。同时，他还积极参加了五卅运动和对国家主义者的论战等政治斗争、思想斗争。这些理论学习和革命实践活动，对郭沫若产生了积极而深刻的影响，直接推动了其革命思想的显著发展，大大加速了他走向革命实际斗争道路的步伐。

郭沫若一九二四年至一九二五年间的思想发展和革命实践，促使他产生了投身革命实际斗争的迫切要求——毅然决定了一九二六年三月的广州之行。当时的广州是革命的中心,是郭沫若"希望所寄系着的唯一的地方"[②]。因此,一九二六年二月底,当他接到广东大学的来信,聘请他去做文科学长的时候,他很快就决定接受聘请,而且不久即择期起程,奔赴广州。

郭沫若的广州之行,不仅是其思想发展的必然结果,而且郭沫若生前,特别是晚年,一直认为,他去广州,是党组织的意思和安排[③]。从某些事实的线索看来,郭沫若的这个看法,是符合当时的实际情况的。

郭沫若去广州是一九二六年三月,但事情的缘起还得追溯到三个月以前。那是一九二五年底或一九二六年初,一天下午一点钟左右,瞿秋白和蒋光慈来到郭沫若的寓所造访。这是郭沫若与瞿秋白的第一次会见。当时,郭沫若的意趣正集中在政治问题上,于是,他就和"孤军派"、"醒狮派"等国家主义者论争的有关问题,详细陈述,侃侃而谈[④]。瞿秋白仔细地听了郭沫若的意见,认为他的看法是正确的,建议可以写出来。瞿秋白与郭沫若会面后不久就到广州去了;又过了不久,便有广东大学的聘书传来。广东大学的聘书和郭沫若等赴广州的旅费,都是由林祖涵经办并委托他的兄弟带去上海,面交郭沫若的,同时还通知他们到广州后先去林祖涵家里接洽。

从瞿秋白的登门拜访到广东大学的聘书传来,以及林祖涵的主动承办等情形看来,郭沫若的广州之行,完全可能是党组织的安排。具体地说,这是出于瞿秋白的推荐,并由林祖涵负责联系和经办的。据郭沫若后来回忆,他到广州之后,陈豹隐曾经告诉他,关于他去广州的事,"是出于秋白的推挽"[⑤]。阳翰笙同志也回忆道:"郭老去广州,是秋白同志的推荐,由组织上安排的,虽然细节不知道,但这两点是没有问题的。"[⑥]这些情况和线索尽管十分简略,却相当重要,说明郭沫若在一九二六年北伐前不久去到广州,不仅是他个人的意愿和行动,而且是党组织的意思和安排。

二

郭沫若是一九二六年三月十八日离开上海,二十三日到达广州的。广州是当时革命的中心,革命运动不断高涨,发展得十分迅速。郭沫若来到这里,亲身感受到浓郁的革命气氛,深受革命大好形势的鼓舞。在同志们的推动和影响下,他积极参加了一些革命活动,为不久后参加北伐,投身于革命的实际斗争,准备了必要的条件。

但是,由于年代久远,保存下来的资料不多,我们对于郭沫若一九二六年在广州的革命活动,至今仍然了解很少,还要注意发掘有关资料。让我们感到十分高兴的是,不久以前发现的革命刊物《鹃血》和其他有关材料,为我们提供了郭沫若一九二六年在广州从事革命活动的部分重要史实。

第一,发起、组织四川革命同志会。

四川革命同志会,是郭沫若等同志发起、组织和领导的一个群众性的革命团体。郭沫若和陈启修等同志发起、组织四川革命同志会,是为了团结四川的革命同志,集中革命力量,推动四川的革命运动,以促进整个国民革命的发展。郭沫若、陈启修等认为,当时"四川同乡在粤从无同乡会学会的组织,亦无革命分子的集团,故人数虽多,涣散已极。近年来粤者益多,又感省区革命运动与集中革命势力均于国民革命有重大关系,而四川人民之要求革命,如'饥者甘食,渴者甘饮',有刻不容缓之势"[7]。正是人民群众迫切要求革命的这种"刻不容缓之势",使郭沫若、陈启修等深感有组织起来共同进行革命的必要。于是,在郭沫若、陈启修等人的倡议下,成立四川革命同志会的各项筹备工作开始积极进行。

一九二六年五月二日召开了第一次筹备会,到会者三十余人。此后,还召开了三次筹备会,具体研究、安排如何分工办理各项筹备工作等事宜。由于发动、串连的工作比较深入,整个筹备工作进展迅速,很快就得到不少四川革命同志和进步青年的热情支持。仅半个月的时间,加入四川革命同志会者就约有三百人。筹备工作就绪后,一九二六年五月十四日十二时,四川革命同志会成立大会在广东大学正式举行了。成立大会报告了筹备经过,通过了总章,选举了领导成员。郭沫若、陈启修等十九人当选为执行委员,欧阳继修[8]等七人当选为监察委员。

成立大会之后,于五月十七日仍然在广东大学召开了执行委员和监察委员联席会议,讨论分工和会务等问题。联席会议决定设立总务部、农民部、工人部、青年部、出版部,并选举了各部负责人。郭沫若被选为出版部委员长。在这次会议上，还决定由出版部编辑发行旬刊一种，作为四川革命同志会的会刊⑨。

第二，主编革命刊物《鹃血》。

四川革命同志会执行委员和监察委员联席会，于五月十七日作出了出版一种旬刊的决定之后，五月二十一日召开的第一次执行委员会议又作出决定："旬刊趁五卅纪念，定六月一日出版。"⑩根据这些决定，出版部在郭沫若的主持下，加紧进行旬刊的筹备工作，只用了不到半个月的时间，在六月一日，旬刊《鹃血》第一期就问世了。

刊物取名《鹃血》，显然是用了"杜鹃啼血"的传说。作为一个四川革命团体会刊的刊名，"鹃血"颇具地方特色。《鹃血》为十六开本，刊名"鹃血"二字是手书，刊名下边标出期数，右边标明"四川革命同志会出版部编刊"和出版日期，左边注明刊物出售价和通讯处"广州越秀北路一〇七号"。《鹃血》第一期出版于六月一日，第二期出版于六月十一日，第三期出版于七月十五日，第四期出版于八月一日。第一、二期为旬刊，第三、四期为半月刊。《鹃血》由旬刊改为半月刊，是在六月十四日召开的四川革命同志会第二次执行委员会议上，由郭沫若提议，经执行委员会讨论决定的。

郭沫若不仅主持《鹃血》的编务，而且亲自为刊物撰稿。他起草了《四川革命同志会成立大会宣言》，撰写了题为《革命势力的普及与集中》的重要文章。另外，《鹃血》还全文刊载了他在四川革命同志会举行的欢送战友北伐大会上的演讲词。

第三，关于郭沫若同志与毛泽东同志、周恩来同志的接触和交往。

郭沫若一九二六年在广州热情地参加社会活动和革命活动，广泛接触了许多革命同志。值得特别提起的是，正是在广州期间，郭沫若同志认识了毛泽东同志和周恩来同志。这对郭沫若革命思想的发展和决心投身于革命的实际斗争，产生了极其深刻的影响。

郭沫若同志和毛泽东同志一九二六年在广州的接触和交往，据有关材料证实共有四次。第一次，是郭沫若同志刚到广州，就在林祖涵家里见到了毛泽东同志。第二次，是毛泽东同志专程到郭沫若同志家里，邀请他去广州农民运动讲习所作报告。第三次，是在约定作报告的那天，毛泽东同志亲自陪同郭沫若同志前往广州农民运动讲习所作报告。第四次，是郭沫若同志和毛泽东同志应广东东山青年会的邀请，一道去该会发表演讲⑪。另外，郭沫若还应邀担任了毛泽东同志在广州主办的第六届全国农民运动讲习所的教员⑫。

郭沫若同志与周恩来同志也是一九二六年在广州认识的。他们的第一次见面，是四五月间周恩来同志去郭沫若同志任教的广东大学发表演讲。郭沫若同志和周恩来同志的接触和交往，对他决心走向革命的实际斗争道路，毅然投笔从戎，参加北伐，产生了很大的鼓舞和推动作用。当周恩来同志得知郭沫若有参加北伐的愿望时，十分重视，及时邀请郭沫若到他家里商谈。接着，周恩来同志又专门研究了如何进行此事的具体步骤，合理地安排了郭沫若同志在北伐军中的职务，使他有机会发挥才能，为革命斗争作出应有的贡献⑬。

第四，关于郭沫若同志参加北伐军及其随军出发的时间问题。

在郭沫若随军北伐前夕，四川革命同志会举行了一次隆重、热烈的欢送大会，欢送郭沫若、朱代杰⑭、李民治⑮等同志光荣参加北伐。四川革命同志会的会刊《鹃血》详细报道了欢送大会的盛况。这个长篇报道的可贵之处是，它不仅全文引录了郭沫若在欢送大会上的讲话，而且提供了郭沫若离开广州、随军北伐的具体日期。

四川革命同志会监察委员欧阳继修在欢送大会上致欢送词，热情赞扬并高度评价郭沫若等投笔从戎、参加北伐的革命行动。他说："郭沫若同志由文学大家而大学教授文科学长，由学长而宣传科长，可以说他现在武装北伐，一枝笔能够横扫千万军的！自从创造社成立以来，所发行的刊物，无人不受沫若同志的影响，而今沫若同志由东方的诗人，浪漫的文学家实行武装起来了，明日就道长征，大有还我河山之概，这样，自然一般的群众一定要相继加入杀敌了，尤其是许多教师，文人，浪漫派，将来也能勇敢革命的。"⑯郭沫若在欢送大会上，发表了"十分精透雄伟的演说"。他那强烈的革命激情、深切透辟的分析、尖锐泼辣的语言，极大地鼓舞了战友的革命斗志，深刻地揭露了敌人的反动本质。他在扼要地论述了四川革命和中国革命、世界革命的关系之后，着重揭露和尖锐批判了四川反动军阀的腐朽本质。他指出："（他们）如同粪虫一样的只能在粪池里翻上翻下，毫无意识的动作；这样，不但望他们革命，就是要他们不吃大烟也不成！（鼓掌）他们只有刮地皮，残杀人民，享富贵，讨小老婆，什么也不会！（鼓掌）"他呼吁四川革命同志联合起来，武装起来，为推翻四川军阀的反动统治而斗争。为了更好地开展这场斗争，他特别强调革命党人和革命军队，必须努力争取群众，必须同广大群众保持紧密的联系。他说："没有民众作后盾的军队，那能作战，那能革命！（鼓掌）""革命党人是天天要往民众中间钻去，无论是铜墙铁壁！（鼓掌）我们要从宣传民众，组织民众中夺回政权来！（鼓掌）惟其危险，惟其困难，所以我们更要特别努力！（鼓掌）"[17]

关于四川革命同志会举行的这次欢送大会的详细情况，《鹃血》第四期做了报道。过去，我们并不知道郭沫若离开广州、随军北伐的确切的日期，一般的说法是七月下旬或七月底；而《鹃血》第四期的这篇报道却提供了具体日期。报道中说："郭沫若同志等是全身中山服，武装，佩刀带，精神极佳，明日即出发。"欧阳继修的欢送词中也说："……而今沫若同志由东方的诗人，浪漫的文学家实行武装起来了，明日就道长征，大有还我河山之概……"这次欢送大会是一九二六年七月二十日举行的。由此可知，郭沫若离开广州、随军北伐的具体日期是一九二六年七月二十一日。

三

一九二六年在广州期间，由于革命环境的影响和革命形势的鼓舞，郭沫若积极热情地参加了一些革命活动，而对于他所擅长的文学创作，则比较淡漠，甚至"决心想和文学断缘"[18]。的确，郭沫若在此期间很少写什么文学作品。但是，他在积极参加革命活动的同时，并没有放弃他作为文学家的特长，而是发挥了他善于用笔进行战斗的卓越才能。他根据革命斗争的需要，常常执笔为文，写了一些富于战斗性的文章，如《四川革命同志会成立大会宣言》、《革命势力的普及与集中》、《革命与文学》、《五卅的反响》、《〈毋忘台湾〉序》等。

郭沫若的这些战斗文章，是革命时代思潮的产物，也是其革命思想发展的结果。正如他所说的那样，"时代是在飞跃着，文章也只好飞跃了"⑲。事实正是这样，革命的时代推动了他的思想发展，而他的思想发展又必然对他的文章产生深刻的影响。如果说《革命势力的普及与集中》一文明确表述了郭沫若广州时期革命思想的几个重要方面，那么，《革命与文学》一文则集中反映了其文艺思想的重大发展。

郭沫若一九二六年四月十三日在广州写的《革命与文学》一文，发表在一九二六年五月十六日出版的《创造月刊》第一卷第三期。这篇文章明确提出并深刻论述了文学与革命的关系、革命文学的内容与任务等一系列重要问题，强调文学要适应现实革命斗争的需要，更大地发挥战斗作用，在斗争中不断发展。他向文学青年们发出了热情的呼吁："青年！青年！我们现在处的环境是这样，处的时代是这样……你们要把自己的生活坚实起来，你们要把文艺的主潮认定！你们应该到兵间去，民间去，工厂间去，革命的漩涡中去，你们要晓得我们所要求的文学是表同情于无产阶级的社会主义的写实主义的文学……"

郭沫若这些精辟的论述，是他根据文学发展的历史经验和革命运动的实际需要，对革命实践和创作实践提出的一些迫切需要解决的问题所作出的回答。显而易见，他提出的那些富有现实意义的要求，决不是空洞的口号，而是符合当时革命实际斗争需要的深刻见解。比如，他提出的"应该到兵间去，民间去，工厂间去，革命的漩涡中去"，不仅是具有革命意义的宣言，而且是对革命文学家的具体要求。郭沫若等文学家不久就实践了他们的诺言，毅然参加了北伐军，投身于"革命的漩涡之中"。正是革命实践的洗礼和实际斗争的锻炼，极大地推动了他们在革命道路和文学道路上的前所未有的发展。

《革命势力的普及与集中》一文写于一九二六年七月五日，发表在八月一日出版的《鹃血》第四期上。这篇文章深刻论述了当时革命运动面临的几个重要问题。

分清敌友是革命的首要问题。这个问题在革命高涨的北伐前夕，显得尤其重要。郭沫若以十分明确的语言，强调"国民革命的敌人是帝国主义和军阀，帝国主义和军阀便是全体民众的敌人。凡是中国民众都应该来打倒共同的敌人"。在郭沫若看来，为了打倒共同的敌人，既要重视革命势力的普及，又要重视革命势力的集中。所谓革命势力的普及，"就是要使一切民众革命化"；所谓革命势力的集中，就是要加强革命势力的团结。郭沫若认为，促使民众革命化的关键，就在于"要使一切民众都认清了自己痛苦的原因，认清了自己的敌人，认清了革命的必要，认清了须得共同来革命的必要"。这就是说，革命的普及和发展，不但要有更多的民众参加革命，而且必须重视启发他们的觉悟，提高他们的认识，帮助他们认清共同的敌人，打倒共同的敌人。这就要求运用各种形式进行宣传，使广大民众认清自己深受剥削和压迫的根源，认清谁是敌人，谁是朋友；认清加强革命团结、"共同来革命的必要"。

加强革命队伍的团结，建立和巩固革命统一战线，是推动革命胜利发展的重要保证。郭沫若深切地认识到，革命队伍的团结，在当时"出师讨贼的时候"，不仅"一刻也不能忘记"，而且是促使革命发展的"必要的条件"。因为，"敌人正在四方环伺，正无时无日都在策划着种种离间、诬蔑的阴谋，我们正不能不无时无日都要提心着我们革命势力的团结"。郭沫若深刻地论述了加强革命团结、建立和巩固统一战线的必要性。他明确指出："国民革命是农工商学兵大联合的结晶！"他热情呼吁："农工商学各界的革命分子一致联合起来！"同时，他还特别强调，这种大联合必须建立在共同革命的基础上，使人们的思想和行动"归纳于共同的轨范，以便打倒共同的敌人"。

郭沫若一九二六年在广州生活的时间虽然不长，却是他整个革命战斗历程的一个相当重要的阶段。正是在这期间，他的思想有了重大发展，使他决心走向革命实际斗争的道路。这对于他此后的思想和创作等各个方面都有较大的影响。

由于《鹃血》等重要资料的发现，使我们比以前又多知道了一些郭沫若一九二六年在广州的情况，在一定程度上填补了由于资料缺乏所造成的空白。至于深入了解郭沫若当时全部的革命实践活动，还有待于今后的努力。

为此，我们深切希望学术界的同志，特别是当年与郭沫若一道战斗的老同志，为郭沫若各个重要时期的活动提供必要的情况和线索，发掘更多的重要材料，为全面、历史、科学地研究郭沫若，创造必要的条件，打下坚实的基础。

附记：

（一）一九二六年七月下旬，郭沫若离开广州。后于一九三七年十二月六日又来到了广州，从事抗日宣传活动。从一九三七年十二月六日到一九三八年一月六日，郭沫若在广州住了整整一个月。关于郭沫若先后两次在广州期间的主要活动情况，参见附录《郭沫若两次在广州期间活动简表》。

（二）本文酝酿和写作过程中，曾就有关问题向李一氓同志请教，承李一氓同志及时复信，热忱指教；同时，又参考和引用了王廷芳同志一个报告中的有关材料；还得到广州全国农民运动讲习所旧址纪念馆的帮助。谨在此一并致谢。

注释：

①郭沫若：《〈文艺论集〉序》。
②④⑤郭沫若：《创造十年续篇》。
③⑥参见王廷芳：《光辉的一生 深切的怀念》。
⑦⑨⑩《鹃血》第三期《本会纪事》。
⑧欧阳继修即阳翰笙同志。
⑪关于郭沫若同志和毛泽东同志接触和交往的简况，系根据王廷芳《光辉的一生 深切的怀念》、于立群《化悲痛为力量》、郭沫若《创造十年续篇》所提供的材料。
⑫据广州全国农民运动讲习所第六届学员的回忆材料。此材料保存在广州全国农民运动讲习所旧址纪念馆资料室。
⑬关于郭沫若同志与周恩来同志接触和交往的简况，系根据王廷芳《光辉的一生 深切的怀念》所提供的材料。
⑭笔者曾就有关问题向李一氓同志请教，李一氓同志来信对朱代杰其人有如下介绍："朱代杰，上海南洋大学毕业，北伐时任总政治部秘书长，后留苏，回国后脱党，曾在山

东、北京教过中学，后投陈诚，任过福建建设厅厅长。解放后任铁道学院教授，教中国铁路史。'文化大革命'前在北京病故。"

⑮李民治即李一氓同志。

⑯⑰《鹃血》第四期《革命的欢送大会》。

⑱郭沫若：《革命春秋》第一八六页。

⑲《沫若文集》第七卷第二七四页。

附　录：

郭沫若两次在广州期间活动简表

一九二六年三月二十三日至七月二十一日

三月二十三日　三月十八日与郁达夫等一道离开上海，三月二十三日早晨到达广州。赓即去林祖涵家拜访，林祖涵不在家，却在他的书房遇到了毛泽东同志。这是郭沫若与毛泽东的第一次见面。

三月二十八日　搬进广东大学，正式就任该校文科学长。

四月十三日　作《革命与文学》，发表于一九二六年五月十六日出版的《创造月刊》一卷三期。

五月二日　与陈启修等共同发起组织四川革命同志会，于是日举行了第一次筹备会。继后还开了三次筹备会，具体研究和安排有关筹备工作。

五月十四日　中午十二时在广东大学举行了四川革命同志会成立大会。大会选举了郭沫若等十九人为该会执行委员，欧阳继修等七人为监察委员。

五月十七日　在广东大学召开了四川革命同志会执行委员和监察委员联席会议，到会者有郭沫若等十七人。会上确定了分工，讨论了会务，郭沫若当选为出版部委员长。同时决定由郭沫若起草四川革命同志会成立大会宣言。

五月间　应邀担任第六届广州农民运动讲习所教员。

六月四日　作《〈少年维特之烦恼〉增订本后序》，发表于一九二七年七月一日《洪水》半月刊二卷二十期。

六月十四日　在广州越秀北路一〇七号召开了四川革命同志会第二次执行委员会，会议同意郭沫若的提议，决定《鹃血》由旬刊改为半月刊。

六月十六日　作《五卅的反响》，后来改题为《为五卅惨案怒吼》。

六月二十五日　作《〈毋忘台湾〉序》。

七月五日　作《革命势力的普及与集中》，发表于《鹃血》第四期。

七月二十日　四川革命同志会于是日十二时在广东大学法学院，为郭沫若等参加北伐举行了欢送大会，郭沫若在欢送大会上发表了慷慨激昂的演说。

七月二十一日　郭沫若离开广州，随军北伐。

一九三七年十二月六日至一九三八年一月六日

十二月六日　与于立群离开香港同赴广州。是日晚作题为《广州郊外》的七律一首。

十二月九日　出席广州学生纪念"一二·九"二周年大会，发表了题为《纪念"一二·九"二周年》的演讲。

十二月二十日　作《武装民众之必要》，并在广州电台作播音演讲。

十二月二十八日　作《再建我们的文化堡垒》，此文系《救亡日报》（广州版）的《复刊辞》，发表于该报一九三八年一月一日。

十二月二十九日　作《饥饿就是力量》，发表于《救亡日报》一九三八年一月二日。

一月一日　作《纪念张一麐先生》，发表于《救亡日报》一九三八年一月三日。

一月二日　由于郭沫若即将离开广州，广州文化界救亡协会特请他向广州人民作一次临别赠言，他于是日下午六时在电台作了播音演讲，题目是《日本的过去、现在和将来》。

同日下午四时，郭沫若参加了在广州太平餐馆举行的"新年文艺座谈会"，与会者共五十余人，以"文化界统一问题"和"一年来文艺运动检讨"等问题为中心，展开了热烈的讨论。

一月四日　上海沦陷后，上海文化界人士陆续来到广州，近一两天内又有茅盾、夏衍等二十余人到达。广州文化界同人于是日午后七时在新亚饭店举行沪港粤文化人联欢会，郭沫若、茅盾、夏衍等三十余人欢聚一堂，气氛十分热烈。

一月六日　应岭南大学学生自治会的邀请，于是日上午十二时去该校演讲。全体师生出席听讲，严肃振奋之气充满会场。郭沫若在演讲中指出：抗战愈持久愈展开，于我国愈有利，现在我已达到消耗目的，再能"文官不要钱，武官不怕死"，民众运动彻底开放，则日本帝国主义一定能被打倒。

同日下午六时，在文化界同人热情欢送、依依惜别的气氛中，郭沫若和于立群乘火车离开广州去武汉。

（原载《郭沫若研究专刊》第二辑［《四川大学学报丛刊》第八辑］，1980年11月）

抗战时期郭沫若在武汉活动纪略

——沫若自传《洪波曲》补遗

抗日战争初期，从一九三八年一月九日至十月二十四日，郭沫若在武汉生活和战斗了九个多月。他的回忆录《洪波曲》就是记述抗战初期他在武汉的这段生活经历和战斗历程的。由于《洪波曲》写的是亲身经历的事情，确如郭沫若所说，可以看成抗战初期的一种"历史资料"[①]，具有一定的史料价值。

《洪波曲》是郭沫若一九四八年寓居香港时写的，由于当时资料缺乏等条件的限制，写作曾遇到相当多的困难。这种情形，郭沫若在《洪波曲·后记》中曾有所说明。他说："资料很缺乏，当年的日报和杂志一份也不在身边。从前偶尔记过的一些日记，但都散佚了，有的也不在身边。因此，唯一的资料差不多是全凭自己的脑子中所残留的记忆。就像挖煤的一样，每天从自己的脑子里尽量的挖。"考虑到这些具体情况，我们了解和研究郭沫若抗战期间在武汉的活动时，有必要查阅一下当时报纸和杂志上的有关记载。为此，笔者查阅了当时的有关报纸和杂志，汇辑了反映郭沫若当时斗争生活的一些较为重要的材料，作为对《洪波曲》的一个补遗。现将这些材料略加整理，按月编次，以供研究参考。

一月

一九三八年一月六日晚，郭沫若与于立群一道乘火车离开广州，于九日晚到达武汉。郭沫若一月十二日在武汉写的《致华南的朋友们》一文中说："自六号晚由黄沙上车后，在车上过了三夜三天，在九号的夜里便到达了武汉。"[②]

郭沫若到达武汉后，陆续有新闻记者前去访问，他对记者畅谈了对抗战以来国内外形势的观感。

一月十三日，记者访问郭沫若时，请他对"保卫大武汉"这个口号发表点意见和看法。他说："上海的失败已经给我们一个教训，单只军事防守还不够，必定要动员广大的民众来配合；单只提口号，还不行，必定要切实的兑现。目前的问题，还是在于怎样组织民众，保卫大武汉运动必需有这样切实的工作做基础。"记者访问结束时，请郭沫若题词，他写了"恢复十年的精神，保卫大武汉"③。

一月二十五日，《新华日报》发表了《郭沫若谈抗战形势》的报道。郭沫若指出："抗战数个月以来……'抗战到底胜利终归于我'的一句口号，今已像铁一般的坚定……全国民众的激烈，无论从任何方面看来，前途皆颇为乐观，只要全国一致，决心抗战到底，则民族的光荣前途，自然也就不成问题了。"④

一月十八日，郭沫若写了一篇题为《抗战与文化问题》的文章，指出："（一）在抗战期中，一切文化活动都应该集中于抗战有益的这一个焦点；（二）抗战必需大众动员，因而一切文化活动必需充分地大众化；（三）在使大众与文化活动迅速普遍地接近上，当要求言论出版集会结社的彻底自由，并要求战时教育的措施……"⑤

《新华日报》于一九三八年一月十一日在汉口创刊，各界友好人士纷纷题词祝贺。一月十四日刊登了郭沫若的题词——"发动全民的力量，从铁血中建立新的中国"。

二月

二月四日，《救亡日报》发表了郭沫若在武昌"广西学生军管"的演讲词。这篇题为《日寇之史的清算》的演讲词，从历史的角度概述了日寇的大概情形，并提出"只要坚持抗战，必然有胜利的前途"。郭沫若自编的集子和《沫若文集》均未收录这篇演讲词。

孩子剧团的小朋友们，在上海沦陷后，经历了极其艰苦的旅程，辗转来到了武汉。孩子剧团到达武汉后，八路军汉口办事处于二月初举行了一次欢迎会。周恩来、叶剑英、邓颖超、郭沫若、叶挺等同志亲自参加了这次欢迎会，热情地接待了孩子剧团的小朋友们。在这个充满温暖和亲切气氛的欢迎会上，郭沫若十分兴奋、激动地发表了讲话。他说："真正亲爱的小兄弟小妹妹！我回国半年，今天可说是最快乐的一天。……九岁的小弟弟，就晓得救亡了，是作孽么？不，是幸福。好像一株植物放在温室里虽然茂盛，但一拿出来就谢了。惟有在山谷里，寒风暴雨中磨炼出来的树木，才是坚强的，才能发展起来，顶天立地。中国有了你们这群不怕艰苦的儿女，中国也要在苦难中渐渐长大起来的。你们就象征着中国，在艰难困苦中一天天长大起来吧。要建立一个国家，决不是容易的事体，一定是流许多许多勇士的血，牺牲许多许多战士的头颅，用这些血液来作水门汀，头颅作砖块，这样才能建设得起来！我希望你们在困苦艰难和磨炼中长成起来，中国要跟着你们一道长成起来！我不能再讲了，我的眼泪要流出来了，那样太难为情了。"⑥

二月七日，郭沫若为《反侵略国际宣传周妇女日》题词：

  和平为侵略者所蹂躏，

  欲求恢复和平只有从反侵略做起。

  妇女，在平时是和平的象征，

  在战时便尤当为反侵略运动的宣传使。

  中国的诸姑姊妹们哟，中国已经临到了最后的关头了，

  请你们学习沃尔伦的少女，西班牙的少女⑦。

郭沫若到武汉后，被聘为当时的抗日军事委员会政治部第三厅厅长。在组建政治部和各厅的过程中，国民党当局玩弄手腕，施展阴谋。郭沫若对此很有意见，遂于二月六日，愤而出走，离开武汉，奔赴长沙。

在长沙期间，郭沫若会见了田汉等老朋友，受到了文化界人士的热烈欢迎，参加了文化界的一些活动。

二月十三日，长沙文化界在青年会大礼堂举行了欢迎郭沫若大会。徐特立、田汉、翦伯赞、薛暮桥、孙伏园等文化界知名人士参加了大会并发表了讲话，热烈欢迎郭沫若莅临长沙。郭沫若对长沙文化界的同志们举行的这样盛大的欢迎会、寄予的这样殷切的期望，甚为感动，深表谢意。他说：半年的抗战的重要收获之一，就是推动了文化界的同志们去实践"到民间去"的愿望和决心，他们"担负起民众动员的工作，这就像地丁花的种子，被抗战

的风一吹,四处都播下去了"!他衷心希望大家"站在自己的岗位,各以至诚担当自己的工作。只要每个人肯把他的最善的力,至诚的心,贡献出来,我们不怕没有导师。因为经验工作就是我们的导师"。他坚信,只要"大家精诚团结,抗战到底,是一定可以把日本帝国主义打倒的"[8]。

二月十五日晨,郭沫若将他在长沙文抗会的演讲整理成文,题为《对于文化人的希望》。在这篇文章中,郭沫若深刻地分析了抗日战争中"文化人的地位和责任",提出了"对于文化人的希望"。他首先提出"现代的战争已经不仅是军队和军队作战的平面战争,而是整个的民族对于侵略者的全体的战争了。我们现在是以全中国四万万五千万人,整个地,同日本帝国主义者作战,是以我们全文化的力量同日本帝国主义作战。文化人的地位和责任,在这时和前敌将士是没有两样的"。他指出:抗战以来,文化人虽然已经大量内移,但是还很不够,"因为文化人依然集中在后方的大都市上的",所以"文化宣传的力量便未能十分深入并普及于民间,民众运动和军事行动便未能严密地配合起来";鉴于这种情形,他"希望目前集中于后方大都市的文化人,更能够向乡村间散播去。愈散播得广,受文化宣传的民众便愈多,最后胜利的保障便愈见加强了"。最后,他满怀信心地写道:"总之,我们文化人应该把一切力量集中到抗战这一点,我们不要踌躇,不要悲观,不要发生无谓的摩擦,不要选择工作,死守着自己的岗位,拼命地争取我们第二期抗战的胜利,战到日本帝国主义崩溃的一天。"[9]

二月十八日,郭沫若撰写了《国际形势与抗战前途》一文。文章深刻分析了抗战以来的国内国际形势,明确指出了抗日战争的光明前途。他说:"我们在国际上是'多助',日本是'寡助'。""我们的抗战前途是浩浩荡荡的,加强和巩固我们的抗日联合战线,整备我们的战时施设,以更始一新的勇气进行我们的第二期的大会战,真正的和平是一定会从这次的神圣的炮火中产生得出来的!"[10]

二月二十四日,郭沫若撰写了《在天空写的壮快的诗篇》,热情歌颂我空军将士大快人心的两次空战。一次是二月十八日,"汉水的上空展开了人与兽搏斗的奇观";一次是二月二十三日,"我空军竟第一次出国建功,把敌

人在台北的机场炸成了火海一片!"他满怀激情地写道:

> 哦哦,我英勇的空军将士,你们在空中写就的是何等壮烈的诗篇,
> 这快捷假如容许我用死来庆祝,
> 我就把心脏剖出作为祭品也所情愿。
> ……
> 这快捷假如容许我用死来庆祝,
> 我就割下头颅作为祭品也是心甘⑪!

关于政治部及其第三厅的组建,由于周恩来和郭沫若等同志坚持了必要的原则斗争,国民党当局才接受了一些合理的要求和意见。这一情况由于立群赴长沙告诉了郭沫若,他这才正式接受了政治部第三厅厅长的委任,并于二月二十八日晚,与于立群、田汉、张曙等同志一道离开长沙,同赴武汉,正式进行组建政治部第三厅的各项工作。

郭沫若从二月六日至二十八日在长沙滞留了二十二天。在离开长沙的当天,他提笔写下了《长沙哟,再见!》一文,抒发了离别之情。他写道:"春天渐渐苏醒了,在渐渐知道了长沙的好处,不想离开的时候,偏在今晚就要离开长沙。……春天渐渐苏醒了,我同南来的燕子一样,又要飞向北边,长沙哟,再见!"⑫

三月

郭沫若从长沙回到武汉后,在积极进行组建政治部第三厅的各项工作的同时,还广泛参加了一些社会活动和文化活动。

三月九日,郭沫若为《自由中国》杂志创刊题词:

> 要建设自由的中国
>
> 要建设自由的中国,须得每个中国人牺牲自己的自由。每一个中国人把自己的一切贡献给祖国的解放,中国得到自由,则每一个中国人也就得到自由了。
>
> 《自由中国》创刊 题此以为纪念
>
> 一九三八年三月九日 郭沫若⑬

三月十二日，是孙中山先生逝世十三周年纪念日。是日，《新华日报》刊登了郭沫若的题词：

仰 之 弥 高

中山先生逝世十三周年纪念

题为

新华日报

郭沫若

三月二十五日上午，郭沫若出席了中国学生救国联合代表大会；下午，去女青年会发表演讲。他说："此次来武汉，已三个月，但今天还是第一次讲演，所以非常高兴。关于指导的问题，自己学识有限，惟常有一个信念，就是只要在自己的岗位上努力工作，自然可得良好的指导，工作就是先生，工作中的经验，就是良好的指导者。"接着，他着重讲了妇女的社会地位问题，勉励妇女同胞们积极深入到群众中去，进行抗战的各项工作，努力完成时代赋予的历史使命[⑬]。

三月二十七日，中华全国文艺界抗敌协会在武汉正式成立。三月二十七日的《新华日报》，在一版发表了题为《全国文艺界抗敌协会成立大会》的社论，在四版编辑了《中华全国文艺界抗敌协会成立大会特刊》，其中有郭沫若的题词——"统一文艺阵线，巩固精神国防"。第二天，即三月二十八日，《新华日报》以《全国文艺界空前大团结》为题，详细报道了成立大会的盛况。

中华全国文艺界抗敌协会成立大会，于三月二十七日上午九时三十分在汉口总商会大礼堂隆重开幕，出席大会的代表共有五百多人，来宾有五十多人，日本反战作家鹿地亘及其夫人池田幸子也应邀参加了大会。大会推举蔡元培、周恩来、罗曼·罗兰、史沫特莱等十三人为名誉主席团，推举冯焕章、郭沫若、老舍、田汉等十余人为主席团。在大会上发表讲话的有周恩来、郭沫若和日本反战作家鹿地亘等。郭沫若在讲话中突出强调了文艺工作者在抗日民族解放斗争中的历史使命。他坚决表示："我们要牺牲一己自由求民族之自由，牺牲一己生命求民族之生命，不单鞠躬尽瘁，死而后已，还要鞠躬尽瘁，至死不已！"大会通过了《告世界文艺家书》、《致日本被迫害作家书》、《向抗敌将士致敬电》，还通过了《大会宣言》和《简章》，并推举郭沫若、茅盾、老舍、巴金、丁玲、曹禺、夏衍、田汉、冯乃超、成仿吾、郁达夫、朱自清、郑振铎等四十五人为理事，周扬、吴奚如、孔罗荪等十五人为候补理事[15]。

四月

政治部第三厅于四月一日正式成立。

在第三厅筹备期间，郭沫若就考虑到为了更好地开展对敌宣传，最好能够邀请日本朋友参加这项工作。他提议邀请当时正在香港过逃亡生活的日本反战作家鹿地亘夫妇，前来武汉参加对敌宣传工作。三月下旬，鹿地亘夫妇应邀来到了武汉，被聘请为政治部设计委员，实际上是第三厅第七处的顾问。

为了欢迎鹿地亘夫妇来武汉参加对敌宣传工作，武汉的十一个团体于四月一日联合举办了一次欢迎会。郭沫若、沈钧儒、邓颖超、田汉等两百多人参加了欢迎会。郭沫若在讲话中指出："我们欢迎鹿地亘先生和池田女士，不仅因为他们是日本反战作家，而且因为他们是人类的斗士。日本有许多作家都作了军阀的喇叭，像林房雄之类。和林房雄这些人比较起来，鹿地先生是多么值得我们钦佩！"[16]

第三厅正式成立之后，开展的第一个很有声势、影响颇大的工作，就是关于《抗战宣传周》的宣传活动。

四月七日上午十时，在汉口总商会大礼堂举行了"武汉各界第二期抗战宣传周"开幕典礼，各界人士六百余人参加了大会。周恩来、郭沫若等在大会上相继发表了演说。周恩来明确指出了宣传方针和意义，说："第二期抗战扩大宣传的主要意义是要动员后方所有民众力量，增强前方抗战威力，粉碎敌人第二期进攻的计划。"郭沫若着重强调了关于宣传方法的运用，说："主要是我们有最大的诚意，与必死的决心，我们要和前线将士抱一样必死的决心！把我们的精神武装起来！我们要一声的呼号摧毁敌人的心胆！现在我们除要做到有钱出钱，有力出力之外，我们大家还有一种共同的财产：'死！'我们今日人人要拿出死来！我们一定可保永远的胜利。"[17]

苏联莫斯科作家协会于一九三六年做出了一个决定——每年的五月二十四日为"诗歌节"。广州文艺界为了更好地推动文艺界的抗日救亡宣传活动，于一九三八年春决定在五月二十四日首次开展"诗歌节"的纪念活动。为此，他们向文艺界知名人士征求纪念"诗歌节"的题词和诗文。郭沫若为响应广州文艺界发起的纪念"诗歌节"的活动，特于四月二十四日撰写了关于"诗歌节"纪念的题词。广州《救亡日报》在五月二十四日刊出的《"诗歌节"纪念特辑》中，发表了郭沫若的题词：

五月是诗的月，读过歌德五月歌的人一定会同意。五月又是人性积极发动的月，单拿五月的纪念日之特多，便可证明。诗人们，请积极发挥你们的创作欲，不仅要纪念"诗歌日"，而且要莫辜负这个诗歌月。

一九三八年四月二十四日　郭沫若书于汉口

五月

五月十日出版的《自由中国》杂志第二号上，发表了郭沫若、郁达夫、老舍、夏衍等九人关于《抗战以来文艺的展望》的笔谈。郭沫若就编者提出的问题，做了如下回答：

一、抗战以来文艺的特征

以品类言，诗歌、短剧、速写、报告文学之类，最受鼓舞。

以品质言，则简短、敏捷而有煽动性、通俗化、大众化。

二、抗战以来文艺工作者的成果

作品颇不少，似以诗歌为最有成绩。但划时代的作品尚未见，大约还需要相当的酝酿的时期吧。

三、抗战以来文艺工作者的任务

1. 应利用文艺的多样性，以调剂抗战言论之定型式。
2. 应抓着抗战的经过，把伟大的时代记录下来。
3. 应采用集体创作的方式。
4. 应洗尽文士的洁癖，尽量地大众化。

四、中国文艺的前途

只要文艺工作者肯努力，并通力合作，必然有伟大光明的前途。

广州一所小学校的朋友们，为抗日爱国热情所鼓舞，组织了儿童救国募金队。他们将所募得的钱，转交给郭沫若，委托他"转献给为民族而抗战的斗士们"。郭沫若收到小朋友们的钱和信之后，非常感动，于五月十三日，给小朋友们写了一封情深意挚的回信。他在回信中写道："……小兄弟们，你们这一举动真使我感激，感激得快要流出眼泪来了。我受了你们那样诚恳的信赖，我自己实在是惭愧，倒是你们的纯洁、热诚、无私，是应该作为我们大人们的'导师'的。大人们年纪大了，便有很多的打算、邪念、私欲窜了出来，尽管国家已经到了最后关头，然而有好些人的私心，总是克服不了的。这实在是可悲叹的事体。因此我是愈见崇拜你们，愈见崇拜你们这样的举动。鲁迅先生曾经为你们设想，要大人物'救救孩子'，但我却为大人设想，要他们'学学孩子'。小兄弟们，我并不是有意地要恭维你们，我素来的信念就是这样，但我读了你们的信，知道了你们的行为，我的信念是愈见加强了。"[18]

五月间，世界学联代表来到武汉，受到武汉各界人士的热烈欢迎，连日来举行了多次欢迎集会。五月二十五日，郭沫若应邀出席了由中共中央和八路军驻武汉代表周恩来主持的欢迎世界学联代表的盛大招待茶会[19]。五月二十六日下午二时，郭沫若又在政治部第三厅，代表中华全国艺术界主持了一个欢迎大会。他在欢迎词中说："今天我们欢迎最亲爱的国际学联代表，他们虽只有四个人，但实际等于带给我们四百万大兵（鼓掌），在前方给我们增加了无数的武器（鼓掌），给我们以无限的鼓励，提高了我们必胜的信念（鼓掌）。我们艺术界没有什么艺术作品可贡献给我们亲爱的朋友们，但我们可以告慰的，我全国人民、全国艺术界已经团结起来，在为反对法西斯侵略，为民族生存国家独立而奋斗了（鼓掌）!"[20]

六月

六月十八日，是高尔基逝世两周年纪念日。六月三日，郭沫若撰写了《纪念高尔基》一文，盛赞高尔基的"慈和、公正、伟大的人格"和"为人类社会的幸福"而斗争的革命精神，怒斥托派当年毒杀高尔基，现在又破坏我抗日团结、联合战线的鬼蜮伎俩和滔天罪行[①]。六月十七日，他又写了诗歌《高尔基万岁》，热诚称颂高尔基的伟大精神。他写道：

……
他刻苦一生，要把他所有的一切贡献于人类，
使人类于更深入的智慧中得到更透辟的解放。
他，高尔基，已经不仅是一位伟大的作家，
而是一位教育全人类，孕育未来世界的圣者。
……
转瞬已就两周年了，这令人永铭肝肺的一天，
我们在这一天要虔诚地立定一个誓愿。
我们要继承文学的遗产，要努力学习，
要把先哲未完成的使命放在我们的双肩。
我们还要鼓动起全人类的正义的力量来把托派摧毁[②]！

六月二十二日，郭沫若应邀在电台作了题为《抗战以来日寇损失概观》的广播演讲。他概述了抗战以来日寇之重大损失，提出只要团结一致、坚持抗战，最后胜利必属于我。（见《新华日报》一九三八年六月二十三日、二十四日）

七月

七月十八日，郭沫若参加了武汉献金音乐大会。他在讲话中着重阐述了为抗战献金的意义，认为只有"保持精诚团结的精神，更加团结起来，团结成钢铁一般，把所有一切的力量贡献给抗战建国，才能保证抗战的胜利，赶日寇出中国，建设灿烂的自由幸福的新中国"[③]。

七月二十三日，武汉各界各团体联合举行响应国际反轰炸大会，周恩来、郭沫若等二十九人被推举为大会主席团。郭沫若在大会上发表了演说，义正辞严地道出了人民的严正要求、正义呼声！他提出"要发展我们创造欲的精神，反对发展占领欲最残暴的侵略者"。他强烈要求"予打击者以严重的打击，予轰炸者以猛烈的轰炸"。他坚信，只要"坚持抗战到底，创造自

由幸福的新中国,创造和平美满的新世界"的崇高理想必定能够实现[24]。

八月

八月间,武汉开展了两次规模较大的宣传活动——战时节约运动宣传周和"八一三"一周年纪念日。

八月三日上午,武汉各界集会,举行了战时节约运动宣传周开幕式,各界人士共三千多人参加了大会。郭沫若是大会主席团成员。他在大会上发表了演说,指出:"人类生活根本即应节约,乃使物力体力不为无益消耗。平时应注意节约,战时更应注意节约。武汉为全国中心,国际观瞻所系,应提倡节约,树立楷模,节省人力物力,以保卫大武汉。"[25]

八月三日晚上,郭沫若又应邀在电台作了题为《节约与抗战》的广播演讲。他在讲演中着重阐述了节约运动对于抗战建国的意义。他说:"……人的生活,根本上是应以节省俭约为原则的。……在平时根本就应该节省俭约的人的生活,到了战时,尤其是一个国家集中一切的力量抵御外侮的时候,一般国民的生活,不用说是应该更加节省俭约的。……人人都有合理的生活,人人都有积极的精神,人人都能把自己的所有乃至生命,奉献给国家,奉献给民族,目前保卫大武汉的工作不用说可以得到保障,就是整个抗战建国的事业,也一定可以得到保障的。同胞们!我们尽力扩大节约运动的实施,以争取抗战建国的胜利!"[26]

八月十三日,是"八一三"周年纪念日。是日上午,在武汉上海大戏院隆重举行了《纪念"八一三",保卫大武汉》大会,到会的有各界人士一千五百多人。郭沫若作为大会主席团成员,发表了演讲。他语言清晰,声音洪亮,指明日本的侵略战争已经受到了打击,遇到了困难,我抗击日寇侵略的战斗应该再接再厉、猛烈反攻,争取更大的胜利。他强调指出:纪念"八一三",我们应该加紧民众的动员,保卫武汉,坚守武汉。最后,他大声疾呼:"……在今天纪念'八一三',我们要努力,把日本鬼子打得向我们投降!"[27]

八月十五日晚八时,郭沫若在电台作了题为《纪念"八一三",保卫大武汉》的广播演讲,热情称颂"我国人民抗战到底、百折不挠的精神",号

召广大民众用实际行动来纪念"八一三",积极投入保卫武汉、抗击日寇的斗争。他说:

> 最可纪念的发动了全面抗战的"八一三",在两日前已就满了一周年了。……"八一三"以来的全面抗战的结果,我们是已经有了这样的收获,我们自然是应该再接再厉,争取最后的胜利,要把倭寇打得来向我们屈膝,向我们四万万五千万的中华民族屈膝!
>
> ……武汉的同胞们,现在是我们报国的绝好机会了。发挥大无畏的精神,准备牺牲一切,保卫我们的大武汉,争取最后胜利[28]!

八月间,在保卫武汉、坚守武汉的战斗气氛中,武汉各界积极开展了慰劳军队的活动。八月二十四日,郭沫若、阳翰笙等受武汉各界慰劳前方抗敌将士委员会的委托,代表武汉一百二十万民众,向武汉城防部队将士赠献旌旗和慰劳函件,并致辞表示慰劳和鼓励[29]。八月二十七日,郭沫若、阳翰笙又到另一部分城防部队的驻地,代表武汉各界进行慰问活动。郭沫若向部队赠献了题有"为民前锋"的旌旗,并致辞表示慰问。他说:"兄弟代表团的几位同志,代表武汉一百二十万同胞,向贵师全体将士致谢,并表示钦佩之忱。……这一点点的慰劳品,虽然菲薄……这是武汉各界同胞的血汗之资,可以表达武汉全体同胞对诸君敬爱与感谢之诚意。……相信在我军民合作、长期抗战之下,不久的将来,也一定可以打得敌人向我们中国屈膝,向我们四万万五千万同胞屈膝。"[30]

九月

九月一日是中国的记者节。是日下午二时,在江汉路普海春召开纪念会,到会者有郭沫若、沈钧儒、胡愈之、范长江、田汉等一百一十余人。范长江主持了纪念会,郭沫若在会上讲了话。他风趣地说:"以前用刀刻木为书,所以硬;后来用毛笔写了,所以显得软弱;现在已经用钢笔了;新闻记者应发挥他的刚性。(鼓掌)做政治工作的人,容易腐化,你们应该用钢笔来刺一刺这些人员的背,以便使其前进!"[31]

九月三日,郭沫若为纪念国际青年节题词,刊登在九月四日的《新华日报》上。题词全文如下：

  自然界的各种现象都呈抛物线形而进展，文化的进展也是同样。各个时代的文化都有它的最高峰，待达到最高峰后便次第下降。如无新的推动力使它另起更高的峰峦，下降的趋势是可以回到无文化状态的。文化的不断的进展实赖有各个时代的新的推进力。这新的推进力的发动是什么呢？便是各个时代的青年和年龄虽老而精神不老的永远青年。

  目前资本主义的文化是老早逾过了它的最高峰的，所谓法西斯蒂的潮流，便是极显著的下降趋势，要拖着人类返回无文化的状态。时代的青年又当到他创造更高的文化峰峦的时候了。

  青年们应该认清楚这种使命，要努力使文化永远青年化，使青年永远文化化！

  九月五日，在外国记者招待会上，郭沫若痛斥日本侵略者妄图独占远东利益之明目张胆的言论[②]。九月十二日，他又举行外国记者招待会，揭露敌人封锁天津英法租界等种种阴谋行为[③]。

  郭沫若率领武汉各界慰问团先遣队，于九月十五日离开武汉，赴前线慰劳各部队将士。这次慰问活动历时一周，郭沫若等于九月二十三日晚回到武汉。二十四日晚，郭沫若应邀在电台作广播演讲，畅谈此次慰问活动的观感。在这篇题为《后方民众的责任》的广播词中，他恳切地希望广大后方民众"对于前方的需要，加以充分的考虑"；"前方将士带着伤寒病抗战，后方民众要加速征募救护医药棉衣"[④]。

  九月二十三日，蔡元培、郭沫若领衔代表中国文化界，致电国联大会主席，请即对日本侵略者实施制裁。电文指出："暴日对华侵略，撕毁国际盟约，无异对全人类挑衅。……希即依盟约第十七条，对暴日实施最大限度之制裁。……当此侵略狂焰蔓延全国之际，我国决为民族独立与世界和平奋斗到底！"[⑤]

十月

  十月十九日是鲁迅逝世两周年纪念日。十月十八日，郭沫若撰写了《持久抗战中纪念鲁迅》一文。文章着重阐明了鲁迅精神，以及在抗日战争中发扬鲁迅精神的重大意义：

> ……鲁迅精神在这时特别鲜明地呈现在我们的面前。鲁迅精神是什么？便是不屈不挠，和恶势力斗争到底。这种精神是特别值得发扬的，尤其在目前整个民族，坚苦地对于暴日作持久抗战的期间。
>
> 我们纪念鲁迅，要学习鲁迅。但纪念鲁迅，是应该纪念鲁迅的这种精神；学习鲁迅，也是应该学习鲁迅的这种精神。
>
> 把鲁迅精神发扬起来，从文艺的范围扩展出去。假使人人都能够不屈不挠地和恶势力抗战到底；汉奸决不会产生，气馁的现象决不会出现，暴日终究要在我们的最高战略面前溃灭的⑱。

十月十九日下午，中华全国文艺界抗敌协会和鲁迅先生纪念委员会在青年会联合举行了鲁迅逝世两周年纪念会，出席纪念会的有周恩来、郭沫若、田汉等数十人。郭沫若为鲁迅逝世两周年纪念题词："中国文学由先生而开辟出一个新纪元，中国近代文艺是以先生为写实主义的开山。"⑲鲁迅逝世两周年纪念会由郭沫若担任主席，并致开会词。他说：

> 今天是鲁迅先生逝世的二周年纪念日，我们在目前正同日寇作持久抗战的时候，武汉又在十分危急中，我们留汉同人，还能在这里举行纪念，是有其特殊意义的！
>
> 鲁迅先生的学问、思想和文学上的成就，大家一定认识得很清楚，但是鲁迅先生不仅在学问上开了坦坦大道，文学上有很大的成就，同时在做人上亦标出很好的榜样。并且鲁迅先生所以有学问上、思想上、文学上的成就，即是在做人上有特别值得敬仰和学习的地方。
>
> 鲁迅精神，是无论如何不妥协、不屈服，对恶势力抗争到底，直到他生前最后的一天，还不曾磨灭和减低斗志，这是鲁迅伟大的要素，亦是他在学问上、文学上有所建树的要素，否则，任何事体将不得成功。
>
> ……我们在今天正同日寇进行激烈的战争时，我们更应该有百折不挠的斗争精神，我们希望今天更能发扬鲁迅精神……这是目前武汉危急中纪念鲁迅先生，应该特别强调的一点⑳。

十月二十日下午二时，青年记者学会在青年会举行讨论会，讨论的题目是“抗战中的文化工作问题”。郭沫若出席了这个讨论会，在发言中指出：“抗战以前的文化人，只是在亭子间、书斋、马路上收集材料，他们只是文化人；现在则不同，有的参加了抗战，这是一个不小的改变。……以后文化的路子，不是单单将技巧提高，相反，为了创造大众的文化，要更加通俗，非将文化水准通俗化不可。”[39]

十月二十四日，在武汉撤退前一天，郭沫若撰写了《武汉永远是我们的》一文。文章充分表达了广大民众坚持抗战到底的坚强决心和必胜信念[40]。

郭沫若于十月二十四日晚，乘轮船离开了生活和战斗了九个月的武汉。他和第三厅的同志经长沙、桂林等地，去到重庆，继续坚持抗战宣传工作，直到迎来抗日战争的最后胜利。

注释：

①《洪波曲·前记》。

②《致华南的朋友们》，见《抗战中的郭沫若》一书。此文郭沫若自编的集子和《沫若文集》均未收录。

③见《新华日报》一九三八年一月十六日。

④见《新华日报》一九三八年一月二十五日。

⑤《抗战与文化问题》，见《羽书集》。

⑥《孩子剧团欢迎会上》，见《新华日报》一九三八年二月十日。

⑦见《新华日报》一九三八年二月七日。

⑧《欢迎郭沫若大会纪详》，见《抗战中的郭沫若》一书。

⑨《对文化人的希望》，见《羽书集》。

⑩《国际形势与抗战前途》，见《抗战中的郭沫若》一书。此文郭沫若自编的集子和《沫若文集》均未收录。

⑪《在天空写的壮快的诗篇》，见《抗战中的郭沫若》一书。此文郭沫若自编的集子和《沫若文集》均未收录。

⑫《长沙哟，再见!》，见《羽书集》。

⑬《自由中国》杂志创刊号，于一九三八年四月一日出版。

⑭见《新华日报》一九三八年三月二十六日。

⑮见《新华日报》一九三八年三月二十七日和二十八日关于中华全国文艺界抗敌协会成立大会的特刊和报道。

⑯见《新华日报》一九三八年四月二日。

⑰见《新华日报》一九三八年四月八日。

⑱见《救亡日报》一九三八年五月二十二日。

⑲见《新华日报》一九三八年五月二十六日。

⑳见《新华日报》一九三八年五月二十九日。

㉑见《自由中国》杂志第二号。此文郭沫若自编的集子和《沫若文集》均未收录。

㉒见《新华日报》一九三八年六月十八日。此文郭沫若自编的集子和《沫若文集》均未收录。

㉓见《新华日报》一九三八年七月十九日。

㉔见《新华日报》一九三八年七月二十四日。

㉕见《新华日报》一九三八年八月四日。

㉖见《新华日报》一九三八年八月五日。

㉗见《新华日报》一九三八年八月十四日。

㉘见《新华日报》一九三八年八月十七日。

㉙见《新华日报》一九三八年八月二十五日。

㉚见《新华日报》一九三八年八月二十八日。

㉛见《新华日报》一九三八年九月二日。

㉜见《新华日报》一九三八年九月六日。

㉝见《新华日报》一九三八年九月十三日。

㉞见《新华日报》一九三八年九月二十五日。

㉟见《新华日报》一九三八年九月三十日。

㊱见《新华日报》一九三八年十月十九日。此文郭沫若自编的集子和《沫若文集》均未收录。

㊲㊳见《新华日报》一九三八年十月二十日。这篇讲话，郭沫若自编的集子和《沫若文集》均未收录。

㊴见《新华日报》一九三八年十月二十一日。

㊵《武汉永远是我们的》，见《羽书集》。

（原载《武汉师范学院学报》1980年第4期）

郭沫若《洪波曲》的几处史实误记

郭沫若的《洪波曲》记录了他在抗战初期一个阶段的亲身经历。《洪波曲》不仅是郭沫若抗战初期个人斗争生活的真实记录,也是抗战初期抗日救亡运动珍贵的历史资料。《洪波曲》是郭沫若一九四八年寓居香港期间写成的,由于当时条件的限制,翻阅和核对有关资料均极为不便,因此,其写作不得不主要依靠个人回忆。在《洪波曲·后记》中,郭沫若特地说明了这种"资料缺乏"的情形。他说:"当年的日报和杂志一份也没有在身边。从前偶尔记过的一些日记,但都散佚了,有的也不在身边。因此,唯一的资料差不多是全凭自己的脑子中所残留的记忆。"正是由于这种种原因,《洪波曲》所记述的史实,也就难免在个别地方有所误记。现就笔者所接触的有关材料,对《洪波曲》的几处史实误记,分条校正如下:

一、关于国际青年节的记述有误。

《洪波曲》第九章第二节《申斥与召见》,记述了郭沫若关于国际青年节的题词及其所引起的风波。关于纪念国际青年节题词的内容大意,郭沫若在《洪波曲》中是这样记述的:

> 八月十五日是当时的国际青年节,胡愈之写了一篇文章来纪念,在《新华日报》的社论栏内发表了。我是题了几句话。大意是:我们对于青年应该让他们自由发展,就好像培植树木一样,只要充分给予阳光和养分,免受风害虫灾,它自会成为栋梁之材;不好任意加以拴束剪削,那样即使成功,也不过是些盆栽小景而已。这当然是有点讽喻当世。

郭沫若这段回忆中,不仅国际青年节的时间不对,而且纪念国际青年节的题词内容亦有误。

首先,时间不对。郭沫若说"八月十五日是当时的国际青年节"。这显然是把一九三八年八月十五日召开的世界第二次青年大会，和国际青年节混为一谈了。一九三八年八月十五日《新华日报》发表了题为《祝世界青年大会》的社论，对当天在美国纽约开幕的世界第二次青年大会表示祝贺。但当天的《新华日报》，既无郭沫若的题词，也没有胡愈之的文章。因为郭沫若的题词和胡愈之的文章，是为祝贺国际青年节而作的；国际青年节却是九月四日。

其次，题词内容有误。郭沫若关于国际青年节的题词，不是发表在八月十五日，而是发表在九月四日的《新华日报》上；题词内容也与《洪波曲》所记载的完全不同。

一九三八年九月四日系国际青年节。从当天《新华日报》的版面安排，即可看出当时对国际青年节是相当重视的。一版是题为《庆祝伟大的国际青年节》的社论；二版发表了胡愈之的重要文章《中国青年运动的统一与中国青年的解放》；三版是郭沫若纪念国际青年节的题词；四版发表了凯丰的《今年的国际青年节与中国青年运动》等三篇文章。

郭沫若发表在一九三八年九月四日《新华日报》第三版上的关于纪念国际青年节的题词，系制版手迹，刊登在三版中间的显著位置，题词下边有"郭沫若先生题字（纪念国际青年节）"等字样。现将郭沫若题词的全文抄录如下：

  自然界的各种现象都呈抛物线形而进展，文化的进展也是同样。各个时代的文化都有它的最高峰，待达到最高峰后便次第下降。如无新的推动力使它另起更高的峰峦，下降的趋势是可以回到无文化状态的。文化的不断的进展实赖有各个时代的新的推进力。这新的推进力的发动是什么？便是各个时代的青年和年龄虽老而精神不老的永远青年。

  目前资本主义的文化是老早逾过了它的最高峰的，所谓法西斯蒂的潮流，便是极显著的下降趋势，要拖着人类返回无文化的状态。时代的青年又当到他创造更高的文化峰峦的时候了。

  青年们应该认清楚这种使命，要努力使文化永远青年化，使青年永远文化化！

郭沫若　题
九月三日

郭沫若纪念国际青年节的重要题词，深刻阐明了人类文化发展的辩证规律，着重强调了"各个时代的青年和年龄虽老而精神不老的永远青年"是人类文化发展的新的推进力，并且明确指出了时代的青年和"永远青年"们的一个重大历史使命，就是"要努力使文化永远青年化，使青年永远文化化"！

正因为郭沫若的题词有如此深刻的科学性和尖锐的战斗性，而胡愈之的文章也紧扣现实，具有强烈的针对性，当郭沫若的题词和胡愈之的文章发表之后，蒋介石十分恼火，简直坐卧不安，竟然挥舞他那枝秃笔，连批带骂地把那张报纸涂抹成了"一个三色版"，而且还"怒不可遏地写上了好些恶毒的短句"。他不仅如此这般地将他的满腔怒气发泄一通，而且又是指令侍从写信，又是紧急召见，大加申斥，以示事情严重，下令尔后决不可再有触犯。一篇题词、一篇文章，竟然引出这样的风波，由此亦可看出国民党当局的掌权者，其脑神经是何等的衰弱啊！同时，这也显示出郭沫若的题词既深刻、尖锐，又富于战斗性。

然而，郭沫若的题词和胡愈之的文章，对于当时处于抗战高潮中的广大人民来说，却是一种鼓舞人心、推动抗战的强大力量；至今读来，也仍然可以给我们以深刻的启示和极大的教益，使我们正在为实现"四化"而努力奋斗的青年和"永远青年"们，获得一种激励人心的、可贵的精神力量。

二、《洪波曲》中关于在武汉举行的鲁迅逝世二周年纪念会的时间，以及郭沫若在纪念会上讲话内容的记述，都与实际情形颇有出入。

《洪波曲》第十二章第四节关于鲁迅逝世二周年纪念会是这样记述的："……有一次聚会我是参加了的，而且留下了深刻的印象。那便是十月十七日鲁迅逝世二周年纪念会了。"

接着，郭沫若记述了纪念会的概况，以及他在纪念会上发表的讲话的要点。他说："大家推我为主席，我自然说了话。我强调了鲁迅的人民立场。他的小说主要是以人民为题材，而他的杂文则是对反人民者的投枪。对象不同，因而文体有别。小说平易近人，杂文则陵劲淬砺。我们是应该抓紧那种精神，而分别学习。"

根据有关史实记载，比如武汉《新华日报》一九三八年十月二十日关于鲁迅逝世二周年纪念会的报道，在武汉举行的鲁迅逝世二周年纪念会是中华全国文艺界抗敌协会等单位联合发起的，于一九三八年十月十九日召开。而《洪波曲》说是"十月十七日"召开的，显系误记。

一九三八年十月二十日《新华日报》的这个报道引录了郭沫若在鲁迅逝世二周年纪念会上的讲话内容，与《洪波曲》记述的郭沫若的讲话要点，颇有些出入。这不仅表现在前者详细，后者简略；而且前者并没有后者中的那些意思。尽管我们还不能据此就认为《洪波曲》记述的讲话要点，在纪念会上郭沫若绝对没有讲过，但是，《新华日报》报道中引录的郭沫若较为详细的讲话内容，却可以补正《洪波曲》记述之不足，使我们对郭沫若参加鲁迅逝世二周年纪念活动的有关史实，有更为确切而具体的了解。

现在将《新华日报》的这个报道所引录的郭沫若讲话摘录于下，以便与《洪波曲》所记述的讲话要点作一对照，互为补充：

鲁迅先生的学问、思想和文学上的成就，大家一定认识得很清楚，但是鲁迅先生不仅在学问上开了坦坦大道，文学上有很大的成就，同时在做人上亦标出很好的榜样。并且鲁迅先生所以有学问上、思想上、文学上的成就，即是在做人上有特别值得敬仰和学习的地方。

鲁迅精神，是无论如何不妥协，不屈服，对恶势力抗争到底，直到他生前最后的一天，还不曾磨灭和减低斗志，这是鲁迅伟大的要素，就是他在学问上、文学上有所建树的要素，否则，任何事体将不得成功。

一般人把鲁迅先生看做文学家小说家，其实不仅如此，鲁迅先生任何地方都是值得纪念的，我们在今天正同日寇进行激烈的战争时，我们更应该有百折不挠的斗争精神，我们希望今天更能发扬鲁迅精神，使中国人都成为鲁迅，那末便不至有气馁、妥协之表现……

三、《洪波曲》所记述的关于郭沫若与孩子剧团在武汉会见的时间有误。

《洪波曲》第四章第四节关于孩子剧团的记述中，有这样一段文字："上海成为孤岛之后，他们（按：指孩子剧团）化整为零地，装着难民的孩子逃了出来。经过徐州、开封、新郑等地，逃到了武汉。在他们逃到武汉时，我正在长沙。他们先分别向市政府、市党部和什么抗敌后援委员会等请求收编，但那些党老爷们、官老爷们却要解散他们，把他们分发到各处的难童收容所里面去。这，他们是死不愿意的。正当危急存亡的时候，我从长沙回来了。他们来找我想办法。这是义不容辞的，而且要解决这个问题，在我看来觉得比第三厅的组织还要迫切。"

《洪波曲》中的这段关于孩子剧团的记述告诉我们：孩子剧团到武汉时，郭沫若正在长沙；也就是说，郭沫若在武汉会见到孩子剧团的成员们，是在他从长沙回到武汉之后。有关史实说明，以上所记会见的时间，显系误记。

郭沫若的《致华南的朋友们》和孩子剧团的《我们是怎样到武汉来的》，这两篇文章提供的情况告诉我们，郭沫若和孩子剧团的小朋友们，都是在一九三八年一月九日晚来到武汉的。郭沫若从武汉去到长沙乃是二月六日的事，二月二十八日又从长沙返回武汉。在长沙期间，郭沫若有一篇题为《对于文化人的希望》的演讲词，其中说到"孩子剧团的存在，我在上海时，早知道的，但没有去看过他们，这次到汉口去才和他们见了面，真是受了莫大的感动"。这里说得很清楚，郭沫若去长沙之前已经在武汉和孩子剧团成员见了面。而《洪波曲》所记剧团成员到武汉时，郭沫若正在长沙的说法，显然不确。关于郭沫若与孩子剧团的这次难忘的会见，一九三八年二月十日武汉《新华日报》发表的题为《孩子剧团欢迎会上》的特写，做了详细的记述。这次欢迎会是在八路军驻武汉办事处举行的，周恩来、叶剑英、邓颖超以及叶挺、郭沫若等参加了欢迎会，亲切地接见了孩子剧团的小朋友们。周恩来和郭沫若都发表了热情洋溢的讲话，这也可作为有力的旁证。

（原载《四川大学学报》1981年第4期）

郭沫若四十年代中期在上海活动纪略

抗战胜利后,郭沫若于一九四六年五月八日从重庆来到离别了八年半的上海。他在上海又生活和战斗了一年半,直到一九四七年十一月十四日离开上海去香港。在这一年多的日子里,郭沫若投身于蓬勃发展的和平民主运动,积极参加文艺界的一些重要活动,并且继续从事著译活动。这个时期的很多诗文、演讲、书信和题词,都是研究郭沫若思想和创作的重要材料,可惜其中不少作品未能收入《沫若文集》或郭沫若自编的其他集子。为此,现将这些材料略加整理,做一综述,以供研究参考。

政治活动一瞥

郭沫若抱着"中国的和平民主一定会实现"的坚定信心,一到上海就积极投入了和平民主运动,为争取和平民主和人民解放进行了英勇的斗争。

一九四六年七月十一日和十五日,民主战士李公朴和闻一多先后被国民党特务暗杀。郭沫若和文化界知名人士积极奔走呼号,愤怒声讨反动派的罪恶行径,强烈呼吁制止反动派的血腥暴行。

一九四六年七月十九日,郭沫若和茅盾、叶圣陶、巴金、许广平等十三人,为李公朴、闻一多惨遭反动派暗杀,致电联合国人权保障委员会,吁请立即派遣调查团来华调查反动派的暴行。

七月二十一日,中华文协总会召开大会,控诉、声讨反动派暗杀李公朴和闻一多的暴行。郭沫若在大会上发言,怒斥国民党反动派的卑劣行为,赞颂李、闻的斗争精神。

七月二十二日,上海文协为李公朴、闻一多被暗杀召开会员大会。郭沫若在大会上发表讲话,指出:对于反动派这种疯狂的行为,必须"集中力量给予打击才能制止"。

七月二十八日,《新华日报》在《同声一哭!》的总题下,发表了郭沫若、茅盾、田汉、叶圣陶、郑振铎等为抗议反动派暗杀李公朴、闻一多而撰写的短文。郭沫若在文章中指出:"用恐怖政策来镇压人民,历史替我们证明,谁也没有成功过。""人民今天已经到了死里救生的时候了,为民请命的李公朴和闻一多两先生是从献身中得到了永生!"

十月四日,上海各界联合举行了隆重、盛大的李公朴、闻一多追悼大会。郭沫若在大会上发表了演说。

著名记者羊枣在反动派的监狱中被迫害致死的严重事件,激起了各界人士的极大愤慨。一九四六年五月十九日,上海各界人士举行了追悼会。会场的两旁悬挂着郭沫若的挽联:"天下待澄清,党锢无端戕孟博;江南余瘴疠,招魂何处哭灵均。"郭沫若担任主祭人并发表演说。

郭沫若在欢送美国国务院文化代表费正清博士返国述职的饯行宴会上,提出了中国实现民主化、争取真正自由和进步的热切希望。在政协周年纪念日之际,郭沫若特向记者发表谈话,明确指出:"中国欲真正民主化,只有拉回政协之路,重组各党派公平之联合政府,另开合法国,重订宪法。"为纪念辛亥革命三十五周年,郭沫若在一篇文稿中尖锐地指出:"中国的现状,真正是闹到'前门去虎,后门进狼',而这狼还是蒙着了羊皮的。日本所苦心孤诣的'以华制华'没有成功,在今天的新领袖者却不动声色地获得了成功。"

一九四六年七月中旬,上海市警察局借故"勒令"《文汇报》停刊七日。《文汇报》被迫停刊期间,舆论界和广大读者纷纷致函报社,表示慰问,并对国民党当局的无理"勒令"表示了愤慨。七月二十五日,《文汇报》于复刊之日,剪辑、刊载了中外报纸对此事的评论和各界人士的慰问信函。其中有郭沫若的书信一件,全文抄录如下:

铸成先生:

此次文汇报因小故被勒令停刊七日,其政治作用甚为明显。贵报乃全国性有力人民喉舌,际兹李闻二公连续遇刺,反动者作贼心虚,畏人多言，致不得不狂施暴力，扼杀舆论，并以增加其恐怖政策之效果。然此实心劳日拙之举，适足以提高贵报之声誉，而促进人民之决心耳。谨致慰问，尚祈再接再厉，领导群伦，沫若虽愚，誓为后盾。

敬颂

笔健

贵报列位社友均此问候

弟郭沫若上　七月十九日

文艺活动一斑

这期间，郭沫若积极参加了一些文艺活动，或撰写文章，或发表演讲，阐述了他对一些比较重要的文艺问题的看法。

第一，论文艺与现实、历史、科学的关系。

郭沫若刚到上海不久，就应邀对有关文艺问题发表了演讲。五月三十一日，他在上海圣约翰大学的欣赏会上，作了题为《青年与文艺》的演讲；六月上旬，他又在上海文艺青年联谊会作了关于《科学与文艺》的演讲；六月中旬，他去上海市立戏剧学校作了关于历史剧创作的演讲，并在战时战后文艺检讨座谈会上，作了关于抗战期间文艺界总趋势和今后文艺作者的努力方向的演讲。这几篇演讲紧密联系当时文艺界的实际状况，着重论述了文艺与现实、文艺与科学的关系，以及文艺的时代使命、文艺工作者的努力方向等重要问题。

第二，对绘画艺术和木刻创作的关注。

《从灾难中象巨人一样崛起》一文，是郭沫若看了著名画家司徒乔的《战灾区画展》之后写的一篇观后感。他高度评价了司徒乔的《战灾区画展》，认为那一幅幅战灾区的图画，鲜明地反映了司徒乔"更大胆地走向为人民服务的道路上来了"。

《论中国新木刻》一文，是郭沫若为《北方木刻》一书所写的序文。郭沫若在这篇序文中谈到木刻的蜕变和发展时，充分肯定了鲁迅先生对于发展木刻艺术的杰出贡献，高度评价了北方的木刻艺术，说"在这人民意识全面觉醒的阶段","实开风气之先","木刻作家们在中国人民解放的斗争中确确实实是走在最前头了"。

第三,对鲁迅和其他几位著名作家、社会活动家的评价。

一九四六年五月,郭沫若回沪不久,便和许广平、冯乃超、周信芳、于伶等同往虹桥万国公墓祭扫鲁迅墓。这是鲁迅逝世后,郭沫若第一次祭扫鲁迅墓,而且是与鲁迅夫人许广平同往。同年十月十九日,郭沫若又和周恩来、许广平、茅盾、冯雪峰、沈钧儒、叶圣陶、曹靖华、田汉、洪深、胡风等人一起祭扫鲁迅墓。郭沫若在墓前说:"鲁迅先生,今天在你面前,我没有什么话讲,只有一句话:我愿秉着你的一切指示,当一头牛!"

一九四六年十月十九日,上海文协总会等十二个团体,联合举行了庄严、盛大的鲁迅逝世十周年纪念会。到会的有周恩来、沈钧儒、郭沫若、茅盾、叶圣陶等各界人士。郭沫若热情洋溢地说:"鲁迅指示给我们的方向,是要服务于人民的方向。这条路也正是现在千千万万的人要走的方向,用这种不妥协的精神,赶跑了日本,以后将更用这精神打跑所有的帝国主义!我们跟着他的精神向上……做鲁迅的信徒,我们就走向了永生之路,中华民族也奔上了永生之路……"

在这次纪念会的前一天,为纪念鲁迅逝世十周年,郭沫若写了《鲁迅和我们同在》的文章,发表在《文汇报》副刊"世纪风"上。文章说"就拿我自己来说吧,我今天有资格能够站在鲁迅的面前向大家说话,也就是因为我遵照了鲁迅所指示给我的正确方向。一九二七年大革命遭了挫折,我逃亡到日本一直呆了十年。在'七七'事变发生之后,我终于单身地跑到中国来了。是什么人把我呼唤回来呢?我要坦白地说是我们的鲁迅先生",又说"假如没有鲁迅这座精神上的灯塔,假使鲁迅不曾给过我一些鞭挞,我可能永远在日本陷没下去,说不定我今天是会在南京和周作人作伴的吧?"

在《行知诗歌集》出版时,郭沫若亲自校读了两遍,并写了一篇《行知诗歌集校后记》。郭沫若高度评价了陶行知一生的业绩及其诗歌创作的成就。

在一九四七年六月三十日所作的《韬奋先生印象》中,郭沫若记述了一九四四年九月写的一副挽韬奋的对联:"瀛谈百代传邹力,信史千秋哭贾生。"他认为"要把邹衍和贾谊加拢来才把韬奋先生的印象表示得比较完全。但也只是比较而已。韬奋先生本质是革命家"。

一九四六年六月十六日，为纪念高尔基逝世十周年，中苏文化协会等八个团体联合举行了纪念大会。郭沫若发表了反对法西斯暴行、巩固世界和平的演讲。

一九四七年二月十日，上海八个文艺团体联合举行俄国诗人普希金逝世一百一十周年纪念大会。郭沫若在演讲中说："今天我们在这儿纪念普希金，我怎么也不能忘记我们的民主战士李公朴。……在较场口事件后，他有一次曾经向我说：'我们中国的诗人，文艺工作者，应该向普希金看齐！'今天这句话要算是给我们的宝贵的遗训了。"他介绍了普希金同沙皇暴政进行斗争的情况，号召大家"站定人民本位的立场，为人民解放、民主实现而努力！"

书信题词一束

这个时期郭沫若在上海的许多书信和题词，与当时的民主运动和文艺斗争息息相关，生动地反映了郭沫若当时的社会政治活动和文艺活动的一些侧面。

第一，致书陆定一，高度评价解放区文艺创作。

一九四六年六月三十日，陆定一在延安写信给郭沫若，并寄赠了《白毛女》和《吕梁英雄传》各一本。陆定一在信中热情推荐这两部显示了解放区文化创作成绩的作品，希望他批评、指教，并借助他的力量而"普及中国与外国读者"。

郭沫若在回信中称赞《白毛女》等作品是"目前不可多得的新型作品"。他认为"解放区里面所产生的许多可歌可泣的新故事、新人物，实在是应该奖励使用笔杆的人用各种各样的形式把它们记录下来，这是民族的至宝，新世纪的新神话"。对于《李有才板话》和《解放区短篇创作选》，他表示"非常满意"。他把这两本书作为"抗战文艺的杰作"，向有关方面作了推荐。他尤其喜欢其中的《我的两家房东》、《地雷阵》、《真假李板头》等，认为这些作品"简直是惊人之作。这几位作家的笔力可以说已经突破了外边的水准"。

在这之后不久,郭沫若还写了一篇题为《谈解放区文艺创作——向北方的朋友们致人民的敬礼》的文章,高度赞扬了解放区文艺工作者在《在延安文艺座谈会上的讲话》的指引下所取得的创作成果。

第二,致书北方的朋友们,诚挚地表达了对解放区的热爱。

一九四六年,美国文化界为促进中美文化交流,曾邀请中国文化界代表周扬等去美国访问,但国民党当局却无端阻挠,拒发护照。在周扬离沪北去张家口前夕,上海文艺界于一九四六年八月十四日晚举行了饯别宴会,欢送周扬。

席间,与会者纷纷为周扬题词赠别。郭沫若的题词是:"到了上海,事实上就等于到了美国,不必远涉重洋了,还是自己埋头苦干的要紧。我相信我们这一次的分(按:原刊此处缺数字)热心带给北方的朋友。"

八月十四日,郭沫若又特地备函托周扬带回,向北方的朋友们致意,并热情地赞扬解放区的文化活动。

第三,为茅盾出国访问题词赠诗。

一九四六年十一月二十四日,上海中苏文化协会举行酒会,欢送茅盾夫妇赴苏访问,出席者有郭沫若、沈钧儒等近百人。十二月五日,茅盾夫妇启程赴苏访问,郭沫若等送茅盾夫妇上轮船。在船上,郭沫若代表前去送行的同志致欢送词,说:"茅盾先生去苏联是再好没有。在他自己、他的创作欲望必然将高度地激起;而我们正渴望着大量的东西供我们饕餮,我都饿透了。"

第四,运用题词,表示自己的革命信念。

一九四六年九月二十日,郭沫若参观了《抗战八年木刻展览会》,并为展览会题词留念。上海《文汇报》发表了这个题词的制版手迹。题词全文如下:

> 中国就象一块坚硬的木刻,要靠大家从这里刻出大众的苦闷、沉痛、悲愤、斗争,向黑暗中得到光明。看见八年来的木刻令人增加了勇气和慰藉。中国终竟是有前途的,人民终必获得解放。把大家的刀锋对准顽强的木板!

一九四六年十一月十八日，郭沫若又为普希金纪念日写下了如下题词：

> 普希金是人民诗人的伟大的前驱。他以献身的热情歌颂人民，唤醒人民，而反对封建思想和专制暴政，终于遭受牺牲。不仅他的灿烂的诗章是世界的瑰宝，他那公正而勇敢的生活态度实为我辈做人之模范。

一九四七年四月，郭沫若为以身殉职的著名法官郁曼陀的血衣冢题写了碑铭文。他在碑文中说："先生持法平而守己刚正……爱国青年之得其庇护以存活者甚众……"

编译活动一二

一九四七年二月九日"劝工大楼惨案"发生以后，党组织为了保护郭沫若的安全，让他待在家里，尽量不到外面参加公开活动。他就利用这个机会继续从事编译和著述活动。

第一，翻译《浮士德》第二部。

郭沫若翻译世界名著《浮士德》，始于一九一九年的"五四"高潮时期。但那时他只译了第一部，第二部虽零星地译过一些片段，却一直没能完成。郭沫若在一九四七年三月底开始了第二部的翻译活动。起初，他订了一个半年译完的计划，但在五月三日便全部译完了。由于在这期间还兼做了一些其他工作，所以，实际花费的时间还不到一个月。郭沫若在《〈浮士德〉第二部译后记》中说："我的年龄和阅历和歌德写作这第二部时（一七九七——一八三二）已经接近，而作品所讽刺的德国当时的现实，以及虽以巨人式的努力从事反封建，而就强大的封建残余的重压之下，仍不容易拨云雾见青天的那种情绪和当时中国相近，实实在在和我们今天中国人的情绪很相仿佛。"由于兴趣不断增加，精力高度集中，等到译完全书，郭沫若"几乎象生了一场大病，疲劳一时都还不容易恢复的"。

《浮士德》第二部译完之后，郭沫若又于该年五月三日和五月二十五日写了《〈浮士德〉第二部译后记》，于八月二十八日作《〈浮士德〉简论》。十一月，《浮士德》第二部由上海群益出版社初版。郭沫若先后花费了近三十年的心血，《浮士德》诗剧中译本至此全部问世。

与此同时，郭沫若还编述了《浮士德百三十图》（Franz staffen 绘）。该书由上海群益出版社于一九四七年十二月出版。

此外，郭沫若译完《浮士德》第二部之后，还将该书的第一部重新整理了一遍，改正了有错误的地方，对语句生硬的地方也做了调整。一九四七年十一月，上海群益出版社出版了包括第一部和第二部的全译本。

第二，为自己的著译作品编集。

一九四六年十二月十六日，郭沫若写了《序〈美术考古一世纪〉》，对一九二九年七月五日上海乐群书店出版的《美术考古学发现史》（德国米海里斯著，郭沫若译）一书进行改订并重新编次。该书列为上海群益出版社的"群益艺丛第六种"，于一九四八年八月出版。

一九四七年三月十三日，郭沫若写了《序〈少年时代〉》，并将《我的童年》、《反正前后》、《黑猫》、《初出夔门》四篇传记编成《少年时代》，列为《沫若自传》第一卷，由上海海燕书店出版。

一九四七年四月，《中国古代社会研究》一书经郭沫若校订后，改由上海群益出版社出版新一版。

一九四七年五月八日，郭沫若写了《〈革命春秋〉序》，并将《学生时代》、《创造十年》、《创造十年续编》、《北伐途次》及《宾阳门外》、《双簧》共六篇文章编成《革命春秋》，列为《沫若自传》第二卷，由上海海燕书店出版。

一九四七年五月十九日，郭沫若写了《〈盲肠炎〉题记》，并将二十世纪二十年代中期与国家主义者论战的《盲肠炎》、《一个伟大的教训》、《五卅的反响》、《穷汉的穷谈》等九篇文章编成《盲肠炎》，由上海群益出版社于一九四七年六月初版。该书原系与《水平线下》合辑，曾于一九二八年五月二十日由上海创造社出版部初版，后被国民党当局查禁停印，这次作者又对此书重新做了编定。

一九四七年六月二十一日，郭沫若写了《〈今昔蒲剑〉总序》，并将一九四三年十月重庆东方书社版的《今昔集》和一九四二年四月重庆文学书店初版的《蒲剑集》合为一册，篇目略作增删，由上海海燕书店于一九四七年七月初版。

  一九四七年七月二十一日,郭沫若写了《〈历史人物〉序》,并将《论曹植》、《隋代大音乐家万宝常》、《王安石》、《王阳明》、《甲申三百年祭》等九篇文章编成《历史人物》一书,由上海海燕书店于一九四七年八月初版。

（原载《上海师范学院学报》1982年第4期）

略谈郭沫若对李劼人小说的评价

一部"小说的近代史"

一九三五年三月二十八日,鲁迅写了一篇《田军作〈八月的乡村〉序》。其中有这样一段文字:"人民在欺骗和压制之下,失了力量,哑了声音,至多也不过有几句民谣。……这情形一直继续下来。谁也忘记了开口,但也不能开口。即以前清末年而论,大事件不可谓不多了:中法战争,中日战争,戊戌政变,义和拳变,八国联军,以至民元革命。然而,我们没有一部像样的历史的著作,更不必说文学作品了。"在鲁迅写作这篇序文之后仅仅四个月,李劼人就在他的小说创作中,部分地实现了鲁迅提出的在文学作品中反映我国近代"大事件"的要求。李劼人从一九三五年七月到抗日战争爆发前,陆续写成和出版了反映从一八九四年中日战争时代到一九一一年四川争路事件的三部连续性的长篇小说——《死水微澜》、《暴风雨前》、《大波》。李劼人这三部反映近代"大事件"的鸿篇巨制,在上海中华书局出版之后,鲁迅是否读过,未见记载,也不得而知;而当时尚在日本的郭沫若,却很及时地读到了。一九三七年五月,郭沫若从朋友那里得到了李劼人的《死水微澜》等三部小说后,用了几个整天的工夫,很快就读完了。他说:"像这样连续着破整天的工夫来读小说的事情,在我,是二三十年所没有的事了。……单只说这一点,便可以知道李劼人的小说是怎样地把我感动了的。"

李劼人的《死水微澜》等三部小说,何以竟如此使郭沫若感动不已呢?是因为李劼人是郭沫若的中学同学,而小说所描写的又是郭沫若的故乡四川的事,其中有些还是其亲身经历的缘故吗?郭沫若熟悉小说所反映的社会生活和历史事件,这确实为他深刻理解和正确评价小说提供了有利条件。但是，他读小说受到的深切的感动，获得的颇不寻常的审美感受，却主要是因为《死水微澜》等三部小说有着深刻的历史真实性和巨大的思想艺术力量。他暂时放下了研究工作，立即执笔为文，撰写了一篇题为《中国左拉之待望》的长篇文章。在这篇文章中，他把李劼人比作中国的左拉，对他的《死水微澜》等小说的出色成就给予了高度的评价。这篇重要文章写于一九三七年六月七日，发表在一九三七年六月十五日出版的《中国文艺》第一卷第二期上。查郭沫若的文集和单行本，都没有收录这篇文章，而郭沫若著译系年、年谱等资料也未见著录，可见，这是郭沫若的一篇集外佚文。郭沫若在这篇文章中，生动地叙述了他和李劼人作中学同学的有关情况和小说的历史背景，精辟地分析了《死水微澜》等三部小说的思想艺术成就。这对于我们如何评价《死水微澜》等现实主义佳作，如何认识李劼人及其小说在我国现代文学史上的历史地位，有着深刻的启示和重要的教益。

历代的伟大作家和批评家，向来都十分重视文学作品反映时代、概括生活的历史深度和广度，并把对作品的史诗效果的探求，作为他们的美学理想的一个重要内容。郭沫若对《死水微澜》等三部小说的评价，十分重视其深刻的历史真实性和史诗价值的特点。他说："古人称颂杜甫的诗为'诗史'，我是想称颂李劼人的小说为'小说的近代史'，至少是'小说的近代《华阳国志》'。前些年辰，上海有些朋友在悼叹'中国为什么没有伟大的作品'，我觉得这问题似乎可以解消了，似乎可以说，伟大的作品，中国已经是有了的。"（见《中国左拉之待望》，本文引文凡未注明出处者均见此文）郭沫若称颂李劼人的小说为"小说的近代史"这一论断，准确地抓住了李劼人小说的艺术构思和艺术表现的一个主要特点，这就是史的特点，或者说史诗的特点，甚至可以说是编年史的特点。李劼人在谈到《死水微澜》等小说的创作时告诉我们："从一九二五年起，一面教书，一面仍旧写一些短篇小说时，便起了一个念头，打算把几十年来所生活过，所切感过，所经验过，在我看来意义非常重大，当得起历史转折点的这一段社会现象，用几部有连续性的长篇小说，一段落一段落地把它反映出来。"（《死水微澜·前记》）《死水微澜》等三部小说，较为圆满地实现了作者的创作意图。正如郭沫若所指出的，这三部连续性的长篇小说，它们互相联系而又各有重点地反映了三个历史阶段的时代特点，从《死水微澜》到《暴风雨前》到《大波》，"如那题目所示，作者是有意用诗样的字面，来把各个时代象征着的"。

《死水微澜》反映的是从甲午战争到辛丑条约签订的"瘤闭时代"，它通过教民和袍哥这两种恶势力的相互激荡和消长，生动地反映了帝国主义入侵带来的恶果及其所代表的恶势力的凶残。《暴风雨前》反映的是从辛丑条约签订到辛亥革命前夕的"启蒙时代"，它通过红灯教的扑城、维新派和革命派的活动以及点滴的社会改革，反映了革命风暴来临前的动荡，展示了民智渐开的时代气氛。《大波》则通过四川保路同志会的成立及其活动，赵尔丰对保路同志会的血腥镇压，同志军与反动统治者针锋相对的斗争，反动政府的迅速崩溃和各种社会力量的矛盾冲突，在广阔的历史背景上，具体描写了四川保路运动中各种政治势力的互相冲击以及各阶级、阶层人物的思想动态，多方面地反映了整个保路运动的渊源、兴起、发展及其历史面貌、经验教训。可以说，这是二十世纪初叶的一面时代的镜子，中国资产阶级民主主义革命的一幅真实的剪影。

由于《死水微澜》等小说反映社会生活和历史事件有着高度的真实性，因此，它不仅在反映社会生活的本质和历史事件的始末方面，而且在生活细节、历史掌故、风土人情、民间习俗的描写上，比之于某些有关记载、历史著作和个人回忆录，都更加生动具体，真实可靠。正是基于这一点，郭沫若才把《死水微澜》等小说称为"小说的近代史"，至少是"小说的近代《华阳国志》"。

一位"健全的写实主义者"

郭沫若深刻地指出了《死水微澜》等小说现实主义的鲜明特征之后，还进一步分析了小说的现实主义成就的几个主要方面。他极力称赞李劼人是"一位健全的现实主义者"，热情肯定李劼人始终"把社会的现实紧握着，丝毫也不肯放松"的现实主义态度。郭沫若在评论中说："作品的规模之宏大已经相当地足以惊人，而各个时代的主流及其递禅，地方上的风土气韵，各阶层的人物之生活样式,心理状态,言语口吻,无论是男的女的,老的少的,都亏他研究得那样透辟,描写得那样自然。他那一枝令人羡慕的笔,自由自在地,写去写来,写来写去,时而浑厚,时而细腻,时而浩浩荡荡,时而曲曲折折,写人恰如其人,写景恰如其景,不矜持,不炫异,不惜力,不偷巧,以正确的事实为骨干,凭借着各种各样的典型人物,把过去了的时代,活鲜鲜地形象化了出来。"在这里,郭沫若明确地指出了《死水微澜》等三部小说的现实主义成就的几个主要方面。

第一,反映了"时代的主流及其递嬗"。作者用三部连续性的小说,通过四川省的一角,反映了十九世纪末到二十世纪初,中国社会从"痼闭时代"到"启蒙时代"到"革命时代"的"主流及其递嬗"。小说通过对一些重大历史事件和各种代表人物的具体描绘,把时代的主流及其特色"活鲜鲜地形象化了出来"。

第二,塑造了"各种各样的典型人物"。《死水微澜》等三部小说塑造了栩栩如生的各种各样的典型人物,为我们展示了一个丰富多彩的人物形象的画廊。这里有穷凶极恶、反动透顶的清朝统治者,有资产阶级立宪派的头面人物,有资产阶级革命派的代表人士,还有教民首领、袍哥头子,总之,三教九流、各色人等,都在这个风云变幻、斗争复杂的舞台上粉墨登场。而正是通过各种各样个性鲜明的典型人物,构成了一幅色彩绚丽的历史画卷,出色地反映了清末民初广阔的社会生活和重大的历史变革。

第三,写出了"地方上的风土气韵"。郭沫若的这个评价,揭示了李劼人小说的现实主义特色的一个重要方面,即反映时代演变的编年史画与描绘风土人情的风俗史画的结合。在李劼人的笔下,无论是反映重大斗争的历史画卷还是描绘日常生活的生动素描,无论是概括全局的鸟瞰图还是临摹细部的工笔画,总之,其全部艺术描写,常常渗透了浓厚的风土气韵、民情民俗、地方风味,往往穿插了丰富的历史掌故、民间传说、地方风物,使整个作品充满了浓郁的生活气息和地方色彩,具有一种鲜明的民族风格和乡土文学的特色。

第四,努力探求历史真实与美学理想统一的艺术境界。李劼人作为一个优秀的现实主义作家，十分注意真实反映历史生活的本质，并努力探求历史真实与美学理想相结合、真善美相统一的艺术境界。这显示了现实主义的鲜明特色，划清了与自然主义的严格界限。

郭沫若指出：《死水微澜》等小说的艺术描写渗透了一种"淑世的热诚"和美好的"信条"。这固然表现在正面形象的塑造上，也蕴含在揭露和解剖社会黑暗丑恶的大量描写之中。正如郭沫若所分析的，尽管社会的黑暗丑恶，使作者"平直的笔往往会流而为愤慨，流而为讥嘲，然而并不便燥性地流而为幻灭"。因为"他有他一贯的正义感和进化观"，他坚信"社会是进化着的，人间的积恶随着世代的开明终可以有改善的一天"。也正因为他认定人民群众奋起斗争，终可以消灭"人间的积恶"，迎来"世代的开明"，所以，从他对清末民初的社会风貌和历史巨变的整个艺术描绘之中，人们能够看到"死水"中激起的"微澜"和"暴风雨前"的动荡，以及轩然"大波"的冲击。

郭沫若对李劼人及其《死水微澜》等小说的推荐和评价，始终采取实事求是的科学态度，坚持"好的说他好，坏的说他坏"的原则。事实也确乎如此。郭沫若充分肯定、高度评价了小说的思想艺术成就，盛赞作者"有大家风度"，称颂作品是"宏大的著作"，然而，他并没忽视李劼人及其小说的弱点和不足之处。比如，他一再指出，小说明显地存在着笔调和表现方法"稍嫌旧式"等缺点。

一点启示和感想

郭沫若当年撰写《中国左拉之待望》这篇长文，热情推荐和高度评价李劼人的《死水微澜》等小说，主要是因为小说本身确实具有较高的思想艺术成就，除此之外，也有着具体的针对性。

李劼人的《死水微澜》"这一宏大的著作"，一九三五年至一九三七年先后出版后，在当时"中国文坛竟无人提起"，没有得到应有的评价。郭沫若对此甚为不平，感到"殊属异事"，于是产生了"拟作文以论之"的打算。

《死水微澜》等小说，得不到当时的统治阶级及其控制的评论界的公正评价，这并不奇怪。但是，这样优秀的小说，竟然也得不到当时进步文艺界的公正评价，这倒确实有点奇怪。针对这种不合理、不应有的现象，郭沫若指出："……事情却有点奇怪。中国的文坛上，喊着大众文学，喊着大众语运动，喊着伟大的作品，已经有好几年，像李劼人这样写实的大众文学家，用着大众语写着相当伟大的作品的作家，却好像很受着一般的冷落。"郭沫若对当时文坛上存在的这种不良倾向颇为不满，说："为文化的前途设想，我总希望我们的作家在可能的范围内少见些冰霜。"他认为社会应该给予作家以充分的温暖和鼓励，"使他尽量发挥他的才能"。正是出于这样的想法和认识，郭沫若不顾研究工作的繁忙，决心执笔为文。但是，在郭沫若的文章发表四十余年之后，李劼人及其《死水微澜》等现实主义佳作，在我国现代文学史上，还不能说已经得到公正的历史评价和应有的历史地位，这不能不说是十分遗憾的事情。在现代文学史的著作中，包括"文化大革命"前出版的几部有影响的著作和近年来修订或者新编的著作，我们注意到，有的著作竟然对于李劼人及其小说只字未提；有的著作虽然提到了，但只有寥寥数语，十分简略。而在现代作家作品的研究领域，我们至今似乎还没有见到比较深刻、比较全面地研究李劼人及其代表作的科学论文；即使有也多半是一般性的评介文章，而这类文章亦为数不多。

在我国现代文学史的教学和研究工作中，对于李劼人及其小说缺乏足够的重视、认真的研究和充分的评价，这种不公正、不合理的现象，现在到了加以切实改变的时候了。值得高兴的是，这种改变已经有了一个良好而重要的开端。周扬同志在第四次文代会上所作的题为《继往开来，繁荣社会主义新时期的文艺》的报告中，谈到我国现代文学艰巨的战斗历程。他说："三十年代的革命文艺，以它强烈的战斗精神，鼓舞了处于民族压迫和阶级压迫下的广大人民，为反帝反封建的新民主主义革命，为民族解放战争的胜利，建立了不可磨灭的功勋。鲁迅的战斗杂文、散文和其他作品，茅盾的《子夜》等小说，叶绍钧的《倪焕之》，巴金的《家》，曹禺的《雷雨》，老舍的《骆驼祥子》，李劼人的《死水微澜》等，都是脍炙人口的作品。"在这里，周扬同志把李劼人的《死水微澜》等小说纳入了鲁迅、茅盾、叶绍钧、巴金、曹禺、老舍这样一批优秀作家的作品的行列,这就从原则上如实地肯定了《死水微澜》等小说在我国现代文学史上应有的历史地位。李劼人是一位以他的劳绩和贡献而深为人民爱戴的著名作家。他的《死水微澜》等小说,从问世以来,就受到人们的欢迎和好评。中华人民共和国成立后,李劼人精益求精,严格要求,修订了《死水微澜》和《暴风雨前》,重写了《大波》,使作品的思想艺术水平又得到了提高。时间的考验和实践的检验,证明了《死水微澜》等小说列入我国现代文学优秀作品的行列是当之无愧的,这是完全符合实际的科学论断和历史评价。

(原载《四川大学学报》1980 年第 4 期)

何其芳的生平与创作纵论

一

我国著名诗人、散文家、文学评论家何其芳，原名何永芳，读初中时改名何其芳，1912年2月5日（清宣统三年辛亥十二月十八日辰时）出生在四川省万县割草坝一个封建地主家庭。何其芳是长子，有五个妹妹、一个弟弟。

何其芳幼年乏味的私塾生活，使他从12岁起就养成了自己读书的习惯。起初，他阅读《三国演义》、《水浒》、《西游记》、《聊斋志异》等古典小说。在14岁那年的暑假，他读完了《唐宋诗醇》。这部李白、杜甫、白居易、韩愈、苏轼、陆游六家的诗歌选本中，最能打动他的是李白和杜甫的诗歌，他"真正从心里爱好它们，从它们感到了艺术的魅力，艺术的愉快"[1]。这是他第一次真正接触到诗歌，他爱好诗歌就是从这个时候开始的。但是，他当时并没有写诗的冲动。他爱好诗歌，进而试写新诗，是从1927年开始的[2]。这时，他已经离开私塾，进入初中，学习了白话文，并有机会阅读了《红楼梦》，深为书中描绘的丰富多彩的生活图画和栩栩如生的人物形象所吸引，从中呼吸到一种青春的气息，受到了一次心灵的洗礼[3]。这以后，他又陆续读了一些"五四"新文学作品和外国文学作品。他喜欢泰戈尔的《新月集》、《飞鸟集》，冰心的《繁星》、《春水》及《寄小读者》、《往事》等诗文。这些诗文中对自然的赞美、母爱的颂歌、哲理的探索，使他获得了丰富的文学营养。他尤其喜爱安徒生的童话，称赞《海的女儿》、《丑小鸭》和《卖火柴的小女孩》是"真正的诗"，引导他"更走近了文学"[4]；特别是《海的女儿》，那个人鱼公主的动人故事和悲惨结局，使他"第一次懂得了自我牺牲"，接受了"美、思索、为了爱的牺牲"⑤这三个影响深远的思想。他最初学写的是当时流行的小诗,写满了一个本子,一直没有给谁看过,后来自己偷偷烧掉⑥。

1929年夏,何其芳在重庆江北治平中学初中毕业后,秋天即与方敬等一道去上海,考入了上海中国公学预科。一年之后,他同时考上了清华大学外文系和北京大学哲学系。1930年秋,他进入清华大学外文系学习。不久,因高中毕业文凭发生问题,他被清华大学开除,在北京夔府会馆度过了近一年的失学生活。在此期间,他阅读了大量的文学作品、特别是外国文学作品,并与同乡好友杨吉甫合编了三期小型文学刊物《红砂碛》。这时,他对新诗的喜爱达到了入迷的程度,几乎把所有能够找到的新诗集子都读完了。他不仅入迷地读诗,而且沉醉于写诗;不仅写诗,也尝试写小说。他的这些诗歌和小说,现在能够找到的只有极少数,它们分别发表在《新月》月刊和《红砂碛》半月刊。

《莺莺》写于1930年11月29日,以萩萩的笔名发表在《新月》月刊第3卷第7期。这首长达168行的诗歌,诉说了一个爱情故事,抒发了对青春的赞美和对青春易逝的感慨,表达了对幸福和爱情的憧憬。《青春怨》等12首诗歌,以秋若的笔名发表于1931年6月至7月出版的《红砂碛》半月刊第1期至第3期。这些诗歌抒发了诗人忧郁、苦闷、寂寞、伤感的情绪,表现了对社会黑暗的不满,显示了对美好理想和光明未来的朦胧向往和追求。小说《摸秋》和《老蔡》,分别发表在1930年3月出版的《新月》月刊第3卷第1期和1931年6月出版的《红砂碛》第2期上。这两篇小说,具有较强的写实性、乡土性和讽喻性,笔调含蓄、凝练,抒情色彩相当浓厚。

二

由于何其芳曾同时考上了清华大学和北京大学,所以在他被清华大学开除、度过了近一年的失学生活之后,于1931年秋进入了北京大学哲学系学习。在大学学习期间,他对文学的爱好达到了入迷的程度,几乎把北京图书馆当时所有的外国文学作品的中译本都读完了;同时,还读了一些我国的古典文学作品。有一段时间,他特别醉心于唐人绝句和晚唐五代精致冶艳的诗词。广泛地阅读文学书籍,使他汲取了大量的文学营养,但同时也受了一些消极、悲观思想的影响。

1931年以前,何其芳只用笔名发表过少量的作品。1931年秋,他在上大学以后,才开始署上真名,陆续发表了较多也较为重要的作品。尤其是1932年夏天到秋天那几个月,他经常都有写诗的冲动,成天苦吟,如醉如痴,形成了他早期诗情勃发的创作高潮。从1933年起,他又开辟了创作的新天地,开始写作抒情散文。他认为,"那种不分行的抒写更适宜于表达我的郁结和颓丧"[7]。他愿意以精心的写作,"来证明每篇散文应该是一种独立的创作,不是一段未完篇的小说,也不是一首短诗的放大"[8]。他的散文和诗歌创作一样,体现了他的艺术追求,寄托着他的美学理想,涌现了一些很有特色的重要作品。

何其芳这个时期的诗歌和散文,主要发表在《现代》、《水星》、《文学季刊》、《文学月刊》等刊物上。他的这些诗文先后收入了《汉园集》(与卞之琳、李广田的诗歌合集,1936年3月出版)、《画梦录》(散文集,1936年7月出版)、《刻意集》(诗文合集,1938年10月出版)、《预言》(诗集,1945年2月出版)。这些诗文,抒发了对黑暗现实的不满和找不到出路的苦闷,表达了对不幸爱情的怨诉和对幸福爱情的期待,反映了对美好人生的向往和对光明未来的憧憬。这些诗文,诗意浓郁,意象丰富,描绘细腻,语言优美,好用新奇比喻和象征手法,具有梦幻和绮丽的色彩,有着委婉和沉郁的风格。这些诗文,既继承了我国古典文学的优良传统,也吸收了外国文学,特别是19世纪英国浪漫派和法国象征派文学的某些长处,同时也受到了19世纪末那些鼓吹悲观、怀疑和神秘主义的文学的影响。这些消极的思想影响,在他的散文里,比在诗歌里表现得更多也更明显,使他的某些作品显得晦涩和朦胧,有一种神秘的气氛和感伤的情调。

何其芳1931年秋至1935年夏这个期间的诗文,以其鲜明的特色和突出的成就赢得了读者的喜爱,产生了较大的影响。散文集《画梦录》还获得了1936年《大公报》的文艺奖金。文艺奖金评选委员会对《画梦录》做了这样的评价："在过去，混杂于幽默小品中间，散文一向给我们的印象是顺手拈来的即景文章而已。在市场上虽曾走过红运，在文学部门中，却常为人轻视。《画梦录》是一种独立的艺术制作，有它超达深渊的情趣。"⑨何其芳这个时期的诗文的成就和影响，标志着他已经进入了其文学生涯的一个重要阶段，他的创作也确立了在我国现代文学发展史中的重要地位。

三

1935年夏，何其芳从北京大学哲学系毕业，由靳以介绍到天津南开中学任教。从学校走向社会，从那个"安静的颓废"的古城到了一个充满"污秽和腐臭"的都市，使他有机会接触比过去广泛的现实生活，看到更多的社会黑暗。他更具体地感受了人间的不合理、现实的不美满，内心深处充满了深沉的苦闷和极大的愤懑。当学生运动起来的时候，那热烈的集会、盛大的游行、响亮的口号，尽管使他感到"像一堆突然燃烧了起来的红色的火"，"照亮了"他的"生活的阴暗"，使他振奋、激动，然而，他当时的思想状态使他"只能远远地从寒冷的角落望着它"⑩，暂时还不可能表示公开的同情和支持。但是，这样的生活环境和现实教育，必然会对他的思想和创作产生一定的影响。正如他所说的那样，"在这种生活里，我再也不能继续做着一些美丽的温柔的梦，而且安静地用心地描画它们"。此时，他陷入了更沉重的苦闷、更深沉的思索。他沉默了，他沉默着过了整整一年。不过，"这沉默并不是完全由于为过重的苦难所屈服，所抑制，乃是一种新的工作未开始以前的踌躇"。因此，他的沉默并不意味着停顿和倒退，而是正酝酿着思想和创作的突破和发展。在天津的这一年中，他几乎完全忘掉了写诗，也不想写散文，而是准备开始进行一个较大的工作，写一部长篇小说。因为，他觉得"只有写长篇小说才能容纳我对于各种问题的见解，才能舒解我精神上的郁结"⑪。但是，由于教学工作繁忙、少有闲暇，他的长篇小说《浮世绘》只写了4个片段，大约只是计划中的十分之一，便搁下了。

1936年9月，何其芳应吴伯箫的邀请，离开天津南开中学到山东省立莱阳简易乡村师范学校任教。从"流散着污秽和腐臭"的城市来到充满贫困和不幸的农村，使他有机会通过对农村生活的观察、同农民学生的接触，接受一些教育。他深切同情农民遭受残酷剥削的悲惨处境，十分钦佩农民学生克服种种困难、坚持学习和追求进步的顽强精神。他从农民学生身上学习了"许多从前在学校里所没有得到的东西"[12]。面对辗转于饥寒死亡之中的人群，目睹贫富悬殊的事实，他强烈地感受到那"一方面是庄严的工作，一方面是荒淫与无耻"的严酷现实。现实的教育和深沉的思索，使他对社会、对自己都有了进一步的认识，他的思想开始发生深刻的变化。他的"情感粗起来了"，不再"忧郁地偏起颈子望着天空或墙壁做梦"。现在，他"不只是关心着自己"，"最关心的是人间的事情"[13]；他"开始从人群得到温暖"[14]，并渴望"走向人群，走向斗争"[15]。在这个时期，他的"反抗思想才像果子一样成熟"[16]，他终于找到了"精神上的新大陆"，非常清楚地肯定了这样一个结论："第一步：我感到人间充满了不幸；第二步：我断定人的不幸多半是人的手造成的；第三步：我相信能够用人的手去把这些不幸毁掉。"[17]

何其芳思想认识的深刻变化，推动了创作思想的新发展，带来了创作实践的新面貌。他对文学的认识，达到了此前尚未达到的高度："诗，如同文学中的别的部门，它的根株必须深深地植在人间，植在这充满了不幸的黑压压的大地上。把它从这丰饶的土地拔出来一定要枯死的，因为它并不是如一些幻想家或逃避现实者所假定的，一株可以托根、生长并繁荣于空中的树。"他决心把他的"歌唱变成鞭箠"，要以他所能"运用的文字为武器去斗争"。他认定"当无情的鞭子打到背上的时候，应当从梦里惊醒起来，看清它从哪里来的，并愤怒地勇敢地开始反抗。……使自己的歌唱变成鞭子，还击到这不合理的社会的背上"[18]。他在莱阳期间撰写的《〈刻意集〉初版序》和《我和散文》等文章，还有总题为《还乡杂记》的八篇系列散文，以及《声音》、《云》等诗歌，表明他确实从梦里惊醒了，开始走出他长期徘徊的"梦中道路"，同时鲜明地展示了其思想和创作的新起点、新天地和新特色。《还乡杂记》中的散文，揭露、鞭挞了他家乡的一些黑暗、悲惨的景象。这些散文蕴含的现实内容和真挚感情，以及所表现出来的明朗的风格，连作者自己也感到惊讶。他说："当我陆续写着，陆续读着它们的时候，我很惊讶。出乎自己意料之外,我的情感粗起来了。它们和《画梦录》中那些雕饰幻想的东西是多么不同啊。"[18]他在诗歌《云》中明确表示:"从此我要叽叽喳喳发议论:/我情愿有一个茅草的屋顶,/不爱云,不爱月,/也不爱星星。"从此以后,他的思想和创作发生了重要的转变,"运用文字为武器去斗争"的文艺主张代替了"为个人而艺术"的创作见解,"粗起来的感情"代替忧郁、苦闷和伤感的情绪,现实的描写代替了虚无的幻想,朴素的文字代替了过分的雕饰,在他的创作中鲜明地显示出清新、明朗的艺术风貌。

四

抗日战争爆发后,何其芳离开了莱阳,于1937年9月回到家乡万县。他应聘在四川省立万县师范学校任教,并在教学之余,与好友杨吉甫在《川东日报》上合编《川东文艺》周刊,对家乡的教育和文艺事业的发展起到了一定的推动作用。

经历了莱阳时期的思想发展,并受到抗日救亡运动的鼓舞,何其芳抱着为家乡的抗战工作和文艺、教育事业尽心尽力的愿望,回到万县。他认为,为了"国家的将来和抗战的前途",每一个人都应该直接或间接地做些力所能及的有益的工作[20]。然而,万县的现状使他非常失望,应做的和想做的工作都无法正常开展。为了对抗战、对国家多做一些有益的工作,他决定离开万县去成都。

1938年2月初,何其芳到了成都。在成都期间,他一边在成属联中教书,一边积极从事文学活动。在成属联中,他担任了高中毕业班的国文课的教学工作。在这个复古空气很浓的学校,他自编教材,将鲁迅、茅盾、朱自清等"五四"新文学作家和高尔基、马克·吐温等外国作家的名著作为范文,供学生学习和欣赏。新鲜的教材、精辟的讲授,深受学生的欢迎和喜爱。课堂上一扫从前那种昏昏说教的沉闷空气,出现了生动活泼的气氛。他不仅给课堂教学带来了新气象,而且使作文教学也出现了新面貌。在成属联中,他所教的班级改变了用文言作文的陈规,树立了用白话写作的新风[21]。在何其芳的热心教导下,学生们不仅认真地阅读新文学作品,大胆地用白话作文，而且还创办了自己的写作园地——《学生文艺》半月刊。这份学生自己主办的文艺刊物，从文稿的写作、修改到编排、出版，都得到了何其芳的大力支持和具体帮助。他还应邀担任《学生文艺》的顾问和指导，亲自为《学生文艺》半月刊和另一份也是学生自办的《雷雨》周刊撰写了《给〈学生文艺〉社的一封信》和《给〈雷雨〉周刊社的一封信》等文章，就文艺创作问题和文艺青年关心的问题发表了精辟的意见，给予了亲切的指导。

何其芳在成都期间所从事的更为重要的文学活动是创办《工作》半月刊。这是何其芳与卞之琳、朱光潜、谢文炳、方敬等共同创办的一份16开8页的小型刊物，1938年3月16日创刊，同年7月1日终刊，一共出版了8期。《工作》半月刊的宗旨是宣传抗日战争、主持社会正义、推动文艺运动。这份刊物主要发表散文，包括杂感、随笔、速写、通讯等。刊物的内容比较丰富多样，既有对沦陷区和作战区切身经历的记述，也有对社会的黑暗、现实的丑恶的揭露和鞭挞，还有对祖国大好河山、风土人情的生动描述。刊物的主要撰稿人有何其芳、卞之琳、方敬、朱光潜、罗念生、谢文炳、沙汀、周文、邓均吾、陈翔鹤、陈敬容、周煦良、顾绶昌等。何其芳是刊物的主办人，不仅每期都有他的文章，而且主动承担了刊物的事务性工作。他在刊物上发表的《论工作》、《论本位文化》、《万县见闻》、《论救救孩子》、《论周作人事件》、《坐人力车有感》、《论家族主义》以及《成都，让我把你摇醒》等文章和诗歌，内容充实，激情饱满，文笔犀利，语言明快，愤怒地抨击了日寇汉奸的卑劣行径，强烈地谴责了消极抗战的可耻言行，热情地赞颂了人民的伟大力量和抗战的光明前途。何其芳的这些诗文，从内容到形式都显露了过去所不曾有的新风貌，形象地展示了其思想和创作的新发展，对成都的抗日宣传和文艺运动开展，产生了积极的影响。

五

抗日战争爆发后，人民奋起挽救民族危亡的战斗大大地激发了何其芳的爱国热情，促使他产生了投身革命洪流、奔赴革命根据地的强烈愿望。他的这一愿望得到了中共川西地下党负责人罗世文的支持和沙汀等人的帮助。在经过认真准备和妥善安排之后，他与沙汀、卞之琳等一道，顺利地踏上了奔赴延安的途程。何其芳一行是1938年8月14日离开成都的，途经广元、宝鸡、西安、鄜县，行程3千里，历时18天，于8月31日到达延安[22]。从此，他走向了人民，走向了革命，开始了人生道路和创作道路上的新征途。正如他所说，"一九三八年。那是抗日战争爆发的第二年。那是抗日战争初期汹涌澎湃的来潮激动人心、而在我的一生里又是把我划分为前后两个大不相同的人的难忘的一年"[23]。

何其芳等人到达延安后，他们提出的见毛泽东主席的要求很快就实现了。9月初，毛泽东接见了他们，表示欢迎他们到延安来。他们提出了想写延安的愿望和到前方去的要求。毛泽东肯定了他们的要求，说：文艺工作者应该到前方去。9月间，何其芳被分配到鲁迅艺术学院做教员。11月，他加入了中国共产党。11月19日，他和沙汀带领鲁迅艺术学院文学系第一期的部分同学，随贺龙率领的一二〇师去晋西北和冀中平原生活并工作。何其芳是他们一行的负责人。他们在部队编辑了油印小报和战士教材，还辅导过群众文艺活动。他们在晋西北和冀中平原历经半年多的实际斗争锻炼，于1939年7月返回延安。不久后，何其芳担任了鲁艺文学系主任。

何其芳到延安后，思想和创作都发生了深刻的变化。新的现实和新的思想，使他的创作出现了新的风貌。尤其是在1940年至1942年春天，他的创作生活，继1932年夏秋之后，出现了又一次诗情勃发的诗歌创作高潮，形成了他后期创作的艺术高峰。他在这个时期的创作，分别收入诗集《夜歌》和散文集《星火集》。《夜歌》、《星火集》与《画梦录》、《预言》相比较，正如何其芳自己所说，"它的内容都开展得多，也进步得多了。过去所受到的形式主义的影响和束缚，也可以说基本上摆脱了。生活和思想发生了很大的变化自然是最根本的原因。这个期间曾经读了一些马雅可夫斯基和惠特曼的诗，曾经读了歌德的《浮士德》，也是对于我摆脱形式主义的影响和束缚很有帮助的"[24]。他这个时期的诗文，在思想和艺术上都有重要的开拓和新的特色。他满腔热忱地歌颂伟大的人民、伟大的党和伟大的军队，坦率真挚地反映革命队伍中的小资产阶级知识分子思想感情转变的艰辛历程。《我歌唱延安》、《老百姓和军队》,是他对革命圣地延安和人民军队献出的热情诚挚的颂歌;《一个泥水匠的故事》对人民的觉醒和斗争的描绘,对抗日民族英雄形象的塑造,显示了他在诗歌创作上的探索和突破;《我为少男少女们歌唱》、《生活是多么广阔》,则是对革命青少年的青春美、生活美的动人颂歌,是对新时代、新人物的热情礼赞,赢得了许多读者的喜爱和好评;几首《夜歌》,对前进中的小资产阶级知识分子心灵历程的深刻表现,对其新旧思想冲突和新旧感情矛盾的生动描绘,尤其引人瞩目,引人深思。这些诗文,突出地显示了一种平易近人、朴实清新、明快爽朗的艺术风格。

1942年5月,延安文艺座谈会召开。毛泽东《在延安文艺座谈会上的讲话》发表,何其芳受到了深刻的教育。在延安整风运动之后,何其芳由于经过了"思想改造的烈火的洗礼","眼睛比较明亮了"[25],觉悟逐渐提高了,找到了过去创作中存在的问题。他认为,主要的问题是"我还没有在思想上和生活上真正和劳动人民打成一片。……我的思想中还保存着浓厚的旧日生活与教育给予的影响……"[26] 1942年夏天以后,他有相当长一段时间很少写诗。这是因为,他认为自己需要更好地深入实际斗争,同时,在诗歌形式问题上也存在着疑惑和苦恼,所以只好暂时搁笔了。

1944年4月至1945年1月和1945年9月至1947年3月,何其芳两次被调到重庆工作。在重庆工作期间,他在思想文化领域和统一战线方面,坚决贯彻执行党的方针政策,热情宣传毛泽东文艺思想,做了许多卓有成效的工作,与国民党反动派展开了针锋相对的斗争。他充分运用散文、杂文和评论等形式,写下了许多战斗性的篇章,发挥了积极的战斗作用。他的散文不拘一格,有对战功卓著的将军的生动记述,有情真意切的悼念文字,有用笔记体写新事物的成功尝试。他的杂文笔锋犀利,手法巧妙,具有匕首和投枪式的灵活性和斗争性。他的评论努力宣传党的文艺政策和文艺思想,精辟分析了当时出现的一些重要作品和文艺问题。这些散文、杂文和评论,鲜明地展示了何其芳经过整风运动的革命洗礼,思想上发生了转变,在斗争实践中形成了过去所不曾有的崭新的思想境界和战斗风貌。这个时期的文章,后来分别收入何其芳的《星火集续集》和《关于现实主义》这两个集子。

何其芳在重庆工作期间，曾担任中共四川省委委员、宣传部副部长、重庆《新华日报》社副社长等职务。1947年2月28日，国民党当局悍然下令，要求南京、上海、重庆三地中共机关和人员全部限期撤退。重庆《新华日报》也遭到国民党当局的武力查封，并限期撤退。经过几天的紧张斗争，遵照党中央的指示，在吴玉章等同志的领导和安排下，何其芳与吴玉章、张友渔、熊复等四川省委和《新华日报》的同志一起，于1947年3月8日从重庆撤返延安。

回到延安还不到一个星期，由于国民党胡宗南军队进攻延安，他们又撤离延安，到了晋绥边区。在这个阶段，何其芳先后在中央城工部和中央工委工作。1947年10月至12月，何其芳担任朱德的秘书，随朱德巡视冀中地区的工作并了解部队的情况。这是一次难忘的学习和锻炼的机会。1948年1月，何其芳去河北平山县张胡庄参加土地改革工作；同年夏天，又到附近的西回舍村参加整党工作。在参加农村土改和整党工作的过程中，他参加了基层的具体工作和复杂斗争，同农民群众建立了深厚的感情和友谊。1948年11月，他调到中央马列学院作国文教员。1949年3月22日，他参加了全国文学艺术工作者代表大会筹备会议，被选为筹委会委员。同年7月2日至19日，他参加了全国文学艺术工作者第一次代表大会。

六

中华人民共和国成立以后，为促进文学艺术事业的繁荣和发展，何其芳以极大的热忱认真工作，贡献了他的智慧和力量，取得了显著的成绩。

中华人民共和国成立初期，何其芳在中央马列学院做教学工作之余，撰写了不少文章，热情宣传党的文艺方针政策和毛泽东文艺思想，积极参加文艺论争。1953年2月，他任北京大学文学研究所副所长。后来，文学研究所划归中国科学院领导，他仍然担任副所长。1958年10月以后，他担任文学研究所所长，直至逝世。他还担任了其他一些职务和工作，在更多的方面和领域贡献力量。他是第一、二、三届全国政协委员，第三届全国人民代表大会代表，中国科学院哲学社会科学部学部委员、党委委员和常务委员；他还担任了全国文联委员、全国作协理事和书记处书记；他是《文学评论》主编、《人民文学》和《文艺报》的编委。

中华人民共和国成立以来，何其芳在文学研究和文学评论的组织领导方面做了大量工作，取得了不少的成果，为我国文学研究事业的发展做出了重要的贡献。尽管工作繁忙，时间很紧，但何其芳仍然积极从事研究和创作，并取得了不少的成果。

在文学研究和文学评论方面，何其芳都有重要的建树。他对我国古典文学的重要作家作品、特别是有争议的作家作品，对我国古代文学发展的规律和文学史编写的原则等，都进行了深入的研究。他对一些重大的理论问题和重要的研究课题，特别是对一些难度很大、看法分歧的问题，比如新诗的形式问题、典型问题、《红楼梦》研究问题，敢于大胆提出自己的见解，勇于发表不同的意见。这对于活跃学术空气和学术讨论、推动研究工作的深入发展，产生了重要的影响和积极的作用。中华人民共和国成立以后，他关于文学研究和文学评论方面的文章，分别收入《西苑集》、《关于写诗和读诗》、《论〈红楼梦〉》、《没有批评就不能前进》、《诗歌欣赏》、《文学艺术的春天》等论文集。

在文学创作方面，何其芳虽然写得不多，但有些作品仍给人们留下了深刻的印象，在读者中产生了广泛的影响。中华人民共和国诞生时，他献出了庄严、热情的颂歌——《我们最伟大的节日》。诗人纵情欢呼祖国的新生、人民的解放，放声歌唱历史性的胜利和新长征的开始。社会主义革命和建设的发展，人民群众的创造精神，激励了他的创作热情，他写了一些歌颂新生活和新事物的诗歌。有的篇章不仅在内容上充满了新的气象，在形式上也有新的探索，对其提倡的现代格律诗的主张做了有益的尝试和成功的实践。

粉碎"四人帮"的伟大胜利，极大地鼓舞了何其芳，也大大地激发了他的创作热情。他满怀激情，勤奋写作，写了缅怀毛泽东、周恩来、朱德、贺龙等老一辈无产阶级革命家的诗歌和回忆录，写了歌颂党和人民的伟大胜利、揭批"四人帮"的滔天罪行的诗歌和文章。那赤诚的感情、满腔的义愤，给人们以强烈的感染和深刻的教育。

正当何其芳精神振奋地投入工作、满腔热忱地进行写作的时候，万恶的病魔突然夺去了他的生命。他不幸于1977年7月24日在北京逝世，终年65岁。

何其芳在漫长的文学生涯中所取得的显著成就和做出的重要贡献，确立了他在我国现代文学史上的历史地位。他的一生，是一个忠诚的革命者的一生，是一个热情的诗人、优美的散文家和勤于探索的文学评论家的一生。

注释：

① 何其芳：《写诗的经过》。

② 何其芳：《毛泽东之歌》和《幸福的回忆》。

③ 何其芳：《论〈红楼梦〉》。

④ 何其芳：《写诗的经过》。

⑤ 何其芳：《一个平常的故事》。

⑥ 何其芳：《写诗的经过》。

⑦ 何其芳：《梦中道路》。

⑧ 何其芳：《我和散文——〈还乡杂记〉代序》。

⑨ 肖乾：《大公报文艺奖金》。

⑩ 何其芳：《一个平常的故事》。

⑪ 引文均见何其芳《我和散文——〈还乡杂记〉代序》。

⑫ 何其芳：《给艾青先生的一封信》。

⑬ 何其芳：《我和散文——〈还乡杂记〉代序》。

⑭ 何其芳：《给艾青先生的一封信》。

⑮ 何其芳：《一个平常的故事》。

⑯⑰ 何其芳：《给艾青先生的一封信》。

⑱ 引文均见何其芳《〈刻意集〉序》。

⑲ 何其芳：《我和散文——〈还乡杂记〉代序》。

⑳ 何其芳：《论工作》。

㉑ 参见陈见昕：《何其芳在成属联中》。

㉒ 何其芳：《从成都到延安》。

㉓何其芳:《毛泽东之歌》。

㉔何其芳:《写诗的经过》。

㉕何其芳:《〈星火集〉后记一》。

㉖何其芳:《〈夜歌〉初版后记》。

(原载《四川近现代人物》,四川人民出版社 1989 年 3 月版)

试论何其芳早年的创作

评论和研究何其芳创作道路的文章，一般都只限于论述他1931年以后的作品，很少涉及写于1931年秋以前的诗歌。我们知道，何其芳早在1927年就开始写诗[①]，从1927年至1931年夏，是他50年创作道路的第一个时期。虽然这个时期还不是他创作的成熟阶段，但是，要对何其芳的创作道路及其作品成就进行全面的考察和深入的研究，他早年的创作就不容忽视，而且应该重点关注。如果说，以前他早年的作品发现较少，尚缺乏研究条件的话，那么，随着他早年作品的相继发现，对他早年作品的研究，现在到了应该予以重视的时候了。这对于全面、完整地研究何其芳的作品及其发展，一定是大有补益的。

一

何其芳的早年创作可以划分为两个阶段，1927年前后至1929年夏，是他早年创作的准备阶段；1929年秋至1931年夏，是他公开发表作品的最初阶段。

1924年，何其芳12岁，养成了自己读书的习惯。他在家里那不多的藏书中，选读自己喜爱的文学作品。起初吸引他的是小说，比如《三国演义》、《水浒》、《西游记》、《聊斋志异》等古典小说名著。后来，他扩大了阅读的范围，不仅读小说，也读诗歌。他真正爱上诗歌，是在1926年，他14岁的时候。当时，他很有兴趣地读完了《唐宋诗醇》这部李白、杜甫、白居易、韩愈、苏轼、陆游共六家的诗歌选本。李白和杜甫的诗歌深深地打动了他，让他"真正从心里爱好它们，从它们感到了艺术的魅力，艺术的愉快"[②]。

从1926年起，何其芳爱上了诗歌，但还不曾有自己写诗的冲动。他产生写诗的冲动,并试写新诗,是从 1927 年开始的。当时,他已经进入初中,接受了白话文,接触了更多的文学作品,并在"五四"新文学作品和某些外国文学作品的影响和熏陶下,从爱好诗歌进而产生了写诗的冲动,开始写作当时流行的小诗。这样的小诗,他写满了一本,但一直没有给别人看过,后来偷偷烧掉了。他最初的这一批作品,现在虽然无法读到了,但从他当年喜爱的文学作品及其所受到的文学影响,还是可以略窥其创作准备和创作思想的一些基本情况。

何其芳在这期间阅读了一些古典文学、外国文学和"五四"新文学作品,对于推动他较早开始写作产生了积极的作用。他初读《红楼梦》,从中呼吸到一种青春的气息,受到了心灵的洗礼[3]。他爱读泰戈尔的《新月集》和《飞鸟集》,冰心的《繁星》、《春水》和《寄小读者》、《往事》。这些诗文对自然的赞美、对母爱的歌颂、对哲理的探索,给他以良好的思想陶冶和有益的文学营养。他尤其喜爱安徒生的童话,赞赏《海的女儿》、《丑小鸭》和《卖火柴的女儿》是真正的诗,引导他"更走近了文学"。特别是《海的女儿》深深震撼了他幼小的心灵。他认为那个令人感动、启人深思的"人鱼公主的故事是世界上最美丽动人的故事之一"[4],那个人鱼公主的悲惨结局使他"第一次懂得了自我牺牲"[5]。

这些文学作品对何其芳早年文学创作的启蒙作用和重要影响,不仅表现在充实了他的创作准备、引发了他写诗的冲动,而且还表现在推动他产生了对"三个思想(美,思索,为了爱的牺牲)"的追求,奠定了其早期文学思想的基础。"美,思索,为了爱的牺牲"这三个思想对他的思想和创作产生了重要的影响。这些影响,在他的思想发展和人生道路的漫长历程中,呈现出复杂的状况。"美,思索,为了爱的牺牲"这三个思想,既开启了他又限制了他,一度是他前进的动力,而有时又是影响他进步的阻力。他后来对此做过准确而深刻的描述:"⋯⋯不知这三个思想(美,思索,为了爱的牺牲)是刚好适宜于我吗还是开启了我,我这个异常贫穷的人从此才似乎有了一些可珍贵的东西。我几乎要说就靠这三个思想我才能够走完了我的太长、太寂寞的道路,而在这道路的尽头就是延安。但它们也限制了我,它们使我不喜欢我觉得是嚣张的情感和事物。这就是我长久地对政治和斗争冷淡，而且脱离了人群的原因。"⑥

他对"美，思索，为了爱的牺牲"这三个思想在其思想发展和人生道路上所产生的进步作用和消极影响的分析和评价，也完全适用于他的文学生涯和创作活动。这无疑会有助于我们理解他早年的创作和以后的发展。

二

1929年秋，何其芳考入上海中国公学预科。一年之后，他同时考上了清华大学外文系和北京大学哲学系。1930年秋，他到清华大学外文系学习，不久因为高中毕业文凭发生问题，被清华大学开除。度过了近一年的失学生活之后，他于1931年秋进入北京大学哲学系学习。

从1929年秋到1931年秋，何其芳对新诗的喜爱达到了入迷的程度。他几乎把所有能够找到的新诗集都读完了，同时也读了一些外国文学和古典文学作品。他不但入迷地读诗，而且沉醉于写诗。在这两年间，他在新月派诗歌和19世纪英国浪漫派诗歌的影响下写作了不少当时流行的、形式整齐的诗歌，满满两三个本子。不过，这些诗歌绝大部分都没有发表，只有少数篇章用笔名发表过。他用笔名发表的那一小部分诗歌，现在只找到了十多首。《莺莺》就是这十多首诗歌中篇幅最长的一首。

《莺莺》写于1930年11月29日，发表在《新月》月刊第3卷第7期，署名萩萩。《莺莺》这首诗长达168行，抒写了一个美丽的传闻，诉说了一个纯爱的故事。莺莺是一个村里从未有过的美丽的女郎，村里最漂亮的男子都不曾开启她的心，她却满腔热忱地期待着美好的青春、幸福的爱情。在一个春天，桃花含苞待放的时候，有一个武士装束的少年，划一只小船飘然而至。少年和女郎一见倾心，同把爱恋之歌唱和，共把爱情之酒狂饮。时间过去不久，当桃花从盛开到谢落的时候，少年突然提出要离她而去，相约在明年桃花开放时再次聚会。可是，少年竟一去不复返，只有那约言空在。一连三载，桃花带不来他的音信，莺莺却随桃花瘦损，终于一病不起，留下遗言，死后要埋在那片桃林；她还相信少年总要回到这村里，好借着那桃花的指引，找到她的坟茔。然而，桃花年年开了又落，落了又开，那负心的人，却一去永不来！

《莺莺》通过清新明丽的诗句、整齐优美的诗行，表现了对纯真爱情的歌颂、对摧折青春的谴责。诗人把莺莺的爱情奇遇放在那一片桃林中，并把故事的展开与桃花的开落交织在一起。桃花从开放到谢落的时间是如此短暂，莺莺从热恋到失恋的悲剧结局出现得如此迅速，其中寄寓了对美好青春的期待和对青春易逝的感叹，对幸福爱情的憧憬和对负心人的鞭挞。尽管《莺莺》写的是一个有些平庸的故事，但在艺术上还是有特色的。这首诗歌语言清晰，节奏鲜明，韵律流畅，形成了一种匀称和谐的形式美，而在艺术形式上十分明显地表现出新月派诗风的影响痕迹。为了满足字数整齐、顿数也整齐的格律要求，诗歌中常有折词破句的做法，显得有些生硬，不够自然。

从《莺莺》艺术构思和艺术风格的一些特色中，可以略窥它所受到的我国古典文学和外国文学的影响。《莺莺》的意境开拓、人物描写和语言运用，都熔铸和化用了我国古典诗歌的一些传统手法。至于外国文学的影响，具体地说，很可能受到英国19世纪诗人克利斯丁娜·乔治娜·罗塞缔和阿尔弗烈·丁尼生的影响。何其芳1930年秋到北京后，接触了很多外国文学作品，罗塞缔和丁尼生的诗歌就是他喜爱的作品之一。他曾特地托在上海的好友方敬，购买在北京没有买到的罗塞缔的诗集《鬼市》[7]。他曾经在一篇文章中谈到对罗塞缔和丁尼生诗歌的喜爱，以及二人对其诗歌创作产生的影响。他在文章中写道："……我那时（按：指1930年秋到北京后的一段时间）温柔而多感地读着克利斯丁娜·罗塞缔和阿尔弗烈·丁尼生的诗。一种悠扬的俚俗的音乐回荡在我心里。我曾在一日夜间以百余行写出一个流利的平庸的故事，博得一位朋友称许它的音节，又一位朋友从辽远的南方致我以过分赞赏。那种未成格调的歌继续了半年。"[8]

他在这里提到的那首"百余行"的诗歌，就是指《莺莺》。从这里，我们可以了解到这首诗歌所受到的外国文学的某些影响，以及它还得到了诗人朋友们的热情赞赏。

三

在前面引用的那段文字中，何其芳谈到，《莺莺》"那种未成格调的诗继续了半年"。《莺莺》写于 1930 年 11 月 29 日。他所说的"继续了半年"，显然指的是，1930 年底至 1931 年夏，他继续写作了一些与《莺莺》同一格调的诗歌。他在这期间写作的诗歌，现在还能够找到的主要是发表在 1931 年 6 月至 7 月间出版的《红砂碛》上的那些诗歌。他在《红砂碛》上发表了《想起》、《我要》、《让我》、《那一个黄昏》、《昨夜》、《我埋一个梦》、《夜行歌》、《我也曾》、《我不曾》、《当春》、《青春怨》、《你若是》共 12 首诗歌。另外，还有题为《即使》的一首诗歌，曾经抄在 1931 年 4 月 25 日写给友人的信中。总之，他在《莺莺》之后半年内所写作的诗歌，现在已经发现的一共有 13 首。

何其芳这个期间的诗歌，在内容上比较突出地反映了一些苦闷、寂寞和伤感的思想情绪，同时也抒发了对美好的理想和光明的未来的朦胧向往和追求。诗歌在形式上一般都做到了诗行对称，字数大体整齐，有一种和谐与匀称的美，同时也很重视语言的锤炼，具有鲜明的色彩和节奏，有一种绘画和音乐的美。《当春》和《青春怨》这两首诗歌抒写了对青春的珍视和对青春易逝的怨诉。在《当春》中，诗人写道："当春在花苞里初露了笑意，我走去探问我青春的消息。"在探问中，他的心情随春天的回答而急剧变化：始而为得到青春就要开花的喜讯而欢欣，继而为青春不会开花的回答而震惊，最后又为"不开花的青春"而发出近乎绝望的叹息。

《青春怨》在形式上相当完美，在内容上也比较深刻：

> 一颗颗，一颗颗，又一颗颗，
> 我的青春象泪一样流着；
> 但人家的泪为爱情流着，
> 这流着的青春是为什么？
>
> 一朵朵，一朵朵，又一朵朵，

>　　我的青春象花一样谢落；
>
>　　但一切花都有开才有落，
>
>　　这谢落的青春却未开过。

　　诗行的整齐对称和有规律的变化，不仅形成了一种和谐匀称的形式美，而且随着层次分明的变化，诗的意境也得到了纵深的发展和完满的体现。青春像泪一样流着、像花一样谢落，这已经使人十分惆怅了，何况这流逝的青春不知为何而流逝，这谢落的青春从来就未开过花。不知为何而流逝的青春、未开花就谢落的青春，怎能不使人感到无比悲伤？诗人为无花而逝的青春悲剧所发出的满腔怨艾，曲折地反映了他对造成这种悲剧的现实社会的强烈不满。

　　诗人对现实的不满，还表现在《我也曾》这首诗歌中。这首诗真实地反映了诗人在严酷现实中的复杂感情和极大的苦闷。他也曾有过并不狂妄的希望，但在现实生活中，这微薄的希望竟无法得到实现和满足，他只得往梦里去寻求补偿和安慰，然而，梦里仍然充满沉郁与繁忙，醒后也只有无穷怅惘。诗人不禁悲愤地发问：难道要像在现实和梦幻中失望一样，不仅失去一年的春光，而且失去一生的春光吗？

　　在《我要》这首诗里，诗人对未来的向往虽然带着梦幻的色彩，但他那满怀期待的欢欣之情却是发自内心的，真实感人的。诗人表示，要用歌声把过去送入坟墓，他的未来睡在梦中，他要摆脱"昔日的悲咽"，让"期待的欢欣"充满心田。

　　对未来和理想的追求，在《即使》这首诗中也表现得相当突出。《即使》着重表现的是对理想的执着和追求，是围绕着决心到"沙漠"里去"掘井"、"寻花"和"住家"这一线索展开的。诗人对追求者的执着精神进行了多侧面的描写，对诗的意境做了多层次的开拓，比较充分地表达了诗的立意和构思。这首诗所显示的对未来的向往和对理想的追求，虽然交织着深沉的悲叹和浓厚的伤感，但是，为了未来和理想而顽强追求的执着精神始终是这首沉郁的悲歌的主调。

　　何其芳说，1930年11月29日写作《莺莺》以后，这种"未成格调"的诗歌的写作，还"继续了半年"，即延续到1931年6月。这半年期间写作的诗歌，保存下来的一共有13首。尽管这些诗歌仍然有着新月派诗风的痕迹，然而，可喜的是，其中有一首诗歌《我埋一个梦》（写于1931年5月25日）突破了新月诗派"方块诗"的格式。这种寻求突破的努力，一直到1931年秋写作了《预言》一诗，才取得引人注目的成果，从此开启了其诗歌创作的新阶段。

四

何其芳的早期创作，主要是写诗，也写过小说。《摸秋》和《老蔡》就是他早年的两篇小说。《摸秋》发表在1930年3月10日出版的《新月》月刊第3卷第1期，署名禾止。所谓"摸秋"，是川东农村的一种民间风俗，就是在中秋之夜，人们三五成群地去摘人家瓜地里的瓜果。何其芳的小说《摸秋》写的就是一次摸秋的趣事。中秋之夜，他们到了三处瓜地摸秋：一处有人咳嗽警告；一处有人守护警戒；一处主人已将瓜果采摘一空，无秋可摸。大家十分扫兴，只好怏怏而归，但又不愿意空手回去，于是突发奇想："我们去摸自家的瓜吧。"他们在自家的瓜地摘了两个最大的瓜，摸秋的兴致终于得到了满足。

《摸秋》有着一些值得注意的特色：一是写实性。生动的口语、白描的手法、传神的描写是体现小说写实风格的几个重要方面。二是乡土性。真实的艺术描绘、鲜明的地方色彩，构成了一幅别具风采的川东农村民间的风俗画。三是讽喻性。《摸秋》的故事似有某种寓意。摸秋失败，聊用摸自家的瓜来掩饰失败，甚至忘却失败，以求得到某种补偿和满足，而且还用自家的瓜冒充摸来的瓜，并作为吉祥物特地送给亲戚，以图喜庆。这个蕴含寓意的故事中的心理描写，似乎隐含着对世人的某种心态的解剖和讽喻。

小说《老蔡》发表在1931年6月15日出版的《红砂碛》第2期上，署名秋若。这篇小说写了一个爱情故事。帮工老蔡和邢家大妹悄悄地相爱着，但郁家大少爷看上了大妹，要讨她做小老婆。邢家是郁家的佃户，在地主阶级权势的压力下，大妹被迫死去，老蔡远走他乡。这篇小说所描写的劳动人民的纯朴爱情及其悲剧结局，表现了对劳动人民的不幸爱情的同情，暴露了地主阶级的罪恶和旧社会的黑暗。小说对这一爱情故事及其悲惨结局具体、形象的描写，确实达到了相当真实的程度。可是，当小说试图对这一爱情故事及其悲惨结局作出某种解说和评价时，却不自觉地流露出对"命运"的突出强调。小说在一开始的段落中就写道："因为命运要他当仆人，所以他是一个仆人……"以后，在小说所描写的老蔡和大妹爱情关系发展的每一个阶段，都相当突出地强调了命运：写爱情的产生——"命运在她空的心中写一个爱字"，"不久，命运在女人的心中也写一个爱字"；写爱情遭到破坏——"命运在他痛的心中写一个恨字"；写爱情的悲惨结局——"命运在女人的心中写一个死字"。小说的结尾还写道："秋风把女人的死信带给他。他哭，命运却笑了。'几时在他的心中也写一个死字呢？'命运说。"这些描写说明，小说中所反映的作者朴素的阶级观点只达到了初步的感性阶段，远没有发展到自觉的、彻底的程度，还存在着明显的弱点和局限。

《老蔡》这篇小说在艺术描写上的特色，主要表现在含蓄、凝练和抒情等方面。

一、含蓄。小说的文字有含蓄之妙。当老蔡为大妹的爱而激动的时候，有这样一段描写文字："女人的影子仿佛在菜地里。他抬头望太阳，太阳在笑。笑得他不好意思。他低下头，悄悄地说，说给太阳，'你就从东方落下去吧'。他真希望天黑，是夜。"短短的几句描写文字确有含蓄之妙，把老蔡的初恋心态刻画得细腻真实、惟妙惟肖。

二、凝练。小说的文笔有凝练之美。在这篇小说中，短小精悍的文字凝聚着复杂的感情，紧凑简练的笔墨浓缩着丰富的内容。小说中老蔡和大妹最后一次幽会，那充满着沉重和悲伤的描写中有这样高度凝练的文字："风定。月冷。人无声。"寥寥七个字，烘托出这一对被拆散的情人的满腔悲愤之情；短短三句话，渲染了这最后幽会、生离死别的悲凉氛围。此时此刻，风停止了它急促的脚步，月亮洒下惨白的冷光；此情此景，这一对情人纵有千言万语，又怎能尽诉细说，真是此时无声胜有声！

三、抒情。小说的描写常有抒情之笔。对人物的描写、语言的运用、环境气氛的渲染，都十分注意诗情的渗透，善于使用抒情的笔法，使小说具有一种感人的力量和抒情的色彩。对早晨的清新空气和朝阳的灿烂色彩的描写，烘托了老蔡初恋时的激动心情和微妙心理；对老蔡在爱情遭到破坏后所产生的幻象和梦境的描写，展现了他心灵深处的感情波澜和极大痛苦；对自然景物，诸如太阳和月亮、星辰和夏风、草地和野花、清晨和深夜的描写，都有着鲜明的抒情气氛和感情色彩，对人物的遭遇和命运起到了很好的烘托、渲染作用。同时，作者还善于运用饱含抒情意蕴的语言来突出和增强艺术描写的诗意美和感染力。比如，他运用富于感情色彩的排句来突出强调或侧面烘托所描写的对象，形成一唱三叹的强烈抒情气氛。老蔡和大妹最后一次幽会时，大妹悲愤已极，沉默不语。老蔡又气又急，他用力摇着大妹道："说话呀！"小说紧接着有这样的描写：他用力摇起来了，"要摇得她的泪象露珠一样零落地坠落，要摇得她的心象花瓣一样憔悴地飘谢"，"天知道，女人已经说了，把一切话都说了。说在她盈盈的眼里，说在她珠一样滚出的泪里，说在她不停地颤抖着的心里"。这些句式相同和句意递进的排句，把大妹和老蔡极度痛苦的心情表现得既有层次又有深度，而且富于强烈的感染力，相当深刻地展现了这一对恋人此时极其复杂的内心世界。

通过对何其芳早年创作的粗略分析，我们可以得到几点基本的认识：

一、何其芳早年的创作，尽管发表并保存下来的为数不多，而且还带有"初作"阶段难以完全避免的弱点和局限，但是，这个时期的写作实践却是他的创作走向成熟的重要准备，是他漫长的创作道路的必经阶段。对他早年作品的搜集和研究，无疑会有助于全面地、完整地、历史地理解和评价他的创作及其发展。

二、何其芳早年的创作，在内容上抒发了心灵深处的忧郁苦闷、寂寞伤感和悲凉失望的情绪，表现了对社会黑暗的不满、对不幸的爱情和无花而逝的青春的怨诉，同时也反映了对幸福爱情的期待、对美好人生的憧憬、对光明未来的梦想。在形式上，其创作讲究诗节的对称、诗行的整齐，并略作有规律的变化，具有和谐与匀称的美；重视语言的锤炼，语言精炼、色彩绚丽，节奏鲜明，具有绘画与音乐的美。

三、何其芳早年的创作，在学习我国古典文学和"五四"新文学的基础上，通过阅读新月派的诗歌和英国维多利亚时代的诗歌，直接或间接地受到了 19 世纪英国浪漫派诗歌的影响。他早年的诗歌创作，在形式上接受了闻一多等人对新体格律诗的艺术探索，具有新月派的诗风；也借鉴了英国 19 世纪诗人克利斯丁娜·乔治娜·罗塞缔和阿尔弗烈·丁尼生的诗歌，二人对他早年的诗歌创作产生过一定的影响。

1984 年 8 月于铮园

注释：

① 何其芳：《毛泽东之歌》、《幸福的回忆》。

② 何其芳：《写诗的经过》。

③ 参见何其芳：《论〈红楼梦〉》。

④ 何其芳：《写诗的经过》。

⑤⑥ 何其芳：《一个平常的故事》。

⑦ 方敬：《我的回忆——忆杨吉甫同志》。

⑧ 何其芳：《梦中道路》。

（原载《何其芳研究》第七期，万州，1985 年 4 月 30 日）

何其芳 1938 年在成都的文学活动

抗日战争全面爆发以后，何其芳于 1937 年 8 月从北京回到家乡万县。1937 年 9 月，他应聘到四川省立万县师范学校任教。在完成了一个学期的教学工作以后，他于 1938 年 2 月初离开万县来到成都。他主要是考虑成都有较好的条件、较大的活动空间，也有一些熟悉的朋友，可以为宣传抗日、推动抗日文学的开展，做一些有益的工作。

1938 年 2 月初的一天，何其芳到达成都。他乘坐的汽车抵达成都外东牛市口汽车站时，当时正在成都的两个妹妹何频伽和何曼伽以及同乡好友吴天墀，早已等候在了汽车站。由于吴天墀是四川大学历史系的学生，于是，他们就一起前往吴天墀在四川大学留青院的学生宿舍。

何其芳到成都后的第一夜，在吴天墀的寝室留宿[①]。这两位同窗好友阔别多年，现在相聚蓉城，便尽兴畅谈。他们谈到了一些同学以及家乡的近况，也谈到了有关文学和本位文化等话题，直到深夜，仍谈兴不减。2 月初的成都深夜尚有寒意，以致何其芳伤风感冒，一周后才逐渐痊愈[②]。

何其芳初到成都，兴奋不已，满怀信心，对他的蓉城岁月充满期待。

围绕教学开展文学辅导活动

何其芳来到成都以后，应同乡好友曹葆华的介绍，到成属联中从事国文课的教学工作。成属联中是一所历史悠久的中学，不同的时期有不同的校名。当年的成属联中，就是中华人民共和国成立后的成都四中，现在的石室中学。

成属联中当时的国文课教学有着明显的保守、复古倾向。当年成属联中的一位学生曾撰文谈到国文课教学的一些情况，说："《国文课》就连当时政府'钦定'课本也从不采用,而以曾国藩编的《经史百家杂抄》或姚姬传编《古文辞类纂》为自定教材,随老师的爱好在授课年级选用一种。……至于五四运动以来已普及白话文,则不屑一提。"③

何其芳在成属联中的国文课教学中,从内容到方法都进行了大胆的尝试和改革。在教学内容方面,他选讲了鲁迅、郭沫若、茅盾、朱自清、艾青等"五四"新文学作家的作品,以及高尔基、马克·吐温、莫泊桑、都德等外国作家的作品,为学生初步了解和学习新文学提供了必要的条件。而在教学方法上,他以讲授为主,辅以讨论,来调动学生学习的积极性和主动性,一扫以前课堂上那种昏昏说教的沉闷空气,出现了生动活泼的学习气氛,给课堂教学带来了新的气象。何其芳不仅重视课堂教学的改革,同时也对作文教学进行了改进,改变了用文言写作的陈规,树立了用白话写作的新风,使作文教学出现了新的风貌。

何其芳既重视课堂教学和作文教学的革新,也关心学生的课外阅读和写作。他对学生的课外阅读和写作给予了热情的指导和具体的帮助,使学生们扩大了阅读范围,开阔了文学视野,提高了写作能力。当年的两位学生,以感恩的心情回忆了何其芳对他们的热心辅导和对他们产生的重要影响。一位学生说:"课外越来越多的人聚集在他的周围。……我们每去找他,他无论在读书、在写作,总会立刻停下来,热情、耐心地回答我们的问题。在他的指引下,我们逐渐扩大了视野,广泛读着各家的小说、散文、诗歌和戏剧,也读译作。我们一谈起来,漫无边际,他那小小的斗室,却成了我们思想驰骋的广阔天地。"④另外一位学生说:"他第一次给像我这样的少年人,打开了一扇通向新文学的窗:原来在'唐宋八大家'之外,还有着多么丰富、多么浩瀚的世界啊!于是,我开始如饥似渴地阅读我所能找到的一切文学著作。"⑤

在何其芳的关怀和引导下,学生们不仅认真阅读作品,努力学习写作,而且还创办了自己的文学园地。低年级学生创办了发表习作的墙报,高年级学生创办了公开发行的文学刊物——《学生文艺》半月刊。一位低年级的学生说:"正是在他(指何其芳)的鼓励之下,我们普十二班的几个学生,办起了全校有史以来的第一张墙报。而我,也在墙报上发表了自己的第一首诗。"⑥一位高年级的学生回忆了创办《学生文艺》半月刊的有关情况,叙述了何其芳对他们的启发和鼓励:"就是这样朴实无华的语言,打开了我们的心灵之窗。我们突破迷信与禁锢,想写文章,发表文章,终于大胆地创刊了《学生文艺》。……何老师为它书写刊头,替我们审阅乃至修改文稿,指导编排,连校对用的符号也教给我们,而且从创刊号起,他就在这个小小的刊物上发表并不太短小的文章,每隔一期就有一篇,有时还代写'答读问'。"⑦何其芳对这份学生主办的文学刊物,从设计、编排、出版到文稿的选题、写作、修改,都给予了认真的指导和具体的帮助,而且还以亲自为刊物撰写文章的实际行动,对学生们开辟的这一创作园地、这一大胆的创举给予有力的支持。他在《给〈学生文艺〉社的一封信》等文章中,对学生的文艺创作中应注意的问题发表了精辟的意见。他简明而切实地论述了"为人生而艺术"的创作态度、"丰富的生活经验"的不断积累,以及"从比较成熟的创作和外国的名著学习"等问题的重要性。他还特别强调了"在这民族解放战争进行得很剧烈的目前,凡是有良心的作者都认定文学工作同样应该以有利于抗战为前提,无论直接的或间接的"⑧。

在《学生文艺》半月刊上,何其芳还发表了《一个关于写作的附注》等文章。在另外一份也是学生创办的文艺刊物《雷雨》周刊上,他发表了《给〈雷雨〉周刊社的一封信》等文章⑨。他的这些文章,针对学生文艺习作中存在的问题以及爱好文艺的青年所关心的问题,发表了中肯的意见,给予了具体的帮助。

何其芳在课堂内外与学生们的频繁接触,使他仅用半年的时间就与学生们建立了相当亲密的关系。他把学生看作自己的"同伴"。他把与学生相处,高兴地称为"生活在比我更年青的一群中"。他满怀激情地表示,"和他们在一起就犹如和希望、和勇气、和可以互相信托而又相互鼓励的同伴在一起一样"。因此,当他所执教的毕业班的学生提出,希望他们敬爱的老师为他们的《毕业纪念册》撰写一篇《序》时,他欣然同意,并特地把这篇长达两千多字的《序》加上《给比我更年青的一群》的标题。在这篇《序》中,他像兄长、如朋友，满腔热情地抒发了对同学的惜别之情和良好祝愿，语重心长地写下了对同学们的亲切嘱咐和深切希望。他写道："走出这个学校，同学们无论到大学里去继续深造，无论到社会上去做事，都需要不断的奋斗。"同时，他还特别强调道："而在目前，在这民族解放战争还剧烈的进行着的目前，更不可忘记了我们对民族国家的责任，应该一方面充实自己，一方面发挥出所有的力量，做有利于抗战的工作。"⑩

以《工作》半月刊为阵地的抗日文学活动

何其芳在成都的本职工作，是在成属联中担任国文课的教学任务。他在教学工作之余，也进行了一些文学活动。在他看来，从事文学活动，既需要一个阵地，也需要朋友的支持。因此，他到成都后不久，就提出和朋友们共同创办一份以宣传抗战、针砭时弊为宗旨的小刊物。他的倡议得到了朋友们的赞同。经过短暂时间的筹划，这份刊名为《工作》的半月刊就于1938年3月16日问世了。

《工作》半月刊，是何其芳与卞之琳、朱光潜、谢文炳、方敬等共同主办的。何其芳是刊物的实际负责人，主持了刊物的编辑、出版、发行等各方面的工作。刊物的编辑工作是在四川大学进行的，因为刊物的主办者多数在四川大学工作。朱光潜是四川大学文学院院长，卞之琳、谢文炳、罗念生是四川大学外文系教授。《工作》刊名下的通讯处"成都四川大学菊园"，就是朱光潜、卞之琳、罗念生等所住的"皇城"内的教师宿舍。

《工作》半月刊的宗旨是宣传抗战、针砭时弊、支持正义、传播文化。刊物的内容既有对沦陷区和作战区状况的记叙，也有对社会黑暗、丑恶现实的揭露，还有对祖国河山、风土人情的描述，具有鲜明的现实性和战斗性。刊物主要发表散文，包括杂文、随笔、速写、通讯等。其主要撰稿人有何其芳、朱光潜、卞之琳、谢文炳、罗念生、沙汀、周文、陈翔鹤、陈敬容等。

何其芳在《工作》半月刊上每期都有作品发表，计有《论工作》、《论本位文化》、《万县见闻》、《论救救孩子》、《论周作人事件》、《坐人力车有感》、《论家族主义》共7篇杂文与1首诗歌《成都，让我把你摇醒》。这些杂文和诗歌观点鲜明，内容充实，文笔犀利，语言明快，揭露了日寇汉奸的卑劣行径，抨击了破坏抗日救亡和妨碍社会进步的种种言行，赞颂了人民的伟大力量和抗战的光明前途。这些诗文宣示了他用文学为抗战服务的决心和尝试，体现了宣传抗战、针砭时弊的主张和实践，从内容到形式都显示了一些他过去的作品所不具有的新特色，展现了他的思想和创作的新发展。《论工作》是他发表在《工作》半月刊上的第一篇文章，鲜明地体现了他服务抗战、针砭时弊的自觉性和责任感。《论周作人事件》抨击和剖析了周作人堕落为汉奸的可耻行为及其种种原因。《论救救孩子》和《论家族主义》批判了家庭和教育中的复古倾向。《论本位主义》强调了发扬本位文化中积极、进步的传统，批判其消极、落后内容的重要性。诗歌《成都，让我把你摇醒》写于1937年春的诗歌《云》以后，是他时隔近一年半后发表的一首诗歌。这首诗歌与他以前的诗歌有明显的不同，歌颂了全国人民英勇抗战的大无畏精神和必胜信念，赞扬了广大军民顽强抗战的钢铁意志及光明前途。

《工作》半月刊是何其芳与几位朋友合办的一份小刊物，但它并不是严格意义上的同人刊物。这份刊物有明确的宗旨、共同的目标，而所发表的文章则观点有所不同，文责自负。刊物的几位朋友在对待周作人事件上有不尽相同的看法，就是一个突出的例子。周作人事件在当年成都的报刊上被披露以后，在知识界反响颇大，认识不一。《工作》半月刊同人的反响也是这样。卞之琳曾谈到过有关情况，说："当时初传周作人在北平'下水'，《工作》刊物同人中想法就不同。有的不相信，有的主张看一看，免得绝人之路，有的惋惜。"[11]

1938年5月8日，成都的报纸刊出了周作人堕落为汉奸的新闻。在三天之后，即5月11日，何其芳就撰写了观点鲜明的批判文章《论周作人事件》[12]。卞之琳以编辑者之一的名义，在《工作》半月刊发表何其芳这篇文章时写了四百多字的"按语"。这一措辞委婉的"按语"首先指出："事情既然真的做错了，扼腕而外，大加挞伐，于情于理，当然都没有什么说不过去，即使话说得过火一点，在敌忾同仇的今日，也自可以原谅。何其芳先生这一篇，写得虽然还不十分冷静，但已经与众不甚同。""按语"的最后则说："不过研究的时候不能不慎重，不能不客观，并且我个人觉得在目前遽下断语似还嫌过早。"[13]朱光潜写了《论周作人事件》，对何其芳的文章予以质疑，认为"现在对于周氏施攻击或作辩护，都未免嫌过早"，还认为"日本人想利用他（按：指周作人），是事实。一直到现在为止，据我北平友人的来信，他还没有受利用"[14]。对于朱光潜的质疑，何其芳写了《关于周作人事件的一封信》[15]作为说明和答辩。何其芳、朱光潜、卞之琳对周作人事件的看法显然有所不同，而事实和是非却是清楚的。卞之琳在后来的回忆文章中说："其芳感觉最锐敏，就断然发表了不留情的批判文章《论周作人事件》。不久，事实证明是他对。"[16]

对成都时期文学活动的定位和评价

1938年，对于何其芳来说，是十分重要而又难忘的一年。他说：

> 一九三八年。那是抗日战争爆发的第二年。那是抗日战争初期汹涌澎湃的来潮激动人心、而在我的一生里又是把我划分为前后两个大不相同的人的难忘的一年[17]。

1938年的大部分时间，何其芳都是在成都度过的。他2月初来到成都，8月中旬离开成都去了延安。他在成都生活和工作的这半年多时间，是他一生两个大不相同的阶段中，前一个阶段即将结束而后一个阶段就要开始的交接期，也可以说，是这两个阶段的一个界石。了解这一特定时段的有关情况，对于分析其思想和创作的发展，有着重要意义。

何其芳曾多次谈到，抗日战争全面爆发对他有很大的影响。

> 抗战发生了。对于我抗战来到得正是时候。它使我更勇敢[18]。

> 抗战来了。对于我它来得正是时候。因为我不复是一个脸色苍白的梦想者，也不复是一个怯懦的人，我已经像一个成人一样有了责任感[19]。

> 由于抗日爱国运动的高涨，也由于多接触到了一些社会生活，我的思想发生了变化[20]。

抗日战争的全面爆发、抗日爱国运动的高涨，对于何其芳来说，的确"来得正是时候"。全面抗战前一两年间，他在天津、特别是莱阳期间生活和工作的实际感受，使他逐渐改变了以前那种幻想、苦闷、孤独的思想状态，开始面向现实，关心"人间的事情"[21]，并有"走向人群，走向斗争"[22]的意愿。在他人生历程的这个重要时段，全面抗战的兴起，正好成为其思想和创作进一步发展的重要契机和强大动力，促使他努力适应全面抗战新形势下的新要求，紧跟时代，面向社会，力求做一些用文艺为抗战服务的工作。

在成都期间，何其芳的思想和创作上出现的新变化和新发展，正是他身体力行用文艺为抗战服务的鲜明起点和初步尝试。他说，那时"我的确有过用文艺去服务民族解放战争的决心和尝试"[23]。他还说，在成都写的那些作品，"从它也就可以看出一个初上战场的新兵的激动"[24]。他准确地概括了当时的境况和心态。作为抗战文艺战线上的一名初上战场的新兵，他确实极其兴奋地、激动地、满腔热情地投身到用文艺为抗战服务的实践中去了。他的作品也呈现出以前所没有的现实性、战斗性特色以及自然、朴实的风格。但是，他毕竟是一个初上战场的新兵，应该说，这些作品还处于尝试、探索的起步阶段。从他的思想和创作发展历程来考察，这个时段，他尽管已经倾向进步了，但还没有走向革命，正处于他前后两个大不相同的阶段的交接期。因此，在这样一个特定时段，他的作品显然还存在一些不足或弱点，显得比较粗糙，不够成熟。而其中的原因也是多方面的。比如，这些作品的内容与形式、文体与风格都是他不熟悉的，还只是初步的尝试。更重要的还在于，他否定了过去的艺术主张和风格，而新的艺术主张和风格又还比较粗浅；强调有利于抗战、为抗战服务，但理解得还比较简单；重视作品的内容正确，力求写得通俗、朴素、自然，却忽视了必要的艺术加工和提炼，以及思想与艺术的统一。所有这些都说明，何其芳还处于成长和发展的过程中，还需要不断努力，继续前进。

在成都这半年时间的后期，何其芳对于他思想和创作中存在的一些不足和问题是有所察觉和认识的，而在内心深处也呈现出颇为复杂的状态。他从万县来到成都，是因为万县落后、闭塞，"想在大一点的地方或者可能多做一点事情"[25]。可是，他在成都生活和工作的经历却使他感到，这个城市竟是那样的沉闷，甚至仿佛还在沉睡。于是，他写了著名的诗歌《成都，让我把你摇醒》，来表达他的不满和希望。而就小环境而言，他在成都的一些朋友，一起工作和活动的"小圈子"——就以《工作》半月刊的同人和朋友来说，对他的所作所为也不理解，不久还出现了不和谐的气氛，使他感到寂寞、甚至孤立，有一种"散兵游勇"之感。比如，他那篇批判周作人堕落为汉奸的文章发表以后，就引发了一些风波。尽管在朋友中，有人撰文进行质疑，属于正常的切磋、探讨；然而，也有人说他刻薄、火气过重；还有人劝他不要写杂文，还是写"正经的创作"，否则将成为一个"青年运动家"、"社会运动家"[26]。虽然他对这些议论感到困惑、郁闷和不满，但并没有动摇他用文艺为抗战服务的决心和实践，也没有使他因此而怀疑自己选择的道路。严峻的现实和实际的体验引发了他深切的反省和思考，使他认识到，他的生活和工作需要有一个根本的变化。他还意识到，在为抗战服务的征途中，他不是"散兵游勇"，他是有着志同道合的"伙伴"的，只不过这些"伙伴""在另外一个地方"[27]。于是，他果断地做出了影响他一生的重大抉择——离开成都，奔赴延安，"去投奔一支苦战了十余年的大军"[28]。这以后，他开始与有关方面的朋友联络，安排出行事宜；同时，也做了一些必要的准备，包括思想和身体方面的准备，以迎接艰苦的斗争和全新的生活。

为了锻炼身体，何其芳与一位朋友相约，每天早晨到离住地不远的少城公园去活动，主要是想学会骑自行车。在学骑自行车的日子里，在公园的"射德会"茶馆和附近的"新雅"饭馆遇见的几件小事，给他留下了极其深刻的印象。他看见一个小姑娘带着小弟弟，因为饥饿而不敢多动，长时间枯坐在公园的长椅上昏昏欲睡。他看见一个小女孩把卖糖糕的人掉在地上的很小一块糖糕，迅速拾起来放进嘴里。他看见餐馆里衣着褴褛的小孩子用一把蒲扇给吃饭的人打扇，希望得到一两个铜板的赏赐或一点剩菜剩饭。他看到这些饥饿和贫穷的现象，深感震撼，也引发了一系列思考。在离开成都前九天，即1938年8月5日，他写了《杂感一则》；在到达延安后的1941年6月17日，他写了《饥饿》一文。在这两篇文章中，他具体描述了上述几个孩子面临饥饿的艰难处境，抒发了无法抑制的悲愤和激动。他写道："我仿佛第一次看见了饥饿，它以这样一个可爱的小女孩子的形象出现，反而更使我感到颤栗。……我心里像被什么堵塞着,我又是一句话也没有说。假若说那满满地堵塞着我的心的是一种还没有变成眼泪的哭泣,那就不仅仅是悲恸着人间竟像是一间地狱。"㉙他悲愤、激动,进而从理智上思考,认识到"这些现象是这种社会里必然产物"。他坚信,"由于人们努力,它们绝对有着可以消灭的可能"㉚。他从这些来自现实的感受中汲取了营养,提高了认识,从而更加坚定了向往光明、奔赴延安的决心。经过充分准备和妥善安排,他与卞之琳、沙汀夫妇一道,于1938年8月14日离开成都,途经西安等地,历时18天,行程3000里,于8月31日到达延安㉛。从此,他走向了人民,走向了革命,开启了他创作道路和人生道路上的全新征途和光辉前程。

注释:

① 何其芳:《致吴天墀信八封》附录:吴天墀著《小记》,载《何其芳研究资料》第4期,1983年12月,万州。

② 何其芳:《论本位文化》,载《何其芳文集》第2卷,人民文学出版社,1982年10月。

③④⑦ 陈见昕:《何其芳在成属联中》,载《何其芳研究资料》第4期,1983年12月,万州。

⑤⑥ 田野:《新来的老师》,载《何其芳研究资料》第11期,1988年8月,万州。

⑧ 何其芳:《给〈学生文艺〉社的一封信》,载《学生文艺》半月刊第2期,1938年5月,成都。

⑨ 何其芳:《一个关于写作的附注》、《给〈雷雨〉周刊的一封信》,分载《学生文艺》第5期,1938年7月,成都;《雷雨》周刊第1期,1938年6月,成都。

⑩ 何其芳:《给比我更年青的一群》,载《川东文艺》第11期,1938年4月,万州。

⑪⑯ 卞之琳:《何其芳与〈工作〉》,载北京《新文学史料》第1期,1983年,北京。

⑫ 何其芳:《论周作人事件》,载《工作》第5期,1938年5月,成都。

⑬ 卞之琳以《工作》半月刊编者之一的名义,为何其芳《论周作人事件》一文所写的"按语",载《工作》第5期,1938年5月,成都。

⑭ 朱光潜:《再论周作人事件》,载《工作》第6期,1938年6月,成都。

⑮ 何其芳:《关于周作人事件的一封信》,载《何其芳文集》第2卷,人民文学出版

社，1982年10月，北京。

⑰何其芳：《毛泽东之歌》，载《人民文学》1977年第9期，北京。

⑱何其芳：《给艾青先生的一封信》，载《文艺阵地》第4卷第7期，1940年2月。

⑲何其芳：《一个平常的故事》，载《中国青年》第2卷第10期，1940年8月，延安。

⑳何其芳：《写诗的经过》，载《关于写诗和读诗》，作家出版社，1956年11月，北京。

㉑何其芳：《我和散文》，载《大公报·文艺》，1937年7月11日。

㉒㉕㉖㉗何其芳：《一个平常的故事》，载《中国青年》第2卷第10期，1940年8月，延安。

㉓㉔㉘何其芳：《夜歌和白天的歌》初版后记，《星火集》后记一，均见何其芳《一个平常的故事》，陈尚哲编，百花文艺出版社，1982年6月，天津。

㉙何其芳：《饥饿》，载《谷雨》创刊号，1941年11月15日。

㉚何其芳：《杂感一则》，载《文艺后防》第4期，1938年8月10日。

㉛何其芳：《从成都到延安》，载《文艺战线》创刊号，1939年2月16日。

（原载四川《文史杂志》2015年第5期）

关于新发现的何其芳佚诗五首

去年春天，中国社会科学院文学研究所的一位同志来成都参加一个学术讨论会，他趁便捎来了牟决鸣同志的口信，嘱托我查阅一下20世纪30年代初在成都出版的《社会日报》，据说该报曾发表过何其芳的诗歌。不久，从牟决鸣同志的来信中得知，提供在《社会日报》上可能有何其芳的佚诗这一情况的，是成都一位名叫宋大鲁的老人；牟决鸣同志在信中还提到可以去拜访一下这位老人。根据牟决鸣同志提供的线索和拜访宋大鲁老人得知的情况，我仔细查阅了30年代初在成都出版的《社会日报》，果然发现《社会日报》的周刊《星期论坛》确实发表过何其芳的作品。在1933年2月至4月间，何其芳在《社会日报·星期论坛》上发表了1篇小说、11首诗歌。现将有关情况作一简述，以供研究者参考。

第一，何其芳与《社会日报》同人的关系。

《社会日报》于1933年1月12日在成都创刊，1934年12月被查封停刊。《社会日报》的周刊《星期论坛》创刊于1933年1月15日，终刊于1933年5月14日，一共出版了16期。《社会日报》的社长是陈静修，《星期论坛》的编辑是陈克农。《社会日报》同人中的刘静修、陈克农、宋大鲁等都是万县人，是何其芳的同乡。1930年秋，何其芳到北京上大学的时候，与在北京民国大学法政系读书的陈静修、在北京大学中文系读书的陈克农就有交往。因此，当陈静修等人创办《社会日报·星期论坛》之后，何其芳以及杨吉甫、方敬等万县同乡就用他们的作品给予积极的支持。《社会日报·星期论坛》从创办到停刊，虽然只出版了16期，仅存在了短短的4个月，但何其芳在该刊发表的作品就有12篇。另外，杨吉甫发表了4篇小说和1篇散文，方敬发表了4首诗歌和1篇翻译小说。这篇译作以"清静"的署名发表，翻译的是美国作家尼埃林的短篇小说《种族的差别》，也是方敬发表的第一篇译作。

何其芳与《社会日报》同人除了同乡关系外，从有关材料看来，他与《社会日报·星期论坛》编者在文艺观点上似有某种程度的一致。比如，何其芳当时在创作上是十分重视作品的艺术性的；而《社会日报·星期论坛》的编者在《本周刊的使命》中就曾明确表示，该刊对凡是"富有艺术性"的作品"都可采入"。由于何其芳与刘静修等人的同乡关系和文艺观点上某种程度的一致，促使他在短短的三四个月里，给《社会日报·星期论坛》寄去了不少作品，为提高刊物的艺术质量发挥了积极的作用。

第二，何其芳在《社会日报·星期论坛》上所发表作品的概况。

何其芳在《社会日报·星期论坛》上一共发表了12篇作品，计有小说1篇，诗歌11首。应该说明的是，笔者查阅时，《社会日报·星期论坛》第六期缺藏。由于没有看到第六期，这一期是否刊有何其芳的作品，也就不得而知了。

现将何其芳在《社会日报·星期论坛》上发表的12篇作品的刊出时间和收集情况简述如下：

小说《老蔡》发表在1933年2月12日《社会日报·星期论坛》第3、4期，署名秋若。这篇小说曾在1931年6月15日《红砂碛》第2期发表过，但一直没有收入集子。诗歌《夜行歌》和《你若是》，署名秋若，分别发表在1933年4月23日和30日《社会日报·星期论坛》第13期和第14期。这两首诗也曾在1931年7月1日《红砂碛》第3期发表过，一直没有收入集子。诗歌《问》和《慨叹》发表在1933年3月5日《社会日报·星期论坛》第7期。后来，《问》改题为《欢乐》，《慨叹》则以原题收入1938年10月出版的《刻意集》和1945年2月出版的《预言》。诗歌《昔年》发表在1933年4月9日《社会日报·星期论坛》第11期，后来收入1938年10月出版的《刻意集》和1957年9月再版的《预言》。诗歌《雨天的相思》发表在1933年3月12日《社会日报·星期论坛》第8期，后来以《雨天》为题收入1938年10月出版的《刻意集》和1945年2月出版的《预言》。

综上所述，何其芳在《社会日报·星期论坛》发表的小说《老蔡》、诗歌《夜行歌》、《你若是》、《问》、《慨叹》、《雨天的相思》、《昔年》等 7 篇作品，前 3 篇作品曾在何其芳与杨吉甫合编的小型文学刊物《红砂碛》上发表过，但一直没有收入集子；后 4 篇作品，未见在其他刊物发表过，后来收入了集子。除了这 7 篇作品而外，何其芳在《社会日报·星期论坛》上发表的另外 5 篇作品《××》、《三月十三日晚上》、《初夏》、《咒诅与说福》、《给我梦中的人》，则是首次发现。这 5 首诗歌，既未见在其他报刊发表过，也没有收入集子，而在何其芳的文字中亦未曾提及。因此，这 5 首诗歌无疑是新发现的佚诗。这是近几年来搜集何其芳佚作的重要收获，是研究何其芳早期诗歌创作及其发展的宝贵资料。

第三，关于新发现的何其芳的 5 首佚诗。

何其芳这 5 首佚诗的写作时间，由于在诗的末尾没有注明，因此要弄清楚确切的写作时间，应该是比较困难的。不过，要确定这 5 首佚诗大致的写作时间，还是可以做到的。

这 5 首佚诗中的《××》、《三月十三日晚上》、《初夏》和《问》、《慨叹》，是在《新诗五首》的总题下，发表在 1933 年 3 月 5 日《社会日报·星期论坛》第 7 期上的。后来，《慨叹》和《问》收入集子时，分别注明了写作时间是 1932 年 6 月 25 日和 27 日。由此似可推定《××》、《三月十三日晚上》、《初夏》大约也是写于 1932 年 6 月前后。《咒诅与说福》和《雨天的相思》，系以《新诗两首》为题，发表在 1933 年 3 月 12 日《社会日报·星期论坛》第 8 期，而《雨天的相思》收入集子时，注明写于 1932 年 8 月 18 日，由此似亦可推定《咒诅与说福》大约也是写于 1932 年 8 月前后。另外几首诗，《夜行歌》和《你若是》，曾发表在 1931 年 7 月 1 日《红砂碛》第 3 期上，其写作时间显然在 1931 年 7 月以前。《昔年》收入集子时，注明系写于 1932 年 7 月 21 日，由此似可推定，《给我梦中的人》大约也写于 1932 年 7 月前后。从以上所述可以看出，何其芳这 5 首佚诗的确切写作日期虽然尚未查清，但其写作年代应是 1932 年，却是可以肯定的。

我们知道，1932 年，何其芳的诗歌创作活动正处于一个诗情勃发的高潮时期。何其芳曾经在《写诗的经过》这篇文章中谈到，当时他热衷于写诗竟达到入迷的程度。他说："大学生时代我写诗的冲动的期间不过是1932年夏天到秋天那几个月。有时一天之中，清早也写，晚上也写。过去做旧诗的人，常常有梦中得句的经验。我那时也就入迷到那样的程度……"何其芳这5首佚诗，与他写于1932年的其他诗歌的思想和艺术倾向是完全一致的。这些诗歌的基调，是对逝去爱情的怀念和怨诉，是对内心忧郁的抒发和吟咏。这5首佚诗中的《给我梦中的人》相当鲜明地体现了他这个时期诗歌的思想艺术特色。这首佚诗深情地抒写了对梦中情侣的深沉怀念以及对美好爱情的热烈向往。全诗感情真挚，意象丰富，联想广阔，描绘细腻，充分显示了何其芳早期诗歌委婉、沉郁的艺术风格。这5首佚诗中，有一首题为《初夏》的小诗，抒写了诗人对初夏景色的细致观察和独特感受，字里行间充溢着一股柔和、清新的气息，具有一种轻盈、明丽的艺术风格。与《初夏》同一类型的诗歌在何其芳早期诗歌创作中为数不多，所以这首诗弥足珍贵，对于全面了解何其芳早期诗歌创作有着引人注目的重要价值。

关于这5首佚诗为什么没有收入诗集《预言》，何其芳在《写诗的经过》这篇文章中提供了一些有关的情况。他说："我的第一个诗集《预言》是这样编成的：那时原稿都不在手边，全部是凭记忆把它们默写了出来。凡是不能全篇默写出来的诗都没有收入。"这大概可以说明这5首佚诗没有收入集子的原因。1932年是何其芳诗歌创作的高潮时期，写作和发表的诗歌比较多，要在若干年后把这些诗歌全部默写出来确实比较困难，因此收集时也就难免有所遗漏。

这5首佚诗在《社会日报·星期论坛》发表的时候，有的诗句排印有误，需要做一点校订。笔者在转录这5首佚诗时均系原文照录，另加小注说明其中的误排，以供阅读和研究参考。

附：何其芳佚诗五首

× ×

秋若

"黄昏已从村里走近身旁,
小鸟都鼓起归巢的翅膀,
薇,这还不是回家的时光?"
"我们就举起脚步,
等夜遮了路。"

"暮色已沉重地沾上外衣,
是什么使你默默地凝视——
又勾起了你陈旧的记忆?"
"我望那粼粼的水,
那枯的芦苇。"

"寒夜已偷偷地爬进袖内,
你还不觉得冷,还不想回——
啊,你怎么眼角里有了泪?"
"我是有一点儿凉,
一点儿悲伤。"

(载 1933 年 3 月 5 日《社会日报·星期论坛》第 7 期)

三月十三日晚上

何其芳

踏上你白石的桥,在圆月底银影中,
你长长地伸着,像永古园林之幽叹,
将带我底步履到一个辽远的新梦,
传说里的仙阙,还是全寂的死之彼岸?

在石阑干底第四十柱前，我伫立，斜欹，
用手抚贴石髓里从无数夜吸取的阴寒，
桥洞下双扉铁栅放出微闪的水之私语，
在沉默里说着沉默，从幽暗流向幽暗。

折一只白色的纸船，轻轻放下水中，
我还未全忘记童年手指之玲珑，
债①波面的微飔鼓满船头的小篷，
载我底深思到柳影底浓阴处去。

向远远对岸之深黑，我欲发一声呼唤，
但尉②不见一星灯火可回答我底孤零，
眼前一闪冷冷的鱼跃，溅起银的惊粲，
从波面继续的颤悸碎到我化石的幽情。

（载 1933 年 3 月 5 日《社会日报·星期论坛》第 7 期）

初 夏

何其芳

一夜雨声唤醒杨柳里的初夏，
叶叶垂着着③盈盈的新绿；
晓雨摇落一滴与芦蒲，
也从湖水里高高地青到桥下。

我馋思远处曳出卖花的声音，
浸着昨夜细雨的迷湿；
一篮篮樱桃担上街市，
圆圆的红色饱含朝露的清新。

（载 1933 年 3 月 5 日《社会日报·星期论坛》第 7 期）

咒诅与说福

何其芳

第一个吻去我唇上青春底
红色的人,应受我底心底咒诅,
但以它中了,爱情魔术的手指,
你残忍的人都得到了祝福。

你带着贪婪的索取的眼睛来了,
要我底笑我底泪,我底深情的缱绻,
我默默地给与了,你又说你要看
我永远在黑暗里的爱情我底火焰。

我记得你眼睛里明晦的变换,
我是一个完全属于记忆的动物,
而且狐一样多疑,鼠一样心怯,
常震颤于幻听里的你底脚步。

(载1933年3月12日《社会日报·星期论坛》第8期)

给我梦中的人

何其芳

啊,你具有修眉,笑涡,翦水双眸之柔情,
我省识你是燕子所化,我梦中的人!
你束腰的单衫犹是羽翅的灰青,
双袖垂着红色的花格,渐下渐深。

我一把臂的相亲,我寂寞的记忆,
如一缕红丝长系在你幸福的臂际,

我的深情与想念不能筑一金屋贮你，
翻逐你底蹁跹向茫昧的远地飞去。

你是飞去多垂杨与湖水的江南，
那儿有游鞭戏棹，卖花声唱到春残，
有如烟细雨，芳草绿于窄地的画帘，
微风起处，有罗衣素手凝在秋千？

你还是飞去海南，栖息于灰暗的烟水，
苔蚀的岛岩间有休④底旧巢，你可轻睡，
在海的花园里，你底轻翅低垂，
望见波里有无数银鱼嬉游的尾？

我是在恹恹瘦损如离魂的倩女，
在风沙之关，不知日长成线，绿阴如许。
何时你重归来手我梦中的情侣，
让我以渴望的双将你的纤腰高举⑤。

（载 1933 年 3 月 26 日《社会日报·星期论坛》第 9 期）

注释：

①"债"字疑为"让"字之误。

②"尉"字疑为"望"字之误。

③这里的两个"着"字，有一个"着"显系衍文。

④"休"字疑为"你"字之误。

⑤倒数第二行中的"手"字，显系排版错位，"手"应在倒数第一行中的"双"字和"将"字之间。

（原载《四川大学学报》1984 年第 1 期）

读何其芳的一封未刊书简

几年前，我开始对何其芳的作品进行系统研究，并着手编选《何其芳研究专集》。我的工作得到了沙汀同志的热情关怀和具体帮助。沙汀同志不但为我审阅文稿、订正史实，而且特地把他珍藏多年的何其芳给他的书信原件，托人带给我。征得沙汀同志的同意后，现将何其芳致沙汀的一封未刊书信公开披露，以飨读者。

为了便于读者阅读和研究者参考，现将与书信有关的问题做一些简要的说明和评介。

（一）书信涉及的人和事

敬之，是沙汀同志的别名。沙汀同志的岳母姓黄名敬之，当时为了方便和隐蔽所需，沙汀同志在家乡时对外通信，常借用此名。《烧箕背》，系沙汀同志的长篇小说《淘金记》之一部分，发表在1942年9月30日和31日出版的《文艺阵地》第2、3期。灿兄，指叶以群同志。北京中国现代文学馆收藏的叶以群致沙汀的书信，即多用"灿"字落款。季林，指卞之琳同志。周兄，似指周扬同志。汤兄，指艾芜同志。艾芜同志本名汤道耕。朱老先生，指朱光潜先生。菊明，指何其芳夫人牟决鸣同志。顾兄，指沙汀同志夫人黄玉颀同志。

何其芳在书信中说："我的手臂平常作事毫无什妨碍，只是投举手票或呼口号时仍不能伸得很直而已。"何其芳与沙汀随120师转战于冀中时，在1939年1月27日参加联欢会后返回住地的途中，不慎摔下马背，跌伤了手臂，治疗后留下了后遗症。

（二）书信的写作年代

何其芳这封书信的末尾没有标明写作年代和地点。但是，根据书信的内容和有关情况，可以断定这封信系 1944 年 9 月 5 日上午写于重庆。信中说"等你来渝再长谈"，说明此信写于重庆；而书信中提到艾芜不久将来重庆等情况，又从侧面为此信的写作年代提供了佐证。艾芜到重庆的时间，据黄莉如、毛文编著的《艾芜年谱》记载，是 1944 年中秋。既然何其芳是在艾芜于 1944 年中秋到达重庆之前不久写这封信的，显然这封信应该是写于 1944 年。

还有一些情况，亦可为何其芳这封信的写作年代提供旁证。何其芳于 1944 年 4 月至 1945 年 1 月和 1945 年 9 月至 1947 年 3 月，先后两次从延安到重庆工作。何其芳在这封信中曾提到，写这封信时已经在重庆工作几个月了，不久可能离开重庆返回延安。根据信中提到的这一情况，说明此信只能是写于 1944 年。1945 年 9 月，何其芳刚到重庆工作。而 1946 年 9 月，他已经在重庆工作整整一年了。因此，这两年的 9 月都不符合他在信中所说的已经在重庆工作了几个月这一情况。

（三）书信的基本内容

何其芳这封信，突出反映了他认真贯彻党的文艺方针和延安文艺整风精神的主动性和自觉性，鲜明地表现了他对自己严格要求、对朋友热忱关怀的高尚情操，从一个侧面显示了他的思想风貌和精神境界。

1944 年，何其芳从延安到重庆的主要任务是，向重庆的进步文艺工作者传达延安文艺整风和毛泽东同志《在延安文艺座谈会上的讲话》（以下简称"《讲话》"）的精神，推动党的文艺方针和整风精神在重庆进步文艺界的深入贯彻，促进国统区文艺运动的健康发展。在信中，何其芳希望沙汀同志早来、快来重庆，盼望与沙汀详谈、多谈。这充分反映了何其芳期望把延安文艺整风和《讲话》的精神，以及自己的心得体会，向同志们和朋友们传达的急切心情和兴奋情绪，以期对同志们和朋友们学习贯彻党的文艺方针及《讲话》的基本精神有所助益。他还打算与同志们和朋友们一道具体研究如何在重庆贯彻执行党的文艺方针和《讲话》的基本精神等一系列重要问题。

在信中，何其芳简要地谈到了他参加延安文艺整风和学习《讲话》之后，在文艺思想上的深刻变化。他把自己在整风前后的变化做了一个对比，感到在整风以前虽然也在认真工作,但感到"忙得并无多少结果",而在整风之后,才深感在学习上"颇有进境",对文艺的基本问题比过去有了"更明确"的认识。他在文艺思想上的一些新变化和新见解,极想与沙汀同志开怀畅谈,期望各自的文艺见解和对文艺上各种问题的看法能够与党的文艺方针和《讲话》的基本精神保持原则上的一致,以便更好地促进和推动重庆进步文艺运动的发展。

何其芳在信中一再催促沙汀早来重庆,主要是为了使沙汀同志有机会听取延安整风精神的传达并参加整风文献的学习,从而提高对党的文艺方针的认识,认真贯彻《讲话》的基本精神。因此,何其芳不仅迫切希望通过学习,与沙汀等同志求得在文艺见解上的一致,而且也十分关心沙汀在创作上的进一步发展。他在信中谈到了读沙汀的小说《烧箕背》后的感受和意见,并打算系统地读一些沙汀的小说,为沙汀来重庆后讨论、研究其创作的发展做必要的准备。

对于暂时不能来重庆学习延安文艺整风和《讲话》精神的朋友,何其芳也不放过任何机会,积极向他们宣传党的文艺方针和《讲话》精神。当何其芳得知卞之琳对他在整风后文艺思想上的变化不太理解,感到他对文艺的某些看法"较偏"之后,就主动写信给卞之琳,正面说明他的文艺见解,相互交换意见,充分展开讨论,终于使他们在文艺见解上从"相距颇远"逐渐达到了"比较接近"的地步。信中谈及的此事,充分表现了何其芳既能够以诚相见,热情帮助朋友接受新的文艺见解,又做到了实事求是,坚持从实际出发,互相尊重,互相帮助,决不强加于人、强人所难。他在信中谈道:"两地分处数年,各人环境及思想发展俱有不同,欲与他求完全一致想亦不易,但我的目的也不过使旧日朋友如他者了解我的变化,不至他日分歧很远而已。"这些肺腑之言,表达了何其芳对朋友的亲切关怀和深切理解,展现了他对工作的自觉性和责任感。

这封信还反映出何其芳对文艺界的统战工作,也是认真对待、尽心尽力的,突出表现了他可贵的主动精神。他十分注意联络和团结一些在文艺界有威望、有影响的作家和学者,以发挥他们应有的积极作用。比如,对当时在武汉大学任教的朱光潜先生，尽管感到朱先生似乎不太愿意与他通信，但他仍打算在与一些朋友商量之后，采取主动态度，"先去信恭候一下"，为进一步开展有关的工作做些必要的准备。

总之，从何其芳这封书信中，我们从一个侧面深切地感受到了他在具体工作和同志关系中所显示出来的思想风貌和优秀品质。

附记：何其芳的书信和我的小稿，曾寄请沙汀同志审阅，又承吴福辉同志根据何其芳书信原件校订过。我根据他们的意见对小稿做了一些修改，特此说明，谨致谢忱！

附：

何其芳致沙汀的一封未刊书简

敬之：

时间过得太快。找出你上次来信，是"七七"写的，已经快两月了。上次读信后，因未立即作答就搁下来了，后来又想，等你来渝再长谈吧，有许多话不是信写得清楚的。今天无事，又怕你暂时还不能来，还等着我的信，就来写几行。我在此大约还有一月多或两月的勾留，因此希望你不要来得太迟。时间过了三个月，但并未做多少事，颇觉惭愧。别后这几年，起初也忙得并无多少结果，但最近这两年来自我学习却似颇有进境，但各种心得亦只有俟见面作长谈耳。

你写的《烧箕背》故事前一向读完了，因印得太差，读得断断续续，也还讲不出有系统的意见。只觉得比过去笔放开得多，许多人物与事情读时都活现在纸上。但有些部分读时仍感沉闷，恐因尚少大波澜也。似乎后半部较生动一些。还有写后方的短篇和写前方的中篇，想等你来前读完，亦一应谈之话题。听灿兄说，你接季林信感到我的意见较偏，不知季林向你转述了我的什么意见。因此次不能见着他，我就写信与他讨论一些问题，开头也许我写得不完全，不周密，彼此在文艺见解上相距颇远，但经我再正面说明我的见解后倒比较接近了一些。两地分处数年，各人环境及思想发展俱有不同，欲与他求完全一致想亦不易，但我的目的也不过使旧日朋友如他者了解我的变化，不至他日分歧很远而已。对你，我却极想详谈、多谈，使我们在文艺上见解一致。不知你的见解有无变化，我和周兄都较我们过去在一起时是颇有了一些变化。简单说来，似比过去许多看法更明确了一些。这种明确的基本看法如何具体运用于各方面，当然还需要许多朋友们来研究、讨论。因此希望你早一点来。汤兄听说将来此地，这里朋友们（如灿兄）为他想了一点法，但亦为数甚微。来后也许可以为他找一中学教书。朱老先生未与他通信，因听那边来人说，他似不太愿与我通信，不知是由于架子吗还是别有原因。你来后我们谈谈，看是否还是应由我先去信恭候一下。我在此，能常见面谈谈的朋友也很少。无事就在家里看看书。这或者也是更盼望你早来的原因之一。

我的手臂平常作事毫无什妨碍，只是投举手票或呼口号时仍不能伸得很直而已。菊明相片未带来，顾兄还是将来看吧。反正是那种江浙女孩子型，不太高也不太矮，不漂亮也不难看，人比较瘦一点，顾兄大体上也可以想象了。我上次说希望你与顾兄一起到我家乡去，并不是误解你的意思，而是一个新的提议，即是顾兄与孩子们是否可以和你一起到我家乡去住住，不必她一个单独回你老家也。当然，这事麻烦相当多，恐不易短时间能成行的。但我觉得这亦一彻底办法，有机会时也可以考虑。见面再谈。你和顾兄都好！忘记告诉顾兄，张琴后来与一她的同乡结婚了，现在大概已有孩子了，因为去年我陪菊明上医院检查身体，她也怀了小孩去检查。

季风
九月五日上午

（原载《四川大学学报》1987年第4期）

《戏剧运动的出路》:新发现的何其芳佚文

《戏剧运动的出路》是过去未经发现的何其芳的一篇佚文

1947年2月15日重庆《新华日报》第二版发表了一篇社论《戏剧运动的出路——戏剧节献辞》。据笔者考证,这篇社论系出自何其芳的手笔,是过去未经发现的何其芳的一篇佚文。现将笔者作出这一判断的根据陈述于后。

(一)从何其芳在重庆《新华日报》主管的工作,推断《戏剧运动的出路》这篇社论系何其芳执笔写作。

1946年7月至1947年3月,何其芳任中共四川省委宣传部副部长,兼任重庆《新华日报》社论委员会委员,负责撰写思想、文化方面的社论。这一情况,是当时重庆《新华日报》社长张友渔、总编辑熊复提供的。张友渔在《我和新华日报》一文中写道:"1946年7月间,我担任四川省委副书记兼宣传部长、新华日报(重庆版)社长,何其芳任宣传部副部长。……我任社长期间,总编辑是熊复……社论还是由社论委员会的成员来写。当时分工是何其芳负责写思想、文化方面……"熊复在给笔者的信中也说:"何其芳确实分工负责文化方面的工作,新华日报有关文化方面的社论大多是他写的。"根据张友渔和熊复提供的情况,何其芳在1946年7月至1947年2月期间是负责撰写重庆《新华日报》关于文化方面社论的,那么,我们完全有理由认定这期间重庆《新华日报》发表的关于文化方面的社论,大多是何其芳负责撰写的。何其芳撰写的这些社论中,有一篇发表在1946年10月19日,题为《鲁迅的方向》。这篇社论,由于早已收入何其芳的评论集《关于现实主义》而被证实确系由他撰写。由此可以推论,何其芳既然分工负责写文化方面的社论，又证实了他确实写过文化方面的社论，而《戏剧运动的出路》毫无疑问属于文化方面的问题，据此认定该文系出自何其芳的手笔，应该说是合乎情理的推断。

（二）从《戏剧运动的出路》的内容，推断这篇社论确系何其芳撰写。

认定《戏剧运动的出路》系何其芳撰写，不仅可以从他分工负责撰写文化方面的社论这一情况来推断，而且从这篇社论的内容乃至文风都可以找到根据。正如熊复所说，"从他当时负的责任，也从这篇文章的文风，大致可以断定是他写的"。

1947年2月15日，重庆《新华日报》第二版发表了社论《戏剧运动的出路》，第三版刊登了署名黎云的文章《"戏剧劫"——一点调查资料》。有事实证明，"黎云"是何其芳的一个笔名。何其芳用"黎云"这一笔名，在重庆《新华日报》上发表过4篇文章，即《延安的小孩子》、《小兄妹开荒》、《〈呼吸〉（第二期）——杂志摊上》、《"戏剧劫"——一点调查资料》。由于署名"黎云"的这4篇文章中的一篇《延安的小孩子》，收入了何其芳的《星火集续编》，因而证实了"黎云"是何其芳的一个笔名。由此可以确定署名"黎云"的文章《"戏剧劫"——一点调查资料》，也系何其芳撰写。

只要把《戏剧运动的出路》这篇社论与《"戏剧劫"——一点调查资料》这篇文章略加比较，就不难发现它们之间的相互关联和一脉相承之处，而据此足以说明社论和文章系出自同一个作者的手笔。社论和文章的基本内容是一致的，主要区别在于表述方法不同：社论用概括的分析来阐述戏剧运动的出路和戏剧工作者的任务；而文章则用具体的材料来说明戏剧工作面临的严峻形势和重重困难。比如，社论在概括指出戏剧运动遭受苛捐杂税、审查制度、物价不断飞涨、剧团不易维持等压迫和困难之后，着重分析了戏剧工作者应该团结起来向反动统治的压迫作抗争，并与广大群众相结合的重要性；文章则从苛捐杂税的负担、物价飞涨的影响、戏剧界内部的问题以及国民党当局的压迫等几个方面，用具体的材料清楚地说明了"戏剧界遭遇的灾难之一斑"。十分明显，《"戏剧劫"——一点调查资料》这篇文章是何其芳为撰写《戏剧运动的出路》这篇社论所做的认真而切实的准备工作的一个副产品。社论与文章的内容、材料的相互关联和一致的事实,为考证《戏剧运动的出路》这篇社论系何其芳撰写,提供了富有说服力的论据。

(三)何其芳当时从事戏剧评论的经历,说明他完全有条件、有可能撰写《戏剧运动的出路》这篇社论。

虽然何其芳不是戏剧家,但是他作为文学评论工作者及其所承担的具体工作任务,要求他密切注意包括戏剧运动在内的整个文艺运动的发展状况。1946年前后,他相当关心戏剧创作,十分重视戏剧评论。他于1944年11月发表了评论话剧《万世师表》的文章,1945年10月发表了评论话剧《清明前后》的文章,1946年发表了评论话剧《芳草天涯》、《天国春秋》、《岁寒图》的文章。他还参加了话剧《秋》的演出座谈会。1947年,他又发表了评论话剧《家》的文章,并参加了话剧《家》的演出座谈会。他不仅注意对戏剧作品的评论,而且重视对戏剧创作倾向和戏剧创作理论的探讨。比如,他曾经撰写了《关于现实主义》等涉及戏剧创作及其有关理论问题的专论。这些情况说明,无论从他在《新华日报》主管的工作看,还是从他当时从事戏剧评论活动的经历看,他都完全有条件、有可能撰写《戏剧运动的出路》这篇社论。

(四)当时重庆《新华日报》和文艺界的有关同志,也有可能撰写文化方面的社论,但事实表明,他们并没有撰写《戏剧运动的出路》这篇社论。

当时重庆《新华日报》社论委员会的委员还有张友渔、熊复、于刚和洪沛然。于刚和洪沛然分别负责撰写政治、经济和统战方面的社论。显然,他们不会撰写《戏剧运动的出路》这类文学艺术方面的社论,因为这不是他们主管的工作范围,他们也不熟悉这方面的有关情况。张友渔和熊复作为社长和总编辑,总管报纸的全面工作,他们当然可能撰写《戏剧运动的出路》这类文学艺术方面的社论。但是,笔者曾将《戏剧运动的出路》这篇社论的复印件寄请张友渔和熊复鉴定,他们都来信说明没有写过这篇社论。

当时重庆文艺界的有关人士,也有可能应邀为报纸撰写某些社论。著名剧作家夏衍就曾经为重庆《新华日报》撰写过文学艺术方面的社论,当然他完全有条件、有可能撰写《戏剧运动的出路》这类社论。可是,当时夏衍早已离开重庆，先是在上海，后又经香港去新加坡从事新闻工作。因此，《戏剧运动的出路》这篇社论显然不会是夏衍执笔写作的。

根据以上四个方面的情况和材料，笔者认为完全可以断定，《戏剧运动的出路》这篇社论是何其芳撰写的，是未经发现的何其芳的一篇佚文。

《戏剧运动的出路》对 20 世纪 40 年代国统区戏剧运动的指导作用和现实意义

何其芳撰写的《戏剧运动的出路》这篇社论，是 20 世纪 40 年代国统区戏剧运动的一个重要历史文献，不仅对当时国统区的戏剧运动，而且对当时国统区的整个文艺运动，都具有重要的指导作用和现实意义。

《戏剧运动的出路》这篇社论，根据当时戏剧运动的现实状况和形势发展的需要，明确提出和深刻阐明了当时国统区戏剧运动的方向和任务。社论首先分析了戏剧运动面临的形势，指明了戏剧运动正确的出路。社论明确指出：戏剧运动正处于严重压迫和困难之中，戏剧运动面临困境，形势严峻。在这种情势下，戏剧运动的出路何在？戏剧运动的方向和任务又如何呢？这是广大戏剧工作者十分关心、迫切需要回答和解决的一个极其重要的问题。何其芳撰写的这篇社论对此给予了明确的回答：广大戏剧工作者应该紧密团结起来，向反动统治者做抗争，与广大群众相结合，使戏剧运动走出困境，阔步前进。

何其芳撰写的这篇社论，指出了戏剧工作者坚决向反动统治者做抗争的迫切性，尖锐抨击了反动统治者对戏剧运动的严重压迫和残酷摧残，扼要阐明了戏剧工作者应该采取的对策。社论指出，反动统治者"对于文化艺术，他们是一律地，而且一贯地采取摧残政策的"，"对于反动派的压迫，无数的事实都证明过这样一个规律，只有用抗争来削弱、来解除"。因此，广大戏剧工作者应该团结起来，奋起进击，使戏剧运动摆脱困境，逐步走向繁荣和发展的道路。

何其芳撰写的这篇社论着重分析了戏剧工作者真正与广大群众相结合的重要性。社论把戏剧工作者与广大群众相结合，看作戏剧运动克服困难、走出困境，促使戏剧运动日益壮大和发展的关键。社论指出："无数的事实又证明过这样一个规律，任何事业，任何工作，都必须真正作到与广大群众相结合，为群众拥护并为群众所参加，然后才可能日益壮大，日益发展，任何外来的压迫都不能阻止破坏。"社论还进一步把戏剧工作者与广大群众相结合，同向反动统治作斗争紧密地联系起来加以考察和论述。这是很有见地的。事实表明，戏剧运动在反动派的严重摧残下，仍然能够在艰难困苦中曲折发展，"正是因为它获有群众的拥护的缘故"；戏剧运动在反动派的强化压迫下，又往往感到不胜负荷、陷入困境，则是"因为它的群众基础到底还不够十分广大，十分坚强的缘故"。因此，社论指出，只要广大戏剧工作者真正做到与广大群众相结合，并切实解决戏剧运动本身的问题，使之真正得到群众的热诚拥护，那么，无论反动派怎样强力摧残，也无论面临多大的实际困难，都不能阻止戏剧工作者的不断前进和戏剧运动的蓬勃发展。

何其芳撰写的这篇社论还进一步指出，为了促进戏剧运动更有力地与反动派作抗争，更广泛地与广大群众相结合，还必须扩大戏剧运动的范围，重视扶植各种形态的戏剧活动，努力开拓戏剧阵地、建设戏剧队伍，热情关注旧戏剧和地方戏的改造，更普遍、更深入地开展群众性的戏剧活动。社论明确提出："戏剧应该到学校去，到工厂去，到小城市去，到农村去！用一切努力来恢复过去上海进步剧运的传统，来恢复抗战初期的抗敌剧运的传统，并根据今天新的情况来加以发扬光大！"

何其芳的《戏剧运动的出路》这篇佚文，是根据当时重庆《新华日报》社长张友渔和总编辑熊复提供的线索发现的。他们在繁忙的工作中，给笔者以热情的帮助、鼓励和指导。借此机会，谨向他们表示衷心的感谢！

新发现的何其芳佚文《戏剧运动的出路》，不仅是了解和研究何其芳20世纪40年代中期在重庆的活动及其贡献的重要文章，而且也是了解和研究20世纪40年代国统区文艺运动的重要文献。何其芳20世纪40年代中期在重庆期间，由于工作和斗争的需要，发表过不少未署本名的文章。何其芳的这些佚文，绝大部分至今尚未查出，仅以他为《新华日报》撰写的思想和文化方面的社论来说，就肯定不会只有已发现的《鲁迅的方向》和《戏剧运动的出路》这两篇。我们热诚希望当年与何其芳一道工作的战友和熟悉这方面情况的同志,能够提供线索和帮助,协助查找至今还未发现的何其芳20世纪40年代在重庆时期的佚作,以期有助于全面了解和评价他20世纪40年代在重庆的活动情况和战斗业绩。

附:

戏剧运动的出路
——戏剧节献辞

戏剧运动正处于严重的压迫和困难之中。

中国的法西斯统治者在抗战期间所施行的那些限制戏剧活动的办法仍然存在。捐税仍然很重。审查制度也是表面废除而实际并未废除,不过由专门审查机关移到了社会局。加以物价飞涨,演出成本增高,剧团不易维持,没有剧场,没有剧本,等等。今天的戏剧工作所遇到的困难较之抗战期间更甚。

但这样的困难是可以克服的。无论什么困难,只要我们认识了它,并从而找出克服它的规律来,就并不可怕,就可用主观的努力来战胜它。

这样的情况,但明显地,首先来源于反动统治者的压迫。对于文化艺术,他们是一律地而且一贯地采取摧残政策的。而戏剧,它兼有了音乐美术和文学的长处而无它们的弱点,即是说,它最易接近群众而又同时富于思想性。因此,反动统治者就更加注意它,限制它。

对于反动派的压迫,无数的事实都证明过这样一个规律,只有用抗争来削弱,来解除。在文化艺术方面也一样。严酷的新闻图书检查制度因为抗争而被推翻了。就是捐税,也曾经因为抗争的结果而使话剧的百分之四十的娱乐捐减为百分之三十。

这是今天的戏剧运动的第一个方面:戏剧工作者应该团结起来,联合全国各地来争取减免捐税,争取彻底废除审查制度。

无数的事实又证明过这样一个规律,任何事业,任何工作,都必须真正作到与广大群众相结合为群众所拥护并为群众所参加，然后才可能日益壮大，日益发展，任何外来的压迫都不能阻止破坏。这就关涉到戏剧运动本身的问题了。无论遭到怎样的压迫和困难，新的戏剧事业之所以还未死亡者，正是因为它获有群众的拥护的缘故。然而，它到今天之所以显出风雨飘摇，紧急危殆，受不住外力的摧残者，又是因为它的群众基础到底还不够十分广大，十分坚强的缘故。

戏剧运动的活动地盘似乎越来越缩小了，缩小到只剩下几个大据点，几个大城市里的几个大剧院。这自然也是外力限制的结果。但最可怕的是戏剧工作者的眼光从此就局限于这样狭小的范围，再无雄图大志，真使法西斯分子达到他们的从缩小到消灭或变质的企图。我们在开头所提到的那些困难，严格说来，大部分还是这种大城市的大戏演出的困难。假若我们对于整个戏剧运动看得阔大一些，因而作法也不同一些，这些困难就更不能阻碍我们了。

这并不是忽视这些大据点的存在的重要。这些大城市的大戏演出的活动，保存了，团结了今天国民党区域的许多新的戏剧工作者。直到今天为止，这还是国民党区域的戏剧战线上的主力军。然而，假若这些主力军不去开拓新的阵地，不去扩大自己的队伍，则主力军的作用也就不明显了。相反地，由于活动的范围越来越狭小，甚至会自己闹起摩擦来的。

因此，这是今天戏剧运动的又一个方面，而且是根本的一方面：戏剧工作者应该团结起来，把戏剧的活动范围扩大，使它与更广泛的群众结合。

这就是说，除了大城市的大戏演出要尽量选择适合群众需要的剧本而外，戏剧应该到学校去，到工厂去，到小城市去，到农村去！用一切努力来恢复过去上海进步剧运的传统，来恢复抗战初期的抗敌剧运的传统，并根据今天新的情况来加以发扬光大！

在艺术思想上，我们首先要重视那些形态较低，规模较小的戏剧活动。在国民党区域，在过去是有过这种戏剧活动，在今天也是仍然有的。育才学校的《王大娘补缸》，就每次演出都得到了观众的热烈欢迎。这次的学生抗暴运动，也就把戏剧音乐真正带到了街头，带到了民间。对于国民党区域的艺术运动，这是异常值得重视的一个开始。法西斯分子们反而是最敏感地懂得这种群众性的艺术活动的重要的，所以既以打手来摧残，又以"有伤风化"来诬蔑，假若戏剧运动从这开始，逐渐作到更普遍，更深入地与学生结合，以至更进一步与工人结合，与农民结合，则从群众中间就可以产生戏剧干部，戏剧脚本，也不愁没有剧场，没有观众了。当然，这一定又要遭到新的压迫和困难的。但这样波澜壮阔的群众艺术活动真正起来以后，那也就不象只有几个大剧团，几个大剧院那样容易限制摧残了。这是今天的戏剧工作者最应该努力的方向。

在这以外，大小城市的旧剧和地方剧的改良工作也是应该注意的。这些旧剧和地方剧，在今天仍拥有相当多的落后观众。加以改良以至改造后，它们的观众更将大量增加，也更可能起一种积极的教育作用。这种工作自然也是很不容易作的，而旧剧界所受的压迫又比话剧界为甚。但因此，话剧界也更有责任去团结他们，帮助他们。

这是我们能够贡献的一点刍荛之见。因为我们认为戏剧工作者必须团结起来才有力量，而这团结又必须团结于看法一致，作法一致，才是最巩固的团结，就大胆地把这些意见写了出来，献给辛苦奋斗，坚守岗位的戏剧界朋友们。（原载1947年2月15日重庆《新华日报》）

（原载《四川大学学报》1986年第3期）

《何其芳评传》若干史实辨正

四川人民出版社出版的尹在勤同志撰写的《何其芳评传》（以下简称"《评传》"），是我国第一部研究何其芳生平和作品的专著。这部专著鲜明地展示了何其芳生活道路和文学生涯的一个相当清晰的轮廓，如实地评价了何其芳的文学成就及其在现代文学史上应有的历史地位。这部专著在史实方面也是引人瞩目的，作者提供了何其芳生平活动中一些很有价值的材料，其中不少是第一次披露的重要史实。但是，《评传》在史实方面也有一些失误之处，似有必要做一点辨析和订正，以供研究参考。

一、《评传》说："从1929年到1930年上半年，何其芳在中国公学这段时间，他还写了不少的诗，发表在当时上海一家叫《三日刊》的刊物上。他又以'秋子'的笔名，写作了《摸秋》等散文，在《新月》、《文丛》等杂志上发表。"[①]

这里有两个问题：

（一）经查阅《新月》杂志，在1930年3月10日出版的该刊三卷一期上，确有《摸秋》一文。但是，在《摸秋》题下注明系小说，而署名也并非"秋子"，而是"禾止"。

（二）《文丛》杂志，系靳以编辑，由上海文化生活出版社出版。该刊创刊于1937年3月，终刊于1939年4月，一共出版了两卷。《评传》说，从1929年到1930年上半年，何其芳曾在《文丛》发表作品，而此时《文丛》尚未创刊。何其芳在该刊虽然发表过《七日诗抄》和《刻意集·序》等诗文，但不是在1929年到1930年期间，那已经是1937年的事了。

二、《评传》说："从1929年到1930年上半年，……何其芳同陈梦家、何家槐、王西彦等，均在中国公学念书，同是该校几支有名的笔杆子。"[②]

152

但王西彦在《自传》中写道：9岁那年，母亲去世，"我就在第二年到县城里去进新式高小。两年毕业，刚好县里办起初中，我成为它的首届学生。我最初的愿望是当一名画师，因为读国民小学时就曾经用蘸着口水的笔，到那神像上去取彩色学画，很想读完初中去投考有名的'西湖艺专'。可是刚好省城办起个'民众教育实验学校'，不仅每县有一名官费额子，毕业后还可以回本县当民众教育馆的馆长。这自然是一个稀有的好机会，我立刻去报考，居然考上了官费。这是1930年的事"[③]。王西彦在两篇回忆文章中也谈到他在1930年前后的经历。他写道："在30年代初期，我还是个中学生，在杭州读书。"[④]他还谈道："1933年夏天，我19岁，正从杭州一个'民众教育实验学校'出来。"[⑤]王西彦谈到的这些情况告诉我们：1930年前他在家乡读书，1930年考入杭州"民众教育实验学校"，1933年夏天从这所学校毕业。由此可见，1929年至1930年上半年，王西彦并没有在上海中国公学读书的经历，《评传》关于何其芳与王西彦在上海中国公学同学的记载有误。

三、《评传》在叙述1938年何其芳与沙汀、卞之琳等从成都去延安的有关史料时，写道："何其芳得知沙汀已经中共地下党组织负责人车跃先同意去延安的消息，于是他找到沙汀，要求一同前往，又获得党组织同意。"[⑥]这段叙述也有不够准确的地方。据沙汀同志回忆，批准他们去延安的不是车耀先同志，而是罗世文同志。沙汀同志在给笔者的信中谈到了这个史实。他写道："很多人都知道，我同车耀先相当熟，常去看他。但他是搞军事工作的，而当时住在成都，负责川西工作的，是罗世文。批准我们去延安的也正是罗世文同志。"

四、《评传》在记述何其芳与沙汀、卞之琳等一道从成都去延安的经过时，写道："1938年8月8日，何其芳就与沙汀、卞之琳等一道从沉睡着的成都出发了，沿着川陕路，经过梓潼、昭化北上，穿过封锁线，奔赴光明的延安去了。"[⑦]这里关于何其芳等从成都出发的日期有误。何其芳等不是1938年8月8日，而是8月14日从成都出发的。何其芳到达延安后不久，在1938年9月29日写的《从成都到延安》一文中，提供了他离开成都和到达延安的确切日期："我们四个：我、季陵、沙汀夫妇。我们走了18天，走了

3千华里。根据我的小日记本，18天的日子和3千华里的路程是这样配合起来的：8月14日，早晨汽车从成都北门汽车站出发。……8月31日，过鄜县、甘泉，到延安。"⑧

五、关于何其芳与沙汀等离开延安随贺龙去晋西北前线的时间，《评传》是这样记载的："1939年春天，他和沙汀并鲁艺的一些同学一道，随贺龙将军到过晋西北前线。"⑨这里的"1939年春天"有误。与何其芳一道去晋西北前线的沙汀同志，在他著名的报告文学《记贺龙》中记载了他们从延安出发的确切日期，是"1938年11月19日"。沙汀同志在《记贺龙》中写道："1938年11月19日，一个晴朗的融雪日子，一部分鲁艺同学，还有何其芳同志，我们随着贺龙同志一道从延安出发，到晋西北去。"⑩沙汀同志《记贺龙》的最早版本《随军散记》所记载的离开延安的日期，也是1938年11月19日；另一个版本《我所见之贺龙将军》的记载是1938年11月中旬。沙汀同志后来在悼念贺龙同志的《沉痛的悼念》一文中也提到"在1938年冬到1939年夏，在抗日战争的烽火中，主要在敌后的冀中平原，我曾经同何其芳同志和一批鲁艺同学，在八路军120师学习过一段时间"⑪。何其芳在诗歌《我想起您，我们的司令员——怀念贺龙同志》中写道："我想起您，我们的司令员，就象看见：1938年冬天，部队通过同蒲线……我很遗憾，1939年夏天，我告别了冀中前线。"⑫这些材料说明《评传》关于何其芳等"1939年春天"离开延安的记载显然有误。顺便说一下，何其芳1945年12月27日写了《记贺龙将军》一文，第一句话就说："第一次看见贺龙将军是1939年9月他到鲁艺来讲演。"这里的"1939年"，显然是"1938年"之误。这个明显的笔误，在该文最初发表的1946年1月16日、17日《新华日报》出现，以后收入《星火集续编》时，也没有得到改正。

六、《评传》在谈到何其芳的长诗《北中国在燃烧》时写道："作者企图把他在1938年到1939年从四川到陕西、山西、河北所看到的、感到的写出来，其中贯穿一个知识分子的思想感情的矛盾与变化，写成一部长诗《北中国在燃烧》，尽管由于种种原因，只写出了三个断片……"这里又加注说明："《夜歌和白天的歌》中只收进了两个断片，还有一个断片曾在延安《解放日报》发表过，未曾收入集子。"⑬

《评传》这段叙述不够确切，并有误记。

经查阅延安《解放日报》和《夜歌和白天的歌》，实际情况是这样的：收入集子的《北中国在燃烧》断片（一）、（二），分别写于 1940 年和 1942 年，这两个断片各有 4 节。《北中国在燃烧》断片（一）未见在报上发表。《北中国在燃烧》断片（二）有 3 节在报刊上发表过：第一节《黎明之前》发表在 1943 年 4 月 26 日重庆《新华日报》；第二节《寂静的国土》发表在 1943 年 5 月 2 日重庆《新华日报》；第三节《一个造反的故事》发表在 1942 年 7 月 4 日延安《解放日报》。第四节《都市》未见在报纸上发表。但《北中国在燃烧》断片（二）包括的这 4 节，均收入了集子。由此可见：

（一）《北中国在燃烧》实际上只写出了两个断片，而不是如《评传》所说，写出了 3 个断片。

（二）在报纸上发表的三个部分，都作为第二断片的 3 节收入了集子。《评传》关于《北中国在燃烧》"还有一个断片曾在延安《解放日报》发表，未曾收入集子"的说法，并不符合实际。

七、《评传》谈到何其芳 1942 年在延安《解放日报》发表的 6 首诗曾受到批评时写道："当年在延安的同志，以及熟悉新文学史料的同志自然会知道，当年何其芳在延安发表过 6 首诗，也曾受到过一个叫吴时韵的批评。何其芳据理进行了答辩。"⑭

据延安《解放日报》记载，延安《解放日报》于 1942 年 2 月 17 日和 4 月 3 日，分别发表了何其芳的《叹息三章》和《诗三首》。这 6 首诗发表后，曾引起了批评和讨论：1942 年 6 月 19 日发表了吴时韵的《何其芳的〈叹息三章〉和〈诗三首〉读后》，1942 年 7 月 2 日发表了金灿然的《间隔——何诗与吴评》，1942 年 7 月 18 日发表了贾芝的《略谈何其芳同志的六首诗——由吴时韵同志的批评谈起》。贾芝同志这篇文章发表之后，就没有再发表讨论何其芳这 6 首诗的文章了。至于何其芳的答辩文章则未见发表。可见，《评传》所说"何其芳据理进行了答辩"显系误记。

八、《评传》在记述何其芳先后两次在重庆工作期间的活动的时候，谈到了他批评胡风文艺思想的某些情况,其中也有误记。

《评传》写道:"'警察文学,警察文学……不对,这不是真正反对国民党,这是在影射!'何其芳翻读着《希望》杂志上一篇胡风的杂文,边看边想,不禁自言自语地这样说道。这是 1944 年秋天的一个深夜。这天下午,何其芳同刘白羽同志认真地就当时重庆文艺界的各种情况,交换了一次意见,两人的看法估计都是完全相同的。对于胡风的一些作为,他们已经有了觉察,并且找胡风谈过了两次。为了他们再次与胡风谈话,此刻何其芳正翻阅着胡风的一些近作,正好看到了这篇杂文。……何其芳看过之后,决定再立即找胡风谈话,并通知了胡风具体的时间、地点。1944 年 7 月 22 日,胡风自己心中有鬼,如热锅上的蚂蚁,左猜右想,不知何其芳又要找他谈什么,于是写信给他们之中的一个人说……"⑮接着,《评传》引录了这封信。

《评传》这一大段叙述在史实上有失误之处:

(一)《评传》所叙述的史实的时间有误。《评传》所讲的情况并不是 1944 年秋天的事,而是发生在 1945 年底至 1946 年初的事。胡风那篇杂文题为《写于不安的城》,写于 1945 年 12 月 28 日,发表在 1945 年 12 月出版的《希望》第 1 集第 4 期上。

(二)《评传》记述的两个时间自相矛盾。《评传》说,1944 年秋,何其芳和刘白羽同胡风已经谈了两次,现决定再次与胡风谈话,并通知了谈话的时间和地点。可是,《评传》又说,胡风于 1944 年 7 月 22 日就写信将再次约他谈话的事告诉了他的朋友。这段叙述中提到的这两个时间是矛盾的,既然何其芳、刘白羽决定再次和胡谈话是 1944 年秋的事,而胡风又怎么可能在此之前的 1944 年 7 月 22 日就得知此事,并写信将此事告诉他的朋友?

九、《评传》关于何其芳在重庆的文学活动部分,具体地介绍了何其芳主持编辑《萌芽》杂志的有关情况。谈到何其芳在《萌芽》杂志上发表文章时,《评传》写道:"何其芳当时所写的《关于现实主义》等重要文章,就是在《萌芽》上第一次发表出来的,这些文章的发表,在当时重庆文艺界引起了很大的注意。"⑯这里所谈《关于现实主义》一文最初发表在何处有误。

《萌芽》于 1946 年 7 月 15 日创刊,1946 年 11 月 15 日终刊,一共出版了4期。何其芳在《萌芽》上发表的文章，共有4篇：《哭闻一多先生》（署名何其芳）、《谈读书》（署名劳君乔）、《关于"客观主义"的讨论》（署名吕荧、傅履冰）、《谈苦闷》（署名劳君乔）。至于其《关于现实主义》一文，则发表在1946年2月13日的《新华日报》，没有在《萌芽》上发表过。

十、《评传》关于1946年10月重庆举行的鲁迅逝世十周年纪念大会的记述[17]，与当年重庆《新华日报》、《大公报》、《西南日报》等报纸关于这次纪念大会的报道，有较大出入。

《评传》说，纪念大会的主席是艾芜同志；而报道记载，系"由沈起予先生主席"，并首先致辞，指出纪念的"特别意义"。《评传》又说，何其芳在纪念大会上做了题为《论鲁迅的方向》的讲演；而报道只记述了吴玉章和邓初民的讲话内容，以及艾芜关于鲁迅作品研究的报告要点，并没有提到何其芳发表过《论鲁迅的方向》的讲演[18]。实际情况是，何其芳当时为重庆《新华日报》写了一篇题为《鲁迅的方向》的社论，发表在1946年10月19日的重庆《新华日报》上。

十一、关于何其芳在重庆工作期间所担任的职务，《评传》第56页曾有详细叙述。对何其芳第二次在重庆工作期间所担任的重要职务有些遗漏，现根据有关资料做一点补充。据宋一平同志《在何其芳同志追悼会上的悼词》、张友渔同志《我和新华日报》一文中的记载，何其芳曾担任过当时中共四川省委委员、宣传部副部长以及重庆新华日报社副社长。宋一平同志在悼词中说，何其芳同志"曾任延安鲁迅艺术文学院文学系主任，四川省委委员、宣传部副部长，重庆新华日报社副社长"。张友渔同志在《我和新华日报》一文中说："1946年5月3日，我党南方局从重庆迁到南京。在重庆出版的新华日报重庆版，作为中共四川省委的机关报。傅钟任四川省委宣传部长兼新华日报社长，周文任副社长兼主笔。7月后傅、周调回延安，由张友渔任宣传部部长和新华日报社长，何其芳任宣传部副部长。"[19]

以上关于《何其芳评传》若干史实的辨析和订正，希望得到熟悉何其芳情况的同志的批评指正，也欢迎读者和《评传》作者的批评指正。

注释：

①②《评传》第 10—12 页、15 页。

③王西彦：《自传》，《现代作家传略》（上）第 97 页。

④王西彦：《我所认识的黎烈文》，《新文学史料》1981 年第 4 期。

⑤王西彦：《记我所接触到的吴承仕先生》，《新文学史料》1981 年第 1 期。

⑥⑦《评传》第 39 页。

⑧何其芳：《从成都到延安》，发表在 1939 年 11 月 16 日出版的《文艺阵地》第 2 卷第 3 期。

⑨《评传》第 43 页。

⑩沙汀：《记贺龙》第 1 页。

⑪沙汀：《沉痛的悼念》，《记贺龙》第 122 页。

⑫《何其芳诗稿》第 113 页、115 页。

⑬⑭⑮⑯⑰《评传》第 50—51 页、78 页、63—64 页、60 页、62—63 页。

⑱关于重庆纪念鲁迅逝世十周年大会的报道，见 1946 年 10 月 20 日重庆《新华日报》、《大公报》、《西南日报》等。

⑲张友渔：《我和新华日报》，《新闻研究资料》第 4 辑。

（原载《四川大学学报》1982 年第 2 期）

何其芳谈文学研究与论文写作

——忆何其芳老师在中国人民大学文学研究班

在 20 世纪 50 年代末和 60 年代初，中国人民大学语文系主办了一个文学研究班。当时任中国科学院文学研究所所长的何其芳同志兼任了文学研究班的班主任。1960 年 9 月，我考入了文学研究班，有幸聆听了何其芳老师多次讲话，他亲切的教诲和精辟的见解，不仅记录在我的笔记本上，而且也牢记在我的心上，长期以来一直在我的文学研究和教学工作中发挥着指导作用。为了表示对何其芳老师的由衷感谢和怀念之情，现将何其芳老师在讲课和讲话中有关文学研究和论文写作的一些宝贵意见，择要记述下来，以志不忘。

谈文学研究的基本功

何其芳老师认为，做研究工作要有扎实的基本功。

何其芳老师谆谆告诫我们，学习做研究工作，一定要努力掌握丰富的专业知识并打下坚实的理论基础。他说，了解马克思主义的一般原理，掌握马克思主义文艺理论的基础知识，熟悉中外古今重要作品和文学史的基本知识，以及具有论文写作的基本技能，这一切都是一个文学研究工作者必须具备的基本功。为了加强我们的基本功训练，何其芳老师提出了两个重要措施：开列自学必读书目；聘请专家讲课指导。由何其芳老师提议，并经他亲自审定，研究班给我们开列了包括马克思主义经典著作，马克思主义文艺理论的基本著作，中外古今重要作品、重要理论著作和文学史著作的自学必读书目，供我们学习研究。为了指导和帮助我们学习和研究，他又特地请了文学研究所和高等学校的许多著名学者专家给我们系统讲课和辅导答疑：朱光潜、宗白华、蔡仪、王朝闻、毛星、李泽厚、马奇、王燎荧等给我们讲美学和文艺理论；钱钟书、游国恩、余冠英、王季思、肖涤非、周贻白、周振甫、王达津、唐弢等给我们讲中国文学；冯至、李健吾、罗念生、季羡林、叶君健、杨周翰、缪灵珠、叶水夫、赵澧等给我们讲外国文学。何其芳老师也多次亲自给我们讲课。何其芳老师要求我们通过三年的认真学习、刻苦钻研，力求具备比较系统的专业知识和扎实的理论基础，初步具有运用马克思主义的立场、观点和方法来分析和解决研究工作中的实际问题的能力。

谈做研究工作的态度和方法

何其芳老师认为，做研究工作要有谨严的学风和科学的方法。

何其芳老师在谈到做研究工作的态度和方法的时候，总是教导我们要认真向马克思主义经典作家们学习。他曾经谈到，可以从拉法格和李卜克内西等人的回忆文章中，具体了解并学习马克思、恩格斯的研究态度和研究方法。他还引用毛泽东同志在《改造我们的学习》中的一段话来具体阐明什么是正确的研究态度和科学的研究方法。毛泽东同志的这段话是这样说的：

> 我们要从国内外、省内外、县内外、区内外的实际情况出发，从其中引出其固有的而不是臆造的规律性，即找出周围事变的内部联系，作为我们行动的向导。而这样做，就应不凭主观想象，不凭一时的热情，不凭死的书本，而凭客观存在的事实，详细地占有材料，在马克思列宁主义一般原理的指导下，从这些材料中引出正确的结论。

何其芳老师指出，毛泽东同志在这里所说的"详细地占有材料，在马克思列宁主义一般原理的指导下，从这些材料中引出正确的结论"，就是我们从事研究工作应该采取的根本态度和根本方法。

何其芳老师还进一步告诉我们，这种科学的研究态度和方法具体体现在每一项研究工作中，要始终贯彻马克思主义的指导方针，要掌握三个基本环节：首先，要详细地占有材料，特别是第一手材料；其次，要对这些材料进行科学的分析，从中发现问题、解决问题；最后，要通过深入调查、认真研究，从而引出合乎实际的、实事求是的正确结论。何其芳老师特别强调，在得出结论的时候,一定要谨慎,切忌轻率,要反复推敲,力求准确。他多次尖锐地批评某些研究者不注意详细地占有材料、特别是不注意占有第一手材料的不良学风。他说,他们提出的论点,做出的结论,往往经不住翻检原书,一但寻根究底,立即漏洞百出,其论点和结论则不攻自破。

谈论文写作

何其芳老师认为,做研究工作要有撰写论文的基本技能。

何其芳老师十分重视培养和提高我们的写作能力,他要求我们把学习研究和写作练习结合起来,把经常练笔和撰写论文结合起来。他说,作为练笔,可以经常写一点书评、随笔之类的短文;虽然文章短小,但要认真写作,反复修改,字斟句酌,力求观点鲜明、文字讲究。关于撰写研究论文,他说,每学期写一篇1万字左右的论文也就可以了,但论文的内容和表达等各个方面都要仔细考虑,精心构思,精心写作,力求内容扎实,语言精练。

关于撰写研究论文,何其芳老师还提出了一些具体意见。

关于论文的写法。何其芳老师认为,提出问题、展开问题的写法较好,不要总用那种从头讲起的写法。他还认为,文章要有一个好的开头和结尾:文章的开头,要选择一个最适当的地方展开,以便有助于充分表达文章的内容;文章的结尾,要观点鲜明,给人以深刻的印象。他还告诉我们:论述复杂的问题,要先概括,然后分开讲,最后再总结;还要注意论点的关联、句法的变化、词语的准确。

关于论文的表述。何其芳老师要求做到观点鲜明、条理清楚、文字精练。他说:写论文,要抓住主要问题,不要主次不分、喧宾夺主;要突出重点,不要平均用力、平铺直叙;要加强分析,不要罗列现象、堆砌例子。他引用毛泽东同志的话来说明写论文要注意条理和辞藻。他说,毛泽东同志曾经讲过,文章要将魏晋南北朝文章的条理和韩柳古文的辞藻相结合。他还要我们认真学习鲁迅的文章。他说,鲁迅的文章是以精炼有名的,其秘诀之一就是"竭力将可有可无的字,句,段删去,毫不可惜"。

关于论文的修改。何其芳老师总是叮嘱我们要特别重视、认真对待论文的修改。他说，写文章一定要勤于修改，力求使文章内容深刻、文字精练。他还根据自己的经验，要求我们对自己的文章从各个方面提出驳难，看文章的论证和结论能否被驳倒，是否站得住脚。关于语言的锤炼，他常常用文章和说话的区别来说明文字表达比口头表达需要更多的加工和锤炼、更多的推敲和斟酌。他还特别提醒我们，在写作的时候，那些首先想到的意思、那些摇笔即来的文字，往往不一定是最好的，所以，一定要反复考虑，精心修改，努力把文章写得精练一点、讲究一点。

在结束这篇短文的时候，我不禁想起了1963年6月22日，我们文学研究班举行毕业典礼时，何其芳老师作为研究班的班主任给我们的临别赠言。他说："关于做学问、搞研究，我赠送大家十二个字：'立远大的目标，走艰苦的道路。'希望大家勤勤恳恳地工作，踏踏实实地研究，为提高我国学术研究的水平，力图有所贡献！"

时间过得真快，我们从研究班毕业已接近20年了，何其芳老师也去世5年多了。可以告慰何其芳老师的是，我们研究班的同窗学友们遵循他的教导，正在各自的岗位上勤奋工作，力图在研究和教学上有所贡献，为建设社会主义精神文明而努力奋斗！

1982年11月于铮园

（原载中国社会科学院文学研究所编《衷心感谢他》，上海文艺出版社1987年6月版）

海峡两岸文学的交流和影响

台湾文学与大陆文学都是中国文学的有机组成部分，它们有着共同的母体渊源和血缘关系。

台湾文学与大陆文学之间源远流长、历史悠久的密切关系，在 20 世纪 20 年代台湾新文学兴起以后，随着历史的、社会的和文学的各种条件的变化，经历着曲折的发展，呈现出复杂的面貌。回顾和探讨台湾新文学诞生以后，与大陆文学在各个发展阶段，以不同方式、在不同程度上的相互联系、交流和影响，对于认识台湾文学与大陆文学不可分割的关系，促进它们之间的新关系的建立和推动它们的共同繁荣发展，都是有益的、有意义的。

一

五四运动的爆发和"五四"新思潮、新文学的兴起，对台湾新文学运动的产生和发展，有着积极的推动和重要的影响。台湾新文学运动历史进程中的若干史实表明，台湾的新文学活动，无论是理论主张还是创作实践，都与大陆"五四"新文学运动和新文学创作有着相当密切的关系。

（一）通过赴大陆访问和考察的方式，学习和借鉴"五四"新文学的经验。

1920 年 1 月 11 日，台湾新文化社团"新民会"成立。"新民会"成立以后的重要活动之一，就是努力寻求与大陆的接触和联系。"新民会"成立不久，即推派副会长蔡惠如到大陆参观、访问。蔡惠如在北平、天津、上海、广东等地进行了广泛的联络和多方面的活动，对大陆"五四"新思潮和新文学进行了一些初步的了解和学习。

1922 年 6 月，在日本早稻田大学读书的台湾青年黄呈聪、黄朝琴回到大陆访问。他们考察了正在蓬勃发展的"五四"新文学运动，无论是"五四"新文学的理论主张还是创作实绩，都给他们留下了深刻的印象，使他们受到了很大的鼓舞。他们从大陆回来以后，分别撰写了文章。黄呈聪写了《论普及白话文的新使命》，黄朝琴写了《汉文改革论》[①]。这两篇被誉为台湾新文学运动先声的论文，汲取和借鉴了大陆新文学运动的一些经验，强调了白话文在发展新文学中的意义。这对于台湾新文学的兴起有着舆论准备的作用。

（二）通过介绍和学习大陆"五四"新文学的理论成果和创作实绩，传播大陆"五四"新文学的经验，推动台湾新文学的兴起和发展。

张我军（1902—1955）通过赴大陆求学和考察，对于介绍和传播大陆"五四"新文学、推动台湾新文学的兴起和发展，发挥了相当重要的作用。1923年和1925年，张我军曾两次到北平，先后在北平高等师范学校附设升学补习班和中国大学文学系学习。在学习期间，他接受了"五四"新思潮和新文学的洗礼，从"五四"新文学运动的理论主张和创作成果中汲取了思想力量和艺术营养，为扫除台湾新文学运动的障碍、开辟台湾新文学创作的道路，做出了积极的努力和重要的贡献。在台湾发表的一系列文章中，他介绍、评析了大陆"五四"新文学运动的发展概况及其有代表性的理论观点和作家作品。他介绍了胡适的"八不主义"和陈独秀的"三大主义"，评析了鲁迅、郭沫若、胡适、西谛、徐志摩等作家的作品[②]。

当时，除了张我军而外，蔡孝乾、秀湖、苏维霖等人也撰文做了一些介绍和评述。蔡孝乾的《中国新文学概况》[③]介绍了"五四"文学革命的概况；秀湖的《中国新文学运动的过去现在和未来》[④]和苏维霖的《二十年来中国古文学及文学革命略述》[⑤]介绍了胡适的《文学改良刍议》、《中国五十年来之文学》以及陈独秀的《文学革命论》。

（三）通过转载大陆"五四"新文学有代表性的理论文章和重要作品，为台湾新文学的兴起和发展提供必要的借鉴和参考。

当时，《台湾民报》陆续转载了鲁迅的《狂人日记》、《阿Q正传》、《故乡》，胡适的《终身大事》，郭沫若的《牧羊哀歌》、《仰望》、《江湾即景》、《赠友》，冰心的《超人》，徐志摩的《自剖》，梁宗岱的《感受》，西谛的

《墙角的创痕》，焦菊隐的《我的祖国》等作品。这些作品的转载，不仅为了解和学习"五四"新文学带来了方便，而且对于促进大陆"五四"新文学的传播、推动台湾新文学的兴起，产生了积极的作用和影响。

（四）中国台湾、大陆作家和文学青年，通过个人交往的方式，增进海峡两岸文坛的了解，推动海峡两岸文学的交流。

在这个阶段，海峡两岸的作家和文学青年纷纷以个人交往的方式进行文学交流。我们可以举出鲁迅、郭沫若在这方面的有关史实，以见一斑。

鲁迅与台湾文学青年的接触和交往，有以下史实：

①与张我军的接触和交往。

1926年8月11日，当时在北平读书的张我军，曾到鲁迅寓所拜访。鲁迅在当天的日记中做了记载："夜，张我军来并赠《台湾民报》四本。"这次接触和交往给鲁迅留下了深刻的印象。8个月以后，他还清晰地记得这次会面和谈话的情景，并表达了他对台湾青年的鼓励和希望。他写道："在困苦中的台湾的青年，却并不将中国的事情暂且放下，他们常常希望中国革命的成功，赞助中国的改革，总想尽些力，于中国的现在和将来有所裨益，即使自己还在做学生。"[6]

张我军从拜访鲁迅和阅读鲁迅作品所受到的鼓舞、得到的教益，对他当时和稍后为台湾新文学的兴起和发展而大声疾呼、大力鼓吹的一系列活动，无疑产生了积极的推动作用。

②与张秀哲的接触和交往。

张秀哲（1905年生），原名月澄，笔名明心，台北市人。1925年，他到广州考入了岭南大学文科。1927年2月，在转学中山大学法科二年级后，他开始与鲁迅有所接触和交往。鲁迅日记在1927年二三月间就有6则记载了与张秀哲的接触和交往：

2月24日，"晚张秀哲、张死光、郭德金来"。

2月26日，"午后，张秀哲等来"。

3月3日，"上午寄张秀哲信"。

3月7日，"上午，张秀哲赠乌龙茶一盒"。

3月19日,"夜张秀哲来,付以饶伯康之介绍书"。

3月28日,"夜张秀哲、张死光来"。

张秀哲多次拜访鲁迅,是为了请鲁迅替他翻译的日本人浅利顺次郎的《国际劳动问题》一书写序。鲁迅于1927年4月11日写成的题为《写在"劳动问题"之前》的序言中,对张秀哲的"努力与诚意"给予鼓励和称赞道:"张君月澄是我在广州才遇见的。我们谈了几回,知道他已经译成一部《国际劳动问题》的书籍给中国,还希望我做一些简短的序文……我虽然不知道劳动问题,但译者在游学中尚且为中国和台湾民众尽力的努力与诚意,我是觉得的。我只能以这几句话表示我个人的感激。"

张秀哲不仅与鲁迅有多次接触,而且与"五四"新文学的另一位代表人物郭沫若也有过一段交往。郭沫若为张秀哲撰写的《一个台湾人告诉中国同胞书》写了序言。他在序言中赞扬张秀哲撰写的这本书使他消除了对台湾人的误解,增进了对台湾人的了解。他说:"我读明仪君的文章使我解了很大的疑惑,听他一番话,又使我佩服他的勇敢。虽然他的文章不免话而不详,我希望他本着大无畏的精神,以后更努力介绍,努力宣传,以蔚成台湾民众的彻底的革命。"[7]

以上列举的大陆"五四"新思潮和新文学对台湾新文学兴起的作用和影响的一些史实,既显示了大陆"五四"新文学的光辉实绩,又表明台湾新文学与大陆新文学共同的母体渊源和亲密的血缘关系已经成了当时和后来的台湾作家、评论家的共识。

张我军曾经明确指出:"台湾文学乃中国文学的一支流。本流发生了什么影响、变迁,则支流也自然而然的随之影响、变迁,这是必然的道理。"[8]林曙光也认为,台湾新文学运动"是发源于中国新文学运动主流中的一个光荣的传统和灿烂的历史的支流"[9]。著名评论家叶石涛同样强调台湾新文学"是属于汉民族文化的一个支流"[10]。著名作家陈映真也确认,台湾新文学"是在台湾的中国文学","是中国文学的一个支脉"[11]。

二

从1927年至1937年,大陆新文学在第一个十年所取得的实绩的基础上进入了深化发展的新阶段；而台湾新文学也在巩固初期成果的同时，努力寻求着新的拓展。台湾新文学与大陆新文学在这一新的发展时期，同样显示了它们之间以不同方式、在不同程度上的联系、交流和影响。

（一）对应性的文学现象

20世纪20年代末到30年代初，海峡两岸文坛先后出现了令人瞩目的对无产阶级文学的倡导，尽管其深度和广度、影响和作用都有所不同，但是它们作为一种相似的、具有一定对应性的文学现象，都从一个侧面显示了台湾新文学与大陆新文学在遥相呼应中呈现着曲折的联系和一定的共识。

"五四"以后的大陆新文学，在深化发展过程中出现了关于无产阶级文学的倡导和论争。1928年，创造社和太阳社以《创造月刊》、《文化批判》和《太阳月刊》为阵地，大力提倡无产阶级文学。无产阶级文学的倡导者们的主张、见解和方法、态度，尽管有不少错误和缺点，然而，在特定背景和条件下出现的这样一场文学活动及其有关论争，仍然有着一定的功绩和收获。倡导无产阶级文学的重要意义是，提出了一个顺应时代潮流和符合文学发展的现实要求的历史课题，对我国新文学的历史进程产生了一定的作用和影响。

大陆文坛出现关于无产阶级文学的倡导和论争后不久，在1930年至1931年间，台湾文坛也出现了倡导无产阶级文学的活动。当时倡导和鼓吹无产阶级文学的主要刊物是《伍人报》、《台湾战线》和《台湾文学》。《伍人报》是1930年6月创刊的一份综合性文化周刊，其宗旨是张扬民族意识、宣传社会主义。《台湾战线》于1930年8月创刊，《台湾文学》于1931年6月创刊。《台湾战线》杂志的《发刊宣言》集中表述了台湾无产阶级文学倡导者们的观点和主张。《发刊宣言》指出：

> 新时代已经诞生了……冲破了被布尔乔亚文艺麻醉的广大劳苦群众的梦……现在将以普罗列塔利亚文艺来谋取广大劳苦群众的利益，解放在资本家铁蹄下过如牛马生活的所有被压迫劳苦群众。
>
> 从前文艺只是少数的布尔乔亚、贵族阶级独占、鉴赏，现在这已经丧失其存在价值，也已经衰微不堪，自掘坟墓，已经没有手段可以拯

救,来到死灭期了。当这时候,我们不该再事踌躇,应该觉悟要一致努力,把文艺夺取到普罗列塔利亚的手中来,作为大众的所有物,而且来促进文艺革命。我们深知:在这过渡期倘没有正确的理论,便没有正确的行动。故要使劳苦群众能够发表马克思主义理论和普罗文艺,如此才能使无产阶级和革命理论和无产阶级革命运动汇合起来,加速度的发展也才可能,缩短历史的过程。

大陆和台湾先后出现的对无产阶级文学的倡导,从观点、主张,乃至语言,都不难看出某些相似之处。尽管其影响和作用都有所不同,却显示了它们在遥相呼应中呈现的曲折联系和交流。

(二) 双向交流的起步

"五四"以后,大陆新文学逐步在台湾传播和交流,但从20世纪30年代起出现了一个引人注目的变化——台湾新文学也开始在大陆传播和交流了。虽然由于当时条件的限制,台湾新文学在大陆的传播和交流是零星的、个别的,其重要意义却不容忽视,因为它标志着海峡两岸新文学双向交流的起步。

20世纪30年代的台湾新文学传入大陆并受到关注的代表作品,是杨逵的《送报伕》、吕赫若的《牛车》、杨华的《薄命》等。《送报伕》是杨逵写于1932年的一篇日文小说,先在《台湾民报》连载时遭禁,后在日本东京的《文学评论》1934年10月号发表,并获该刊征文比赛二等奖。《送报伕》传入大陆后,由胡风翻译成中文,刊登在1935年6月出版的上海《世界知识》半月刊,并于1936年5月收入上海世界知识社编辑出版的《弱小民族小说选》。吕赫若的《牛车》和杨华的《薄命》均系日文小说,前者发表于1935年1月在日本东京出版的《文学评论》;后者发表在1935年3月出版的《台湾文艺》。《送报伕》、《薄命》、《牛车》这三篇小说,经胡风译成中文后,又曾一起收入1936年4月上海文化生活出版社出版的朝鲜台湾小说集《山灵》。这是最早一批在大陆流传的台湾新文学作品,在台湾文学与大陆文学的双向交流中发挥了重要的开拓作用。

（三）作家的个人活动

台湾与大陆作家之间的个人交往活动，是海峡两岸文学交流经常采取的一种联络方式。20世纪20年代，鲁迅、郭沫若等大陆新文学最有代表性的作家，都与台湾作家和文学青年有过个人之间的交往。20世纪30年代，海峡两岸作家之间的这种个人交往活动又有所发展，现略举一点史料，以见一斑。

台湾作家张深切（1904—1965），早在1927年就在广州与鲁迅相识，20世纪30年代初又在上海与鲁迅有过接触。1934年5月6日，台湾文艺联盟成立，张深切出任委员长。1936年12月，郁达夫从日本回国途中，曾前往台湾访问一周。当时，张深切代表台湾文艺界欢迎并接待了郁达夫，并就文学问题进行了广泛的交流。

台湾作家蔡嵩林在1934年7月15日出版的《先发部队》创刊号上发表了《郭沫若访问记》，报道了郭沫若当时旅居日本的有关情况，反映了海峡两岸作家增进了解、寻求交流的愿望。蔡嵩林还在台湾文艺联盟的会刊《台湾文艺》上发表过《中国文学近况》等文章，做了一些有助于大陆与台湾文学交流的工作。

三

1937年7月7日，抗日战争爆发，中国文学的发展也进入了一个特殊时期。在大陆，为抗击侵略、保卫祖国的热情所鼓舞，抗战文学迅速崛起，成了文学发展的主潮。在台湾，日本强化了其殖民统治，宣布进入"战时体制"，大力推行"皇民化运动"，实行高压的文化政策，鼓吹御用的皇民文学。尽管面对极其凶恶的法西斯统治，而台湾的爱国作家，仍然以公开和隐蔽的方式，进行合法巧妙、迂回曲折的斗争。他们致力于创作反侵略、反奴役的抵抗文学，开展抵制殖民统治和"皇民化运动"的文学活动。他们"英勇地负起了写作抵抗文学的任务，直挑问题的核心。这种反对帝国主义，追求国家的独立、民族的自由的主题，使台湾日据时代的抵抗文学，与整个中国民族抗日救国文学合二为一，具有中国的性格。这是中国近代文学的一个十分宝贵的遗产和风格"[12]。

抗日战争爆发以后，严峻的形势和艰苦的斗争使台湾与大陆的文学联系和交流处于特别困难的时期。但是，这个时期，海峡两岸文学的根本联系和血缘关系并没有也不可能被割断。在这个时期，大陆抗战文学得到了蓬勃发展，台湾抵抗文学也在迂回前进，它们遥相呼应、目标一致，都是当时整个中华民族抗日救国文学有机的组成部分。它们为了实现神圣而庄严的历史使命，在海峡两岸顽强拼搏，英勇奋斗。

抗日战争期间，海峡两岸作家的交往和交流活动受到阻碍，处于困境，但还是有一些作家排除阻力、冲出困境，来往于海峡两岸之间，在客观上对海峡两岸的文学交流发挥了一定的推动作用。钟理和于1938年和1941年先后到沈阳和北平工作，并从1943年开始发表作品，1945年在北平出版了他的第一本中短篇小说集《夹竹桃》[13]。王诗琅在抗战期间曾到上海、广州等地工作。抗战爆发前几个月，当鲁迅逝世时，他曾在《台湾新文学》月刊1936年11月号发表《悼鲁迅》一文，把鲁迅与高尔基并称为"两位敬爱的作家"，高度评价了鲁迅的创作成就及其重要贡献。吴浊流于1941年到南京任《大陆新报》记者，撰写了近3万字的《南京杂感》，向台湾同胞介绍在大陆的见闻，增进了台湾同胞对大陆的了解。

抗战胜利后，台湾光复，也为台湾与大陆之间的文学交流排除了阻力，带来了方便。台湾作家杨逵积极开展文学活动，努力推动海峡两岸的文学交流。他先后创办《一阳周报》，主编《力行报·新文艺》副刊和《文化交流》杂志，发行《台湾文学》丛刊，编辑《台湾文学》月刊。他还在台湾出版和介绍了鲁迅的《阿Q正传》、茅盾的《大鼻子的故事》、郁达夫的《微雪的早晨》等大陆著名新文学作家的作品，为大陆文学在台湾的传播和交流做了一些值得称道的工作。

抗战胜利后的台湾光复期，为扩大海峡两岸作家的交往和作品的双向交流而积极努力的大陆作家有台静农、许寿裳、黎烈文、李霁野、李何林、谢冰莹、雷石榆等。他们先后到台湾参加文化建设，从事文学交流工作。他们对于台湾文学的复苏和民族文化的发展，特别是对于大陆新文学的状况、成就、经验的传播和介绍,做了许多切实的工作,产生了广泛影响,做出了重要贡献。

四

从20世纪50年代至70年代这长达30年的时间里,台湾与大陆处于没有交往的隔绝状态,台湾文学与大陆文学处于没有交流的封闭时期。

在这个时期,虽然台湾文学与大陆文学处于隔绝、封闭的状态,但这并不意味着它们之间绝对没有任何联系。实际上,它们之间往往以曲折的途径、迂回的方式,保持着甚少、甚微的某些联系,从而形成了海峡两岸文学关系的一个相当特殊的时期。在海峡两岸严重对峙、关系断绝的这个特殊时期,台湾文学与大陆文学关系的特殊性和复杂性,可以从不同的角度和层面来观察和描述。

(一) 海峡两岸文学关系的一种特殊形态

20世纪五六十年代,来自大陆的台湾作家对大陆生活的描写及其作品的文学风范,以及在当时台湾文学中占有的特殊地位,构成了那个特定时期海峡两岸文学关系的一种特殊形态。

1949年以后的台湾文坛,许多作家都是从大陆移居台湾的。他们是在大陆的社会环境和文学背景下成长起来的,他们的生活体验和文学素养也主要来自大陆。余光中曾对这些从大陆移居台湾的作家的创作与大陆文学的关系做过这样的概括:

> "五四"新文学在来台作家间的流风余韵,仍然有极为巨大的潜力。
>
> 以大陆为题材的作品,在时间上属于过去,且充满对于家国的怀念之情。以作家类别而言,军中作家,和年龄稍长的外省作家常写这一类作品。以文学类别而言,这一题材常常出现在小说和散文里,有不少小品文更直接以回忆大陆为主题。而早期的现代诗颇有一些是直接咏叹大陆的生活和人物[14]。

当时,在来自大陆的台湾作家中,写大陆生活成了他们创作的重要内容。这在一些女作家、军中作家以及年龄稍长、来台湾前已较知名的作家中尤为突出。他们写热了大陆经验，产生了重要影响。"在 70 年代以前，林海音的《城南旧事》、梁实秋的北京生活小品、痖弦民谣风味的早期诗作，都是这方面的佳例。"[15]进入 20 世纪 70 年代之后，这些作家居留台湾已久，他们的创作完全可以反映台湾现实，描写台湾经验了。但是，他们"乡心仍存"，他们在诗歌中体现了"以大陆为背景的历史的孺慕、文化的乡愁"；在散文中，比如梁实秋、台静农、琦君、张拓芜等散文家，"时有追忆旧地故人之作"；在小说中，比如司马中原等军中作家的乡野奇谈，抒发的仍是"一种变相的乡愁"[16]。

在 1949 年以后的 20 年里，台湾地区的文学创作，在题材的选择和时空的交织上，写大陆的作品居于首位，其次才是写台湾和海外的作品[17]，由此可以看出写大陆生活的作品在当时台湾文学创作中的重要地位。这些反映大陆生活、描写大陆人物的作品所取得的文学成就、形成的文学风范以及所产生的影响，具体地说明了这些作品实际上是大陆文学传统在台湾文坛承续和延伸的一种特殊形态，是大陆文学经验在台湾文坛传播和融汇的一种特殊形式，是大陆文学与台湾文学在台湾文坛联系和交流的一种特殊方式。

（二）大陆新文学作品在台湾传播的一扇窗口

1949 年以后，台湾当局为了加强思想控制，在文学领域禁止"五四"以来的新文学作品流传，致使"五四以来的新文学作品，除了徐志摩、朱自清等极少数例外和迁台名作家的一些作品，几乎完全成了禁书"[18]。台湾当局的这一措施，尽管一度造成了台湾文学与大陆文学的脱节现象和不良后果，然而，实际上并没有完全割断台湾文学与大陆新文学的历史联系和血缘关系，也没有完全阻断大陆新文学作品在台湾的流传。当时，台湾文坛的有识之士，在力所能及的范围内努力创造条件，使部分大陆新文学作品仍然在台湾文坛得到了有限的传播，为台湾作家和文学青年了解和借鉴大陆新文学经验、促进台湾新文学与大陆新文学有限的交流，做了十分有益的工作。

在当时相当复杂而特殊的台湾文坛，林海音对于大陆新文学作品及其经验的传播和推广，做出了值得称道的努力。林海音主编了一本《纯文学》月刊，从 1967 年 2 月出版的该刊第 2 期起，开辟了一个"近代中国作家与作品"专栏。林海音曾就开辟这个专栏的目的做了如下说明:"……当时我曾为这个专栏写了下面一个简单的说明:'从这一期起,我们辟一个专栏,选刊一些近代中国作家——近代是指1919年五四运动以后——的作品,并加以评介,这些作家多已经作古,在世的也很少有作品问世了。重刊这些作品的目的,是为了弥补现代读者对近代中国文学作品的脱节现象。'我想,这不只是他们借此怀旧,而实在是觉得年轻一代常听说中国新文艺的二三十年代作家谁谁,谁谁,但是除了徐志摩、朱自清几位有一半篇作品在此地可以读到以外,却对他们作品的面貌、实质一无所知。我们虽有必要为这一脱节现象做一番弥补的工作,但也没有这么简单,只有做到哪儿是哪儿,所以这一专栏到了刊出18位作家、68年1月的第25期为止,也就难以为继了。"[19]

林海音在《纯文学》月刊上主持的"近代中国作家与作品"这一专栏,一共刊发和评介了大陆"五四"以来18位新文学作家的49篇作品,其中包括散文24篇、诗歌16首、长篇小说3篇、中篇小说5篇、短篇小说1篇。后来,林海音将在专栏中刊发或评介的49篇作品中的短小作品和20篇评介文章汇编为《中国近代作家与作品》一书,作为她主编的"纯文学丛书"之一种,出版后颇受读者的欢迎。

林海音在《纯文学》月刊上开辟的"近代中国作家与作品"专栏及其汇辑出版的专书,尽管介绍的大陆新文学作家与作品并不太多,但她为了在台湾传播大陆新文学、为了弥补台湾文坛与"近代中国文学作品的脱节现象"而不辞辛劳、执着追求的精神,实在令人钦佩。林海音对部分大陆新文学作家作品的介绍,虽然只是在台湾文坛的一定范围内有限地传播,但她为大陆新文学在台湾文坛打开的这一扇窗所发挥的作用却不可低估。

五

从20世纪70年代末开始,经过整个80年代,一直到现在,台湾文学与大陆文学的关系逐步走向了一个新阶段。

20世纪70年代末,大陆开始实行改革开放政策。进入80年代以来,随着改革开放的逐步深化,大陆的经济建设和文化事业得到了迅速发展。在这样的新形势下,海峡两岸长期处于隔绝、封闭的状态开始出现松动和变化。海峡两岸文坛相互引进和介绍彼岸的作家作品以及作家之间接触和交往的逐步进行,推动了海峡两岸文学交流的日趋发展,逐渐形成了一种前所未有的新关系和新局面。

20世纪70年代末至80年代,台湾也开始出现一些重大变化,尤其是1987年宣布解除戒严,1988年开放党禁、报禁和大陆探亲。这些引人注目的举措有助于海峡两岸关系的改善,也有助于海峡两岸文学的交流。

(一)1979年至1982年

由于海峡两岸长期处于隔绝状态,因此,海峡两岸文学交流最初阶段的当务之急是,引进和介绍海峡两岸具有一定代表性的作家和作品。海峡两岸文坛都是从1979年开始发表、出版彼岸的作品,介绍、评述彼岸的作家,突破了海峡两岸文学长期存在的封闭状态,使海峡两岸的文学交流出现了一个良好的开端。

大陆发表的第一篇台湾作家的作品,是刊载在大型文学杂志《当代》1979年第1期上的白先勇的短篇小说《永远的尹雪艳》。大陆出版的第一本台湾文学作品选集,是北京人民文学出版社1979年12月出版的《台湾小说选》。此后,拥有多种杂志的文学出版社,陆续发表和出版了一些台湾作家的作品,其中有《白先勇小说选》[20]、於梨华的《又见棕榈、又见棕榈》[21]、李黎的《西江月》[22]、聂华苓的《台湾轶事》、《桑青与桃红》和《失去的金铃子》[23]等在大陆最早一批出版的台湾作家个人的作品选集和中长篇小说。而中国社会科学出版社从1981年起相继推出的四卷本《台湾作家小说选集》[24],则以较多的篇辐、较大的规模,广泛收录了从1926年至1981年,凡55年间有代表性的台湾作家的代表作,为大陆读者了解台湾小说的历史发展和重要作品提供了一个较为全面的选本。大陆在这个阶段出版的台湾作家、作品集子,虽然还不足以反映台湾文学的全貌,却可以说已经为海峡两岸的文学交流做了一些必要的工作。

在大陆文坛开始引进和介绍台湾文学的同时,台湾文坛对大陆文学的引进和介绍也随之起步。当时台湾文坛引进和介绍大陆文学的重点,是当时在大陆引起重要反响的"伤痕文学"。在台湾率先引进和介绍大陆"伤痕文学"的是《中国时报·人间副刊》。该刊于 1979 年 5 月下旬，首次推出了大陆"伤痕文学"的一些代表作品。紧接着，《新文艺》月刊和《联合报》副刊，也陆续转载了一批大陆"伤痕文学"的流行作品。稍后，时报、成文等出版社，分别出版了大陆"伤痕文学"的选集[⑤]。台湾对大陆文学的引进和介绍，是通过报纸副刊带头、刊物和出版社相配合的途径，为大陆文学在台湾的传播打开了重要的窗口，对海峡两岸文学的交流产生了积极的推动作用。

在海峡两岸文坛突破隔绝、封闭状态，出现相互交流的最初阶段，除了海峡两岸文坛的有识之士的共同努力外，还应该提到旅居海外的华人作家在海峡两岸文学交流中起到的联络、中介、协助等作用。至于海峡两岸文坛文学传播和交流的具体过程，大致都是从报刊对单篇作品的选载到作家作品专集的出版，而作家作品的具体选择，则海峡两岸文坛各有自己的标准和重点。台湾文坛对大陆作品的转载和出版显示出比较明显的政治色彩，这只要从当时台湾一些刊物发表的文章把大陆的"伤痕文学"称之为"抗议文学"、"觉醒文学"、"浩劫文学"、"社会主义悲剧文学"等诸多称谓及其内涵即可窥之一二。而当时大陆对台湾文学的出版选择和介绍重点，突出和强调的是那些具有现实主义精神、富于社会意义的作品，虽然也注意到对台湾文学的介绍和传播会有助于增进海峡两岸人民的了解和促进祖国的统一，但其价值取向的重心仍然是在文学交流的层面，而非基于一种政治宣传的需要。海峡两岸文坛在这个阶段的文学交流中各自存在的局限和偏颇，从一个侧面说明了当时海峡两岸的文学交流还处于初步拓展阶段，显然还有待发展和深化。

随着海峡两岸文学交流的初步开展，相互之间的研究工作也随之起步。

在这个阶段，大陆对台湾文学还说不上有严格意义上的研究，大多是对某些台湾作家作品进行述评性的介绍，而对于台湾文学总体面貌和发展状况，只有个别文章作了一些并不全面、相当粗略的资料性的评介。当时，旅美台湾作家於梨华和聂华苓回大陆访问时关于台湾文学的讲演、特别是其讲演记录的发表，倒是在大陆介绍台湾文学的起步阶段发挥了拓荒和启蒙的重要作用。至于可以看作大陆的台湾文学研究业已起步的标志，是首届全国台湾香港文学研讨会的召开。这次研讨会于 1982 年 6 月 10 日至 16 日，在广州暨南大学召开，有来自北京、上海、福建、广东、四川、吉林、山东、甘肃、湖北等省市的 50 多位学者到会，提交了 36 篇研究台湾文学的论文，就台湾文学研究的意义和方法、台湾文学流派的发展和趋向、台湾作家作品的研究和评价，进行了广泛而热烈的探讨⑥。这次研讨会的重要意义，并不在于研讨会及其提交的论文达到了多么高的水准，而主要表现在它对大陆的台湾文学研究发挥了一种积极的动员、组织和推动的作用，为大陆台湾文学研究的起步和发展创造了一些必要的条件，做好了应有的准备。

这个阶段台湾的大陆文学研究，可以从不同的方面来考察。当时台湾文坛对大陆文学的引进及研究，包括对大陆文学的过去和现状的介绍和研究，分别从历史和现实的层面初步突破了台湾文坛的研究禁区，拓展了台湾现当代文学的研究领域。

台湾学者在对过去的大陆文学研究方面，出版了苏雪林的专著《中国二三十年代作家》。这部专著在 1979 年 12 月初版时，书名为《中国二三十年代作家与作品》；1983 年 9 月再版时，改书名为《中国二三十年代作家》。如果说 20 世纪 60 年代末林海音编辑的《中国近代作家与作品》一书的出版，是对大陆"五四"新文学某些有代表性的作家作品在台湾进行了有限的传播和简要的评介；而 70 年代末苏雪林的专著《中国二三十年代作家》的出版，则是对大陆 20 世纪二三十年代新文学作出了较为全面而系统的评论，在台湾文坛更广的层面得到了传播和交流。《中国二三十年代作家》这部专著，虽然是苏雪林在大陆时发表的文章和讲课的讲义，加以综合整理和补充汇编而成的，但是能够在 70 年代末的台湾公开出版发行，本身就有着重要的现实意义。苏雪林在这部专著的《自序》中写道：

> 台湾以前讳言大陆新文艺，是怕左翼文艺的煽动和破坏的力量实在太大，过去我们领教已太多了，为了防微杜渐，这种措施也是必要的。
>
> 不过，大陆文人不见得个个左倾。为了他们现在身陷大陆，或者现在虽已死，因沦陷时未及逃出，遂不敢言其为人及作品，似乎有点矫枉过正，幸而海内外论述三十年代及其作品者，已大有其人，是以我也敢

以这部稿子提出问世。

显然，这部专著的出版，不仅有其本身的学术价值和意义，而且还表明从20世纪70年代末开始，台湾文坛对于大陆文学已经逐步从有限的传播进入初步研究的层次了。

台湾文坛是从20世纪70年代末开始介绍当代大陆文学的。由于最早介绍的是大陆的"伤痕文学"，因此台湾评论界对当代大陆文学的研究，最初也多集中在对大陆"伤痕文学"的评述上。这方面的成果，早期以评介性的文章为多，如丁望的《社会主义悲剧文学的震撼》[20]等，稍后还出现了吴丰兴的《中国大陆的伤痕文学》、周玉山的《大陆文艺新探》等着重评介、研究大陆"伤痕文学"的专著。由于台湾文坛较早发表的、评述大陆"伤痕文学"的文章和论著，大多采取了服从于某种政治目的的观照角度和研究模式，因此带有明显的政治偏见和非文学倾向的评价标准，这就不能不影响到如实而公正地探讨和认识大陆"伤痕文学"的重要意义和文学价值。

（二）1983年至1988年

在这个阶段，海峡两岸的文学交流有了进一步的开拓，出版方面呈现出多样化的态势，研究方面也得到了可观的发展。

此时，大陆出版的台湾作家的作品，无论是选集还是单本作品，都显示出向多样化发展的趋势。台湾作家的单本作品和各种选集的出版，都有多品种和多层面的扩展。在多种多样的选集中，有以历史发展为序，选录各个时期有代表性的作品的，如《台湾小说选》（二）、（三）[22]；有以中青年作家的作品为选录对象的，如《台湾小说新选》[29]；有按流派选录的，如《台湾乡土作家选集》、《台湾现代诗选》[30]；也有按作家类型和作品文体分别选录的，其中尤以女性作家的选集和中篇小说选集最多，如《台港中青年女作家作品选》、《台湾中篇小说选》[31]；还有前阶段少见的台湾戏剧和电影剧本选集，如《台湾剧作选》、《台湾电影丛书·剧本1、2》[32]等等。在这个阶段，大陆出版的台湾作家的作品，从前阶段较小的范围和数量，逐渐扩大了范围，增加了数量。这从一个侧面显示了海峡两岸文学交流的逐步发展。

台湾文坛对大陆文学的引进，在1979年至1982年间，台湾的报纸副刊发挥了重要作用，如《中国时报·人间》等副刊大力倡导、提供园地，着重转载和介绍了大陆的"伤痕文学"；在1983年至1988年间，台湾的文学杂志扮演了重要角色，《文季》、《创世纪》、《联合文学》、《文星》等多家杂志转载和介绍的大陆文学作品，品种和数量都逐渐增多，涉及小说、诗歌、报告文学等多种体裁。从1983年8月起，《文季》双月刊陆续刊登了大陆作家汪曾祺、张贤亮等人的小说。1984年6月，《创世纪》杂志第64期推出了叶维廉策划的"中国大陆朦胧诗特辑"，介绍了22位大陆诗人的代表性作品。1985年7月，春风诗社也刊出了"崛起的诗群——中国大陆当代朦胧诗专辑"。1984年11月，《联合文学》杂志创刊后，开辟了"大陆文坛"专栏，先后发表了谌容、张辛欣、阿城等人的小说，以及莫言、残雪、韩少功、郑万隆等更年轻的作家的作品。1987年3月，《文星》杂志复刊第7、8号刊出"大陆新诗特辑"，编选了"大陆新诗选"（上、下）。1987年8月，《人间》杂志从第22期起，陆续刊登了韩少功、古华、汪曾祺等作家的小说。

在台湾各种文艺杂志竞相刊出大陆文学作品的同时，台湾多家出版社也陆续出版了一些大陆作家的作品。新地出版社出版了《灵与肉》一书，收入张贤亮等人的6篇作品；敦理出版社出版了冯骥才的《啊!》；林白出版社出版了张贤亮的《肖尔布拉克》、《土牢情话》。在这个阶段，台湾对大陆作品的介绍，正在从以杂志为园地，以专辑、特辑形式集中刊出，以作家合集和单行本分别出版，逐步向出版较具规模、颇为系统的多卷本集子发展，初步显示了海峡两岸的文学交流正在深入。

台湾对大陆作家作品的引进和介绍的发展及其成绩的取得，除了台湾本土作家和评论家的努力而外，还有旅居海外的台湾作家以及一些香港作家为促进和推动海峡两岸的文学交流所发挥的重要的中介作用。

随着海峡两岸文学交流的逐步发展，海峡两岸文坛的相互研究也在逐渐深入。

大陆文坛对台湾文学研究的逐渐深化，主要表现在两个方面：

其一，在这个阶段，不仅有对台湾作家作品的一般性评介文章发表，还有对台湾作家作品进行比较深入评析的专书出版。大陆最早出现的台湾作家作品的选评性专书，是流沙河编著的《台湾诗人十二家》[33]、陆士清等编的《台湾小说选讲》[34]。前者选评了12位有代表性的台湾诗人，后者选析了从20世纪20年代到80年代有代表性的34位台湾作家的57篇小说。大陆最早出版的较为系统的研究性专著，是封祖盛的《台湾主要小说流派初探》[35]。该书对台湾小说发展的两大主要流派及其代表作家作品进行了比较深入的剖析。在这个阶段，陆续出版的研究台湾作家作品的比较重要的专书、专著，还有汪景寿的《台湾小说作家论》[36]、黄重添的《台湾小说艺术采光》[37]，以及值得注意的台湾文学史性质的著作，如王晋民的《台湾当代文学》[38]、白少帆等主编的《现代台湾文学史》[39]等。王晋民、白少帆等编著的这两本书，尽管还不是特色鲜明的、严格意义上的台湾文学史，然而，在这以前毕竟还没有比较系统地论述台湾文学的发展概况和重要作家作品的著作出版，因此，它们的出版对大陆台湾文学研究的发展还是产生了一定的作用和影响。

其二，两次全国台湾香港文学研讨会的召开及其取得的成果，集中显示了这个阶段大陆台湾文学研究的发展和实绩。1984年4月22日至29日在厦门大学召开的全国第二届台湾香港文学学术研讨会，1986年12月底在深圳大学召开的全国第三届台湾香港文学学术研讨会，无论是研究的广度还是研究的深度，都超过了1982年举行的首届台湾香港文学学术研讨会。这两次研讨会，通过对大陆台湾文学研究状况的检视和探讨，展现了成绩，总结了经验，并找出了不足之处和存在的问题，从而为大陆台湾文学研究的进一步发展和深化创造了必要条件。

在这个阶段，台湾的大陆文学研究的基本发展态势有以下三个特点：

①对大陆作品的介绍和研究同步进行，密切配合。台湾的一些文学杂志在以"专题"、"特辑"形式相对集中地介绍一批大陆作家作品的同时，一般都配合发表一组评介性和研究性的文章。这既有助于读者理解作品，又使研究具体、文章实在。比如，1987年3月，《文星》杂志复刊第7、8号相继推出的"大陆新探"特辑，不仅编辑了"大陆现代诗选（上、下）"，而且还配合发表了张默、张香华等对大陆朦胧诗的评论。又比如，1986年的5月号、7月号《联合文学》，在刊登阿城的小说《棋王》和《树王》的同时，还发表

了陈炳藻的评论文章《从小说的技巧探讨〈棋王〉》、谭嘉的评论文章《岂只妙手偶拈得——试析阿城的〈树王〉》。

②台湾的大陆文学研究,深度有所加强,质量有所提高。这个阶段的台湾大陆文学研究逐步深化,主要表现在研究论文的数量明显增多,水准也在提升。还有一些研究大陆文学的优秀论文,作为具有代表性的研究成果,被收入台湾出版的文学评论选集。比如,蔡源煌的《论韩少功的中篇小说〈爸爸爸〉、〈女女女〉、〈火宅〉》、王德威的《初论沈从文》等论文,就收入了陈幸蕙主编的《文学批评选》。

③台湾首次大陆文学研讨会的召开,标志着台湾大陆文学研究的新发展。1988年5月22日,《文讯月刊》和《联合文学》杂志联合召开了台湾首次"当前大陆文学研讨会"。这次研讨会的召开,是对台湾的大陆文学研究的一次认真检视,表明台湾的大陆文学研究已经从个人研读和评论的方式走向相互切磋和交流的共同研讨活动。这次研讨会出版了以《当前大陆文学》为题的论文集,集中显示了台湾的大陆文学研究在广度和深度上的拓展,基本上反映了当时台湾的大陆文学研究的水准。

(三) 1989年至今

在这个阶段,海峡两岸的文学交流有了进一步的发展,出现了前两个阶段不曾有过的新特点,并在某些方面有所深化和突破,呈现出令人欣喜的新气象和新态势。

这个阶段海峡两岸文学交流的新特点之一,是出现了台湾作品出版的系列化和水准颇高的精选本。

在这个阶段,不仅如以前一样,海峡两岸有许多出版社陆续出版了各种各样的作家集、作品选和单行本,而且还出现了出版规模大、收录作家作品多的系统化、系列化大型丛书、各种大系等。在台湾,有新地出版社出版的《当代中国大陆作家丛刊》、林白出版社推出的由柏杨主编的《中国大陆作家文学大系》。前者是包罗甚广的多卷本,后者收入了包括刘心武、贾平凹、冯骥才、王安忆等大陆新时期代表作家的重要作品。在大陆,有中国友谊出版公司推出的《台湾香港澳门暨海外华文文学大系》(1949—1989),有由中国现代文学馆编辑、长江文艺出版社出版的《当代台湾著名作家代表作大系》。《台湾香港澳门暨海外华文文学大系》收入了近40年来台港澳及海外华文文学的代表作家的重要作品。《当代台湾著名作家代表作大系》是对当代台湾著名作家代表作的选录，所选录的作家作品既广泛又精粹。在已经出版的第一辑共10卷中，包括林海音、余光中、白先勇、琦君、黄春明、张秀亚、彭歌、徐钟佩、郑清文、林文月共10位作家的代表作。特别值得注意的是，其中大约有三分之二的作家作品是大陆读者不太熟悉的。因此，该书在一定程度上填补了大陆介绍当代台湾作家作品的某些空白，为全面、系统地介绍当代台湾作家作品做出了贡献。

在海峡两岸作品交流出现系统化、系列化的大型丛书的同时，还有一些水准颇高的精选本陆续出版问世，集中反映了海峡两岸文学的成就和特色。在台湾，有海风出版社出版的《大陆全国文学奖短篇小说集》等。在大陆，有三联书店出版的《当代台湾小说精选》等，以及已有定评的海峡两岸名家名作的单行本。海峡两岸作品交流，既呈现出相当规模的大型化特色，又反映了颇具水准的精品化趋向。二者的结合，集中显示了这个阶段海峡两岸作品交流的鲜明特色。

这个阶段海峡两岸文学交流的新特点之二，是海峡两岸作家接触和交往的扩展。

自台湾当局开放大陆探亲以后，陆续有不少台湾作家借来大陆探亲的机会，进行了一些以个人活动方式为特点的访问和交流。但是，台湾作家正式组团来大陆参观访问和进行文学交流，以及大陆作家以个人或组团方式去台湾访问和交流，则是在这个阶段、主要是近年来才出现的。这鲜明地体现了海峡两岸作家交往和文学交流的新特色和新发展。

在台湾作家组团访问大陆的文学交流活动中，颇为引人注目的一次，是1993年4月以尹雪曼为总领队的台湾作家交流访问团到大陆进行了为期两周的访问交流活动。海峡两岸文坛都颇为关注这个台湾作家访问团。台湾报纸称这个访问团是台湾文坛有代表性的"重量级"人士组成的。总领队尹雪曼说："这是台湾艺文界首次的正式访问团，大陆非常重视，双方希望借由这

样的交流,把分隔四十年的两岸文学作一次交流。"㊵

在这个阶段,已经有不少大陆作家通过各种渠道和关系,以个人身份赴台湾访问和交流。而近年来大陆作家也应邀组团去台湾进行访问和交流活动。仅仅在1993年底和1994年初,就有两个大陆作家访问团先后去台湾进行文学交流活动。1993年12月,大陆作家、评论家王蒙、刘恒、李子云、程德培、吴亮等应邀组团赴台湾参加台湾《联合报》举办的"中国文学四十年研讨会"。1994年1月,又有大陆作家柯灵、汪曾祺、刘心武、李锐等应邀组团去台湾参加台湾《中国时报・人间副刊》举办的"两岸三边华文小说研讨会"。海峡两岸作家的直接交往和交流日见频繁,进一步推动了海峡两岸文学交流向纵深发展,从而为海峡两岸文学的不断繁荣做出了有价值的贡献。

这个阶段海峡两岸文学交流的新特点之三,是两岸文坛的相互研究逐步深入,并在某些方面有所突破。

在这个阶段,大陆台湾文学研究的发展和突破主要体现为研究队伍的扩大、研究视野的拓展以及研究水准的提高。1989年、1991年和1993年,大陆成功召开了三届全国台港澳暨海外华文文学研讨会,集中显示了大陆台湾文学研究的逐步深入,从研究人员素质的提高到研究课题层面的开拓都有了长足的发展,具备了相当的实力。近几年来大陆的台湾文学研究,从文学现象的分析到作家作品的探讨,都取得了颇具水准的研究成果,并正在形成颇有特色的研究格局,呈现出向纵深发展的新气象和新态势。在具体反映这个阶段大陆台湾文学研究实绩的一批专著中,值得特别提出的是刘登翰、庄明萱、黄重添、林承璜主编的《台湾文学史》㊶、古远清的《台湾当代文学理论批评史》㊷、古继堂的《台湾文学评论发展史》㊸。《台湾文学史》这部大陆首次出版的通史性质的台湾文学史,是大陆台湾文学研究中具有突破意义和重要价值的研究成果。这部鸿篇巨制的台湾文学史著作,与大陆已经出版的几部台湾文学史相比较,特色和长处十分明显。《台湾文学史》是一部完整的、真正的台湾文学史著作,既突破了那种只写现当代台湾文学,而将古代和近代台湾文学付诸阙如的格局,又改变了那种把台湾文学各个时期的发展状况概述和作家作品评述这两大板块加以组合的体系。正是由于这部台湾文学史有着引人注目的重要成就和学术价值，因此，它的出版在海峡两岸文坛都产生了明显的影响。古远清的《台湾当代文学理论批评史》和古继堂的《台湾文学评论发展史》的先后出版问世，也颇为引人注目。这两部著作的出版，填补了大陆台湾文学研究中的一个空缺。在此以前，大陆还没有全面而系统地研究台湾文学理论批评的专著出版。因此，这两部专著的出版，除了它们本身的学术成就和价值外，还从一个侧面反映了而今大陆文坛对台湾文学从一般文学现象到重要作家作品、文学理论批评都展开了全方位研究的新态势和新格局。

在这个阶段，台湾对大陆文学的研究，无论是广度还是深度，都有明显的提高。这种提高主要体现在两个方面：

其一，台湾学者的大陆文学研究成果，在台湾文坛受到重视。台湾作家、评论家的大陆文学研究成果的价值得到肯定，并被给予应有的学术地位，这在客观上表明，这些研究成果取得了相当的成就，达到了一定的水准，已成为台湾文坛整个文学研究成果不可或缺的组成部分。因此，在台湾文坛发表的文学评论状况概览性质的文章、出版的各种文学评论选集中，对大陆文学的研究成果成了必然会给予概述和辑录的对象。比如，以余光中为总编辑、李瑞腾为主编的《中华现代文学大系·评论卷》[44]就收录了蔡源煌的《从大陆小说看"真实"的真谛》、王德威的《畸人行——当代大陆小说的众生"怪"相》这两篇研究大陆文学的论文。

其二，台湾文坛出版了一批具有一定深度和水准的研究大陆文学的专著。在这个阶段以前，虽然也出现过研究大陆文学的专著，但无论是研究角度还是学术价值都有着明显的偏颇和局限，与这个阶段出版的研究大陆文学的专著的实际成就和水平有很大的差距。在这个阶段，台湾出版的研究大陆文学的专著，如陈信元的《从台湾看大陆当代文学》[45]、蔡源煌的《海峡两岸小说的风貌》[46]、叶稚英的《大陆当代文学扫描》[47]、张放的《大陆新时期小说论》[48]等，研究态度比较客观公正，具体评价也比较科学实际，部分论述还达到了相当的深度和水准。尤其令人欣喜的是，一些论者还力求从整个中国文学的总体格局的视角来观察和研究大陆文学，进而试图做出符合实际的概括和定位。有些台湾学者通论中国现代文学某种文体的著作，也注意到对大陆文学做出应有的论述和评价。如陈信元的《中国现代散文初探》⑫对中国现代散文发展进行探讨，不仅视野广阔、立论全面，而且注意将20世纪50年代至今的大陆散文也纳入其论述之中，并力求给予应有的肯定和定位。

在我国新文学诞生以来的漫长历程中，海峡两岸的文学关系，经历了相当曲折的演变，呈现出极其复杂的面貌。尽管海峡两岸文学的关系，在不同历史时期出现过或密切、或疏远、甚至隔绝的状态，但是，从根本上看，它们之间一直以不同方式、在不同程度上有着一定的联系、交流和影响。海峡两岸文学关系的若干史实表明，具有血缘关系的海峡两岸文学的互助互补、共同繁荣，是必然的时代趋势和历史潮流。

注释：

①黄呈聪和黄朝琴的这两篇文章，刊载在1923年1月出版的《台湾》杂志（四卷1、2号）。

②张我军：《请合力拆下这败草丛中的破败旧殿堂》，载《台湾民报》第3卷第1号。

张我军：《文学革命运动以来》，载《台湾民报》第3卷第6号。

③载《台湾民报》第3卷第12至17号。

④载《台湾民报》第1卷第4号。

⑤载《台湾民报》第2卷第10号。

⑥鲁迅：《写在"劳动问题"之前》。

⑦张秀哲的《一个台湾人告诉中国同胞书》，后来以《毋忘台湾》的书名出版，郭沫若的序文即初刊该书。郭沫若的序文遗佚多年之后，在《中山大学学报》1979年第3期重刊，并收入四川人民出版社于1983年2月出版的《郭沫若集外序跋集》一书。

⑧同②。

⑨林曙光：《台湾的作家》，载《文艺春秋》第7卷第4期。

⑩叶石涛：《台湾乡土文学史导论》，载《乡土文学讨论集》，台湾远景出版事业公司1978年4月出版。

⑪陈映真：《"乡土文学"的盲点》。

⑫陈映真：《孤儿的历史和历史的孤儿》。

⑬《夹竹桃》是钟理和生前出版的唯一一部中短篇小说集，收入中篇小说《夹竹桃》和短篇小说《游丝》、《新生》、《薄茫》。

⑭台湾巨人出版社出版的《中国现代文学大系·总序》。

⑮余光中：《中华现代文学大系·总序》，台湾九歌出版社出版。

⑯参见余光中撰写的巨人版《中国现代文学大系·总序》和九歌版《中国现代文学大系·总序》。

⑰同⑯。

⑱同⑭。

⑲林海音编《中国近代作家与作品》一书卷首的《一点说明》。

⑳《白先勇小说选》，广西人民出版社，1980年9月出版。

㉑於梨华：《又见棕榈　又见棕榈》，福建人民出版社，1980年9月出版。

㉒李黎：《西江月》，中国青年出版社，1980年10月出版。

㉓聂华苓：《台湾轶事》，北京出版社，1980年3月出版；《桑青与桃红》，中国青年出版社，1980年8月出版；《失去的金铃子》，人民文学出版社，1980年10月出版。

㉔《台湾作家小说选集》四卷本，中国社会科学出版社，1981年11月、1982年5月、1982年7月、1984年3月出版。

㉕这两家出版社分别出版的选集是高上秦编的《中国大陆抗议文学》、叶洪生编的《九州生气恃风雷——大陆觉醒文学选集》。

㉖参见首届全国台湾香港文学研讨会论文选集《台湾香港文学论文选》，福建人民出版社，1983年10月出版。

㉗丁望：《"社会主义悲剧文学"的震撼》，载1979年5月24日、25日台湾《中国时报·人间》副刊。

㉘《台湾小说选》（二）、（三），北京人民文学出版社，1983年10月和1987年12月出版。

㉙毕朔望编：《台湾小说新选》，福建人民出版社，1983年7月出版。

㉚《台湾乡土作家选集》，中国友谊出版公司，1984年8月出版；《台湾现代诗选》，春风出版社，1987年8月出版。

㉛《台湾中青年女作家作品选》，共五册，漓江出版社，1987年12月出版；《台湾中篇小说选》，共四册，福建人民出版社，1984年4月至1988年5月陆续出版。

㉜《台湾剧作选》，中国戏剧出版社，1987年7月出版；《台湾戏剧和电影丛书·剧本1、2》，中国电影出版社，1986年6月和1988年3月出版。

㉝流沙河编著：《台湾诗人十二家》，重庆出版社，1983年8月出版。

㉞陆士清等编：《台湾小说选讲》，复旦大学出版社，1983年10月出版。

㉟封祖盛：《台湾小说主要流派初探》，福建人民出版社，1983年10月出版。

㊱汪景寿：《台湾小说作家论》，北京大学出版社，1984年3月出版。

㊲黄重添：《台湾小说艺术采光》，鹭江出版社，1987年11月出版。

㊳王晋民：《台湾当代文学》，广西人民出版社，1986年出版。

㊴白少帆等主编：《现代台湾文学史》，辽宁大学出版社，1987年12月出版。

㊵1993年4月19日，台湾《大成报》。

㊶刘登翰等主编：《台湾文学史》（上、下），海峡文艺出版社，1991年和1993年出版。

㊷古远清：《台湾当代文学理论批评史》，武汉出版社，1993年出版。

㊸古继堂：《台湾文学评论发展史》，春风出版社，1993年出版。

㊹《中华现代文学大系·评论卷》，台湾九歌出版社，1989年5月出版。

㊺陈信元：《从台湾看大陆当代文学》，台湾业强出版社，1989年出版。

㊻蔡源煌：《海峡两岸小说的风貌》，台湾雅典出版社，1989年出版。

㊼叶稚英：《大陆当代文学扫描》，台湾东大图书公司，1990年出版。

㊽张放：《大陆新时期小说论》，台湾东大图书公司，1992年出版。

㊾陈信元：《中国现代散文初探》，台中县立文化中心，1990年12月出版。

（原载《香港文学》1995年第8、9期）

第二辑——中国香港文学的整体格局

香港文学的分期、特征和类型

一、香港文学的历史分期

研究香港文学历史分期的意义和标准

对于一个国家、一个地区的文学，无论是发展轨迹的追寻还是总体成就的评估，都有必要对它的历史分期做科学的划分和准确的定位。这是对一个国家、一个地区的文学进行历史考察和整体观照的一个重要方面。

香港文学历史分期的研究，有助于推动香港文学史的编撰。香港文学史料搜集整理工作的进行、香港文学研究工作的开展，为香港文学历史分期的研究提供了一些条件；而香港文学历史分期的研究，又可以推动香港文学史料搜集整理工作进一步开展，为香港文学史的编撰打下基础。

香港文学历史分期的研究，还有助于揭示香港文学各个历史发展阶段的特征和规律。香港文学发生和发展的历史过程，既有一以贯之的历史线索和根本规律，又呈现出不同发展阶段的具体特征和独特风貌。对香港文学发展的贯穿线和阶段性的准确揭示，可以使我们对香港文学的发展历程、总体成就、审美属性和独特风格的把握，达到历史性、规律性认识的高度。

香港文学历史分期的研究，还将有助于促进香港文学的繁荣和发展。因为香港文学历史分期的研究，可以帮助我们认识和了解香港文学发展的轨迹和规律、经验和教训，从而对香港文学的现实发展提供一种历史参照，以促进其健康发展。

关于香港文学历史分期的研究，不仅应该充分认识其意义，更为重要的是，必须实事求是地把握分期的标准。

研究香港文学的历史分期，应正确认识和把握香港文学发展与香港社会发展的关系。文学发展与社会发展的关系，并不是任何时候都是同步前进的。但是，无论是就一般社会而言，还是对香港社会来说，文学发展的总趋势往往是随着社会的发展而不断演变发展的。香港的社会生活、政治状况、经济制度、价值观念、文化思潮等状况，构成了香港文学不可或缺的生态环境，产生着不可低估的影响。我们特别要着重分析这种制约和影响在各个发展阶段的具体形态、特点和规律。

研究香港文学的历史分期，应重视文学观念和文学形态的变化和发展。在香港特定的社会背景和生态环境中，香港文学的发生发展经受着各种文学思潮的冲击，接受了传统文学和外来文学的影响。这些冲击和影响在不同时期的消长、强弱、显隐、大小的差异，往往促成了文学观念和文学形态的变化、发展，从而形成了香港文学发展的各个阶段的特殊面貌。

研究香港文学的历史分期，应重视香港文学自身发展的特征和规律。这些特征和规律贯穿在香港文学的全部发展过程中，形成了香港文学的基本特质。但是，由于社会的、历史的、文学的诸种因素的制约和影响，香港文学在发展进程中，又往往呈现出不尽相同的独特风貌，从而形成了香港文学历史发展的鲜明阶段性，为香港文学历史分期提供了重要的依据和标准。

香港文学的拓荒期（1927—1937）

香港新文学的拓荒期，经历了长达十年艰辛而漫长的过程。

20世纪20年代初期，是香港新文学拓荒播种的准备阶段。这个阶段的香港文坛，封建守旧势力仍然相当强大，文言文、旧文学继续处于正宗的统治地位，"五四"新思潮和新文学的影响甚微。当时，新文学期刊还没有出现，所有的文学期刊都使用文言文，有着明显的封建守旧倾向。

20世纪20年代中期，香港文坛逐步进入了文白并存、新旧消长的过渡阶段。在这个阶段，文学期刊中开始出现少量白话文，个别文学期刊出现了文言文和白话文并存的现象。这说明，"五四"新思潮和新文学的影响在逐渐扩展，白话文也逐渐为部分作者和读者所接受。

从20世纪20年代后期到30年代前期，香港文坛逐渐加快了文白消长和新旧交替的进程，进入了新旧力量对比从量变向质变转化的过程。1927年

2月，鲁迅到香港发表演讲，对香港新文学的兴起产生了启蒙和催生的作用。1927年以后的香港文坛，从新文学杂志、新文学团体以及一些主要报刊的新文学副刊的出现开始，一直到1937年抗日战争爆发，才走完了香港新文学拓荒播种的这一漫长历程，并为进入萌芽生长期奠定了重要基础，准备了必要条件。

香港文学的萌芽期（1937.7—1949）

在抗日民族解放斗争的烽火中，香港新文学迎来了它的萌芽生长期。

抗日战争爆发以后，大批文化界人士陆续来到香港，香港很快成了全国抗战救亡的一个据点和抗战文化的一个中心。一时间，香港成了全国文化精英荟萃之地，来到香港的大批文化人充分利用香港的特殊地位和有利条件，广泛开展了各种各样的抗日宣传和文化活动，使香港文坛出现了崭新的面貌和空前繁荣的文化高潮。

抗日战争胜利以后，日本统治时期备受摧残的香港文坛迅速复苏，并在稍后再次出现的大批文化人南来香港的有力推动下，又一次出现了一片兴旺景象。

（一）香港文学活动的三个阶段

①繁荣发展，掀起高潮。从1937年7月到1941年12月，是香港抗战文学活动从兴起到高潮的阶段。在这个阶段，香港抗战文学活动发展迅速，特点鲜明，实绩突出。文艺期刊的创办和文化活动的开展，文艺团体的成立和组织机构的建设，分别为香港抗战文学活动掀起高潮提供了宣传阵地，奠定了重要基础。而文学活动的频繁、专业创作的丰收和业余创作的兴起，则是香港抗战文学活动掀起高潮的主要标志和突出实绩。

②备受摧残，一片沉寂。1941年12月8日太平洋战争爆发，12月25日香港沦陷。在日本侵占香港长达3年零8个月的黑暗日子里，留在香港的文化人受到迫害和监禁，进步期刊和出版机构遭到取缔和封闭，香港作家处境维艰，生存难保。香港文学坠入了几近一片荒芜的沉寂时期。

在这个时期，尽管香港作家无法进行正常的创作，但他们并没有完全放弃创作。诗人戴望舒等人在相当困难的条件下，仍然写出了一些优秀作品，做了不少有益的工作，做出了可贵的贡献。

③迅速复苏，高潮再起。1945年9月至1949年，是香港文学从一片沉寂到高潮再起的阶段。

战后香港文坛迅速复苏、高潮再起的主要原因是：内地大批文化人再次南来香港的大力推动和从20世纪20年代以来香港文学历史进程的合理发展。外因与内因的结合、外来作家与本土作家的合作，推动了香港文坛在1947年至1948年间又一次出现了空前繁荣的局面。

战后香港文坛迅速复苏、高潮再起的重要标志是文学活动日渐频繁、作家队伍成长壮大、文学创作成就突出。

(二) 香港文学创作的显著实绩

①外来作家创作的突出成就。外来作家是战时和战后香港文坛先后出现的两次文学高潮的推动者和主力军。茅盾、萧红、端木蕻良等外来作家的文学创作硕果累累，集中显示了香港文学的实绩，在香港文坛和整个中国文坛产生了深远的影响，做出了重要的贡献。

②本土作家创作的初步收获。战时和战后香港本土作家的创作有比较明显的发展，取得了初步的成绩。香港本土作家的创作，不仅出现了侣伦的《无尽的爱》和黄谷柳的《虾球传》等优秀小说，而且显示了严肃文学与通俗文学这两种创作类型和文体模式的初步分野，为日后在各自的发展中逐渐形成香港文学独具特色的两大文学部类创造了条件，奠定了基础。

香港文学的发展期（1950—1959）

从20世纪50年代起，香港文学开拓了自由创造的广阔前景，创作日趋繁荣，逐步进入了具有鲜明审美特性和完整艺术形态的发展阶段。

(一) 两种文学对峙局面的出现

20世纪50年代的香港文坛出现了营垒分明的两种政治势力，由此导致了两种文学创作尖锐对立、严重对峙的复杂局面。

"美元文化"及其所支持和控制的反共文学，破坏了文学的自由取向、自主立场和独立品格，阻碍了文学的正常发展。

与反共文学尖锐对立的进步文学，坚持进步的思想立场和现实主义创作倾向，创作了一些比较优秀的作品，推动着香港文学的发展。

在两种文学营垒严重对峙的 20 世纪 50 年代，香港文坛出现了文学商品化倾向和文学政治化倾向。前者过分追求作品的市场效应和经济效益，直接导致了平庸、粗糙、低级作品的泛滥；后者把文学完全作为达到某种政治目的的工具，使文学成了某种政治势力的附庸。

20 世纪 50 年代的香港文坛，进步文学与反共文学这两种尖锐对立的文学营垒的斗争一直延续到 50 年代末。由于国际、国内以及香港形势的变化，"美元文化"及其所支持的反共文学日益不得人心，不久即崩溃破产。

（二）严肃文学的发展

在 20 世纪 50 年代，香港文学业已初步形成了严肃创作和通俗创作两大文学部类，并呈现出各自的特色和优势，取得了显著成就。

20 世纪 50 年代，香港严肃文学创作取得的成就，集中体现在传统现实主义创作和后期浪漫主义创作这两个方面；而现代主义文学的倡导和现代主义创作的尝试，也是这个时期值得注意的文学现象。

20 世纪 50 年代香港文坛的外来作家和本土作家努力开拓现实主义创作，所取得的优秀成果可以侣伦的长篇小说《穷巷》、曹聚仁的长篇小说《酒店》、李辉英的长篇小说《人间》等为代表。这些作品体现了香港现实主义文学在极其复杂的社会状况和文学环境中的曲折发展以及取得的重要收获。

以徐訏的长篇小说《江湖行》和中篇小说《彼岸》为代表的后期浪漫主义创作，以马朗主编的《文艺新潮》杂志为阵地，对现代主义文学的引进和现代主义创作的尝试，是 20 世纪 50 年代香港严肃文学创作发展的又一重要体现。

（三）通俗文学的勃兴

20 世纪 50 年代香港文坛的通俗文学，呈现出生机勃勃的发展势头，取得了相当可观的成就，产生了不容忽视的影响。

20 世纪 50 年代香港通俗文学的勃兴，并不是一种偶然出现的文学现象，而是多种因素共同作用的结果。香港通俗文学勃兴的主要原因，既是对我国传统通俗文学的继承和革新，也是在当时两种文学严重对峙中的一种选择和对文学市场、特别是读者需求的巧妙适应。

20世纪50年代香港通俗文学勃兴的主要特点是品种多、读者广、影响大，具有可贵的开拓精神和创新特色。

20世纪50年代香港通俗文学创作的代表作家是金庸、梁羽生、唐人等。以金庸、梁羽生为代表的新派武侠小说的崛起，唐人的现代演义体纪实性系列小说的出现，梁宽、三苏的"三及第"文体等社会性杂文和纪实性小说的创造，杰克等人的世俗性言情小说的畅销，以及都市传奇和其他各种通俗流行文体中的较好篇章，集中展现了20世纪50年代香港通俗文学的基本面貌。20世纪50年代香港通俗文学，就其取得的整体成就、达到的创作水准以及拥有的广大读者群、引起的轰动效应来说，甚至比同时期的严肃文学有更为广泛的影响，对香港文学走上独立的发展道路做出了自己的贡献。

香港文学的成熟期（1960—1979）

香港文学经过漫长而曲折的成长历程，在逐步深化发展的基础上，终于在20世纪60至70年代迎来它的成熟期。

（一）香港文学进入成熟期的条件和标志

20世纪60至70年代香港文学发展的态势表明，香港文学出现了进入成熟期的条件，显示了达到成熟期的标志。

香港文学进入成熟期的主要条件是社会发展、经济腾飞、教育普及、文社兴起、出版兴旺、创作繁荣。这一切都为香港文学进入成熟期创造了不可或缺的重要条件。

香港文学达到成熟期的主要标志可以从三个方面来认识和概括：①独特的艺术素质、文学部类、创作流向的组合，促进了香港文学总体特征和整体格局的初步形成；②特有的地域风情、历史内涵、文化品格的熔铸，促成了香港文学本土化的基本实现；③社会的、审美的、文学的诸种因素的融汇，推动了香港文学各类创作的深化发展。

（二）香港文学的总体特征和整体格局的初步形成

香港文学的总体特征和整体格局的初步形成，是香港文学走向成熟的重要标志。

香港文学的总体特征,以开放型、多元化、通俗性的美学品格为基本内容,并以各具特色的艺术形态呈现在各类创作成果中。有的以探索性、先锋性见长,具有开拓性的审美特质和重要的文学价值;有的以普及性、可读性取胜,有着大众化的素质和良好的接受效果。

香港文学的整体格局,以互补性、多样性、独特性的综合构建,以多种文学部类与创作方法互相依存、互相渗透、自由发展的多元组合为主要特点。

香港文学的总体特征和整体格局集中反映了香港文学的审美特性,展现了香港文学的艺术风貌,从根本上显示了香港文学独具特色的美学品格和相对独立的艺术道路。

(三) 香港文学本土化的基本实现

香港文学本土化的基本实现,是香港文学走向成熟的又一重要标志。香港文学本土化的基本实现,经历了一个漫长的过程,它发端于 20 世纪 30 至 40 年代,完成于 20 世纪 60 至 70 年代。

香港文学本土化基本实现的标志主要反映在紧密相连的两个方面:一支以本土作家为主体的作家队伍的形成;一批有突出成就的本土作家和本土化的外来作家及其优秀作品的涌现。侣伦、舒巷城、西西、也斯、吴煦斌等本土作家,刘以鬯、叶灵凤、徐訏、曹聚仁、白洛、东瑞、陶然、颜纯钩等外来作家,以执着的探索精神和大胆的艺术追求,共同为香港文学走向成熟做出了突出的贡献。

(四) 香港文学创作的深化发展

20 世纪 60 至 70 年代香港文学创作取得的可观成就和显著发展,是香港文学走向成熟的又一个重要标志。这一标志具体体现在现实主义创作的深化、现代主义创作的崛起、通俗文学创作的突破三个方面。

现实主义创作的深化,表现在涌现了一批成就突出、文坛公认的有代表性的现实主义作家及其作品,如舒巷城和他的长篇小说《太阳下山了》,以及夏易、金依、海辛等作家及其作品。现代主义创作的崛起,表现在 20 世纪 60 年代取得了突破性成果,70 年代以来形成了以中青年作家为主力的作家群，并显示了重要的创作实绩。刘以鬯的《酒徒》、西西的《我城》、也斯的《剪纸》等就是其中极具代表性的作家作品。

20世纪60至70年代，香港通俗文学在继承优良传统和总结创作经验的基础上，逐渐走向成熟，达到了较高水准。比如，金庸在1970年停止写作武侠小说新作以后，精心修改、润饰其全部作品，出版了一套《金庸作品集》。该书不仅集中反映了香港武侠小说的成就，而且鲜明显示了香港通俗创作在推动香港文学走向成熟的过程中做出的重要贡献。

香港文学的新时期（1980—）

从20世纪80年代起，特别是1984年底中英联合声明正式签署以后，香港进入了历史性的转折阶段，开始了回归祖国的过渡时期。香港进入过渡时期以后，香港文学逐步形成了生动活泼的新局面，显示了前所未有的新特色，取得了引人注目的新成就。

（一）创作繁荣，走向全国

新时期香港文学的基本特征和整体风貌是坚持开放、稳定繁荣、多元发展，呈现着全方位、多元化和开放型的发展态势，取得了全面性、系统化和多层次的创作实绩。由于众多作家的集体努力，香港文学在中国当代文学的整体格局中的地位得到了改善，艺术品位得到了提升。香港文学已经跨出了香港，走向了全国。尤其值得注意的是，随着香港文学的稳定繁荣和多元发展，它在世界华文文学中的地位也得到了显著提升；香港文坛逐渐成为世界华文作家交往的桥梁、世界华文文学交流的中心。

（二）全面发展，整体提高

香港文学的新时期所取得的新成就，集中体现在各类文学创作的全面发展和整体创作水准的显著提高。香港文学的两大部类——严肃文学和通俗文学，各自沿着自己的道路不断前进，呈现出蓬勃发展的态势。

严肃文学是香港文学的重要的组成部分。20世纪80年代以来的香港严肃文学创作取得的成就，主要表现在重大题材的开拓、女作家群的崛起、专栏文体的成熟、游记文学的热潮、校园文学的发展等方面，显示了严肃文学在香港文学整体格局中的重要地位和作用。

通俗文学是香港文学的一个必要的组成部分。尤其值得注意的是，进入20世纪90年代以后，通俗文学在80年代所取得的成绩的基础上，又有新的发展。梁凤仪的"财经小说"的出现，就是这一新发展的主要表现之一。梁凤仪的财经小说以光怪陆离的香港商场为背景，以错综复杂的人际关系和爱情故事为中心，别具特色，十分畅销。近期香港通俗文学取得的可观成就表明，进入20世纪90年代以后，香港通俗文学创作有了新的发展，在一定程度上改善了通俗文学在公众心目中的形象，提升了通俗文学的地位，为具有优良传统和鲜明特色的香港通俗文学的进一步发展提供了富有启迪意义的经验。

20世纪80年代以来的香港文学所取得的成就，不仅集中反映了香港文学所达到的创作水准，而且预示了90年代以后的香港文学将有一个更大的发展，并达到更高的水准。

二、香港文学的基本特征

香港文学是中国当代文学不可或缺的一个组成部分。考察和研究香港文学，既要注意到它与中国当代文学各个组成部分的共同属性，又要重视它独有的特征。运用全局的、整体的观点和系统的、比较的方法，把香港文学放在中国当代文学整体格局中进行宏观审视和具体分析相结合的整体性研究，不仅有助于准确评价香港文学的独具特色和独特成就，也有助于正确认识香港文学在中国当代文学史上的重要贡献和应有地位。

对香港文学从宏观视角作扫描式观照，可以发现，香港文学鲜明而突出的特征渗透在香港文学的各个方面和各种形态之中。如果从宏观上来把握和考察，对香港文学的具体特征可以做如下的整体性概括：

香港文学，在特定的社会历史状况、政治经济文化背景、中外文化传统等诸多因素的交互作用和影响下，逐步形成了一些突出而鲜明的特征。

（一）香港文学是开放型的文学。

香港是一个繁荣昌盛的国际性大都市，是世界贸易交往的自由港，是国际经济交流的中心站，是东西方各种思潮、文化的交汇点。香港这些独具的特点，不仅形成了香港开放型的社会面貌，也决定了香港文学开放性的基本特征。

香港是世界文化的窗口，是中华文化与外来文化的一处接合部。香港作为中外文化的汇集地，有助于文化人和创作者形成开放的眼光、广阔的视野，也有助于他们对中外文化作观照审视和比较取舍，并汲取精华，为我所用，从而创作出将传统精神和现代意识熔为一炉的文学佳构。

（二）香港文学是多元化的文学。

香港的很多作家，对中外文学思潮和文学作品都有广泛的涉猎。他们十分注意取其所长、补我之短、融会贯通、刻意创新。香港各种良好的条件有助于香港文学的自由取向和多样发展，从而形成了异彩纷呈、品种齐全的多元化文学格局。

香港开放、自由的社会特色，使作家们可以通过各种途径了解社会的各种需求和读者的不同爱好，从而创作出各种类型和不同风格的文学作品，以多样化的精神产品去满足读者多方面、多层次的审美需求。

（三）香港文学是通俗性的文学。

文学的通俗性，不是一个低层次的艺术概念，更不是文学中庸俗化的同义词。文学的通俗性要求，是一种普及文化观念和大众美学特性的深刻反映，是重视文学作品的社会效应和接受效果的具体表现。

香港文学的通俗性特征，集中表现在香港作家不仅十分重视作品内容和形式的探索性美学特质和艺术效应，也相当注重作品的大众化文学价值和普及功能。香港优秀作家的作品，蕴含着宝贵的通俗性审美内涵，体现了他们重视作品的传播效果和读者欣赏心理的良好作风。

对香港文学进行宏观审视和系统考察，既有助于认识香港文学的总体特征，也有助于了解香港文学的整体格局。香港文学在长期的发展中，不仅逐渐形成了以开放型、多元化、通俗性为标志的总体特征，而且逐步形成了以互补性、多样性、独特性为标志的整体格局。香港文学的整体格局，包含了严肃文学和通俗文学这两大部类、现实主义和现代主义等创作流向，以及各种形态的文学作品。它们共同建构了一种互相依存、互相渗透的互补关系，形成了一个各司其职、各尽其能的文学整体。

香港的严肃文学，以探索性、实验性、先锋性见长，具有开拓性的美学品格和独特的文学价值。香港的通俗文学，以可读性、趣味性、娱乐性取胜，有着大众化的文学素质和良好的接受效果。香港文坛中，严肃和通俗的文学类型、传统和现代的文学流向以及各种形态的文学作品，在共同的社会背景和文化条件下，在各自相对独立的发展中，充分发挥了各自的特长和优势，取得了引人瞩目的重要成就，开拓了十分广阔的发展前景。

现实主义和现代主义，是在香港文学发展中逐步形成的两种基本的创作流向。香港文学在长期发展历程中，出现了现实主义和现代主义这两种鲜明的创作流向，却没有形成现实主义和现代主义这两种明显的创作流派。这种"流而无派"的文学现象，与大陆文坛和台湾文坛的相关文学现象有明显的区别。在香港文学的发展中，不仅没有出现像大陆那样现实主义文学长期处于主流地位的文学现象，也没有出现台湾文坛上现代派和乡土派那样的文学流派及其相互之间的文学论争。当然，香港文坛也没有出现两种文学流派的创作分别成为不同时期文学创作的主流的文学局面。香港的现实主义文学和现代主义文学，长期并行不悖，共同繁荣，使香港文学形成了互补性、多元化的独特发展道路和鲜明的文学格局。

香港的现实主义创作与现代主义创作，在长期发展中逐步形成了各自的基本创作特征。

香港的现实主义文学是香港的现实生活土壤孕育出来的，也是在继承和发扬"五四"新文学现实主义传统的基础上，在大陆和台湾现实主义文学的曲折影响中，逐步形成和发展起来的。从事现实主义文学创作的香港作家，既有在香港土生土长的，也有从大陆移居香港的。他们的创作各有特点和优势，其作品都具有现实主义的美学特征。

从大陆来香港的作家曹聚仁、李辉英等在 20 世纪 50 年代初期来到香港。他们遵循现实主义原则，精心创作了颇有特色的长篇小说。曹聚仁的《酒店》[1]运用现实主义的传统手法，通过描写人物的遭遇和疾苦，真实地反映了香港现实生活的一些侧面，比较准确地把握和描绘了时代的特色和社会的风貌。李辉英的《人间》[2]所体现的现实主义创作特色也相当引人瞩目。《人间》虽然不是反映香港现实生活的作品，但就其反映抗战时期的生活和斗争的深度来说，在众多反映抗战的作品中实属上乘之作，得到了评论者的肯定和赞扬[3]。

香港本土作家侣伦、舒巷城、夏易等的小说创作，对香港的现实生活和各种人物都有真实的反映和深刻的描写，显示了现实主义的鲜明风格。侣伦的长篇小说《穷巷》[4]，通过描写一群小人物的遭遇和抗争，深刻地反映了战后香港的社会现实。舒巷城的长篇小说《太阳下山了》[5]，以富于乡土色彩的笔墨，描绘了一幅香港社会底层生活的浮世绘。夏易对青年男女及其心态的刻画，金依、海辛对社会底层人民的生活和疾苦的反映，都充满了现实主义的创作精神，显示了香港现实主义文学在艰难曲折的发展道路上获得的实绩。

东瑞、陶然、白洛等作家，是在20世纪70年代从内地移居香港后开始小说创作的。他们曾在内地生活和学习，熟悉现实主义创作方法，因此，他们的创作大多遵循社会写实路线，具有现实主义的鲜明风格。比如，白洛的长篇小说《暝色入高楼》[6]，对香港这个高度商业化社会的上层生活进行了纵深开掘和出色描绘，从不同的侧面深刻地反映了香港的现实矛盾和社会风貌，突出地显示了现实主义的创作精神和艺术特色。

如果说，曹聚仁、李辉英等人的现实主义创作的主要特点是显示了鲜明的传统手法和写实风格，那么，舒巷城、侣伦等人的现实主义创作的突出特色，则是充满了浓郁的乡土深情和香港色彩。而白洛、东瑞等人的现实主义创作，却又明显地体现了一种开放性和多元化的现代特征。

香港的现代主义文学的兴起和发展，既受到西方现代主义思潮和作品的影响，也与20世纪30至40年代大陆现代主义文学有着一定的联系，而与台湾现代主义文学的关系则更为密切，相互之间交流频繁，互有影响。虽然香港文坛对现代主义思潮和作品的倡导和介绍要略早于台湾文坛，并对台湾现代主义文学产生过一定的影响，但是，香港的现代主义文学创作，要到20世纪60年代才取得突破性的成果和引人瞩目的实绩。

香港优秀的现代主义小说作家和作品，都比较注意外国现代派文学精华与我国传统文学经验的结合，也比较重视抒发内心感受与反映社会现实的结合。这些优秀作品，既不同于外国现代派文学，也不同于台湾和大陆的现代派作品，而具有一种鲜明的香港色彩。

刘以鬯在倡导现代主义文学和从事现代主义创作这两个方面，都取得了突出的成绩，做出了重要的贡献。他主编的《浅水湾》等文学副刊，曾致力于介绍西方现代主义思潮和作品，热心扶植青年作者的创作。他的长篇小说《酒徒》[7]和中短篇小说集《寺内》[8]等作品，集中显示了20世纪50至60年代香港现代派小说的实绩。他的这些小说在对意识流等现代派技巧的运用、对传统小说观念和小说模式的突破、对传统文学与现代意识的融汇、对小说创作与诗歌艺术的结合等方面所进行的大胆实验和深刻探索，突出表现了强烈的创新意识和鲜明的现代派特色。

以西西和也斯为主要代表的一批中青年作家的小说创作，集中体现了20世纪70年代以来香港现代派小说的发展及其实绩。

西西的小说内容广泛，形式新颖，有大胆的尝试探索和独特的个性色彩。《我城》[9]巧妙地运用幻想、夸张和变形的手法，对高度商品化的现代化大都市的社会生活和人际关系进行了深层开掘和出色描绘。《哨鹿》[10]则以象征手法和意象艺术，对乾隆皇帝的活动、贫苦猎户的悲剧及其内涵意蕴，展开了富有历史深度的探索和真切感人的描写。西西的小说创作，还善于使用时空浓缩、魔幻技巧和超现实手法，明显受到魔幻现实主义的影响。

也斯的《养龙人师门》、《剪纸》和《岛与大陆》等书中的一些小说，也具有现代派文学的色彩和风格。中篇小说《剪纸》[11]，用写实与象征相结合的方法，对人际之间的沟通、传统与现代的隔阂，从不同侧面进行了交叉描绘和深刻探索，包含着丰富的哲理意蕴，显示了现代派文学的特色。在他的短篇小说中，也有不少现代派文学技巧和手法的运用。譬如，《李大婶的袋表》[12]就是以象征手法和魔幻技巧来处理现实题材的成功尝试。小说中蕴含的那些相当深广的社会内容和耐人寻味的意象组合，显露了魔幻现实主义的色彩。

以上对香港文学的总体特征和整体格局进行了宏观描述，对香港文学的基本特征做出了整体性概括，尽管极其粗略，但有助于了解和认识香港文学独具特色的美学品格和相当鲜明的艺术风貌。

三、香港文学的主要类型

对一个国家、一个地区的文学的分类，是从宏观角度进行观照审视的整体性研究的一个重要方面。文学的分类研究，不但在文学分类学上是有意义的，而且对文学创作实践也是有益的。

对香港文学的分类研究，可以从不同的角度和方面进行具体而切实的归类、分析和探讨。但就香港文坛各种文学的整体特征而言，一般从总体上划分为严肃文学和通俗文学这两大部类。这样的区分，是能够大体概括香港文学的基本面貌的。不过，由于严肃文学和通俗文学的区分，实际上并没有十分明确的界定和科学的解说，因此，当人们试图区分众多的香港文学作品的类别时，往往出现未必一致的判断和看法：或者确定为严肃文学，或者归类为通俗文学，或者认为是介于这两者之间的作品。这种歧见的产生和分类的困惑，并不全是主观看法差异性的表现，也是客观存在的一种文学现象的复杂性的反映。对于香港文学的分类研究，不应忽视或者回避这种实际存在的、引起歧见和困惑的文学现象，而需要认真研究，做出符合香港文学实际的、合情合理的科学诠释。

香港严肃文学的两种类型

香港的严肃文学是香港文学的主要代表。香港严肃文学创作所达到的水平，是香港文学所取得的成就的重要标志。香港严肃文学的创作实绩及其所显示的根本特质表明：香港严肃文学是反映时代发展新趋向和思想文化新潮流的先锋文学，是在融汇中外文学精华基础上大胆创造的精英文学，是勇于实践、敢于创新的探索文学。

香港的严肃文学是包容甚广的一个广泛的文学部类。这一文学部类的作品，就其整体特征和基本风貌来说，可以划分为两种文学类型：一是以对探索性和艺术效应的追求为主要特征；一是以对现实性和社会效应的追求为主要特征。

以探索性和艺术效应的追求为主要特征的严肃文学创作，是人们通常所认定的那种严肃文学创作，界定和区分它没有什么判断上的困难和歧义。这种类型的严肃文学，就其创作流向而言，有现代主义、现实主义、浪漫主义等多种创作流向；就其文学形态而言，有富于使命感的写实型，有强调功利性的教化型，有着意情感宣泄的浪漫型，有包孕哲理意蕴的探索型，有重视形式创新的实验型等等。无论是什么流向和形式的严肃作品，它们都在不同程度上体现了严肃文学在背景、特点、价值和功能等方面的共同属性和基本特质。

以现实性和社会效应的追求为主要特征的严肃文学创作，在内容选择上十分重视反映香港的社会现实和人际关系，以及公众关注的切身问题；在写作取向上，视需要而采取适合的创作方法，尤其注意博采众长、为我所用，使内容和形式尽可能达到和谐统一的境界；在价值功能上，追求实在的文学效益和良好的接受效果。

香港严肃文学这两种类型的作品，既有共同的特质，又有各自的特征。一种类型的严肃文学，以探索性、实验性、先锋性见长，具有独特的审美价值和文学功能，蕴含着一种可供发掘的深沉之美；另一种类型的严肃文学，则以现实性、普及性、可读性取胜，具有大众化的美学品格和欣赏功能，渗透着一种可供品味的平易之美。这两种类型的文学作品，以各自的特长和优势，共同构成了独具特色的香港严肃文学。

香港严肃文学的历史表明，严肃文学创作所取得的成绩、得到的发展，的确来之不易。严肃文学一直面临激烈竞争和严峻挑战，经常处于困境，如出版难、印数少、销售少、读者少，真是困难重重。但是，严肃文学并没有消失，更没有绝迹，仍然有不少有志于严肃文学创作的作家在辛勤笔耕、艰苦奋斗，并以他们的优秀作品和创作实绩充分说明严肃文学自有其生存空间，自有其存在价值。香港严肃文学顽强的生命力和大胆的创造性、良好的艺术素质和鲜明的创新特色，不仅使它们成为了香港文学创作水准的突出代表，而且也决定了它们在香港文学整体格局中具有不可替代的重要地位和作用。

　　香港社会的稳定繁荣、各种文学形式的竞相发展、大众传播工具的更加普及、读者审美需求的多元取向，所有这些因素都使香港严肃文学面临更加严峻的挑战和更为严重的困境。今后，严肃文学创作的作者和读者可能还会减少，出版和销售也会更为困难。同时，来自严肃文学自身的挑战也将更加突出。这种现象和趋势，不仅存在于香港严肃文学中，也存在于台湾和大陆的严肃文学中。应该怎样看待和理解这种现象和趋势呢？从香港文学的整体格局来看，严肃文学发展中出现的困境，是符合香港文学的实际及规律的正常现象，是文学市场竞争机制带来的必然结果。

　　一种文学的整体成就和价值，与从事这种文学创作的作者及其作品的读者的多少，并不一定总是构成正比例关系；一种文学的作者和读者有所减少，并不一定就说明其整体水平下降了。严肃文学创作所面临的挑战，也包括来自本身弱点的挑战。因此，严肃文学作家应该高度重视增强自身的创造机制和竞争能力，尽量注意作品的艺术效应和接受效果。虽然叫好又叫座、大雅若俗、雅俗共赏的艺术境界实在不容易达到，却不该放弃应有的努力。

香港通俗文学的两种类型

　　香港的严肃文学是香港文学相当重要的组成部分，在香港文学的整体格局中有着十分重要的地位和作用。香港的通俗文学，是香港文学的一个必要的组成部分，在香港文学整体格局中有着一定的地位和作用。无论是对香港严肃文学的重要性重视不够，还是对香港通俗文学的必要性估计不足，都是不恰当、不应该的，因为这不符合香港文学的实际状况和发展规律。香港文学的格局是多元的，而不是单一的；香港文学的成就是多层次的，而不是单方面的。正是香港文学的多元格局和多方面成就，使香港文学呈现出丰富多彩的繁荣景象。因此，香港文学研究、特别是香港文学的分类研究，既要高度评价严肃文学的重要成就，充分肯定它在香港文学整体格局中的重要地位，又要明确承认通俗文学是香港文学一个组成部分的客观事实，并恰当地评析它取得的成绩，合理地确定它在香港文学整体格局中的应有地位。

　　香港的通俗文学是在香港文坛上客观存在的、具有相当广泛性的文学现象。香港通俗文学门类齐全、品种繁多，尤以武侠小说、爱情小说、科幻小说、侦探小说、框框杂文、都市传奇、纪实作品等最具特色，最受欢迎。香港的通俗文学虽然五花八门，包括甚广，但就其整体特征和基本功能来说，可以划分为两种文学类型：一种以内容有益、寓教于乐为主要特征；一种以内容无害、娱乐消闲为主要特征。

以内容有益、寓教于乐为特征的通俗文学创作，善于适应香港这个高度发达的现代化大都市的社会状况和文化背景，重视满足和照顾读者的多种需求和阅读心理，有着广泛的大众性和广大的读者群，具有健康的审美情趣和良好的普及效应。这种类型的通俗文学，其内容有益，情趣健康，力求达到寓教于乐、深入浅出、雅俗共赏的境界，不仅划清了与庸俗读物的界限，而且说明了自己流行畅销、影响广泛的主要原因，同时也表明了作为香港文学整体格局一个组成部分所独具的特色。

以内容无害、娱乐消闲为特征的通俗文学创作，以健康的、甚至纯粹的娱乐性、趣味性、消闲性取胜。这种类型的通俗文学，尽管出笔轻松有趣，内容多属软性题材，但与那种庸俗、低级的黄色读物有明显的区别。这种通俗作品具有使读者喜闻乐见、赏心悦目的内容和形式，有着良好的接受效果和普及效应。这种拥有广大读者群的流行作品，在香港文学多元化格局中理应占有一席之地。

香港通俗文学的这两种类型的作品，既有共同的特质，又有各自的特征。一种类型的通俗作品，以健康有益的内容、寓教于乐的功能为特征，具有一定的文学情趣和欣赏价值；另一种类型的通俗作品，则以无害有趣的内容、娱乐消闲的功能为特长，具有消遣休闲的功用。这两种类型的通俗作品以各自的特长和优势，共同构成了独具特色的香港通俗文学。

香港的通俗文学一直兴旺繁荣，稳定发展，经久不衰。其风行畅销的眼前风光，是经常处于困境中的严肃文学很难企及的。但是，通俗文学的发展也面临挑战。这种挑战，既有来自外部的日益激化的竞争，也有来自通俗文学自身的弱点和局限的影响。在某种意义上说，来自通俗文学自身的挑战是最严峻、最深刻的挑战。如何对待这一挑战，关系到通俗文学的进一步繁荣和发展。今后通俗文学的发展将会证实，只有那些既重视发挥通俗文学的优势和特色，又正视通俗文学自身弱点和局限的作家，才能在各种激烈竞争的困境之中，在作品畅销风行之时，都能够在创作中努力提高艺术素质，不断加强思想意蕴，创作出健康有益、寓教于乐、俗中见雅的优秀的通俗文学作品。

注释：

① 《酒店》，香港，现代书店，1952年。

② 《人间》，香港，海滨书屋，1952年。

③ 曹聚仁：《文坛五十年》，香港，新文化出版社，1955年。

④ 《穷巷》，初版本，香港，文苑书店，1953年；改订本，香港，三联书店，1987年。

⑤ 《太阳下山了》，香港，文学研究社，1979年。

⑥ 《暝色入高楼》，广州，花城出版社，1984年。

⑦ 《酒徒》，初版本，香港海滨图书公司，1963年；再版本，台湾，远景出版事业公司，1979年；北京，中国文联出版公司，1985年；香港，金石图书贸易有限公司，1993年。

⑧ 《寺内》，台湾，幼狮文化事业公司，1977年。

⑨ 《我城》，香港，素叶出版社，1979年。

⑩ 《哨鹿》，香港，素叶出版社，1982年。

⑪ 《剪纸》，香港，素叶出版社，1982年。

⑫ 《李大婶的袋表》，北京，《四海》杂志第3期，1986年。

（原载《香港文学简论》，四川大学出版社1995年9月版）

香港文学与大陆文学的关系

香港文学与大陆文学都是中国文学不可或缺的有机组成部分。香港文学与大陆文学既有同属中华文学母体的血缘关系和基本特质，又有在各自的时空背景下、在长期相对独立的发展中逐渐形成的独特形态和独具特征。

从中国文学整体格局的视角对香港文学与大陆文学作纵向观照和横向审视，不仅有助于深刻认识它们的共同渊源和特性，还有助于全面了解它们在不同阶段的相互关系和影响。这对于加强香港文学与大陆文学之间的联系和交流、推动它们的稳定发展和共同繁荣，都是有益的、有意义的。

一

1927年至1937年7月是香港新文学的拓荒期。在这个时期，大陆"五四"新文学对香港新文学的兴起和成长有显著的影响。

香港新文学，是在大陆新文学的影响下兴起和成长的。

（一）1927年2月，鲁迅应邀赴香港发表的两次讲演[①]、从香港回来以后发表的议论香港的三篇文章[②]以及在香港流传的他的作品，对香港新文学的兴起具有重要的催生作用和启蒙意义。

1927年2月，鲁迅应邀赴香港发表了两次讲演。一次是2月18日晚，讲题为《无声的中国》；一次是2月19日下午，讲题为《老调子已经唱完》。鲁迅在这两次讲演中猛烈地抨击了提倡尊孔读经、鼓吹封建复古、推行奴化教育的逆流，深刻地揭露了封建文化的腐朽本质和宣扬封建文化的恶毒用心。他指出，中国封建文化是"将中国唱完"的"老调子"，是"割头不觉死"的"软刀子"。因此，千方百计保存和维护这种"侍奉主子"的封建文化，其目的就是"要中国人永远做侍奉主子的材料，苦下去，苦下去"[③]。鲁迅在讲演中尖锐而有力地批判封建文化的同时,还精辟地论述了"五四"文学革命的内涵和意义。他既强调"文学革新"的重要性,又明确指出"单是文学革新是不够的",必须进一步开展"思想革新"和"社会革新"运动。鲁迅热情呼吁香港的文学青年们勇敢地发出"真的声音","将中国变成一个有声的中国","大胆地说话,勇敢地进行,忘掉了一切利害,推开了古人,将自己的话发表出来","只有真的声音,才能感动中国的人和世界的人;必须有了真的声音,才能和世界的人同在世界上生活"④。

鲁迅的这两次讲演,由于其内容具有现实的针对性和强烈的战斗性,对港英当局和封建势力形成了尖锐的批判和有力的冲击。因此,他们非常不满,想方设法竭力缩小和抵制鲁迅的讲演可能带来的影响。于是,他们在鲁迅讲演前后搞阴谋,玩花招,进行了种种破坏活动。讲演前,他们先密谋策划,妄图公开干涉,后来又施诡计,妄想阻挠讲演正常进行。讲演后,他们将讲演内容斥之为"邪说",先禁止讲稿登报,后经过力争,讲稿被删削和改窜了许多才得以发表。鲁迅在书信和文章中曾多次谈到这方面的一些具体情况:

香港这殖民地是极不自由的,我的讲演受到种种阻碍⑤。

我去演讲的时候,主持其事的人大约很受了许多困难,但我都不大清楚。单知道先是颇遭干涉,中途又有反对者派人索取入场券,收藏起来,使别人不能去听;后来又不许将讲稿登报,经交涉的结果,是削去和改窜了许多⑥。

然而我的讲演,真是"老生常谈",而且还是七八年前的"常谈"⑦。

我去讲演,一共两回……粗浅平庸到这地步,而更至于惊为"邪说",禁止在报上登载的⑧。

……到香港演说被英国禁止在报上揭载了。真是钉子之多,不胜枚举⑨。

……三天之后,平安地出了香港了,不过因为攻击国粹,得罪了若干人⑩。

鲁迅记述的讲演前后受到的种种阻碍和刁难,从一个侧面说明鲁迅所讲的，尽管如他所说，还是"五四"时期的那些"常谈"，仍然使港英当局和封建势力感到害怕和恐慌。同时，这也从反面证实了鲁迅的讲演产生的突出影响和作用。

鲁迅的这两次讲演，不仅是对香港文坛的复古势力和封建文化的沉重打击，也是对香港新文学的有力推动。鲁迅在讲演中热情呼吁香港的文学青年们勇敢地摈弃过去的声音和古旧的文言，大胆地发现代的声音，说鲜活的白话，将自己的真心、自己的真情直白地表达出来。鲁迅这些发自肺腑的心声和诚挚的希望，对于已经初步接受"五四"新思潮和新文学洗礼的香港文学青年们，确实是很大的激励和鼓舞。他们提高了认识，下定了决心，开始以实际行动冲决封建守旧势力的重重阻挠，打破香港文坛的多年沉寂，积极投入新文学活动，大胆从事新文学创作，终于在1927年至1928年间迎来了香港新文学兴起的开端。认定香港新文学兴起于1927年至1928年间的主要依据是，标志着香港新文学开始兴起的几个重要史实均出现在此期间。比如，1927年前后，香港主要报纸开辟了纯粹的新文学副刊[11]；1928年8月，香港新文学杂志《伴侣》创刊[12]；1929年，香港第一个新文学社团"岛上社"诞生[13]。

鲁迅于1927年2月到香港发表讲演，而香港新文学兴起的开端出现在1927年至1928年间，这两者并不是毫无内在联系的偶然巧合。

首先，鲁迅应邀赴香港发表讲演，对于邀请方与被邀方来说，都不是毫无缘由的偶然行动，而是基于推动香港新文学兴起的共同愿望。

鲁迅作为"五四"新文学的杰出代表作家的崇高地位和重要贡献，以及他的作品的突出成就和巨大影响，使香港文学青年们对鲁迅及其作品十分热爱和崇敬。1927年1月，鲁迅从厦门到广州任中山大学文学系主任兼教务主任以后，一些文学青年多次到中山大学邀请鲁迅去香港讲演[14]。香港文坛的有识之士，"出于对鲁迅的敬仰，也希望鲁迅来香港打破文坛上的沉寂空气，以推动新文学运动的开展"[15]。于是，他们决定以香港基督教青年会的名义，正式邀请鲁迅来香港发表讲演。当时，鲁迅到广州刚刚一个月，而且足伤未愈，不良于行，但他还是欣然同意赴港讲演。

其次，鲁迅的讲演，在当时有助于香港新文学兴起的内在和外在多种因素所形成的有利条件下，适时地发挥了一种重要的促进作用。

当时，有助于香港新文学兴起的外在和内在因素主要有北伐战争的胜利和工农运动的高涨、"五四"新思潮和新文学影响的逐渐扩大和深化发展、香港文坛新兴力量的长期积蓄和不断增长等。这些外在和内在因素的综合作用所形成的强大力量，以及鲁迅适时赴港发表讲演的引导促进，对于香港文坛的封建势力和封建文化是有力的冲击，对香港新文学的兴起则是极大的推动。

再其次，在香港新文学兴起前后，鲁迅对香港文坛的关注，对香港文学青年及其所创办的新文学刊物的支持，也有助于香港新文学的兴起和发展。

当时，对于清除香港新文学兴起的障碍、创造香港新文学发展的条件、开辟香港新文学发展的前景，鲁迅都相当关心，都有深入的思考和精辟的见解。当鲁迅得知有人认为香港文坛环境太差、现状荒凉，并称之为"沙漠之区"时，他颇不以为然。他认为这种估计未免太颓唐了，他相信将来的香港不会是文化上的"沙漠之区"，并且还说："就是沙漠也不要紧，沙漠也是可以变的！"[16]关于鲁迅同当时香港文学青年及其所办刊物的联系，有一则重要史实提供了可贵的线索。1928年10月14日，鲁迅在日记中写道："下午司徒乔来并交《伴侣》杂志社信及《伴侣》三本。"[17]这一珍贵的材料说明，鲁迅到香港发表讲演以后，为拓展香港新文学而积极努力的文学青年及其文学刊物，通过各种渠道和办法，与鲁迅取得了联系。十分遗憾的是，我们无从知晓，《伴侣》杂志社给鲁迅的信的内容和鲁迅是否有回信，以及鲁迅是否还同当时香港文坛其他文学青年及其新文学刊物有所联系、甚至给予指导等情况。

再其次，鲁迅在香港发表讲演以后，对香港和香港文坛有更多的关注，并陆续撰文评析香港及其文坛现状，为香港新文学的兴起和发展排除障碍，扫清道路。

鲁迅赴香港讲演以后，由于有了一些亲身感受，不仅促使他关注香港和香港文坛，而且还推动他执笔为文，发表评论。在《匪笔三篇》和《谈"激烈"》等文章中，鲁迅利用香港报纸上的材料，抨击现实的黑暗，揭露保存"国粹"的用心。《略谈香港》、《再谈香港》、《述香港恭祝圣诞》等三篇文章，则是专门评论香港社会现实的。在《略谈香港》一文中，鲁迅以赴香港讲演的亲身经历，以及香港报纸对他的诬蔑和攻击等材料，批判了港英当局鼓吹"国粹"的恶劣行径。在《再谈香港》一文中，鲁迅描述了在香港遭受"查关"的经过，揭露了港英当局及其奴才那种奴性十足的丑恶嘴脸和敲诈勒索的蛮横行为。在《述香港恭祝圣诞》一文中，鲁迅以通信形式转录香港报纸上恭祝圣诞的新闻材料，夹叙夹议，巧妙评点，辛辣地讽刺了港督督率恭祝圣诞的丑态，尖锐地揭露了其利用圣诞宣扬"国粹"的罪恶目的。

（二）"五四"以后，大陆新文坛其他重要作家也对香港新文学的兴起产生了积极的推动作用，对香港早期新文学创作有着比较明显的影响。

香港早期新文学作家和文学青年，受到了创造社作家的一些影响。他们十分关注创造社作家的文学创作和文学活动。1928年，香港文学青年陈灵谷去上海，特地访问了创造社和太阳社。陈灵谷受到了创造社和太阳社的热情接待，并作为文坛消息被报道出来。这则报道，特别是其中的"香港文学青年"字样，第一次出现在上海新文学刊物上，使陈灵谷和他的文学伙伴们十分兴奋，备受鼓舞。他们非常重视香港与上海两地文坛之间的联系和交流[18]。香港早期新文学作家和文学青年们特别爱读创造社作家的作品，并在他们的刊物上予以转载，而他们的创作也明显受到一些影响。比如，1931年10月，香港出版的《白猫现代文集》第一集转载了郁达夫的小说《一个人在途上》、张资平的小说《蜜约》、穆木天的论文《写实文学论》等。又比如，香港早期新文学重要刊物《红豆》杂志第1卷第2期发表的黎觉奔的小说《Violin之死》，就明显受郁达夫《沉沦》的影响[19]。

对香港早期新文学作家和文学青年产生影响的大陆"五四"新文学作家，还有沈从文。在香港早期新文学作家和文学青年的一些作品中，不难发现沈从文作品的影响。香港早期新文学的一位有代表性的作家张稚庐，"平日倾慕的作家是沈从文和废名，因此，他的作品颇受沈从文的影响。他在上海光华书局出版的两本小说集——《床头幽事》和《献丑之夜》，都带有沈从文的风格"[21]。张稚庐还在他主编的《伴侣》杂志上发表过沈从文的小说《居住二楼的人》、散文《看了司徒乔的画》、通信《对〈伴侣〉杂志的意见》[22]。《伴侣》杂志还发表和评价了其他大陆作家的作品,其中有胡也频、叶鼎洛的小说,并在题为《中国新文坛几位女作家》的评论文章中介绍了冰心、庐隐、白薇、马沅君、苏雪林、陈学昭等女作家及其作品[22]。

大陆"五四"新文学对香港早期新文学的影响,从地区看,则以上海新文学作家作品的影响最为突出。

1928年10月15日,香港文坛早期作家吴灞陵在题为《香港的文艺》的文章中写道:"香港的文艺是在一个新旧过渡的混乱、冲突时期,而造成这个时期的环境,一方面就是上海和广州的新潮流入。香港的地域,仿佛处在前后夹攻的位置,青年的作者,最受影响,这是造成新文艺的原因……"[23]确实如吴灞陵所说,当时香港与上海在文学上的联系和交流相当密切,对香港早期新文学产生了比较重要的影响。

随着香港新文学的兴起,香港与上海两地新文学作家之间逐渐建立了密切的联系和良好的关系。香港早期新文学的重要作家侣伦,就与上海新文坛和新文学作家有较多的联系,并接受了有益的影响。侣伦的一些作品是在上海的刊物上发表的,并受到欢迎和好评。他的短篇小说《伏尔加船夫曲》获得上海《北新》杂志1930年元旦出版的"新进作家特号"征文第二名;短篇小说《超吻甘(Chewing Gum)》在1935年的上海《中华月报》发表[24]。而侣伦早期新文学创作,主要是受20世纪20年代末和30年代初上海的新文学作家影响,其中,又以叶灵凤的影响最为明显。早在1929年,侣伦就在叶灵凤主编的《现代小说》月刊上发表了两篇短篇小说,并从此开始了与叶灵凤的文字之交。1930年夏季,叶灵凤夫妇来到香港,大家度过了一个月愉快相处和直接交流的难忘日子,使侣伦深受启发,获益良多。在谈到叶灵凤给他的鼓舞和影响时,侣伦说,叶灵凤"是我学习写作的时候,在精神上给予我鼓舞力量的人。……这个在我心目中的文艺界前辈,他的友谊给我精神上的鼓舞作用是很大的"[25]。尤其是叶灵凤20世纪20年代末期至30年代中期的作品,对侣伦的创作有着明显的影响。这种影响,在卢玮銮的论文

《侣伦早期小说初探》中有中肯而具体的论述。论文指出：

> 我们看《幻洲》时期（1826年10月—1928年1月）或30年代中叶以前叶灵凤作品，就不难发现侣伦初期小说有着极浓厚的叶氏影子。他们的取材、对女主角的个性描绘、小说气氛的营造和爱情的悲剧性结局，竟有形影之迹。侣伦的《黑丽拉》与叶灵凤的《燕子姑娘》的开首就十分相似，连女主角与菲律宾人的关系如此相近。而侣伦在《黑丽拉》中，女主角对男主角说："爱上我是不聪明的"，与叶灵凤的《丽丽斯》中，女主角对男主角说："认识我，要使你痛苦的"，情绪完全一致。又叶灵凤的《山茶花》，空中飞人苏菲亚，为了追求未尝一面的中国青年人——了解她寂寞的观众，竟从高空秋千架上飞身扑下。感伤的爱情主题和人物性格，都与侣伦众多故事主角何其相似，而小说中异国情调，更不必说了[20]。

当时，侣伦的文学伙伴、香港早期新文学创作中同样具有代表性的作家谢晨光、张吻冰等人的文学创作和文学活动，同侣伦一样，也与上海新文学作家有着比较密切的关系，并受到明显的影响。以谢晨光、张吻冰、岑卓云、侣伦和谷柳为主要成员的香港第一个新文学社团"岛上社"，在1929年9月9日编辑出版的文艺杂志《铁马》，显然受到叶灵凤主编的《幻洲》杂志的影响。侣伦在谈到《铁马》杂志时说："这是三十二开本的小型杂志，一百页，文字横排，毛边；形式和风格多少是受着当时上海出版的《幻洲》杂志的影响。"[22]"岛上社"主办的另一份文艺杂志《岛上》，第一期于1930年4月在香港出版以后，第二期虽然很快就编好待印，但在香港付印出版时却遇到了困难，几经周折，由上海东方印书馆于1931年10月付印并发行[23]。另外一些香港早期新文学刊物也与上海新文坛有一些关系。1931年2月创刊的诗与散文月刊《红豆》和1935年1月创刊的《时代风景》这两份比较重要的香港早期新文学刊物，都是在上海付印并出版的。《红豆》杂志由上海生活书店经售[24]；《时代风景》杂志则在香港和上海两地发行，在香港由《时代风景》社发行，在上海由上海杂志公司发行[25]。

不少香港早期新文学作家的作品和作品集也是在上海发表和出版的。谢晨光曾在上海的《幻洲》、《戈壁》、《一般》等杂志发表作品,他的小说集《胜利的悲哀》由上海现代书局出版[31]。张稚庐的小说集《床头幽事》和《献丑之夜》是在上海光华书局出版的[32]。青年诗人李心若也经常在上海《现代》等文学杂志上发表诗歌[33]。另外,香港早期新文学作家的几本诗集也陆续在上海出版:陈江帆的《南国风》、侯汝华的《海上谣》,由上海时代图书公司出版;林英强的《蝙蝠尾》,由上海文学月刊社出版;路易士的《行过的生命》和《上海飘流曲》,由上海未名文苑出版[34]。

在香港文坛与上海文坛比较密切的联系中,也初步呈现出双向交流的特点。香港早期新文学创作的部分作品曾在大陆,特别是上海发表和出版;而大陆,特别是上海则有更多的作品在香港流传,有部分作品在香港的刊物上发表。从较早出版的《伴侣》杂志到稍后出版的《时代风景》杂志,都发表过大陆小说家和诗人的作品[35]。另外,丁西林、熊佛西、欧阳予倩等人的剧本,也曾在香港上演[36]。

香港早期新文学与大陆新文学之间的联系、交流及其相互影响,既显示了大陆新文学的实绩,又开阔了香港早期新文学的视野。香港早期新文学从中汲取了丰富营养和创作经验,推动了自身的成长和发展。大陆新文学之所以能够对香港早期新文学产生比较大的影响,主要是因为它们有着共同的文学母体的血缘关系和传统渊源,以及基本一致的社会使命和文学任务。"五四"以后的大陆新文学,反映了时代发展的新方向和历史变迁的新潮流,体现了鲜明的现实精神和现代特征,而它刚刚走过的途程和前进的道路,正是香港新文学面临的现实课题和肩负的历史使命,所有这些都对香港新文学作家有着深刻的启迪作用和重要的借鉴意义。同时,相似的社会状况和相近的创作命题,又使香港新文学与大陆新文学的相互联系、交流和影响具有一种内在的需求、一致的共识和共同的使命,而所有这些正是它们之间方向一致的亲密关系的根本基础。

二

1937年7月至1949年底,是香港新文学的萌芽期。这个期间出现的一些特殊情况，形成了香港文学与大陆文学相互关系中的一个特殊时期。

在抗日战争时期和人民解放战争时期，即1938年至1941年间和1947年至1948年间，先后有大批大陆作家南来香港，或者转赴国外，或者暂住香港参加文化活动。那些暂时留居香港的大陆作家，有相当一部分是著名作家。他们利用香港的特殊地位和有利条件，广泛开展了各种各样的文学活动，不仅使香港文坛两度呈现出欣欣向荣的崭新面貌，两次掀起了蓬蓬勃勃的文学高潮，而且使香港文学与大陆文学之间的相互联系、交流和影响，出现了其他时期所没有的一些新特点。

（一）直接交流与间接交流的结合

在这个时期，香港文学与大陆文学的交流，出现了以前没有的新情况和新特点。从作品说，当时早就有大量"五四"以后的新文学作品在香港广泛传播。而从作家看，既有现在仍然在大陆的作家在大陆创作的作品，又有现在暂住香港的大陆作家在香港创作的作品。由于这两类大陆作家及其作品的具体情况有所不同，就决定了这些作品在香港的传播途径和交流方式有所区别。前一类大陆作家的作品，因为是在大陆创作和出版的，需要通过传播的渠道才能进入香港，进行交流；后一类大陆作家的作品，因为就在香港创作和出版，则不必经过前一类作品那样的传播渠道，就可以在香港直接进行交流。而两者的结合，形成了香港文学与大陆文学在这个时期的独特交流方式，从而显示了其他时期所没有的一个新特点。

（二）双重隶属特征

对于那些暂住香港的大陆作家在香港创作、出版的作品，可以而且应该从两个观察角度来定位和评估。由于那些暂住香港的大陆作家主要是在大陆从事文学活动，他们的大部分作品也是在大陆创作的，而来香港期间创作的作品只是他们全部作品的一部分，因此，他们在香港期间创作的作品仍然是作为大陆作品来对待的，并载入大陆现代文学史册。这样的定位和处理是很恰当的，是符合实际的。但是，大陆作家在香港创作的这些作品，同样应该是香港作品而载入香港现代文学史册。这样的定位和处理，同样是很恰当的，是符合实际的。因为，他们在香港期间创作的这些作品是在香港创作、发表和出版，并首先在香港获得读者并产生影响的。也就是说，这些作品首先是作为这个时期香港文坛的创作成果而出现的。因此，它们理所当然地成为这个时期香港文学整体成就的一个重要组成部分而载入史册。那些暂住香港的大陆作家、包括相当一部分著名作家，他们在香港期间创作的作品具有大陆作品和香港作品的双重隶属特征。茅盾的《腐蚀》、肖红的《呼兰河传》、夏衍的《春寒》等在香港创作的小说，就是具有双重隶属特征的作品。由于这些作品具有这种特殊属性，也就形成了这个时期大陆文学与香港文学之间的交流和影响的直接性和示范性特征。在香港的大陆作家，特别是那些著名作家的优秀作品体现出丰富的艺术经验和良好的文学风范，在香港文坛以直接交流的方式发挥着重要的示范作用，产生了广泛而深远的影响。这对于从整体上看尚处于萌芽期的香港本土文学来说，不仅提供了可供学习的大批优秀作品，而且形成了良好的文学生态环境，为香港文学日后的茁壮成长、发展成熟准备了条件，奠定了基础。

（三）交流的失衡和影响的倾斜

这个时期的特殊情况，虽然给香港文学与大陆文学的交流和影响带来了一些有利条件；但是，这种交流和影响本身却出现了突出的失衡和明显的倾斜。当然，要求大陆文学与香港文学之间的交流绝对平衡，既不可能，也无必要；不过，二者之间的交流不平衡过于突出而导致影响的明显倾斜，却是事实。

这种交流失衡和影响倾斜现象的形成，是当时香港文坛的大陆作家和本土作家各自的创作实际状况决定的。在这个时期，香港本土文学还处于整体创作水准较低的萌芽生长阶段，与南来香港的大陆作家的整体创作水准相比较，显然还存在着很大的差距。因此，这个时期香港文坛的大陆作家与香港本土作家的创作状况形成了极其鲜明的对比。大陆作家文学活动频繁，创作硕果累累，成了当时香港文坛的主力军；而香港本土作家显得相当沉寂冷落，整体实力较弱，文学活动很少，创作成果不多。正是大陆文学与香港本土文学之间的这种不平衡发展的现实局面，形成了它们之间明显的交流失衡和影响倾斜。这一特殊的文学现象，如实地反映了这个时期大陆文学与香港文学相互关系的基本状况。当时，在香港的大陆作家、特别是著名作家创作的优秀作品，不仅是当时香港文坛整体创作成就的重要组成部分和主要代表，而且还以其突出的实绩，在当时的香港文坛产生了积极的影响和一定的示范作用。这不仅为香港本土文学日后的茁壮成长准备了丰富的艺术营养，提供了必要的创作经验，而且也推动当时香港本土文学创作出现了具有一定成就的优秀作品。当时，香港文坛在严肃文学创作方面，出现了黄谷柳的长篇小说《虾球传》、侣伦的《黑丽拉》等中长篇小说；在通俗文学创作方面，出现了杰克、望云、平可等创作的一些受到读者欢迎的通俗作品。尤其值得注意的是，当时香港本土文学初步显示了严肃文学与通俗文学这两种创作模式的分野，逐渐形成了严肃作品与通俗作品这两种文体类型的雏形。这不仅反映了香港本土文学的重要发展，而且对于大陆文学的多样化发展也具有一定的参照意义。

三

从 20 世纪 50 年代至 70 年代中期，香港与大陆处于一种没有交往的隔绝状态，香港文学与大陆文学处于没有交流的封闭时期。

在这个时期，尽管香港文学与大陆文学的关系处于隔绝、封闭状态，但这并不意味着二者之间绝对没有任何联系和影响。当然，联系和影响甚少、甚微，方式和途径曲折、迂回。正是这种比较特殊的状况，形成了香港与大陆在文学关系上又一个比较特殊的时期。

香港文学与大陆文学之间的联系、交流和影响，在 20 世纪 50 年代至 70 年代中期这个比较特殊的时期的基本状况和特点，可以从不同方面来考察和概括。

（一）从历史层面看，在这个时期，大陆现代文学与香港文学的联系比较紧密，影响比较明显。当时，大陆现代文学、特别是那些成就突出、特色鲜明的作品，一直在香港文坛广泛流传，对香港文学产生了影响，为香港文学汲取大陆现代文学的艺术经验和继承大陆现代文学的优良传统提供了方便，为香港文学逐步走向成熟和深化发展创造了条件。大陆的现代作家作品，对这个时期香港文学和香港作家所产生的影响，可以举出许多实例。鲁迅和朱自清对迅清的创作、对岑逸飞杂文的影响，艾青对何达诗歌的影响，卞之琳、辛笛对也斯等人诗歌的影响，徐志摩、何其芳和张爱玲对香港一些诗歌、散文和小说的影响，钱钟书对梁锡华等人的学者散文的影响等，就是其中的部分例子㉟。

（二）从现实层面上说，香港与大陆两地当代文学的关系更为复杂、尖锐。当时，香港与大陆两地的文学关系处于隔绝和封闭状态，联系、交流和影响几近于无。但是，在香港文学与大陆文学某些局部的、个别的方面，通过间接的方式和曲折的途径，也有一定的联系、交流和影响。

首先，从文艺思想来看，大陆某些文艺思想观点，以不同的方式和渠道，对香港某些报刊和作家作品曲折地产生了不同程度的影响。这种影响，如果说在20世纪50年代前期还多少有一定积极意义的正面影响，然而，从1957年起，特别是20世纪60年代中期以后，一直到70年代中期，在大陆极"左"思潮恶性发展时期，那就主要是消极而恶劣的负面影响了。当时，大陆文艺思想观点对香港文艺报刊有明显的影响。《大公报》、《文汇报》、《新晚报》等报纸的文艺副刊以及《文艺世纪》、《海光文艺》等杂志，从编辑方针和作品倾向看，基本上是认同大陆文艺路线、遵循现实主义创作原则的，在不同程度上都受到了大陆文艺思想观点的影响。

其次，从文学创作看，香港与大陆两地的文学作品，通过不同的方式和途径，互相都产生过某些影响。当时，有一些香港作品，无论是它们的长处还是弱点，都可以看出大陆的创作思想和文学作品的影响。这些香港作品，比较重视揭露社会的阴暗面和腐朽性，同情挣扎在社会底层的小人物的悲惨命运，有着比较鲜明的真实性和乡土性。但是，这些香港作品，也在不同程度上，存在着片面强调思想性、忽视艺术性，甚至有着某些概念化、公式化的倾向。当时，不仅大陆的创作思想和文学作品，通过不同的途径，对香港进步报刊和进步作家产生了不同程度的影响，而且香港的某些进步作品，也以不同的方式、甚至特殊的渠道，在大陆的一定范围内得到一定程度的流传。唐人的《金陵春梦》就曾经在大陆的一定范围内流传。尽管当时它主要不是作为文学作品而流传,引起注意的是它对于人们具体认识蒋介石及其蒋家王朝,具有一定的价值和意义;但是,它在一定范围内流传这一事实本身,仍然在客观上起到了一种特殊形式的交流作用。另外,唐人的某些作品,当时在大陆还被公开发表和出版,产生了一定的交流作用。署名洛风的小说《人渣》,于20世纪50年代初期由北京通俗文艺社出版;署名陶奔的小说《香港屋檐下》,曾在20世纪60年代初期广州的《作品》月刊登载,后来由广东人民出版社出版。

再其次,从作家流动看,部分作家在特定背景下的流动,在客观上也有助于香港与大陆两地之间的文学交流。当然,作为一种特殊交流形式的这种作家流动,其具体情形并不相同。

有一种情况是,从20世纪40年代末至50年代初,由于一些大陆作家先后移居香港,从而形成了一种特殊形式的交流。对于当时那些从大陆移居香港的作家,他们的基本面貌和倾向被人这样描述:

> 从1949年的下半年开始,自中国内地又涌来了大批的文化难民。这些文化难民,是右倾的,因此他们亦是另一形式的政治难民。他们日后的文学活动,亦含政治的偏向,只不过他们有异于前期的作家……他们从不以香港为家,他们永远向北望,往昔日想,因此他们的意识形态与表现,是纯中国大陆式的,完全不带半点香港的色彩。……作品的基调是右倾的,因为大部分是思家、怀乡、去国的题材[⑧]。

事实正是这样。在20世纪50年代初期的香港文坛,那些移居香港不久的大陆作家的政治立场和作品基调是右倾的,其作品的题材、内容主要是描写他们熟悉的大陆生活,并且仍然保持着大陆时期的艺术风貌。他们要写出较为深刻地反映香港现实生活、具有香港色彩的作品,还需要一个认识和实践的过程。但是,在完成这个过程以前,特别是他们初到香港那段时间的创作及其文学活动,从客观效果上说,也是大陆文坛与香港文坛之间的一种特殊形式的文学交流。这种以特殊形式出现的文学交流,迂回、曲折地对香港与大陆两地的文学产生着一种微妙的影响。

还有一种情况是,20世纪五六十年代,也有大陆人士通过合法手续去香港文化或出版部门工作。他们利用工作之便,做了一些有助于促进香港与大陆之间的文学交流的工作。他们通过个人的活动和灵活的方式团结了一些进步作家,开展了一些有益于香港文学繁荣和交流的活动。比如,促成香港两种重要文学期刊《文艺世纪》和《海光文艺》创刊的组织者和推动者张千帆、唐泽霖,就在开展这方面的文学交流活动中做出了卓有成效的贡献[39]。张千帆与唐泽霖,分别于20世纪50年代初期和60年代从大陆来到香港。他们的本职工作分别是新闻工作和出版工作,由于他们的工作性质与文学活动有一定的关系,更由于他们有着推动香港文学繁荣发展和文学交流的一份热忱,便积极发动有着同样热忱的香港作家,共同创办了《文艺世纪》和《海光文艺》。《文艺世纪》以其纯正的内容和鲜明的特色,《海光文艺》以其兼容并包、百花齐放的办刊方针,巧妙地体现了符合香港文坛实际的、大陆的某些文艺思想,从而在促进大陆与香港两地的文学交流和推动香港文学的繁荣发展等方面,发挥了微妙的作用,做出了独特的贡献。

谈到以个人活动方式推动香港与大陆之间的文学交流,还应该提到曹聚仁的劳绩和贡献。在20世纪五六十年代香港与大陆处于隔绝状态的情况下,曹聚仁在1956年以后的几年中,曾以著名记者的身份多次到大陆采访,并受到毛泽东、周恩来等领导人的接见。曹聚仁多次赴大陆采访,写作了许多报道大陆新气象的通讯,后来编成《北行小语》、《北行二语》、《北行三语》在香港出版[40]。他的这些在港台和海外传播甚广、影响很大的通讯,不仅有助于增进香港和海外华人对大陆的了解,而且本身就是一种有鲜明特色和独特作用的文体,因此,从实际效果看,这也是一种特殊形式的文学交流。另外,曹聚仁撰写的《文坛五十年》和《文坛五十年续集》[41]这类对大陆现代文坛进行历史回顾和评估的著作,作为又一种特殊形式的文学交流,也有助于增进香港文坛对大陆现代文学历史发展的了解,并为香港文学发展提供有益的经验。

四

从20世纪70年代后期到80年代,香港文学与大陆文学的关系逐步进入了一个全面交流的开放时期。

20世纪70年代后期以后，大陆实行改革开放政策，开始了一个崭新的发展时期。进入20世纪80年代，随着改革开放的迅速发展，特别是1984年中英关于香港问题的联合声明正式签署以后，香港文坛与大陆文坛的相互联系、交流和影响开辟了一个全新的开放时期。

（一）从20世纪70年代后期到1984年底，是香港文学与大陆文学之间的交流的初步发展阶段。

首先，是作品的交流。

由于香港与大陆两地之间长期处于隔绝封闭状况，两地的文学发展及其作家作品，相互之间可以说几乎完全不了解。在这种情况下，当务之急就是发表和出版两地有一定代表性的作品，以满足广大读者阅读和了解的需要，以及两地文艺界相互交流的需要。要适应和满足这一需求，最有效的办法是出版作品选本和作家选集。正是出于这种考虑，1980年10月和11月，福建人民出版社率先采取了行动，首次出版了《香港散文选》和《香港小说选》。紧跟福建人民出版社之后，广州花城出版社于1981年11月和1983年2月，先后出版了曾敏之先生编选的《香港作家散文选》和《香港作家小说选》。尽管这四个选本还存在着编者的视野不够开阔、选文标准比较狭窄、入选作家作品不太全面等等不足之处，但是，从当时的条件和需要来看，不得不说，编者和出版者都做出了很大的努力，其拓荒之功不可没。在这四个选本出版前，还有一批作家的作品选集相继问世。其中，最早出版的是海辛的小说集《寒夜的微笑》（1980年2月），之后陆续出版的有刘以鬯的小说集《天堂与地狱》（1981年8月）、东瑞的小说集《香港一角》（1982年8月）、陶然的小说集《香港内外》（1987年6月）以及彦火的散文集《醉人的旅程》（1981年10月）和《枫杨与野草的歌》（1987年6月）。从这些作家的作品选集可以看出，编者是以反映香港中下层人民的疾苦、揭露社会的阴暗面以及具有现实主义特色的作品为主要选择对象。这些作品选集的出版，集中地向大陆读者和文艺界推荐了最早一批香港作家的作品，为20世纪80年代初期香港与大陆两地的文学交流做出了重要的贡献。

在出版香港作品选本和香港作家的作品选集前后，大陆的一些文学刊物，如《海峡》、《花城》、《特区文学》、《福建文艺》、《广州文学》，特别是专门选载台港作品的《台港文学选刊》，陆续发表了不少香港作品。这些文学刊物，作为广大读者瞭望台港海外的文学窗口、联系海峡两岸的文化纽带，对于大陆与香港在文学上的联系和交流发挥了重要的作用。

与大陆引进香港文学差不多同时，香港文坛的文学报刊也开始陆续发表、转载和介绍大陆文学。香港《文汇报·文艺》、《新晚报·星海》、《星岛晚报·大会堂》、《星岛日报·星座》等报纸的文艺副刊，特别是其中的《文汇报·文艺》和《新晚报·星海》，发表了不少大陆作品，是大陆文学与香港文学之间联系和交流的重要园地。三联书店香港分店等出版社也开始出版大陆文学作品，为香港读者和作家阅读大陆作品、了解和认识大陆文学带来了方便，并为香港与大陆两地文学交流创造了条件。

这个阶段是香港文学与大陆文学之间的初步交流阶段，不仅交流的广度和深度都还不够，而且还存在着一些局限和偏颇。大陆的一些刊物和出版社，重视发表和出版那些具有社会意义和现实主义精神的作品，却往往忽视了那些有特色、有成就的其他倾向和风格的作品。而香港的一些报刊和出版社，在发表和出版大陆作品时，也有一些偏见和问题。他们"往往从政治的角度出发，先看这篇作品暴露了些什么，有时甚至会以'凡是受到批判的、引起争论的'就是好作品的标准为依归"[42]。

其次，是作家的交往。

随着香港与大陆两地作品交流的逐步开展，两地作家的互访和交往也逐渐增多，并日见频繁。这促使香港文学与大陆文学之间的关系进一步得到改善和发展。

从20世纪70年代末起，香港作家与大陆作家应邀互访、座谈讨论文学问题的聚会开始出现，并日益增多。最早的一次香港与大陆两地作家聚会，是1979年夏季，香港作家海辛、杜渐、彦火、原甸、黄河浪、陶然六人，应广东人民出版社编辑出版的大型杂志《花城》编辑部的邀请，到广州参观、座谈，互相交流了关于文学创作的情况和看法，并商定由这几位作家各编一本作品选集在广州出版[43]。1980年9月14日,香港《新晚报》主办了"香港文学三十年座谈会",参加座谈会的包括在各方面有代表性的香港作家,同时也邀请了大陆作家陈残云、秦牧、黄庆云、吴紫风等与会[44]。1980年11月1日,香港《新晚报》又召开了"香港文学的出路座谈会",参加者除了香港作家外,大陆作家陈残云、秦牧、黄庆云等也应邀赴会,参加座谈和讨论[45]。

大陆作家与香港作家的互访活动也相当频繁。香港作家以不同方式到大陆、特别是到广州访问和交流的很多。大陆作家或者应邀专程访问香港,或者出国访问回程时顺便访问香港,与香港作家和学者进行了广泛的交流。1980年9月,卞之琳和冯亦代访美回程经香港,曾在香港大学和中文大学发表演讲[46];1981年1月,艾青、王蒙应邀参加美国爱荷华"国际写作计划"活动后回程经香港,也曾就文学问题与香港作家座谈、讨论[47];1981年8月16日至31日,李准应香港艺术中心邀请,赴香港就中国现代小说技巧和当代中国文学风貌发表演讲[48];1981年12月21日至23日,唐弢、柯灵、王辛笛等大陆作家应邀参加香港中文大学主办的"中国现代文学研讨会",宣讲了论文,参加了讨论,就文学问题与香港文坛朋友进行了广泛的交流[49]。

再其次,是研究的起步。

随着香港文学与大陆文学之间的交流的开展,相互之间的研究工作也随之起步。

广州得地利之便,开全国风气之先。早在1980年,广州暨南大学中文系就成立了全国第一个台港文学研究室;1981年3月5日,中国当代文学学会属下的台港文学研究会成立。台港文学研究机构的组建,对台港文学研究工作产生了促进作用,使台港文学研究工作逐渐从个人的自发研究走向集体的共同研讨。大陆的台港文学研究这一发展态势,集中体现在全国性台港文学研讨会的相继召开。1982年6月10日至16日,第一届全国台港文学研讨会在广州暨南大学举行[50];1984年4月22日至29日,在厦门大学召开了第二届全国台港文学研讨会[51]。这两届全国台港文学研讨会中,第一届有4篇研究香港文学的论文,有曾敏之、彦火等6位香港作家应邀与会[52];第二届有 8 篇研究香港文学的论文，有黄继持、黄维梁等 9 位香港作家应邀出席⑬。1984 年夏，全国第一次台港文学讲习班在广州、深圳举办，来自全国 25 个省、市、自治区的近百学员参加了学习。讲习班的授课内容侧重香港文学，并有香港著名作家刘以鬯等 6 位作家、学者应邀在讲习班讲课。在这期间，暨南大学等学校的中文系开出了"香港文学"选修课，标志着香港文学研究正式进入大陆高等学校中文系的课堂。全国性的台港文学研讨会的召开、台港文学讲习班的举办，以及最早一批香港文学研究论文的出现、大学中文系"台港文学"选修课的开出……所有这些前所未有的新气象，集中说明了一个重要事实：20 世纪 80 年代初期，大陆的香港文学研究已经正式起步，并取得了初步的研究成果。

香港作家和学者对大陆当代文学的介绍和研究，起步时间还要早于大陆对香港当代文学的介绍和研究。早在 20 世纪 70 年代末，香港就有评介大陆当代文学的单篇文章发表；20 世纪 80 年代初，评介大陆当代文学的专书已经出版，并出现了彦火、璧华等研究大陆当代文学的作家、学者。彦火和璧华出版的专书，是香港作家、学者研究大陆当代文学最早的、有代表性的一批研究成果，为大陆文学与香港文学之间的沟通和交流做出了值得重视的贡献。当时，彦火在评介大陆当代文学方面所做出的努力和取得的成果，尤其引人注目。他于 1980 年 5 月和 1982 年 8 月先后出版了评价大陆当代文学的专书《当代中国作家风貌》、《当代中国作家风貌续编》⑭，收入了 54 篇文章，评介了 60 位作家及其作品。更为难得的是，这两本书持论公允，材料翔实，不少文章系根据访问作家本人所得的材料写成，又经该作家亲自核校，足以订正若干以讹传讹的说法，实在弥足珍贵，极具参考价值。

（二）从 1985 年至今是香港文学与大陆文学之间的交流的全面开放阶段。

1984 年底，中英关于香港问题的联合声明正式签署，香港开始了回归祖国的过渡时期，走上了稳定繁荣的发展道路。香港文学呈现出生机勃勃的兴旺景象，也使香港文学与大陆文学的关系出现了前所未有的崭新局面，进入了交流频繁的全面开放阶段。

1985年是香港文学与大陆文学之间的关系全面开放的良好开端。

1985年1月,著名作家刘以鬯主编的《香港文学》月刊问世。这份立足香港、面向海外的世界性华文文学杂志,以其丰富多彩的内容、新颖独特的形式,赢得了海内外作家和读者的广泛欢迎和一致好评。《香港文学》的创刊,对于推动香港文学的发展、促进香港文学与大陆文学、海外华文文学的交流,产生了极为重要的作用和深远的影响。

香港青年作者协会及其编辑出版的《香港文艺》季刊在1985年主办的文学活动,也相当引人注目。1985年3月24日召开的"香港青年作者看九七"座谈会、1985年11月27日协助浸会学院主办的"九七与香港文学"讲座,以及《香港文艺》编辑的"1997年与香港文艺特辑"、有关"九七"与香港作家作品的述评,对于"九七"与香港文学发展的关系、香港文学与大陆文学的交流等诸多方面所面临的现实课题,都有富于启发的评析和有意义的探讨。

1985年3月,香港中华文化促进中心正式成立;4月27日至29日,香港大学亚洲研究中心主办了香港文学研讨会。前者成立以后,组织和开展了多种文艺活动和文化活动,包括与香港文学和大陆文学的发展和交流有关的讲座、座谈、研讨等项目;后者的与会人员主要是香港学者和作家,也有大陆学者参加,就香港文学的发展及其评价进行了交流和讨论。

1985年,大陆与香港两地作家的互访相当频繁,交流也十分活跃。8月上旬,以陈残云为团长的广东作家代表团应邀去香港访问、交流。另外,由15位大陆作家组成的中国作家代表团赴香港参加了文艺交流营的活动。

1985年以后,香港文学与大陆文学之间的联系、交流和影响,既有量的增加和面的扩展,也有质的提高和点的深入,有力地推动了香港文学稳定地向纵深发展,从而有助于香港文学朝着与1997年以后相衔接的方向阔步前进!

1985年以后,香港文学与大陆文学的交流有明显的发展。大陆对香港作家作品的出版和介绍,从着重选择具有现实主义特色的作品,扩大到力求广泛介绍各种风格流派的作品。20世纪80年代中期以后,大陆陆续出版了刘以鬯的意识流长篇小说《酒徒》、周良沛选析的《香港新诗》、姚学礼和陈德锦主编的《香港当代诗选》、喻大翔编选的《台港散文选真》、杜元明编选的台港小说集《憧憬船》等。这些各有特色的作品选集，无论是编选者的眼光，还是入选作品的水准，都有明显的提高和长足的进步。但是，也有一些出版社眼光短浅，急功近利，热衷于出版那些艺术层次很低但有经济效益的作品，导致那些审美素质较高、有代表性的优秀作品出版太少、甚至得不到出版。这种做法影响了人们认识香港文学的真实面貌和树立香港文学的良好形象，甚至带来了本来可以避免的对香港文学的误解和偏见。

随着香港文学在大陆传播的逐渐扩展，大陆的香港文学研究也日趋深入。1986年12月，在深圳大学召开了第三届全国台港文学研讨会；1989年4月，在复旦大学召开了第四届全国台港文学研讨会；1991年7月，在广东中山召开了第五届全国台港文学研讨会。这三次学术研讨会，都有比过去更多的大陆和香港作家、学者参加。大家相聚一堂，共同研究讨论，集中反映了近几年来大陆香港文学研究的不断发展及其重要成果。

香港文学的传播和香港文学研究的开展，逐渐提高了人们对香港文学的认识，提高了香港文学在大陆文坛的地位。香港与大陆由于长期处于隔绝状态而带来的相互之间的误解和偏见，随着两地文学交流的拓展得到了化解。大陆已经推倒了香港是"文学沙漠"的论调，初步认识了香港文学的基本风貌，如实地确立了香港文学的应有地位。一批香港作家陆续加入中国作家协会及其地方分会；香港作家和作家组织与大陆各地作家和作家协会建立了一定的联络和交流；大陆的重要文学活动也有香港作家应邀参加，如刘以鬯等香港著名作家作为香港作家的代表，参加了在北京举行的第五次全国文代会。

1985年以来，大陆文学创作的突出成就，特别是一些有代表性的作家及其优秀作品，在香港文学界、出版界、读书界有着广泛的传播和良好的影响。随着交流的深入，研究也在扩展。近几年来，在香港召开的一系列学术研讨会上，对大陆文学的研究，是与会者非常重视的一个研究课题。比如，1988年、1990年、1992年在香港举行的第一、二、三届中国现当代文学研讨会，1991年7月举行的世界华文文学研讨会，都有对大陆重要作家作品的评论和探讨。1988年12月，在香港中文大学举行的香港文学国际研讨会，不仅是香港文学研究实绩的具体体现，也是香港、大陆、台湾和海外研究香港文学的学者的一次有益的交流。

在香港的大陆文学研究中，不少作家、学者都充分肯定了大陆文学创作的重要发展，并做出了中肯的评价。比如，刘以鬯在谈到大陆文学创作时指出："最近读了一些大陆小说，觉得出乎意料的好……大陆有些小说达到相当高的水准。贾平凹、莫言、刘索拉等，都相当不错。其中贾平凹尤为突出。我以为，跟先两年大家很喜欢的阿城比较，可以说犹有过之。"⑤刘以鬯的看法颇有代表性，反映了香港作家对大陆优秀作家作品的观感和评价。

1985年以来，香港文学与大陆文学之间的交流取得了积极的成果，产生了重要的影响，对香港文学与大陆文学进一步的突破和深化有很大的推动作用。但是，香港和大陆在文学上的交流还需要继续向纵深发展，在这方面还有许多工作需要切实开展、认真进行，而至关重要的是要从中国当代文学整体格局的高度，来研究和开展香港文学与大陆文学的交流，来推动和促进香港文学与大陆文学的发展。通过广大作家的自觉努力，大陆文学必将在进一步改革开放的大好形势下，走向一个更加繁荣昌盛的新阶段；香港文学也将在香港稳定繁荣、平稳过渡的喜人形势下，迎来一个更为兴旺发达的新文坛！

注释：

①两次讲演的题目是《无声的中国》和《老调子已经唱完》。前者收入《鲁迅全集》第4卷，北京人民文学出版社1957年7月第1版；后者收入《鲁迅全集》第8卷，北京人民文学出版1957年7月第1版。

②这三篇文章是《略谈香港》、《再谈香港》、《述香港恭祝圣诞》。前两篇文章收入《鲁迅全集》第3卷；后一篇文章收入《鲁迅全集》第4卷。

③鲁迅：《老调子已经唱完》，《鲁迅全集》第8卷，北京人民文学出版社1957年7月第1版。

④鲁迅：《无声的中国》，《鲁迅全集》第 4 卷，北京人民文学出版社 1957 年 7 月第 1 版。

⑤许寿裳：《亡友鲁迅印象纪》，第 74 页。

⑥⑦鲁迅：《略谈香港》，《鲁迅全集》第 3 卷，北京人民文学出版社 1981 年初版，第 427 至 428 页。

⑧鲁迅：《三闲集·序言》，《鲁迅全集》第 4 卷，北京人民文学出版社 1957 年 7 月第 1 版，第 6 页。

⑨鲁迅：《致章廷谦》，《鲁迅书信集》上卷，北京人民文学出版社 1976 年 8 月第 1 版，第 129 至 130 页。

⑩同⑥。

⑪侣伦：《向水屋笔语》，三联书店香港分店 1985 年 7 月香港第 1 版，第 9 页。

⑫同⑪。

⑬同⑪，第 32 页、35 页。

⑭许广平：《回忆鲁迅在广州的时候》，《鲁迅研究资料》第一辑（北京鲁迅博物馆鲁迅研究室编）。

⑮刘随：《鲁迅赴港演讲琐记》，香港《文汇报》，1987 年 9 月 26 日，第 13 版。刘随先生当年曾参加鲁迅先生赴香港讲演的接待工作，他记录了鲁迅先生的两次讲演，并寄请鲁迅先生亲自订正后，公开发表。

⑯同⑮。

⑰《鲁迅日记》下卷，北京人民出版社 1976 年 7 月第 2 版，第 614 页。

⑱同⑪，第 33 至 34 页。

⑲黄傲云：《从文学期刊看战前的香港文学》，香港出版的《香港文学》月刊第 13 期，第 34 页。

⑳同⑪，第 72 至 73 页。

㉑这几篇作品，用"甲辰"的笔名发表。参⑪第 73 页；杨国雄：《清末至七七事变的香港文艺期刊》，《香港文学》月刊，第 14 期，第 61 至 62 页。

㉒同⑪，第 13 页；张伟：《六十年前之〈伴侣〉》，北京《文艺报》1987 年第 51 期。

㉓1928 年 10 月《墨花》杂志第五期，香港出版。

㉔温灿昌：《侣伦创作年表简编》，香港出版《八方》文艺丛刊，第九辑，第 67 页和 69 页。

㉕同⑪，第128页至131页。

㉖《八方》文艺丛刊，第九辑，第61至62页。

㉗同⑪，第16页。

㉘杨国雄：《清末至七七事变的香港文艺期刊》，《香港文学》月刊，第15期，第71页。

㉙同⑪，第21页，

㉚同㉘，第84页。

㉛同⑪，第30页。

㉜同⑪，第30页。

㉝同⑪，第25页、64页。

㉞黄傲云：《萌芽期香港的新诗》，《香港文学》月刊，第32期，第13页。

㉟同⑪，第13页、19页。

㊱同⑪，第27页。

㊲黄维梁：《香港文学与中国现代文学的关系》，《香港文学》月刊，第27期，第26至27页。

㊳黄傲云：《从难民文学到香港文学》，《香港文学》月刊，第62期，第5页。

㊴孙韦：《〈海光文艺〉与〈文艺世纪〉》，《香港文学》月刊，第49期，第35至39页。

㊵《北行小语》，香港三育图书文具公司，1957年6月；《北行二语》，香港三育图书文具公司，1960年；《北行三语》，香港三育图书文具公司，1960年。

㊶《文坛五十年》，香港新文化出版社，1955年；《文坛五十年续集》，香港新文化出版社，1955年。

㊷王仁芸：《香港文学与中国文学的对话》，《香港文学》月刊，第13期，第89页。

㊸海辛：《后记》，《寒夜的微笑》，广东人民出版社1980年2月第1版，第234页。

㊹戴云：《顾往瞻前——"香港文学三十年座谈会"大要》，广州《花城》杂志，1981年第2期，第175页。

㊺卢玮銮：《香港文学研究的几个问题》，《香港文学》月刊，第48期，第10页。

㊻彦火：《当代中国作家风貌续编》，香港昭明出版社1982年8月第1版，第329页。

㊼同㊻，第156页。

㊽同㊻，第 168 页。

㊾同㊻，第 213 页、236 页。

㊿第一届全国台港文学研讨会专辑：《台港文学论文选》，福建人民出版社 1983 年 10 月第 1 版。

㉑第二届全国台港文学研讨会专辑：《台湾香港文学论文选》，福建海峡文艺出版社 1985 年 9 月第 1 版。

㉒同㊿。

㉓同㉑。

㉔《当代中国作家风貌》，香港昭明出版社 1980 年 5 月第 1 版；《当代中国作家风貌续编》，香港昭明出版社 1982 年 8 月第 1 版。

㉕《知不可而为——刘以鬯先生谈严肃文学》，《八方》文艺丛刊，第六辑，第 67 页。

(原载《香港文学》月刊 1992 年第 6、7 期)

第三辑 —— 中国香港作家刘以鬯研究

刘以鬯的生平与小说创作综论

一　文学生涯：刘以鬯的生平与创作概况

刘以鬯，原名刘同绎，字昌年，1918年12月7日生于上海，祖籍浙江镇海西管乡贵驷桥。2018年6月8日逝世于香港，享年99岁。

刘以鬯是香港著名作家、资深编辑、学者，曾任香港文学杂志社社长、总编辑、香港作家联会副会长、台港澳及海外华文文学研究会副会长。

刘以鬯漫长而艰辛的文学征途中，在文学创作、报刊编辑、文学评论、学术研究以及翻译等诸多方面都取得了公认的丰硕成果，为香港文学和世界华文文学的繁荣发展做出了重要的贡献。

编辑工作

刘以鬯读初中时，喜欢阅读新文学作品，曾加入无名文艺社和狂流文艺会学习写作。1936年5月10日出版的朱血花（旭华）编的《人生画报》二卷六期，发表了他的短篇小说《流亡的安娜·芙洛斯基》，这是他发表的第一篇短篇小说。1937年秋，他考入上海圣约翰大学，主修政治学，副修历史。在大学期间，他广泛阅读文学名著，不断练习写作；在《文汇报·世纪风》副刊、《大美报·浅草》副刊以及《文笔》等刊物发表了《沙粒与羽片》和《七里岙的风雨》[①]等作品。

1941年夏，刘以鬯从上海圣约翰大学毕业。由于不愿在日寇统治下生活和工作，他于1941年底只身前往重庆，开始了他的编辑生涯，主编了《扫荡报》和《国民公报》的副刊以及一份《幸福周刊》。为了编好副刊，他广泛联系作家，争取他们的支持和帮助。在他主编的副刊上，不仅发表了不少作家的短篇作品，而且刊登了艺术水准相当高的长篇小说。老舍的著名长篇小说《四世同堂》第一部《惶惑》，最初就是在刘以鬯主编的副刊上连载的[②]。他主编的副刊也欢迎并重视一般读者的来稿。他认为"写作，并不是作家专有的权利"。他相信，读者笔下"也不乏精彩文章"[③]。

在重庆期间，刘以鬯编副刊之余，也用心创作和翻译，时有作品发表。他用"刘以鬯"和"蓝瑙"的笔名发表了中篇小说《地下恋》、短篇小说《西苑故事》与《饥饿线上》、诗歌《浅夏》、散文《风雨篇》、杂文《人间万象》等[④]作品。他的这些作品在当时颇获好评，一位著名作家称赞他是"译作俱佳"的"有为的青年"[⑤]。这期间他在创作上取得的初步成绩，为他以后创作的发展做了一些准备。

抗日战争胜利以后，重庆《扫荡报》于1945年11月12日正式改名《和平日报》。刘以鬯任重庆《和平日报》的电讯主任，仍兼编副刊。1945年12月底，刘以鬯从重庆回到上海，以主笔的名义编上海《和平日报》的副刊。不久，他辞了上海《和平日报》的编务，创办了一家出版社——怀正文化社。怀正文化社的宗旨是"本推进社会文化之职志，拟经常征选有价值之译述著作，出版发行供应读书之需要"[⑥]。怀正文化社成立以后，出版了一些质量颇高的好书，给读者留下了深刻的印象，产生了良好的影响。

刘以鬯在上海期间也从事创作活动。1948年10月，他出版了第一个单行本作品——中篇小说《失去的爱情》。这篇小说后来拍成了电影。1948年冬，刘以鬯结束了怀正文化社的工作，离开上海去香港。他到香港后的最初一段时间，在《香港时报》编过副刊，曾任《星岛周报》的执行编辑和《西点》杂志的主编。1952年，刘以鬯离开香港去新加坡，1953年又转赴吉隆坡。他在新加坡和吉隆坡的几年间，先后任《益世报》主笔兼副刊主任、《新力报》和《联帮日报》的总编辑、《中兴日报》的编辑主任，以及《铁报》的主笔和《钢报》的主编。

1957年秋，刘以鬯回到香港，重入《香港时报》编副刊。他主编的《香港时报》副刊《浅水湾》很有特色，颇得好评。尤其是1960年2月改为文艺副刊之后，该刊致力于介绍西方现代主义文艺思潮和创作，热心鼓励和扶植文学创作，对香港、乃至台湾文学的发展，都起到了一定的推动作用。

1963年3月，香港《快报》创刊，刘以鬯出任该报副刊《快活林》和《快趣》的编辑。1981年9月30日，《星岛晚报》的文艺周刊《大会堂》创刊，刘以鬯出任该刊主编。《大会堂》文艺周刊一直坚持严肃、认真的编辑方针，始终保持严谨、开放的鲜明特色，为广大读者提供了丰富而有益的精神食粮。尤其值得称道的是，该刊大力推广香港文学，重视具有创新意图的文学创作，并能容纳不同艺术风格、不同学术见解的作品和文章，在交流文艺信息、介绍外国文学、培养青年作者、发展文学评论、繁荣文学创作等各个方面，都做出了积极的贡献，发挥了重要的作用。

1985年1月，刘以鬯创办了《香港文学》月刊，并担任该刊社长兼总编辑。这份香港的重要文学刊物，自创刊以来，以其丰富充实的内容、新颖独特的形式、多种多样的风格，赢得了海内外文学界人士和广大读者的欢迎和好评，表明了它是一份立足香港、面向海外的很有特色的世界性华文文学杂志。主编《香港文学》月刊期间，刘以鬯走过的艰辛历程和取得的突出实绩，充分表明其对于推动世界华文文学的发展、促进世界华文文学的交流，产生了积极的影响，发挥了重要的作用。

创作活动

1948年冬，刘以鬯来到香港以后，虽然一直都在从事编辑工作，但同时也不断地进行文学创作。由于特殊的环境和谋生的需要，刘以鬯在相当长的时期，不得不大量写作流行小说，常常每天要写七八千字，供七八份报纸副刊发表。他长期写作的流行小说，大约有六千多万字。尽管刘以鬯写了很多他称之为"娱乐别人"的流行小说，但是，他不仅没有放弃，而且长期坚持创作他称之为"娱乐自己"的严肃小说。对于严肃小说的创作，他勇于实验，不断探索，锐意创新。他的严肃小说，特别是那些精心写作的实验小说，集中显示了他在小说创作上的突出成就及其对香港文学发展做出的重要贡献。

20世纪50年代，刘以鬯对于具有创新意图的实验小说的创作，进行了一些初步的尝试。1951年9月，刘以鬯出版了短篇小说集《天堂与地狱》，这是他到香港后出版的第一本小说集。这本小说集中的优秀篇章，比如短篇小说《天堂与地狱》，以其所显示的勇于实验、力图创新的探索精神而引人注目。这篇小说的艺术构思和具体描写，无论是寓言体式、拟人化手法、环式结构的运用，还是蕴涵着寓意和象征的艺术形象的塑造，都体现了作者努力探索小说创作的新路、着意创作具有创新意图的实验小说的初步尝试。

  20世纪60年代至70年代，是刘以鬯小说创作发展的重要时期。在这个时期，他着意创作实验小说的尝试，取得了十分可喜的成果；他潜心寻求小说创作新路的探索，出现了引人瞩目的突破。他先后出版了长篇小说《酒徒》（1963年10月出版）、《陶瓷》（1979年12月出版）、中短篇小说集《寺内》（1977年1月出版）、《一九九七》（1984年8月出版）、《春雨》（1985年7月出版）[⑦]。这些陆续发表和出版的、充满探索精神和创新特色的小说，不仅突出体现了刘以鬯不断开拓小说创作的新路所取得的实绩，而且集中反映了他在小说创作中的艺术探索逐渐达到了成熟境界。而刘以鬯的小说创作出现重要突破和逐步走向成熟境界的一个重要标志，就是他的优秀长篇小说《酒徒》和一些有代表性的中短篇小说的发表和出版。长篇小说《酒徒》描写了一个香港职业作家在生活和事业上多次遭受挫折和打击以后，沉溺酒吧、借酒浇愁、自我麻醉的故事。小说通过展示这个作家的现实困境和内心冲突，不仅从本质上揭露了香港这个高度繁荣的商品化社会及其文坛的客观真实，而且深入挖掘了一位职业作家极端矛盾苦闷的精神世界的内在真实。这部小说出版以后，读书界和文学界反响强烈，充分肯定并高度评价了小说的创新意图和先锋意义，被誉为"中国第一部意识流小说"[⑧]。这部小说在艺术上有许多成功的尝试和创造，对意识流、内心独白、自由联想、意象组合等技巧的综合运用，对外国现代文学和我国传统文学的有益养料的广泛汲取，对诗歌、电影等艺术样式的表现手法的学习借鉴，有力地加强了小说反映社会现实生活和揭示人物内在真实的深度，拓展和丰富了小说创作的表现领域和艺术手段，为探寻小说创作的突破和创新提供了富有启发性和创造性的思维路向和艺术经验。刘以鬯的另一部长篇小说《陶瓷》，通过对一种比较特殊的题材的开掘，同样显示了一种可贵的创意。这部小说通过描写香港陶瓷市场受内地"文革"影响而引起的风波，形象地揭示了物质文明高度发达的现代社会对人的欲望的严重影响、对人的精神世界的严峻挑战，以及由此而造成的沉重心理压力和显露的人性弱点。小说通过对主人公搜购陶瓷的狂热行为的描写，使搜购陶瓷本身成了一种形象化的人的欲望的象征，从而使小说着意探讨的现代社会中人的欲望没有止境这一富于哲理意蕴的主旨得到了深刻的体现。

刘以鬯 20 世纪 60 至 70 年代在文学创作上的显著发展和重要突破，还表现在他创作的一些优秀的中短篇小说中。他的这些小说的创新特色和探索精神，集中体现为对传统小说观念和小说模式的突破、对传统题材和现代意识相融汇的探索、对小说和诗歌相结合的尝试。他不受一般小说通过人物活动和故事情节来反映社会生活的传统写法的束缚，创作了一些或者没有故事、或者没有人物的中短篇小说。短篇小说《链》和《对倒》都没有描述故事，前者通过人物的言行和链条式开放结构，后者通过意识流技巧和交错对比结构，表现了人物的心理状态，展示了生活的真实面貌。短篇小说《吵架》和《动乱》都没有出现人物，二者不是通过刻画人物，而是通过描绘场景，来暗示人物之间的冲突和社会生活的动乱。这些小说，虽然或者没有故事、或者没有人物，但由于作者成功地运用了多种艺术表现手段，准确地传递了多种艺术信息，因而产生了有效地调动读者想象和联想的艺术魅力，收到了较好的接受效果。刘以鬯还创作了一些故事新编类型的中短篇小说《寺内》、《蛇》、《蜘蛛精》等，这些小说分别取材于《西厢记》、《白蛇传》和《西游记》的片断故事。但是，作者没有去复述动人的故事，也没有去渲染曲折的情节，而是着重对原作的深刻内涵和人物的内心世界进行深入的挖掘和大胆的揭示，并进而作出独具慧眼的新诠释和富有新意的再创造。这几篇构思新颖、别出心裁的小说，是以现代人的眼光、用现代文学技巧写传统题材的一次有意义的尝试，是对小说创作中民族化和现代化相结合这一新课题的一次有益探索。

刘以鬯 20 世纪 60 至 70 年代创作的优秀小说的共同特征是，充满了强烈的创新意识和大胆的探索精神。这些优秀小说所显示的刘以鬯这个时期小说创作的整体成就和艺术水准表明，刘以鬯的小说创作业已走向成熟的艺术境界。这说明刘以鬯的小说，在香港文学的创作领域是居于领先位置、具有先锋意义的，并在事实上确立了在香港文坛的重要地位。

20世纪80年代以来，刘以鬯文学活动的重点有所变化，即从文学创作向编辑刊物转移。进入20世纪80年代以后，从1985年1月《香港文学》月刊创刊问世开始，刘以鬯的主要精力已经从文学创作转向编辑刊物了。《香港文学》月刊的创办，实现了刘以鬯多年来一直都想办一本纯文学杂志的愿望，反映了他为繁荣发展香港文学和世界华文文学而努力奋斗的决心。他说："我年纪已经老了，应该做一些自己喜欢的事情。我一生都在梦想办一本纯文学杂志……创办《香港文学》时，我在各报还有七八个专栏，我统统不写了。这需要很大的决心！"①

刘以鬯在主编《香港文学》期间，以其丰硕的实绩、无私的奉献，为香港文学的繁荣，为世界华文文学的交流和发展做出了重要贡献，发挥了巨大作用。从这个意义上说，刘以鬯的主要精力的转移、创作安排的调整，是适时和必要的，是符合促进香港文学的繁荣以及推动世界华文文学的交流和发展的全局需要和整体利益的。而就刘以鬯个人来说，从主要从事文学创作转向主要编辑纯文学杂志，尽管途径、手段有所转换、调整，但是，殊途同归，同样实现了为他所热爱的文学事业尽心尽力、竭诚奉献的愿望和决心。

20世纪80年代以来，刘以鬯的文学创作的基本趋向和特点是，在成熟境界中深化发展。由于在这个时期文学创作已经不是其文学活动的重点，因此，新创作的作品显著减少。但是，这些数量不多的新作品却有着相当高的质量，体现了创新特色和探索精神，既有传统题材的再创造，又有现实题材的新开拓。《追鱼》在他过去的故事新编类型小说的基础上又有了新的发展和追求。这篇小说以极其精炼、浓缩的文字，传达了丰富深刻的象征内涵，从内容到形式都显示了可贵的创意。其反映现实题材的小说，最为引人注目的是对香港回归祖国这一重大题材的锐敏而深刻的反映。题为《一九九七》的小说，是香港作家中较早表现这一题材的作品。《一九九七》从一个特定的角度，成功地反映了香港回归祖国这一重大问题，在香港引发了剧烈的震动和复杂的矛盾。如果说，《一九九七》这篇小说是以内容的现实性见长，而另外两篇小说《打错了》和《黑色里的白色，白色里的黑色》显然是以形式的独创性取胜。《打错了》以内容、文字基本相同的两小节的巧妙"组合"，来写一次司空见惯的车祸，却写得十分新颖、别致，写出了新意，寄寓了哲理。《黑色里的白色，白色里的黑色》运用黑白相间的排版、印刷形式，以直接诉诸读者视觉的方法，来写一个普通的香港市民一天的活动，展示了香港社会的众生相，并在一系列鲜明的对照中，如实地反映了香港社会的真实面貌。

20世纪80年代以来，刘以鬯的文学活动，除了编辑刊物，写新作品而外，还有一个重要方面是修改旧作。旧作的整理、修改、润饰工作，对刘以鬯来说，实际上是一次精益求精的再创作，是对旧作的思想和艺术水准的一次再提升。因此，他不怕麻烦，也肯下工夫，总是严肃对待，认真从事，精心润色、加工各种旧作。他修改了《寺内》、《吵架》、《除夕》、《天堂与地狱》、《副刊编辑的白日梦》等中短篇小说，重新收入集子，供读者阅读欣赏。《有趣的事情》是1965年10月起连载于香港《新生晚报》的长篇小说，刘以鬯嫌其杂乱，遂于1974年12月3日将其中部分内容抽出来，修改加工成中篇小说《蟑螂》，后来仍不满意，又于1990年4月30日再次删节润色，改为短篇小说[⑩]。《对倒》是1972年11月18日开始在香港《星岛晚报·星晚版》连载的长篇小说，刘以鬯于1975年将其压缩修改为短篇小说，刊于1975年5月出版的香港《四季》杂志第二期，后又于1981年2月24日再次校改润饰，收入新的集子；后来，长篇小说《对倒》，在报纸副刊连载将近20年后，经过修改润色，终于得以出版问世。长篇小说《岛与半岛》，1973年冬至1975年连载于香港《星岛晚报》，长达65万字，后来刘以鬯删去50多万字，重新整理加工，几乎等于重写，终于在1993年7月出版面世[⑪]。

学者风范

刘以鬯不仅是著名作家和资深编辑，而且是成绩卓著的学者。

刘以鬯是一位有真知灼见的中国新文学史家。他对编撰中国新文学史的独特构想，对端木蕻良全面、深刻的研究，对老向、台静农、赵清阁等一向被忽视的作家及其作品的发掘和评价，对萧红的《马伯乐》续稿的发现，以及最早提出对茅盾的《走上岗位》不应被忽略的见解和老舍的《四世同堂》初刊何处的考证等一系列具有重要学术价值的研究成果，具体地说明了他对我国"五四"以来新文学的研究确实贯彻了他所提出的"求真"、"求确"和"看树看林"的原则，鲜明体现了科学的精神和严谨的学风。

刘以鬯是一位有远见卓识的文学评论家。他对香港文学的历史、现状和作家作品，对文艺上的一些重要的问题，都有精辟独到的见解和深刻透彻的研究。他还利用多年编副刊和担任文学征文评审委员、在文学讲座和文学研讨会发表演讲的机会，对一些文学上的现实问题和青年们关心的文学问题，提出深刻的见解，发表充满真知灼见的评论。他对于促进香港文学青年的成长和推动香港文学的发展，做了不少有益的工作，发挥了重要的作用。

刘以鬯还是一位著名的翻译家。他对外国文学的历史和现状具有丰富的知识和深刻的了解，对外国文学作品的翻译和介绍有着独到的选择和明确的目的。他翻译出版的乔也斯·卡洛尔·奥茨的《人间乐园》、积琦莲·苏珊的《娃娃谷》、以撒·辛格的《庄园》，以及编译的《外国短篇小说选》等译作，都能够从不同的方面对于创作和欣赏提供有益的启示和必要的参考。

刘以鬯，这位香港文坛宿将，走过了半个多世纪漫长而艰辛的文学道路，在文学创作、报刊编辑、学术研究以及翻译活动等诸多方面都取得了公认的成就，做出了极为重要的贡献，为香港文学以及世界华文文学创作的繁荣和发展贡献了毕生的精力。

二 创新意识：刘以鬯小说艺术的核心

当今世界文坛，凡是自觉肩负历史使命和献身文学事业的小说家，都在严肃思考小说创作面临的新课题，努力寻求小说创作的新路向。现实生活的急剧变化，现代化传播工具的日趋普及，各种文艺样式的竞相发展，给小说创作的前景提出了严峻的挑战和崭新的课题。许多小说家面对小说创作面临的新挑战和新课题，在自己的创作实践中进行了多方面的尝试和探索。

香港文坛宿将刘以鬯是一个敢于迎接小说发展面临的新挑战、勇于探寻小说创作应走的新路向的小说家。执着的艺术追求和强烈的创新意识，是贯穿在刘以鬯创作生涯中的一条主线。在长期的创作实践中，他总是努力追踪小说观念的新发展，不断扩展小说艺术的新领域，潜心探求小说创作的新风格，勇于尝试小说形式的新技巧，创作了一系列具有鲜明的创新特色的小说，显示了精湛的小说艺术和可贵的探索精神。

对传统小说观念和小说模式的突破

刘以鬯作为一个具有明确的创新意识的小说家，一直把大胆试验、探寻新路看作其重要的艺术追求。在他看来，小说家的事业主要在于创新，作为一个现代小说家，必须要有创新的精神和探索的勇气，不断创造新的技巧和新的手法。这些主张和看法，在他的小说创作实践中，得到了切实的贯彻和充分的体现。他的小说创作，突破了传统的小说观念和小说模式，突破了通过描写人物和叙述故事来反映社会生活的传统写法，成功地创造了或者没有人物、或者没有故事、或者既无人物也无故事的新颖写法。

短篇小说《春雨》和《动乱》没有出现人物，也没有叙述故事，而是通过精心选择和细致描绘春雨的种种景观、动乱之后的现场情景，来调动读者的想象和联想，从而领会小说包孕的深刻内涵和社会内容。

短篇小说《链》和《对倒》，采用了有人物无故事的写法，来反映社会生活的成功尝试。这两篇小说，运用巧妙的构思和精心的结构，着意刻画人物的心态，展示了生活的真实，剖析了社会的本质。

短篇小说《链》，以朴素、流畅而又幽默的文字，生动地描绘了商行经理、工厂老板、擦鞋童、生果佬、青年、少女以及扒手等十幅街头人物速写。小说运用链条式开放结构，把一群心态迥异的人物联结起来，把一组纵横交错的生活组合起来，从而形成了环环相扣的香港社会的"人物链"和"生活链"。小说通过透视人物的典型心态和描写生活的自然流动，剖析了香港社会形形色色的人物及其生活的外部形态和内在联系，展示了香港社会众生相中一幅耐人寻味的剪影。

短篇小说《对倒》，巧妙地运用双线交错结构、意识流技巧和对比手法，构成了一个别致的交织式的艺术格局。小说以频繁分节、交叉描写、平行推进的手法，对照描述了老人淳于白和少女亚杏在同一时间、不同空间的所见、所想、所做,从而鲜明地展示了香港两代人的典型心态。小说用以联结淳于白和亚杏这两个并不相识的人物的纽带,不是故事,也不是冲突,而是通过对这两个主要人物心态的精心描绘,以及一些陪衬人物的巧妙穿插,来构成这两个主要人物之间那种似有却无的表面关系和似断实连的内在联系。小说中,陪衬人物在两个主要人物之间交替出现,从表面上使这两个并不相识的主要人物有了一定的关联,但小说更主要的是通过揭示这两个主角的典型心态,来作为他们之间的内在联系的联结点和小说思想开掘的着重点。小说细致地描写了淳于白和亚杏方向对倒、实质同一的典型心态:淳于白总是沉溺于对过去欢乐生活的回忆里,而亚杏又总是陶醉在影视明星梦的幻想中。淳于白和亚杏的心态,表面上迥异,但实质上相同。因为,无论是沉溺于回忆里,还是陶醉在幻想中,都说明他们不愿意正视严峻的现实,而沉醉于心造的幻境,反映出他们虚无、消极的人生态度。在小说的最后,关于淳于白和亚杏在梦中相遇并发生关系,以及从梦境回到现实后,两只麻雀朝相反的方向飞去等细节描写,以隐晦含蓄的笔法,从整体上暗喻和象征了淳于白和亚杏的异同和归宿。淳于白和亚杏那异中有同的心态,那虚无、消极的人生态度,使他们有可能在梦幻中得到短暂的结合,他们内心的孤寂和潜在的欲望也在虚幻中得到某种解脱和满足。但是,他们毕竟是心态迥异的两代人,一旦从梦境回到现实,他们的归宿只能是立即分手,各自东西。

对意识流技巧与多种艺术手法相结合的尝试

刘以鬯的小说创作,十分注意汲取中外文学的丰富素养和借鉴各种艺术形式的长处。他对意识流技巧与诗歌、特别是现代诗意象艺术以及其他艺术手法相结合的尝试,取得了富有创造性的艺术成果,显示了其小说创作鲜明的创新特色和大胆的探索精神。他的长篇小说《酒徒》相当突出地体现了这种创新特色和探索精神。

《酒徒》描写了一个香港作家在生活和事业上多次遭受挫折和打击之后,沉溺酒吧、借酒浇愁、自我麻醉的故事。小说通过这位作家的种种遭遇和内心冲突,不仅从本质上揭露了香港这个高度发展的商品化社会及其文坛的客观真实,而且深入挖掘了一个职业作家极端苦闷的精神世界的内在真实。刘以鬯在《酒徒》初版序中说:"现代社会是一个错综复杂的社会,只有运用横断面的方法去探求个人心灵的飘忽,心理的幻变并捕捉思想的意象,才能真切地、完全地、确定地表现这个社会环境以及时代精神。"《酒徒》为了真实地反映香港社会的病态和酒徒的心态,采取了以意识流技巧为主,并与现代诗意象艺术以及内心独白、自由联想、理性内省等多种艺术手法相结合的写法。小说用传统的叙事手法来描述基本的故事情节,用意识流技巧和现代诗意象艺术来展示酒徒醉酒后的朦胧世界和梦中境界,用内心独白和理性内省来揭示酒徒酒醒后、理智恢复正常时对自己和现实的批判。所有这些技巧、手法,都在以意识流技巧为主的艺术构想中,形成一个各居其位,各司其职,相互渗透、互补而又统一、完整的艺术描写体系。

在谈到《酒徒》的意识流描写时,刘以鬯还多次强调指出,他所运用的意识流技巧是有自己的写法和特点的。他说:

……《酒徒》虽然用的是意识流技巧,却是我自己的写法,并不摹仿《优力栖斯》或《喧哗与愤怒》或《浪》[12]。

写《酒徒》,虽然运用了意识流技巧,却与詹姆斯·乔伊斯的《优力栖斯》、威廉·福克纳的《喧哗与骚动》、浮琴妮亚·吴尔芙的《浪》不同。我无意临摹西方的意识流小说,也无意写没有逻辑的、难懂的潜意识流动。意识流既是一种技巧,任何人都可以利用这种技巧写出具有个人风格和特色的小说。……我觉得写小说应该走自己的路,尽可能与众不同,使作品具有独创性[13]。

事实上,无论是刘以鬯的创作意图,还是《酒徒》的实际描写,都说明《酒徒》不仅没有照搬和摹仿乔伊斯等人的作品,而且有自己的写法。他对意识流技巧的运用,显示出一些个人的特色和风格。《酒徒》的意识流描写,根本无意走那种没有逻辑的、潜意识流动的路子,更没有把意识流描写简单和肤浅地理解为就是说话没有层次,思想没有理路。刘以鬯在《酒徒》中的意识流描写,坚持用自己的写法,走自己的路,总是努力写出自己的特色和风格,从而构成一部具有独创性的、与众不同的小说。《酒徒》的意识流描写所显示的个人风格和创新特色,主要体现在十分注意时间蒙太奇的灵活运用，重视通过人物的心理和梦幻去捕捉思想的意象，在时空交错中去展现心灵的飘忽、意识的流动。《酒徒》的意识流描写，还善于把与意识流技巧有密切联系而又有所区别的自由联想和内心独白等技巧加以巧妙组合，并与现代诗的意象艺术融为一体，还与传统的叙事手法适当配置，从而形成一个以意识流技巧为主的艺术描写系统。在这个艺术描写系统中，在以意识流技巧为主体的基础上，作家根据具体描写的实际需要，灵活而自由地做出多种多样的合理安排和巧妙的配置。在《酒徒》的具体描写中，意识流与内心独白这两种技巧一般是综合运用、熔为一炉的；但根据实际描写的需要，也会各有侧重地分别使用这两种技巧。在《酒徒》中，对人物的所思所想和所作所为的心理根源，一般用内心独白来揭示；而对于那些比较复杂而混乱的深层心态，比如醉酒以后的朦胧状态和梦中境界，以及某些更加飘忽的幻觉活动，有时主要用意识流技巧来展现，有时又综合运用意识流与内心独白这两种技巧来描绘。总之，无论是分别使用，还是综合运用，都是以如何充分发挥它们各自的特点和优势为前提，来做出恰当的选择和安排。

刘以鬯在《酒徒》的艺术描写体系中，把意识流技巧放在主导的地位，并与其他多种技巧巧妙配合，而其中很有特色的，是把意识流技巧与现代诗意象艺术相结合，用描述性意象、比喻性意象、象征性意象以及综合性意象来展示酒徒复杂的精神世界的内在真实。

《酒徒》描绘酒徒那变幻不定的心理状态和复杂混乱的意识世界，常有一些描述性意象。小说开头就有这样一段描绘：

> 生锈的感情又逢落雨天，思想在烟圈里捉迷藏。推开窗，雨滴在窗外的树枝上霎眼。雨，似舞蹈者的脚步，从叶瓣上滑落。扭开收音机，忽然传来上帝的声音。我知道我应该出去走走了，然后是一个穿着白衣的侍者端酒来。我看到一对亮晶晶的眸子。（这是"四毫小说"的好题材，我想。……）思想又在烟圈里捉迷藏。烟圈随风而逝。屋里的空间，放着一瓶忧郁和一方块空气。两杯拔兰地中间，开始了藕丝的缠。时间是永远不会疲惫的，长针追求短针于无望中。幸福犹如流浪者，徘徊于方程式的"等号"后边。

这些描述性意象和意象群所组合的一段意识流文字，别致地展示了酒徒痛苦、忧郁的心灵。小说用"生锈"描摹感情的痛苦，用"烟圈"显示思想的飘忽，再加上"落雨天"的环境气氛的烘托，使读者对酒徒极端矛盾、苦闷的思想感情，获得了可感可触的具体感受。而随着时空的变化，即酒徒从家里来到酒吧，几杯白兰地落肚，他内心的痛苦和忧郁，并没有像"烟圈"那样随风而逝。他在只有"一方块空气"的酒吧一角，喝着"一瓶忧郁"，更感到被忧郁"缠"得难受。这些意象描写，十分准确地显示了借酒浇愁更加愁的复杂心境。

有一次，酒徒被人打伤送进医院治疗。当他从昏迷中醒来时，小说用一组比喻性意象，真实地描绘了酒徒心灵的激荡和心理的混乱。

思想凌乱，犹如用剪刀剪出来的纸屑。这纸屑临空一掷，一变而为缓缓下降的思想雪。

思想极零乱，犹如劲风中的骤雨，纷纷落在大海里，消失了又来，来了又消失。

思想是无轨电车。

思想等于无定向风。

思想犹如刚撤熄的风扇，仍在转动。

思想与风扇究竟不同。它不会停顿。

这里的每一组意象都配上了大段的内心独白，两者互相补充，互相映衬，使变幻不息的感情和飘忽不定的思想，从不同的角度和侧面得到广泛细致、层层递进的描绘和展现，使读者获得了具体清晰的形象感受和富于启示意义的理性思考。

有一次，酒徒在文学青年麦荷门的鼓动下，决心不再酗酒，要立即振作起来，进行严肃小说的创作。这时，小说有一段象征性意象描写：

眼望天花板，有一只蜘蛛正在织网。蜘蛛很丑陋，教人看了不顺眼，它正在分泌黏液，爬上爬下，似乎永远不知疲惫。

这一段蕴涵寓意和象征的意象描写，有着意味深长的丰富内容。这是酒徒内心深处潜在意识的曲折隐晦的表现。蜘蛛分泌黏液，爬上爬下地织网，象征酒徒决心"爬格子",写作严肃小说;而用丑陋的蜘蛛不知疲惫地织网,来作为作家写作的象征,这本身就包含了对香港严肃作家的艰难处境及其悲哀的暗喻和愤懑。

为了叙述和分析的方便,我们分别列举了《酒徒》中的描述性意象、比喻性意象和象征性意象,但是在具体的描写中,它们实际上是互相配合、紧密联系的有机艺术整体。因此,《酒徒》实际上是把多种意象、内心独白、意识流描写熔为一炉的。这是《酒徒》剖视、展现人物内心深处的潜在意识和隐秘活动的有效艺术手段,也是《酒徒》独创性的艺术探索和创新精神的一个重要方面。

这种富于创意的写法,突出表现在对酒徒的梦中境界的描写。《酒徒》第 32 节写酒徒做了一场梦:

我走进一面偌大的镜子

在镜子里找到另一个世界

这个世界和我们现在所处的世界极其相似然而不是我们现在所处的世界

这个世界里有我

然而不是我

这个世界里有你

然而不是你

这个世界里有他

然而不是他

这是一个奇异的世界犹如八卦阵一般教每一个人走到里边去寻找自己

……

在这个世界里每一个人都没有灵魂

我倒是愿意做一个没有灵魂的人在这个世界逍遥自在地过日子不知道快乐也不知道忧愁成天用眼睛去观察另外一个自己以及另外一个世界

这一段没有标点符号的、扑朔迷离的文字,展示了酒徒的一场幻梦。潜意识的自由流动、走进镜子等整体意象的构想、内心独白的形式，曲折隐晦地展现了酒徒在现实世界的痛苦和失落。他只能在虚幻的梦境中，去寻找失落的自己，寻找失落的世界；他只有在虚无的幻境中，才感到无忧无虑，"用眼睛去观察另外一个自己以及另外一个世界"。

这种富于创意的写法，还突出表现在对酒徒酒醉后的朦胧境界的描写。《酒徒》第38节写酒徒酒醉后的情景：

第……杯酒。

紫色与蓝色进入交战状态，眼睛、眼睛、眼睛。无数只眼睛，心悸似非洲森林里的击鼓。紫色变成浅紫，然后浅紫被蓝色吞噬。然后金色来了。金色与蓝色进入交战状态，忽然暴出无数种杂色，世界陷于极度的混乱，我的感受也麻痹了。

……

耳边忽然响起一串笑声。（谁在笑？笑谁？）声似浪，从四面八方涌来，笑是深红色的，含有恐怖意味。（我在等什么？等奇迹，抑或上帝的援手？）我完全能帮助自己，仿佛躺在一个梦幻似的境界中，又仿佛走进了人生的背面。

笑声依旧不绝于耳，犹如浪潮般冲过来，不要太阳，也不要月亮，用手挡住过去之烟雾，更无意捕捉不能实现的希望。我接受笑声的侵略，并不觉得这是一种耻辱。

这一段文字，相当真切而又细致地描写了酒徒酒醉后的朦胧状态，通过朦胧意识不规则的自由流动、颜色和笑声等意象的交错描绘、内心独白的适当穿插，巧妙地折射和象征了酒徒在现实世界的困境和悲哀、痛苦和失望。在那从四面八方如浪潮般涌来的冲击和打击下，他面临无人救助，也无法自助的艰难处境，陷入了麻木和幻灭的精神状态。

《酒徒》把意识流技巧与现代诗意象艺术、内心独白等多种艺术手法熔为一炉的新写法，不仅充分反映了刘以鬯的创新意识和探索精神，而且为小说艺术的突破和创新，为开创小说创作的新生面和新格局，提供了富有启示意义的艺术经验。

对传统文学与现代意识相融会的探索

刘以鬯小说的创新意识和探索精神,还表现在对传统文学和现代意识的融汇、民族化和现代化的结合,进行大胆试验和执着追求。《寺内》、《除夕》、《蛇》、《蜘蛛精》等故事新编类型的中短篇小说,就是他进行这方面试验和探索所取得的艺术成果。《寺内》写的是《西厢记》的传统故事,以浓郁的诗意、繁富的意象、凝练的语言,深刻地描写了张君瑞和崔莺莺的情感世界,真实地展现了他们对真挚爱情的热烈追求。《除夕》写曹雪芹之死,运用意识流技巧、悬念手法和惊奇结局,通过现实与幻境的交织融汇和今昔的鲜明对比,着意烘托和渲染了曹雪芹复杂的内心世界及其晚景的悲凉气氛。《蛇》的故事来源于《白蛇传》的传说,但小说剔除了其中的神话成分,加强了人间气氛,着重突出了对幸福生活执着追求的坚毅精神,同时还尖锐鞭挞了人性的某些弱点及其严重危害。《蜘蛛精》取材于《西游记》的片断故事,通篇采用内心独白,着力展现唐僧受蜘蛛精诱惑时的心理反应和内在冲突,写出了新意,寄寓了哲理。这几篇构思新颖、别出心裁的小说,是以现代人的眼光,用现代文学技巧,写传统文学题材的有意义的尝试,是对小说创作的民族化和现代化的结合、传统文学和现代意识的融汇这一重要课题的有益探索。

中篇小说《寺内》所取得的成就,集中而鲜明地体现了刘以鬯在小说的民族化和现代化的结合、传统文学和现代意识的融汇方面所进行的尝试和探索,具体而突出地显示了刘以鬯强烈的创新意识和执着的艺术追求。《寺内》在原作《西厢记》的基础上,大胆进行别具新意的艺术再创造,主要表现在两个方面:一是故事情节的淡化处理;一是人物心态的深层开掘。

第一,故事情节的淡化处理。

《寺内》是一部意识流诗体中篇小说,是传统文学题材与现代文学技巧、传统文化与现代意识相结合的一次成功尝试。《寺内》写的是广为流传、家喻户晓的《西厢记》传统爱情故事,显然没有必要在原作的曲折动人的故事情节方面多用笔墨。当然,更为重要的考虑还在于,故事情节的取舍和处理,必须有助于体现《寺内》的总体构想,必须有助于体现小说的内在素质和鲜明特色。正是由于考虑到这些情况和因素,《寺内》在故事情节方面采取了淡化的艺术处理。为了深化主题思想和人物心态,体现现代小说的素质和风格,在故事的安排、情节的提炼方面,小说力求避免平均用力、面面俱到的铺陈描写,着重突出主干,删削枝叶:对重点场景和重要细节,不惜篇幅,精心描绘;对过渡性的场次,则一笔带过,点到为止。《寺内》对原作的故事情节做淡化处理之后,形成了一种凝练、抒情、诗化的叙事风格,从一个侧面较好地体现了小说的总体构想和艺术风貌。

《寺内》故事情节的淡化处理,还有助于显示小说的民族特色。《寺内》的创作,意在探求传统文学与现代意识、民族化与现代化相结合的艺术境界,包括故事情节的安排在内的所有艺术处理,都必须有助于体现这一艺术境界,使小说具有鲜明的民族特色。细心的读者一定会注意到,《寺内》的开头、中间、结尾共有四处,用简洁的文字明确点出了故事的说唱者及其伴唱乐器,并模拟和描绘了伴唱的乐器声。这一巧妙的穿插细节,透露了一个值得注意的艺术信息,即《寺内》叙事格局的特点不是直叙而是转述,是小说的叙事者在叙述一个说唱者所说唱的传统爱情故事《西厢记》。这样一个叙事格局中的叙事者,当然主要是小说的叙述者,但同时又点出了故事的说唱者的存在,只不过在叙事安排上有主次和虚实之分而已。《寺内》明确点出说唱者的存在,并模拟和描写了为说唱者伴唱的弦乐器声音,鲜明地显示了小说的叙事艺术具有传统说唱文学的某些特征,从而在叙事构想和情节安排方面体现了小说的民族特色。

第二,人物心态的深层开掘。

《寺内》没有在故事情节上多用笔墨,而着重对人物心态作深层开掘。小说不仅鲜明地描写了男女主人公与封建礼教统治和婚姻制度发生的尖锐冲突及其心路历程,而且着重强化了他们激烈的内心冲突,着意突出了他们隐秘的心理活动,着力挖掘了他们心灵深处潜藏的性心理、性意识,从一个新的角度对原作的思想内涵和主要人物的反封建精神,做出了深刻、独到的新诠释和新探索。

《寺内》对主要人物内心深处的潜在活动,从三个方面进行了深层开掘和大胆描写。

①直接剖视主要人物内心深处潜藏的情欲活动。通过对张生和莺莺的性心理的描写（第四、六、七卷），突出地展示了男女主人公内心世界最隐秘的潜在活动，这是对封建伦理道德规范的有力冲击，是反封建精神特殊的心理表现形式。通过对崔老夫人的性幻梦（第九卷）、孙飞虎的性狂想（第四卷）的描写，尖锐地揭露了小说中封建势力的代表人物的虚伪和丑恶。这是对封建势力的暴露和抨击的一种特殊的表现形式。

②通过对梦境的描写，透视潜在的情欲活动。《寺内》对梦境的描写，是透视人物内心深处最隐秘的心理活动的特殊艺术手段。《寺内》写了各种各样的梦境，其中一些梦境着重描写的是潜在的情欲活动。崔老夫人在得知张生和莺莺之事的晚上，做了一个"荒唐的梦：一个十七八岁的小伙子，走入她的卧房，而这个小伙子竟是张君瑞"。这是《寺内》在挖掘原作《西厢记》反封建精神的基础上，对维护封建伦理道德的代表人物及其虚伪性所做的尖锐的揭露和有力的抨击。小说第三卷描写"莺莺在梦中追寻新鲜"、"张君瑞在梦中追寻新鲜"；第十卷描写张君瑞和崔莺莺各做了一场梦。这几段写梦境的文字，都有对男女主人公情欲的暗示和剖视。

③通过暗喻和象征性的描写，曲折地反映潜在的情欲活动。《寺内》常常配合有关描写，给"野猫"、"游鱼"、"蝴蝶"、"饿狮"和"花蕊"、"花朵"等形象，以及"饥饿"、"香味"、"欲望"等词语，赋予一种性暗喻和性象征的内涵。比如，写张生"有一对饥饿的大眼睛"，他"抵受不了香味的引诱"；写莺莺对镜自怜，发觉自己"有一对饿狮的眼睛"，"心事似野猫在白日所做的甜梦"；写"呆立似木的张生，想起野猫在屋脊调戏"；写"疾步而去的红娘，想起水中之鱼"；写"普救寺内的蝴蝶也喜欢花蕊"，"月升时，最易想起蝴蝶与花蕊"，写"奇异的花朵茁长自渐次扩大的欲念"等等。有关情节中的这些描写，都是以一种特殊形式出现的对情欲的暗喻和象征。

《寺内》或者直接描写，或者通过梦境和象征等间接描写，深入挖掘和大胆描写了张生和莺莺这两个传统文学人物内心深处被压抑的性爱情欲和婚姻要求。这是对封建礼教统治、封建婚姻制度束缚、扼杀张生与莺莺的正当性爱情欲和合理婚姻要求,所进行的深刻揭露和有力抨击。这是从一个新的角度,对《西厢记》及其男女主人公反封建精神的深层开掘和突出强调。《寺内》的创作,是运用现代观念和方法,对传统文学名著《西厢记》进行新诠释和再创造的一次大胆尝试,是既"继承传统"又"跳出传统"的一次成功探索,同时,也是刘以鬯强烈的创新意识和执着的艺术追求在小说创作中的一次突出体现。

三 文体实验:刘以鬯小说艺术探索的一个重要方面

刘以鬯强烈的创新意识和执着的艺术追求,贯串在其小说艺术探索的各个方面。而小说文体实验,则是其小说艺术探索引人注目的一个重要方面。他的小说文体实验,着意强化了小说的内在机制和艺术张力,创造了多种多样的艺术形态和小说体式,显示了可贵的独特性和突出的文体感,体现了自觉的文体意识和鲜明的创新特色,集中反映了他在小说创作的艺术探索中寻求新路的勇气和刻意求新的精神。

刘以鬯的小说文体实验,从思维空间的开拓到文体形式的选择,都十分注意广阔的视野、多方面的尝试和多样化的成果。他在小说创作的实践中潜心研究,大胆实验,不断推出具有新颖的艺术形态和独特的文体形式的作品。寓言体《天堂与地狱》、组合体《打错了》、独白体《春雨》以及诗体中篇小说《寺内》、意识流长篇小说《酒徒》等,就是其小说文体实验中的代表性作品。这些作品有与众不同的文体特征,既重视形式构成的文体因素,又注意内容表达的视角选择,充分显示了鲜明的文体意识和强烈的创新精神,从一个侧面集中反映了刘以鬯小说创作的重要成就,为小说创作文体的多样化提供了可资借鉴的艺术经验。

梦幻体小说《副刊编辑的白日梦》

这篇构思独特、描写精练、内容深邃的小说,深刻地剖视了20世纪50至60年代中期香港文坛的复杂状况及不良倾向,巧妙地反映了人们对香港文学的殷切希望和美好追求。这篇别致、新颖的梦幻体小说,是刘以鬯成绩卓著的小说文体实验的一次成功探索。

小说的开头和结尾，都采用了文句颠倒的特殊排列：

现实世界是：

东半球的人这样站

西半球的人这样站

现实世界是：

东半球的人看到月亮

西半球的人看到太阳

这种首尾对应、文句颠倒的排列组合的妙处在于，它以直接诉诸读者视觉的感性形式，既形象地反映了梦中人对现实世界的直观感受，又有效地调动了读者新奇而鲜活的想象和联想的审美活动。这种超越常规的写法，巧妙地为小说所采用的梦幻体式定下了艺术基调，并与小说主体部分的梦境描写有机地组合成了别具一格的艺术整体。

小说为了适应梦幻体式的总体构想的需要，形象而独特地展示梦境与现实的微妙关系以及小说主人公复杂的内心世界，在具体的艺术描写中，把作为小说主人公的副刊编辑一分为二，成了梦境中的"我"和现实中的"你"；小说的叙事视角，也相应地以第一人称和第二人称的灵活转换和交叉运用，作为基本的叙述方式。梦中的"我"和现实中的"你"，是副刊编辑的两个化身，因此，他们各自的言行和心态，实际上正是副刊编辑的深层心理结构中两种意识状态及其对现实的不同态度的曲折而隐晦的反映。梦境中的"我"，由于厌倦现实的沉闷和平庸，力图避开现实，遁入梦境，去追求在现实里难以寻觅的新奇，去探求在现实中难以实现的理想；现实中的"你"，虽然也不满现实，却又深感现实很难改变，于是只好无可奈何地安于现状。通过"我"和"你"这两个化身的描写，突出显示了厌恶现实而有所追求的进取精神和不满现实但又安于现状的求稳心态，集中展现了副刊编辑心灵深处的潜在矛盾和复杂状态。当"我"掀开梦帘，渐入梦境之际，小说对站在现实一边的"你"的描写是："你在笑，眼睛眯成一条线"，"你仍在笑，眼睛眯成一条缝"；接着，对疾步进入梦境渐远的"我"，"你"又一再发出

"回来罢"的急切呼唤；而"我"仍然不予理会，继续奔走于梦境，直到听不见"你"的呼唤。这些精心安排的"我"与"你"的微妙关系的穿插描写，准确地揭示了副刊编辑对现实的明确态度和深层的心理活动。

小说通过"我"和"你"这两个化身，对副刊编辑进入梦境后的深层心态及矛盾状态所做的散点透视，突出而深刻地展示了作为小说主体的梦境描写的现实内容和内在意蕴。小说运用意识流、内心独白、意象组合以及象征、比喻等多种艺术手法，通过出色的梦境描写，对当时香港文坛的复杂状况和某些倾向，从文化现象和心理积淀的角度，给予了虽然有些曲折、隐晦，实际上却富有历史深度的反映。

20世纪50年代末期至60年代中期，是香港文坛现代主义思潮和现代主义创作崛起的时期。小说以新奇的构想和特殊的形态，不仅充分地肯定了现代主义在文坛的兴起和发展这一新趋势，还如实地揭示了当时文坛相当复杂的面貌和某些不良倾向。小说通过意识的流动、象征的运用和意象的营造，巧妙地反映了乔哀思等现代派作家的作品在当时文坛的广泛流传以及产生的积极影响，委婉地批评了在学习和借鉴现代派技巧手法时，那种单纯模仿、只学皮毛而不重视精髓的错误做法。小说不仅及时地指出了现代派创作兴起中出现的这些不良倾向，而且敏锐地指明了现代派创作的发展还存在一些阻力。小说用"吴尔芙的浪潮冲不破冬烘的旧梦"来比喻和象征在现代主义浪潮面前，还有一些艺术思想僵化、技巧手法保守的"冬烘先生"，仍然在做着维护那些落后的和过时的思潮和创作的迷梦。小说形象地告诫人们，现代主义创作的发展前景，正如航行在浩瀚无边的大海中的巨轮，特别需要审慎"把舵"，认清航向，奋勇前进！

20世纪50年代末期至60年代中期，也是香港文坛通俗文学创作蓬勃发展的时期。小说运用一系列手法巧妙新颖、内涵丰富深刻的比喻、象征和意象，对当时通俗文学创作中的不良倾向，给予了机智的嘲讽和尖锐的抨击。小说用有着"美丽包装"的廉价商品来比喻商品化作品，用"鸳鸯戏水"、"蝴蝶飞舞"来象征鸳鸯蝴蝶派作品。小说对试图用占七行的大铅字来表现林黛玉丰富、复杂的感情世界，这种荒谬、可笑的形式主义创作倾向进行了尖锐的嘲笑；小说运用"一群作家在照相机前原地踏步"这一巧妙的意象组合，对一些作家在创作上停滞不前、满足现状、不求上进，却热衷于出风头、图虚荣、争名利的恶劣作风给予了有力的讽刺。

小说通过梦境描写，反映香港文坛的现状，还接触了性文学这一颇为复杂的文化现象。小说综合运用意识流、象征和比喻等手法，对当时香港文坛性文学流行并在一定程度上出现泛滥的现象，表示了深切的关注和忧虑。随着主人公在梦中漫游及其意识的流动，小说对在紫石街上、王婆房内的西门庆与潘金莲的描写，运用了"房门紧闭着，象愤怒人的嘴"这一巧妙而奇特的比喻，用人们愤怒时嘴是紧闭着的来表明房门是紧闭着的；又用"象愤怒人的嘴"之中的"愤怒"一词的感情色彩，来表达对当时性文学中某些不良倾向的鲜明的情绪反应。紧接着，小说还用"六分三的领域中，D. H. 劳伦斯在放声大笑；但是兰陵笑笑生笑得更大声"这类具有含蓄性和分寸感的暗喻和意象，显示了一种明确的情感态度——无意反对副刊上出现性文学，但不宜过多过滥，失去控制。

小说在结束对梦境的具体描写之后，紧接着有一段充满哲理意蕴的内心独白。这既是梦境的深化，也是小说的点题，集中显示了这位副刊编辑的白日梦实际上是他的现实感受的特殊反映形式。正是从这种意义上说，梦境即现实，写梦境也是写现实。所以，这段内心独白表明，梦境并非仙境，梦中有绊脚的荆棘，也有使人哭笑不得的困境。小说虽然描述的是梦境，反映的仍然是现实，即用梦幻的形式表达现实的内容。小说在这段内心独白之后，描写副刊编辑从梦境回到现实，感到极度疲惫，仿佛那"大样""肮脏的油墨里蕴藏着数不尽的踌躇与驱不散的忧闷"。这里的意象选择和情感反应，既鲜明地反映了他对现实与梦境的不同态度，又再次展示了他对现实强烈的不满情绪和厌倦态度。

这篇别出心裁的小说，通过对这位副刊编辑的梦境的描写，不仅反映了对香港文坛的复杂状况及其不良倾向的深切关注，还含蓄地显示了对香港文坛的殷切希望。在开头和结尾部分，小说运用优美的意象和丰富的象征，曲折地表现了这位置身于复杂的香港文坛的副刊编辑，尽管内心充满了烦恼、忧闷和痛苦，但对香港文坛的繁荣和发展，并没有丧失应有的信念，仍然抱有执着的追求。小说开头部分，那围了花边框的标题《李白的希望》，就是用"李白"的诗人身份和"希望"的本身词意，来暗喻文坛仍然充满希望；而小说结尾部分，那九龙半岛璀璨的灯火——"抬头远望，九龙半岛的灯好象钉在黑丝绒上的珠片闪闪发光"，似乎在象征文坛有着光明的前景！小说的表层描写与深层内涵的巧妙结合，以及首尾呼应的精心构思和描写，使这篇主要是揭示香港文坛复杂状况及其不良倾向的小说，其思想意蕴和艺术效应深藏着一种潜在的乐观情绪，散发着一种强烈的进取精神。

组合体小说《打错了》

刘以鬯曾谈到他的两个创作构想，说：

最近，我用五种文学上的不同创作方法和技巧来写同一个题材，摆在一起[14]。

我另外还想写一本叫《四方》的实验小说，用四个不同的空间写同一件事。这种写法可能在外国已有，我还是想试试却一直没有写成[15]。

虽然这两篇构思新颖的组合体小说一直没有写成，但是，《打错了》这篇小说却显示了组合体小说的风采。

刘以鬯在谈到《打错了》的创作时说：

我写每一篇作品都要求有新意，像《打错了》这样的短篇，我力求用新的手法来表现。《打错了》分两段，这两段大部分文字是相同的，若分开来写是两个平凡的小小说，放在一起就是一种艺术的表现形式。文学是语言的艺术，没有技巧就没有艺术；好的内容没有好的技巧表现，就没有办法把它的思想切实反映出来。《打错了》是出于这个想法写出来的，只花了半个钟点，我认为是出了新的[16]。

短篇小说《打错了》通过一次司空见惯的车祸事件，写出了新意，寄寓了哲理。小说的艺术处理新颖、别致、独出心裁，尤其是结局的处理最为引人注目。小说的主人公陈熙，刚从美国拿到学位返回香港，为了找工作，已寄出七八封应征信，正在等待回音。一天，他接到女朋友吴丽嫦打来的电话，约他去看电影。于是，他立即换衣整容，离家赴约，刚走到巴士站便遭遇了车祸。小说的整个内容系由两个小节组合而成，但这两个小节的内容和文字几乎完全相同。唯一的差异是，第二节写到陈熙正要出门时，接听了一个打错的电话。正是由于接听那个打错了的电话造成的"时间差"，使陈熙在小说的第一节和第二节出现了完全不同的结局：第一节，他是不幸死去的车祸受害者；第二节，他是侥幸脱险的车祸目击者。

《打错了》深刻的内涵、新颖的形式和别致的手法，鲜明地显示了刘以鬯刻意求新、大胆探索的创新精神和寓意深刻、富于哲理的艺术追求。（一）情节的不可分性和结构的完整性。小说中的两个小节，情节基本相同而结尾完全不同。如果把这两小节分开来读，不过是两篇文意浅显的平庸之作。刘以鬯把同中有异、对比分明的这两个小节组合成一个别致的艺术整体，就启发了读者去思考寓意深长的小说的主旨。（二）艺术处理的不确定性和模糊性。小说突出强调接听打错的电话这一偶然因素，大胆构想陈熙在车祸中不幸死去和侥幸脱险这两种并存结局。这种不确定性的艺术安排和模糊处理，巧妙地设置了艺术悬念并触发了读者的想象联想，有力地推动了读者审美感受的深化运动，使他们逐步领悟小说包孕的思想内涵和哲理意蕴。

独白体小说《春雨》

《春雨》交错安排春雨景观的描写与抒情主体的独白，二者巧妙配合，融为一体，在互补互衬、相得益彰的艺术描写中展现了富于新意的思想内涵和别具一格的艺术形式。小说抒情主体的独白，内容既广泛又深邃，且有鲜明的思辨色彩和深刻的哲理意蕴，是小说主题表达的主要途径。小说抒情主体的独白，无论是直陈所思，还是抒发所感，既深刻而富于哲理，又机智且充满张力，不仅给读者以有益的启迪、强烈的感染，还让人感受到时代脉搏的律动。尽管小说中并没有出现人物，然而在抒情主体的独白所调动起来的读者的想象联想中，分明出现了一个抒情主人公的形象。他面对动荡的世界和混乱的时局，深沉思考，多方求索，表现了积极进取、勇于奋斗的精神。

通过准确地把握和描写雨势、迅雷、迷雾等景物的各种形态变化以及气氛的渲染，《春雨》对春雨景观的描写，使读者感受到一种激情、诗意，产生了一种沉郁而独特的美感效应。小说出色的景观描写，通过读者的心理感应这一中介，让人感受到景观描写潜在的思想寓意和象征内涵。从这种意义上说，景观描写本身也是一种具有特殊形式的抒情独白。

《春雨》的抒情独白与景观描写，并没有追求两者的机械配合和直接联系的刻板写法，而是巧妙地采取了交错安排、紧密配合的结构，从而形成了互补、交织、完整的艺术格局。在具体的艺术描写中，抒情独白是灵魂和基调，在小说的整体"画面"中具有"画外音"的作用。而小说的景物描写，既营造了环境和心理氛围，又呈现出具体的"画面"。但抒情不是对小说的具体"画面"的"解说"，景物描写也不是对抒情独白的"图解"。它们之间的关系，既不是机械配合，也不是直接联系，而是在着重加强它们的内在联系的前提下，充分发挥它们各自的独特作用。独白的抒发，由于景物描写的配合，而收到烘云托月、相得益彰的艺术效果；景物的描写，由于抒情独白的折射，而被赋予了特定的思想内涵和象征意义。

小说的抒情独白和景物描写的联系的艺术处理，不仅是外部的直接配合，更重在内在的深层联系。抒情主体的心潮起伏和思绪流动与春雨景观的急缓强弱变化，在内在节奏上相互呼应，在读者的心理感应上形成默契，从而在充分调动读者的想象联想的思维活动中，使他们领悟并理解小说的主旨。

刘以鬯的小说文体实验还在继续，他一定会在总结经验的基础上，取得更大的成就。

注释：

① 《沙粒与羽片》，载 1939 年 2 月 28 日《文汇报·世纪风》；《七里岙的风雨》，载《文笔》第 2 卷第 10 期，1939 年 12 月 5 日出版。

② 老舍的《四世同堂·惶惑》，1944 年 11 月 10 日至 1945 年 9 月 2 日在重庆《扫荡报·副刊》连载。

③ 1945 年 4 月 19 日，重庆《扫荡报·副刊》。

④ 这些作品，分别刊载于下列报刊：

《地下恋》，重庆《文艺先锋》第 7 卷第 8 期，1945 年 9 月出版；《西苑故事》，1945 年 10 月 24 日和 25 日，重庆《扫荡报·扫荡副刊》；《饥饿线上》，1945 年 10 月 13 日和

14日，重庆《扫荡报·扫荡副刊》；《浅夏》，1945年12月21日，重庆《和平日报·和平副刊》；《风雨篇》，1945年11月25日，重庆《和平日报·和平副刊》；《人间万象》，1945年7月25日，重庆《扫荡报·扫荡副刊》。

⑤1946年1月1日，重庆《和平日报·和平副刊》。

⑥刘以鬯：《怀正，四十年代上海的一家出版社》。

⑦《1997》和《春雨》出版于20世纪80年代，但其中收入的11篇小说（去掉两个集子中重复收录的），有6篇写于20世纪六七十年代，5篇写于20世纪80年代。因此，这里尽管是评述他20世纪六七十年代的小说，仍然有必要提及这两个集子。

⑧振明：《解剖〈酒徒〉》，载香港《中国学生周报》841期，1968年8月30日出版。

⑨张文中：《刘以鬯：别一种集邮的乐趣》，载1992年4月15日香港《星岛日报》第35版。

⑩刘以鬯：《〈刘以鬯卷〉自序》，三联书店（香港）有限公司，1991年4月出版。

⑪同⑩。

⑫香港《开卷》记者：《刘以鬯的创作生活》，原载香港《开卷》杂志第3卷第5期，1980年10月出版。

⑬刘以鬯：《我为什么写〈酒徒〉》，原载1994年7月24日香港《文汇报·文艺》。

⑭肖正义：《与刘以鬯先生一席谈》，原载1984年8月12日《深圳特区报》。

⑮《知不可而为——刘以鬯先生谈严肃文学》，原载《八方文艺丛刊》第六辑。

⑯同⑭。

（原载《香港文学简论》）

刘以鬯早期的文学创作

一、发表第一篇小说

刘以鬯读初中的时候就喜欢阅读新文学作品，也喜欢写作，常常给学校的壁报写一些短文。

1933年春，经同学邀约，他参加了以叶紫为会长的"无名文艺会"[①]。参加"无名文艺会"以后，他除了继续给壁报写些短文而外，也开始写一些文章，投寄给报社。

1936年5月，17岁的刘以鬯在大同大学附属中学读高中二年级的时候，发表了一篇题为《流亡的安娜·芙洛斯基》的短篇小说。这篇小说发表在1936年5月10日出版的、朱血花（旭华）编的《人生画报》第2卷第6期。小说署名是刘以鬯的原名刘同绎，有华君武的三幅插画，这是刘以鬯在报刊上发表的第一篇小说。作为一个初学写作的中学生的作品，这篇小说当然不可避免地显露出艺术上的稚嫩、文字上的生涩等弱点，但从这篇小说的基本内容和人物描写看，还是有些值得注意之处。

刘以鬯的这篇处女作，通过描写安娜·芙洛斯基的流亡生活和特有心态，反映了一个白俄女子的遭遇和命运。安娜·芙洛斯基出生于俄国贵族之家，俄国十月革命以后流亡中国，先后在齐齐哈尔、天津、威海卫等地做女招待、模特儿、舞女。在辗转各地的流亡生涯中，她的青春也随之飞逝而去。如今，她流落上海街头，已经是"一个犹太老乞丐样的白俄中年妇人了"。青春不再的安娜·芙洛斯基的流浪生活，当然比她正值青春年华时更为艰难，也更加尴尬，甚至"连一块黑面包也没法找到"。小说不仅真实地展现了安娜·芙洛斯基求生的挣扎和面临的困境，还比较深刻地挖掘了她作为一个贵族子女的内心世界。小说通过比较细致的描写，集中显示了她至今还保留着的一种特有的贵族心态：追怀昔日家族的豪华生活，安于依附他人的生存方式。小说一开始就通过描写她的梦境，展现了当年贵族生活的片断场景，这既反映了她内心深处一直无法忘怀过去的贵族生活，又与她现在艰难的生存困境形成鲜明的对比，从而为小说描写和读者观察安娜·芙洛斯基提供了一个展示她的现实处境和深层心态的视角。当安娜·芙洛斯基从梦境回到现实以后，小说着重描写了她在此时此地仍然把摆脱穷困潦倒的生存危机寄希望于"能够碰到一个男朋友"，以为这样就"可以在上海享乐了"。可是，她在上海的繁华街道游荡多时，却并没有碰上可以使他得到享乐的"男朋友"，而是碰上了她们家族过去的一个佣人。这个佣人告诉她，她原来认识的一个男爵和一个骑兵上尉也在上海。她想：既然没有碰上可以使她享乐的"男朋友"，不妨去会会过去的朋友。于是，第二天，她特地买了鲜花去拜望那个佣人、男爵和骑兵上尉。可是，当她走到那佣人的住处，才知道那佣人抢了一个女人的手镯，逃走了；而那位男爵的处境也并不好，何况他根本不愿意认她；至于那位骑兵上尉，正病得奄奄一息，显然不久于人世。

刘以鬯的《流亡的安娜·芙洛斯基》虽然是一篇初学写作者的习作性质的作品，但是，应该说，它在艺术上还是显示了一定的特色。从这篇小说的一些具体描写，读者可以略窥都市生活的面影，感受其特有的情调和节奏。从这篇小说的某些艺术处理中，还可以发现小说呈现出一些都市文学色彩，运用了近似新感觉派的手法。在小说的人物描写中，对人物的感官、感觉和心理写得颇为细腻，并有某些不同于常规的、带有实验性写法的尝试。在小说的最后部分，安娜·芙洛斯基为了摆脱生活困境，又重新走上了街头，再续卖笑生涯。此时，小说有这样一段描写：

> 安娜非常快活的靠着孤灯的铁柱，右腿搁在左腿的站在土沥青铺道上。嘴角边衔着强性底卷烟，眼珠不断地躲在烟雾里向每个行人作幻想的闭霎，而且不分国界的对每个不相识的男人报以没有色彩的微笑。

从这段描写，可以看到小说的文字显得比较稚嫩。不过，其中采用的手法却是尝试性的实验，值得鼓励和肯定。用"眼珠……躲在烟雾里……作幻想的闭雾,……对……男人……报以没有色彩的微笑"来描写安娜·芙洛斯基企望找到男人的眼神和强颜欢笑的表情,相当准确地揭示了她此时此刻的复杂心态,从而反映了这个白俄女人的现实生存困境。从这里也可以略窥这篇小说所采用的接近新感觉派的手法,以及所受到的穆时英小说的某些影响。许多年以后,刘以鬯在谈到这篇小说时,也承认这篇小说确实受到穆时英小说的影响。20世纪30年代,穆时英在上海文坛非常活跃,刘以鬯正在上海读中学。他回忆当时的有关情况说:"念中学的时候,由于'九一八'事件,很喜欢看东北作家(如萧红、萧军、端木蕻良等)的作品,因为都带有强烈的抗日意识,其他没有抗日意识的作品,都不能吸引我。只有穆时英的作品例外……我在中学时写的一篇习作,就受穆时英的影响。"[②] 从《流亡的安娜·芙洛斯基》的总体面貌,特别是写作上的某些追求来看,可以说,这篇小说基本上属于实验小说的范畴,是刘以鬯实验小说创作最早的尝试,是他整个创作生活的良好开端,为他日后创作的发展奠定了比较好的基础。

二、学习与写作

1937年夏,刘以鬯中学毕业。"八·一三"事变后,全面抗战爆发,他进入上海圣约翰大学读书,主修政治学,副修历史学。他在圣约翰大学读书期间,一年级和二年级在市区大陆商场上课,三年级和四年级在梵王渡校内上课。

在大学读书期间,刘以鬯广泛阅读了许多文学名著,丰富了自己的文学知识,提高了文学修养和鉴赏能力。这期间,他扩大了阅读范围,从中学期间主要阅读中国新文学作品,扩展到外国文学作品。他开始读一些英美文学作品的原文,或其他西方国家文学作品的英译。在一年级上学期,英文课读的是狄更斯的 *David Copperfield*(《块肉余生》);下学期的英文课读的是"短篇小说选"和"独幕剧选"。他谈到当时的情况时说:"其中'短篇小说选'对我的影响比较大,觉得这些短篇作品的写法,跟中国当时一些短篇小说的写法很不一样,也由此我认识到什么是好的短篇,哪些是不好的。"[③] 在这期间,他也购买了一些他喜爱的外国作家的作品。他曾经因为买到了印刷精良的托尔斯泰的《战争与和平》（英译本）和杜斯·帕索斯（John Dos Passos）的《美国》三部曲，而萌生了自己办一家出版社的愿望④。他对于杜斯·帕索斯将"新闻片"、"开麦拉眼"等加插在小说中的尝试，产生了很大的兴趣。他对外国作家作品的关注和喜爱，是十分广泛并不断发展变化的。他说："我在不同时期，喜欢不同的作家和作品。在抗战期间，我喜欢的作家是海明威、史坦贝克，再往后我爱读福克纳和维珍妮亚·吴雨芙，有一个时期也喜欢过毛姆；还有一个美国作家萨洛扬也是我所偏爱的。事实上，就欣赏文学作品而言，我的口味比较宽广，我喜欢现代的，也喜欢传统的。"⑤

在大学期间，刘以鬯仍然不断练习写作，并向上海《文汇报》的副刊《世纪风》和《大美报》的副刊《浅草》，以及《文笔》杂志投稿，发表了一些作品。他发表的《沙粒与羽片》⑥中的那些颇有现代风的小诗，反映了青年们的深沉思索和内心呼声，并在诗歌追求之中显露了一些现代诗的气息。他还发表了十多篇散文，其中有的篇章，比如《七里岙的风雨》、《山麓的风暴》、《羊群和疲惫的牧羊人》等，内容具有鲜明的现实性和时代感，或者从时代波涛中撷下几朵浪花，或者从现实风云中摄取几个镜头，反映了时代和现实的侧影，表现了强烈的反侵略、爱祖国的激情。这些散文的写法也有比较突出的特色——生动的人物、清新的文字、气氛的烘托，特别是融入了小说、诗歌乃至电影的某些手法，从而形成了颇为鲜明的风格，显示了他在散文写作中的某些探索和追求。

《七里岙的风雨》⑦，是刘以鬯这些散文中很有代表性的一篇。这篇散文，以散文笔法为基础，融入了电影和诗歌的某些手法，描写了七里岙山林中一场血与火的搏斗。一群村民固守在山上，敌人攻山失败，放火烧村，村民们立即返回村里抢救老人和孩子，而这时敌人炮击山林，造成村民重大伤亡，犯下了严重的罪行。对这样一场血与火的搏斗的描写，这篇散文选择了侧写的视角，运用横断面的手法，把散文的笔墨、电影的镜头、诗歌的句式作了巧妙的融合，并统一于散文笔法之中。这篇散文中，急促沉重的节奏、环境气氛的烘托、人物和场面的描写及其特写镜头，不仅真实地反映了一场血与火的搏斗，而且有助于突出散文所包孕的力与美的阳刚风格。

刘以鬯在大学期间的创作，虽然在原有的基础上有所发展，取得了一些成绩，但这些作品仍然有着早期创作的不成熟痕迹。不过，他在这期间的创作，显然为他日后走向成熟阶段创造了一些重要条件。他在这期间写诗歌、写散文，注意在不同的创作领域中尝试、探索。这不仅有助于提高他驾驭各种文学样式的能力，而且对他以后专门从事小说创作也大有裨益。

三、在重庆期间的创作

1942年至1945年，刘以鬯在重庆期间，除了主编《扫荡报·副刊》和《国民公报·副刊》，还有一些个人的文学活动。

1945年春，刘以鬯创办了一份《幸福周刊》。《幸福周刊》是一张八开的小报，只有4页。这是一份同人式的刊物，发行人是他的兄长柳山，他们在上海圣约翰大学的同学黄耶鲁是编辑。《幸福周刊》连载过徐訏的小说《犹太的彗星》，也发表过《世界奇闻录》之类的文章。

刘以鬯在编副刊的余暇里常常专心写作，时有作品发表。他创作和发表的作品有中篇小说、短篇小说、诗歌、散文、杂文、评论等。现在已经查找到的作品有：中篇小说《地下恋》[8]；短篇小说《西苑故事》[9]、《饥饿线上》[10]、《子夜血案》[11]；诗歌《浅夏》、《Nostalgia》[12]、《少女怨》[13]；散文《风雨篇》[14]；杂文《人间万象》三篇（《希特勒生死之谜》、《自杀防止药》、《百科全书与战斗舰》）[15]、《砂粒与羽毛》四则[16]；评论《读〈蝴蝶与坦克〉》[17]、《看子恺画展》[18]等等。他的这些作品，分别署名"刘以鬯"或"蓝璐"。抗战胜利以后，《地下恋》在《幸福》（上海）杂志重刊时，改题为《露薏沙》。

刘以鬯这个时期所写的诗歌和散文，还是可读的、有特色的。《浅夏》、《少女怨》等诗歌，多少反映了特定时代年轻人的某种心境，也许正寻觅诱人的梦境，也许为恋情不被理解而哀怨，也许因过分的寂寞而惆怅。

短篇小说《西苑故事》，尝试用现代人的眼光来处理历史题材。小说通过集中描写隋炀帝在西苑十六院一天的荒淫、糜烂的生活，突出反映了他昏庸的行为和没落的心态，以及面临末世、必然灭亡的命运。小说中象征、暗喻的描写和环境、气氛的烘托比较有特色。小说对隋炀帝荒淫而糜烂的宫廷生活的细致描写，既是对这个昏庸的末世帝王的揭露和抨击，也是他当时烦闷、不安、悒郁的心情的反衬。

刘以鬯在这个时期也有评论文章发表。《读〈蝴蝶与坦克〉》是他发表的第一篇评论文章。这篇文章对海明威收入《蝴蝶与坦克》中的短篇小说的特点和风格，进行了简明而深刻的分析，有助于读者对海明威小说的阅读和理解。刘以鬯的另一篇评论文章《看子恺画展》，署名既不是"刘以鬯"，也不是"蓝瑙"，而是"笑雨"。那么，这究竟是不是他的文章就需要做一点考证了。

刘以鬯在《纪丰子恺》一文中说：

……丰子恺在两路口举行画展，我马上赶去参观。在会场中，丰子恺向我表示：只要有闲，一定帮我写稿。我向他道谢，他带我参观他的作品。这天晚上，我写了一篇有关此次画展的短文，登在副刊里。

而丰子恺在1945年11月19日给刘以鬯的信中写道："以鬯先生：屡示，并蒙为拙展作文宣扬，深感美意。"那篇署名"笑雨"的文章《看子恺画展》，发表于1945年11月5日重庆《扫荡报·扫荡副刊》。判定这篇文章是出自刘以鬯的手笔，根据有三：（一）刘以鬯明确谈到，他参观了丰子恺的画展，在当天晚上写了一篇有关画展的文章，并发表在副刊里；（二）丰子恺看到这篇文章后，在致刘以鬯的信中还特地感谢他作文宣扬画展；（三）更重要的根据是，查阅1945年11月5日前后的重庆《扫荡报·扫荡副刊》，除了署名"笑雨"的这篇文章而外，没有一篇有关丰子恺画展的文章。至此，事情应该说得比较清楚了。因为，既然刘以鬯与丰子恺都证实，刘以鬯在《扫荡副刊》发表过有关丰子恺画展的短文，而查证《扫荡副刊》又只出现过署名"笑雨"、题为《看子恺画展》的这篇短文，那么，认定这篇短文是刘以鬯的文章，应该说是有根据的。

抗战时期，刘以鬯在重庆，主要精力放在编辑两份副刊上，至于个人的创作活动，只能在编副刊之余进行。他这个阶段的作品数量不多，质量也参差不齐，有些篇章写得好一些，给人的印象深一些。虽然他在这个阶段的作品，从总体看来，尚未达到成熟境界，但是，应该说也取得了初步的成绩，为他日后创作的发展奠定了比较坚实的基础。

刘以鬯在重庆时期的创作中，有代表性的作品是中篇小说《地下恋》和散文《风雨篇》。它们各自取得的成绩和显示的特色，反映了刘以鬯这个时期的作品所达到的水准。

中篇小说《地下恋》从一个侧面反映了"孤岛"陆沉以后，上海爱国志士反抗日本侵略者的斗争。小说的男主人公"我"是一位新闻工作者。当所在的报馆被迫将报纸停刊以后，"我"主动留在上海参加了反抗日本侵略者的地下斗争。小说的女主人公是露薏莎，她的父亲是帝俄时代的男爵，母亲是中国人。她的母亲和哥哥都惨遭日本侵略者杀害；而她孤身一人流落上海，成了夜总会的表演女郎。她的身世和遭遇，使她痛恨日本侵略者，同情爱国志士反抗日本侵略者的斗争。最后，她为了掩护"我"而牺牲在日本侵略者的枪弹之下。

《地下恋》这篇小说的创作意图是有意义的，人物形象也是鲜明的，比较真实地揭露了日本侵略者的凶残，歌颂了爱国志士的斗争。这篇以太平洋战争爆发不久后上海的斗争生活为背景的小说，围绕着主要人物的斗争和活动，具体地描写了上海某些富于地方特色的生活场景，尤其是对主要人物露薏莎与"我"经常活动的沪西越界筑路这一特殊地区的生活风貌，有相当细腻而出色的描写。小说所描写的夜生活的游憩场所帕薇苓花园、中亚细亚装饰风格的阿里巴巴舞厅、划船荡桨的娜波玲村以及欧罗巴餐厅、黑猫酒吧等地方，都鲜明地显示出这一地区特有的气氛和情调。而伊甸夜总会更是他们经常出入、借以作当掩护的活动场所，也是小说着重描写的露薏莎牺牲的地方。小说运用明快、流畅、鲜明的语言，真实、具体、细腻地描写两位主要人物的活动，从一个侧面突出了他们所从事的斗争的特殊环境，烘托、渲染了都市生活的风采、情调、气氛、节奏，从而在一定程度上显示了都市文学的特色。而从这些写法及其特色，又不难看出刘以鬯这篇《地下恋》与他的处女作《流亡的安娜·芙洛斯基》一样，都受到了穆时英小说的影响。刘以鬯后来曾经谈到过有关情况，说：

《地下恋》是我在重庆时用拍纸簿写成的东西,以孤岛时的上海为背景,情节是虚构的,牵强附会之处甚多,却由王蓝拿给《文艺先锋》发表了,后来我把小说的题目改为《露蕙莎》,露蕙莎是女主角的名字,因当时受穆时英的影响,喜欢写大城市人的生活。孤岛时期,我家境还好,课余常到越界筑路去玩。那里的夜生活多彩多姿,我常去玩 Bingo (氹波拿),小说就以这特殊地区的夜生活为背景[19]。

　　尽管小说对大都市生活,特别是对越界筑路这一特殊地区的夜生活的描写,是相当有特色的,但是,在小说的构思和描写中,如何把男女主角的斗争生活和那一特殊地区的夜生活的关系,作更为恰当和完善的处理,还存在着欠缺和不足。这也是小说未能圆满解决的一个难题。

　　散文《风雨篇》,以巧妙的构思、精练的语言,真实而细腻地描写了一位为国捐躯的抗日将士的妻子对丈夫苦思冥想、深切怀念的特有心态,从而强烈地谴责了日本侵略者的罪行。

　　《风雨篇》描写了一个寂静的山村里,一位抗日将士的妻子在一个秋天的风雨之夜,深情地思念远在前线的丈夫。散文着重展示了这位抗日将士的妻子对秋夜风雨的独特感受,把那呼呼刮来、淅沥作响的风雨声比喻为"似愁似怒似妇人的饮泣",突出反映了妻子对丈夫的深切思念。散文还通过妻子在淅沥的风雨声中凝视灯花飞溅、烟影缭绕而通宵未眠的情景烘托了她的思念之情的强度。

　　《风雨篇》紧接着描写第一声鸡鸣划过群山,邻村犬吠似有人来。妻子细细倾听,仿佛有脚步声自远渐近,她一阵惊喜,不禁脱口而出"他回来了"！她立即"整襟、梳发,露一丝欢迎的微笑,等待在门前树侧"。可是,她等候良久,一直不见人影出现。这时,她才发觉原来自己在深切思念之中,误将"风脚"当"旅步",把呼呼作响的风声当作了丈夫归来的脚步声。文中关于妻子"误听"这一段,实际上描写的是她苦思苦等丈夫一宵未睡,在神情恍惚中产生的一种幻觉,是她极度思念丈夫的深层心态的曲折而特殊的反映。显然,这远比直接描写她的思念之情,更有深度和力度。值得注意的是,作者描写她的幻觉时所用的手法和语言,也是很有特色的。作者用

"整襟"、"梳发"、"等待在门前树侧"展现了妻子急促、快速的动作。这种鲜明的动态描写,准确地揭示了她期待丈夫归来的那种又惊又喜的急切心情。紧接着,作者又采取重复短句的手法,以连续三个"但是他没有来"突出表现了因为丈夫没有出现而幻觉破灭,急剧的变化在她内心深处带来了巨大的震动和深切的悲痛。此时,她满怀的希望逆转而为失望,狂喜顿时一变而为大悲。

《风雨篇》的结尾别出心裁,十分出色。作者描写妻子在极度失望的悲痛心情中,幻觉随即破灭,急速坠入现实——这时,她才(猛然想起:他战死已有三年)。这句话用了括号,表明这是妇人的内心独白和心理活动。这时,读者才明白,这篇散文实际上描写的是妻子在极度思念丈夫的神情恍惚状态中所产生的幻觉。一直到从幻觉回到现实,她才猛然想起,丈夫战死已有三年。这篇散文的结尾,从表现手法来说,采用的是惊奇结局的手法。这种惊奇结局的手法可以产生更好的艺术效果。这种惊奇结局的作用表现为巧妙地促使读者在重新回顾有关描写的过程中,进一步加深对这篇散文的深层内涵的理解和认识。读者可以从妻子在丈夫已战死三年,仍然苦思苦等、一直不能忘怀的情景中,感受到她对丈夫的感情之深、思念之切。

而散文此时戛然而止,留下空白,让读者在想象和联想中去认识和理解散文的深层内涵,从而揭露这一悲剧的制造者日本侵略者犯下的罪行。

《风雨篇》以精心的构思、巧妙的安排、简练的语言,将气氛渲染、侧面烘托、幻觉描写、惊奇结局等手法组成一种相辅相成的、互补的描写系统,真实而深刻地描写了一位抗日将士的妻子真挚的夫妻之爱和深切的思念之情,同时,对造成这位妻子失去丈夫的日本侵略者给予了有力的谴责和抨击。

四、出版第一本小说

抗战胜利以后,刘以鬯回到上海,主要精力用在怀正文化社的业务发展上,很难顾及个人的创作,没有多少时间来写作,因此,他这个时期的作品很少。正如他自己所说,"就事业言,算是打下了一个基础;就学习写作言,由于大部分时间放在处理出版社的事务上,一点进展也没有"[20]。事业和创作齐头并进，比翼双飞，固然很好，但在当时上海的复杂情势下，要开创出版事业谈何容易。作为一个作家，把一个出版社从初创推向可观的发展，已经是很不容易的事，甚至可以说，付出影响自己创作这种代价，实属无可避免之事。正是由于这种实际情况的限制，刘以鬯在这个阶段很难把精力放在创作上，所以他写得很少，而可以提起的只有一本中篇小说《失去的爱情》。

这本中篇小说最初发表在1946年在上海创刊、由沈寂主编的文艺性综合杂志《幸福》月刊；1948年10月，由上海桐叶书屋出版；1951年12月，由香港桐叶书屋再版。刘以鬯在谈到《失去的爱情》时说："《失去的爱情》是我的第一本单行本，于1948年10月出版，是一篇三万多字的小说，灵感得自一本奥国小说，不能算是创作，虽曾搬上银幕，却是十分幼稚。"[②]《失去的爱情》曾经在上海被拍成了电影，由徐昌霖编剧、汤晓丹导演，金焰、秦怡主演。刘以鬯说："电影拍得比原著好。原著很幼稚，模仿多于创作，不是好作品。不过，这是我的第一本书。"[②]刘以鬯谈到《失去的爱情》时，是以一种严格的文学标准来衡量和评价的。不过，就其基本点来说，还是符合这本中篇小说的实际情况的。《失去的爱情》确实还不是一本成熟的作品，由于当时种种客观条件的影响，致使这本小说没有反映出刘以鬯当时的创作水准。不过，从他的创作发展来说，这本小说最值得注意的，是他漫长文学生涯中出版的第一本单行本作品。

注释：

①刘以鬯：《叶紫与"无名文艺会"》，原载《看树看林》，香港书画屋图书公司，1982年4月出版。

②香港《八方》编辑部：《知不可而为——刘以鬯先生谈严肃文学》，原载香港《八方文艺丛刊》第六辑，1987年8月出版。

③同②。

④刘以鬯：《怀正，四十年代上海的一家出版社》，原载《短绠集》，北京中国友谊出版公司，1985年2月出版。

⑤同②。

⑥刘以鬯：《沙粒与羽片》，原载 1939 年 2 月 28 日上海《文汇报·世纪风》。

⑦刘以鬯：《七里岙的风雨》。原载《文笔》第二卷第一期，1939 年 12 月 5 日出版。

⑧《地下恋》，原载重庆《文艺先锋》第七卷第八期，1945 年 9 月出版。

⑨《西苑故事》，原载 1945 年 10 月 24 日和 25 日重庆《扫荡报·副刊》。

⑩《饥饿线上》，原载 1945 年 10 月 13 日和 14 日重庆《扫荡报·副刊》。

⑪《子夜血案》，原载 1945 年 8 月 8 日重庆《扫荡报·副刊》。

⑫《浅夏》、《Nostagia》，原载 1945 年 12 月 21 日重庆《和平日报·副刊》。

⑬《少女怨》，原载重庆《国民公报·副刊》。

⑭《风雨篇》，原载 1945 年 11 月 25 日重庆《和平日报·副刊》。

⑮《人间万象》三篇，原载 1945 年 7 月 25 日重庆《扫荡报·副刊》。

⑯《砂粒与羽毛》四则，原载 1945 年 7 月 6 日和 13 日重庆《扫荡报·副刊》。

⑰《读〈蝴蝶与坦克〉》，原载重庆《扫荡报·副刊》。

⑱《看子恺画展》，原载 1945 年 11 月 5 日重庆《扫荡报·副刊》。

⑲同②。

⑳刘以鬯：《〈刘以鬯〉自序》，香港三联书店有限公司，1991 年 4 月出版。

㉑香港《开卷》杂志记者：《刘以鬯谈创作生活》，原载 1980 年 10 月香港《开卷》杂志第三卷第五期。

㉒同②。

（选自《刘以鬯传》）

刘以鬯在重庆、上海的编辑和出版工作

一　从上海到重庆

　　1941年7月，刘以鬯从上海圣约翰大学毕业，本打算到美国去继续学习，但毕业后不久，太平洋战争爆发了，他也就取消了赴美国留学的计划。这时，"孤岛"陆沉，刘以鬯不愿意在日寇铁蹄下生活，于1941年12月底，只身离开上海，前往重庆。

　　刘以鬯离开上海以后，取道江浙交界的偏僻地区，辗转、迂回地奔向重庆。在抵达龙泉以后，他拿了父亲的信去见浙江地方银行董事长徐圣禅。徐圣禅又介绍另一位徐先生与他相识，这位徐先生就是作家徐訏的父亲，也要到内地去。徐圣禅让刘以鬯与徐老先生同乘一辆运载货物的木炭车，以便在路上可以互相照应。徐老先生不仅对康德有研究，而且也懂得一点医道。在前往赣县途中，刘以鬯背部生疮，还是徐老先生为他敷药治疗的[①]。

　　1942年春，刘以鬯经过长途跋涉、越岭过江的艰苦历程，终于顺利地从沦陷区来到大后方的山城重庆。刘以鬯初到重庆，一时找不到合适的工作，只好寄居在一位姓陈的亲戚家里。亲戚在小龙坎开设了一间铁工厂，厂里有一位副工程师杨如深，三十几岁，笃实忠厚，刘以鬯很快就与他成了很谈得来的好朋友。

　　刘以鬯在亲戚的铁工厂住了几个月，因一个偶然的机会，见到了他父亲的朋友曾通一。曾通一是重庆《国民公报》的社长，得知刘以鬯还没有找到工作，就邀请他到《国民公报》去工作，以主笔的名义编副刊[②]。《国民公报》是民间报纸，刘以鬯所编的副刊比较自由，发表了许多作家的作品。比如，焦菊隐发表了连载长篇小说[③]；徐訏也常有作品发表，他的《赌窟的花魂》曾在一份"孤岛"的杂志上发表，大后方的读者多数都没有读过，于是便在《国民公报》副刊上重新发表④。

刘以鬯通过朋友介绍与丰子恺相识后，为了美化《国民公报》副刊的版面，特地写信请他为副刊画一个版头。三天以后，刘以鬯收到了丰子恺的回信⑤。

以鬯先生：嘱写报题，今日邮奉，乞收。弟近来久不写文，因身体和眼力均不胜任，尊编副刊，弟暂时未能投稿，以后如有所作，当再报命可也。即颂

近安

弟丰子恺顿首

十月十六日下午

刘以鬯对丰子恺画的报题十分喜爱，认为诗意颇浓，具东方味。其构图是这样的：左边一根大柱子，上端有卷起的竹帘，帘下则是副刊名。这个报题，《国民公报》副刊用了一年左右。

刘以鬯在《国民公报》工作了一段时间以后，经上海圣约翰大学同学杨彦岐的介绍，到重庆《扫荡报》参与副刊的编辑工作⑥。当时，《扫荡报》副刊的主编是作家陆晶清。她和蔼可亲、乐于助人，十分关心刘以鬯等年轻记者、编辑的工作，经常将社长的信息告诉他们，而他们有什么要求，也常请她转告社长。

二 听广播的风波

刘以鬯初到《扫荡报》时，社长黄少谷给他指派的工作很特别——听广播。所谓"听广播"并不是收听全世界各通讯社发出的电讯，而是收听世界各地电台的英语新闻，把重要新闻扼要记录下来，并译成中文，供报社总编辑选用和参考。尽管这是刘以鬯没有做过的工作，但他还是认真地收听伦敦、旧金山与安哥拉等地的新闻广播。他听了一段时间的新闻广播，并没有发现有重大价值的新闻，有些怀疑自己能否做好这项工作，总觉得不能胜任这项比较特殊的工作，甚至考虑过辞职，只是没有勇气向社长提出。正当他犹豫不定之际，有一天晚上，他在资料室收听伦敦BBC的新闻报道，忽然

听到一则重要新闻："日本联合舰队总司令阵亡。"他迅速记下这则新闻，随即想法将日本联合舰队总司令的中文名查出来。当时资料室只有他一人，他只好翻阅资料室的有关参考书，直到凌晨两点，才在一本小册子中找到答案。他立即将这则新闻写在纸上送交总编辑。总编辑读过这则新闻后，马上来到资料室，带着掩饰不住的紧张，询问他是否听错了。总编辑向他核实了新闻之后，就直接到排字房，作紧急处理和安排。

第二天，刘以鬯翻阅报纸，看到《扫荡报》以"敌联合舰队总司令阵亡"的新闻为头条，十分引人注目；而重庆的其他报纸，竟没有一家刊登这则新闻。他怀着为报纸找到重要的独家新闻而暗自高兴的心情，向编辑部走去。但编辑部异常安静和紧张的气氛、总编辑和其他几位同事过分严肃的表情，使他感到有些不同寻常。他不知道发生了什么事情，问了同事，才知道社长正在为那条重要新闻的可靠性担忧。他的喜悦心情立即为不安的情绪所取代。他想了解一下有关情况，于是打电话给陆晶清。

"大姐吗？我是同绎，我想问一下，头条新闻的事，究竟出了什么问题？"

"社长在家里踱来踱去，忧心似焚。他担忧的是，像这样重要的新闻，其他通讯社怎么会不发消息？"

刘以鬯与陆晶清通完电话以后，也担忧起来。虽然他相信没有听错，可是毕竟对于收听广播没有经验，何况，怎么可能其他通讯社都遗漏了这条重要消息？他坐在资料室，想来想去，正在发愣的时候，电话铃响了。

"同绎吗？我是晶清。你也不要过于担忧，就算是听错了，以后注意一下就行了，在工作中谁都会犯错的。"

"如果证实我听错了，我一定辞职。"

"也不一定要辞职嘛，有错，改了就好。"

刘以鬯的心情仍然十分沉重，但也想不出什么好办法，只有耐心等待。就这样，好不容易捱到傍晚，他在翻阅当天的晚报时，发现重庆《新民晚报》的头条新闻也是"敌联合舰队总司令阵亡"。看了《新民晚报》头条新闻的大字标题，他喜不自胜，十分激动，立即打电话给陆晶清。

"大姐,我是同绎,《新民晚报》的头条新闻……"

"《新民晚报》的消息,是转载《扫荡报》的,社长打电话去问过了。"与刘以鬯兴奋的语调形成鲜明对照,陆晶清以平静的口气将实际情况相告。

刘以鬯的喜悦顿时消失,心情更加沉重。到了吃饭的时候,他一口也吃不下,独自一人去了资料室。他想,消息既然得不到证实,只有引咎辞职了。于是,他马上执笔起草辞呈。辞呈写到一半,电话铃声突然响起,他立即拿起听筒,就听到陆晶清兴奋的声音:

"同绎,告诉你一个好消息!日本联合舰队总司令阵亡的新闻已获证实,社长高兴极了,对你称赞不已,说你为《扫荡报》立了一大功。"[7]

三 主编《扫荡报》副刊

1944年夏,陆晶清离开重庆去英国。她主编的重庆《扫荡报》的副刊,由刘以鬯接编。他主编《扫荡报·扫荡副刊》不久,其内容和形式都受到好评,不仅内容充实、丰富,而且版面新颖、美观。他主编的《扫荡报·扫荡副刊》既重视发表短篇作品,如短篇小说、散文、诗歌、杂文、论文等,也注意选刊艺术水准相当高的连载长篇小说。在《扫荡报·扫荡副刊》上发表作品的作者也十分广泛。如老舍、老向、孙伏园、徐訏、尹雪曼、李辉英、陆丹林、赵清阁、华林、王平陵、钱歌川、蒋星煜、马兵、王蓝等许多作家,都在《扫荡报·扫荡副刊》上发表过作品。刘以鬯为了编好副刊,不仅广泛联络和团结作家,希望得到他们的大力支持和密切合作,而且还欢迎广大读者动手写作。他认为"写作,并不是作家专有的权利",读者也能够写出"真实的故事",读者"笔下也不乏精彩文章"[8]。

抗战时期,重庆的报纸都有副刊,晚报的副刊一般是消闲性的,日报的副刊多是文学性的。当时报纸的文学性副刊,有的只刊短篇作品,不登长篇连载;有的既发表短篇作品,又刊登连载长篇小说。《扫荡报·扫荡副刊》很重视连载长篇小说的选择:徐訏的《风萧萧》反应良好,获得好评;而老舍的《四世同堂》,则是刘以鬯提议并主持连载的。

老舍的长篇小说《四世同堂》在《扫荡报·扫荡副刊》连载,从报社社长黄少谷到副刊主编刘以鬯,都十分重视,做出了精心的安排。早在徐訏的长篇小说《风萧萧》还没有连载完的时候,社长黄少谷就问刘以鬯:"《风萧萧》连载完以后,我们需要一部既能叫座又能叫好的长篇小说,你打算找谁写?"刘以鬯说:"老舍是最理想的人选;不过,我不认识他,约他写稿,可能会碰钉子。"黄少谷说:"我在英国时与老舍很熟,如果你认定他是理想人选的话,我这就写信给他。"

《风萧萧》刊完以后的连载小说就这样择定下来了。过了一个星期左右,黄少谷将一叠原稿交给刘以鬯。这是老舍的手稿,用毛笔书写在十行纸上,既整齐又清楚,纵有增删改动,也不会影响原稿的干净、整洁。在《扫荡副刊》连载时,刘以鬯还用老舍手稿上的"四世同堂"四个字制了一块版子,作为印制小说标题之用[①]。《扫荡副刊》在正式推出《四世同堂》之前,作了充分的准备。徐訏的《风萧萧》于1944年11月5日在《扫荡副刊》连载结束。第二天,即11月6日,《扫荡报》报头下原著位置上发表消息:"老舍新著《四世同堂》即在本报连载。"11月7日,《扫荡副刊》又刊出《预告》:"老舍先生新著《四世同堂》将在本刊发表。"这篇《预告》有300字左右,简要介绍了《四世同堂》的内容,以期引起读者的注意。《预告》写道:

> 故事发生在北平。时间从七七抗战到抗战第七年。人物以四世同堂的祁家老幼为主,而佐以十来家所邻,约五十,或更多一些。其中有诗人、汽车司机、棚匠、人力车夫、扛肩儿的、票友、教员、庶务、掌柜的、摆台的、剃头匠、老寡妇、小媳妇……他们和她们都有个人的生活与性格,又都有北平给他们与她们的特殊的文化和习惯。他们与她们所受的苦难,一半"咎由自取",一半也因深受了北平的文化的病毒。故事分三大段,一、自七七至南京陷落——大家惶惑,不知所从;二、南京陷落后,珍珠港被炸以前——惶惑改为销沉,任凭敌人的宰割;三、英美对日宣战后——敌人制造饥荒,四世同堂变作四世同亡!每段约有二十五万字,全书可能达百万字。

在完成了发消息、刊预告、作简介等充分的准备工作之后,1944年11月10日,老舍的长篇小说《四世同堂》在《扫荡副刊》郑重推出,开始连载。其间，历时近一年，于1945年9月2日结束。

在《扫荡副刊》连载的《四世同堂》，后来出版单行本时，标题为《惶惑》，是整个《四世同堂》的第一部。《四世同堂》第一部《惶惑》在《扫荡副刊》连载完以后，刘以鬯曾向老舍提出在《扫荡副刊》继续连载《四世同堂》的后面两个部分。但是，老舍没有接受继续连载《四世同堂》的建议⑩。不过，老舍在离开重庆以前，尽管工作很忙，健康状况也不太好，仍然抽空给《扫荡副刊》写些短稿。1945年11月12日，《扫荡报》正式易名为《和平日报》，刘以鬯奉命编了一整版《易名纪念特刊》在当天刊出，老舍在《特刊》上发表了题为《和平》的短文。

四　离渝返沪

抗日战争胜利后不久，重庆《扫荡报》决定改名为《和平日报》。《扫荡报》社长黄少谷于1945年10月6日发布训令，决定于1945年11月12日正式将重庆《扫荡报》改名为《和平日报》，对报纸改名前的许多准备工作也做了部署，分别指定了负责人和经办人员，要求立即进行各项筹备工作，并规定11月10日前必须完成。报社的这一训令指定刘以鬯负责的工作是"关于本报英法苏日、满回藏苗蒙等译名及英文信封信纸（其中英文需要迫切，余可稍后），着由刘主任同绎、王编辑星帆负责办理"。另外，还指定他参与更改"图纪"、"戳"、"章"、"印"的工作⑪。

刘以鬯完成了《扫荡报》改名为《和平日报》的有关工作，并编好了《扫荡报》的《易名纪念特刊》，考虑到远在上海的母亲年迈无人照顾，又正值《和平日报》筹备上海版这个机会，于是，正式向报社领导提出请求调赴上海工作。1945年11月8日，他写了送交报社领导的报告。

　　签呈　十一月八日于编辑部
　　　职连日叠接家书，催促早日返里。缘家严自去秋谢世后，家事混乱，亟待整理；况家慈年迈，晨昏侍奉乏人，故拟呈恳调赴上海工作，俾职得尽人子之天职。于公于私，再四考虑颇感不安也。如何之处，当恩

钧裁，是所仰待。此呈

总编辑黄　转呈

社长

职　刘同绎

总编辑黄卓球收到刘以鬯的报告后，于11月11日作了批复：

刘同绎报告一件，兹签拟意见如下：

一、外文人才物色不易，拟令该员仍留总社工作，并调该员兼资料组主任，原资料组代主任陈廉贞，调任电讯主任。

二、或调参加本报沪版筹备工作。

右二项敬请

核夺

黄卓球　十一、十一

社长黄少谷作了如下批示：

准自到沪之日起，休假两周。如届时沪社未成立，调南京社工作。

经报社领导层层批示，刘以鬯被调往上海参加《和平日报》上海版的筹备工作。由于当时寄居重庆的外省人员很多，抗战胜利后纷纷离开重庆，造成了搭车、乘船都非常困难的局面。因此，尽管刘以鬯在1945年11月中旬就已经获准调往上海工作，但是，一直到1945年12月末，才有机会离渝返沪，告别了他生活和工作了3年多的山城重庆。

五　筹备出版社

1945年12月底[12]，刘以鬯从重庆回到上海。他在上海版《和平日报》以主笔名义编副刊。上海版《和平日报》有两个副刊。古典文学副刊《海天》，由易君左主编；刘以鬯主编的是新文学副刊《和平副刊》。

刘以鬯在上海版《和平日报》编了一段时间副刊，就辞去《和平日报》的工作，独力创办了一家出版社，专门从事新文学作品的出版工作。

办出版社、出好书，这是刘以鬯的夙愿和理想。他自幼便养成了爱读书的良好习惯。从小学、中学到大学，读书和买书成了他课余的一个重要爱好和活动。每当他买到他最喜欢的书籍，内心深处便有一个愿望：有条件的时候，一定要创办一家出版社，专门出版有特色、有价值的好书。大学毕业以后不久，他就从上海到重庆，从事报纸副刊的编辑工作。由于工作的繁忙和战时种种条件的限制，他创办出版社的愿望暂时难以实现。

当他从重庆回到上海，生活安定了，环境也比较熟悉，办出版社的条件也基本具备了。于是，他毅然辞去了上海版《和平日报》的工作，着手创办出版社的筹备工作。

1946年夏，徐訏从美国回到上海。他对刘以鬯创办出版社的设想和计划十分赞赏，积极支持。他一口答应将其长篇小说《风萧萧》交给刘以鬯安排出版，并介绍了两位对印书和发行都很熟悉的朋友与刘以鬯认识。他还接受了刘以鬯的邀请，搬到出版社来居住⑬，以便商谈创办出版社的事。

出版社的地址就在上海大西路与亿定盘路交界处附近，门牌为江苏路559弄99号A、B楼。这是两幢三层的花园洋房，结构、式样完全相同，两幢相对独立，又有平台、过道相连。这两幢花园洋房，是抗战以前刘以鬯的父亲专门买地为他们兄弟俩建造的。这两幢花园洋房院内有假山、水池、草地，花木扶疏，环境清幽，实在是一个读书、写作和做文化工作的好地方。

徐訏应刘以鬯的邀请搬到出版社居住，称赞这里舒适、安静，有浓郁的文化气息。徐訏还特地把鲁迅书赠他的墨宝——录李长吉诗句的一幅横条，挂在客厅最显眼的地方。鲁迅所录李长吉诗句是"金家香弄千轮鸣，扬雄秋实无俗声"⑭。出版社的业务开展起来后，经常有作家和文友们在这个客厅聚会。他们谈创作，说出版，气氛亲切而热烈。而刘以鬯与住在这里的徐訏，多次在客厅商酌过出版社的不少事情，而出版社的名称就是他们在这里反复商量、讨论后决定的。

在商讨出版社的名称时，徐訏提出了他的想法。他说："我对'风'字，特别感到兴趣，出版社的名称可否考虑'作风'或'风格'之类。"

"命名为'作风'或'风格'，倒不如称作'大家'或'大众'，你看如何？"刘以鬯觉得徐訏的建议不很理想，提出了自己的想法。

"不好，不好！'大家'或'大众'这一类名字，早已有人用过，不能刘以鬯觉得徐訏说得有理，一时又想不出另外的名称，讨论陷于僵局。他举起手中的茶杯喝了一口茶水，继续思索、考虑。然而，就在举杯喝茶的时候，他突然有了灵感，想起茶杯底的"怀正堂"三个字。他觉得以"怀正"二字为出版社命名就很好，立即大声说：

"有了，有了！就叫'怀正出版社'，如何？"

接着，刘以鬯就出版社命名为"怀正出版社"的想法做了说明，认为"怀正"二字用作出版社的名字是恰当的。徐訏也觉得取名"怀正出版社"比较好，但又感到如果略作改动，会更好。于是，他建议道："我想，还是把'怀正出版社'改为'怀正文化社'吧，虽然这只是变动了两个字，却可以使今后经营的业务范围不至于太狭窄，而更广泛、更灵活。"

刘以鬯认为徐訏的建议很好。就这样，经过反复磋商，出版社终于正式命名为"怀正文化社"。

在刘以鬯筹备怀正文化社期间，徐訏正式决定将《风萧萧》和《三思楼月书》交给怀正文化社出版，还介绍他的朋友袁同庆担任发行组主任[15]。

六　广泛联络作家

怀正文化社开业前的一个重要的工作，就是联络作家，寻求优秀作品。刘以鬯一向爱读姚雪垠的小说，很赞赏他在小说创作上的成就。当刘以鬯从好朋友、剧作家徐昌霖处得知姚雪垠从河南来到了上海，立即请徐昌霖介绍他与姚雪垠相识，并向他约稿。他们约定在上海国际饭店三楼的咖啡室见面。经徐昌霖简短介绍和互相寒暄以后，他们开始商谈约稿和出版的事。

"上海是全国出版中心，书店林立，像'怀正'这样的新出版社，想出好书，并不容易。不过，我很固执，既然创办了出版社，就非出好书不可。所以，我们很希望像姚先生这样优秀的作家给予支持！"

"我正在写作一部以河南土匪生活为题材的长篇小说，题目叫《长夜》。这是打算陆续写出的三部曲中的第二部，其他两部的题目是《黄昏》和《黎明》》。"

姚雪垠操着浓重的河南口音，使刘以鬯竟将《长夜》听成了《创业》。但是，当他听明白了姚雪垠介绍的这部作品的写作动机和计划以后，立即请求将《长夜》交给怀正文化社出版，姚雪垠也爽快地答应了。接着，他们又商定了规模更大的出版计划。

"我特别喜爱你的著名短篇小说《差半车麦秸》，能不能选编一个短篇小说集给我们出版？"

"在战时的重庆，我出版过一个书名为《红灯笼故事》的短篇小说集，收入了四个短篇小说，现在这本书已绝版。"

"这本书既然已绝版，可以此书为基础再选编一个短篇小说集。"

当姚雪垠接受了这个建议以后，刘以鬯又提出了一个更具体而颇有气魄的计划——出版一套《雪垠创作集》。对于刘以鬯的这个建议，姚雪垠完全同意，徐昌霖也认为是个好计划。既然大家都赞同，事情就这样顺利地决定了。紧接着要解决的具体问题，就是为姚雪垠完成这些创作和选编作品的工作，提供切实而良好的保证。刘以鬯对此早有考虑和安排。估计到姚雪垠在上海要找到较好的住处并不容易，为了使他安心写作，刘以鬯决定请他到出版社居住，免费招待！在怀正文化社这样一个舒适而清静的环境里，姚雪垠辛勤地工作，在将近一年的时间里选编了短篇小说集《差半车麦秸》，修改了中篇小说《牛全德与红萝卜》，创作了《长夜》和《记卢镕轩》[16]。

刘以鬯深切地认识到，要办好怀正文化社，出版一批高水准的新文学作品，必须广泛联络优秀的作家。因此，当他得知茅盾访问苏联归来的时候，就决定前去拜访，希望茅盾能拿一部长篇小说给怀正文化社出版。于是，他通过姚雪垠与茅盾约定了拜访的日期。那是一个晴朗的日子，他在姚雪垠的陪同下来到了茅盾的寓所。在一个面积不大，但洁无纤尘的客厅里，茅盾对他们的到访，诚恳地表示了欢迎。茅盾平易近人、和蔼可亲的态度和精神集中、冷静谨慎的谈话，给刘以鬯留下了非常深刻的印象。刘以鬯请茅盾将长篇小说《走上岗位》交给怀正文化社出版，茅盾说这部小说已交给黄河书店了，但答应拿另一本书给怀正文化社出版，作为文艺丛书之一种。后来，因为茅盾离开上海，拟在怀正文化社出版一本书的计划未能实现[17]。

七　出版社出版的第一部书是《风萧萧》

经过一段积极而紧张的筹备工作以后,怀正文化社于 1946 年秋正式成立。成立时既没有发消息,也没有登广告,只发了一份铅字排印的给同业的信,还举行了一次有三四十位作家参加的茶会。

怀正文化社给同业的信,全文如下:

> 径启者:自抗战胜利后,建国工作,千方万端。窃文化工作之推进,教育水准之提高,仍为我国当务之急。敝社发起人有鉴于此,爰组织怀正文化社,本推进社会文化之职志,拟经常征选有价值之译述著作,出版发行供应读书界之需要。兹谨将敝社最近即拟出版之读物列后:
>
> 一、《风萧萧》为本社出版巨型著作之第一部,亦为徐訏氏抗战中唯一长篇创作。全书四十万言,二十开本,六百余页,作者以耳闻目睹之事实为经,以其无比的想象为纬。创造如生之人物,刻画细腻之心理,在综错之故事中,显露每个独特之个性,为民主自由之理想,为民族独立之信仰,为一己之爱与梦,奋斗、挣扎、牺牲。流每个读者欲流之血,泣每个读者想泣之泪。至其文章之飘逸,故事组织之严密,场面之庞大,以及层出无穷之波澜起伏,尤使每个读者彷徨,猜疑,惊奇,不安,最后又不得不使读者惋惜,同情,为每个书中人叹息,使你在读后感觉到每个书中人都具有你的灵魂,而你具有每个书中人的灵魂。
>
> 二、《幸福杂志》半月刊,本刊为科学思想文艺并重之综合性刊物,执笔者均系知名之士,由刘以鬯氏主编,十月间即可出版。
>
> 三、《怀正文艺丛书》　刘以鬯主编,第一种为毕裕译莫姆之《火奴鲁鲁》,第二种为徐訏新作《念年之介》。第一种将于十月初出版,以后拟每月出一种。
>
> 四、《怀正社会科学丛书》　刘同缜蒋君章合编,正集稿中。
>
> 素仰贵处提倡文化,成绩斐然,服务社会,不遗余力,爰先行奉告,尚希时赐教益,并请对本社各出版刊物多予介绍,广为推销,幸

甚，幸甚。此致

　　台照

怀正文化社谨启

　　徐讦的长篇小说《风萧萧》是怀正文化社出版的第一本书。这部小说，于1946年10月1日出版后，立即成为畅销书，在不到一年的时间内就印了三版。徐讦的《风萧萧》，以及他的《三思楼月书》等畅销书的出版，使怀正文化有了一个好的开始，不仅巩固了出版社的经济基础，更为重要的是，增强了出版社同仁办好出版社的信心，为繁荣文学事业贡献微薄力量创造了一些条件。尽管就当时出版界的情形来说，怀正文化社成立初期能够取得这样的成绩，确实是相当不容易的，但刘以鬯作为出版社的主持者、负责人，并没有过高估计成绩，过分乐观，而是十分清醒地认识到，出版社的进一步发展还面临许多困难，其中有些更是意想不到、不易克服的困难，比如经济动荡和物价飞涨、同业竞争和好稿难觅等等。

　　当时上海的出版机构很多，像商务、中华、开明、生活、世界、晨光、作家、万叶、海燕、希望、文化生活等等。这些出版社历史悠久，实力雄厚，经验丰富，而且与各方面的关系密切，渠道畅通，有相当好的条件和独有的优势。面对这样复杂的环境条件和多变的销售市场，刘以鬯不得不调整怀正文化社最初设想的比较庞大的计划，缩小出书的范围，千方百计地坚持出版好书、出版高水准作品的办社宗旨。于是，他决定取消出版《怀正社会科学丛书》和"科学思想文艺并重"的综合性刊物《幸福杂志》的计划，调整《怀正文艺丛书》的构想和做法；同时，还决定广泛联络作家，扩大向作家征稿的范围，以便从中选择优秀作品，保证出书的质量。

八　一批好书陆续出版

　　经过一系列调整和切实的努力，只不过一两年的时间，怀正文化社的各项出版业务都有较好的开展，取得了显著的成绩，不仅几种丛书如《怀正文艺丛书》、《怀正中篇小说丛书》、《三思楼月书》、《雪垠创作集》等都已经上了轨道，而且还有余力再出一些书，即《怀正文艺丛书》特大本、《奥尼尔剧作集》、《小说杂志》三种读物。办杂志，是怀正文化社一开始就列入计划的一项业务，但在出版社创办初期，由于各项业务尚未完全走上轨道，出版社还面临许多困难，不得不适当调整原来的计划和某些业务项目，拟编辑出版的"科学思想文艺并重"的综合性刊物《幸福杂志》半月刊也就暂时取消了。而现在，怀正文化社的各项业务已经走上轨道，基础也比较巩固，有可能、也有必要扩大某些业务范围。在这种情况和条件下，刘以鬯决定着手筹办一份杂志。经过认真的商讨，他接受了姚雪垠的建议，仍然决定取消出版综合性刊物《幸福杂志》半月刊的计划，转而出版一本高水准的文艺杂志《小说杂志》。这个决定得到了出版社同事们的赞赏，大家都很兴奋，杂志的筹备工作也随即展开[13]。

怀正文化社成立以后，经过刘以鬯和他的同事多方面的努力，以及许多作家如徐訏、姚雪垠等的大力支持和帮助，在两年多的时间里，就出版了几种有影响的丛书和不少有特色的作品。其中有徐訏的《三思楼月书》，包括《阿拉伯海的女神》、《烟圈》、《旧神》、《生与死》、《母亲的肖像》、《西流集》、《兄弟》、《春韭集》、《海外的鳞爪》、《幻觉》十种；有姚雪垠的《雪垠创作集》，包括《差半车麦秸》、《长夜》、《牛全德与红萝卜》、《纪卢镕轩》四种；有《怀正文艺丛书》，包括熊佛西的《铁花》、李健吾的《好事近》、波特莱尔著、戴望舒译的《恶之华掇英》、施蛰存的《待旦录》、许钦文的《风筝》、徐訏的《灯尾集》、田涛的《边外》、赵景深的《西洋文学近貌》、刘盛亚的《水浒外传》、王西彦的《人性杀戮》十种；有《怀正中篇创作丛书》，包括秦瘦鸥的《危城记》、沈寂的《盐场》、姚苏凤的《铸梦传奇》三种；另有单行本，如徐訏的《风萧萧》、李辉英的《雾都》、徐昌霖的《天堂春梦》等。

九 通货膨胀 无"业"可"营"

20世纪40年代后期，由于时局动荡、通货膨胀，上海的出版事业面临严峻的形势和严重的困境。但是，怀正文化社在成立后的两年多时间内，即使在这样的困难中，仍然通过多方努力、艰苦奋斗，取得了一些令人瞩目的成绩，实在是很不容易。可是，随着时间的推移，整个社会形势和经济状况越来越恶劣，在时局动荡加剧、通货恶性膨胀、物价超速飞涨等越来越严重的情况下，一家规模不大、实力有限的出版社，确实很难承受越来越重的压力和打击。这给出版社的正常业务推进带来了无法克服的诸多困难。因此，创刊号的稿件已经约齐的《小说杂志》被迫停止出版，已经排好的新书，如《奥尼尔戏剧集》（包括《榆树下之欲望》）、《女儿悲——归·追·崇三部曲》、《送水的人》等三种）、《伦扬短篇小说全集》、《黎锦明短篇小说集》、王平陵的《归舟返旧京》等，也只好打成纸型存放等待。在通货恶性膨胀的汹涌狂潮中，由于纸价飞涨，出书实际上已经不可能了。因为不出书，白纸尚可保值，将白纸印成书，一定会因无法销售而亏损惨重。在这种情势下，出版业实际上已陷于半瘫痪状况，出版社纷纷倒闭。而小小的怀正文化社，此时根本无"业"可"营"了。刘以鬯和他的同事们，经过两年多的苦撑和奋斗，终于在20世纪40年代末期，宣告了怀正文化社的结束！

虽然怀正文化社存在的时间不长，出书也不算多，但是，它所出版的一批文学水准颇高的有特色的好书，集中显示了刘以鬯主持的这家出版社的刻意追求和独具特色，给广大读者和作家们留下了相当深刻的印象，在20世纪40年代的上海出版史上书写了引人注目的一页。

注释：

①刘以鬯：《忆徐訏》，《短绠集》第55页，北京中国友谊出版公司，1985年2月出版。

②刘以鬯：《记丰子恺》，《看树看林》第46页，香港书画屋图书公司，1982年4月初版。

③香港《八方》编辑部：《知不可而为——刘以鬯先生谈严肃文学》，原载1987年8月《八方文艺丛刊》第六辑第59页。

④同①第55页至56页。

⑤刘以鬯：《记丰子恺》，《看树看林》，香港书画屋图书公司，1982年4月初版。

⑥同③。

⑦刘以鬯：《记陆晶清》，《看树看林》第 57 页至 59 页，香港书画屋图书公司，1982 年 4 月初版。

⑧刘以鬯：《编者附记》，1945 年 4 月 19 日重庆《扫荡报·扫荡副刊》。

⑨刘以鬯：《"四世同堂"最早发表在什么地方》，《看树看林》第 136 页至 137 页，香港书画屋图书公司，1982 年 4 月初版。

⑩同⑨第 138 页。

⑪引自重庆《扫荡报》社长黄少谷签署的《扫荡报训令》。

⑫刘以鬯：《再纪赵清阁》，《看树看林》第 87 页，香港书画屋图书公司，1982 年 4 月初版。

⑬刘以鬯：《怀正，四十年代上海的一家出版社》，《短绠集》第 106 页，北京中国友谊出版公司，1985 年 2 月出版。

⑭徐訏：《鲁迅先生的墨宝与良言》，《场边文学》第 225 页至 226 页，香港上海印书馆，1971 年 12 月出版。

⑮刘以鬯：《忆徐訏》，《短绠集》第 57 页，北京中国友谊出版公司出版，1985 年 2 月出版。

⑯刘以鬯：《关于〈雪垠创作集〉》，《看树看林》第 128 页至 133 页，香港书画屋图书公司，1982 年 4 月初版。

⑰刘以鬯：《茅盾的〈走上岗位〉》，同⑯146 页至 147 页。

⑱同⑬第 109 页至 110 页。

(选自《刘以鬯传》)

刘以鬯五十年代初期在香港的文学活动

一 取消恢复出版社的计划

1948年12月5日，刘以鬯从上海来到香港。

刘以鬯来香港之前，由于上海通货恶性膨胀，怀正文化社无法经营下去，只好匆匆结束了业务。但是，他办出版、出好书的愿望和理想以及具体的计划，并没有放弃和取消。因此，他来到香港，本打算把怀正文化社迁移到香港，继续开展各项出版业务。他曾多次谈到当时的想法和计划。他说：

> 我离开上海来到香港，怀着一个希望：只要环境许可，出版社便在香港复业①。

> ……将怀正文化社迁往香港，在香港出书，向海外推销，建立一个海外的发行网，争取继续经营的条件。有了这个想法，我提着简单的行李从上海来到香港，希望这个未经周密策划的想法能够成为事实②。

尽管刘以鬯离开上海时十分匆促，但他还是为怀正文化社在香港复业作了一些准备，考虑了一个计划，甚至还把在上海时因怀正文化社面临困境、即将停业而没有来得及出版的《小说杂志》创刊号的稿件也带到了香港。他到达香港后，迅速了解各方面的情况，积极创造各种条件，力争早日实现怀正文化社在香港拓展出版业务的计划。然而，经过一段时间的多方筹划和努力，终于因为客观情况和主观条件方面都有太多不容易克服的困难，使他不得不十分遗憾地取消了怀正文化社在香港复业的计划。这方面的情况，他后来谈到过。他说：

> 在香港住了一个时期，由于人地生疏，加上手头资金有限，不得不承认这个计划根本没有实现的可能③。

他也曾说：

> 可是，了解过情况，觉得在香港搞文学实在不易，只好打消这个念头④。

在香港继续经营怀正文化社的计划被迫取消之后，刘以鬯曾考虑返回上海。但是，就在这个时候，《香港时报》找他去编副刊，于是他就留在了香港，从此开始了在香港长达30多年编副刊的漫长生涯。

二 使严肃文学"寄生"于综合性杂志

刘以鬯来到香港时所怀抱的希望、做好的计划，在当时香港的现实条件下，不得不搁置，不能不放弃。这与当时大批从大陆来到香港的文化人所面临的处境基本相同。曹聚仁当年对这方面的情形，曾做过真实的描述：

> 流亡在香港的文化人，大部分都很穷；香港这个商业市场，随着战争到来而萎落的经济恐慌，谋生更是不易；所谓"文化"，更是不值钱……⑤

多年以后，刘以鬯回顾当时的情形，仍然不无感慨地写道：

> 文化既不值钱，文化人就无事可做了。……在这种情况下，失望多过希望的文化人，对文学的功能与定义产生与前不同的看法和解释，是极其自然的事。煮字既可以疗饥，为了免于沦为"港瘪"，没有理由不放弃对文学的执着⑥。

于是，在当时的香港文坛，许多作家为了生活，不得不迎合市场的需求。都市传奇、言情小说、武侠小说、幽默小品等可读性颇高的流行体裁作品大量出现，充斥市场。

不过，在20世纪50年代初期的香港文坛，有勇气面对现实、克服困难的作家，仍然可以做一些有益的、有价值的文学工作。当时正处于文学杂志很少、青黄不接的时期，从广州迁来香港的《文坛》和创刊于上海、在香港复刊的《幸福》等文学杂志，为香港文学的复兴和发展作过一番努力。刘以鬯和徐訏等作家都曾以自己的作品对《幸福》杂志给予支持。可是，在香港，像《幸福》这样一本偏重文艺的综合性杂志，实在不容易生存，不久即因为销路不佳而宣告停刊。

《幸福》杂志停刊以后，香港文学园地越来越少，通俗作品越来越流行。"大部分杂志都走通俗路线、甚至报纸副刊也多数媚俗"等现实状况，使刘以鬯看到了香港严肃文学在当时求得生存和发展的途径之一，即"向综合性杂志寻求出路，'寄生'于综合性杂志"⑦。1949年8月4日，《香港时报》创刊，他应聘进该报编副刊。担任《星岛周报》执行编辑和《西点》杂志主编时，他在编辑工作中尽力发表一些严肃类型的作品，试图做一些使严肃文学"寄生"于综合性杂志的工作。

《西点》杂志创刊于上海，1951年11月25日在香港复刊。刘以鬯在主持《西点》杂志的编辑工作时，为了满足文学爱好者的要求，为了给严肃文学作品提供发表的园地，做出了一个大胆的、反传统的决定，即将《西点》这本以译文为主的趣味性杂志的一半篇幅用来刊登短篇创作。他在《西点》杂志发表的《复刊词》中，对其做法做了这样的阐述：

《西点》于一九四五年十一月十五日在上海创刊，今天在香港复刊，这中间，从国际十八楼到告罗士打茶座，谈话的内容以及生活的感触已完全不同……嚼着洋葱牛排时是多么想念北京的烤鸭与西湖的醋鱼啊⑧！

《西点》杂志复刊的第一期发表了7篇短篇创作：李辉英的《小兰儿的疑问》、诸葛郎的《断了的栏杆》、公孙鱼的《交换太太》、史得的《海的女儿》、君素的《赝品》、王树的《夜劫》、路易士的《姐妹》。他用这个办法，在他主编《西点》的时期，发表了一些有文学价值的小说。

刘以鬯在主编《西点》杂志的同时，还担任《星岛周报》的执行编辑。《星岛周报》创刊于1951年11月15日，编辑委员有曹聚仁、叶灵凤、易君左、徐訏等。《星岛周报》也是综合性杂志，刘以鬯仍然同编《西点》杂志一样，尽可能以较多的篇幅刊登文学作品，甚至还刊登了论文。比如，孙伏园长达一万两千多字的分析鲁迅小说的论文《鲁迅先生的小说》，就曾在《星岛周报》上发表。他还亲自写了"编者按"，放在论文前面，以期引起读者的重视。

刘以鬯为了推动香港严肃文学的发展，想方设法为严肃文学作品提供发表园地，在他编辑的综合性杂志《西点》和《星岛周报》上尽量多刊登文学作品，然而收效甚微，未能产生较大的效果和影响。因为《西点》和《星岛周报》这两种杂志都是追求商业利益的刊物，商品化倾向相当明显，尽管没有发表黄色作品，但也十分看重杂志本身的销路，因此，杂志的负责人并不同意刘以鬯发表较多文学作品的做法和方针。尽管如此，刘以鬯在相当艰难的条件下，仍然千方百计地为香港严肃文学创作的生存和发展做出了可贵的努力，得到了许多作家的赞扬和好评。

1952年春，正当刘以鬯在香港为编周报、办杂志而克服困难、积极奋进的时候，新加坡的刘益之正在筹办《益世报》，特地到香港邀请刘以鬯等几位知名的作家和报人参加《益世报》的编务。刘以鬯考虑到换一换环境，参与新加坡报业和文坛的拓展，也是很有意义的事。于是，在刘益之多次催促下，他辞去香港的职务，去新加坡《益世报》工作。

刘以鬯从1952年春至1957年秋，在新加坡等地度过了5年多的办报生涯，先后在7家大小报纸任职。在工作岗位频繁变动、个人生活难以安定的情况下，他不仅很好地完成了报纸的编务，而且还适应报纸的需要，写了各种形式的作品，为新加坡等地的报界和文坛做了很多有意义的工作。

三 第一本短篇小说集出版

20世纪40年代末至50年代初，刘以鬯在香港的文学活动，除了编辑杂志和报纸副刊而外，同时还写了一些作品。《天堂与地狱》就是他这个时期创作的短篇小说的选集，在一定程度上反映了他这个时期的创作状况和水准。《天堂与地狱》由香港海滨书屋于1951年9月初版，1956年6月再版。从这本短篇小说集的整体面貌看，引人注意的是对香港现实生活的反映。这本集子收入的23篇小说，除了一篇有一点重庆生活背景外，其他小说全部都是对香港社会某些侧面，特别是当时比较突出的某些社会现象和现实问题的反映，比如，由于各种原因沦落红尘的舞女的遭遇和妓女的困境、尔虞我诈的人际关系、现实生活的畸形现象等。《卖淫妇》中的黄丽芳身患严重的肺结核，不断地咳呛和吐血，却仍然不得不去接客，病情加重，悲惨死去。

《夕阳》通过侧面描写十多年前百乐门舞厅红舞女唐璐影的沦落，反映了一群舞女即将面临的命运。《天堂与地狱》、《荒诞的爱情》、《珊珊与工头老张的恋爱》等小说，反映了现实中存在的那种不正常的男女关系和社会现象。刘以鬯作为一个到香港仅仅两三年的外来作家，就能够在自己的创作中着重反映香港现实生活，的确难能可贵。在当时来到香港的许多外来作家中，不少作家在自己的创作中反映的仍然是他们熟悉的大陆生活。刘以鬯等少数作家，能够这样努力地去熟悉和反映香港社会现实状况，并取得一定的成绩，实在应该给予充分的肯定。

《天堂与地狱》中的许多小说在艺术表现上给人留下了比较明显的奇情小说的印象。《珊珊与工头老张的恋爱》中，珊珊爱上了工头老张，因为老张不肯娶珊珊，珊珊竟杀死了老张；原来老张不答应珊珊要求的原因是，她也是一个女人。《荒诞的爱情》中的"怪嘴王"与死去的情人苦恋30年，最后以自杀而结冥婚的方式，去实现他们永远相爱和结合的愿望。《情侣》中的一对恋人，因为女的患了癌症，男的在他们经常相聚进餐的餐馆付足了五年餐费，然后跳海自杀；稍后，女的也因病情恶化而死去，但餐馆仍然每晚按时在固定的座位摆上丰盛的晚餐。《天堂与地狱》中一些小说所体现的奇情小说的色彩，反映了作者对小说艺术效果的一种追求和考虑。因为这样的写法和渲染，可以使小说增强对读者的吸引力，为小说争取更多的读者。但是，从这些小说的内容和构思看，也并不是以一种猎奇的态度，单纯寻求奇情、乃至荒诞的效果，其基本出发点仍然是从一个比较特殊的视角，对社会现实存在的某种畸形现象的反映。

《天堂与地狱》这个集子中的小说，在艺术表现上的另一个明显的特点是采用惊奇结局的手法。刘以鬯曾说："用惊奇结局（surprise ending）的小说技巧，目的在使读者重看一遍。我个人很喜欢这种手法。"[⑨]读《天堂与地狱》中的小说，确实可以看出刘以鬯很喜欢用这种惊奇结局的手法。《卖淫妇》中的丈夫急于筹钱请医生急救病危的妻子，但经多方努力仍无结果；最后他铤而走险，击昏一个路人，抢了他的钱，准备作为付给女儿请来的医生的出诊费。而小说的结局表明，原来被他击昏的路人，正是他女儿请来的医生；由于医生被他击昏，延误了时间，待赶到他家时，妻子已经去世了。《静静的雾夜》的主人公在雾夜的海边打算自杀时，被一个独眼强盗抢劫。因为他口袋里没有钱，强盗放了他，在骂他自杀是懦夫行为的时候，悄悄在他的口袋里放了两张十元的钞票。他在返家途中，发现一个女人摔伤了躺在地上，他扶起女人为她包扎伤口并送她回家。她回到家里，发觉重病的儿子已经死去，于是放声痛哭，而他不知怎样劝慰，只好把那独眼强盗放在他口袋里的两张十元的钞票放在桌上，正准备离去时，突然抬头发现墙上挂着一张男子的照片，正是在海边遇见的独眼强盗的照片。而小说的结尾是，他在第二天早晨看到报纸上有一则新闻，标题是"今晨发生警匪格斗，悍匪独眼龙遭击毙"。

这些小说的惊奇结局的主要作用，正如刘以鬯所说，是促使读者在读完小说之后，产生重读一遍的愿望。也就是说，这些小说的惊奇结局会对读者产生不同程度的震动，引起他们的联想和思考，从而对小说的意图和内涵有所领会和理解，由此也使小说的意义和作用得到比较自然的发挥。同时，这种惊奇结局的手法，与小说的奇情描写的基调也是一致的。也就是说，两者是和谐的、互补的。惊奇结局手法有助于突出小说的奇情色彩，而小说的奇情描写又为惊奇结局做了必要的铺垫。总之，两者相辅相成，互相配合，都有助于从一个特定的视角对某些社会现象做深刻的反映。

《天堂与地狱》这部小说集中，无论从内容还是形式看，或者从思想艺术的完整性来看，写得最好的是《天堂与地狱》这篇短篇小说。这篇小说，不仅是这本小说集的代表作品，而且反映了刘以鬯20世纪50年代初期短篇小说的创作水准。《天堂与地狱》描写了拟人化的苍蝇，在一家咖啡馆里耳闻目睹的一幕卑鄙、龌龊的丑剧。小说围绕着3000元钱在徐娘、小白脸（徐娘的情人）、媚媚（小白脸的情人）、大胖子（徐娘的丈夫、媚媚的控制者）等四个人物之间迅速转手、循环一圈，最后又回到徐娘手中这个过程，有力地揭露和抨击了现代商业社会赤裸裸的金钱交易和尔虞我诈的人际关系。小说不仅在内容上有着比较深入的开掘，而且在艺术上也有明显的创新意图。无论是寓言体式、拟人化手法、环式结构的运用，还是蕴涵着寓意和象征的艺术形象的塑造,都初步显示了一种大胆的探索精神,是刘以鬯着意创作具有创新特色的实验小说的可贵尝试。

对《天堂与地狱》这本短篇小说集的总体评论,可以从不同的角度和方面来考察。《天堂与地狱》所达到的艺术水准,显然要高于刘以鬯20世纪40年代的创作及其代表作品的艺术水准,但是,又还没有达到其成熟阶段创作那种圆熟的艺术境界。因此,可以说,《天堂与地狱》这本小说集,在一定的程度上发挥了承上启下的重要作用。这本小说集对香港社会现实,特别是某些社会问题和人际关系的多方面描写,结构和布局上努力遵循短篇小说应有的写法,叙事方式和表现手法力求多样化的追求,以及文字和对话的简洁、凝练等等,都显示出其在创作上达到了相当的水准,取得了一定的成就。正是考虑到这本小说集的基本成就和创作水准,特别是其中的代表作《天堂与地狱》的创新意图及其对实验小说所作的尝试性探索,可以说,它为日后刘以鬯小说创作走向成熟阶段、达到圆熟的艺术境界,奠定了重要的基础。当然,正因为这本小说集是刘以鬯小说创作发展过程中较早期的作品,它在思想与艺术上还存在着明显的弱点和不足。随着对这些弱点和不足的克服和改善,刘以鬯的小说创作在不断的发展中迅速走向了成熟的艺术境界。

注释:

①刘以鬯:《孙伏园论鲁迅小说》,原载《看树看林》,香港书画屋图书公司,1982年4月出版。

②刘以鬯:《刘以鬯卷自序》,原载《刘以鬯卷》第2页,香港三联书店有限公司,1991年4月出版。

③同②。

④香港《新晚报》记者:《刘以鬯访问记》,原载1981年7月28日香港《新晚报》。

⑤曹聚仁:《隔帘花影》,原载《采访新记》第75页,香港创垦出版社,1956年1月出版。

⑥刘以鬯：《五十年代初期的香港文学》，原载《香港文学》月刊第 6 期，1985 年 6 月出版。

⑦同⑥。

⑧刘以鬯：《复刊词》，原载香港《西点》杂志复刊第 1 期，1951 年 11 月 25 日出版。

⑨芸：《刘以鬯的一席话》，原载香港《香港文学》双月刊创刊号，1979 年 5 月出版。

（选自《刘以鬯传》）

刘以鬯主编的副刊和杂志对香港文学的贡献

一 "挤"的艺术

刘以鬯是著名作家，也是资深编辑。他从事编辑工作的经历，可以追溯到20世纪40年代初。1942年春至1946年春，他任重庆《国民公报》、《扫荡报》副刊的主编、上海《和平日报》副刊的主编。他来到香港以后，1949年8月4日任《香港时报》副刊《浅水湾》的编辑，1951年10月15日任《星岛周报》执行编辑。1952年春至1957年秋，他在新加坡的《益世报》等报刊编副刊。1957年秋回香港后，他又重入《香港时报》编副刊。1963年3月香港《快报》创刊，他出任该报副刊《快活林》和《快趣》的编辑。1981年9月30日，《星岛晚报》文艺周刊《大会堂》创刊，他任该刊主编。1985年1月，《香港文学》月刊创刊，他任社长兼总编辑。

作为一位对办杂志、编副刊有丰富经验的资深编辑，刘以鬯一直有志于借助副刊和杂志为严肃文学创作提供发表作品的园地，以促进和推动香港文学的繁荣发展。

考虑到香港的报纸副刊绝大多数都是走通俗路线，刘以鬯为了开辟和扩大严肃文学作品的发表园地，采取了把严肃文学作品"挤"入版面，"寄生"于报纸副刊的办法。他说："我可以在权力范围内将少量的严肃文学作品挤入版面，让严肃文学工作者能够得到活动的空间。"[①]香港严肃文学的发展，需要有一批像刘以鬯这样的编辑，想方设法地去做把严肃文学作品"挤"入报纸副刊的工作。正是在这种意义上，刘以鬯一直很重视报纸副刊的编辑工作，也肯定了报纸副刊对香港文学发展产生的推动作用。他指出：

我觉得报纸的副刊和香港的文学发展有很大的关系；在这几十年

间，文学杂志也出过不少，但副刊产生的作用更大。可惜在香港办报的人多以赚钱为第一目的，所以副刊对严肃文学的推动还没有全面发挥作用。尽管如此，仍有不少严肃的文学作品是在副刊上发表的[②]。

在坚持走通俗路线的报纸副刊上，之所以仍然有不少严肃文学作品能够发表，而报纸副刊对香港文学发展也确实发挥了一定的推动作用，一个相当重要的原因就是，有一批像刘以鬯这样真心实意地关注香港严肃文学发展的有心人，一直在做把严肃文学作品"挤"入报纸副刊的工作。长期以来，刘以鬯在坚持做这种"挤"的工作过程中，甚至学会了一种"挤"的艺术。在他主编的报纸副刊中，总是固执而又"艺术"地刊登一些有文学价值和艺术魅力的严肃文学作品。他曾经这样描述这种"挤"的工作：

> 其实，我将这一类属于纯文学范围的文章"挤"入版面，根本是违反报馆当局所规定的方针的。报馆当局规定副刊走"通俗"路线，我为了严肃的文学不被商品大潮冲掉，总是将一些具有价值的严肃文学"挤"入副刊，完全不考虑事情可能引起的后果。也斯写的专栏、西西写的小说、施叔青写的专栏，在《快报》副刊发表时，也常常被报馆中人指为"难懂"或"不为读者所喜"。我对那些流传在同事间的"闲言闲语"，一直采取"此耳入那耳出"的态度，做我自己认为应该做的事情。我有一个固执的想法：一个可以全权处理稿件的副刊编辑，无论压力怎样大，也不能让低级趣味的文字商品将严肃文学冲掉。我在香港编了三十多年副刊，一直在做"挤"的工作，将严肃文学"挤"入文字商品中[③]。

他就是这样固执地、"艺术"地在《荒唐儒侠传》、《玩家回忆录》、《命理信箱》、《尘海风花录》、《洋场金粉录》、《少爷经理日记》、《实用验方》、《性生活谈奇》、《赛马内幕》、《发达经验谈》、《马迷的床边故事》、《酒色财气》、《说黄道黑》之类的文字商品中，"挤"入易君左的《意园随笔》、陈映真的《万商帝君》、梁锡华的《独立苍茫》、也斯的《我之试写室》与《书与街道》、西西的《候鸟》与《我城》，以及吕寿琨、司马长风、董桥、戴天、施叔青、吴煦斌、李维陵、黄维梁、温健骝、陈韵文等人的文章。他这样做,"不是想将纯文学作品当作味精,而是不愿见到纯文学在这个商业社会里失去生存的条件。问题是:香港办报多数重视经济效益,对耕种的工作都不感到兴趣,报纸销量不跌,他们还不会'干预'副刊编辑的工作,销量下跌,他们就会失去耐心"④。

从1963年起到1988年止,他在香港《快报》编了25年副刊,多次受到来自报馆当局的"干扰"。然而,他常常运用灵活性策略,苦心孤诣地把许多优秀的严肃文学作品"挤"入版面。他总是把报馆当局给作者的限制减少到最低,把作者享有的自由扩展到最大,而把来自各方面的压力留给自己去承担、去应付、去化解。正如当年曾经在《快报》副刊写专栏的也斯所介绍的,"比方说,某些稿太曲高和寡了,娱乐性不够了,刘先生便会增设一些趣味小品,或把一两段通俗稿调到版面上方,过一段时间,风声没有那么紧了,又来一段比较实验性的文学创作"⑤。就在这样的策略性进退之间,刘以鬯作了一些缓冲的调整和包容,成功地在副刊上"挤"入了许多好作品。"不少人最好的作品都是在《快报》副刊刊登,比方西西最重要的散文和连载小说,都在《快报》出现。"也斯在回顾那个时期的《快报》副刊时还指出,《快报副刊》在"商业社会推介文艺的灵活策略",虽不如《浅水湾》和《大会堂》这两份文学副刊那样集中,"但在内容的多元性、培养新人众多、影响深远来说,恐怕更超过那两份文学副刊呢"⑥!刘以鬯运用"挤"的策略和办法,能够在一份非文学副刊上推动严肃文学的发展,并取得这样丰厚的实绩,产生这样重要的影响,实在难能可贵。

二 "浅水湾"的浪潮

1957年秋,刘以鬯从新加坡返回香港,应《香港时报》的邀请,重入该报编副刊。一段时间后,由于《香港时报》销量下跌,报馆当局决定改版,让刘以鬯兼编《浅水湾》副刊,希望他能给这个副刊换一副面貌,让读者感到新鲜。于是,他借这个机会,另辟蹊径,精心设计,在内容和形式上都做了一次大革新,逐渐将《浅水湾》改为文学副刊。因此,1960年2月改版为文学副刊的《浅水湾》⑦虽然名称没有改,性质却有很大的改变,以前是走通俗路线，改版后系纯文学副刊。

《香港时报》的这次改版，时间是1960年2月。1960年2月11日，《香港时报》第一版刊出"本报启事"："本报创刊，于兹十载，猥蒙各界读者赞助，销路日增，兹为酬答读者爱护之雅意，决自本月十五日起调整版面，充实内容……并对所有副刊全面革新。"启事中还对该报改版后的各种副刊的内容分别做了说明和介绍，在谈到《浅水湾》副刊时指出"浅水湾——为一综合性之副刊，译文创作并重。除介绍新知识外，并注重趣味化。内容有短评人物志，日日谈，内幕新闻，世界猎奇，风土志，集邮，音乐，唱片介绍，漫画及木刻等"。《香港时报》于1960年2月15日正式改版，当天刊出的《浅水湾》有图文并茂的《开场白》，其文字是"浅水湾今日改版，编者未能免俗，先跳几下加官。园地绝对公开，大家一同来耕耘，欢迎善意的批评，希望在读友们的督导下，浅水湾成为大众喜爱的副刊，敬礼！"改版后的《浅水湾》副刊，虽然在最初的几期发表了谈毕加索、毛姆、萧伯纳、海明威等作家的文章，但副刊的整个面貌还看不出比较大的变化。因为改版后的《浅水湾》副刊性质的变化，即从走通俗路线的副刊改为纯文学副刊，实际上是逐步实现的，是"暗转"，而不是"明转"。一直到相当长的一段时间以后，《浅水湾》副刊才呈现出面貌一新的纯文学副刊的性质。这种情形，既是由于改版后副刊的内容变化需要有一段时间作组稿等方面的具体准备工作，而更主要的原因是，改版后的《浅水湾》副刊拟采取的编辑方针以及具体内容中打算包容的纯文学文章，实际上与报馆当局在报纸改版时的《本报启事》中规定的《浅水湾》副刊的性质和内容并不相符。因为刘以鬯打算利用作为《浅水湾》副刊主编的权力，在编《浅水湾》副刊时，与报馆当局所规定的《浅水湾》副刊的性质和内容有意识地拉开距离，逐步实现新的设想，直到某个时候才使《浅水湾》副刊呈现出作为纯文学副刊的全新面貌。所以，改版后的《浅水湾》副刊的实际性质、内容和面貌的转变，是"暗转"而不是"明转"。当然，时间一久，报馆当局就会发现改版后的《浅水湾》副刊的实际性质和内容，与他们规定的副刊的性质和内容并不符合。所以，一年以后，报馆当局就决定《浅水湾》再次改版，主编易人。

刘以鬯主编的改版后的《浅水湾》副刊,不但在性质上,在形式上也有很大的改变。刘以鬯编副刊是十分重视版面艺术的。他说:

> 在国内编副刊时,我是很重视画版样的技巧的,因为画版样是一种表现,一种艺术,没有一个好的副刊编辑不会控制版面。但在香港,画版样的技巧是没有什么用处的,读者无此要求,报馆老板也不重视,副刊的版面几乎是固定不变的,每年改一两次,甚至几年都不改。这种做法,我一向不赞成,因此,报馆决定革新时,我不但将《浅水湾》编成纯文艺副刊,也在形式上作了一百八十度的转变[⑧]。

改为文学副刊以后的《浅水湾》,在内容上致力于介绍西方现代文艺思潮和现代文学、特别是前卫文学,热心扶植文学创作,尤其重视具有创新意图的作品和见解独到的文学批评。在刘以鬯的精心设计和编排下,《浅水湾》成了在内容与形式上都充满新意的文学副刊,对香港文学的发展,乃至在台湾文学的某些领域,都发挥了积极的推动作用和重要的影响。

《浅水湾》文学副刊的作者队伍主要有昆南、卢因、王无邪、吕寿琨、学工、马朗、西西、王敬羲、十三妹等香港作家,同时还得到台湾作家的支持,经常寄来稿子的有纪弦、叶泥、魏子云等作家。这些作家能写能译,充实了副刊的内容;有的还能画,如王无邪画的素描、秦松的木刻,调剂并美化了版面。

《浅水湾》文学副刊以崭新的面貌出现在香港文坛,无论在当时还是以后都深受作家们和文学爱好者们的欢迎,得到了大家充分的肯定和高度的评价。昆南称誉《浅水湾》是香港"报章副刊的'沙漠'中唯一的'绿洲'"[⑨]。李英豪认为《浅水湾》"对台湾和香港的文坛影响力是无从估计的"[⑩]。戴天指出《浅水湾》"于介绍西方文艺思潮建树良多,而在港岛能坚持此种信念,益见眼光之远大与乎魄力之雄浑"[⑪]。卢昭灵对20世纪60年代香港文坛致力于介绍西方现代文学思潮和作品的两个刊物做了比较论述,说:

> 说到将西方现代文学具体地介绍给中国读者,《浅水湾》是跟《文艺新潮》之后出现的第二名功臣;不但走在台湾之前,且直接影响和促成六十年代初文坛之出现的现代主义运动。《文艺新潮》首先介绍存在

主义给香港读者；如果我没有记错，《浅水湾》则是介绍意识流较早的香港刊物[12]。

这些对《浅水湾》文学副刊的评价，其中某些提法或许有溢美的成分，但基本上还是如实反映了它在香港文学发展中的重要作用和影响。

尽管《浅水湾》文学副刊在文坛上得到一致的好评，但在香港这样的商业社会，是不易立足和生存的。《浅水湾》文学副刊只维持了一年时间，报馆当局就决定将其改为知识性副刊，由另外的人负责编辑；而刘以鬯则编该报的小说版和娱乐版。虽然刘以鬯只编小说版和娱乐版了，可是，他为香港文学发展而尽心尽力的初衷，是不会因外界条件的变化而改变的。他在权力范围之内，仍然采取灵活的策略和办法，把一些评论文章和读书笔记适量地"挤"入他所编的小说版和娱乐版中（比如，李英豪、吕寿琨等人的文章），在力所能及的范围内发挥了一定的作用。

三 "大"家聚"会"一"堂"

1981年9月30日，香港《星岛晚报》的文艺周刊《大会堂》创刊，刘以鬯出任该刊主编。这份香港文坛的重要文艺周刊，在刘以鬯的主持下，经历了九年半的时间，于1991年4月4日根据报馆当局的决定停刊。

《大会堂》文艺周刊与《浅水湾》文学副刊在内容上各有侧重，前者比较注重对香港文学的推动，后者注重对现代文学和文艺思潮的介绍。《大会堂》文艺周刊的办刊宗旨和目标是，积极倡导创作具有创新意图的作品，重视发表富于独特见解的文章，努力提高香港文学的水准。

关于将这份文艺周刊命名为"大会堂"的原因，刘以鬯曾经做过说明。他说，这份文艺周刊的性质，与香港中环的大会堂有些相似，"大会堂为市民提供健康的文艺活动，本刊也打算选登健康的文艺作品作为广大读者的精神食粮"[13]；同时，命名为"大会堂"，还包含了"让'大'家聚'会'一'堂'"[14]，即团结广大作家、共同办好这份周刊的愿望。他说："早已有人说过：副刊编辑的工作与厨子是差不多的。厨子没有上好的材料，做不出好菜；副刊编辑没有优秀的稿件，编不出好的副刊。本刊希望得到大家的帮助与支持",尤其是"在文艺不受重视的地方编一个以文艺为主的副刊",特别"需要有推石上山的勇气与气力。大石笨重,除非大家合力来推,否则,就会被大石压倒"⑮。

刘以鬯主编的《大会堂》文艺周刊,在九年半的时间内,一共出版了477期,发表各种文章2227篇。香港文坛的这份重要文艺周刊,一直坚持严肃、认真的编辑方针,始终保持严谨、开放的鲜明特色,为广大的作家提供了发表作品的良好园地,为众多的读者提供了有益的精神食粮。尤其值得称道的是,该刊大力推广香港文学,十分重视具有创新意图的文学创作,能够容纳不同艺术风格的作品和不同学术见解的文章,在繁荣文学创作、发展文学评论、培养青年作者、介绍外国文学、交流文学信息等各个方面,都做出了突出贡献,产生了重要影响。

刘以鬯切实贯彻"大家会聚一堂"的既定原则,组织了十分可观的作者阵容,保证了《大会堂》作为纯文学周刊必须达到的应有水准。无论是"左、中、右",还是"老、中、青",凡是能够为广大读者提供健康有益的精神食粮,有助于发展和繁荣严肃文学的有价值、有意义的作品,都会得到支持,得到发表。在来自香港内外广泛而精干的作家群中,香港本地作者的作品受到了应有的关注,而实际上也确实引人瞩目。其中尤为突出的是,余光中、也斯的诗歌,梁锡华、力匡、东瑞的散文,西西、舒巷城的小说,黄继持、黄国彬的评论,卢玮銮的文学史研究等。更令人高兴的是许多青年作者活跃的身影。他们勤奋笔耕,取得了可喜的成绩。这不仅显示了刘以鬯作为一位德高望重的老作家对青年作者的希望和支持,而且也从一个侧面透露了香港文学后继有人的信息。

刘以鬯主编的《大会堂》文艺周刊,对发展和繁荣香港文学所做的努力,还表现为大力支持对香港文学的研究和评论。长期以来,香港文坛没有给予香港文学的研究和评论以应有的重视,而刘以鬯主编的《大会堂》文艺周刊,一反这种不良风气,以相当多的篇幅来刊登研究和评论香港文学的文章,对促进和推动香港文学的繁荣发展发挥了重要作用。《大会堂》文艺周刊发表的研究和评论香港文学的文章,既有对作家作品的评论,也有对香港文学若干现实和理论课题的探讨。在作家、作品评论方面,黄国彬的《香港的新诗》[16]一文,对香港新诗做出了很有见地的综论;黄国彬的《香港新诗赏析》[17]系列文章、黄维梁的《读诗随笔》[18]分别对胡燕青、曹捷、陈德锦、钟伟民、梁秉钧、陈浩泉等人的诗歌进行了细评详析;还有对西西、东瑞的小说[19],梁锡华、金耀基的散文[20]、王一桃、王良和的诗歌[21]等作家作品的评论,以及对璧华的诗歌批评的论析[22];而尤为值得注意的是,还发表了过去少有的对香港戏剧和绘画的评介文章[23]。至于对香港文学的历史和现状以及有关重要问题的综合探讨方面,也发表了不少有相当高的水准的文章,其中尤以卢玮銮、陈德锦、汉闻等人的文章更为引人注目。卢玮銮的《香港早期新文学发展初探》[24],对过去很少有人研讨的香港早期新文学进行了史实确凿、论证精审的探讨。陈德锦和汉闻等人对香港文学面临的一些现实课题,比如对香港作家的定义、香港过渡时期的文学题材、香港严肃文学受到的冲击和挑战以及应有的前途[25],都进行了各抒己见的讨论,以期对香港文学的进一步发展有所推动和促进。梁秉钧的论文《香港小说与西方现代文学的关系》[26],尽管论题的范围只是香港小说,但是其观察的角度和运用的方法却具有相当重要的价值和意义。论文用比较文学的方法,通过对几位香港作家的作品以及不同流派的西方现代文学作品的吸收和扬弃的具体分析,为探讨香港小说与西方现代文学的联系,提供了一个富有启迪性的思路和角度。

对中国现当代文学的评论和研究,是刘以鬯主编的《大会堂》文艺周刊的一大特色。刘以鬯对中国现代文学具有真知灼见,对改革开放以来的大陆文学相当关注。因此,在他的精心策划和安排下,《大会堂》刊发的评论和研究中国现当代文学的文章十分引人注目。纵观这些文章,可以发现,对作家、作品的研究涉及面非常广泛,几乎触及了所有有代表性的作家、作品;与此同时,又相当重视在面的广泛中力求点的深入,如对钱钟书、曹禺、老舍等成就突出、特色鲜明的作家,都有比较深入的论述和研讨。柯灵对钱钟书创作的全面研究[27],温儒敏对《围城》意蕴的探讨[28],李钦业对钱钟书作品幽默风格的分析[29],都达到了相当的深度和力度。对老舍和曹禺的研究,集中在对《骆驼祥子》和曹禺剧作所受西方文学影响的论述[30],提供了比较新的研究思路和角度。对大陆当代作家、作品的研究，《大会堂》文艺周刊的重点放在近期的作家、作品，既有对老作家姚雪垠的长篇小说《李自成》的长篇评论文章[①]，更多的则是对一批有代表性的中青年作家的创作历程和主要作品的探讨和评析，如对刘心武[②]、刘绍棠[③]、张洁[④]、白桦[⑤]、从维熙[⑥]、张贤亮[⑦]、阿城[⑧]等都有专文论述。对大陆当代作家、作品的关注和评论，不仅有助于广大读者对大陆当代文学的理解，而且也有助于促进大陆文学与香港文学之间的交流。《大会堂》文艺周刊也十分注意对台湾作家、作品和海外华人作家、作品，特别是对一些有代表性的作家、作品，进行评论和研究，如对张爱玲[㊳]、白先勇[㊵]、陈映真[㊶]、彭邦桢[㊷]、李昂[㊸]、周策纵[㊹]等作家都有所论述和评析。刘以鬯是把大陆文学与香港、台湾文学，作为中国文学整体格局中不可分割的有机组成部分，在《大会堂》上进行评论和研究的。这既可以从一个侧面体现中国文学的整体成就，又可以推动海峡两岸三地文学的交流和互补。这也正是《大会堂》文艺周刊所发挥的沟通海峡两岸三地文学的桥梁作用的具体体现。《大会堂》文艺周刊对中国现当代文学的评论和研究，除了具体分析一些有代表性的作家、作品外，还相当重视对中国现当代文学作一些综合性的述评和研讨，包括对一些重要问题进行考察和评论。《大会堂》文艺周刊发表的对中国现当代文学作综合探讨的文章，是该刊对中国现当代文学的评论和研究很有特色的一个部分，其中有些文章达到了相当的水准，具有重要的学术价值。黄继持的《人文精神与艺术旨趣——从中国传统谈到现代文学》[㊺]是一篇具有开拓性、富于启迪性的论文。这篇论文从中国传统文化儒、道两家的人生态度和美学观点出发，以人文精神与艺术旨趣为核心，探讨了现代文学与传统文学的关系。黎活仁的《中国现代文学研究的问题》一文[㊻]中关于中国现代文学史编撰的新构想，反映了作者和几位研究者对编撰中国现代文学史极具创意的构想，富有启迪和参考价值。《大会堂》文艺周刊还重视刊登有关中国现代文学的新资料，比如鲁迅论神话的一封佚简、萧红的佚文《花狗》[㊼]，以及关于徐志摩生平及其致陆小曼的私柬等新发现[㊽]、《文艺阵地》究竟在什么地方创刊的考证[㊾]。这些都为研究者提供了可靠而有价值的重要资料。

刘以鬯主编的《大会堂》文艺周刊，对海外华文文学，特别是东南亚华文文学相当关注，经常刊发这些地区的华人作家的作品。比如，老诗人鸥外鸥、力匡以及秦松等作家常有作品发表。同时，关于这些地区的文学发展和作家、作品，该刊也常常发表一些评论和研究文章。仅就东南亚华文诗歌的研讨来说，发表的文章就有《抗战时期的马华诗歌》[50]、《马华新兴诗歌运动》[51]、《"走马观花"话菲华新诗》[52]、《云鹤诗歌赏析》[53]等。

对外国作家、作品的介绍和评论，也是《大会堂》文艺周刊的一大特色。为了扩大广大作家和读者的视野，广泛汲取文艺营养，提高创作水准和欣赏能力，《大会堂》文艺周刊十分注意介绍和评论一些有代表性、有特色的外国作家、作品。《大会堂》文艺周刊介绍和评论外国作家、作品时采取了分散和集中两种方式：根据一般需要和版面安排，分散介绍和评论一些外国作家、作品；同时，在有特别需要的时候，又采用"专辑"或"特辑"的形式，以整版的篇幅，集中介绍和评论一些重要作家、作品。对于每年度的诺贝尔文学奖获得者，《大会堂》文艺周刊都要及时地组织"专辑"或"特辑"集中介绍和评论。对一些有代表性的外国作家，或者一些外国作家的重要纪念日，《大会堂》文艺周刊也会适当地编辑和刊发"特辑"或"专辑"加以介绍和评论，比如詹姆斯·乔伊斯诞生一百周年纪念专辑[54]、尤金·奥尼尔诞生一百周年特辑[55]、加布里埃尔·加西亚·马盖斯专辑[56]、普鲁斯特专辑[57]等等。另外，有时根据需要，《大会堂》文艺周刊也会组织和刊发其他主题的"特辑"或"专辑"，比如探索年代——早期中国电影专辑[58]、香港青年作者协会创作专辑[59]等等。《大会堂》文艺周刊的这些"特辑"或"专辑"有鲜明的特色，有很高的水准，不仅因为刊出及时而深受读者的欢迎，而且选题本身也反映了编者的卓识远见。比如，加布里埃尔·加西亚·马盖斯获得1982年诺贝尔文学奖的消息，香港电台是1982年10月21日晚宣布的，可在这之前一个多月，即1982年9月8日，《大会堂》文艺周刊就已经推出了加布里埃尔·加西亚·马盖斯专辑，不但介绍了马盖斯的新著《一个死亡预告的编年史》，还刊出了他的短篇小说《玫瑰假花》的中译；而在宣布加布里埃尔·加西亚·马盖斯获得诺贝尔文学奖之后第6天，即1982年10月

27 日，《大会堂》文艺周刊又再次推出加布里埃尔·加西亚·马盖斯专辑，集中介绍马盖斯的生平和作品，重点评论他获奖一事及其代表作《一百年的孤独》。

刘以鬯主编的《大会堂》文艺周刊，对于文艺信息的传播和交流也是十分重视的，因此，信息量颇大就成了该刊的又一个特色。《大会堂》文艺周刊对在中国大陆、香港、台湾以及海外召开的重要文学研讨会，特别是中国现当代文学（包括香港、台湾文学）的研讨会，一般都有及时而详细的报道，有时还会选刊研讨会的重要论文。对外国的文学信息和文学活动，《大会堂》文艺周刊常常采用"快讯"等形式及时予以报道。由于《大会堂》文艺周刊重视文艺信息的报道和交流，使该刊的读者和作家扩大了眼界、增长了见识，同时对于作家提高创作水准，也有所助益。

在近十年的时间里，刘以鬯主编的《大会堂》文艺周刊精心组织、辛苦耕耘，所取得的有目共睹的实绩，为香港文学和整个中国文学做出的重要贡献，在广大作家和读者心目中留下了不可磨灭的印象，是香港文学副刊史和香港文学史上的重要一页。

四 主编《香港文学》月刊

1985 年 1 月，《香港文学》月刊正式创刊了。《香港文学》月刊，是香港文学杂志社编辑出版的一份严肃文学刊物，刘以鬯任社长兼总编辑。《香港文学》月刊是一份立足香港、面向世界的中文文艺杂志。刘以鬯在《发刊词》中明确提出了《香港文学》月刊的创办意图、目的和宗旨。

作为一座国际城市，香港的地位不但特殊，而且重要。它是货物转运站，也是沟通东西文化的桥梁，有资格在加强联系与促进交流上担当一个重要角色，进一步提供推动华文文学所需的条件。

香港文学与各地华文文学属于同一根源，都是中国文学的组成部分，存在着不能摆脱也不会中断的血缘关系。对于这种情形，最好将每一地区的华文文学喻作一个单环，环环相扣，就是一条拆不开的"文学链"。

历史已进入新阶段，文学工作者不会没有新希望与新设想，为了提高香港文学的水平，同时为了使各地华文作家有更多发表作品的园地，我们决定在文艺刊物不易立足的环境中创办一种新的文艺刊物⑧。

在香港这样一个现代化的商业社会，面对多样化的现代传媒和消闲性流行读物的冲击，创办一份《香港文学》这样的纯文学杂志，确实面临着严峻的挑战和严重的威胁。可是，刘以鬯主持的《香港文学》以敢于迎难而上的决心和勇气，以坚持不懈的努力，不仅在不易立足的荆草棘木中开辟出一条道路，而且顽强地走过了整整十年的艰辛历程，终于逐步实现了《香港文学》的办刊宗旨和既定目标，成为一份立足香港、面向世界的世界性中文文学杂志，为繁荣发展香港文学和世界华文文学做出了重要的贡献，产生了突出的影响。

十年来，《香港文学》在刘以鬯的亲自主持和精心编排下，在世界各地华人作家的热忱支持下，成为发表世界华文文学作品的良好园地，发表了世界各地华人作家的许多作品，无论是多样化的诗歌、多品种的小说、多风格的散文，还是多内涵的评论、多方面的史料，总之，多种多样、异彩纷呈，逐渐形成了一个颇有观赏价值的百花园。十年来，《香港文学》取得的可观实绩、产生的深远影响，说明它的办刊方针和方法既十分正确又切实可行。同时，长期以来，《香港文学》又以它丰富充实的内容、新颖优美的形式、多姿多彩的风格、典雅大方的装帧，形成了自己的独特个性和鲜明风貌。它不仅坚守了香港严肃文学的阵地，推动了香港严肃文学的发展，而且成了展望世界华文文学的窗口、繁荣世界华文文学的营地。

十年来，刘以鬯主持的《香港文学》走过的艰辛历程、取得的突出成就和做出的重要贡献，赢得了世界各地华人作家和广大读者的热烈欢迎、一致肯定和高度赞扬。台湾诗人纪弦说，《香港文学》"其内容之丰富，其水准之高超，其编排设计之豪华精美而又大方新颖，无一而非第一流的；九年来，作为海峡两岸以及世界各国华文作家之园地与桥梁，其成就与贡献，不也是有目所共睹的吗？……像这样一份严肃文学纯文艺的月刊，能够在香港那样充满了庸俗市侩低级趣味的文化环境中屹立而不倒，已经是大不易；更何况今日之《香港文学》，日新又新，已成为华文文艺界唯一代表性的大杂志，你叫我怎能不向劳苦功高的主编刘以鬯兄大声喝彩和鞠躬致敬呢？"[31]大陆作家端木蕻良也称誉《香港文学》是"在艰苦中创建，经过风风雨雨，已经成为一座沟通海内外的金桥"[32]。新加坡作家力匡说："我在香港曾为两份杂志主编，深知在香港办文艺杂志的辛酸，《香港文学》五年，中流砥柱，在文化上的贡献，一如韩愈在《进学解》文中所说的'障百川而东之，回狂澜于既倒'。将来写文学史的人，会给贵刊很高的评价。"[33]各地的华文作家，之所以一致肯定和热情赞扬刘以鬯主编的《香港文学》十年来取得的实绩和产生的影响，是因为他们深切地认识到，在香港这样一个现代化商业社会，编辑出版一本纯文学杂志长达十余年之久，确实是一件大不易的事，需要克服多少困难，做出多么艰苦的努力啊！

十年的耕耘，十年的收获，确实来之不易。正如刘以鬯为纪念《香港文学》创刊十周年所写短文的题目所标示的，"十年辛苦不寻常"。他写道：

> 用十年时间办《香港文学》这样的纯文学杂志，等于长期在荆棘中行走，相当辛苦。……十年来，庸俗的、趣味低级的文字商品不断扩展，纯文学几乎失去所有的活动空间。……正因为这样，为了推动香港文学与华文文学的发展；同时为了抗拒文学商业化，我们甘愿以薄弱的能力坚守纯文学的阵地……[34]

文学受到商品经济狂潮的冲击，严肃文学的活动空间越来越小。这不是香港独有的现象，但是，香港严肃文学几乎失去所有的活动空间，这种处境恐怕就是香港独有的现象了。正如香港一位评论家所描述的那样，"严肃文学的地盘如此全面的被通俗文学所占领，严肃文学被排挤到几乎无立锥之地，则为香港独有的现象"[35]。在情势这样严峻的香港文坛，在严肃文学处于严重困境的生存空间，刘以鬯敢于面对来自各方面的挑战和竞争以及各种各样的阻碍和困难，以一种明知不可为而为的可贵的执着和推石上山的勇气，长期在荆草棘木中作艰苦的开辟工作，不断拓展严肃文学的活动空间和生长园地，为繁荣香港文学和世界华文文学而无私奉献自己的力量。刘以鬯这种敢于面对困难和坚持不懈的精神，他自己曾经以"推石上山"作比喻。20世纪80年代初,他在主编的《星岛晚报·大会堂》文艺周刊的《开场白》中指出:"在文艺不受重视的地方编一个以文艺为主的副刊,需要有推石上山的勇气和气力。"㉕20世纪90年代,当他主编的《香港文学》月刊步入第10年的时候,他又强调道:"九年来,我们一直在做着推石上山的工作,虽然流了许多汗、花了很多气力,我们总觉得这是应该做的事。"㉖他长期从事编副刊和办杂志的工作,一直为严肃文学的繁荣发展而尽心尽力地奉献,体现出那种知其不可为而为之的广阔胸怀和坚毅精神。

刘以鬯主编的《香港文学》月刊,对于加强世界华文作家的联系、促进世界华文文学的交流,以及利用香港的特殊地位和良好条件,在沟通世界华文文学中充分发挥凝结作用和桥梁作用等方面,做了许多扎实的工作,对于推动世界华文文学的发展做出了重要贡献,产生了突出影响。

关于世界华文文学的发展,刘以鬯十分明确地提出了必须把世界华文文学作为一个整体来推动的正确主张。他的这一主张,从对世界华文文学做整体观察的视角,反映了世界华文文学本身就是一个有机整体的基本事实。他把世界各地华文文学有着共同的根源和血缘的关系作为根本的出发点,把每一个地区的华文文学比喻为一个单环,将世界各地华文文学这若干个单环环环相扣,就凝结成了一条拆不开的"文学链",就形成了世界华文文学的有机整体。但是,这条拆不开的"文学链",并不是自然而然形成的,需要做许多工作,来推动世界各地华文文学的联系和交流,来增强世界各地华文文学的凝聚力,从而逐步形成一个有机的整体。所以,刘以鬯多次指出,尽管世界各地的华文文学有同一的血缘关系,然而由于历史的和现实的多种原因,"各地华文文学一直处于个别发展的状态,即使在思想交流方面没有困难,彼此之间仍缺乏应有的了解与认识。要改善这种情况,必须加强华文文学的凝聚力。……因此,我们必须倾全力去凝聚各地的华文文学,使它成为一个有机的整体"㉗。因此,他主编的《香港文学》月刊的宗旨,就是在香港文坛作为世界华文文学的联系纽带和交流中心这一历史性重任中,担当重要的角色,贡献自己的力量,努力推动世界华文文学成为一个有机的整体。事实上,正如他所说的那样,"各地华文文学虽然早已存在,被视为世界性的文学现象，却是近几年的事"⑱。而世界各地华文文学作为一个有机整体，成为一种世界性的文学现象，正是包括刘以鬯及其主编的《香港文学》月刊在内的各地华人作家和团体共同努力的结果，也是刘以鬯及其主编的《香港文学》月刊，以及香港文坛的有识之士，充分发挥香港文坛所具有的沟通世界华文文学的桥梁作用的结果。

十年来，《香港文学》月刊作为一本世界性的中文文学杂志，陆续发表了世界各地许多华文作品和推介文章，显示了世界华文文学的实绩，促进了世界华文文学的交流，推动了世界华文文学的发展，扩大了世界华文文学的影响。

《香港文学》为了促进世界华文文学的交流、推动世界华文文学的发展，十分重视发表世界各地华文文学作品，也经常报道世界各地华文文学界的活动，每期都有"华文文学动态"专栏刊出，这有助于大家及时了解世界各地华文文学活动的概况。《香港文学》除了常常选登世界各地华人作家的单篇作品外，还精心编辑和发表世界各地华文文学作品的特辑或专辑，以集中展示世界各地华文文学的独特个性和鲜明风貌，如新加坡华文文学作品特辑、印尼华文文学作品特辑、泰国华文文学作品特辑、菲律宾华文文学作品特辑、砂朥越华文文学作品专辑、南美华文文学专辑、澳门文学专辑等；还有按文体编辑的特辑或专辑，如新加坡新诗特辑、马华短篇小说特辑、加拿大现代小说专页等；另外，也有按作家类别和其他分类编辑的特辑或专辑，如新加坡女作家特辑、新加坡青年作品特辑、北加州十人专辑、第二届"亚细亚华文文营"专辑、第四届菲华"青年文学奖"得奖作品专辑等。《香港文学》以特辑或专辑的形式对世界各地华文文学的介绍，不仅涉及的地区不断在扩大和深入，而且在内容上也从发表华文文学作品扩展到评论华文文学作品。比如，关于新加坡华文文学作品的介绍，曾经编发了好几个特辑或专辑，后来又编发了评论新加坡华文文学作品的专辑，对各类新加坡华文文学作品进行了分析和研究，对读者进一步了解新加坡华文文学很有裨益。

立足香港，面向世界，努力推动香港文学和世界华文文学的发展，这是刘以鬯主编的《香港文学》的宗旨，也是他近十余年来关注的焦点和工作的重心。他一直十分关心并潜心思考和研究,如何利用香港的特殊地位和良好条件,充分发挥其推动世界华文文学发展的桥梁作用。他认为相当重要而迫切的一个工作就是召开世界华文文学研讨会,成立世界华人作家组织。1988年6月19日,在深圳举行了"粤、港、澳、深、珠五地作家深圳联欢会",刘以鬯在会上提议成立一个世界性的华人作家组织,以加强世界华文文学的联系和交流,推动世界华文文学的提高和发展。这一提议引起了热烈的讨论,大家一致认为香港可以发挥沟通世界各地华文文学的桥梁作用,并建议可以先在香港举办世界华文文学研讨会,为世界华人作家组织的成立做必要的准备。经过一段时间的磋商和筹备,1991年7月1日至3日,世界华文文学研讨会在香港举行了。这次"世界华文文学研讨会"由"香港作家联会"、岭南学院、《香港商报》、《香港文学》四个文化机构联合主办,主题是"世界华文文学与华文文学世界",强调将世界华文文学当作一个有机的总体来推动。这次研讨会的主席是刘以鬯,执行主席是曾敏之。在研讨会的开幕式上,刘以鬯报告了会议筹备经过,并作了题为"世界华文文学应该是一个有机的整体"的发言。他在发言中着重论述了将世界华文文学作为整体来推动的重要性。他指出:

> 长期以来,由于民族意识不同、社会结构不同、风俗习惯不同,各地华文文学一直处于个别发展的状态,即使在思想交流方面没有困难,彼此之间仍缺乏应有的了解与认识。要改善这种情况,必须加强华文文学的凝聚力。……我们必须全力去凝聚各地的华文文学,使它成为一个有机的整体[⑦]。

他在发言中表示,希望这次"世界华文文学研讨会"能够为成立世界性华文文学机构创造条件。他认为,将世界华文文学机构设在香港是适宜的,可以充分发挥香港的桥梁作用。

这次世界华文文学研讨会,有来自世界各地的50多位作家和学者参加,宣读论文近40篇。这些论文从不同角度探讨了世界华文文学的历史、现状和前景。研讨会上,各地代表就建立世界华文文学机构及其倡议书,展开了热烈的讨论。在讨论中,刘以鬯再次说明了建立世界华文文学组织的构想。

他强调指出，这一组织不是什么普通的联谊会，它的成立是为了促进世界华文文学的发展，开展各种有助于世界各地华人作家的交流、提高世界华人文学作品水准的活动，如定期颁发奖项、出版丛书和世界性华文文学期刊等等。同时，他还再次强调了应充分发挥香港的特殊地位和条件所具有的沟通世界华文文学的桥梁作用。最后，研讨会一致通过了《关于成立"世界华文文学协会"的协议书》，并成立了"世界华文文学协会筹委会"，刘以鬯任主席，曾敏之任执行主席，潘耀明任秘书长。世界华文文学组织的筹备和成立，必然加强世界各地华文文学的联系和交流，而世界各地华文文学少联系、无组织的局面就会改变，从而推动世界华文文学进入一个崭新的发展阶段。

不断拓展香港文学的活动空间、努力提高香港文学的创作水准，是刘以鬯整个文学活动的一个相当重要的方面。长期以来，他一直不遗余力地通过各种工作来推动香港文学的发展，提升香港文学的地位。

刘以鬯作为一位经验丰富的资深编辑，长期以来，通过编副刊、办杂志，千方百计地为香港严肃文学提供活动空间和发表园地，为香港作家，特别是青年作家提高创作水准创造条件。他20世纪60年代编辑的《浅水湾》文学副刊，80年代至90年代编辑的《大会堂》文艺周刊和《香港文学》月刊所取得的突出成就和发挥的重要作用，就是他为提高香港作家创作水准和推动香港文学发展创造条件的具体体现。

注释：

①刘以鬯：《从〈浅水湾〉到〈大会堂〉》，原载1991年7月《香港文学》杂志第79期。

②香港《八方》编辑部：《知不可而为——刘以鬯先生谈严肃文学》，原载1987年8月香港《八方文艺丛刊》第6辑。

③、④同①。

⑤、⑥也斯：《公众空间的个人论说——谈香港专栏的局限与可能》，原文分别刊于1983年3月香港《文艺杂志》第5期及1988年5月香港《博益月刊》第9期，1992年6

月 28 日改写。

⑦《浅水湾》改版为文学副刊的时间，系根据刘以鬯《三十年来香港与台湾在文学上的相互联系》一文的叙述。这篇文章刊载于 1984 年 8 月 22 日和 29 日香港《星岛晚报·大会堂》。

⑧关秀琼、温绮媚：《细谈"浅水湾"——刘以鬯访问记》，原载 1983 年 9 月香港《文艺杂志》季刊第 7 期。

⑨昆南：《文学的自学运动》。转引自刘以鬯：《三十年来香港与台湾在文学上的相互联系》一文，原载 1984 年 8 月 22 日和 29 日香港《星岛晚报·大会堂》。

⑩李英豪：《梦与证物——怀〈好望角〉现代文学艺术半月刊》，原载香港《文艺》季刊第 7 期。

⑪转引自刘以鬯：《三十年来香港与台湾在文学上的相互联系》一文，原载 1984 年 8 月 22 日和 29 日香港《星岛晚报·大会堂》。

⑫卢昭灵：《回忆〈浅水湾〉——兼谈〈现代小说论〉》，原载 1985 年 7 月 3 日香港《星岛晚报·大会堂》。

⑬刘以鬯：《开场白》，原载 1981 年 9 月 30 日香港《星岛晚报·大会堂》。

⑭同①。

⑮同⑬。

⑯黄国彬：《香港的新诗》，原载 1983 年 11 月 16 日和 23 日香港《星岛晚报·大会堂》。

⑰黄国彬：《香港新诗赏析》系列文章四篇，分别刊载 1983 年 11 月 30 日、12 月 7 日和 14 日，以及 1984 年 1 月 4 日香港《星岛晚报·大会堂》。

⑱黄维梁：《读诗随笔》，原载 1984 年 9 月 19 日香港《星岛晚报·大会堂》。

⑲明月：《内涵丰盈　卓尔不群——西西小说漫评》，原载 1986 年 11 月 13 日香港《星岛晚报·大会堂》。

李华川：《现实·写实·真实——评东瑞的〈玻璃隧道〉》，原载 1985 年 6 月 19 日香港《星岛晚报·大会堂》。

⑳潘亚暾：《山有仙则灵——梁锡华散文集〈我为山狂〉读后》，原载 1990 年 7 月 7 日香港《星岛晚报·大会堂》。

潘亚暾：《如歌的行板——读金耀基的〈剑桥语丝〉、〈海德堡语丝〉》，原载 1989 年 11 月 2 日香港《星岛晚报·大会堂》。

㉑邵德怀:《非文人化的文人气质——评王良和的诗歌创作》,原载1990年6月17日香港《星岛晚报·大会堂》。

潘亚暾:《王一桃新诗赏读》,原载1990年8月11日香港《星岛晚报·大会堂》。

㉒邹建军:《璧华诗歌批评景观论》,原载1990年6月2日香港《星岛晚报·大会堂》。

㉓冯禄德:《香港的剧运与剧作》,原载1984年5月23日和30日香港《星岛晚报·大会堂》。

程观俭:《香港新派画的催生者陈福善》,原载1984年9月27日香港《星岛晚报·大会堂》。

㉔卢玮銮:《香港早期新文学发展初探》,原载1984年1月25日和2月4日香港《星岛晚报·大会堂》。

㉕陈德锦:《语言·艺术标准·作家的身份——再谈香港作家的定义问题》,原载1989年6月29日香港《星岛晚报·大会堂》。

汉闻:《香港过渡期文学题材刍议》,原载1989年6月12日香港《星岛晚报·大会堂》。

汉闻:《严肃文学受到的冲击与挑战》,原载1989年9月29日香港《星岛晚报·大会堂》。

陈德锦:《严肃文学前途管见》,原载1990年3月3日香港《星岛晚报·大会堂》。

㉖梁秉钧:《香港小说与西方现代文学的关系》,原载1984年2月8日和15日香港《星岛晚报·大会堂》。

㉗柯灵:《钱钟书创作浅尝——读〈围城〉、〈人兽鬼〉、〈守在人生边上〉》,原载1983年1月12日香港《星岛晚报·大会堂》。

㉘温儒敏:《〈围城〉的三层意蕴》,原载1989年2月28日香港《星岛晚报·大会堂》。

㉙李钦业:《讨论钱钟书小说的幽默风格》,原载1989年1月23日香港《星岛晚报·大会堂》。

㉚许定铭:《〈骆驼祥子〉的版本及其悲剧终结》,原载1981年12月16日香港《星岛晚报·大会堂》。

张仁强:《从〈原野〉看曹禺所受西方文学的影响》,原载1983年6月22日香港《星岛晚报·大会堂》。

㉛尹家炎、胡德培：《气壮山河的历史大悲剧——〈李自成〉一、二、三卷艺术管窥》，原载 1985 年 8 月 14 日和 21 日香港《星岛晚报·大会堂》。

㉜吴秀琼、谢树坚：《刘心武和他的作品》，原载 1982 年 11 月 24 日香港《星岛晚报·大会堂》。

㉝南思：《刘绍棠的创作历程》，原载 1983 年 8 月 3 日香港《星岛晚报·大会堂》。

㉞明月：《张法，大器晚成的作家》，原载 1988 年 8 月 15 日香港《星岛晚报·大会堂》。

㉟依华：《白桦的代表剧作和小说》，原载 1982 年 5 月 26 日香港《星岛晚报·大会堂》。

㊱潘亚暾：《〈大墙文学〉之父——从维熙》，原载 1988 年 3 月 4 日香港《星岛晚报·大会堂》。

㊲明月：《"半个男人"的风波》，原载 1986 年 5 月 1 日香港《星岛晚报·大会堂》。

㊳明月：《领异标新二月花——阿城小说漫评》，原载 1986 年 4 月 16 日香港《星岛晚报·大会堂》。

㊴饶芃子：《张爱玲和张爱玲的"冷"》，原载 1989 年 1 月 2 日香港《星岛晚报·大会堂》。

㊵汤祯兆：《〈骨灰〉的历史责任》，原载 1989 年 5 月 31 日香港《星岛晚报·大会堂》。

㊶彦火：《陈映真的自剖和反省》，原载 1987 年 5 月 22 日香港《星岛晚报·大会堂》。

㊷王一桃：《彭邦桢新诗的内容和形式》，原载 1990 年 8 月 31 日香港《星岛晚报·大会堂》。

㊸洛枫：《〈杀夫〉与女性问题初探》，原载 1988 年 9 月 19 日香港《星岛晚报·大会堂》。

㊹李元洛：《歌唱不老的青春——旅美诗人周策纵作品欣赏》，原载 1989 年 4 月 17 日香港《星岛晚报·大会堂》。

㊺黄继持：《人文精神与艺术旨趣——从中国传统谈到现代文学》，原载 1982 年 8 月 25 日和 9 月 1 日香港《星岛晚报·大会堂》。

㊻黎活仁：《中国现代文学研究的问题》，原载 1982 年 11 月 10 日和 17 日香港《星岛晚报·大会堂》。

㊼谭达先：《中国文学的瑰宝——一封鲁迅论神话的佚简》，原载于 1984 年 3 月 7 日香港《星岛晚报·大会堂》。

卢玮銮：《〈花狗〉再现经过》，原载 1983 年 8 月 3 日香港《星岛晚报·大会堂》。

㊽梁锡华：《旧事新证——徐志摩生平补阙》，原载 1983 年 3 月 9 日与 16 日香港《星岛晚报·大会堂》。

梁锡华：《求利求乐的旅行——新发现徐志摩致陆小曼私柬》，原载 1983 年 6 月 1 日和 8 日香港《星岛晚报·大会堂》。

㊾刘以鬯：《〈文艺阵地〉究竟在什么地方创刊?》，原载 1983 年 7 月 20 日和 27 日香港《星岛晚报·大会堂》。

㊿原甸：《抗战时期的马华诗歌》，原载 1984 年 11 月 14 日和 21 日香港《星岛晚报·大会堂》。

㉛原甸：《马华新兴诗歌运动》，原载 1984 年 4 月 18 日香港《星岛晚报·大会堂》。

㉜黄维梁：《"走马观花"话菲华新诗》，原载 1990 年 7 月 19 日香港《星岛晚报·大会堂》。

㉝乐融融：《云鹤诗歌赏析》，原载 1987 年 9 月 26 日香港《星岛晚报·大会堂》。

㉞詹姆斯·乔伊斯诞生一百周年纪念专辑，原载 1982 年 2 月 3 日香港《星岛晚报·大会堂》。

㉟尤金·奥尼尔诞生一百周年特辑，原载 1988 年 11 月 21 日香港《星岛晚报·大会堂》。

㊱加布里埃尔·加西亚·马盖斯专辑，原载 1982 年 9 月 8 日香港《星岛晚报·大会堂》。

㊲盖鲁斯特专辑，原载 1983 年 5 月 4 日香港《星岛晚报·大会堂》。

㊳探索的年代——早期中国电影专辑，原载 1984 年 1 月 18 日香港《星岛晚报·大会堂》。

㊴香港青年作者协会创作专辑，原载 1982 年 10 月 13 日香港《星岛晚报·大会堂》。

㊵刘以鬯：《〈香港文学〉发刊词》，原载 1985 年 1 月《香港文学》第 1 期。

㊶纪弦：《我与〈香港文学〉》，原载 1994 年 1 月《香港文学》第 109 期。

㊷端木蕻良：《〈香港文学〉创刊八周年寄语》，原载 1993 年 1 月《香港文学》第 97 期。

㊸原载 1991 年 1 月《香港文学》第 73 期 5 至 6 页。

㉔刘以鬯:《十年辛苦不寻常》,原载 1995 年 1 月《香港文学》第 121 期。

㉕璧华:《严肃文学如何摆脱当前的困境——为〈香港文学〉创刊十周年之作》,原载 1995 年 1 月《香港文学》第 1 期。

㉖刘以鬯:《开场白》,原载 1981 年 9 月 30 日香港《星岛晚报·大会堂》。

㉗刘以鬯:《步入第十年》,原载 1994 年 1 月《香港文学》第 109 期。

㉘刘以鬯:《世界华文文学应该是一个有机的整体》,原载 1991 年 8 月《香港文学》第 80 期。

㉙刘以鬯:《步入第八年》,原载 1992 年 1 月《香港文学》第 85 期。

㉚刘以鬯:《世界华文文学应该是一个有机的整体》,原载 1991 年 8 月《香港文学》第 80 期。

(原载 1996 年 9 月 1 日《香港作家报》、《刘以鬯传》)

刘以鬯的文学评论的特色

刘以鬯,不仅是著名作家和资深编辑,而且是具有远见卓识的学者。

刘以鬯是一位有真知灼见的中国新文学研究专家。他的一些别具创意的研究成果,认真贯彻了"求真"、"求确"和"看树看林"的原则,鲜明地体现了实事求是的精神和严谨务实的学风。

刘以鬯是一位见解独到的文学评论家。他对一些重要文学问题颇有见地的评论,既是他潜心思考和深入研究的结果,又是他丰富的创作经验的结晶,对于推动香港文学的发展、促进香港青年作家的成长,发挥了突出的作用,产生了重要的影响。

一 "求真"·"求确"·"看树看林"

刘以鬯把他的小说创作区分为"娱乐别人"的流行小说和"娱乐自己"的严肃小说。他在一次接受访问时说,他把写评论,特别是关于中国新文学的评论,也是看作"娱乐自己"的写作活动的,甚至有时对写关于新文学的评论,似乎比对小说创作的兴趣还要浓厚。他看到一些谈新文学的文章,其中往往因立论的偏颇或资料的残缺而造成错漏;一些外国学者的文章不仅不够周全,甚至还闹了笑话。于是,"我就尽自己所知,提出补充和论证,开始写作一些关于新文学的评论文章"[1]。当然,他谈到的这些情况,只是激发他写作新文学评论文章的动因之一。而更主要的原因是他长期以来,对中国新文学,特别是20世纪三四十年代的新文学,有着深切的了解和深刻的研究。那些引起他感慨的具体事例,只不过是触发他提笔的促动因素而已。

刘以鬯从20世纪70年代初期到80年代中期,写了不少关于中国新文学和其他文学的文章,其中尤以1976年前后写得最多。

作为一位中国新文学研究的学者，刘以鬯从事研究工作的指导思想非常明确。他提出"还新文学以本来面目，是新文学研究者的主要目标"。他读了一些中国新文学研究著作和新文学史，感到重现中国新文学的真面目并不容易。因此，他鲜明地提出了研究新文学应该遵循的原则。

我认为：

研究新文学，不应该将猜想当作事实。

研究新文学，必须求真，求确。

研究新文学，不能看树不看林，更不能只看林不看树[2]。

刘以鬯对中国新文学的研究，一直遵循"求真"、"求确"的实事求是原则，一贯坚持既要"看树"又要"看林"的全面性、整体性观点，树立了一种可贵的严谨学风，体现了一种鲜明的求实精神。

刘以鬯对中国新文学的研究有鲜明的针对性。他从中国新文学研究的现状出发，来选择研究的课题。特别是对那些学术界有不同看法的疑难问题，以及某些研究中以讹传讹的失误，他总能引证丰富而确凿的资料，通过缜密、精审的分析，得出令人信服的结论。对萧红的小说《马伯乐》续稿的发现[3]、关于茅盾的小说《走上岗位》不应该被忽略的见解[4]、老舍的小说《四世同堂·惶惑》初刊何处[5]、《文艺阵地》杂志在什么地方创刊[6]、孙毓棠的诗歌《宝马》未获大公报文艺奖金[7]等一系列考证，就是他在这方面的部分研究成果。他还对有些研究工作者忽视"求真"、"求确"的重要性，以一种随意和草率的态度来对待新文学史著作的编纂工作，提出了自己的意见和批评。他曾经严厉批评《中华民国文艺史》一书中的许多失误，指出该书编纂者"不但缺乏史家应有的审慎，而且缺乏正误辨伪的能力"[8]，因此带来了不真不确、错误特多的严重后果。通过对这本书的批评，刘以鬯再次提出必须以严肃、认真的态度来对待历史著作的撰写，再次强调史家叙事必须"求真"、"求确"的实事求是原则。

在刘以鬯看来，在中国新文学研究中坚持"求真"、"求确"的实事求是原则，还必须要有"看树看林"的全面性和整体性观点。他曾经就中国新文学史的编撰问题，与黄继持、卢玮銮、黎活仁进行了讨论，后联合署名发表了题为《关于编撰〈现代（1915—1949）中国文学史〉的新构想》一文，提纲挈领地叙述了对编撰中国新文学史的一种极具创意的新构想。其新构想的一个重要特点是，对中国新文学的发展历程和作家作品的评估充分体现了一种全面、整体的观点，以及富于新意的思路和视角。对于刘以鬯来说，中国新文学研究的文章和中国新文学史的撰写，不仅是一种构想，而且列入了他的工作计划。他曾经对来访者谈到，除了写小说而外，他对研究新文学、写文学批评、翻译名著等方面的工作也有兴趣，尤其希望能够抽出时间来写一部《中国新文学史》⑨。可是，他实在太忙了，一直抽不出时间来写这部他很想写的《中国新文学史》，或者《香港文学史》。这不能不说是一个很大的遗憾和损失。

二、公正的态度　求实的精神

刘以鬯对中国新文学作家、作品的研究，体现了一种公正的态度和求实的精神。这种态度和精神，突出地表现在他对一些长期被忽视的优秀作家作品，敢于鲜明地提出自己的见解和看法；对他们的成就和贡献，以及在中国新文学史上的地位，都给予了实事求是的肯定和评价。这不但说明他眼光敏锐、见解精当，而且显示了他的勇气和胆识。

对于一直被忽视的新文学作家老向的作品，刘以鬯最早提出来应该给予充分的肯定和公正的评价。他不是孤立地评论老向及其作品，而是把老向及其作品放到整个新文学，特别是20世纪三四十年代新文学发展的背景中去考察，并与在文学道路、作品风格方面相似的作家进行比较，从而得出符合实际状况、令人信服的结论。他指出，老向与老舍的"文学道路颇多相似之处"。他说：

> 从三十年代到四十年代，老向写过不少优秀的小说与散文，尤其是抗战时期，老向在曲艺方面所作的努力，即使不超过老舍，最低限度也有同样的成就。在现代中国作家中，作品竭力摆脱西洋文学的影响的，老向是极少数中间的一个。他的作品，民族风格显明，不大有洋葱味⑩。

刘以鬯从广阔的文学背景和相似作家作品的比较中，对老向作出了总体评价和基本定论，并进一步论及其作品的风格和特色。他认为"老向的文风十分朴素，朴素中具有一种逼人的力量"，而尤其难能可贵的是，老向能够"用幽默而不油滑的文笔"去表现"严肃的题材"，去描写"人生百态"。而这正是老向"早期作品的最大特色"，也充分显示了他是一位"资质极高的作家"。刘以鬯对老向作品的总体面貌和基本特色做了概括的描述之后，又对其20世纪30年代写的一个短篇小说《村儿辍学记》进行了极其简洁而精当的分析，以对前面的总体评价作具体的印证和必要的补充。刘以鬯指出，新文学中表现农村生活的小说很多，然而，像老向的《村儿辍学记》这样，选择一个独特的视角，"生动而深刻地写出农村教育问题的，很少"。他高度评价这篇小说，不仅因为它有一个严肃而有意义的主题，同时还因为小说具有鲜明的幽默风格和民族气派，"能够在诙谐与风趣中表现严肃主题"。对于老向及其《村儿辍学记》这样优秀的作品长期受到不公正的漠视，历来主张应该公正地评价作家、作品的刘以鬯不能不有所感慨。他说："老向作品的重要性，为史家所忽视，是一件必须引以为憾的事情。"他认为，像《村儿辍学记》这样的优秀短篇小说，"漠视它，等于将钻石掷入垃圾堆"[11]。

对于长期以来在中国新文学研究中没有得到应有的肯定和评价的穆时英的小说，刘以鬯早在1963年就提出了鲜明的看法。他在1963年10月出版的长篇小说《酒徒》中，借小说人物之口，列举了包括穆时英的小说《公墓》[12]在内的14位作家的16篇小说，认为这些小说"都是相当优秀的作品"；又说穆时英在文坛上出现时相当轰动。同时，他还指出，穆时英有"两种风格绝然不同的小说：一种是通俗形式的《南北极》；一种是用感觉派手法撰写的《公墓》与《白金女体塑像》"[13]。此后不久，即1964年7月24日，香港《中国学生周报》在报庆时刊出了"五四抗战文艺专辑"。在第七版《写在专辑前面》一文中，列举了9位作家的名字，其中也有穆时英，并称这些名字都是"伟大的名字"；第十一版《五四抗战佳作一览（小说之部）》一表中，也有穆时英的条目——"※穆时英：《公墓》、《白金女体的塑像》、《南北极》、《一个本埠新闻废稿的故事》、《CRAVEN A》（短篇）"（名字前面的※号系指值得郑重推荐的作品）；第十至第十一版还发表了李英豪的文章

《从五四到现在》，其中谈到小说部分时提到了穆时英："上面说了一大堆诗人，就只留下很少的篇幅谈小说了。但不能不提的是一些大家比较陌生的名字，如穆时英、无名氏、端木蕻良、骆宾基、师陀、爵青。穆时英的新感觉手法源诸日本的横光利一……片冈铁兵、中河与一和法国保尔穆杭。由主观出发，重联想和心理，将人间抽象化的观念作为有机能之轨迹，俾观念可自由活跃于感觉世界中。穆时英是短命鬼，但其小说《白金女体的塑像》和《公墓》已使人震惊其才华。《中国学生周报》是继刘以鬯的《酒徒》以后，再次扼要而明确地评述穆时英及其小说的报刊；至于更为具体而全面地评价穆时英及其小说，那是在1972年11月创刊的季刊《四季》第一期上。"

香港《四季》季刊的编者，根据刘以鬯的建议，在该刊第一期上编辑了"穆时英专辑"，发表了《三十年代文坛上的一颗彗星——叶灵凤先生谈穆时英》、刘以鬯评穆时英及其小说的文章《双重人格：矛盾的来源》以及黄俊东的《穆时英和他的作品》；另外，还重刊了穆时英的两篇小说《南北极》和《上海的狐步舞》。刘以鬯在《双重人格：矛盾的来源》一文中，没有孤立地去评价穆时英的小说，而是紧密联系20世纪30年代文坛的实际状况，通过着重分析其双重人格带来的种种矛盾，来揭示小说的长处和弱点，以及作者的贡献和错误。刘以鬯指出，穆时英在20世纪30年代创作的《南北极》和《公墓》是两种风格截然不同的小说，原因是，前者是在左翼文学得到发展、文学大众化成为重要课题的背景下产生的，而后者是他接受新感觉派的观点和技巧并在创作中实践和运用的成果。同时，文章还分析了穆时英的思想倾向、文艺观点、生活情趣使他更热衷于从事后一类小说的创作，也确实取得了突出的成绩。穆时英"在《上海的狐步舞》、《夜总会的五个人》或《本埠新闻栏编辑室里一札废稿上的故事》中极力追求的新形式，使他的小说在那个时代突出得如同鸡群中的鹤"。但是，刘以鬯又充分注意到其小说的弱点和不良倾向及其带来的严重后果，指出"过分重视小说的形式"，不仅"有时会鼓励形式变成饥饿的野兽，将内容当作食粮吃掉"，而且更为重要的是，穆时英从生活到创作，都处在"彼此间有着很大的距离的"，"两个不同的圈子里"，使穆时英时时感到困扰和痛苦，"彷徨无主，加上矛盾情绪,引领他迷惘地走向不幸……竟愚昧地做了国家的叛徒"。刘以鬯就是这样围绕着对穆时英双重人格的分析,做出了明确的论断,既指出穆时英"在国家为生存而奋战的时候投向敌人,当然是一种不可宽恕的错误",同时也表示"撇开政治不谈,站在纯文学的观点,穆时英作品的历史意义以及他对中国现代文学的贡献,是应该予以承认的"[14]。

三 实事求是的作家论

刘以鬯对中国新文学的研究,除了单篇论文外,还撰写了一本系统评论端木蕻良作品的专著——《端木蕻良论》[15]。刘以鬯十分喜爱端木蕻良的作品,早在端木蕻良刚出现于文坛,在《文学》第七卷第二号发表短篇小说《鸳鹭湖的忧郁》之后,就开始注意这位作家的作品了[16]。从此以后,他一直关注端木蕻良的小说。在1963年10月出版的长篇小说《酒徒》中,他以小说人物之口,对端木蕻良的小说给予很高的评价。他写道:

> 至于端木蕻良的出现,并不若穆时英那样轰动;但他使不少有心的读者吃惊于他在作品中表现的才华。端木的《遥远的风砂》与《鸳鹭湖的忧郁》,都是第一流作品。

他还把端木蕻良小说的风格与其他作家的小说风格做了比较,说:

> 谈到 Style 不能不想起张爱玲、端木蕻良与芦焚(即师陀)。……如果将端木的小说喻作咖啡;那末芦焚的短篇就是一杯清淡的龙井了[17]。

另外,在回答"五四"以后究竟是否产生过比《子夜》与《激流》更出色的作品的提问时,他说:"以我个人的趣味来衡量,我倒是比较喜欢李劼人的三部曲与端木蕻良的《科尔沁旗草原》。"[18]从这些评论可以看出,刘以鬯对于端木蕻良的小说是多么喜爱,并给予了相当高的评价。正是基于这种情况,当他读到1975年7月出版的《中华日报》刊载的董保中的通讯《记一次现代中国文学座谈会》以后,就不能不对这篇通讯中提到的事情感到震惊和忧虑了。这篇通讯报道了1974年8月在波士顿近郊举行的一个研究现代中国文学的学术会议,有来自加拿大、澳洲、日本、英国、荷兰、德国、法国及波兰的研究现代中国文学的学者参加。当讨论到夏志清的论文《端木蕻良的小说》的时候，参加研讨会的三四十个学者中，"竟然没有一个人看过端木蕻良的作品，有几位甚至于没有听说过端木这个人"。刘以鬯面对这一令人难以置信的事实，强烈地感觉到这是一种令人忧虑的现象，立即引起了他极大的关切和注意。为此，他撰写了文章，指出这是极不正常的令人担忧的现象；同时，还举出了新文学史和有关论著对端木蕻良及其作品的评价，说明端木蕻良及其作品的重要性。端木蕻良在中国新文学史上是早已获得公认的有成就的作家，并非"一直没有受到应有的注意"，"是一个未被发现的作家"[19]。

在这以后，刘以鬯对端木蕻良的创作做了进一步的研究，陆续撰写了评析端木蕻良重要作品的系列文章，后来辑成一本专著《端木蕻良论》。这本专著对端木蕻良的重要作品的成就和特色进行了很有见地的分析，作出了颇为独到的评价，是最早出现的、比较全面而公正地研究端木蕻良的专著。刘以鬯研究端木蕻良的作品有个突出的特点，就是十分注意把他的相关作品联系起来作考察，并与其他作家相似的创作现象和具体作品进行多层次的比较分析，进而从各个方面来展示了其小说取得的成就和独具的特色。他不仅把端木蕻良的《科尔沁旗草原》与《科尔沁前史》联系起来考察，而且将它们同普鲁斯特的《往事追迹录》与《尚桑短》进行比较，从它们相互之间的联系和区别中揭示端木蕻良小说的突出特点。他指出，在文体上，《往事追迹录》与《尚桑短》都是小说，而《科尔沁旗草原》是小说，《科尔沁前史》不是小说，是曹家的家族史；在内容上，端木蕻良与普鲁斯特在各自的两本书中都有重复使用材料的情形，尽管这种做法相同，但是目的各异。"普鲁斯特在《往事追迹录》中重用《尚桑短》用过的材料，旨在追求更完美的表现，以期达致较为完整的重组。"因此，"《尚桑短》近乎草稿，《往事追迹录》则是定稿"。而端木蕻良显然不同，他在《科尔沁前史》中重用《科尔沁旗草原》的材料，"似乎在向读者对他的家族史作一次更明确的解释"。所以，"《科尔沁旗草原》是定稿，而《科尔沁前史》却不是草稿"，"只能算是《科尔沁旗草原》的注释"。他由此还进一步指出，这两本书在写作方法上也是不同的，《科尔沁前史》是概括的叙述，《科尔沁旗草原》是具体的描写。

虽然《科尔沁前史》"缺乏文学的华美",但它自有其重要性和价值,"它老老实实记下了曹家的故事",可以使读者从"事实境域"中得到一些理解《科尔沁旗草原》的"意外的发现";《科尔沁旗草原》长于描写,那些细致的描写将读者带入"艺术境域",使读者强烈地感觉到"叩人心弦的感染力"。因此,"如果将《科尔沁旗草原》喻作帆船的话,《科尔沁前史》就是风。不过,有一点不能忘记:帆船不扬帆的时候,一样可以在海上航行"[20]。

刘以鬯对端木蕻良的《大地的海》的评论,联系赛珍珠的《大地》、骆宾基的《边陲线上》等小说,进行了颇为深刻的比较分析。他既指出了这几本小说的相同之处,又十分注意它们各自的特点。《大地的海》与《大地》都是写人与土壤的故事,都力图表现农民将自己的命运与土地紧紧联结在一起。但是,其具体描写的着重点又有所不同。赛珍珠主要表现的是农民对土地的爱。其中一个人物对儿子们说:"如果你们守得住土地,你就能生存……没有人能抢走你的土地。"端木蕻良主要表现的是农民们怎样"用他们粗苴的力量讨回"被抢去的土地。因此,他明确指出,这两本书的不同之处在于,"赛珍珠写'爱',端木蕻良写'恨'"。他在将《大地的海》与骆宾基的《边陲线上》做比较时指出,尽管这两部小说"都是叙述东北人民对抗日本侵略者的",但由于他们"走的文学道路并不接近","性格、气质与作用都有距离",所以,他们的小说也"各有千秋"。

刘以鬯在作家作品的分析中,也注意到作家作品的复杂性,而切忌简单化。他在对端木蕻良与穆时英的比较分析中,就充分重视其思想倾向和文学道路"有极大的距离"这一明显的事实;同时,他又敏锐地发现他们的某些表现手法确实有相似之处。他在指出他们小说中的"大异"的基础上,对那些表现手法上的"小同"并没有忽视。他指出,端木蕻良"在《大地的海》中将'大地'喻作'人'",而穆时英"在 CRAVENA 中,将'人'喻作'大地'";而"收集在《风陵渡》中的《三月夜曲》,无论作风与技巧都与穆时英十分相似,将它收在《公墓》或《白金的女体塑像》中,绝不会令人感到突兀"。但同时他又着重强调指出:"表现纵有小同,思想却大异。"[21]这些定性定量和极具分寸感的比较分析,准确地揭示了端木蕻良小说的成就和特色。

刘以鬯在《端木蕻良论》中，还论及了端木蕻良小说受到外国文学影响的情形。他引用了端木蕻良自己谈到的情况，端木蕻良表示"欢喜巴尔扎克更胜于莎士比亚"，又"是十分讴歌托尔斯泰式和巴尔扎克式的宏阔的"。刘以鬯注意到了端木蕻良自己的说法，但更重视把他自己的说法与小说的具体描写联系起来进行分析，并从中引出符合实际的结论。他根据对端木蕻良小说中的有关描写的分析，指出其小说与巴尔扎克的小说确实有相似之处，不过其影响并不强烈；事实上，端木蕻良受到的更为强烈的影响来自托尔斯泰，而不是巴尔扎克。他还发现尽管端木蕻良没有提到高尔基及其影响，而在其小说的实际描写中，却可以看到高尔基早期作品的明显影响[②]。

刘以鬯对端木蕻良小说的研究及其成果《端木蕻良论》一书，产生于1976年至1977年间。在这以后，他虽然没有可能再集中一段时间进行此项研究，但是，他一直关注对于端木蕻良的研究，经常注意进展情况，搜集有关资料，并把研究重点放在端木蕻良在香港的文学活动上。经过相当一段时间的研究之后，他于1983年8月11日在香港第五届"中文文学周"专题讲座上，报告了他的研究成果。这篇题为《端木蕻良在香港的文学活动》的演讲，对端木蕻良于1940年1月至1942年春和1948年秋至1949年8月，两次来香港的文学活动，进行了系统、全面、准确的研究，是迄今为止研究端木蕻良在香港的文学活动最为切实、可靠的一篇文章。这篇文章资料繁富、论证精审，如实地叙述了端木蕻良两次来香港的文学活动。无论是文坛交往、编辑活动，还是创作成果，乃至个人生活，都有翔实、可靠的材料，包括一些第一手材料。同时，根据这些材料，对端木蕻良在香港的文学活动及其取得的成绩，作出了实事求是的论述和评价。这不仅充实了端木蕻良研究中的这一薄弱环节，而且对于1949年以前的香港文学发展史研究，也具有重要的参考价值。

四　对香港文学的评论

香港文坛一向缺乏对香港文学的评论和研究，尤其缺乏对香港文学的历史考察和综合论述。长期以来，刘以鬯主要从事十分繁忙的小说创作活动，本没有多余的时间进行关于香港文学的评论和研究，但是，他一直支持和关注这方面的工作和活动，积极参加关于香港文学创作的征文评奖、专题讲座和研讨会等活动，并撰写了一些关于香港文学作品的评论文章和香港青年作家创作集的序文。在时间允许和力所能及的情况下，他还努力参与了关于香港文学作品的实际批评活动。

刘以鬯对香港文学的评论和研究，最为引人注目的文章是《五十年代初期的香港文学》。这是一篇提交1985年4月27日在香港举行的"香港文学研讨会"的论文，也是20世纪80年代中期唯一的一篇具体而切实的评论20世纪50年代初期香港文学活动的论文。这篇论文根据作者的亲身经历和确切史料，如实地描述和评论了20世纪50年代初期香港文学的基本面貌和有代表性的作家、作品。文章在准确把握当时香港文坛趋向和香港作家处境的前提下，对一些有代表性的副刊杂志和作家、作品进行了言简意赅的评论。如：对《幸福》和《西点》等综合性杂志、《星岛周报》和《幽默》半月刊，以及曹聚仁的长篇小说《酒店》、李辉英的长篇小说《人间》、侣伦的长篇小说《穷巷》、徐訏的中篇小说《彼岸》、徐速的长篇小说《星星、月亮、太阳》等作品，都作出了夹叙夹义、史论结合的评点式的分析；而对赵滋蕃的小说《半下流社会》和洛风的小说《人渣》，这两部反映了当时两种对立政治倾向的小说，则重点进行了对比，着重指出了它们是特定政治背景的产物，以及它们各自强烈的政治观点如何降低了其艺术性等问题。刘以鬯在对当时文坛状况和作家、作品进行认真研究的基础上，对20世纪50年代初期的香港文学做出了一些概括而准确的描述和论断：

在香港文学的发展过程中，五十年代初期虽然值得重视的作品不多，却是一个重要的时期。

五十年代初期写香港现实生活的文学作品，不是没有，只是像《穷巷》和《酒店》那样"写人间疾苦"而不做政治扬声筒的小说很少。

由于部分文学工作者的苦斗与挣扎，香港文学的超然性还不至于完全丧失。香港文学没有在五十年代初期成为怒海中的覆舟，这些文学工作者的努力不应抹杀[23]。

刘以鬯以大量材料为依据而做出的这些描述和论断,如实地勾勒了20世纪50年代初期香港文学的真实面貌,为人们认识和理解纷繁、复杂的20世纪50年代初期的香港文学,提供了重要的线索和途径。

刘以鬯的《三十年来香港与台湾在文学上的相互联系》一文[24],与《五十年代初期的香港文学》一样,有大量翔实、确凿的材料,并从这些材料中引出了令人信服的结论。这篇文章以刊物、作品、作家等几个方面的许多事实为依据,评述了30年来香港与台湾在文学上相互联系的真实状况,并做出了符合实际的基本论断:20世纪50年代香港现代主义文学的兴起,要早于台湾现代主义文学的发端,并对台湾现代主义文学的兴起产生过一定的影响;而20世纪60年代的台湾现代主义文学,又对香港文学产生了重要影响;在这以后,香港文学与台湾文学就一直在比较紧密的相互联系和影响中,各自得到了长足的发展,取得了重要的成就。

刘以鬯对香港文学的评论和研究,除了综合性的论述文章而外,还有一些对作品的评析文章。其中,最有代表性的是《吴煦斌的短篇小说》这篇文章。刘以鬯撰写的这篇评论吴煦斌短篇小说的文章,文字不多但内涵深邃,既凝练又深刻,充满了对促进和推动香港文学创作发展的热切愿望。他赞扬吴煦斌在创作中敢于穿越遍地荆棘的勇气、向丛林和荒野寻找阳刚之美的追求;重视吴煦斌小说中的诗意与哲理所蕴含的深意。因此,他忠告读者,阅读吴煦斌的小说要"慢慢辨别、细细咀嚼",去领会那些充满象征意味的描写中的深邃意蕴。刘以鬯的文章还充分肯定了吴煦斌的小说在艺术描写上的长处和成就。他写道:

> 她长于绘影,也长于绘声,更重要的是长于描写动物与植物。这些描写,细腻一如端木蕻良,使小说中的文字变成鲜艳的油彩。据我所知,端木蕻良除了能书善画外,对生物学也有十分浑厚的兴趣(一九三二年时期,端木考入清华历史系与燕京生物系)。类似的兴趣使吴煦斌在小说艺术的表现上获致近乎端木的成就。不过,吴煦斌更富于想象。石壁上的牛群,会使她"感到这些泰然的强力的生命的注视"。这句话

的含义,强迫读者深思⑥。

刘以鬯对吴煦斌小说的评论及其寄予的希望,实际上也是对广大香港作家,特别是青年作家的鼓励和希望。

五 小说创作问题的探讨

对文学发展和创作问题的关切和思考,是刘以鬯的文学评论的一个重要方面。他对文学发展面临的问题和文学创作存在的问题,经常进行深入的观察和潜心的研究。因此,他的文学评论,不仅有明确的针对性,而且有广阔的视野,能够切中时弊,启人深思,从而对文学发展和文学创作产生一种积极的推动作用。他撰写的论文《小说会不会死亡?》和《现代中国短篇小说的几个问题》,就集中体现了其文学评论的鲜明特色。

在《小说会不会死亡?》这篇论文中,刘以鬯向一切自觉肩负文学使命和献身文学事业的小说家,尖锐地提出了一个重要命题:必须严肃思考小说创作面临的新课题,努力探寻小说创作的新路向。现实生活的急剧变化、现代传媒的日趋发展、各种文艺样式的激烈竞争,给小说创作的前景提出了严峻的挑战。为了迎接面临的新挑战,探索面对的新课题,大家需要从各个方面进行认真的研讨和大胆的实践。刘以鬯在《小说会不会死亡?》这篇论文中,着重探讨了创作方法问题。他从传统现实主义谈起,提出了这样一个问题:虽然传统的现实主义在黄金时代产生过不少伟大作品,然而,时至今日,在传统现实主义的弱点和局限越来越突出的情况下,究竟是固守传统现实主义创作方法,还是寻求新方向,开辟新道路?论文对传统现实主义的有关论述和评价,人们或许会有不同的看法,但是,论文的基本精神是极其深刻而富于启迪意义的。论文强调的是,希望小说家们努力探寻小说创作的新路向,不断拓展小说创作的新领域,大胆创作具有创新意图的、多种多样的作品。根据对世界小说创作发展现状的考察和研究,他指出了在世界小说创作领域可供借鉴的一些尝试和探索:

有的脱离现实进入幻想,如鲍赫士(Borges);有的将幻想与历史结合在一起,如加西亚·马盖斯(Garcia Marquez);有的将小说与寓言结合在一起，如葛拉斯（Grass）；有的用小说探求内在真实，如史托雷（Storey）；有的用不规则的叙述法作为一种实验，如褒格（Berger）；有的用两种方法写一部小说，一方面是有规则的叙述，一方面是不规则的叙述，如葛蒂莎（Cortazar）；有的将小说与诗结合在一起，如贝克特（Beckett）；有的透过哈哈镜来表现现实，如巴莎姆（Barthelme）；有的甚至要求更真的真实，剔除了小说的虚构成分，如目前颇为普遍的"非虚构的小说"或"非小说小说"（Non-Fiction Novel）[20]。

这些小说创作的实验性探索，刘以鬯并非全都赞同，他对其中某些提法也并不赞成。比如，他说："Non-Fiction Novel 是一个新名词。别人对这个名词的看法怎么样，我不知道。我只觉得这个含有矛盾意义的新名词有悖于小说的基本原理。"他特别强调"追求更真的真实，不应走极端"。他甚至认为，"像'非虚构小说'与排斥虚构的'传记小说'，不但不能挽救小说，反会加速小说的死亡"。他的基本出发点一直非常明确，在小说创作面对来自内外的多种挑战的情势下，要摆脱困境，寻求发展，必须大胆探求小说创作的新路向，努力创作具有创新意图的作品。正是基于这种考虑，他十分重视拉丁美洲的小说家为"挽救小说艺术的生命"所做的努力；他充分肯定唐拿·巴莎姆、加西亚·马盖斯、鲍赫士、葛蒂莎等人敢于"快步朝前走"的那种大胆探寻新路和努力追求创新的勇气。他特别赞扬他们对内心真实和内在冲突的探求、向幻想世界的拓展、将小说与诗相结合以及对多种多样的叙述方法的尝试，并着重指出他们运用新手法创作的实验小说扩展了小说创作的领域，强化了小说艺术的生命。由此可见，刘以鬯这篇论文的意图，就是希望更加重视小说创作面临的挑战和危机，大胆探索小说创作的新路，努力开拓小说发展的未来。

如果说《小说会不会死亡?》这篇论文是刘以鬯针对小说创作面临的根本问题，提出了富于探索性的看法，那么，他的另一篇论文《现代中国短篇小说的几个问题》[22]，则针对短篇小说创作实践中存在的具体问题，提出了很有启发性的见解。前者有助于寻求小说创作的新路向，后者有助于克服短篇小说创作存在的弱点和缺点，提高短篇小说的创作水准。在《现代中国短篇小说的几个问题》这篇论文中，刘以鬯根据他阅读和研究大量中国现代短篇小说的心得体会，对改善和提高短篇小说的艺术质量，提出了一些很有见地的看法。他认为中国现代短篇小说创作存在的"通病"是："模仿之作"、"目的小说"太多，忽视了小说的创意和个性；类似题材和主题的作品太多，缺乏对题材和主题的独特发现和深入开掘；用写长篇的手法写短篇，分不清"小说"与"故事"的区别，也弄不清创作与创新的关系。在刘以鬯看来，短篇小说创作中存在的主要问题，实际上是没有认真遵循短篇小说创作的特性和规律，也没有努力寻求富有创意的艺术处理和鲜明的艺术个性，尤其重要的是，缺乏一种敢于创新的勇气和大胆探寻新路的决心。正如刘以鬯在这篇论文中所说的那样，"创新与突破，谈谈容易，做起来，就有许多困难需要克服"；而要克服这些困难，提高小说创作的水准，走小说创作的创新之路，确实不是件容易的事。但是，在刘以鬯看来，一个有追求、有理想的作家，就一定要有力求创新的决心和敢走新路的勇气。这既是刘以鬯在长期创作生活中的切身体验，也是他对提高我国小说创作的艺术水准、开拓我国小说创作的创新之路的深切希望。

注释：

① 山尔：《刘以鬯印象记》，原载1977年3月1日香港《大拇指》。

② 刘以鬯：《〈看树看林〉后记》，原载《看树看林》，香港书画屋图书公司，1982年4月出版。

③ 刘以鬯：《萧红的〈马伯乐〉续稿》，原载《看树看林》，香港书画屋图书公司，1982年4月出版。

④ 刘以鬯：《茅盾的〈走上岗位〉》，出处同③。

⑤ 刘以鬯：《〈四世同堂〉最早发表在什么地方？》，出处同③。

⑥ 刘以鬯：《〈文艺阵地〉在何处创刊？》、《〈文艺阵地〉究在什么地方创刊？》，原载《短绠集》，中国友谊出版公司，1985年2月出版。

⑦ 刘以鬯：《"宝马"未获大公报文艺奖金》，出处同③。

⑧ 刘以鬯：《评〈中华民国文艺史〉》，出处同③。

⑨ 香港《新晚报》记者：《刘以鬯访问记》，原载1981年7月28日香港《新晚报》。

⑩、⑪刘以鬯：《评〈村儿辍学记〉》，下面关于老向的引文，均出自这篇文章。文章出处同③。

⑫新版《酒徒》改换为《上海的狐步舞》。

⑬刘以鬯：《酒徒》，分别见27页、25页、221页，香港海滨图书公司，1963年10月初版。

⑭刘以鬯：《双重人格：矛盾的来源》，谈穆时英的引文均见此文，原载1972年11月香港《四季》第1期。

⑮刘以鬯：《端木蕻良论》，香港出界出版社，1977年10月出版。

⑯刘以鬯：《端木蕻良论·后记》，原载《端木蕻良论》，香港世界出版社，1977年10月出版。

⑰刘以鬯：《酒徒》第25页至26页，香港海滨图书公司，1963年10月出版。

⑱同⑰23页。

⑲刘以鬯：《可忧的现象》，原载《端木蕻良论》，香港世界出版社，1977年10月出版。

⑳刘以鬯：《评〈科尔沁前史〉》，这一段的引文，均见这篇文章。原载《端木蕻良论》，香港世界出版社，1977年10月出版。

㉑刘以鬯：《评〈大地的海〉》，这一段的引文，均见这篇文章。原载1977年4月香港《明报月刊》第136期。

㉒刘以鬯：《西洋文学对端木蕻良的影响》，这一段论述，均据此文。原载《端木蕻良论》，香港世界出版社，1977年10月出版。

㉓刘以鬯：《五十年代初期的香港文学》，原载1985年6月《香港文学》月刊第6期。

㉔刘以鬯：《三十年来香港与台湾在文学上的相互联系》，原载1984年8月22日和29日香港《星岛晚报·大会堂》。

㉕刘以鬯：《吴煦斌的短篇小说》，原载1980年7月香港《明报月刊》第175期。

㉖刘以鬯：《小说会不会死亡?》，引自《短绠集》，中国友谊出版公司，1985年2月出版。

㉗刘以鬯：《现代中国短篇小说的几个问题》，引自《短绠集》，中国友谊出版公司，1985年2月出版。

（选自《刘以鬯传》）

刘以鬯的流行小说略论

一 "娱乐别人"的辛酸

1957年秋，刘以鬯从新加坡回到香港。《香港时报》编辑部负责人来找他，希望他重入该报编副刊，他同意了。可是，那时的香港单靠编副刊的一份薪水，根本不可能维持一个家庭的生活；即使在编副刊之余写些严肃作品，不仅难以找到发表园地，而且即便能够发表，那一点微薄的稿酬也不能解决多少实际的生活困难。刘以鬯作为一个编辑和作家，在没有其他更好办法的情况下，为了应付家庭生活的必需开支，不得不选择写流行小说作为谋生手段，开始了煮字疗饥的生活，走上了卖文为生的道路。他在谈到做这种选择的原因时说：

> 卖文，因为做编辑的收入太少。我在香港做了几十年报刊的编辑，每个月拿到的薪水，只够付房租，不卖文，无法应付生活所需。
>
> 香港是一个商业社会，用心写的文章不容易卖出，容易卖出的文章多数是媚俗的。因此，当我企图将卖文作为谋生工具时，我必须接受金钱控制文学的事实[①]。

当时，他来到香港并不太久，但他对香港作为一个商业社会以及文学在这个商业社会的状况，有十分清晰的了解和认识。正是基于这种了解和认识，同时也清醒地估量了实际存在的各种条件，因此，他不得不接受商业社会中金钱控制文学的事实，从而做出了以写作流行小说作为谋生之道的选择。

刘以鬯不得不选择卖文为生的道路，实际上并不完全是一种个人的选择，可以说是在当时特定的时代背景和社会状况下，许多作家不得不作出的共同选择。20世纪50年代香港文坛的许多作家,特别是大批从大陆来到香港的作家,来香港不久,置身于香港这样一个对他们来说相当生疏而复杂的商业化社会,他们面临的共同问题是立足不易和谋生困难。为了克服困难、摆脱困境、保障和维持基本的生活需求,不少作家都不得不暂时放弃原有的文学追求和理想,选择了以文换钱、卖文为生的道路。

刘以鬯走上以文换钱、卖文为生的道路以后,开始大量写作具有市场效应的、畅销的流行小说。在相当长的时期,他每天要为报刊写七八段,甚至十二三段连载小说稿,还要写"三毫子小说",所以,每天少则要写七八千字,最多要写一万三千字。他坚持写这样的流行小说,过着紧张的写作生涯,长达二三十年之久,一共写了六七千万字,而这些小说的篇目之多,实在难以一一列举。

刘以鬯回顾长时期写作流行小说的漫长经历时,不禁感慨万千,心潮起伏。其间的境遇、体验、痛苦、辛酸,真实地反映了一个香港职业作家的心路历程和曲折道路。

面对香港这样的商业社会以及文坛趋向、文学市场,刘以鬯不得不承认,在这样的现实条件下,无法实现自己的文学追求和理想。他不得不选择写作大量流行小说,去适应社会、文坛和读者的需要,走上卖文为生的道路。他曾经谈到过这方面的情况:

> 香港是一个高度商业化的社会,大部分读者只要求作品具有趣味性、消闲性与流行性,不重视作品的艺术价值、社会教育作用与所含纯度。因此,在香港卖文,必须接受文学被商业观念扭曲的事实,向低级趣味投降。理由是:卖文者要是不能迎合多数读者的趣味,就会失去"地盘"或接受报纸负责人或编辑的"指导"。

为了以文换钱、卖文为生,他必须适应现实社会状况,把扭曲的文学观念当作事实来接受,去迎合文学市场的需求和读者的趣味。尽管他对劳累紧张、单调乏味的大量写作流行小说的生活,谈不上有什么兴趣,把写流行小说比喻为"仿佛和尚敲木鱼"、"写稿机器",但是,他对写作流行小说的选择,"悔意倒是一点也没有的"[③]。因为他必须面对现实,考虑实际情况。当时，他办出版社的计划早已无法实现，而经商又没有资金。在这种情况下，为了应付生活需要，他只有选择写流行小说作为谋生的手段了。然而，长期写作流行小说带来的那种辛苦、郁悒、烦闷、厌倦，以及不得不放弃文学追求和理想的那种失落和遗憾，又使他在内心深处感到痛苦和辛酸。他把写作流行小说比喻为大量生产"行货"，并称之为"垃圾"，认为自己只是"一名稿匠"、"一架写稿机器"。每当想到从小就立志要做一个真正的作家，每当听到别人称他为作家，他必脸红[④]。他曾经这样描述他的处境和感受：

> 做"写稿机器"未必没有好处，最低限度，生活是可以维持的。不过，人终归是人，与机器不同。机器生产，加些油就可以了。人要是每天写十段八段连载的话，写几天，甚至几个月，还不算什么，像我这样连写二三十年，就不是有趣的事了。事实上即使机器，也有需要修理的时候，但在香港卖文，连病的权利也没有。这种痛苦，决不是一般人能够想象的[⑤]。

的确，作为一个有良知、有理想的流行小说家，刘以鬯内心深处的这种痛苦，没有亲身体验的局外人是难以想象的。如果把他的这种内心的痛苦集中到一点，加以概括，那就是长期写作流行小说，会使他逐渐忘掉自己，失去自己。他说：

> 售字卖文的人企图用稿子换取稿费，在很大程度上需要背叛自己，放弃自己，甚至忘掉自己[⑥]。

对于长期写作流行小说会忘掉自己、失去自己的具体情形，他曾经有过详细的描述：

> 如果多数读者喜欢看公式化的流行小说，卖文者就要写这一类的小说。如果报馆老板娘要卖文者将他在外地的生活经历写成小说，卖文者就要将他的经验写成小说。如果报馆老板规定小说不可分段，卖文者就要写不分段的小说。如果编辑认为读者喜欢看职业女性的故事，卖文者就要写职业女性的故事。如果杂志负责人要卖文者将缠绵悱恻的电影情节改写为小说，卖文者就要将那部电影的情节改写为小说。如果"三毫子小说"出版人要求卖文者在小说中加插政治宣传，卖文者就要在小说

中将出版人的政治观点作为自己的观点。如果副刊编辑要卖文者在三日之内将正在连载的小说结束,卖文者就要在三日之内结束正在连载的小说……⑦

总之,老板和编辑主宰一切,作家只能按照他们的意图来写作,而作家不能有自主性,不能有自我。这样长此以往,作家就会逐渐忘掉自己,失去自己。如果不按照老板和编辑的意图来写作,不接受老板和编辑的"指导",作家就会失去报纸上的专栏这块"地盘",作家全家生活的维持也就会受到影响。因此,作家为了谋生的需要,只有"坚守地盘","这在很大程度上需要背叛自己,放弃自己,甚至忘掉自己"。作家的内心深处,尽管会感到痛苦,却又不得不按照老板和编辑的意图去写作。因此,刘以鬯同其他流行作家一样,整天忙于写作,疲于奔命,每天总要写完当天应该写的段落,才能松一口气。天天如此,月月如此,年年如此,长达二三十年之久,其间的痛苦和辛酸,确实不是一般人能够想象的。他长期处于这样紧张的写作生活中,甚至连生病的权利也没有,连娱乐也没有,但人总有生病的时候,也总得有点娱乐。刘以鬯在谈到这方面的情形时说:

> 我年轻时,身体不好,近一二十年健康情形良好。不过,稿写得太多也会生病,你一停,编辑就找别人写。我全靠写稿生活,不想失去地盘。曾请太太或朋友写过两三次。这都是辛酸事。……那时和太太到海运大厦兜个圈,喝杯茶,就叫做"娱乐"了。"娱乐"完,马上又要搭渡轮、坐的士赶回家去"开工"⑧。

由于每天需要写的稿子比较多,在相当长的时期,他每天要写一万字左右。这样大的写作量,就要求写得快。因此,他写的流行小说,根本不能在开笔之前把故事想好,往往是一边写一边想,在写作过程中也不可能有很多时间去推敲和斟酌,只要填满稿纸的格子就行了,而写成后通常只看一遍,稍加改动,就拿出去发表了。由于每天要写七八段,最多时要写十一二段连载小说稿,供七八份,甚至十一二份报纸连载,所以,每天给报纸送稿子,也得有个安排。20世纪60年代后期,刘以鬯那时还住在北角宏安阁。他特地包了一辆白牌车,就是当年流行的私人出租汽车,每天专门向报馆送稿子。汽车驶到一家报馆门口,将稿子递给报馆门房的工友后,又驶向另一家报馆[9]。

当然,这样大量写作流行小说,以及这种写作方式,时间一长,他也就习惯和熟练了,写作量虽然大,却也能应付裕如。不过,有时候也会出现一些小事故。刘以鬯有一部题为《围墙》的长篇小说[10],在报纸上连载到第76节的时候,由于写好的稿纸已经送到报馆,续写时记不清写到多少节了,只好在应该分节的地方用"＊"号作为标记。后来,《围墙》出版单行本时,也没有改正[11]。这正好可以作为流行小说及其写作方式的状况和弊病的一个例证。

刘以鬯把他本不想写,但作为谋生之道而不得不写的流行小说,称为"娱乐别人"的创作;把他很想写、却难得有充裕时间写的严肃小说,称为"娱乐自己"的创作。

刘以鬯不仅是一位著名的流行小说家,也是一位富于创新精神的著名严肃小说家。他长期写作"娱乐别人"的流行小说。正如他所说,写得太多,就会忘掉自己、失去自己。但是,他并不愿意忘掉自己、失去自己,因此,他经常产生寻回自己的冲动。于是,他在写作"娱乐别人"的流行小说的同时,也常常创作一些"娱乐自己"的严肃小说。长篇小说《酒徒》,就是他最早写作的一部"娱乐自己"的严肃小说[12]。他在谈到《酒徒》时说:"写流行小说写久了,觉得闷,尝试一下写一本但求满足自己的小说。这些年来,为了生活,我一直在'娱乐别人';如今也想娱乐自己了。"[13]可是,在他大量写作"娱乐别人"的流行小说的时期,却很少有时间来写作他想写的"娱乐自己"的严肃小说。长期大量写作流行小说,使他内心深处感到痛苦,然而更大的痛苦,是很少有时间按照他自己的意愿写作严肃小说。他说:"对于我,最大的痛苦是,只有在精疲力竭的时候,才能写自己想写的东西。"从这里,我们可以感受到一位香港职业作家的复杂心态和心路历程。

二 流行小说例析

刘以鬯的流行小说,从内容上说,有反映过去年代的生活和人物的,而更多是描写香港社会的现实生活;从形态上看,绝大部分是报纸连载小说,也有不少"三毫子小说"。他的流行小说也有改编和拍摄成电影的。他在香港《星岛晚报》连载的流行小说《私恋》,于1958年底至1959年初,由香港新华公司拍摄成国语影片[14]。电影《私恋》由上官牧改编,王天林导演,钟情主演。影片的改编、导演、演员都很认真,影片制作也不错。影片上映后,反映良好,颇受欢迎。《私恋》后来还被改编成电视剧,由汪明荃主演[15]。在电影《私恋》的摄制过程中,媒体对原著和改编做过如下的报道和介绍:

>《私恋》叙述"抱牌位成亲"的故事,其中有红白喜事兼办的怪诞风俗,有叔嫂之间可歌可泣的恋爱描述,有骇人听闻的惨迹连连发生,气氛紧张可怖,情节紧扣人心!是一出风格别异的片子[16]。

>《私恋》的独特之处就在于它的真实和对于爱情美丽的神韵的捕捉。刘以鬯的原作无疑是杰出的,他已经将应当表现的都恰如其分地用文学的手法表现了出来[17]。

刘以鬯的长篇连载小说《围墙》,由香港海滨图书公司于1964年4月出版了单行本。《围墙》以抗战时期江浙地区一个小县城为背景,描写了绍兴戏演员赛丹桂被迫嫁给县城首富周老爷为妾以后,受尽侮辱与折磨,几经曲折与反复,最后终于离家出走,前往汉口参加抗战工作。小说中写得比较好的人物,是周家的小丫头小菊。小说以小菊的视角作为叙事线索。在全书中,她不仅是贯穿始终的人物,起着贯通与联结的重要作用,而且又是小说中形象鲜明、性格突出的重要人物。她不仅天真活泼、纯朴勤劳,而且富于反抗精神。她敢于反抗周老爷的侮辱,使他的罪恶企图未能得逞。后来,当周老爷强逼她为妾时,她在周家长工的帮助下,终于逃离了周家,获得了自由。

刘以鬯的中篇连载小说《四舞女》,在香港南天书业公司出版单行本时,改题为《天堂一角》。《四舞女》通过描写四个性格不同的舞女的遭遇,反映了香港社会中从事卖笑生涯的舞女们的悲惨命运。舞女范小明,性格开朗、乐观,甚至不知忧患,用一种玩世不恭的态度游戏人间。然而,现实的沉重打击和良心的自我谴责,终于使她不胜负荷,愤而自杀了。舞女夏冬梅,因农村无法维持生活来到城里做舞女。老实的丈夫为了不拖累和妨碍她的货腰生涯而跳楼自杀,可爱的儿子被卖给了人家。后来,她因连遭打击,身心交瘁,不堪重负,精神失常,被送进了精神病医院。

小说对桑曼萍和白玲这两个舞女的描写,着重突出了她们虽然沦落舞厅,身处逆境,却不甘随波逐流,力争有一个比较好的出路和结局。桑曼萍年近四十,饱经沧桑,自知应该结束伴舞生涯,寻求一个较好的归宿,希望嫁给一个老实、正派的男人。然而,世道险恶,要实现此愿,并不容易。她曾因受骗而落得人财两空,后来经历了种种波折,终于得偿所愿,有了一个比较好的结局。白玲因家里贫穷,无钱缴学费而辍学,被迫下海做舞女。她虽沦落红尘,却力求上进,渴望跳出舞厅。所以,她晚上到舞厅伴舞,白天在家读书,希望学成以后能有正当的工作,不必再到舞厅出卖青春。尽管她从不与舞客纠缠,却被四个舞客强逼开房,惨遭侮辱和蹂躏。痛苦、消沉之后,她很快又振作起来,坚持学习,表现出一种可贵的奋发、上进精神。

刘以鬯也写过一些"三毫子小说"。"三毫子小说",是20世纪50年代出现的一种畅销的流行小说。这种流行小说之所以称为"三毫子小说",是因为每一本的售价都是三毫子。这种三毫子小说,不同于一般小说的单行本,有半版报纸那么大,每本只有6张12页,大约容纳5万字左右;第一页是彩色封面,上有大字标题和作者姓名,并标明期数,还有"一份报纸的价钱,一本名作家的小说"等宣传性字样。这种"三毫子小说"按期出版,售价固定,同一份报纸的售价一样,也同报纸一起在报摊出售。这种"三毫子小说",实际上是介于报纸和杂志之间,且兼有两者之长的一种流行小说样式。正因为其内容和形式相当投合一般都市读者的兴趣和口味,销售量颇大,而稿费也较高,所以作者和读者都比较多。

刘以鬯的"三毫子小说"《蓝色星期六》,是一篇写得相当不错的流行小说,颇能体现"三毫子小说"的长处和特色。这篇小说有传奇的魅力、都市的节奏,文笔简洁,人物鲜明,具有相当高的可读性和吸引力。

这篇小说的题目是《蓝色星期六》。作者在小说中有所说明,因为香港赛马是在星期六举行,蓝色是女神维纳斯的颜色,维纳斯是爱情女神,所以,这篇以马场为背景的爱情小说被命名为《蓝色星期六》,是颇为贴切的。马场与情场,是都市生活的热点,也是"三毫子小说"相当适宜的题材,因此,这样一个写"马场奇恋"的小说,当然也就很有一种传奇性的魅力。小说的内容,简而言之,是写一个在马场赌马中暴发,又在马场中输得精光的故事。这个故事的教育意义不言自明,十分清楚。不过,作者是用流行小说的写法来构思和讲述这个故事的。小说善于通过引人入胜的情节、跌宕多姿的描写、鲜明生动的人物,使读者在很有兴趣的阅读、欣赏中,去领略和体味小说蕴涵的意义。

　　首先,小说在开始部分,用简洁的文字,描述了一个扑朔迷离的马场奇遇的故事,从而引出了小说女主人翁夏莓仙究竟是人还是鬼的悬念。小说中的男主人翁"我"去马场赌马,遇见一位衣饰华丽的年轻女人,请"我"代买马票,中了马票又请"我"代领彩金,可领到彩金后,却再也找不到这个年轻女人了。连续两次特赛都是如此,第三次特赛又碰到这个女人,但她不愿意接受前两次的彩金,"我"只好给她一张卡片,说什么时候需要这些彩金,可以随时打电话通知。三天以后,她果然打来了电话,告知了她的姓名和地址,请立即把彩金送去。当"我"把彩金送到她家时,一位老人把"我"带到一棵老槐树边,"我"大吃一惊,那里有一座坟墓,墓前的石碑上写着"夏莓仙小姐之墓"。老人说,她是因为赌马破产自杀的,不久,她的丈夫也跳海而死。值得注意的是,小说一开始既写了"我"的马场奇遇,又一再强调这是亲身经历的事实,这就提出了夏莓仙究竟是人还是鬼的悬念。这个悬念有着使读者急于要知道结果的吸引力,但作者不但不马上揭穿夏莓仙是人还是鬼的谜底,而且在紧接着的描写中,又再次渲染这个情节的悬念性和夏莓仙的神秘感。四年以后,"我"从新加坡回到香港,一次在马场赌马,正在买马票时,有人轻拍"我"肩膀,回头一看,不觉大吃一惊,竟是夏莓仙。马场的这次巧遇,使"我"与读者在惊奇之余,都将注意力集中在探寻夏莓仙"死而复活"之谜上。尽管读者像"我"在小说中特地点明的一样,并不相信鬼,然而夏莓仙的坟墓和她的再次出现究竟是怎么一回事?这都是读者急于知道的。因此，小说就产生了让读者非读下去不可的魅力。紧接着，小说在描写了一番马场赌马和美心餐厅晚餐等富于都市生活色彩的场景，以及许多简练而机智的谈话之后，终于揭开了谜底。原来，夏莓仙是一位富商林忠的妻子，在林忠到国外办理商务的短短时间内，她经常去马场赌马，竟然输掉了她丈夫的全部积蓄。夏莓仙感到无面目再见丈夫，于是留下遗书，谎称自杀，并伪造了坟墓。不久，她丈夫因经商失败，也跳海自杀了。这个富于传奇性的谜底，既有吸引读者的魅力，也包含了一定的启示意义。

其次，小说在揭开了夏莓仙是人还是鬼这个有悬念的谜底以后，进入第二个大段落的描写的时候，又设置了悬念，从而引出了夏莓仙与小说男主人公"我"之间那段曲折而浪漫的奇恋。"我"最初在马场遇见夏莓仙的时候，正是她丈夫自杀以后，她又恢复赌马，试图用赌马的刺激来治疗创伤。但是，她这时的经济状况并不好。她为什么中马票而不要彩金呢？这又是"我"和读者都要继续寻求答案的问题。夏莓仙很快就回答了"我"提出的这一问题。她掏出一张她的丈夫林忠的四寸照片，而"我"与林忠的面貌很相似。原来她在丈夫自杀后十分内疚，在用赌马寻求刺激、医治内心创伤的时候，巧遇面貌酷似丈夫的"我"。于是，她以不要彩金的方式，试图借助"我"来赎自己的罪愆，换取一缕安慰。这就是四年以前，他们马场奇遇的谜底。而四年以后，他们又在马场巧遇时，夏莓仙的境况已有很大的变化，早已不是昔日的夏莓仙了。她到西贡做过舞女，又去了巴黎一趟；而回到香港再去赌马，因中马票成了暴发户，有了洋房和汽车，过着物质享受极其优裕的生活。但是，她的精神生活并不正常。再次巧遇面貌与丈夫林忠相似的"我"，她已经不是单纯地在"我"身上寄托忏悔并实施报答，以求得内心深处的平衡和安慰了，她与"我"之间已经萌发了爱意。于是，二人频繁约会，倾心而谈，经常聚餐、游郊区，也到过夏莓仙在梅道的西班牙式的小洋房。"我"与夏莓仙的关系迅速发展，直接影响了"我"的家庭关系，造成了"我"的女儿因延误医治而病死，以及妻子决定与"我"离婚的严重后果。此时，小说的故事发展也一一解除了悬念，似乎应该是结束的时候了。

然而，就在这时，小说中突然出现了一个人物，使故事发展和人物关系又呈现出新的变化和曲折，从而展开了小说的第三个大段落的描写。

新出现的人物叫曾查理，是夏莓仙的旧相好。他们一度同居过，并有一个孩子，由曾查理在抚养。夏莓仙与林忠结婚以后，他们仍然暗中来往。尽管曾查理的出现带来了一些麻烦，不过并没有破坏"我"与夏莓仙的关系。"我"与夏莓仙仍然结了婚，婚后在共同生活中很快出现了一些小摩擦。有一次，夏莓仙整夜未归，并承认同曾查理在一起。在争吵中，夏莓仙又说了一些刺激"我"的感情和自尊的话，"我"在气愤中离开了夏莓仙。从此以后，"我"过着独居的生活。但是，大约半年后，夏莓仙突然又来找"我"。原来她在赌马中输得精光，把从马场得来的汽车、洋房、积蓄又全部还给了马场；而此时，曾查理也留下孩子，离她而去。不久，曾查理又来纠缠，向夏莓仙要钱，还抢去了她仅有的一点可以换钱的东西，她愤而自杀，后经抢救脱险。她出院以后给"我"打来了电话，约"我"见面，托"我"帮他看管孩子，说她决定再到西贡去做舞女，"我"同意了。这样，她的传奇故事也就画上了句号。

通过《蓝色星期六》这篇"三毫子小说"，可以具体而微地了解到刘以鬯的流行小说的写法和特色。刘以鬯一直以一种严格的要求来看待他的流行小说。他把他的流行小说称为"行货"、"垃圾"，是为了谋稻粱，为了换稿费。因此，他的流行小说在报纸上连载结束以后，很少出版单行本。刘以鬯的流行小说，在当时有很多读者，很受欢迎。直到几年前，还有出版商去找他，有兴趣出版他以前写的那些流行小说，说第一批先出十本，以后再出第二批、第三批，可以出版一百本，收益相当可观[⑬]。可是，他拒绝了。他问出版商是否愿意出版属于严肃文学的书稿，出版商连连摇头，也拒绝了。

刘以鬯写作流行小说，尽管是为了谋稻粱、换稿费，但是，他在流行小说写作方面取得的成绩是突出的。他是一位著名的流行小说家，在香港流行小说发展史上有着相当的影响和重要的地位。

注释：

①刘以鬯：《我为什么样写〈酒徒〉》，原载 1994 年 7 月 24 日香港《文汇报》。

②刘以鬯：《〈刘以鬯卷〉自序》，《刘以鬯卷》，三联书店香港有限公司，1991 年 4 月出版。

③香港《新晚报》记者：《刘以鬯访问记》，原载 1981 年 7 月 28 日香港《新晚报》。

④香港《开卷》杂志记者：《刘以鬯谈创作生活》，原载 1980 年 10 月香港《开卷》杂志第 3 卷第 5 期。

⑤同④。

⑥⑦同②。

⑧香港《八方》编辑部：《知不可而为——刘以鬯倾谈严肃文学》，原载 1987 年《八方文艺丛刊》第 6 辑。

⑨同⑧。

⑩刘以鬯：《围墙》，海滨图书公司，1964 年 4 月出版。

⑪据刘以鬯同笔者谈话时所述和《围墙》单行本。

⑫芸：《刘以鬯的一席话》，原载 1979 年 5 月《香港文学》双月刊创刊号。

⑬刘以鬯：《〈酒徒〉初版序》，原载《酒徒》，香港海滨图书公司，1963 年 10 月初版。

⑭香港《新银幕》记者：《〈私恋〉开拍》，原载香港《新银幕》第 3 期，1959 年 1 月 15 日出版。

⑮也斯：《香港文学与电影》，原载《"文学的将来及华文文学的前途"讨论会文集》，香港岭南学院现代中文文学研究中心编印，1993 年 6 月。

⑯同⑭。

⑰上官牧：《〈私恋〉的改编》，原载香港《新银幕》第 3 期，1959 年 1 月 15 日出版。

⑱张文中：《刘以鬯：别一种集邮的乐趣》，原载香港《星岛日报》1992 年 4 月 15 日。

（选自《刘以鬯传》）

刘以鬯与文友的情谊

一　柯灵

1981年12月28日，在香港九龙金巴利道诺士佛台的台标前，一位老人与一位50岁左右的人合摄了一张照片。照片中面带微笑的这两位合影者，一位是大陆著名作家柯灵，一位是香港著名作家刘以鬯。刘以鬯当时已年逾花甲，不过看上去至少要比实际年龄年轻十岁。柯灵是从上海来香港参加1981年12月21日至23日在香港中文大学举办的中国现代文学研讨会的。30多年前，柯灵曾在香港生活和工作了整整一年，当年就住在九龙金巴利道诺士佛台的一间小公寓里。他在参加完研讨会议、离开香港的前一天，在刘以鬯等朋友的陪同下，特地抽时间重返旧居。尽管当年的旧居早已没有了，可是在旧居所的诺士佛台的台标前与相识40余年的老朋友刘以鬯合影留念，对他们两位老朋友来说，是十分有意义的事。这是他们分别40余年以后，首次相会、重续友谊的珍贵纪念。他们都被邀请参加香港中文大学举办的这次中国现代文学研讨会，才有了这样一次久别重逢的机会。他们一起参加了几天的研讨会，在柯灵即将离开香港前夕，刘以鬯怀着惜别的心情，陪同柯灵重游旧地，心中默默地祝愿这位老朋友身健笔健，创作与研究取得更大的成就。

刘以鬯与柯灵相识于20世纪30年代末期，可以说，柯灵是刘以鬯最早接触并直接得到其帮助的一位新文学作家。当时，柯灵在上海编报纸副刊，刘以鬯在上海圣约翰大学读书。刘以鬯喜欢写作，经常向柯灵主编的《文汇报·世纪风》和《大美报·浅草》这两个文学副刊投稿，并发表了《沙粒与羽片》、《山麓的风暴》、《羊群和疲惫的牧羊人》等诗歌和散文。柯灵对刘以鬯的勤奋写作及其作品的清新可读,留下了比较深刻的印象。他曾经到访刘以鬯家,询问刘以鬯的写作状况和家庭情况。柯灵对刘以鬯起步阶段的创作所给予的鼓励,对刘以鬯日后创作的发展产生了重要的影响。近半个世纪以后,刘以鬯已经是成就卓越的著名作家,仍然不能忘怀当年柯灵对他的帮助。他诚挚地对柯灵说:"要是当年没有您的鼓励,并不断刊登我的习作,也许就不会有后来我在文学上的发展。"[1]

从20世纪40年代到70年代,刘以鬯与柯灵没有机会见面。一直到1981年12月,在香港中文大学举办的中国现代文学研讨会上,他们才得到相聚畅谈的机会。从此以后,他们时有书信来往,相互支持、帮助,谱写了他们开始于40余年前的友谊的新篇章。

刘以鬯在这次于香港与柯灵见面前,已经开始比较系统地研读柯灵的作品,并于1979年12月8日完成了一篇题为《柯灵的文学道路》的论文;稍后,即1980年7月25日,又撰写了他编选的《柯灵选集》的《前言》。《柯灵的文学道路》[2]是他对柯灵的作品及其文学道路进行了系统考察和研究以后,撰写的一篇全面论述柯灵创作发展和文学成就的论文。《〈柯灵选集〉前言》[3]则对柯灵的创作道路及其作品,进行了言简意赅、见解独到的评论。杨绛在给刘以鬯的信中,曾称赞这篇《〈柯灵选集〉前言》"写得好极了"。她说:

柯灵先生出国前曾过谈多次,送我们一本他的选集,前面有您的序文,对他的人品和文风作了具体而又全面的分析,写得好极了[4]。

1981年,刘以鬯为香港文学研究社编选了一套《中国新文学丛书》,陆续在香港出版,并于1982年出齐了全套共16册。许广平的《遭难前后》和杨绛的《倒影集》,都是柯灵帮忙联络才得以收入刘以鬯主编的《中国新文学丛书》的。刘以鬯通过柯灵的联络,让周海婴同意将《遭难前后》收入这套丛书。他还请柯灵为《遭难前后》写了一篇序。杨绛的《倒影集》也是得到柯灵的帮助而收入这套丛书的[5]。柯灵写信给刘以鬯,说他曾经看到过杨绛的几篇从未发表过的小说,加上她发表过的小说,正好可以编成一本集子。刘以鬯从柯灵那里了解到这一情况后,立即写信给杨绛,请她编一本小说集，收入这套在香港出版的丛书。杨绛答应了，并很快就编好了集子，及时寄给了刘以鬯。杨绛的这本题为《倒影集》的小说集，先在香港出版，后来也在大陆出版，反应都很好。

1981年9月30日，香港《星岛晚报·大会堂》文艺副刊创刊，刘以鬯任该刊主编；1985年1月，刘以鬯主编的《香港文学》月刊也正式创刊了。无论是《大会堂》文艺周刊，还是《香港文学》月刊，从创刊起，就一直得到柯灵的热情支持。柯灵收到《香港文学》第1期和第2期之后，在信中感谢刘以鬯亲自给他寄《香港文学》。他写道："两次来刊，均兄写寄，想见烦劳。"同时，他高度评价了《香港文学》的重要性，并预示了《香港文学》对世界各地华文文学的作用和意义。他写道："《香港文学》一、二期先后收到，读了有眼明心亮之乐。在香港出此一刊，四海一脉，维系华侨文运，其意义怎么估计也不会高的。"⑥从此以后，柯灵常有稿件支持《香港文学》，更不时写信给刘以鬯，称赞《香港文学》越办越好，影响深远。柯灵在《香港文学》上发表的文章比较多，不少文章见解独到，文采斐然，受到称赞，广为流传。柯灵撰写的那篇著名的《遥寄张爱玲》就是这类文章中有代表性的一篇。《遥寄张爱玲》一文，先在《香港文学》上发表，后在大陆的《读书》杂志上刊登。柯灵在给刘以鬯的信中，曾谈到这篇文章。他写道：

> 关于张爱玲文，兹已交《读书》，估计当刊于四月或五月号，当无害《香港文学》。此文兄删改甚妥，国内发表稿，亦已据此稍作删改。刊出后有何反响，便乞见示⑦。

刘以鬯与柯灵因工作繁忙，见面畅谈的机会不多，只是在参加某些会议之时，偶有机会见面。1988年11月，刘以鬯作为香港文艺界的代表，前去北京参加第五次全国文代会期间，曾与柯灵会面，并在北京全国政协礼堂前合影留念。1993年5月，在香港召开了"两岸暨港澳文学交流研讨会"，柯灵与刘以鬯都参加了这个研讨会，又得到了一次见面畅谈的机会。尽管他们见面相聚的时间很少，但是他们常有书信来往和稿件支持，他们之间的友情日深，友谊长存。

二 徐訏

刘以鬯与徐訏是很好的朋友，1942年在重庆就认识了。

1942年春，刘以鬯从上海到重庆不久，由他在上海圣约翰大学的同学杨彦岐（易文）介绍，与徐訏相识。当刘以鬯把赴重庆途中曾与徐訏的父亲相遇，并结伴而行的事相告以后，他们一下子就熟得像认识多年的老朋友了。当年在重庆，他们是经常见面的好朋友。刘以鬯曾谈到他们的交往，说：

> 我与徐訏是常常见面的，有时在心心咖啡馆喝茶，有时到新民报馆去找姚苏凤谈天，有时到国泰戏剧院去看话剧，逢到圣诞前夕之类的节日，还在两路口钮家开派对[⑧]。

徐訏在重庆时，不仅常有文章在刘以鬯主编的报纸副刊上发表，而且还介绍一些朋友的稿件供刘以鬯选用。抗日战争胜利以后，刘以鬯回到上海创办怀正文化社的时候，徐訏从美国回到了上海，对怀正文化社的工作给予了大力支持和许多帮助。徐訏把他在报纸上连载时就很受读者欢迎的长篇小说《风萧萧》交给刘以鬯创办、主持的怀正文化社出版。《风萧萧》是怀正文化社出版的第一本书，出版后立即成为畅销书。徐訏还把他的《三思楼月书》交给怀正文化社出版。

20世纪40年代末和50年代初，刘以鬯和徐訏先后都来到了香港。他们有机会在工作接触中进一步发展他们之间的友好关系。

1951年11月15日，香港星岛日报有限公司出版的《星岛周报》创刊。刘以鬯是《星岛周报》的执行编辑，徐訏是该刊编辑委员会的编辑委员[⑨]。在《星岛周报》正式出版前，该刊编辑委员会举行了一个会议，讨论刘以鬯负责设计的《星岛周报》的样本，徐訏积极发表意见，使《星岛周报》从内容到形式都有了比较好的构想和安排。徐訏用自己的作品给该刊以大力的支持，在《星岛周报》的创刊号上发表了诗歌《宁静落寞》和《泪痕》[⑩]。

1963年，刘以鬯主编的《快报》副刊及其他文学活动，也得到了徐訏的支持。他们之间仍然保持着一种良好的合作关系。

徐訏主持的《笔端》、《七艺》等刊物以及编辑的文学丛书，刘以鬯也十分关注，并尽力支持。他在《笔端》发表了短篇小说《链》，还与徐訏一同讨论出版《七艺》月刊的计划，并介绍徐訏与香港文华出版社负责人商讨出版文学丛书之事[11]。他们相互之间的支持和帮助，不仅推动了工作，而且增进了友谊。

三　夏志清

刘以鬯与夏志清相识于1971年。当时，夏志清来香港度假，他们曾有机会两次晤面：先在豪华楼，由金庸介绍相识；后在徐訏家里，同许多朋友共进自助餐[12]。初次见面，彼此都留下了比较良好的印象，但是没有时间做深入的交谈。一直到4年后的1975年，他们都有兴趣的一个研究课题，使他们在切磋琢磨、共同研讨中加深了理解，增进了友谊。这鲜明表现了两位学者既互相尊重又认真探讨的严谨学风和求实精神。

他们有着共同兴趣的课题，即端木蕻良及其作品研究。为他们牵线搭桥的是夏志清的一篇文章。这篇文章的题目是《端木蕻良作品补遗》，发表在香港《明报月刊》第117期。刘以鬯一向喜欢端木蕻良的作品。在国外召开的一次中国现代文学研讨会上，当讨论夏志清提交研讨会的论文《端木蕻良的小说》时，与会的研究中国现代文学的外国学者，竟然没有一个人看过端木蕻良的作品，有的人甚至没有听说过端木蕻良这个人。这件事引起了刘以鬯的关注，并撰写了一篇题为《可忧的现象》[13]的文章，抒发他的感慨。同时，他开始重读和研究端木蕻良的作品，撰写评论端木蕻良作品的系列论文，后来结集为一本专著《端木蕻良论》[14]。正是在这个时候，他读到了夏志清的《端木蕻良作品补遗》一文。由于他对端木蕻良的作品十分熟悉，很快就写了一篇《补〈补遗〉》的文章。这篇文章一发表，就引起了夏志清的注意，立即给刘以鬯寄发一信，表示赞赏和感谢。夏志清在信中写道："最近拜读《补〈补遗〉》文，对吾兄藏书之富，抗战时期这段文学知识之广博，深为佩服。尤其兄特别花时间写文赐教，感激莫名。"当时，刘以鬯正开始写评论端木蕻良小说的系列论文，夏志清也准备写作和修改《论〈科尔沁旗草原〉》和《端木蕻良评传》。因此，他们有了彼此都很感兴趣的共同话题。

他们借助比较频繁的通信,讨论端木蕻良及其作品,前后延续了一年多时间。在对端木蕻良及其作品的研究中,无论是资料的互通有无,还是探讨的相互启发,他们各自都感到,不仅在学术研究上收益良多,而且使他们相互之间增进了理解,加深了友谊。

刘以鬯主动把访问周鲸文的全部记录寄给了夏志清,还就夏志清提出的问题再次访问了周鲸文[15]。他向夏志清谈了端木蕻良受外国文学,特别是托尔斯泰和巴尔扎克的影响的见解,以及巴尔扎克作品的中译本等情况[16]。他郑重地向夏志清推荐并影印了王任叔评论《科尔沁旗草原》的一篇论文[17],得到了夏志清的热情回应,称赞"王任叔评论《科尔沁旗草原》当为该书出版后第一篇书评,颇有历史价值"[18]。对于刘以鬯发表在香港《大任》等刊物上的论端木蕻良的系列论文,夏志清十分赞赏,评价甚高,一再在信中说希寄他一阅。他在信中写道:"兄大文精彩,可惜未见下文,三四(?)月号续文可否请寄弟,谢谢。"他还特地谈到刘以鬯即将出版的专著《端木蕻良论》,说"书如已印出,请即寄我。如尚未印出,请即将《大任》续稿及其他有关端木近文寄弟一阅,不胜感激之至"[19]。

他们对端木蕻良及其作品的看法,颇多共同之处。比如,夏志清认为,《科尔沁旗草原》修改本"头三章改得比原本好,后来愈改愈坏,因不可能对丁宁发表同情(他的场面删缩甚多)。此书可以改写成杰作,未改成很可惜"[20]。刘以鬯对《科尔沁旗草原》的修改,也有同感。他说:"兄对端木改写《科尔沁旗草原》的看法很对。端木改写《草原》,只求适应政治气候,无需增加文学的华美。"[21]他们对端木蕻良的《初吻》和《早恋》这两篇作品都有较高的评价。刘以鬯在香港没有找到这两篇作品,夏志清特地影印寄上[22]。

另外,他们也交流了关于其他学术问题的看法,并互相寻找有关作品和资料。刘以鬯称赞夏志清的《中国现代小说史》"异他人之所同,颇多独到之见,足证高才博学"[23],认为该书修改本"更为完善"[24]。但是,刘以鬯不同意该书对老舍的《四世同堂》的评价。他说:"不过,关于老舍的《四世同堂》,不知兄是否肯重新考虑?愚见以为:这部百万字的长篇不是没有文学价值的。"㉕夏志清对这个问题仍有保留,"觉得竺东洋,大赤包诸人皆系Caricature,不真,也减弱了小说的力量"㉖。

刘以鬯与夏志清,除了就端木蕻良及其作品的研究,持续了一年多时间的书信来往而外,在1981年至1982年间,刘以鬯还为夏志清编了一本题为《印象的组合》的集子,收入他主编的《中国新文学丛书》,在香港出版问世㉗。

刘以鬯与夏志清,由于不在一个地方生活和工作,所以极少有机会直接交往。但是,从他们的通信中,却可以充分感受到,他们彼此尊重和虚心研讨的友好关系,特别是那种严谨务实的学术风尚和孜孜不倦的钻研精神。

四 台静农

刘以鬯认为,老作家台静农的短篇小说的重要性长期被忽视了,于是他从过去的刊物上搜集了十余篇台静农的短篇小说,不仅仔细研读,而且还在香港《明报月刊》上加以介绍,给予了很高的评价。刘以鬯主动发掘和评论台静农短篇小说这一有意义的工作,得到了包括白先勇在内的许多朋友的赞同和支持。台静农在《台静农短篇小说集·后记》中介绍了有关情况,并表示了对朋友们的感谢。他说:

> 先是香港刘以鬯从旧刊物辑得十二篇,在《明报月刊》上作文介绍,友人拿给我看,才知道竟有此事。接着柯庆明转达白先勇的意思,希望印出来,以鬯、先勇都是名小说家,既然认为值得印出,只好答应了。……几天后,远景出版社发行人沈登恩竟将小说拿来,要我先看看,说先在《现代文学》上发表,然后印成单行本。
>
> 至于未曾见过面隔海的刘以鬯先生勤为搜辑,先勇、登恩又热心为之印出,都使我非常感动而且感谢的㉘。

白先勇对刘以鬯发掘和重评台静农短篇小说这一有益之事,也表示了感谢和赞赏。他在给刘以鬯的信中写道:

> 两月前曾托胡菊人兄转给您一信,谢谢您去年将台静农老师的小说交给《现代文学》发表。……台老师的小说能重见天日,是一件大事,你真是功德无量! 台老师非常高兴㉙。

由于刘以鬯的努力和白先勇等许多朋友的支持,在大家友好而紧密的合作中,《台静农短篇小说集》于1980年由台湾远景出版事业公司出版了。这本小说集出版以后,立即受到了文学界的欢迎和好评。大家既高度评价台静农的短篇小说的成就,也称赞刘以鬯在发掘和重评台静农短篇小说中所显示的眼光和卓见。

五　葛浩文

刘以鬯的文坛朋友中,还有一些外国作家和学者。他们互相支持,紧密合作,进行一些彼此都有兴趣的学术研究和交流。美国学者葛浩文就曾经与刘以鬯有过密切的合作。葛浩文是专门研究萧红的著名学者。他对萧红的研究曾得到刘以鬯的支持和帮助。早在1979年刘以鬯就把他的专著《端木蕻良论》和他发现的萧红的小说《马伯乐》续稿第一章寄给了葛浩文。葛浩文收到后,又希望刘以鬯把《马伯乐》续稿的全文也影印寄给他[30]。刘以鬯收到葛浩文的信后,立即将萧红的《马伯乐》续稿全文影印件寄给他,满足了他的要求,供他翻译和研究之用。刘以鬯也得到过葛浩文的支持和帮助。他主编的《中国新文学丛书》中收入的萧军和萧红的《跋涉》一书,就是葛浩文提供的。他曾经谈到过有关情况:

> 萧军和萧红的《跋涉》是葛浩文带来的。他先到东北黑龙江参观萧红的故居,然后到北京去探望萧军。萧军给他一本《跋涉》的影印本,他到港时将书送给我。我对他说,这本书失落绝版许多年,虽然水准不高,却有历史价值,可否写信给萧军,请萧军写一篇序,并将该书交给我们在香港出版,列为《中国新文学丛书》的一种?葛浩文当即写信给萧军,萧军很快就复信,接受了我的提议[31]。

刘以鬯和他的文坛朋友,就是这样为了发展文学创作和文学研究而努力开拓,辛勤工作,并在不断的开拓和工作中,建立和发展了文友之间的可贵情谊。

注释：

①王一桃：《香港作家之路》，原载《香港文学之桥》第 20 页，香港文学报社出版公司，1994 年 8 月出版。

②刘以鬯：《柯灵的文学道路》，原载香港《海洋文艺》第 7 卷第 2 期，1980 年 2 月出版。

③刘以鬯：《〈柯灵选集〉前言》，原载《短绠集》，北京友谊出版公司，1985 年 2 月出版。

④杨绛：1980 年 10 月 9 日致刘以鬯信。

⑤迅清等：《刘以鬯先生谈"中国新文学丛书"》，原载 1985 年 9 月 15 日香港《大拇指》半月刊。

⑥柯灵：1985 年 2 月 11 日致刘以鬯信。

⑦同⑥。

⑧刘以鬯：《忆徐訏》，原载香港《明报月刊》，第 15 卷第 11 期，1980 年 11 月出版。

⑨刘以鬯：《五十年代初的香港文学》，原载《香港文学》月刊第 6 期，1985 年 6 月出版。

⑩刘以鬯：《忆徐訏》，原载香港《明报月刊》，第 15 卷第 11 期，1980 年 11 月出版。

⑪同⑩。

⑫刘以鬯：1975 年 12 月 8 日致夏志清信。

⑬刘以鬯：《可忧的现象》，原载《端木蕻良论》，香港世界出版社，1977 年 10 月出版。

⑭刘以鬯：《端木蕻良论》，香港世界出版社，1977 年 10 月出版。

⑮刘以鬯：1976 年 2 月 10 日和 1976 年中秋致夏志清信。

⑯刘以鬯：1976 年 2 月 10 日致夏志清信。

⑰刘以鬯：1975 年 12 月 8 日致夏志清信。

⑱夏志清：1976 年 5 月 5 日致刘以鬯信。

⑲夏志清：1976 年 5 月 5 日和 1977 年 1 月 2 日致刘以鬯信。

⑳夏志清：1976 年 1 月 30 日致刘以鬯信。

㉑刘以鬯：1976 年 2 月 10 日致夏志清信。

㉒夏志清：1976年5月5日致刘以鬯信。

㉓刘以鬯：1975年12月8日致夏志清信。

㉔刘以鬯：1976年2月10日致夏志清信。

㉕同㉔。

㉖夏志清：1976年5月5日致刘以鬯信。

㉗夏志清：1982年5月23日致刘以鬯信。

㉘台静农：《台静农短篇小说集·后记》，原载《台静农短篇小说集》，台湾远景出版事业公司，1980年出版。

㉙白先勇：1980年5月14日致刘以鬯信。

㉚葛浩文：1979年2月15日致刘以鬯信。

㉛迅清等：《刘以鬯先生谈"中国新文学丛书"》，原载1981年9月15日香港《大拇指》半月刊。

（原载《台湾与海外华文文学评论和研究》1995年第4期）

刘以鬯的生活乐趣

一　集邮

　　刘以鬯的集邮爱好，至今已经保持了60余年。他开始集邮的时候，还是一个八九岁的小小少年。那时，他家住上海英租界，爱文义路上就有两家白俄开的邮票店。他小小年纪就对邮票产生了兴趣，常常站在邮票店的橱窗前看邮票，越看越爱，由看而买，用爹娘给的零用钱买。白俄老板欺他年纪小，只买给他"垃圾票"。他想：只要印刷得漂亮，"垃圾票"也要买。他不仅买"垃圾票"，后来还想买成套的邮票。可是，他的零花钱有限，何况邮票店老板还不一定卖给他。于是，他开始想办法自己搜集邮票。他母亲看他喜欢玩邮票，特地叫木匠给他做了一个扁扁的木盒子，作为放集邮簿、剪刀、镊子、放大镜之用。

　　1942年至1945年，刘以鬯在重庆从事报纸副刊的编辑工作。战时的环境、繁忙的工作，使他不得不暂时中断了集邮。抗日战争胜利以后，他回到上海，生活安定，工作也较为顺利，于是又恢复了集邮，且延续至今。

　　在刘以鬯看来，集邮贵在有创意，有发现。集邮是一种兴趣，一种欲望。他从来不单纯用钱去满足集邮的兴趣和欲望。他说："我的集邮方针，是花最少的钱，甚至不花钱，做一个最有意思的邮集。"[①]集邮天地广阔，可以任凭他驰骋。刘以鬯重视搜集和研究邮票，也注意研究邮票上的邮戳。他做报纸副刊编辑，会收到很多信件，这为他研究邮戳提供了方便。他对邮戳观察细致，在观察中有所发现，得到乐趣。如果你向他请教邮戳的变幻和趣味，他会很乐意告诉你其中的奥妙：

　　　　香港邮局盖的邮戳，一样是 KOWLOON，有的会添上 HONG

KONG，或者CENTRAL。在它的左右两侧，也常有不同的字母，有时两个，ABCDEF，各各代表不同的意思。还有时间上的区别。邮戳上常标明时间，从上午七时到晚上八时，每个小时都不同。晚上八时的最难得！也有不盖时间的。邮戳也有许多式样，单边、双边，甚至没有边，有趣极了！看到过某本集邮杂志上有某个人也在研究，但那文章写得很简单，有很多特别的邮戳、特别的道理没有写出来……每当我发现一个新的类型，那种高兴是无法形容的，决不亚于天文学家发现一颗新星[②]。

没有集邮这种爱好的人，虽不能充分领略和体会到刘以鬯研究邮票和邮戳所达到的那种境界、特有的那种乐趣，却不能不称赞他少花钱，甚至不花钱的集邮方针和方法的切实可行。可以说，这是业余集邮爱好者的最佳选择。花最少的钱，获得最大的乐趣，何乐而不为？

尽管刘以鬯一直是业余集邮爱好者，可早已超出了业余集邮爱好者的水准。长期的集邮经历，使他积累了丰富的经验，学到了许多集邮的专门知识，甚至还撰写了关于集邮的研究文章。他撰写的《本港错体邮票的价格》[③]一文，对"港大漏金错体"的流传情况和市场价格，进行了有根有据的探讨。关于"港大漏金错体"的数量、价值、市场价格及其变化和原因等诸多方面的情况，他在文章中侃侃而谈，如数家珍。1961年9月1日，香港邮政局发售"香港大学金禧纪念票"一种，面值1元。邮票发售后不久，集邮圈流传出一个惊人的消息——发现漏印金色大错体。刘以鬯的文章首先指出，这一消息之所以轰动香港集邮界，是因为从1862年12月8日到1961年9月11日的整整一百年中，香港从未有过漏色错体，"港大漏金错体"就成了香港第一枚漏色错体，其价值可想而知。接着，文章就"港大漏金错体"究竟有多少"存世量"进行了切实的考证。由于邮票的市场价格是根据"存世量"的多少而起伏变化的，所以，文章又从对"港大漏金错体"的"存世量"的考证，进而对其市场价格进行了分析；然后又从它的市场价格起伏不定到呈现下降的趋势，推测其原因是"存世量"增加，而在"存世量"并无新发现的情况下，邮市上却出现"存世量"陡增现象，那就说明很可能是赝品涌入了市场。刘以鬯对"港大漏金错体"有关情况之熟悉、其材料之丰富、考证之确凿、分析之细致、推理之严密,都充分表明这篇文章具有颇高的水准和重要的价值。

刘以鬯集邮,主要是搜集区票。1975年,他还写了一篇题为《东北区天安门邮票》的文章。这篇文章发表后,夏志清在给刘以鬯的信中写道:"近读《东北区天安门邮票》大文,兄所知之广,实惊人。"④1979年,香港举行"中华人民共和国邮票展览"。《明报月刊》的编辑知道刘以鬯喜欢集邮,请他写一篇文章谈谈这次邮展的邮票。文章发表后,他收到一位日本著名华邮专家水原明窗的来信,提了几个有关区票的问题。他回信说:"信提的几个问题,我一个也答不上来。我不是专家。"⑤尽管刘以鬯说他不是专家,可是,作为一个业余集邮爱好者,积累了那样丰富的集邮经验和集邮知识,确实难能可贵。

刘以鬯不仅写过关于集邮的文章,而且也写了关于集邮的小说。他的小说题目就叫《邮票》。这是一部50多万字的长篇小说,通过描写集邮来探讨人的欲望。这部长篇小说在香港《明报晚报》连载以后,刘以鬯又将其中部分情节改写成短篇小说《珍品》⑥。《珍品》描写一个集邮者到一家邮票店去出卖一枚珍贵的邮票,以作还债之用。邮票老板无意间把那枚邮票弄坏了,于是两人争吵起来,在赔偿与不赔偿之间各执一词,争吵不休;后来加入了一个来买邮票的人,也不能平息和解决他们的争执。小说成功地运用人物之间的对话来推动情节发展,刻画人物性格,特别是人物的心理活动及其细微变化。小说对三个人物各自的处境和特有的心态作了相当细致而准确的描述,从而对人性中的某些弱点给予了深刻的描写和有力的抨击。

二 陶瓷

刘以鬯喜欢集邮,也雅爱石湾美术陶瓷。他收藏石湾美术陶瓷,虽然没有像集邮那样经历了长逾半个多世纪的岁月,但从20世纪60年代后期算起,也有20多年的时间了。20世纪60年代后期以来,他一直保持着收藏美术陶瓷的业余爱好,家中的美术陶瓷藏产品也不断增加,收购美术陶瓷的经验和关于美术陶瓷的知识也越来越丰富。他曾经根据自己收购美术陶瓷所掌握的市场情况，以及他阅读关于美术陶瓷的文章和书籍所获得的知识，撰写过关于美术陶瓷及其市场情况的文章。比如，20世纪70年代中期，他写过一篇题为《石湾美术陶瓷的香港市场》[7]的文章。这篇文章对于"文化大革命"对香港陶瓷市场的影响（比如市场价格大幅度波动、石湾美术陶瓷收购不易、货源一度中断等），以及石湾美术陶瓷的艺术品评和收藏价值等方面，都有相当简明的叙述和颇有见地的分析。

1971年，刘以鬯还根据他收购陶瓷所了解的情况和关于陶瓷艺术的丰富知识，写了一部题为《陶瓷》的小说[8]。小说先在香港《明报晚报》连载，并于1979年出版了单行本。《陶瓷》以香港陶瓷市场受"文化大革命"影响而引起的价格大幅度波动为背景，具体描写和着重剖析了小说主人公丁士甫夫妇狂热收购陶瓷的行为表现和心理活动，从而深刻地揭示了一个重要问题——如果为一种难以满足的欲望任意支配，就会带来极其严重的困扰和危害。

在刘以鬯的石湾美术陶瓷收藏中，"曹雪芹像"是他十分喜爱的一种。曹雪芹手执书卷，目光安详，若有所思，不仅神态生动，而且显出其文人风采，充分表现了石湾美术陶瓷的特性。"文化大革命"前，刘以鬯在香港中环商务印书馆购买这尊"曹雪芹像"，只花了十八元。"文化大革命"后，"曹雪芹像"在香港美术陶瓷市场大为减少，售价大幅度提高，标价七八百元。到了1975年，标价竟高达1500元。刘以鬯之所以特别喜爱"曹雪芹像"，还因为其制作精良、考究。他说：

> "曹雪芹像"用蓝釉，在风格上充分表现了石湾雕像的特性。曹雪芹像脸形特别细腻，极具生动感。这是进步。据说，早期石湾艺人不大重视塑像的脸部表情。不过曹雪芹像之所以获得好评，主要因为蓝釉用得好[9]。

刘以鬯对老艺人刘传塑造的"太白醉酒"也十分赞赏，因为这尊"太白醉酒"形象鲜明，造型突出，工艺精巧。他喜爱的美术陶瓷还有"苏武牧羊"、"李时珍"、"钟馗"、"僧一行"、"梁红玉擂鼓退金兵"、"贾宝玉与林黛玉"、"寿星公"、"汉钟离"、"伏虎罗汉"等。

近年来，刘以鬯还有一个业余爱好，就是砌模型。为了砌模型，他经常光顾港九的模型店，购买 VOLLMER、FALLER、KIBRI 等厂出的建筑模型及制作风景模型的材料。如果有朋友去西德开会或旅游，他还会托他们在西德购买，因为西德的模型材料最好。他砌模型屋，再配上些人物、桥梁、电线杆、街灯与花草树木之类，就像真的场景一样。

三　投入感与满足感

集邮、玩陶瓷和砌模型，都需要花去不少时间。而刘以鬯的工作十分繁忙，写作量很大，哪里还有时间集邮、玩陶瓷和砌模型呢？当朋友们提出这种疑问时，他说："就因为工作太忙，生活过分单调、枯燥，总想在繁忙工作的间隙，玩玩邮票、陶瓷、模型，减少工作中的紧张和疲劳，同时从中获得一种乐趣和满足感。"正因为此，所以，长期以来，无论工作怎么忙碌、写作怎样紧张，刘以鬯从来没有放弃集邮、玩陶瓷、砌模型等业余爱好。他的这些业余爱好的基本出发点，如果用一个字来概括，那就是一个"玩"字。他说："我想，这或是一种纯粹的玩，是一样玩具。"他还认为"不如意事常八九，可与人语无二三"，那么，就要善于自我排解，"你心里有烦恼，怎样把烦恼从心里排除出去。方法很多，有人喝酒，有人唱卡拉OK……玩邮票，也是一种"[⑩]。同样的道理，玩陶瓷、砌模型也是其中的一种。因此，刘以鬯在极其繁忙的工作和非常紧张的写作活动中，不仅没有放弃业余爱好，而且总是忙中偷闲，玩玩邮票、陶瓷和模型。他在这些纯粹的玩赏活动中寻求一种排除烦恼、得到乐趣的效果，从而有助于在短暂的休整以后，以一种最佳的状态投入紧张而繁忙的工作和写作活动。

在刘以鬯看来，要获得这样的效果，起到这样的作用，必须要有一种全身心专注的投入感，全身心投入这种纯粹的玩赏活动之中。只有这样，才能在这种纯粹的玩赏活动中获得一种说不出的满足感，并进入一种平时不易出现的、暂时忘记一切（当然也包括忘记了烦恼）的境界，从而使心灵得到暂时解脱，收到一种意想不到的心态调整和心理调养的效果。这种境界和效果，正如刘以鬯所描述的，"会忽然之间发现一种从来没有，而且非常难以描写出来的喜悦。所有的烦恼都会忘记。世界上任何事情，统统记不得了！"[11]从这种排除了一切烦恼、获得了最大的乐趣和愉悦而暂时忘我的境界中回到现实世界之后，就会以一种精神抖擞的充沛精力，全身心地投入工作之中，精神振奋，心情舒畅，工作效率倍增，成果突出。

注释：

[1][2]张文中：《刘以鬯：别一种集邮的乐趣》，原载1992年4月15日香港《星岛日报》。

[3]刘以鬯：《本港错体邮票的价格》，原载《信报财经月刊》，1977年4月至5月出版。

[4]夏志清：1975年10月26日致刘以鬯信。

[5]刘以鬯：《与周海婴闲谈》，原载《香港文学》第16期，1986年4月出版。

[6]刘以鬯：《珍品》，原载《春雨》，香港华汉文化事业公司，1985年5月出版。

[7]刘以鬯：《石湾美术陶瓷的香港市场》，原载1977年10月至11月香港《信报财经月刊》。

[8]刘以鬯：《陶瓷》，香港文学研究社，1979年12月出版。

[9]同[7]。

[10][11]同[1][2]。

（原载1996年4月《香港文学报》）

第四辑　中国香港小说选评

徐訏的小说《彼岸》简论

徐訏的《彼岸》是他香港时期小说创作的代表作之一，也是20世纪50年代香港文坛一部有代表性的中篇小说。

《彼岸》通过一个青年对爱情生活、人生际遇、生命历程的深沉思考和潜心探索，呼吁增进人与人之间的了解，歌颂个体、整体以及宇宙的谐和。小说围绕着主人公的经历和思考，多侧面、多层次地抒写和探讨了爱情、人生、精神需求和生命走向的理想境界。

内容概述

《彼岸》描写了主人公"我"与三个女性之间的爱情故事和情感纠葛，以及由此而引发的哲理思考和生命感悟。

"我"是一个耽于幻想、勤于思考的青年，是人生旅途中的一个孤独的旅人、迷途的灵魂。"我"在流浪生活的一次旅途中，结识了一个叫露莲的姑娘。露莲有"甜美的圆脸，玲珑的身材"，有"带露莲花"的笑容。"我"与露莲的初识，是在一家医院。露莲是"我"因病住院时的特别护士。而重逢，则是在海滨的一家豪华旅馆。与美丽而纯洁的露莲再次相逢，使"我"十分愉快而又欣慰，尤其是露莲那得体而亲切的一席谈话使"我"为有人理解自己而激动不已。但是，这一切都没有改变"我"打算自杀的决定。一天晚上，"我"与露莲交谈、跳舞后，道过晚安，离开舞场，立即按计划走向海滩，推船下海，打算将准备好的小帆艇快速驶向海中，猛撞岛岩，船毁人亡。可就在"我"推船下海的时候，露莲突然出现在"我"的身后。露莲没有劝慰，也没有阻止。她不改常态，仍然有着带露莲花般的笑容，平静而执着地要求"我"带她一道出海。于是，"我"只好驾驶帆艇与露莲一同出海，当驶向预定要撞船的岛岩时，"我"终于放弃了自杀的计划，将船驶回沙滩。露莲舍死忘生、拼死相救的决心和行动，深深地感动了"我"，两人的心更靠近了。于是，两人相爱了，结合了！然而，两人的幸福生活并没有持续多久，一个叫斐都的姑娘出现了。"我"与斐都偶然相识却一见如故，交谈、跳舞，甚至深夜幽会。露莲得知此事以后，没有怨言，没有争吵，而是独自驾驶帆艇悄然出海，高速驶向岛岩，毫不犹豫地撞岩身亡。

自从露莲自杀身亡，"我"便陷入了极度痛苦的深渊。"我"离群索居，住进深山老林的一个小庵，整日整夜地惭悔，沉痛地自责。后来，在"我"的一位挚友的帮助和安排下，"我"离开了小庵，去同一个七八十岁的老头儿一起看守灯塔。在那与世隔绝的环境中，"我"仍然对露莲苦思难忘，甚至期望能在虔诚的忏悔与祈祷中与露莲相会。一个炎夏的早晨，奇迹终于出现了。当时，"我"正在瞭望大海，海面波涛汹涌，猛烈撞击岛岩，激起了一人多高的浪花，而就在那浪花落处，突然出现了一个长发白衣的人影。"我"惊喜地发现，那人影竟是日夜思念的露莲！如天使一般降临人世的露莲，和生前一样，仍然有着那带露莲花般的动人笑容，并高举起右手向"我"招手。从这天起，露莲不仅每天早晨都会出现一次，而且由于"我"的祈求，几天以后在每天傍晚也会出现一次。每当斜阳西下，停留在那个岛屿上空的一朵白云忽然降落岛屿，迅速变成银雾，银雾又瞬间聚成人影，人影由模糊而逐渐清晰，显现出露莲的形象。露莲的形象在岛屿上停留片刻后，又有一朵白云从天而降，把露莲笼罩住，再立即变成一朵银雾冉冉上升，化为一片白云，白云就一层一层地在青天中融化了。从此以后，无论风雨阴晴，露莲总是按时出现，或者踏浪而来，或者从云雾而下。由于"我"每天早晨和傍晚都享有与露莲会面的慰藉和幸福，因此，"我"的健康开始恢复，心情明显好转。然而，"我"并不以这种可望而不可即的会面为满足，试图与露莲近距离晤面。于是，一天下午，"我"悄然划船去露莲每天降临的岛屿，守候露莲的出现。"我"守候多时，露莲应该出现的时间早已经过去，露莲却一直没有出现，而且从此以后，再也不复出现，"我"永远失去了见到露莲的幸福。"我"再次陷入了极度痛苦的深渊，又萌生了以自杀求解脱的想法。后由于守灯塔老人的开导和启发,"我"才慢慢平静下来。

从这以后,"我"在平静的生活中、在虔诚的忏悔中,灵魂得到净化,精神得到升华。不过,平静中仍有波澜。一个初秋的午后,"我"看见一只汽艇向灯塔驶来,远远望去,汽艇上站着的一位长发姑娘很像露莲。"我"宁静的心境,像大海遇到风浪一般,顿时剧烈地震荡起来。然而,当汽艇驶到灯塔前,"我"才发现汽艇上的长发姑娘,并不是露莲,而是挚友"你"。"我"与"你"是非常要好的朋友,一别两年以后,再次重逢,双方都有许多变化。"我"失去了露莲,"你"结婚又离婚,都处于孤独之中。在这样特殊的情况下,两人很快相爱了,结合了。但是,两人在相爱和结合的同时,似乎就埋下了日后分离的种子;因为两人的相爱和结合是一种复杂而微妙的心态促成的,"我"在表面平静的内心深处,仍然深深地怀念着露莲。因此,"我"在感情上,不知不觉地产生了把"你"当作露莲的错觉;而"我"在理智上,又为"你"失去作为"我"的挚友身份,也就失去了他们长期建立的、甚至是爱情也不能替代的那种挚友之间的友情而深感遗憾!正是由于"我"从感情到理智,都处于这样一种相当复杂而矛盾的状态,因此,虽然"你"在"我"心目中一度成了复活的露莲,"我"似乎再次获得了露莲的爱情;但"我"很快就明确意识到,"你"并不是露莲,"你"的爱情也不是露莲的爱情,"你"终究无法替代露莲。尽管"你"带"我"走出了寂寞的灯塔,走出了孤独的天地,然而,却又走进了"你"为"我"安排的狭窄的圈子,使"我"失去了自主,失去了自由,失去了自己的世界。这种状况,使两人不可避免地失去了和谐,产生了矛盾,并注定了分离的结局。于是,两人在没有怨语、没有恶言,也没有争执的情况下,结束了匆忙建立的、短暂的爱情关系。而小说的全部叙述描写,也就在增进了解、渴望友情、寻求谐和的呼声中,画上了结束的句号。

象征内涵

《彼岸》所描述的人物和故事有丰富、深刻的象征内涵。徐訏在《后记》中写道:

> 这只是一个迷途灵魂抒写它的体验与摸索——它的冒险,它的挣扎,它的感受,它的追求与幻灭。
>
> 它访真寻美,它求信求爱,它在流浪中自省自责,在静居中自悔自赎;它求解脱而执著,求梦而失眠,求安详而惶惑,求理由而迷乱;它感于外界与内界的冲突,心灵与肉体的激荡,信仰与良心的矛盾,现实与理想的异趋;于是它歌颂宇宙的谐和,低诉人间的残缺,哀求生命的容纳。自然,这里所说的故事只是一种借喻,这里所及的人物只是一种象征。在我复杂的生活中,我的生命永远在为我所感受的一切人间的故事与一切我所接触的人物所点化创造,而这里则是我在点化创造我所感受的人间的故事与我所接触的实有的人物。

小说精心构思、精心描绘的人物和故事,具有由表象层次进入象征层次的深刻内涵,有着丰富的思想底蕴和象征意义。

《彼岸》着重描述的"我"与露莲的故事,包含着深刻的哲理内涵、丰富的美学意蕴和潜在的象征意义。小说歌颂了真挚的爱情、真正的美,探索了爱情战胜死亡以及美的毁灭向美的永恒转化的命题。纯如朝露、美如莲花的露莲,是真美的化身、纯爱的体现,是美的理想、爱的真谛的寄托。她以舍生忘死的爱心,阻止了"我"决意自杀的行为,她是爱情战胜死亡的象征。外表也很美的斐都,是情欲和邪恶的象征。她的介入导致露莲自杀的描写,表面上似乎是真美与纯爱的毁灭、邪恶与死亡的胜利,而实质上是以露莲果敢而坚决的行动来象征真美与假美、善良与邪恶不可调和的尖锐对立,来显示对真、善、美的理想不可阻挡的执着追求。

至于露莲自杀以后,出现的露莲的幻觉形象描写,同样有着丰富的美学意蕴和象征意义。露莲是美的化身,她的自杀象征着美被邪恶所毁灭;而露莲的幻觉形象的出现,是以幻化形式探索了从美的毁灭向美的永恒转化的命题,曲折地暗示了真正的美在毁灭中得到永生以及对美的永恒的执着追求和无限憧憬。露莲的幻觉形象从频频出现到永远消失的构想,是以现实的描写,如实地显示了真善美并不在虚无缥缈的幻化世界中,而是在充满复杂矛盾的现实社会里,是在与假丑恶的对立和消长中发展起来的。真善美与假丑恶总是处于同时并存和尖锐对立的复杂状态之中。《彼岸》试图从现实描写和象征形态的结合上，深刻地开掘小说的象征内涵和现实意义。

在探讨和分析了《彼岸》中的幻觉形象和幻化描写及其象征内涵和美学意蕴之后，还应该进一步指明，《彼岸》中的幻觉形象和幻化描写，不是荒诞不经的怪招、故弄玄虚的笔墨，而是既有现实的可能性，又有艺术的合理性。变幻莫测的海上景象，比如海市蜃楼一类景观，在特殊的自然条件下，是完全可能出现的。同时，这类自然景观的存在，还说明了小说中的幻觉形象和幻化描写构想有着艺术的合理性。在小说中，关于"我"对露莲日夜思念和深自忏悔的描写，充分展现了"我"由于极度痛苦和懊悔而形成的极其复杂的内心世界。"我"处在这种精神恍惚的特殊心态中，文中出现露莲幻觉形象的描写，显然具有艺术的合理性。露莲的幻觉形象，实质上是"我"极度思念和虔诚忏悔所形成的复杂心态和内心企盼的曲折反映，同时，也是超凡脱俗的美的境界和美的憧憬的一种象征形态。《彼岸》中的幻觉形象及幻化描写，不仅在艺术创造上是可能的、合理的，而且在艺术效果上，也证实了是一种富于艺术魅力的表现手段。这种构想和描写，在徐讦的小说创作中不难发现。它使小说的整体艺术风貌增添了浪漫情调和传奇色彩，从而更加突出了小说独具的艺术特色。

哲理探索

《彼岸》充满了深沉思考，渗透着哲理意蕴。这既是小说的思想主题和内在寓意的重要体现，也是小说的艺术素质和独特风貌的潜在内核。这也从思想和艺术的结合上鲜明地显示了小说独具的艺术特色。

《彼岸》哲理探索的主要途径之一，是通过人物故事的形象表达。

《彼岸》哲理探索的具体表现，一方面，如前面所论述的，是从"我"与露莲、斐都的情感纠葛来揭示真美、纯爱与假美、情欲的对立，以及从美的毁灭向美的永恒转化的命题；另一方面，又从"我"与挚友"你"的关系变化，来探讨友情、爱情、婚姻以及人生谐和、生命感悟等一系列重要命题。

在《彼岸》中,"你"是比较重要的人物。"你"是"我"非常要好的、能够互诉衷情的挚友。两人之间有着深刻的理解和深厚的友情。"我"在人生旅程中、特别是在爱情生活中遭遇不幸时,"你"给予了亲切的关怀和无私的帮助。当两人一别两年,又重逢相聚的时候,双方在情感上都遇到过一些挫折:"我"与露莲巧遇热恋、幸福相处,然而很快就永远失去了露莲;而"你"结婚后,出国游历,不久就离婚。小说着重描写的正是在这个时候,"你"来到了"我"离群索居、修复心灵创伤的海上灯塔。在这种比较特殊的情况下,两人很快就相爱了,结合了。

两人结婚以后,来到了繁华的城市,进入了"你"的生活圈。"你"对"我"的日常生活照顾得十分周到,诸如社交礼仪、朋友交往、饮食起居等,事无巨细,无不一一叮嘱。"我"十分感谢"你"在生活上的细致的安排和诚挚的关心,然而,在内心深处又不无遗憾和隐忧。"你"让"我"生活在她精心设计的、自以为美满而幸福的环境中,可"我"却认为,这样会失去自主、失去自由、失去自己的世界,是一种没有自己的空间、没有自我与自尊的生活。对婚后生活的不同看法,反映了两人思想上的某些分歧,使两人在感情上逐渐出现了裂痕,再也没有作为挚友时那种坦诚的交流、心灵的默契、内在的谐和。夫妻感情也渐渐冷淡,夫妻关系开始出现危机,甚至发展到濒于分离的边缘。于是,两人只能理智地面对现实。在没有怨语、恶言,更没有争执、争吵的情况下,"你"为"我"唱了一首《泪之歌》,就在那凄恻、痛惜的歌声中,结束了两人短暂的婚姻关系。

《彼岸》对"你"与"我"从挚友到夫妻,最后又分离的描写,是为了从中引出一个富于哲理意蕴的重要命题。作者特意强调的是挚友之间那种重视自我与自尊、尊重自主与自由的纯真友情,这也应该是夫妻之间建立相爱相敬、和谐共处的长久关系的重要基石。正是在这种意义上,作者认为,保持友情的距离,才能增进理解,使爱情更谐和、更长久。因此,小说意味深长地把呼吁重视理解、增进友情、追求和谐作为小说的结束语。

《彼岸》哲理探索的主要途径之二,是以内心独白的形式直接表述。

《彼岸》中几乎每章都有的大量内心独白,从多方面展示了富于哲理意蕴的思考和阐释。文中着重强调了理解的重要和友情的可贵，呼唤真诚的理解和真挚的友情。小说指出"了解的第一步就要谦逊"，"而更多的谦逊也就是更多了解的路径"，同时还认定建立在相互真诚理解基础上的纯真友情，甚至是爱情也不可替代的，是人生精神追求的最高境界。小说还热情呼唤人生谐和，并着重阐述了爱情与谐和的关系，指出"最高的爱是和谐"，"爱情的伟大就在彼此相爱以后而谋取彼此的谐和"，而要达到爱情的谐和境界，需要彼此都做到"坚贞、忍耐、谦逊与宽容"。小说还特别突出地探讨了生命感悟的命题，极其精当地指出"生命的完美不在获得而在奉献"，"对于生命还有一种理解是侍奉"[6]。

《彼岸》关于理解与友情、爱情与婚姻以及人生谐和、生命感悟等一系列富于哲理意蕴的重要命题的探讨和阐释，无论是形象表达还是直接表述，都有助于提升小说的思想层次和艺术品位，使小说的思想和艺术水准达到了一个新的高度。

独特风格

《彼岸》具有独特的艺术风格。它富于浪漫情调，如辞赋般擅长铺陈；它重视理性，善于思辨，有哲理诗的风采。从写法到文体，《彼岸》都体现了可贵的创新特色和探索精神。

《彼岸》独特风格的具体表现之一，是内心独白文体的选择。

在《彼岸》主要故事、基本情节的展开、推演过程中，主人公"我"的内心独白之多，涉及面之广，完全可以说，这是一本内心独白体的小说。选择内心独白文体，与作者的构想和小说的内容是十分切合的。《彼岸》的重要内容，是主人公"我"走过了一段复杂、矛盾的人生旅途以后，发自心灵深处的反思和自白。为了与"我"的反思和自白的叙事形态相适应，小说选择了一种内心独白的文体。"我"的反思和自白的具体内容，既有对流浪生活和爱情经历系统而有重点的回忆，也有对所走过的人生历程广泛而深沉的思考。前者相对集中，富于浪漫情调和传奇色彩；后者集中又分散，充满了内涵丰富的情感体验和启人深思的哲理意蕴。无论是前者还是后者，都是经过"我"的回忆和反思的过滤、折射,而以灵活多样的内心独白形式表现出来的。这种内心独白文体的选择和运用,由于有助于小说主人公"我"的情感抒发和哲理思考,从而达到了诗情与哲理相交融的境界。

为了与小说的内心独白文体相适应,作者选择了第一人称的叙事角度和过去陈述式的叙述手法。

《彼岸》选择了第一人称的叙述角度。小说的叙述者是主人公"我",描述的是"我"与三个女性的故事,以及由此而引发的对爱情和人生的思考。这一叙述角度的选择,有助于小说主要内容的展开和基本构想的实现。小说试图通过主人公"我"的爱情故事和哲理思考,来表达一种生命感悟和人生追求。而以主人公"我"作为叙述者,这一叙述角度的选择,不仅使小说内容的组织和情节的构成更为灵活、自由,情感抒发和哲理议论显得亲切、合理,而且还为小说诗一般意境的形成、象征内涵的表达、思想意蕴的开掘,创造了必要条件,提供了有效途径。

《彼岸》运用了过去陈述式的叙述手法。小说以描述主人公"我"的经历和感悟为中心的全部内容,不是在"现在时态"中进行的,而是对"过去时态"的生活经历和人生感悟的陈述。小说主人公"我"的重要故事,无论是略写的浮沉爱河、混迹都市、漫游城镇、旅途奇遇,还是详写的巧遇露莲与斐都、与"你"从友情到结合到分离,以及贯穿小说始终的情感抒发和哲理思考,都不是作为正在进行的事态、行为和活动来描述的,而是"我"对已经过去的一段生活经历、爱情故事以及情感纠葛的回顾和反思。这就是说,"我"叙述的是经过了一段时间的过滤、沉淀和冷静思考以后的认识和感悟。这有助于小说的思想开拓和艺术描写的深化,使小说的深邃意境得以升华,深层意蕴得到拓展,从而更为鲜明、突出地展示小说的思想内涵和艺术特色。

《彼岸》独特风格的具体表现之二,是诗歌意境的开拓。

《彼岸》把小说、散文、诗歌、散文诗等文体的多种写法熔为一炉,使小说的框架、散文的笔法、诗歌的意境、散文诗的风采等多种因素合为一体,从而组成了一个独具特色的艺术整体,完成了一部以浪漫情调和哲理色彩为基本风格的诗体抒情小说。

《彼岸》蕴涵着诗的素质和诗的意境。这是小说的一个突出特色。徐訏在《后记》中写道："如果这本书是成功的，它应当被你认为是诗。"把诗歌直接引进小说，是开拓小说诗的素质和意境的一个重要方面。小说的首尾和中间分别插入了五首诗歌，即《自己之歌》、《睡之歌》、《笑之歌》、《吻之歌》、《泪之歌》。这些诗歌，作为小说艺术整体的一个组成部分，不仅在艺术上具有渲染诗的氛围、拓展诗的意境的作用，而且在艺术构成上还有着为小说的整个艺术描写定基调、作归结，以及承上启下的联结作用。小说开头的那首具有象征意义的《自己之歌》，是以诗歌形式，对小说主人公复杂矛盾的精神世界、特别是内心的裂变、沉重的失落感等深层心态的曲折反映，为小说进一步描述主人公的人生体验和生命感悟定下了基调。分别穿插在小说中间部分的《睡之歌》、《笑之歌》、《吻之歌》，则主要是对主人公内心世界的展现起着烘托作用，对前后情节的发展起着联结作用。小说结束部分，主人公在经历了生命旅程的一段难忘的追求与幻灭之后，"你"浅吟低唱了一曲如泣如诉的《泪之歌》。这首诗歌暗示了主人公在自省自责、自悔自赎的复杂心境中，痛苦地面临不得不分离的结局，深深地惋惜业已失去的爱情和失落的理想。小说中穿插的这几首诗歌，不仅开掘了小说的内在诗意，深化了小说的丰富内涵，而且提升了小说的艺术层次，成为小说独特风格的一个重要构成因素。

《彼岸》诗歌意境的开拓，还表现在散文诗笔法的运用。

《彼岸》的艺术描写所显示的散文化特点和散文诗素质，是小说独特风格的重要组成部分。散文化的风貌和散文诗的风采，贯穿在小说整个艺术描写之中。无论是叙述、描写还是抒情、议论，也无论是情感抒发还是哲理阐释，都运用了散文化笔调和散文诗笔法，都有着一种兼具感性和知性之长的语言风格。但是，分别以描写故事为主和抒发哲理为主的不同部分，写法上又各有侧重。前者主要是散文化的笔墨，后者主要是散文诗的笔触。所有这些别具匠心的艺术处理，使小说具有鲜明的散文诗风采和散文化特征，并成为小说独特风格的又一个重要构成因素。

徐訏香港时期的小说创作取得了可观的成就，有着鲜明的特色，对香港文学的发展做出了贡献。但是，徐訏在香港创作的小说，包括长篇代表作《江湖行》和中篇代表作《彼岸》，都还存在着一些局限和弱点。刘以鬯先生对徐訏的《彼岸》及其他小说的局限与弱点，有极其深刻而中肯的描述和分析。刘以鬯先生指出：

> 读徐訏的小说，即使惊诧于色彩的艳丽，也会产生雾里看花的感觉。雾里的花，模模糊糊，失去应有的真实感，令人难以肯定是真花抑或纸花。徐訏没有勇气反映现实，处在现实环境里，竟像丑妇照镜似的，想看，又不敢看。有时，为了减少小说中的低级趣味，还将哲理当作血液注入作品。他在50年代初期写的《彼岸》，主要是歌颂宇宙的谐和，野心很大，给读者的精神刺激却小。

确如刘以鬯先生指出的那样，徐訏的《彼岸》，由于现实性和真实性不足，总给人以雾里看花的感觉；文中对哲理意蕴的开掘和表现，由于认识上的某些局限，有的论点并不完全妥当，而在有些部分又太集中、太纷繁，还存在着并未完全溶入形象的弱点。《彼岸》既然存在着这样一些局限和弱点，就不能不对小说的现实品格、思想价值和艺术素质产生重要的影响。但是，总的来说，《彼岸》还是瑕不掩瑜，仍然不失为20世纪50年代香港文坛上一部比较好的作品。

（原载《香港文学》月刊1992年第5期）

曹聚仁的小说《酒店》漫评

曹聚仁的长篇小说《酒店》[1]，是20世纪50年代初期香港文坛上出现的一部比较重要的作品。《酒店》通过描写香港酒店和舞厅中有一定代表性的人物及其遭遇，真实地反映了20世纪50年代初期香港社会现实的侧影，体现了特定时代的风貌。小说着重描写了舞女黄明中、许林弟、白璐珊的现实处境，以及她们与陈天声、滕志杰等人的复杂纠葛。透过这方方面面的多重关系，小说不仅展现了舞女们的种种困扰和不幸命运，而且折射出香港形形色色的风情史画和世俗图景。

一

《酒店》描写了舞女们的生存状态和深层心态的复杂性。

《酒店》通过展现黄明中、许林弟、白璐珊等舞女的相似的身世、遭遇和不同的个性、结局，突出地反映了她们复杂的生存状态和深层心态，以及被践踏、被侮辱、被损害的悲惨命运。她们都来自大陆，黄明中、白璐珊都在经历了一段典卖首饰、艰难度日的窘迫生活以后，迫于维持生计的需要，沦落红尘，成为舞女；许林弟则由于家境贫寒，受骗来港，被逼卖身，后来入舞厅伴舞。就以黄明中来说吧，恶劣的环境、屈辱的职业使她的生活、性格、品行及人际关系都发生了不同于过去的明显变化，从一个不谙世事的文静姑娘变成了一个玩世不恭的卖笑女郎，一个灵活乖巧地周旋于各色人物之中的走俏红舞女、著名交际花。但是，吃喝玩乐、尽情享受的生存状态，并不能掩饰她精神世界的极度空虚，也没有完全消融她内心深处的某些美好的向往。小说比较准确地揭示了她深层心态的复杂性。她已经离不开那种贪图享乐的放纵生活，然而，在她的心灵深处也并未完全丧失某些追求。小说对她与滕志杰的关系和纠葛的描写，不仅有助于人们对她的认识从表象层次进入深层领域，而且还直接影响到舞女们的复杂关系和她本人最终的结局。滕志杰本是大学生，来到香港后，以擦皮鞋的微薄收入维持着病中的父亲的生活。这外貌极好而又有些腼腆的小伙子，引起了黄明中的好感，并对他产生了真心实意的爱。从引发好感到产生爱意和同居生活，他们的结合过程是快速的，而他们的关系的深层内涵却颇为复杂。黄明中对滕志杰的追求和结合，与她作为一个当红舞女同各色男人的接触，从根本上说，还是有一些不同。她与滕志杰的关系中，也确实存在着发自内心的爱情追求；同时还多少透露出她尽管沦落红尘，却在心底深处也存在着一些美好的希望。因此，当她得知白璐珊插足、滕志杰变心，顿时引发了极其强烈的反应，对白璐珊进行了心狠手辣的报复。她的报复行动，其手段过于狠毒，后果也过于严重。显然，她的反应和报复过激、过度、过分了。但是，她的这种反应和报复，并不完全是舞女之间争风吃醋的行为，其中也包含着她内心深处的爱情追求和美好希望，由于遭受外来的破坏而力求加以维护所产生的激烈反应和采取的报复行动。尤其值得注意的是，这一重大事态和她的反应、报复，不仅对白璐珊造成了恶劣的伤害，而且对她自己也产生了严重的影响。她那刚烈的、火一般的性格，她那争强好胜硬要滕志杰回到身边的强烈愿望，她那内心深处对滕志杰的执着爱意，以及她那潜藏于心的对屈辱的舞女生活的厌倦，对另一种自由自在生活的向往……这一切复杂而矛盾、明确又朦胧的深层心灵活动，其激烈撞击的目标和焦点，实际上已经超越了争夺滕志杰这一具体事态的狭小范围，从而引发了对她被蹂躏、被侮辱、被损害的悲惨遭遇和不幸命运的沉痛反思。由于其深层内涵的复杂性和沉重感，开朗泼辣、玩世不恭的黄明中，在心灵深处不胜负荷，无力支持，终于出现了精神崩溃、失常发疯的悲剧结局。黄明中是一个具有多重复杂性格的悲剧人物。她的遭遇和结局，是对那个"损不足以奉有余"的畸形社会及其罪恶势力的血泪控诉；同时，也显示了对被蹂躏、被侮辱、被损害的女性的深切同情和关注。

二

《酒店》通过描写人物的遭遇和命运，反映了20世纪50年代初期香港社会的客观真实。

《酒店》通过着重描写出现在酒店、舞厅的几个有代表性的舞女的种种遭遇及其与有关人物的相互关系，真实地反映了20世纪50年代初期的香港社会概貌，展现了这一特定时代的侧影。小说对于一些主要人物所处的社会环境的勾勒和具体活动场所如酒店、舞厅的描述，不仅为人物塑造提供了真实的时代背景，而且客观地展现了当时社会的基本面貌。商场的激烈竞争、社会的畸形发展、半山区阔佬们的腐朽生活、木屋区贫困者的悲惨遭遇，种种现实状况和鲜明对比，从一个侧面反映了当时香港的客观真实。

《酒店》对香港社会现实的反映，主要是通过多方面描写人物之间的关系及其遭遇来实现的。

黄明中刚开始卖笑生涯的时候，曾经依附于一个阔佬邹志道，成为他的外室，并出入上流社会寻欢作乐的场所。可是，好景不长，邹志道商场遇挫，生意倒闭，而黄明中失去依靠，只好下海作舞女。另一个舞女白璐珊，也因为姑父在商业活动中失败破产，她失去依靠，被迫沦为舞女。小说通过人物描写中的这种插叙段落，不仅表现了人物处境变化的具体原因，而且从一个侧面勾勒了香港社会商场活动的激烈竞争和相互倾轧的侧影。

黄明中、许林弟、白璐珊等小说所着重描写的几个舞女，都来自大陆，都因为相似的遭遇而沦落红尘，以伴舞为生。黄明中、白璐珊原来在大陆家境尚可，来到香港以后，只能靠典当首饰衣物维持生计，最后不得不步入卖笑生涯。许林弟在大陆本来家境贫寒，弟妹尚小，生活困难，因为受骗上当，来香港即落入卖身行业，后来成为舞女。这几个舞女的身世和遭遇，在20世纪50年代初期香港社会娱乐圈的女性群体中，有着一定的代表性。当时香港舞厅的舞女，有相当数量的人来自大陆。她们或者因为生活所逼，沦落欢场；或者受骗上当，误入歧途；或者为黑道人物所控制，落进陷阱。正如《酒店》对黄明中、许林弟、白璐珊等舞女的描写，尽管她们各自的具体情况也许并不完全相同，但她们的不幸遭遇和命运大抵相似，都落得一个相当悲惨的结局。黄明中精神失常，被送进疯人院；白璐珊被伤害破相，脸上留下了永久的疤痕；许林弟在经历种种不幸遭遇以后，因为搭乘的从澳门返回香港的机帆艇翻船，惨遭劫难。《酒店》所描写的这些舞女们的种种不幸的生存状态和现实困境，不仅是对沦落社会底层的舞女们被蹂躏、被侮辱、被损害的悲惨遭遇的血泪控诉和悲剧命运的真实写照；同时，也从一个侧面折射出当时香港社会现实的真实状况，即20世纪50年代初期香港社会一角的缩影、那个特定时代香港一隅的侧影。

三

《酒店》给人们的突出印象是，遵循现实主义的创作手法，具有现实主义的鲜明特色。

曹聚仁在酝酿和创作《酒店》的过程中，显示了自觉的、严谨的创作态度。最为难能可贵的是，他敢于面对现实，勇于反映现实。在20世纪50年代初期的香港文坛，当文学政治化倾向和文学商品化倾向越来越严重地向两极发展，曹聚仁既没让自己的作品沦为某种政治势力的传声筒，也没让自己的作品成为只有市场价格的劣质商品。他自觉坚持现实主义创作方向，认真搜集现实材料，切实进行创作活动，终于写出了《酒店》这样一部比较真实地反映20世纪50年代初期香港社会现实的小说。为了创作《酒店》这部通过酒店和舞厅的人物来反映香港社会现实的小说，初到香港不久的曹聚仁，多次专门去舞厅了解情况，通过访问交谈和静观默察搜集了一些重要材料，也提高了自己的认识，力求通过创作去反映香港"这个社会，以及解答这个社会问题的答案"[②]。曹聚仁这种严谨的现实主义创作态度，使《酒店》对香港社会现实的反应达到了相当真实的程度，成了20世纪50年代初期为数不多的反映香港现实生活的有代表性的小说。正是由于《酒店》具有敢于面对现实、勇于反映现实的宝贵品格，具有鲜明突出的现实主义精神，我们理应充分评价这部小说所取得的成就，如实肯定它在20世纪50年代香港文坛的地位和贡献。同时，也正是基于这样一种评价《酒店》的角度、思路和认识，笔者同意并赞赏刘以鬯先生对《酒店》的评价。刘先生写道：

  曹聚仁写《酒店》时有意要把握时代的脉搏，侧重于现实的反映，将看到和感到的东西用文字表达出来，借此引起读者的共鸣。

  《酒店》这部小说选的是"司空见惯"的题材，倒也写得相当"正经"。曹聚仁有意通过搜集的材料去"了解这个社会，以及解答这个社会问题的答案"。

  《酒店》是一部用传统手法写的长篇，没有什么艺术特色，有些地方还有点张恨水小说的味道。不过，当作家们堕落倾向越来越明显的时候，同样在这个商业社会里卖文的曹聚仁竟能勇于写现实，通过小说人物的遭遇真实地反映了所处的时代背景，是值得称赞的。在五十年代初期，肯将香港的现实写在小说里而不将小说当作政治宣传工具的，为数不多。曹聚仁的《酒店》虽然写得很老实，甚至有点"俗"，却比徐訏的奇情小说更具说服力，应该给予较高评价[3]。

  是的，当我们高度评价《酒店》勇于反映香港社会现实及其所具有的现实主义精神的时候，我们还应该指出，它反映香港社会现实的深度和广度都还是不够的。当我们充分肯定《酒店》熟练的传统手法和鲜明的传统特色的时候，我们也注意到它在艺术上还缺乏独特的创造和独具的特色，而这一切又都是时代和个人的诸多因素所形成的。尽管《酒店》还存在着这样那样的不足和弱点，然而，曹聚仁作为一个正直的、有良知的作家，他创作的《酒店》是难能可贵的，其热情、其精神实在值得钦敬和嘉许，其劳绩、其贡献应该得到如实的肯定和评价！

注释：

[1]曹聚仁：《酒店》，创垦出版社，1952年9月初版。
[2]曹聚仁：《酒店·前记》。
[3]刘以鬯：《五十年代初期的香港文学》，《香港文学》月刊，1985年第6期。

（原载《香港文学》1992年第11期）

夏易的短篇小说浅谈

香港作家夏易的创作活动中，用力最勤、成就最大的是小说和散文。她的小说和散文，以其对现实人生的深刻反映、对人物性格的生动刻画，以及朴实清新的艺术风格、简洁洗练的文学语言，赢得了广大读者的喜爱。夏易是香港的一位资深作家，她的创作在香港文学中有着一定的地位。

一

夏易原名陈绚文，原籍广东省新会县，1922年12月21日出生于香港。太平洋战争后，她回到内地，就读于昆明西南联合大学社会系。1946年，她转入清华大学，由于对文艺感兴趣，选修了朱自清的《现代文学讨论与习作》。她的写作生涯，就是在朱自清的教导和指引下开始的。她的处女作《静斋半年》是一篇描写女大学生生活的散文，于1947年由朱自清推荐，发表在北京的杂志上。1948年，她大学毕业后回到香港，在中学从事教学工作。

夏易早在1947年就开始发表作品，1954年开始从事专业创作。她开始专业创作后发表的第一部小说，曾在香港《新晚报》连载，题为《香港小姐日记》，后来改名《少女的心声》。这部小说采用第一人称的手法，成功塑造了一个香港少女的典型形象。这是夏易的成名之作，拥有广泛的读者。

从1954年从事专业创作以后，除了夏易这个笔名而外，她先后还用了林未雪、言茜子、叶问、余盈、紫珩、叶抒、章如意、梁敏、华桑等10个笔名，在《新晚报》、《文汇报》、《大公报》、《晶报》、《文艺世纪》、《乡土》、《新语》、《海洋文艺》、《海光杂志》、《海光文艺》、《伴侣》、《周末报》、《妇女与家庭》、《儿童报》等香港的许多报刊，以及新加坡的《南洋商报》和

《星洲日报》上发表了小说、散文、影评、随笔、评论等各种体裁的作品。

1978年9月，她应美国爱荷华大学的邀请，赴美国参加了"国际写作计划"活动。

在长期的创作活动中，夏易写作甚勤，作品很多。她在相当长的一个时期里，每天至少要写两三千字。她的不少作品尚未结集出版，印成单行本的作品大约有20多本，其中大部分是小说。她的主要作品有长篇小说《恋》、《青春三部曲》、《香港两姊妹》，中篇小说《都市的陷阱》、《我》，短篇小说集《决不演悲剧》、《橙色的诱惑》，散文集《花边·拇指·爱情》、《希望之歌》、《港岛驰笔》。这些小说和散文真实地反映了香港的现实生活，生动地刻画了各种人物的典型性格，具有朴实清新的艺术风格，鲜明地显示了现实主义的创作特色。

在夏易的创作生涯中，她以主要精力从事小说和散文创作之余，也曾致力于评论文字的写作。她用随笔和评论等形式，向读者倾谈她对中外一些作家、作品的认识理解和心得体会，使读者在她那生动明快的文字、娓娓道来的说理之中增长见识，深受教益。

二

夏易的短篇小说，在她的整个创作生涯中占有比较重要的地位。她的短篇小说题材广泛，内容丰富，真实地反映了香港社会现实的一些重要侧面，富于教育意义，具有认识价值。她的短篇小说以人物描写为重心，着力刻画各种人物的性格特征和内心世界，形式朴素，手法明快，情节单纯，语言精练，具有朴实清新的艺术风格和真切感人的思想力量。

香港社会中下层人民的遭遇，是夏易短篇小说的重要题材。《关》就是描写下层市民的艰难处境和奋力挣扎的。这篇小说成功地塑造了一个坚强的妇女——华嫂的形象。华嫂先后失去了丈夫、儿子和女儿。丈夫因工伤而亡，儿子被劫匪刺死，女儿又被拐走。在这一个又一个的沉重打击下，华嫂仍然以坚强的毅力，在社会底层苦度一个又一个难关。她咬紧牙关，在生活的煎熬中挣扎、奋进，不仅为自己的生计作顽强的努力，还为照顾侄女而主动承担责任。小说所展示的华嫂的美好心灵,所描绘的华嫂和梁叔、阿祥嫂之间的互助友爱,正是她们战胜困难、渡过难关的精神力量,也正是小说艺术构思的侧重点和艺术形象的感染力之所在。

普通职员的生活,是夏易的短篇小说涉及较多的题材。《梦芬的黄昏》是一篇构思巧妙、立意深刻的短篇小说。梦芬是一个从内地到香港的女青年,她与后母和父亲之间的潜在矛盾是这篇小说全部艺术描写的中心。小说对这种潜在矛盾的揭示,是围绕着如何做人处事来展开的。梦芬后母做人处事之道的核心是一个"钱"字。她经常指点和教训梦芬要懂得钱的重要,为了钱要不惜一切去"搏命"。她做肉类生意创下的这份家业,就是她"搏命"的结果。可是,她的这些指点和教训,对梦芬来说,是那样的格格不入。梦芬不愿学,也学不会,因为"这些指点跟她原来受过的教育与习惯了的生活方式太不相同"。尽管梦芬和她后母在做人处事上的对立,并没有发展到十分尖锐和激化的程度,而是处于潜在矛盾状态,然而,小说对她们之间的这种潜在矛盾的描写,实质上却反映了两种社会制度、两种人生观的根本区别。小说中梦芬的后母在得知身患癌症之后对财产的处理和后事的安排,充分揭示了香港这个商业化社会中的人生哲学和人际关系的本质。

教师形象的塑造,在夏易的短篇小说中也是引人注目的。《激情的日子》和《风满楼》成功地塑造了献身教育事业、热情关怀青年的两位教师的动人形象。《激情的日子》着重突出了青年教师叶老师热爱工作、公而忘私的高尚品质。她认真地、忘我地工作,甚至无暇去关心和照顾年老多病的母亲。小说用心理描写和对比手法,充分展示了叶老师的美好心灵和献身精神。《风满楼》着力描写了一位教师年迈志坚、敢于迎风前进的顽强性格。虽然他年事已高,早已退休,虽然他在动荡的生活中遭到了匪徒的抢劫,但他仍然振作精神,逆风前进,决心把他的余生贡献给有益于青年的事业。

妇女问题、公务员生活,乃至异国风光、国际题材,都在夏易的短篇小说中占有一定的地位。《留言》和《郭茹兴"一头烟"》都是描写妇女问题的短篇小说。《留言》以别致的形式、细腻的描写,开掘了一对夫妻之间的矛盾冲突的社会内容,展现了妇女的生活遭遇和内心痛苦,提出了妇女所面临的引人深思的社会问题。《莫怀的计划》这篇以刻画人物内心活动和富于讽刺意味为突出特色的小说，通过退休公务员莫怀在晚年回首往事、追述经历，生动地展示了莫怀虽然也曾胸怀大志，并有多种计划，可是他始终没有付诸实践、坚持到底，结果落得一事无成、虚度一生的悲凉结局。《小镇》描写了一个香港学生慧心在英国宁静的小镇求学期间的感受和感慨。作者以细腻、清新的笔触，委婉地揭示了在小镇那表面宁静的生活深处，潜伏着各种各样的矛盾冲突和社会问题。《玛莉的林》描绘了一个留学英国的印度果亚人玛莉在恋爱问题上的不幸遭遇和心灵创伤，展现了玛莉从这段感情经历和痛苦教训中所获得的许多启示和教益。

三

在夏易的短篇小说中，有不少思想和艺术俱佳的优秀之作。《阿金与黑猫》和《口袋里的宝贝》就是思想开掘颇有深度、艺术表现很有特色的短篇佳构。

《阿金与黑猫》通过厨娘阿金的不幸遭遇和内心痛苦的描写，深刻地反映了香港贫富悬殊的社会现实和下层人民的悲惨命运。小说用第一人称的叙事观点，以自然、亲切、细腻的笔法，从容不迫、如话家常般地描述了黑猫的故事和阿金的遭遇。小说的特定内容为作者的艺术构思提出了一个重要的课题，就是必须通过巧妙的艺术处理，找到黑猫的故事和阿金的遭遇这两者之间的内在联系，从而形成一个完整的形象体系、有机的艺术整体。这篇小说颇有深度的思想开掘、极具特色的艺术表现，得力于作者很好地解决了这一艺术难题。作者成功地找到了黑猫的故事与阿金的遭遇之间的内在契合点，巧妙地运用了精心的艺术构思和恰当的艺术手法，特别是联想、想象和暗喻、象征的手法，多视角、多侧面地挖掘了主人公的悲惨遭遇的深刻内涵及其社会意义。

作者用了相当多的篇幅来写黑猫的故事。这绝非闲笔。小说对黑猫被主人赶走和小猫失踪，以及阿金对黑猫的特殊感情等内容的生动描写，都是对阿金的不幸遭遇和艰难处境的暗喻和象征，也是对阿金展开正面描写之前的必要铺垫和陪衬。有了这些比较充分的烘托渲染和间接描写，接下来正面描写阿金的身世和遭遇的时候就不需要多少笔墨了，仅以简洁的叙述、适当的描写有效调动读者的想象和联想，使阿金的艺术形象更加鲜明，使小说的艺术效果更为强烈。

阿金在童年时就被卖到异乡，处境十分困难，丈夫又不务正业，根本无法生活下去，无奈只好带着儿女离家出走，自谋生路。可是，她来到香港当厨娘之后的情况并不比过去好多少，更大的打击很快又落到她头上。儿子在离乡的路上失散了；女儿到香港后读了两年书，后来进了一家纱场做养成工，不久就失踪了。阿金十分痛切地说："所以我说，我的命呀，跟那头黑猫差不多。"小说通过巧妙的构思和精心的描写，很自然地把黑猫的故事和阿金的遭遇联系起来了。这样的构思和描写不仅丰富了人物的内涵，加强了主题的深度，而且通过在小说的结尾部分，以阿金去找黑猫和小猫为线索，把小说情节的发展推向了高潮，从而最后完成了这一出色的艺术创造。阿金拿了手电筒，到九成大厦的天台上去找黑猫和小猫，没有找到黑猫和小猫，却十分意外地找到了她的女儿。原来，阿金走上天台，不见猫的踪影，却发现有一个身体瘦削的烫发少女瑟瑟缩缩地躲在水箱旁边。那少女先认出了阿金，怯怯弱弱地叫了一声"阿妈"！正当母女俩涕泪交流、激动不已的时候，三个阿飞来到天台。他们是来捉拿阿金的女儿的。结果，阿金被打晕了，女儿被带走了。可是，这时阿金要找的黑猫却自己回来了，亲热地向阿金叫着。阿金此时真不知该悲还是喜，深有感慨地对黑猫说："你呀，你比我快活，自由自在的！"小说就这样通过精心组织、巧妙穿插，把黑猫的故事和阿金的遭遇紧密地联系在一起，从而具体地展现了香港下层妇女的艰难处境和悲惨命运。

《阿金与黑猫》的故事情节是香港生活中常有的、作品中常写的。可是，作者能够把这样一个平平常常的故事写得引人入胜、启人深思，一个重要的原因就是：小说有着精心的艺术构思和巧妙的艺术处理，特别是成功地运用了暗喻和象征、烘托和渲染、铺垫和陪衬、想象和联想、正写和侧写等各种对应的艺术手法，从而别开生面地开掘了新意，深化了主题。

四

《口袋里的宝贝》是夏易另一篇有代表性的短篇佳作。

《口袋里的宝贝》成功地塑造了一个十分可爱的少年儿童形象。少年阿虾的父亲靠擦皮鞋维持全家生活，处境相当困难。阿虾是一个非常懂事的孩子，十分体贴父母维持全家生活的艰难，做完作业后总是主动做些家务琐事；他还抽空去帮人家做些洗碗等杂务，以微薄的收入来贴补家用。阿虾是一个积极向上的孩子，他从工友们反映自己的生活和斗争的演出中，明白了不少道理，并且很希望他的父母也能像他一样，从观看工友们的演出中受到启发和教育。整个小说的情节就是围绕着阿虾十分懂事和积极向上这两个方面来展开的。

《口袋里的宝贝》在艺术构思和艺术描写上的一个突出特色，是成功地运用了悬念的技巧。小说通过精心的组织和巧妙的安排，把一个平常的故事、一些平凡的人物写得引人入胜，栩栩如生，极富艺术感染力量。

根据小说的情节安排和具体描写，读者最初并不知道阿虾"口袋里的宝贝"究竟是什么？作者只是着意渲染阿虾那种抑制不住的兴奋，细致描绘了他珍藏"宝贝"的小心翼翼的动作，给阿虾的心理和行动赋予了一种喜悦和欢乐的色彩。这样的描写和渲染必然引起读者的好奇心，使他们急于想知道，阿虾口袋里究竟有什么"宝贝"？经过一番描写和渲染之后，读者终于得知，原来阿虾口袋里的"宝贝""只是一张纸，小小的略带长方形的白纸，上面印了些字"。为什么一张小小的白纸，会让阿虾将其视为重要的"宝贝"呢？显然，此时，悬念依然存在，谜底仍未揭开。可是，作者不仅没有马上揭穿谜底，解除悬念，而是笔锋一转，详细描绘了阿虾外出帮人家干活的途中发生的事情：阿虾被警察的电单车撞伤，他极力掩饰受伤的真情，既怕被送到医院治疗，又怕被家里人知道。阿虾的这些行为和心理的真实原因，作者暂时未作回答，悬念依然存在。直到阿虾被送回家之后，他的堂兄阿明送来两张戏票，请阿虾的父母去看当天晚上工友们的演出，直到这个时候，谜底才揭穿，悬念才消除。这时，阿虾也从口袋里拿出一张同样的戏票。原来，他口袋里的"宝贝"是一张工友们演出的戏票。阿虾已经看过一次工友们反映自己的生活和斗争的演出了，深受鼓舞和教育，但他还想当天晚上再去看一次。小说所描写的阿虾的行为和心理都与此事有关：他去帮人家干活前的愉快心情，是因为他晚上要去观看演出；他被撞伤后不愿去医院治疗和怕家里人知道，是担心家里人知道他被撞伤而不让他去观看演出。尽管阿虾非常想再看一次工友们的演出，但是，当他得知阿明特地给他爸爸、妈妈送来了两张戏票，他就毅然放弃了很想看的这次演出，主动提出留在家里照看弟妹和料理家务，让爸爸、妈妈安心前去观看演出。《口袋里的宝贝》这篇小说通过这一系列悬念的运用、巧妙的穿插和精心的组织，用波澜起伏、跌宕多姿、层层递进、不断深化的描写，突出地展现了阿虾懂事勤快和积极向上的可贵品行，成功地塑造了一个十分可爱的少年儿童的生动形象。

五

读了夏易的一些短篇小说，我们具体了解了其短篇小说创作的鲜明特色以及在香港文学中的地位。同时，我们也深深地感到夏易的短篇小说虽有自己的长处、优势和风格，但也存在着一些弱点、不足和有待改进之处。我们希望夏易在今后的创作中，在继续发扬自己的长处、优势和艺术风格的基础上，力求使自己的作品对生活的反映、对主题的开掘更深刻一些，人物的塑造更生动一些，情节的安排更丰富一些，努力创作出更多思想和艺术完美统一的优秀作品。夏易在给笔者的信中说："我对自己的作品老是不满意，因此，总想有机会与条件，写一本自己真正想写的长篇小说。"这种严格要求自己的态度，十分令人赞赏！我们相信，夏易经过长期酝酿构思、正在埋头写作的长篇小说《香港人》三部曲，将是她漫长的创作生涯中的一次重大突破。

（原载《香港文学》1989 年第 7 期）

西西的《像我这样的一个女子》比较分析

西西是香港文坛上一位风格鲜明的著名作家。她的短篇小说《像我这样的一个女子》[1]是香港文学中有代表性的名篇佳作。苏叔阳是大陆文坛上一位成就显著的重要作家。他的短篇小说《生死之间》[2]发表以后，颇受好评，荣获中国作家协会1984年全国优秀短篇小说奖，后改编为电视剧，也颇受欢迎。对这两篇题材基本相同而各有独到特点的优秀小说进行比较分析，可以具体而微地了解香港小说和大陆小说的某些成就和特色。

这两篇小说在题材、人物、叙事方式等方面，都有相同或相似之处，而在思想意蕴、艺术处理、人物结局等方面，又有各自独具的特点。无论是相同之处还是不同之点，都为这两篇小说的比较观照、求同辨异提供了前提条件。这不仅有助于深刻认识这两篇小说的成就和特色，还可以为探讨香港文学与大陆文学的异同提供一些实证分析。

对这两篇小说进行比较研究，不但要注意"求同"和"辨异"，更重要的是剖析"同中之异"和"异中之同"。这显然比孤立地分析这两篇小说，能够更准确地揭示它们各自的独特成就和独具风采。这样具体的比较分析，不仅可以为整体性的比较研究积累重要的经验，还可以为从中国当代文学整体格局中考察、观照香港文学和大陆文学的独具特征和相互关系创造必要的条件。

深层心态的明显差异

这两篇小说都是描写殡殓工的生活和爱情的。小说的两位主人公都出身于殡殓工世家，一位是"三代子殡殓工"，一位的父亲和抚养她长大成人的姑母都是殡殓工。这两位主人公，都能够正确对待殡殓工作这一特殊职业。

他们都是从社会需要和社会分工的角度来理解殡殓工作的意义的。但是，由于这两篇小说的构思和描写各有特点，因此，两位主人公从事殡殓工作的过程，既反映了他们认识的基本一致，又表现出他们心态的明显差异。《生死之间》的主人公性格外向，心态开朗；《像我这样的一个女子》的主人公则性格内向，心态孤寂。

对于主人公接受和从事殡殓工作这一特殊职业过程中的深层心态，《像我这样的一个女子》比《生死之间》有更为具体而深刻的描写。《像我这样的一个女子》的主人公，在从事殡殓工作的过程中，一方面，她深知怡芬姑母为她选择殡殓工作这一特殊职业的一片苦心和好意，姑母把殡殓工作的绝技传授给她，完全是为了她好，替她着想；一方面，她在内心深处，对怡芬姑母为她选择殡殓工作这一特殊职业的某些考虑，又感到困惑不解。怡芬姑母告诉她，从事殡殓工作以后，她就不愁衣食了，也不必像别的女子那般，要靠别人来养活。她对怡芬姑母的这些考虑感到困惑："怡芬姑母这样说，我其实是不明白她的意思的。我不知道为什么跟着她学会了这一种技能，就可以不愁衣食，不必像别的女子要靠别人来养活自己，难道世界上就没有其他的行业可以令我也不愁衣食，不必靠别人来养活我。"这说明，她在接受怡芬姑母为她选择的职业时，是有过内心活动的，也有过试图寻求"其他的行业"的想法。可是，在竞争激烈、求职不易的商业社会，她，一个并没有更好条件和更多依傍的弱女子，又不得不承认怡芬姑母的考虑还是实际的。因此，尽管她有所犹豫，仍然不得不接受了殡殓工作这一特殊职业。然而，这一艰难的职业选择带来的心灵冲击，这一特殊职业带来的现实困境，又必然在她的精神世界形成一种孤独、寂寞、悲凉的心态。

在《像我这样的一个女子》中，主人公在接受殡殓工作这一职业以后，曾经考虑过转换一种职业："我曾经想过转换一种职业，难道我不能像别的女子那样做一些别的工作吗？我已经没有可能当教师、护士或者写字楼的秘书或文员，但我难道不能到商店去当售货员，到面包店去卖面包，甚至是当一名清洁女佣？像我这样的一个女子，只求一日的餐宿，难道无处可以容身？"她试图转换职业的这些心理活动，揭示了她更为复杂的心态和相当执着的个性。是的，她完全可以转换一种职业，然而，在当时实际上已经不可能了。因为她那执着的个性、认真的态度，使她无法抹去从事殡殓工作这一特殊职业给她带来的外在和内在的影响。比如，从事为死者化妆工作的记忆，使她不能去做凭她的技艺来说是非常称职的为新娘美容的工作；而她那纯洁的心地、坦荡的胸怀，又使她不能对朋友、至亲隐瞒她曾经从事殡殓工作的经历，她必定让对方"知道、认识，我是这样的一个女子"。《像我这样的一个女子》对主人公试图转换职业而终究没有转换成的心理活动过程的描绘，不仅重现了她那孤独、寂寞、悲凉的心态，而且进一步揭示了她精神世界的美好和崇高。

对于小说的主人公接受和从事殡殓工作这一特殊职业过程中的深层心态，《像我这样的一个女子》有相当具体而深刻的描述。对比之下，《生死之间》对主人公接受和从事殡殓工作这一特殊职业过程中的内心活动，描述得过于简略了，在一定程度上影响了主人公内在精神的挖掘和艺术形象的塑造。《像我这样的一个女子》相当充分地描述了这一深层心态，因此，从一个侧面很好地展现了主人公的鲜明形象及其精神境界。

爱情故事的不同结局

这两篇小说的主人公，在接受和从事殡殓工作这一特殊职业的过程中，其心态的明显不同，不仅反映了他们个人状态的区别，而且也折射出他们所处的社会背景的差异。社会、个性，乃至性别的不同给小说的两位主人公带来的影响，不仅表现在他们对于殡殓工作这一特殊职业的不同心态上，而且也突出体现在他们不同的爱情故事及结局上。

从这两篇小说的具体描写可以看出，两位主人公不同的社会背景、个性，乃至性别，都对他们的爱情故事及结局有不同程度的影响。《生死之间》的主人公在爱情上有过失败和成功两次经历。他的第一个女朋友是初中毕业生，是收破烂儿的，成了电影演员后便瞧不起做殡殓工作的男朋友，他们的关系很快就结束了。《生死之间》的这位主人公性格外向，开朗乐观，这次恋爱挫折尽管使他难过、困惑、感慨，但他仍然以宽广的胸怀承受了爱情失败的打击。后来，他又有了一位从事医务工作的女朋友。在接触过程中，他将所从事的殡殓工作和他的认识态度坦诚相告。作妇产科医生的女朋友既爱他又犹豫，陷入了矛盾之中。而他既耐心等待和尊重对方的选择，又主动帮助、适当促进，为对方排除世俗偏见和自身疑虑不断鼓劲、大力支持。经过一段时间的接触和交谈，他们逐步增进了理解，加深了感情，解决了矛盾，在一些重要的人生课题上取得了共识，达到了心灵的契合，结成了幸福的终身伴侣。

《像我这样的一个女子》的主人公，与《生死之间》的主人公的社会背景、个性和性别都不相同。这在一定程度上影响了他们解决恋爱过程中的难题和困惑所采取的方式、办法，也影响了其结果。《像我这样的一个女子》的主人公是一个性格内向、孤寂忧郁的女子。她在一个竞争激烈的现代化商业都市从事殡殓工作这一特殊职业，处境艰难，尤其是在爱情方面所面临的困境特别突出。她有一个很要好的男朋友，但这位男士并不知道她是从事为死者化妆这一特殊职业的。她时时为男朋友知道她的实际职业以后的局面而忧心忡忡。小说的女主人公一直不把自己的具体工作明确地告诉男朋友，即使明明知道男朋友误解了她的工作和职业，也仍然不作任何解释，不如实告知实际职业。尽管这样的构想和描写未必自然且合情理，但小说对于她为什么要采取这种特殊处理方法的根据、考虑、目的，还是进行了比较充分地描述和阐释。其一，是从她的实际状况出发。她拙于言辞，不善于表达，担心说得不明白、不得体，影响相互的关系。其二，是怀着一点希望。或许对方是一个坚定而并不胆怯的人，她期待在有了一定感情的基础上，男朋友能够有勇气面对她的现实处境。其三，是安排一次严峻的现场考验。她把男朋友带到她工作的地方，试图用这种突然袭击的办法，来观察男朋友的真实反应和态度，然后就会自然出现应有的归宿和结局。

从这两篇小说的具体描写，确实可以看出，社会和个人的不同因素对两位主人公的爱情故事及其结局所产生的不同程度的影响。但是，如果认为这两篇小说的爱情故事的不同之处是，一个得到了幸福的结局，一个是失败的结局，那么，这种看法并不准确。因为《生死之间》主人公的爱情故事，是写出了明确结局的；而《像我这样的一个女子》主人公的爱情故事，实际上并没有写出明确的结局。作者有意不写出爱情故事的明确结局这一构想和写法本身，就意味着有可能出现两种结局：或者是失败的结局，或者是幸福的结局。这种经过模糊化的艺术处理所形成的主人公爱情故事的不确定性结局，是《像我这样的一个女子》的艺术特色的一个重要体现。

《像我这样的一个女子》对主人公爱情故事的失败结局，有不少具体描述和多处含蓄暗示。从小说的开头到结尾，既直接描述又间接暗示了主人公的爱情故事可能出现失败结局。小说多次写到，只要主人公的男朋友应约到她工作的地方看一看，他们之间的"一切也将在那个时刻结束"，就像"一切就从来没有发生"一样。同时，小说的一些穿插描写，比如怡芬姑母在爱情上的不幸遭遇、主人公的特殊职业使她几乎失去所有朋友、她的男朋友应约而来时手抱一束在她们这一行业意味着诀别的巨大花朵等，都在暗示他们之间的关系前景不妙，出现了不少不祥之兆。总之，无论是直接描述还是间接暗示，都表明主人公的爱情故事可能出现失败结局。

尽管在小说的描述中，通过多次肯定的叙述和多次侧面的暗示，形成了倾向性相当明显的预兆——主人公的爱情故事可能出现失败结局，但值得注意的是，一直到小说结束，都没有明确表述已经出现了失败结局。尤其值得思考的是，在明指和暗示可能出现失败结局的同时，小说不仅一直没有明确失败的结局，而且从不排斥出现幸福结局的可能性，在小说的字里行间分明暗寓着一种深切的期望和可能。小说的有关描述显然表达了这样的意思：从事殡殓工作这一特殊职业，在爱情和婚姻问题上确实时有挫折和失败发生；但是，难道从事殡殓工作这一特殊职业的人，就注定找不到心上人，一辈子只能单身独处吗？事实上，小说不仅插叙了主人公的母亲怀着真诚而执着的爱心，克服恐惧，排除偏见，与从事殡殓工作的父亲幸福地结合了，而且还描述了怡芬姑母在向主人公讲述她经历的爱情悲剧时，仍然相信"在这个世界上，必定有像我们一般，并不畏惧的人"。同时，小说还再次通过怡芬姑母，着重强调"如果是由于爱，那还有什么畏惧的呢"。在这里应特别注意的是，她甚至明确表示相信"也许夏（按：主人公的男朋友）不是一个胆怯的人"。而主人公也表明,这正是"为什么我一直对我的职业不作进一步解释的缘故"。也就是说,对男朋友一旦明白真相以后的态度和选择,女主人公的心态相当复杂,既有不祥的预感,又不无一线希望。这就是为什么小说在多次描写主人公的爱情故事可能出现失败结局的明显预兆的同时,不仅始终没有明确已经出现了失败结局,而且也不排斥出现另一种结局的可能性。小说结局这一构思和描写的精妙之处在于,既如实地写出了主人公面临的现实困境和复杂命运,又含蓄地在主人公那充满暗愁隐忧和悲凉之雾的内心深处,透露了一抹亮色和一丝希望。

面对现实与强调命运

我们具体分析、比较了这两篇小说描写的爱情故事的不同结局。实际上,这个问题也涉及主人公对待所面临的现实困境和所谓"命运"的态度。小说的两位主人公,由于都从事殡殓工作这一特殊职业,因而面临相似的现实困境;但是,这两位主人公对待现实困境的态度,有着明显的区别。

《生死之间》的主人公尽管也面临世俗偏见和人们的不理解带来的现实困境,但他以一种乐观、开朗的态度,积极地面对现实,而不是消极地逃避现实。即使在第一位女朋友与他诀别、分手以后,他也没有因此而消沉、悲观。当然,我们也注意到,他苦恼、感慨过,还发牢骚说"人们命运的分别"往往在顷刻之间就使人们在"身价与荣尊"、"舆论与观感"等方面发生了很大的变化。他在这里提到的"命运",是指一种"机遇"。尽管机遇会使人们的工作和地位出现明显的差别,但他认为这只是社会分工的不同,不应该因此而形成厚此薄彼的偏见。经历了这次恋爱挫折以后,他仍然能够如实地认识自身的价值,自尊自重,"自个儿瞧得起自个儿"。他正确对待世俗偏见和习惯看法带来的心理压力,不仅没有远离现实和群众,过一种孤独而封闭的生活,而是勇敢地面对现实困境,积极地完成本职工作并参加社会活动。他写诗、写歌词,从事业余文化活动。他的妻子,就是在参加文化馆的活动时认识的。

由于《像我这样的一个女子》的主人公从事殡殓工作这一特殊职业,她失去了几乎所有的朋友。他们从她身边离去,"仿佛动物看见烈火,田农骤遇飞蝗"。加之她性格内向、生活圈子较窄,特别是她在爱情上又不断出现不祥的预感,都使她内心感到孤寂,充满隐忧。给人印象特别突出的是,她还感叹和强调命运。小说中大约有十多次提到命运。她多次提到和强调的命运,其内涵比较复杂,应该对其进行一些具体分析,以便帮助我们进一步理解这篇小说。

《像我这样的一个女子》的主人公多次提到和强调的命运,被赋予了复杂而矛盾的内涵。首先,她提到和强调命运时,往往是互相矛盾的。她既认为命运是一种无法反击的、任意摆布人们的不可知的力量,又谴责没有勇气向命运反击的懦弱行为。前者大量表现在她对自己从事的特殊职业带来的不幸遭遇所发的感慨上;后者主要表现在拒绝为因爱情受阻而双双自杀者整容化妆所发的议论上。其次,她提到和强调命运时,又往往表现出既一致又矛盾的错综复杂的关系。一方面,她认为命运无法反击、只能听任命运摆布的看法,与她安于殡殓工作带来的不幸困境的态度是一致的;另一方面,她认为自己有勇气、不胆怯、无所畏惧的内心独白,与她对于没有勇气反击命运而双双殉情自杀的懦弱行为的谴责是一致的。然而,这两个方面,这两组关系,显然又是相互矛盾的。这些错综复杂的关系反映了主人公深层心态的一些重要侧面。

《像我这样的一个女子》的主人公所表现出来的这些错综复杂的深层心态,反映了在现实和心理的沉重压力下,其内心深处存在着性格二重性的因素和宿命论的色彩。小说及其主人公突出强调了命运,突出强调了命运是无法反击的不可知力量。怡芬姑母这一人物设置及其遭遇的描写,是主人公及其遭遇的象征体和参照系。主人公是怡芬姑母职业和技艺的继承人,也是怡芬姑母本人的形象的延续和命运的重叠。这些构思和描写,就是要借以说明主人公与怡芬姑母同样的遭遇和命运,是不可阻挡的、无法改变的;由此而形成的孤寂、沉郁的气氛以及隐忧、悲凉的雾霭,也始终笼罩着整个小说。但是,小说及其主人公在突出强调了命运是无法反击的不可知力量的同时,又确实谴责过没有勇气反击命运的懦弱行为。这主要是通过主人公的弟弟对待爱情的态度和两个年轻人为爱情而双双自杀的行为,这两段穿插描写而反映出来的。小说的主人公既认为命运是无法反击的,又反对屈服于命运的懦弱行为。正是从这两者相互矛盾而又同时存在的复杂现象中,我们看到了小说主人公二重人格和宿命色彩的某些表现。

《像我这样的一个女子》中,主人公在男朋友对她的职业有明显误解的时候,始终不作任何解释,不说明真相,而是带男朋友到她工作的地方去,让一切顿时真相大白。这种考虑和做法本身,似乎就包含着这样的意思:把他们的恋爱是成功还是失败,寄望于所谓"命运"的决定。从表面上说,这是尊重对方的选择和决定,是考验对方是否会为了爱而不顾一切(包括克服对殡殓工作的恐惧),让他们之间的爱情自然而然地出现结局。真正的爱,的确可能产生一种排除一切阻碍,包括克服对殡殓工作的恐惧的勇气和力量;但事实上,这种真正的爱的产生,既需要自身的培育,也需要双方相互的沟通。关于对殡殓工作的理解、认识,这一足以对他们爱情的成败产生决定性影响的关键问题,主人公和她的男朋友在恋爱的过程中,不仅没有就这样一个重要问题交换看法,进行认真、切实、充分的交流和沟通,而且在对方根本就不知道她从事的是殡殓工这一特殊职业的情况下,以近乎突然袭击的方式把对方带到殡殓工作现场,让一切就在那个时刻摊牌。这种做法的结果,其实是不难想象的。于是,主人公就把这可想而知的结果说成"完全是命运对我作了残酷的摆布,对于命运,我是没有办法反击的",甚至还由此引申出"像我这样的一个女子,其实是不适宜与任何人恋爱的"。小说的这些具体描述实际上提出了一个问题:如果主人公的爱情出现失败结局,究竟是命运的摆布还是处理不当呢?而小说及其主人公所暗示、强调的,实际上不是后者而是前者。

《像我这样的一个女子》及其主人公在这方面的处理和做法究竟是否妥当,如果比较一下《生死之间》的有关描写,就会更清楚了。《生死之间》的主人公在认识态度和实际表现这两个方面,都显示出他是深切理解殡殓工作的价值和意义的。因此,无论是在工作和生活中,还是在恋爱过程里,他都能够理直气壮地面对殡殓工作这一特殊职业所带来的现实困境和严峻挑战。他以"在爱情与工作的选择上,我把工作放在了第一位"的原则和态度,正确处理了他与第一个女朋友二丫儿的关系,经受了一次爱情挫折的考验。他与第二个女朋友——一位妇产科医生认识以后,不仅将殡殓工身份坦率地告诉对方,而且主动介绍了殡殓工作的有关情况。他既真诚地尊重女朋友的选择,但又不消极地坐等对方的决定;他既耐心等待,让她充分考虑,又主动与其交流和沟通,并在她正在进行思想斗争的关键时刻,积极进攻,以助她一臂之力。小说这样描写他此时的心态:"她爱我,没错儿。可她在社会舆论前快有点吃不住劲了。她说得对,让她一个人单枪匹马地斗,我这个男子汉不出头,这是自私,这是坐享其成,这是等着姑娘把爱情捧给我。不,爱情是双方的。要得到它,就得去争取。"读读这段文字,想想《像我这样的一个女子》主人公的某些作法,相信会让我们有一些有益的启迪,从而有助于理解小说及其主人公的某些相互矛盾的现象。

爱情与死亡的探讨

通过对这两篇小说的比较、分析,可以发现,其主要价值和成就不仅在于特殊的题材内容和独特的处理方式,还在于它们提出和探讨了富于哲理意蕴的重要命题。这两篇小说提出和探讨的哲理性命题,各有侧重,各具特点。关于爱情与死亡的哲理探讨,在《像我这样的一个女子》中较有特色;关于生与死的哲理探讨,在《生死之间》中更为突出。这两篇小说的哲理性探讨,提升了它们的艺术层次,深化了它们的思想意义。

《像我这样的一个女子》对于爱情与死亡这一命题的探讨,就其内涵来说,有两个层面:一个层面是它的本义,对爱情与死亡的关系的探讨;一个层面是它的转义,对从事与死亡有关工作的人所面临的爱情困境的探讨。这两个层面交织融会、相辅相成,把小说的思想开掘进一步引向了更深的层次。

《像我这样的一个女子》对于爱情与死亡的本义的探讨,是通过两件事的穿插描写来表现的。一件事是主人公的弟弟因爱情受挫而试图选择死亡的绝路;另一件事是一对情人因爱情受阻而双双自杀的悲剧。主人公的弟弟和他的女朋友，本来是一对很理想的伴侣，可不知何故，他的女朋友突然"和一个她并不倾心的人结了婚"。主人公的弟弟面对爱情挫折，失去了抗争的勇气，竟然试图走死亡的绝路。小说通过主人公对这件事的理性思考，着重强调深具真挚爱心的情人应该敢于同不幸和死亡抗争，坚定地去争取幸福的爱情。小说还通过主人公拒绝为因爱情受挫而双双自杀的一对情人化妆的鲜明态度，表达了对爱情与死亡这一命题的深刻见解。在小说的主人公看来，这一对情人轻生自杀是一种屈服于现实压力、没有勇敢向命运反击的懦弱行为，导致在爱情与死亡的对立中，出现了向后者倾斜、造成了死亡胜利的恶果。因此，她以拒绝为他们化妆来表示对这种懦弱行为的极大愤慨，强烈呼吁为了美好的爱情，要敢于迎接任何命运的挑战，勇于与一切不幸和死亡抗争。

关于爱情与死亡的转义的探讨，即从事与死亡有关工作的人所面临的爱情困境的探讨，在《像我这样的一个女子》中也有出色的描写。小说主要通过主人公的姑母在情感上已经出现的不幸遭遇和结局，以及主人公本人在爱情上可能出现的遭遇和结局，集中反映了从事殡殓工作这一特殊职业者，在现代化商业都市所面临的爱情困境及其悲剧命运。小说对主人公及其姑母作为死者的化妆师这一特殊职业，给她们带来的爱情困境和悲剧命运的描写，采用了姑侄同体[③]、命运同一[④]的独特构想，从而形成了形象互补、虚实结合的颇有特色的结构体系，从这两个紧密联系而又各有侧重的视角，展现了姑侄两代死者化妆师在爱情上的相似遭遇和相同命运。而其中着重描写的是对死者和为死者化妆这一特殊职业的恐惧，以及由此而产生的心理与生理压力、给对方的爱情选择带来的巨大影响等。正是这种压力和影响，使怡芬姑母的爱情出现了不幸结局，使主人公的爱情也可能面临不幸的结局。

《生死之间》对爱情与死亡、对从事与死亡有关工作的人所面临的爱情困境的探讨，与《像我这样的一个女子》的构想和描述并不相同，而是有着自己独具的特点。《生死之间》通过主人公的两次爱情经历——一次失败、一次成功的爱情经历，集中反映了从事殡殓工作这一特殊职业者在现代社会所面临的爱情困境及解决途径。《生死之间》在这方面的具体描写，显示了不同于《像我这样一个女子》的主要特点：其一，反复强调殡殓工作的自身价值和社会意义，无论是主要事件的正面描述，还是穿插其中的议论阐释，都为解决爱情困境奠定了基础；其二，着重批判了对殡殓工作的种种世俗偏见和社会舆论，为突破爱情困境排除了障碍；其三，十分重视双方就如何对待殡殓工作展开交流和沟通，以增进理解、取得共识，为走出爱情困境、获得幸福爱情创造了必要的条件。

生与死的哲理

这两篇小说关于生与死这一命题的深刻探讨表明，两位作家不是在一般的观照层次上来描写从事殡殓工作这一特殊职业者的遭遇及心态，而是在本质的哲理层次上，从生死观和价值观的高度来探讨生死的意义和人生的价值这一重大命题。

《生死之间》对生与死的关系及其转化，展开了有相当深度的、多层次的探讨。

其一，是死者与生者的关系。小说的主人公及其父亲都是殡殓工，他们对于殡殓工作的意义，不仅从社会分工和社会需要的角度来认识，而且还从死者与生者的关系来理解。他们十分清楚，做殡殓工作，伺候的是死人，可为的是活人，善待死者，也就是善待生者。他们说："咱们善待死者，就是让活着的人，心里头得到份儿安慰，好更踏实地干自己的事由儿。咱们这也是为国为民出力。"

其二，是生与死的转化。小说中的主人公及其父亲，根据他们从事殡殓工作的实际经历和人生体验，对于生与死的关系及转化，有着相当透彻而富于哲理的辩证认识。他们说，生与死的区别，说起来，也就是一口气儿，既有"没气的活人"也有"有气儿的尸首"，既有"已经死了的活人"也有"永远活着的死者"。小说用二丫儿丈夫之死和一个青年的死这两处细节描写，进一步阐释了主人公父子对于生与死的关系及转化的辩证认识。二丫儿的丈夫自视为"高贵者"，他开便宜车儿兜风，后因车祸而死。他生前"高贵、幸福得过了度……他活着，也跟有气儿的尸体差不离儿，大约必须永久死掉"。而一个青年走过歪路，是劳教过的"卑贱者"，但为了救落水的孩子而死去，"他在死的那刻升华到了高贵"，"他用死证明了他的价值"，他死了，可他永远活着。小说的这些描写和议论，对生与死的关系及转化的认识超越了生理的层次，而升华到哲理的高度，从而形象地阐明了生死的价值和人生的意义。

其三，是"送死"与"迎生"的哲理。小说的主人公是为死者化妆的殡殓工，他的妻子是迎接新生儿的妇产科医生。小说对主要人物职业的巧妙安排及描写、议论，不仅是小说中关于生与死的哲理探讨的重要方面，也是小说整体构思的基本内核。他们一个"送死"，一个"迎生"。他们说：你接生，我送死，咱俩把住了一个生命的两头儿，咱们组织了一个生死之间的家庭。他们说：咱俩的工作，是最尊重人本身价值的工作，任何死亡的来临都拦不住新生命的降生；天天与死亡打交道，就是为了打发走死亡、迎接新生命的诞生。小说通过主人公从恋爱中的思想交流到结婚以后孩子出生，这一系列对于殡殓工的描写，注入了深刻的哲理内容，不仅在描写的具体层次上强调了善待死者是为了活人，而且在描写的象征层次上，突出了打发走死亡是为了迎来新生命。这种"送死"与"迎生"衔接、转化的构想和描写，寄寓了一种辩证的生命哲学、科学的价值观念、乐天的人生态度。

《生死之间》的构思和描写，充分反映了它对于生与死这一重要命题鲜明的理性态度，着重从社会、哲理的视角，来探讨和阐述对于生命与死亡的理解。而《像我这样的一个女子》则显然有着与《生死之间》不同的特点。《像我这样的一个女子》的构思和描写，分明体现了它对于生与死这一重要命题明显的感性态度，着重从感情、心理的层面来探索和揭示关于生命与死亡的见解。小说对与死亡打交道的殡殓工作的描写，尽管也从社会需要的角度注意到这一特殊职业的意义，但最有特色、最为细致的部分，是对小说主人公具体的现实处境和独特的感情经历的深刻描写。小说以鲜明的态度，具体地描写了，由于人们对死亡的恐惧，由于人们对从事与死亡打交道的工作这一特殊职业抱有世俗的偏见，女主人公承受了沉重的感情上的冲击和压力。她已经失去了朋友，甚至还可能失去爱情。但是，无论是工作上孤独而寂寞的现实处境，还是在爱情上不断出现的不祥之兆，以及由此而逐渐形成的充满隐忧、痛苦、矛盾的心理困境，都没有动摇她从事殡殓工作这一特殊职业的意愿，也没有改变她对有益于公众和社会的殡殓工作的热爱。这充分表现了她对生命与死亡现象的科学认识，对从事殡殓这一特殊工作的价值和意义的深刻理解，同时还鲜明显示了她有益于公众、社会的工作，抱有一种可贵可敬的执着态度和献身精神。

对于《像我这样的一个女子》的主人公的行为和表现，有的学者提出了不同的见解，认为主人公是"毫无疑问充满了死亡的本能"，"她着实迷恋上了死亡"、"故事中女主角对死亡的向往可以说比比皆是"[5]。还有学者甚至认为，主人公有"强烈透露的恋尸症（necrophilic）倾向"[6]。这种说法并不符合小说及其主人公的实际状况。从以上概述和分析的小说主人公对生命与死亡、对殡殓工作这一特殊职业的鲜明态度、透彻理解和科学认识，就足以说明这一论断并无充分的根据。如果再举出小说中具体描写主人公的实例，就更不难判明这一论断的是非。小说中有这样一段穿插描写：有两个年轻人因爱情受到阻碍而双双殉情自杀，小说的主人公对这种没有勇气反击命运的懦弱行为深为反感，不屑一顾，并坚决拒绝为这一对年轻死者化妆。主人公对这种死亡行为和这两个死者的鲜明态度，难道不正好说明了主人公对死亡和死者有一种理智的认识和透彻的理解吗？显然，这里并没有表现出什么"对死亡的向往"、"迷恋上了死亡"以及"强烈透露的恋尸症倾向"。

语言、文体及其他

这两篇小说在叙事艺术上都采取了第一人称的手法。《像我这样的一个女子》的主人公是一个女性叙述者，她以沉郁的感情娓娓道来，深切地抒发了自己的遭遇和感受；《生死之间》的主人公是一个男性叙述者，他以明快的调子侃侃而谈，深刻地叙说了自己的经历和认识。

这两篇小说都选择了第一人称的叙事角度，叙述者都是小说的主人公，但是，由于叙述主体与叙述环境、叙述者与接受者，以及这两者关系的差异，形成了两种貌似实非、各有特点的文体。《生死之间》的全部内容，是小说主人公接受采访时，关于他从事殡殓工作的认识和体会，特别是其爱情和婚姻经历的谈话实录。由于作为提问者或对话者的采访人，其提问、插话和反应被全部略去，只留下了作为小说叙述者的主人公接受采访时的全部谈话，因此，这显然是一篇独白体小说。《像我这样的一个女子》的全部内容，则是主人公对从事殡殓工作的经历，特别是她自己和姑母的恋爱故事以及心路历程的回忆和思考。它与《生死之间》显然不同，它不是主人公讲述出来的经历和故事的口述实录，而是对其经历和故事中所思所想的心态实录，因此，这是一篇内心独白体小说。这两篇小说，一篇是主人公谈话实录的独白体小说，一篇是主人公内心活动实录的内心独白体小说，它们各自有着鲜明的文体特点。这两篇小说的叙述者都是其主人公，都有具体的叙述环境，只是《像我这样的一个女子》更清楚一些，是主人公在咖啡馆的一角等待男朋友时的一段内心活动。这两篇小说的叙述者与接受者或对话者的关系也不尽相同。在小说的外部关系中，读者是小说及其叙述者的接受者或对话者，这在两篇小说中是相同的；在小说的内部构成中，《生死之间》作为独白体小说，实际上是有一个与叙述者或谈话者相对应的提问者或对话者存在的，只是在小说中被隐去了而成了一个潜在的提问者或对话者。而《像我这样的一个女子》作为内心独白体小说，与叙述者相对应的、无论是实际的还是潜在的提问者或对话者都不存在。但是，在小说的内在机制中，主人公的内心独白本身，就是发话者和受话者的集合体，因此，内心独白的叙述形式，实际上也是一种对话，一种特殊形式的对话。

这两篇小说的语言艺术，也各有自己的特色。《生死之间》以纯正、生动、富于表现力的北京口语，展现了主要人物宽广的胸怀、开朗的个性；《像我这样一个女子》以委婉、细腻、充满感染力的语言，展示了主要人物复杂而矛盾的内心世界。前者的语言明快、机智，富于幽默感和思辨性，具有一定的理性色彩；后者的语言含蓄、平易、沉郁，富有个性风采和感情魅力。但是，这两篇小说的语言都还存在着值得改进之处。《生死之间》的语言有口语化的长处，可似乎说理性语气稍多，而形象性语言略少；《像我这样的一个女子》的语言有个性化的特色，然而部分语言的艺术加工显得不足，语言的精纯还应提高。

有一位香港著名评论家，在谈到《像我这样一个女子》与《生死之间》这两篇小说的时候，有这样一段论述：

> 最近香港人对中国大陆文学的观念有些改变，过去较偏重其政治性、轰动性，近来已偏重其艺术性。这说明大陆作品本身已有令香港人从艺术性、美感方面去得到一些东西的素质。我想，以后大陆作品不但在内容上，而且在艺术技巧上，也应该会对香港作家有更多的启发和影响。这是一方面。另一方面，近些年，香港作品也会对大陆作品有些影响，因香港作品对外面的东西吸收很多。我举个例，不知对不对，就是西西的《像我这样一个女子》是否影响到苏叔阳的《生死之间》呢？两个都写殡仪馆的美容师。西西写在先，要说受影响，肯定是苏叔阳受西西的影响。但这不是说苏的作品没有艺术性，两者还是有不同的地方，各有优缺点。像这样的互相学习，是有必要的[7]。

对两个作品进行比较研究的时候，如果确认这两个作品存在着影响与被影响的关系，毫无疑问，当然是写在先的作品影响写在后的作品，而绝不会是写在后的作品影响写在先的作品。在这一点上，显然这位评论家的论断绝对正确。但是，这只是影响研究的一个最一般的、常识性的前提；至于这两个作品究竟有没有影响与被影响的关系，就必须进行有根有据的、实事求是的比较分析，才能得出正确的结论。

西西的《像我这样的一个女子》发表于1982年2月出版的《素叶文学》第6期；第一次收入集子，是1982年6月素叶出版社出版的西西的短篇小说集《春望》。苏叔阳的《生死之间》，写于1982年9月30日，发表于《芳草》月刊1984年第8期。由此可以知道，西西的小说写在先，苏叔阳的小说写在后；但是，要判断写在先的作品确实影响了写在后的作品，却并不像确定作品写作时间的先后那样简单。至少，必须弄清楚，写在后的作品的作家是否读过写在先的那个作品；而更为重要的是，必须通过对这两篇作品进行切实的比较分析，找到确实受到影响的具体事实和实际体现，然后再作出论断。这才是态度慎重的研究，也才会得出符合实际的科学结论。

遗憾的是，这位评论家仅仅根据这两篇小说"都写殡仪馆的美容师，西西写在先"，就作出了"要说受影响，肯定是苏叔阳受西西的影响"的结论。平心而论，这样来判断一个相当复杂的论题，又这样来作出论题的结论，在研究态度上是不是太轻率了一点，在研究方法上是不是也欠周密、妥当？如果只根据西西写在先、苏叔阳写在后，就作出判断——"肯定是苏叔阳受西西的影响"的结论，显然，这个结论是经不起推敲的。比如说，有人会提出这样一个问题：苏叔阳写《生死之间》以前，究竟是否读过西西的《像我这样的一个女子》？苏叔阳曾在给笔者的一封信中说，当时他并没有拜读过《像我这样的一个女子》[8]。他在《我写〈生死之间〉》[9]一文中谈到，他之所以想到要写殡仪馆的殡殓工，是因为他曾经有过一段差一点就成为殡殓工的经历，又因为著名歌曲《我爱北京天安门》的作曲者金月苓的弟弟在上海火化场工作这么一则不大为人所重视的消息，使他颇有感触，直接引发了他的创作冲动，从而很快构思和写作了《生死之间》这篇小说。

对同题材的当代作品作比较研究、特别是影响研究的时候，一定要作有根有据的具体分析，切忌简单地以作品写作先后为准则，因为这是一种很不可靠的方法。同时代、同题材的作品，后出作品的作家，完全可能没有读过早出的同题材的作品。因为同时代的作品尽管没有时代隔阻，但它并不会像某些过去早有定评的著名作品那样，一般作家、乃至读者肯定都读过。因此，对于同时代、同题材的作品，单纯以先写出的作品肯定会影响到后写出的作品，来作逻辑推论而得出的结论，往往并不一定符合作品的实际状况，还是要对作品进行具体的比较分析，方能得出实事求是的科学结论。当然，也可能出现这样的情形，两篇同样题材的作品，后出作品的作家，并没有读过先出的作品，但在两篇作品中确实出现了某些相同或相似的构思和描写。这种情形显然不属于谁影响了谁这个范围的问题，而是一种"英雄所见略同"的创作现象。

通过这样一个实例的讨论，可以在比较研究的方法论上给我们一些有益的启迪。我们在进行作家作品的比较研究，特别是对同时代的一般作家作品进行影响比较研究的时候，一定要有严谨的研究态度和求实的研究方法，对作家作品进行认真、切实、具体的比较分析，一定要谨慎、郑重，大戒轻率、简单，这样才可能作出符合作家作品实际的科学结论。

注释：

① 西西：《像我这样的一个女子》，初刊于 1982 年 2 月出版的《素叶文学》第 6 期；初收集于 1982 年 6 月素叶出版社出版的西西的短篇小说集《春望》。文中引述这篇小说的文字均系引自《春望》这个版本，以下不再一一说明。

② 苏叔阳：《生死之间》，初刊于 1984 年第 8 期武汉《芳草》月刊。文中引述这篇小说的文字，均系引自这个版本，以下不再一一说明。

③ 小说写道："奇怪的是，我终于渐渐地变得愈来愈像我的姑母，甚至是她的沉默寡言，她的苍白的手脸，她步行时慢吞吞的姿态，我都愈来愈像她。有时候我不禁感到怀疑，我究竟是不是我自己，我或者竟是另外的一个怡芬姑母，我们两个人其实就是一个人，我就是怡芬姑母的一个延续。"

④ 小说写道："到了明天，夏就会到这个地方来了，我想，我是知道这个事情的结局是怎样的，因为我的命运已经和怡芬姑母的命运重叠为一了。"

⑤ 周英雄：《爱情与死亡——谈〈像我这样的一个女子〉的女性意识》，1988 年 1 月《香港文学》月刊第 37 期。

⑥ 王德威：《女作家的现代鬼话——从张爱玲到苏伟贞》，1988 年 7 月 13 日、14 日、15 日台湾《联合报》。

⑦ 璧华在一次欢迎来港作家茶话会上的发言，据 1988 年 2 月《香港文学》月刊第 38 期。

⑧ 1988 年 3 月 30 日，苏叔阳致笔者的信。

⑨ 苏叔阳：《我写〈生死之间〉》，北京《小说选刊》1985 年第 7 期。

（原载《香港文学》1992 年第 10 期）

也斯的小说《剪纸》解读

也斯的中篇小说《剪纸》由两个交错叙事、平行发展的爱情故事组合而成。这两个爱情故事的主要人物是乔与瑶,而她们的朋友"我",充当了故事的叙述人。乔与黄的故事,提出了隔膜与沟通的命题;瑶与华、唐的故事,提出了传统与现实的命题。而这两个故事的比照和互补的整体效应,则巧妙地启发人们去思考如何认识和对待社会文化中的传统与现代,以及它们与现实的关系问题。

一

乔是一个具有现代风的女性,她热情、开朗、大方,喜欢某些西方艺术。她在一个大机构中担任美术编辑,负责为杂志绘制插画和封面设计。乔的同事黄暗恋着她,经常从书籍或报刊上剪下中文诗词,装入信封,放在乔的办公桌上。对于这些并未署名的信中精心挑选的诗词和奇特的表达爱慕之情的方式,乔感到迷惑不解,于是求助于她的同事"我"。但是,即使经过"我"的解释以后,对于黄借助剪寄中文诗词来隐晦地表达爱情的意图,乔仍然不能理解,认为太遥远、不适合。尽管一直没有得到乔的回应,而黄还是确信乔是有可能爱他的。因此,他在离开原来的机构以后,仍然对乔一往情深,花几个星期写了整整一本书似的长信,来表达爱意。后来,黄在内心极度苦闷和精神恍惚之中,刺伤了他想象中的"情敌",而自己也晕倒了。

黄的爱情追求的失败及其悲剧,原因是多方面的。首先,黄在对乔的感情沟通和爱情追求上,做出了完全脱离实际的主观估计。事实上,黄与乔并没有深厚的感情基础和向着爱情关系发展的应有条件。他们各自的文化背景、文艺素养、性格气质、兴趣爱好等,都存在着明显的差异。可是,黄对这些实际存在的客观事实和条件，不仅视而不见、不愿承认，而且还做出了完全与实际状况不符的主观判断。当"我"对黄提到乔究竟对他有没有感情和爱情的问题时，黄根本不愿意接受乔对他没有感情和爱情的说法，"他举出过去她说过的赞美的话、凝望的眼神、手的无意的接触"，他似乎要用这一切"证据"来证明实际上并不存在的乔对他的感情和爱情，"他恐惧她对他完全没有感觉，甚至会鄙视他的迷恋，使他这一切努力变成虚空"。正是这种无视实际状况而一厢情愿地单恋、苦恋、痴恋，使他在心造的幻象和虚假的恋情里越陷越深，不能自拔。

其次，黄夸大了借助文学作品沟通感情、传达爱意的作用。黄与乔本来就没有什么感情基础和建立爱情关系的现实条件，而黄在试图沟通感情和促进爱情的过程中，又过于相信文学作品对于传达爱的信息的重要作用。他从书籍中剪下的一些中文诗词，有《诗经》和宋词，有20世纪30年代的新诗，如《诗经》中的《蒹葭》、宋词中苏轼的《水龙吟》（次韵章质夫杨花词）、何其芳的《预言》等。他借助这些诗词来传达对乔的爱慕之情，希望起到沟通感情、促进爱情的作用。然而，事实表明，他采取的这种传递爱的讯息的办法并没有达到预期的目的。因为，对熟悉中国传统文学的黄来说，这些诗词具有丰富的内涵，他确信可以传达他对乔的爱意；然而，对比较熟悉西方艺术的乔来说，这些诗词不仅并不具有黄所感受、认识到的那些意义和作用，而且她明确表示没感受、不理解，完全不适合于她，甚至感到有些荒谬和滑稽。"她可以感觉莲娜朗斯德或珍妮斯伊安的诗词，中国古诗反而太遥远了。……她没有什么感受。"即使经过同事"我"的解释，她仍然"觉得那些诗词显然并不适合她"。因此，黄剪寄的那些诗词，在乔那里并没有产生黄确信可以起到的沟通感情、传达爱意的作用。黄选择的借助别人的诗词片段来传递爱的信息这种做法，就其方式说，是间接传递，需要透过对诗词的文字及其内涵的理解这一中介，才可能达到情感沟通和传达爱意的目的。显然，这种间接传递爱的信息的方式本身，就带来了信息传递隐晦、朦胧的局限，使文字的隔膜和理解的困难更加突出。正如小说所描述的，"在这个化装舞会里，他涂上古老的脂粉。他借别人的模子，表达他的感情。他退在别人的面具背后，或许这是一个不大适合的面具，像京剧的脸谱，不同的脸谱，勾眉和眼窝，对乔来说，毫无意义"。黄用别人的诗词片段来传递爱的信息，就其内容说，不同的接受者必然存在着认识的差异、甚至完全不能理解。因而那些诗词片段作为爱的信息的传递工具，也就不一定能够实现沟通感情和传达爱意的预期目的。这不仅是由于文字隔膜会带来解读的困惑，而且还因为不同的文化背景以及修养、气质、兴趣等各方面的心理积淀所形成的潜在的文化鸿沟，会造成沟通、交流和对话的困难，甚至无法沟通。因此，黄与乔"他们两个即使同在香港长大，但背景不同，经验不同，表达感情的方法不同，自然有了鸿沟。一方面觉得付出了全副生命，另一方面却觉得无端受骚扰"。尽管黄多次借助那些诗词作为传递爱的信息的工具，却无法实现与乔沟通、交流和对话的意图。

关于黄对乔一厢情愿的爱情追求的失败及其原因，小说充分而细致的描写表明，主要是黄作出了脱离实际的主观估计，同时过于相信文字（借助别人的作品和自己的书信）在沟通感情和传达爱意中的作用。小说描写的这个奇特的爱情故事的深刻寓意，不仅表现在通过这个故事探讨了现代社会人际关系的隔膜与沟通的命题，而且还揭示了在20世纪60至70年代的香港，中国传统文化与西方现代文化交流和对话的困难。如果说，前者是小说的表层内容，而后者则是小说的深层象征。尽管小说对后者的直接描写很少，但实际上前者与后者是一个整体，对前者的描写，其象征和寓意是指向后者的。在黄与乔的故事中，黄崇奉中国传统文化，熟悉《诗经》、宋词等中国传统文化，并确信它们具有沟通感情、传达爱意的功能；乔喜欢西方现代文化，尤其是西方现代艺术，她唱尼尔扬、莲娜朗斯德、珍妮斯伊安等人的歌曲，欣赏马克英格然斯、保罗戴维斯、罗拔歌斯文等人的绘画，她画的模特儿有外国女郎的模样，画的孩子也有外国儿童的眉眼。因此，当黄试图用中国传统诗词向乔传递爱的讯息时，一直得不到乔的回应。他们之间始终存在着隔膜和鸿沟，无法沟通和交流。所有这些描写，都是中国传统文化与西方现代文化之间的交流和对话存在着困难的象征。正是由于在黄与乔的故事中寄托了这些寓意和象征的内涵，使小说对20世纪60至70年代香港社会文化领域某些状况的反映,达到了相当深刻的程度。

二

小说描写的瑶的故事,提出了传统与现实的命题。瑶是一个传统型的女性,她酷爱剪纸和粤剧等传统艺术。她热衷于剪纸,达到了着迷、狂热的程度。但是,她刻出来的剪纸,往往是她从未见过的形象。她全凭想象去塑造,比如她刻的熊猫和小鹿,就是"她从未见过而在幻想中创造出来的",因而"造型粗拙而失真"。尤其是,当她因沉迷于剪纸而崇拜一位姓"唐"的剪纸师傅,甚至发展到暗恋唐师傅的时候,她的剪纸也随之出现了明显的变化,"开始固定成一个简易的人形,面貌轮廓都看不清楚,仿佛只是一个符号"。她整天专注于刻剪纸,她抓到任何纸,如报纸、杂志、练习簿,都把它们刻成她心中"固定的一个人形",一个"固执划一的呆板图案"。她反复刻的这个"固定的人形",就是她心目中唐师傅的形象。然而,实际上,她根本就没有见过唐师傅,唐师傅也从未到过香港,且早在"文化大革命"时就去世了。而她只是听一位粤剧艺人华师傅讲过唐师傅的剪纸艺术如何高超,之后就崇拜和暗恋着唐师傅,并在剪纸上反复刻她幻想中的唐师傅的形象。她沉迷于刻剪纸以后,性格越来越孤僻,行为越来越怪异。当她的朋友把她爱唐师傅的真相拆穿,指出这一切只是她心造的幻象时,她竟持刀向朋友刺去。之前,她还在家中无中生有、无理吵闹,甚至用刀刺伤亲人,她的言行表明她已经出现了精神失常的症状。

小说比较真实地展现了瑶鲜明的性格特征,并通过以瑶的性格特征为核心的多方面的描写,揭示了瑶这一主要人物形象包孕的深层象征内涵,从而突出体现了小说的主旨。

疏离现实,是瑶鲜明的行为特征。瑶生活在现代化的香港社会中,却与她周围的人和事,与她生存的现实世界格格不入,处于极不和谐的疏离状态。她在一所学校教书,觉得同事庸俗,对学生也很失望,因此,仅仅两个月后就愤而辞职了。她辞职以后,离群索居,沉默寡言,整天只是专心剪纸。她沉溺在自我的狭小圈子中,追求着一种孤芳自赏的境界。她会因为一篇谈性的文章而撕碎整本杂志,她会因为数日功夫刻成的一幅精巧剪纸上有一点污痕而毁弃重刻,她会因为朋友谈到她欣赏的粤剧中一个角色的瑕疵而不客气地予以斥责,不容有讨论的余地。她这些极端的行为,说明她与现实生活的疏离、与现代社会的隔膜,已经达到了相当严重的程度。她对于现实生活的复杂面貌、现代社会的人际关系,已经难以认识,不能适应。她无法理解和认同人们的言行,包括家人和朋友对她无微不至的善意关怀,甚至在思想迷乱、精神失常的状态中挥刀刺向家人和朋友。她酷爱剪纸,也喜欢粤剧,她欣赏的是粤剧中"那些在现在世界逐渐稀少的东西",她试图在现实世界扮演剧中的那些角色。正如小说的叙事者、瑶的朋友"我"所担心的,也正像瑶的言行所表明的,"要在这喧杂纷变的世界里演这么一个角色,是很困难的"。事实上,正是由于存在着这种无法克服的困难,她在现实世界中迷失了自我,找不到位置,一直处于尴尬的生存状态,扮演着怪异、可笑的角色。

怀恋过去,是瑶鲜明的思想特征。瑶与现代社会的隔膜、与现实生活的疏离,使她在内心深处产生了一种恋旧情绪、怀旧倾向。她与现在的人和事格格不入,对过去的人和事恋恋不舍。她喜欢"说一些没有人再说的东西",总是说"那些美丽而遥远的东西,民歌里的中国,在遥远的草原和打猎的山头,在银河和金色的沙滩上,唱着迷茫,遥远而不真实的东西"。有一次,当粤剧艺人华师傅说起过去的香港、大陆的旧事、抗战时的生活,唱着那时的戏曲和歌谣,瑶的眼中露出羡慕的光彩;当华师傅再谈到五六年前一群朋友"争辩民族和人生问题的激情",瑶低下头去,"好像觉得那是一个在目前的现实生中无法达到的标准"。当时,瑶的大姐也在听华师傅谈话,然而,她的反应却与瑶形成了鲜明的对比。她说:"为什么尽在往回看,回忆生活中一些激情的片段?"疏离现实、怀恋过去,使瑶既不能正确对待现实世界中复杂的社会现象和人际关系,也不能正确认识剪纸和粤剧等传统艺术,从而使她无论在现实生活里还是在对传统艺术的欣赏和实践中,都难免失之偏颇,找不到应有的立足点和观照的视角。

耽于幻想,是瑶鲜明的心理特征。瑶的生存状态和人生态度,不仅表现在她游离于现实、沉溺于过去，还表现在她耽于幻想。她爱好的刻剪纸和唱粤剧等活动，明显表现了她经常幻想的倾向。她常常刻一些她从未见过的小动物，全凭幻想来塑造它们的形象，因而往往出现不实、失真的情形。瑶耽于幻想更为突出的表现和后果，是从一般的幻想发展到胡思乱想和精神失常。这集中体现在，她在幻想中不断更改自己的身份、变换扮演的角色。她时而是身着时装的妙龄少女，时而是穿宽身衣服的孕妇，时而说自己就要结婚，正在缝制古装礼服，时而又说自己是申请了五六年、终于获准、即将乘火车赴香港的大陆女性。至于她的性格和行为，更是怪异、荒唐，变化无常。她时而沉默寡言，时而偏执暴烈，时而文静温柔，时而无理取闹，甚至还出现了不顾一切地挥刀向亲人、朋友刺去的狂怒行为。她说出了一连串无中生有、颠倒黑白的偏激言词，发展到精神恍惚、神思错乱的地步。

在瑶的故事中，瑶与周围人物的关系、瑶的言行和性格等表层描写，包孕着丰富的深层寓意和特定的象征内涵。在小说的描写中，剪纸和粤剧等传统艺术是中国传统文化的象征；瑶酷爱剪纸和粤剧，以及对擅长剪纸和粤剧的唐师傅和华师傅的爱慕，是她眷恋中国传统文化的象征。然而，瑶镂刻的剪纸图案，常常是她"从未见过而在幻想中创造出来"的形象；她欣赏的粤剧，往往是剧中"那些在现在世界逐渐稀少的东西"；她爱慕的唐师傅，早在"文化大革命"时就已经去世，生前也从未到过香港，与她根本不相识。这些描写表明，瑶眷恋的、向往的中国传统文化，实际上是虚幻的、不真实的，是游离于现实生活、存在于她内心世界中的一种幻象。瑶对她认同的传统文化的执着追求，对她周围的现实生活的疏离、排斥，在小说的具体描写中形成了鲜明的对比。小说着重表现了瑶思想和行为上的这样一个特色，就是由于她把传统文化看作与现实生活毫无关系的一种虚幻的存在，使她越是陶醉于其心目中的传统文化的虚幻世界，就越无法看清现实世界，甚至与现实世界格格不入，根本无法找到自己在现实世界的身份和位置。这不仅是造成她那些怪异行为、反常表现的根本原因，而且还使人们认识到，把传统文化视为与现实世界毫无关系的观点，必然会影响传统文化在现实世界中发挥应有的作用，同时也一定会造成传统文化与现代文化交流和对话的困难。

三

《剪纸》的双线交错结构很有特色，颇具创意。小说描写乔的故事和瑶的故事，采取了交错叙事、平行发展的结构手法，形成了别致的组合式的艺术格局。小说描写的两个故事一共有12节：单节一、三、五、七、九、十一，写乔的故事；双节二、四、六、八、十、十二，写瑶的故事。如果不采取这种交错描写、平行推进的结构方式，而采取把乔的故事作为"上篇"，把瑶的故事作为"下篇"，上、下两篇组合成一个整体，这种结构方式不是不可以，但显然不如双线交错结构新颖而富于张力。《剪纸》采取的双线交错结构，在小说的结构外观上给读者以整体感，而不会像上、下篇组合结构那样，总难免给读者一种两者缺乏关联而独立成篇的分离感。而更为重要的是，这种双线交错结构加强和突出了两个故事的对比性和互补性，并在对比和互补中推动读者想象、联想等思维活动的深化，从而在审美感受的深化运动中，逐步领悟小说中两个故事的内在联系及其所包孕的深刻寓意和象征内涵。在小说中，乔崇奉的是西方现代文化，因而不能与崇奉中国传统文化的黄沟通，无法理解黄对她的爱慕；瑶崇奉的是中国传统文化，却又把中国传统文化看作游离于现实世界的一种虚幻的存在。而这两个似乎在表层内容上并无关系的故事，却正是通过对比和互补中的综合思考和整体效应，巧妙地提出和探讨了如何认识传统文化与现代文化及其关系，以及它们与现实世界的关系这一重要命题。

《剪纸》的双线交错结构，之所以能够取得有助于突出表现小说的深层内涵和思想意蕴的良好艺术效果，从结构手法来说，关键在于找到了联结这两个故事的纽带。这个纽带的重要作用，是使这两个故事具有巧妙的内在联系，并有助于从整体上突出小说的主旨。刘以鬯的小说《对倒》也采取了双线交错结构。小说用以联结并不相识的两个主要人物的纽带，是这两个人物表面上迥异、实质上相同的心态。他们相互之间的这一内在联系，成为了小说思想开掘和艺术探索的重点。《剪纸》的双线交错结构中，用以联结表面上并无关联的两个故事的纽带，却是一个实实在在的人物"我"。"我"是小说的叙事人，两个故事中的主要人物的朋友。两个故事中的"我"是不是同一个人，小说中并未指明。不过，这并不重要。因为无论是否为同一个人，都不影响"我"在两个故事及整个小说中的作用。但是，"我"作为小说的叙述人，在两个故事的进行中所呈现出的叙事形态及其特点，却是有区别和差异的。在乔的故事中，"我"作为第一人称的叙述人，其叙事形态和特色采取了现在进行式的叙事方法。"我"从第一人称的叙述视角所叙述的乔与黄的爱情故事及其相关描写，都是在"现在时态"中进行的，即通过"我"的视角如实地描述了整个故事的全过程。在瑶的故事中，虽然"我"同样是作为第一人称的叙述人，但叙事形态和特点采取的却是过去陈述式的叙事方法。"我"从第一人称的叙述视角所叙述的瑶的爱情故事及其相关描写，不是在"现在时态"中进行的，而是对"过去时态"的故事的陈述和描写。由于在叙事过程中，所叙述的不是正在进行的事情，而是已经过去的故事，因此，"我"在叙事中带有明显的回顾和反思的特点。这实际上是一种内心独白的叙事形态。小说的两个故事都采取了第一人称的叙事方式，但仍然在具体的叙事形态上显示了不同的特点，在小说的叙事艺术多样化方面作出了可贵的探索。

虽然《剪纸》中两个故事的具体叙事形态不尽相同，然而，它们在小说的整个艺术构成、特别是主题开拓方面，却同样发挥了重要作用。"我"作为小说的叙述人，除了发挥第一人称叙事方式通常都有的长处和优势而外，在《剪纸》中尤其突出的是，对小说的深层寓意、象征内涵的开掘和表达起到了一种巧妙而又自然的画龙点睛的作用。"我"在小说的两个故事中，作为叙述人和主人公的朋友，对一些事件和活动，既是参加者，有时又是评论者。"我"对小说中某些重要事件和人物行为，时有一些简洁的议论和精当的评点，对深化主题和塑造人物有着画龙点睛的作用。比如，针对黄过于确信传统文学作品沟通感情和传达爱意的作用，针对瑶把传统文化视为与现实世界毫无关系的幻象，"我"巧妙地插入言简意赅的议论和评点。如果说，这些例子是"我"在小说中发挥的比较明显的有迹可寻的作用，那么，"我"在小说中还有一种不太明显的潜在的作用，这是小说更为重要的构想以及颇具匠心的安排。小说的构思和描写表明，乔是一个具有现代风的女性，喜欢西方艺术，然而，她对西方现代文化的了解是很表面和肤浅的，并没有把握西方现代文化的根本精神，西方现代文化在她心目中只是一个模糊的幻象；瑶是一个传统型的女性，热爱传统艺术，但是，她对中国传统文化并没有真正的了解，中国传统文化在她心目中并不是真实的存在，而是虚无的幻象。因此，她们都置身于自己心造的幻象之中，既难以与周围的人群沟通，也无法看清现实并找到自己在现实中的身份和位置。小说描写的乔与瑶这两个表面上并无关系的女主人公及其故事，正是在如何对待中国传统文化和西方现代文化，以及如何认识它们与现实世界的关系这一重要命题上，存在着内在关系上的联结点，从而提出了现代社会中一个至关重要的问题，即观照和沟通的问题。然而，值得注意的是，这一重要问题的提出和探讨，并不全是在乔和瑶的故事中直接展现和完成的，而在相当大的程度上，是通过"我"在这两个故事中所发挥的多方面的作用，来调动、促进读者在欣赏、解读的思维活动的深化进程中最后完成的。在这整个过程中，"我"从各个方面，以引导、暗示、评点、议论、比照等或隐或显的各种方式，引导和启迪人们在思考中认识到，无论是乔还是瑶，都应该走出心造的幻象，走向现实的世界，找到自己在现实中的身份和位置，学会以实事求是的观照和沟通去对待现实社会及其所面临的传统与现代的问题。只有这样，才能如实地看到，传统文化与现代文化的并存和互补正是香港社会文化的基本特征；并在这样的认识基础上，寻求符合社会发展的现实需要的视角和思路，从而在深刻的观察和切实的比照中逐步克服传统文化和现代文化沟通、交流的困难，大力推进香港社会的发展和文化的繁荣。这就是《剪纸》通过别出心裁的构思和多姿多彩的描写，所着力探索和表达的主旨。

（选自《香港文学简论》）

梁凤仪财经小说的整体观照

一、商界女强人

梁凤仪是香港商界女强人，文坛名作家。

梁凤仪，1949年出生于香港，曾在中国香港及英国、美国接受高等教育。

1966年，考入香港中文大学。1970年和1972年，获香港中文大学学士和硕士学位。1985年，获香港中文大学哲学博士学位。

1972年，赴英国伦敦修读图书馆学。

1974年，就业于美国威斯康辛大学图书馆，同时修读戏剧。

1976年，回到香港，任佳艺电视节目监制和编剧。

1977年，创办香港首间提供菲籍女佣服务之碧利公司及Rene投资公司。这是梁凤仪投身商界、开拓事业的重要开端。

梁凤仪回香港任职不久，就留意到众多的职业女性面对繁重而紧张的工作，常为家庭缺少女佣而困扰。于是，她敏感地发现引进外籍女佣、创办外籍女佣介绍所，实在大有可为。她当机立断，决定在香港创办菲律宾籍女佣介绍所。她立即飞赴菲律宾的马尼拉，经过积极的筹划，终于打开了一个全新的菲籍女佣市场，创办了香港首间菲籍女佣介绍所。

梁凤仪成功地创办了香港首间菲籍女佣介绍所，成为香港引进外籍女佣做家务劳工的第一人。这为解决香港职业女性的家务困难提供了方便，做出了贡献。

对梁凤仪在事业上的拓展来说，引进菲籍女佣、开创菲籍女佣介绍所，有着特别重要的意义。这是她进入商界以后，首次取得成功，并成了她"生命上的转捩点",使她的"思想与身份同时带入一个崭新的领域,成为一个晓得珍惜自己经济与生活独立的时代女性"[①]。

从此以后,梁凤仪在事业上多方开拓,发展迅速,成绩卓著。

1980年至1982年,她应香港金融巨子冯景禧之邀,任新鸿基证券及银行集团的行政、公关及广告部经理、高级经理。

1983年,她创办了第一家香港及加拿大双边市场推广及公关公司;还出任奥美公关公司高级顾问,成为首位代表商营机构向香港政府部门提供市场推广服务的专业人士。

1984年,她在温哥华创办了首间由华人主持的加拿大及香港双边宣传及业务推广的公共关系机构。

1985年,她受香港联合交易所之聘,创设并主持国际业务及机构行政事务部。两年后,擢升为行政科总监。

1989年,她应邀成为黄克立与香港立法局议员、港事顾问黄宜弘父子经营的永固纸业有限公司董事。

1990年12月,她又创办了勤+缘出版社,任社长和总经理;同时经营近一百家百货店和超级市场中的中文书部。

梁凤仪投身商界的时间不算太长,然而,由于她有着全新的商业观念、大胆的开拓精神,在她十多年的从商经历中不仅开创了多个"第一"、"首次",事业得到长足发展、获得显著实绩,而且展露了出众的才干、胆识和魄力,成了香港商界知名的女强人。

梁凤仪在香港经济领域错综复杂的矛盾和竞争中,成长为一位意气风发的女强人,除了个人良好的素质等主观条件外,也有社会背景等客观因素的促进。20世纪70年代末期至80年代,香港社会经济的基本趋势是,虽然有起伏、有曲折,但总体呈现出兴旺发达的繁荣局面。这种呈上升发展趋势的社会经济状况,为大批职业女性投身工商财经界提供了机会,创造了条件,使她们有可能在激烈的经济竞争中得到锻炼,而她们之中的优秀人物也会在商业实战中应运而生,脱颖而出。因此,正是严峻的挑战和良好的机遇并存的社会环境,为她们提供了精良的现代化舞台,而她们自身的良好素质、勇气胆识、开拓精神,则使她们有可能在这个舞台上上演一出出有声有色的活剧。

二、文坛名作家

梁凤仪从商以来在商场多年的亲身体验及其丰富的人生历练,为她进入创作领域,从事写作活动,以及日后在创作上取得重要成就,成为香港文坛的著名作家,创造了必要的条件,奠定了坚实的基础。

梁凤仪的创作活动正式起步于1986年。那时,她以工余时间在香港各大报章撰写专栏。以香港文坛独具特色的报章专栏文章作为她最初写作的体裁,这是极为恰当而明智的文体选择、切实而正确的创作取向。香港的报章专栏文章,是一种内容广泛、形式短小、活泼生动且有着广泛读者群的文体。由于梁凤仪的勤奋和天分、丰富的生活阅历和从商经验,当她涉足报章专栏文章的写作,即以其商场体验和人生历练的务实内容、亲切诚挚和简洁流畅的表述形式,赢得了广大读者的喜爱和欢迎。她撰写报章专栏散文的宗旨十分明确,即完全为读者而写,一定要有益于读者。她说,她写专栏散文,"是因为很希望能把十多年的商场经历,具体而较有条理地写出来,让年轻的朋友们作为参考之用"[2]。她乐意把生活与工作中的经历和体会写出来,"使读者从其中的成败事例,领悟出有用的办事法则与做人道理来"[3]。与这一写作目的相适应,其专栏散文的表述方式,无论是叙事还是说理,都亲切、朴素、自然,如话家常,娓娓动听。她写专栏散文,一直坚持务实原则,"不大喜欢凭空讲理论……喜欢凡事讲实际……由现成的实例去讲解自己的感受意见,读者有自由和机会作不同角度的想法……达到互相沟通交流的目的,这就是我写作所企盼的效果"[4]。正因为她对读者有一份可贵的诚意,心中有读者,写作时想到读者,所以,她的专栏散文总是拥有相当广泛的读者,得到了读者热情的回应。这些专栏散文的单行本同样很受欢迎,十分畅销。从1987年12月至1992年12月,短短5年间,她已经出版了26本散文集。这些散文作品取得的成就、产生的影响,是她对香港文学做出的贡献的一个重要方面。

梁凤仪的专栏散文创作取得成功后不久,她又开始在报章上撰写财经小说,并于1989年4月出版了她的第一本财经小说《尽在不言中》。从此以后,撰写财经小说和专栏散文,成了其创作活动的两个重要组成部分。

梁凤仪的财经小说,以香港的工商活动、财经故事为主要内容。这显然是因为她有多年的从商经历,熟悉工商财经领域情况的缘故;同时,还与她撰写博士学位论文时所得到的启发有关。在撰写博士学位论文《晚清小说的思想传播功能》的过程中,她认识到,绝大多数晚清小说,尽管其文学价值和文学史上的地位不高,然而,如果从历史角度来看,由于它善于运用读者比较容易接受的形式来揭露当时社会的黑暗与腐败,因而有助于发挥给予读者思想启发的功能。晚清小说对她最重要的启发和影响是:关注"国家前途与民生福利",重视"以环境资料反映时代实况",以及它"盛载丰实而有用的社会信息和呼声,发挥提醒公众正视环境、积极图强的功能"。她由此联想到香港的社会现实状况和自己对香港工商财经领域的深切了解,于是决定以财经小说的形式,"对现时代之局势、政情、经济,以至民心"[⑤]予以真实的反映,以发挥小说的社会功能。她曾经明确地谈到从晚清小说获得的启发及其财经小说创作的努力目标。

晚清小说大都是用通俗的文字来揭示当时社会生活的,从历史角度看,具有相当高的价值。我从中受到很大启发。对于香港来说,从1997年就要回归祖国了,这是全体中国人的光荣!但不能不承认,面对这一历史转折,人们有着各种各样的心态。我在香港的经历,使我有机会看到英国殖民者在退出香港之前如何机关算尽,而有的人又是如何地为一己之利宁可牺牲香港的整体利益……我感到有责任把这些现象艺术地再现出来,让更多的人了解过渡时期香港社会的历史[⑥]。

梁凤仪的财经小说,以香港商界为背景,以立志奋斗的女强人为主人公,着重反映了香港过渡时期的社会生活,具有鲜明的时代特征和突出的艺术特色。她从1989年4月出版第一本财经小说《尽在不言中》以后,一发而不可收,不断推出新作,到1992年11月止,短短三年零七个月的时间,共出版了财经小说24本。

梁凤仪在 1987 年 12 月推出专栏散文集《勤+缘》、1989 年 4 月推出财经小说《尽在不言中》以后，截至 1992 年 12 月，仅 5 年时间，她推出的专栏散文系列和财经小说系列共有 50 本，平均每年推出 10 本。她的正职是经商，创作只是在十分繁忙的商务活动之余的副业。不难想象，她在工余时间从事如此快速、多产的创作活动，付出了何等艰辛的劳作和努力！而尤其难能可贵、令人赞赏的，是她对创作活动一直保持着迅捷快速的节奏和认真负责的精神。让我们听听她的自述吧！她说：

> 我的工作量或许比一般人多。然，也只不过需要多一点心机去安排时间，就能应付过来了。……现在下了班，完全放弃了看电视电影运动牌局的权利，减缩应酬甚至陪伴长辈的时间，再加上利用日中所有时间空隙，使我每个工作日平均都能腾出二至三小时来写作，再加上每星期六及日，每年大假、月中海外之行的公余时间，全部用为写作，是应付得来的。尤其现已渐成"熟手女工"，每小时四千字稿成了一贯速度，帮助不少[7]。

她以每小时 4 千字稿的一贯速度，最多时每天要写供 8 个报章专栏刊用的稿子。尽管创作如此快速高产，她却一直坚持一丝不苟的态度和认真负责的精神。这里举个例子，以见一斑。长篇小说《谁怜落日》"花了比其他小说双倍的时间完成，再重看一遍时，竟发现有十万字不合我意，坚决重写。……我不能在明知不如己意，仍然为了要赚钱而匆匆出版"[8]。尽管推迟了预定的出版时间，花去了相当于写三本长篇小说的字数和时间，但她仍然毫不犹豫地删了已经写成而不满意的 10 万字，再重写另外 20 万字，形成了一个 30 多万字的完整故事，分为《谁怜落日》和《抱拥朝阳》（上、下集）出版。

梁凤仪的财经小说系列和专栏散文系列陆续推出后，得到了读者、公众的广泛欢迎和热忱回应，成了拥有广大读者群的畅销书，屡次被列入香港各大书店每月的畅销书榜。而梁凤仪本人，成了 1990 年和 1991 年度香港举行的书展销量最高的畅销书作家。

1992 年 2 月，在由香港政府市政局、香港艺术家联盟联合主办的艺术家年奖评选中,梁凤仪当选 1991 年度最佳作家。1992 年 5 月,SRH 调查报告显示,梁凤仪是全港书店公认为最受欢迎的三大畅销书作家之一。

梁凤仪的作品,不仅在香港广为流传,而且陆续在中国台湾、大陆以及北美、东南亚等地出现畅销热潮。从 1990 年开始,台湾林白出版社连续出版梁凤仪的作品。1992 年 8 月,北京人民文学出版社率先在大陆隆重推出梁凤仪的财经小说。稍后,其他出版社也先后出版了梁凤仪的小说。从 1992 年 8 月至 1993 年 3 月,北京人民文学出版社举行的梁凤仪作品出版的新闻发布会、广州和上海两地的梁凤仪签名售书活动和梁凤仪作品研讨会、全国书展(成都)期间梁凤仪的签名售书活动,以及在北京隆重召开的全国性的"梁凤仪作品研讨会"等一系列活动,把梁凤仪作品在大陆书市的销售、流传推向高潮,其作品的出版和销售超过一百万册。至此,在大陆掀起的盛况空前的梁凤仪作品畅销现象,更加引人注目,也更为启人深思。

三、总体风貌一瞥

在香港文学的构成和格局中,严肃文学与通俗文学这两大文类是不可或缺的重要组成部分。它们各有自己的特色、价值以及不可替代的功能,共同形成了香港文学独特的艺术系统和总体风貌。

香港通俗文学有源远流长的历史和广泛的影响。香港文坛的通俗文学经历了 20 世纪 20 年代至 40 年代的拓荒萌芽期、20 世纪 50 年代的成长发展期,在 20 世纪六七十年代进入了繁荣昌盛的成熟期。这个时期一批重要作家、作品的涌现,奠定了通俗文学在香港文学整体格局中的地位,形成了自己独具的特色,发挥了文学的普及作用。然而,步入 20 世纪 80 年代的香港通俗文学如何进一步发展提高,却面临严峻的挑战:一方面,有来自外部日益繁荣的文化市场的激烈竞争;一方面,又面临如何克服自身弱点和提高素质这一现实课题。面对严峻的形势和挑战的 20 世纪 80 年代香港通俗文学,在创作实践中,当然不能说没有取得成绩和得到提高,但是确实也存在着令人关注、甚至使人忧虑的情况和问题。人们注意到,在香港通俗文学创作中,既很少产生具有突破性成就的优秀通俗作品,也未见出现足以代表一个世代、一个时期的,像20世纪50年代的金庸和梁羽生、六七十年代的倪匡和亦舒那样的优秀通俗作家,而那种单纯追求市场效应的商品化、消费化创作倾向,却有着日益突出的发展趋势。

20世纪80年代,香港通俗文学创作面临的严峻形势和挑战,引起了香港文坛一些有识之士的关注,他们或发表可供参考的见解和看法,或以努力创作的实际行动来贡献自己的一分力量。正是在香港通俗文学面临严峻形势和挑战而引起普遍关注的背景下,香港文坛迅速升起了一颗新星——梁凤仪。她从20世纪80年代中期开始,陆续在香港多家大报副刊撰写专栏散文和财经小说。她亦商亦文,一发而不可收,在短短几年间写作和出版了50本专栏散文和财经小说。梁凤仪在香港通俗文学创作上取得的实绩和产生的影响,说明她正在成为20世纪80年代后期至90年代香港通俗文学创作的优秀代表之一。

梁凤仪财经小说特定的内容和鲜明的形式、大众化的审美价值和普及性的艺术效果等突出特征,集中说明它已突破和超越了一般通俗文学的规范,成了有着独特质素和独立品格的通俗文学的一个新品种。这一新品种,是香港特定的社会现实和文学背景的产物。它既摆脱了香港严肃文学与通俗文学各自的困境所形成的两难局面,又汲取了严肃文学与通俗文学这两大文类各自的精华,博采众长,综合熔铸,自成一体。这一新品种,在总体风貌上,既加强了一般通俗文学所缺乏的严肃社会内容和深刻思想意蕴,又突出了优秀通俗文学所具有的使人喜闻乐见的艺术形式和雅俗共赏的艺术效果;在具体内容上,它着重反映香港的社会状况、现实生活,善于描写现代化大都市工商财经界的矛盾冲突、风云变幻,并重点展现伴随物质文明高度发展而出现的错综复杂的斗争,以及对人心的沉重压力和对人性的深刻撞击。这一新品种,在整体格局上,发挥了通俗文学的特有优势和独具长处,提升了通俗文学的思想层次和艺术品位,为香港通俗文学创作的类型拓展和文体探索做出了值得重视的贡献。

下文对梁凤仪财经小说这一新品种所显示的鲜明特征,做一些粗略的描述,将有助于我们对其总体风貌的了解和认识。

(一) 梁凤仪财经小说这一新品种产生的社会基础和文学背景

梁凤仪的财经小说，是香港特定的社会现实状况、文学的深化发展以及文化市场机制需求的产物。香港是一个经济贸易十分活跃、商业活动高度繁荣的现代化大都市。然而，香港文学创作的现状表明，对香港经济领域的现实状况，特别是工商财经活动等都市景观的反映，却正是香港文学创作的一个相当薄弱的方面。梁凤仪根据她对香港社会现实、文学发展和文化市场的深切了解，以及她从商的丰富经验，审时度势，缜密思考，果断决定创作反映香港经济风云和工商活动的财经小说系列。这一明智的创作取向和内容选择，既弥补了香港文学创作的薄弱环节，又适应了香港文化市场和读者欣赏的需求；同时，也为财经小说这一新品种的成功创造，提供了重要条件，奠定了坚实基础。

(二) 梁凤仪财经小说这一新品种的基本内容和思想意蕴

梁凤仪财经小说的基本内容，是描写香港回归祖国的过渡时期的社会生活。这些财经小说，以反映这一特定时期香港工商财经界错综复杂的矛盾和尖锐激烈的斗争为中心，以意气风发的商界女强人为主人公，来构建小说的人物形象体系和整体艺术格局。这些财经小说，通过对香港经济领域的风云变幻的具体展示、各种人物和故事的生动描绘，真实地反映了香港特定阶段的社会风貌和时代特征，具有现实写照、历史见证的可贵品格和独特价值。

以描写香港经济领域的活动为基本内容的梁凤仪财经小说，相当重视思想意蕴的开掘和人生哲理的阐释。小说描写的那些形形色色的商界竞争和传奇故事，包含着使命感和责任感、爱国热忱和民族尊严等丰富的思想意蕴；那些穿插在具体描写中的言简意赅的评点和深刻精当的议论，寄寓着对哲理内涵的阐释和人生体验的抒发。小说丰富多彩的艺术描写中体现的这些思想意蕴和哲理思考，正是小说人物和故事的灵魂、小说艺术素质和审美价值的核心。

(三) 梁凤仪财经小说这一新品种的审美特性和艺术形式

梁凤仪财经小说的现实内容和思想意义，通过通俗朴素和深入浅出的艺术形式而得到充分的表现。生动的人物描写、引人入胜的故事情节以及传奇的色彩、明快的节奏、巧妙的悬念、简洁的语言等多种艺术因素，形成了小说富于传统特色的审美价值、使人喜闻乐见的艺术风貌以及雅俗共赏的接受效果。因此，她的财经小说受到了广泛的欢迎，拥有广大的读者群，产生了良好的畅销效应，发挥了重要的社会作用。

梁凤仪财经小说的审美特性和艺术素质中，熔铸了我国传统文学的精华，特别是古典小说重视人物设计、情节构成和欣赏效果的艺术传统；同时，也适当汲取了外国文学、特别是通俗畅销作品的有益的艺术经验，比如善于反映都市景观、描写豪门恩怨以及重视信息量和可读性等具有实效的艺术手段。所有这些艺术因素的融汇和整合，形成了财经小说这一新品种的良好素质和独特风貌。

梁凤仪的财经小说，作为香港通俗文学的一个新品种，所取得的实绩、应有的地位和产生的影响在香港文坛业已受到关注，得到肯定。

在题为《小说的新风——读梁凤仪新作有感》的文章中，香港著名作家戴天高度评价了梁凤仪财经小说这一新品种的创意和价值。他指出，梁凤仪的财经小说"掀起香港'财经小说'新风"，"骎骎然为香港多姿多彩的日常读物，添了新的品种"。他认为"梁凤仪恐怕是香港有意识地，似乎也有系统地，以财经触觉、工商管理意趣，用小说形式描写众生相的第一人"。他还强调，梁凤仪的财经小说"具有不同于一般的眼光"，"别创都市男女言情之外的蹊径"，而与西欧、日本、美国等同类作品相比较，又多能避开其"渲染感情、夸张虚幻的毛病，且都有不同面貌"[⑤]。

在一篇回顾和评述近20年来香港通俗文学创作概况的文章中，香港评论家李焯雄也确认和肯定梁凤仪的财经小说是近20年来香港通俗文学的一个主要品种。李焯雄在这篇文章中，把近20年来的香港通俗文学创作划分为9个主要品种，而梁凤仪的财经小说排列在言情、科幻、武侠这三大著名通俗文学的流行品种之后，被认为是香港通俗文学的第4个主要品种。现将这篇文章所列举的香港通俗文学的9个主要品种及其重点作者转述如下：

言情（或称文艺类：亦舒、严沁、岑凯伦、李碧华、林燕妮、西茜凰）、科幻（倪匡、黄易、张君默）、武侠（金庸、梁羽生、温瑞安）、财经（商场加豪门恩怨：梁凤仪）、灵异（张宇、余过、马云）、不文（主要为性笑话杂文：黄霑、蔡澜；近年亦有小说：李默）、小人物自述（阿宽）、校园幽默（毕华流）及历史（南宫搏、高旅、全东方）等[⑩]。

事实确乎如此。兴旺繁荣、品种众多的香港通俗文学的创作、传播领域的实际情形表明，梁凤仪的财经小说，不仅是香港通俗文学的一个主要品种，而且是一个新品种。

梁凤仪的财经小说，作为香港通俗文学的一个新品种，显示了相当鲜明的特征，取得了颇为突出的成绩。然而，从艺术创造的完整性看，梁凤仪的财经小说，还没有全部完成它的艺术构建、达到更为完美的艺术境界。因此，它还有待于不断提高、自我完善、深化发展，从而成为香港文学整体格局中一个具有独特艺术素质和独立美学品格的新品种。我们相信，这是梁凤仪既定的艺术追求，也是读者公众的共同愿望。戴天在前述那篇文章中也准确表达了这种追求和愿望：

> 如果她能在自我完善的基础上，进一步确定这类作品本身的美学水准及艺术素质，并兼顾独特的功能，必然可以其独立品格和个性，新人耳目，为广大读者欢迎。创作贵在创新，不人云亦云，不重蹈故辙。梁凤仪既走出了一大步，掀起香港"财经小说"的新风，但愿她坚持下去，拿出更好的成绩来。

四、经济题材的拓展

梁凤仪的财经小说在题材扩展方面，对香港文学创作有着重要的开拓意义。她的财经小说系列着重描写了香港特定时期的经济活动、商业竞争，拓展了香港文学创作的题材领域，弥补了香港文学创作对香港经济领域、商界状况缺少描写这一薄弱环节。

香港是一个高度发达的现代化大都市，是国际贸易、世界金融的一个中心。真实而深刻地反映香港经济领域的风云变幻和复杂斗争，无疑是香港文学创作的一个重要任务。然而，遗憾的是，香港文学创作的历史和现状表明，对香港经济领域的现实状况及其矛盾冲突的描写，是香港文学创作中一个相当薄弱的环节。这一创作上的弱点和不足，不仅在香港文学创作中比较突出，就是在整个中国现当代文学中也不同程度地存在着。在大陆现当代文学创作中，像茅盾的《子夜》和周而复的《上海的早晨》那样真实而深刻地反映我国不同历史时期经济领域的矛盾和斗争的作品，并不多见；在台湾现当代文学创作中，反映经济生活和商界状况的重要作品也比较少。而香港历来工商财经活动十分活跃，特别是 20 世纪六七十年代以来，经济急剧发展，迅速达到高度繁荣。因此，香港的文学创作，理应对香港经济领域出现的巨大变化和激烈竞争作如实的反映和深入的描写。但是，香港的经济风云、商界竞争，特别是重要财团、上层人物的各种经济活动及其相互之间的矛盾冲突，在香港文学创作中却一直缺少反映，并逐渐成为香港文学创作中的一个薄弱环节。当然，这并不是说香港文学创作对香港的经济领域、商界活动的描写绝对没有、一片空白，而是说数量太少，质量亦未能达到应有的水准，显然与香港高度繁荣的经济状况和极其重要的经济地位不协调、不相称。20 世纪五六十年代发表和出版的三苏的小说《经纪日记》和《目睹香港二十年怪现状》，尽管触及了香港商界的某些情状，然而，它主要是以纪实性、讽刺性手法反映香港的社会状况和人情世态。而 20 世纪 80 年代出版的白洛的小说《暝色入高楼》，虽然比较真实地描写了香港股票市场和地产市场上某些财团之间钩心斗角的矛盾冲突，但由于作者对香港商界的了解有限，使小说对香港商界复杂的矛盾和斗争的反映，尚缺乏应有的广度和深度。这些情况表明，尽管香港文学创作中出现过触及、描写香港商界的一些作品，可并没有改变香港文学创作对香港经济领域，特别是工商、财经界的矛盾冲突和激烈竞争缺乏反映这一现实状况。

香港文学创作对香港经济风云和商界竞争缺乏反映，这一多年存在的明显弱点和不足，一直到 20 世纪 80 年代末、90 年代初，梁凤仪陆续推出财经小说以后，才出现了令人欣喜的转机、引人注目的突破。

梁凤仪的财经小说，以香港文学创作过去对香港商界的描写所不曾具备的广度和深度，相当真实地反映了过渡时期香港广泛的社会生活，并着重描写了商界错综复杂的矛盾和尖锐激烈的斗争，在一定程度上改变了香港文学创作长期存在的对商界缺乏反映这一现实状况。在香港文学创作中，还没有出现过像梁凤仪这样，以财经小说系列的方式，通过多本小说，从不同角度展现香港商界的复杂矛盾和斗争，为香港回归祖国前这一特定时期留下了真实的写照和历史的见证。这些财经小说，不仅描写了香港财经界、工商界诸如金融、贸易、股票和地产等各种商贸活动，而且还把当时发生的颇有影响的大事件，如1987年全球股市大动荡、1991年华东严重水灾、香港机场建设等，或者作为故事构架的重要背景，或者作为情节构成的有机内容，纳入小说的整体格局之中，把小说从广泛的描写引向纵深发展，从而充实了小说的社会内容，突出了小说的现实意义。

梁凤仪的财经小说对香港商界的描写所取得的引人注目的成就，为香港文学创作提供了颇有启迪意义的经验。现略谈一二，以见一斑。

其一，富商与高官相互勾结的描写深刻揭示了商界广泛存在的关系网和复杂性。

《花帜》、《强人泪》、《今晨无泪》等小说，由于具有贴近现实的内容以及相当的尖锐性、一定的揭秘性，在一定程度上揭露了波谲云诡的商界活动中官商勾结、狼狈为奸的重重黑幕。《强人泪》通过对赵一波的发迹过程及各种纠葛的描写，真实地展现了香港政界与商界人士的相互勾结以及多种商务活动与多重社会网络的复杂联系，集中显示了香港商界的现实状况和本质面貌的一个侧面。小说着重描写了赵一波从他的切身体验中，逐渐领悟了现代社会商业竞争的"游戏规则"。他特别善于利用人际关系，借助社会力量和官方特权来充分发挥各种商业手段，以达到其所追求的商业目标。他先后依附冯国堂和约翰·法兰等财经界重要人士，千方百计寻觅机缘，图谋发展，终于成为了拥有企业、金融和房地产等多种物业的商界巨子。小说突出地展现了他与官方实力人物联手，与官场势力勾结，狼狈为奸，在商海兴风作浪，然而，最终仍难逃失败的命运。

同样是描写香港商界风云、揭露官商势力勾结的黑幕，《花帜》与《强人泪》却各有特色，异曲同工。《强人泪》是通过赵一波这个昔日的打工仔、如今的顶级富豪的兴衰浮沉史来表现的；而《花帜》则是通过高级交际花杜晚晴出入于上流社会、周旋于高官与富商之间的卖笑生涯来展开的。《花帜》在描写杜晚晴特殊的经历和活动的过程中，不仅抨击了顶级富豪和达官贵人的劣迹、丑行，以及他们相互勾结的内幕、阴谋，而且还将这一切与杜晚晴的胸怀坦荡、光明磊落的品性和行为做了鲜明而强烈的对比，从而进一步揭露了现代大都市上流社会的黑暗、腐败，以及人际关系的扭曲和人性的异化。

其二，商场与情场相互交织的描写真实地展现了商界竞争的尖锐性和爱情关系的险恶面。

梁凤仪的财经小说对香港商界的描写，十分注意多角度的选择和多层面的拓展，而尤其擅长从人际关系、特别是爱情纠葛这一独特的视角和层面来突出反映商战中极其尖锐的争斗和险恶的搏杀，力求加强对商界及某些代表人物的描写深度。《醉红尘》、《今晨无泪》通过对庄竞之和杨慕天曲折复杂的爱情纠葛的描写，深刻地揭示了现代大都市的社会关系和商界角逐的实质。庄竞之历经人生磨难，终于在商界崛起后，以女强人的英姿出现在香江，与已经拥有雄厚财力的暴发户杨慕天展开了惊心动魄的商业较量。集爱恨情仇于一身的庄竞之，以精心策划的财经手段和爱情诱惑，使杨慕天在商场上连连受挫，屡遭败北。然而在情场上，杨慕天却再次得到了庄竞之的爱。如果说庄竞之过去对杨慕天的爱，是一个少女单纯的爱情，现在则是一种极其复杂的爱恨交织的感情。后来，当杨慕天再次背弃庄竞之，并投靠英资机构杜格连集团，致使庄竞之等人的投资受挫时，庄竞之经历了与杨慕天多年在商场和情场的交锋以后，终于迎来了情感的升华和精神的觉醒。她坚定地表示了对未来的信心，说：

一个如许不遗余力地先使我羞对亡父，再而令我愧对香江的男人，还怎会值得我爱？

如果我始终爱着一个不值得我爱的人，才是我真正的败落，才是对方真正的胜利。

这么多年来，我跟杨慕天的交锋，不论谁胜谁败，都不过是人生战争中的几场不同战果的战役，何足挂齿。……我们要赢的是一个战争，而非一场战役。

在多视角、多侧面的描写中,《醉红尘》和《今晨无泪》成功运用了多种多样的艺术手法,其中尤以多重对比手法最具特色。在这两本小说中,既有庄竞之与杨慕天在商场、情场的所作所为显示出的基本态度的鲜明对比,又有二人的爱情纠葛反映出的诚挚人情和人性扭曲的强烈反差,还有二人各自心路历程和人生道路的映衬比照。这一系列对比手法与其他艺术手法一起,共同构建了小说的艺术描写系统,形成了小说完整而富于特色的艺术格局。

梁凤仪的财经小说,就其总体成就和有代表性的优秀之作而言,与香港文学中描写香港商界的同类作品相比,在反映香港商界活动的广度与深度方面显示出重要的开拓和发展。它不仅为弥补和改善香港文学创作对商界风云缺少反映这一薄弱环节,以及对经济题材的拓展和深化,做出了重要贡献,而且为推动整个香港文学创作向纵深发展提供了富于启迪意义的经验。

五、女性文学风采

在人物塑造方面,梁凤仪的财经小说对香港文学创作具有填补空缺的重要价值。梁凤仪财经小说中塑造的商界女强人形象,为香港文学的人物画廊增添了绮丽的色彩,为香港女性文学创作提供了新鲜的经验。

香港是一个现代化的大都市。随着经济持续繁荣发展、文化教育不断提高,一些事业有成的职业女性、崭露头角的女强人陆续涌现,十分活跃,在各行各业中发挥着不可忽视的重要作用。香港女性文学创作尽管取得了可观的创作实绩,塑造了各具风采的女性形象,但是,对香港商界的职业女性和女强人的生活和事业却明显缺少反映,并逐渐地演变为香港女性文学创作的一个薄弱方面。由于这一弱点和不足的存在,在一定的程度上影响到香港女性文学创作题材的开拓和人物形象的多样化发展。

在梁凤仪的财经小说系列陆续出版问世以后,由于这些小说着重反映了香港商界的职业女性、特别是那些豪门望族和顶级富豪中的一些女强人的生活和事业,塑造了不少颇具风采的女强人形象,在相当程度上弥补和改善了香港女性文学创作对商界职业女性和女强人缺乏描写这一薄弱环节，为香港女性文学的人物画廊增添了绮丽的色彩，塑造了意气风发的女强人形象，对香港女性文学创作的进一步提高和突破以及女性形象塑造的多样化发展进行了有意义的探索。

梁凤仪财经小说对香港商界女强人的描写，有着相当鲜明的特征，为香港文学创作提供了有益的经验。特别是以下两点，尤为突出。

其一，在复杂的矛盾冲突中充分展示其生存环境和存在状态。

梁凤仪笔下的女强人，往往面临尖锐的争斗和纷繁的纠葛，既有商场的角逐，又有家族的纷争，还有各种个人身心受到的冲击。通过对女强人们在商场、家族和个人生活中各种遭遇的描写，真实地展现了她们曲折的奋斗经历、严峻的现实处境和复杂的内心世界。《豪门惊梦》中的女强人顾长基，尽管在激烈的商战中面临险恶的处境，面对严重的挑战，依然不畏艰险，勇战商场，先是全力挽救顾氏物业于既倒，后又悉心振兴乔氏产业于危难。同时，小说还通过她在乔氏家族的处境和在乔氏集团的作为，以及她对婚恋的处理，集中揭示了她复杂的生存状态及情感历程，成功地塑造了一个重感情、有理智、有魄力的女强人形象。小说对作为女强人的顾长基的生存环境和存在状态的描写，由于有精心的构思和巧妙的安排，因而呈现出独具的特色，且达到了相当的深度。小说对顾长基生活和工作的乔园及商界的描写，不仅虚实得当，而且做到了两相呼应、紧密配合，从而清晰地展现了顾长基所面临的多种压力以及对其身心的影响。她既亲历了顾氏家族20年繁华一夕丧的变故，又目睹了乔氏产业在商战中的沉浮。而在个人婚恋上先后出现的两难困境，又使她在心灵深处对文若儒、乔晖两人的分合、去留问题形成了创伤和阴影。然而，这一切并没有影响她在商业竞争中尽心尽力，一展身手。小说充分展示了她那有勇气、敢决断、拿得起、放得下的女强人本色。

其二，在商场实战中强化自主意识，实现自我价值。

梁凤仪笔下的女强人，在错综复杂的商场竞争中，不仅增强了经济实力，提高了财经能力，而且，更为重要的是，深化了自尊自信、自立自强的自主意识，坚定了独立人格，实现了自我价值。

《花魁劫》真实地展现了女主人公容璧怡从豪门望族中备受欺凌的小妾，成长为在商场竞争中指挥若定的女强人这一相当艰难的历程。小说细腻地描写了容璧怡作为一个小妾，置身于家族诸多矛盾、纷扰之中的特殊处境和复杂心态，从一个特定的视角描写了现代化大都会的女性在艰苦创业中的不幸遭遇和命运。不仅如此，更为重要的是，小说还出色地揭示了容璧怡在丈夫贺敬生去世以后，逐步走向自立自强的人生道路这一转化演变中的心灵历程。她在来自外部、内部和自身的多重压力之下，备尝艰辛，历经磨难，终于摆脱了过去的生活轨道和道德规范的束缚以及去世的丈夫的阴影，克服了世俗羁绊和自卑心理，在商场实战中努力适应复杂情势、操作手段，逐渐成长为一个有着自主意识的独立女性、一个实现了自我价值的商界女强人。

梁凤仪的另一本财经小说《誓不言悔》描写了女主人公许曼明在婚变中被丈夫抛弃，从悲伤、痛苦中逐渐振作起来，立志奋斗，终于获得了事业的成功，走上了自立的道路。小说通过对许曼明从丈夫的附属品到自立自强的女强人这一转化发展过程的描写，不仅展现了她在商界拼搏中获得了成功，取得了经济上的独立地位，而且还着重强调了在事业有成、经济独立以后，她摆脱传统观念的束缚、世俗舆论的干扰以及自身弱点的阻力，成为一个坚定不移地走向独立自主的真正的女强人。

梁凤仪的财经小说，对香港女性文学创作的一些重要方面，无论是女性题材的拓展，还是女性形象的塑造，或是整体创作水准的提升，都做出了贡献，显示了香港女性文学特有的风采。

六、都市文学特征

无论从题材选择还是从整体风貌看，梁凤仪的财经小说都属于都市文学的范畴，具有都市文学的特征。

都市文学是伴随着现代工业文明的发展、都市的工业化和现代化而诞生的。随着后工业时代取代前工业时代，现代资讯结构和复杂网络的形成极大地推动了现代社会都市化的进程，明显地改变了现代人的思考方式和行为模式。在这样的现实条件下，作为反映高度发达的现代化都市的现代都市文学，其面貌与内涵也随之得到充实和发展，显示了前所未有的新特征和新质素。

香港从20世纪50年代步入都市化的进程以后，陆续出现了一些反映香港都市化现实生活的作品。这些作品大多都是描写置身于社会底层的小人物，很少反映上流社会各色人物和都市生活的广阔层面。在香港进入社会转型期、成为高度繁荣的现代化社会以后，香港都市文学的创作现状与香港都市化、现代化的高度发展，出现了反差，形成了不相称、不协调的局面。

梁凤仪的财经小说，为香港文学创作在香港经济领域的开拓，为香港现代都市文学的发展，进行了可贵的有益探索。梁凤仪财经小说系列中的优秀之作，集中体现了香港现代都市文学的鲜明特征。

梁凤仪财经小说的都市文学特征，主要体现在突出了都市中心、强化了都市精神、塑造了都市人物。

梁凤仪财经小说的都市文学特征之一是突出了都市中心。

在香港这个高度发达的现代化大都市中，经济、政治、文化、科技、资讯等多种成分和因素形成了香港都市化社会结构的复杂网络和多重关系，经济活动一直处于中心的地位，起着主导的作用。梁凤仪财经小说的都市文学特征之一，集中表现在它突出反映了作为都市中心的香港经济生活的现实状况及其重要作用。但是，梁凤仪的这些财经小说，并没有为了突出反映都市中心，而孤立地描写香港经济领域的工商财经活动及其复杂矛盾和激烈竞争。她或如《花帜》等小说所显示的那样，在广泛的社会联系中，展现了香港的商界富豪与政界高官之间、商界内部及其财团之间既勾结又争斗的复杂网络和多重关系；或如《醉红尘》等多部小说所呈现的那样，在特定的经济背景中，反映了多种生活层面和多重人际关系，从而显示了香港的社会众生相和人生百态图。

梁凤仪的财经小说系列并不全都是描写以经济生活为背景的工商、财经故事。比如，《飞越沧桑》描述了以电视台为背景的娱乐圈的故事，《异邦红叶梦》描绘了香港移民潮中的一个移民故事。不过，这不仅没有冲淡梁凤仪财经小说作为都市文学的鲜明色彩，而且从总体上突出了这些财经小说作为都市文学的现代特征。在高度发达的后工业时代背景下的现代都市文学,丰富并发展了传统都市文学,其范围更为广泛,内涵更加深刻。凡是反映现代资讯结构与网络背景下的生活和人物的作品,都属于现代都市文学的范畴。因此,梁凤仪的财经小说,无论是描写工商活动、财经故事等经济生活、都市风貌,还是描写现代人的生存状态和思考方式,应该说,都具有现代都市文学的性质和特征。这些财经小说,从总体上看,既突出描写了都市中的经济活动等现代都市景观,又适当反映了其他领域的生活和人物。这两个方面的结合,具体展现了作者对现代都市生活的深刻开掘和审美把握,以及不同于传统都市文学的新质素和新特征。

梁凤仪财经小说的都市文学特征之二是强化了都市精神。

梁凤仪财经小说的主人公,在其事业发展上多有曲折、挫折,在人生历程上常处逆境、困境。然而,小说着重描写的是,她们如何在失败中觉醒,在困扰中崛起。正是在这个觉醒和崛起的过程中,她们的现代意识和都市精神得到了鲜明的体现和强化。这种现代意识和都市精神的核心就是自尊自立、求强求胜的竞争精神。无论是家族、事业面临危机(如《豪门惊梦》、《花魁劫》等),还是婚恋、家庭遭遇破裂(如《风云变》、《誓不言悔》等),她们都能够在经历痛苦的磨难以后,从人生的逆境中毅然奋起,在事业的危机中力挽狂澜。小说在表现其主人公发扬自尊自立和求强求胜的竞争精神的同时,还强调了克服某些传统的、世俗的观念的束缚和自身的思想弱点和心理障碍的重要性,从而显示了获得现代意识、发扬都市精神的复杂性,并从这一侧面展现了小说都市文学的鲜明特征。

梁凤仪财经小说的都市文学特征之三是塑造了都市人物。

梁凤仪的财经小说描写了形形色色的都市人物。在那众多的都市人物中,尤以女强人形象最为突出。梁凤仪笔下意气风发的女强人形象的成功创造,正是其财经小说都市文学特征的一个重要方面。梁凤仪财经小说中塑造的那些有代表性的女强人形象,无论是顾长基、容璧怡,还是庄竞之、江福慧,都集中反映了现代都市人的思维模式、行为规范和人生际遇、现实处境。在对其所思所想、所作所为的描写中,小说突出展现了现代都市人那种精明干练、有胆识、有魄力、勇于进取的拼搏精神。然而，梁凤仪财经小说中塑造的都市人物是一个人数较多、成分复杂的群体。因此，她笔下还有另外一些都市人物，从不同的侧面反映了现代社会都市人物的多重组合和复杂面貌。比如，有的显露了孤寂、怪异的心理变态；有的处于一种隔膜、疏离的生存状态；有的则着重揭示了人性异化、人情扭曲的精神特征。总之，梁凤仪笔下的都市人物形象是丰富的、多样的，但在异彩纷呈的形象体系中，其主色调、主旋律则十分鲜明而突出，即形成了以意气风发的女强人形象为主体的都市人物形象系列。这是其财经小说的总体成就和鲜明特色的一个重要组成部分。

七、畅销效应试探

1992年5月，SRH调查报告显示，梁凤仪是香港公认的最受欢迎的三大作家之一。她的财经小说系列，在中国香港、台湾和大陆都深受欢迎，十分畅销，多次高踞畅销书榜首，频频掀起"梁凤仪热"。

梁凤仪的财经小说受到广大读者的欢迎和喜爱，形成了畅销热潮。这一文学消费现象和文学市场效应引人注目，值得深思。实事求是地探讨梁凤仪财经小说出现畅销效应的原因，是一个饶具兴味、颇有裨益的课题。

梁凤仪财经小说出现畅销效应，是多种因素互相配合和共同作用的结果。这里拟从作品、读者、作家等三个方面试做粗略的探讨。

首先，从作品本身看，作品具有良好的畅销质素是产生畅销效应的重要因素之一。

梁凤仪的财经小说描写了香港文学中过去很少触及的香港经济领域的生活和斗争，无论是题材的扩展，还是内容的开拓，或是人物的塑造，都达到了相当的深度，取得了可观的成就。其小说不仅具有良好的素质、可贵的创意，而且富于新鲜感和可读性。而在艺术上，那些曲折的故事、传奇的色彩、巧妙的悬念、明快的节奏、简洁的语言又形成了颇为新颖的艺术特色，产生了相当感人的艺术魅力。

其次，从读者看，作品充分地满足读者文学欣赏和文学消遣的精神需求是产生畅销效应的重要因素之二。

一部文学作品能否畅销,显然还有作为文学作品接受者的读者方面的原因。只有读者在阅读过程中,其文学欣赏和文学消遣的需求得到了满足,也就是说,作品提供的和读者需要的这二者达到一致,才能在读者阅读中形成内在契合的共振点,才能使该作品产生畅销效应。对于一般读者来说,他们缺乏了解的生活领域和有特色的描写,比如那些顶级富豪事业的兴衰浮沉和家族的荣枯变化,那些波诡云谲的商战及其某些内幕的揭秘性描写,那些惊心动魄的复仇故事和曲折复杂的爱情纠葛等,才会引起他们的阅读兴趣。在当今社会中,经济领域的活动成了都市的中心和人们关注的热点。港台的读者一般都很重视经济意识和财经知识。而大陆由于改革开放的深化、市场经济的推进,人们也开始对财经领域的种种现象有所关心。在这种情势下,反映经济生活和财经风云的小说使读者刮目相看,显然是一种自然而合理的现象,而这种状况也可以产生一定的促销作用。这些情况说明,关注、适应和满足读者在一定社会背景和情势下产生的精神需求和阅读心理,也是梁凤仪财经小说出现畅销效应的重要因素之一。

第三,从作家看,注意建立与读者之间的诚挚而亲切的关系、努力增进相互之间的了解、适当而必要的促销活动,是产生畅销效应的重要因素之三。

梁凤仪深知,在作家与读者之间建立密切而良好的关系,是一个至关重要的课题。当今的时代,是读者的时代;当今的文学,是读者的文学。因此,作家要心中有读者,尊重和爱护读者,理解和熟悉读者。这是作家写出的作品能否受读者欢迎、能否畅销的一个重要原因。同时,作家也还需要走向读者,增进与读者的了解和友谊,建立亲切而友好的相互关系。尽管梁凤仪有繁忙的商务活动和紧张的写作任务,但她仍然经常参加读者的活动。她参加读者座谈会和联谊会,她给读者签名、与读者合影,她还出席其作品的发布会和作品研讨会。她平易近人、热情友好、谦逊诚恳的表现与态度,加深了与读者之间的密切关系,也有助于扩大其作品的读者群,增大其作品的销售量,进而产生畅销效应。

梁凤仪作为香港商界女强人和财经小说畅销作家的双重身份，无论对于提高作家的知名度和推动作品的畅销量，都有着一定的作用。对于这种情形，香港一位评论家评述道：

> 读者心目中的作者形象大部分固然来自作品，但作者在作品以外的言行反过来也先入为主地影响了读者对作品的观感：作者的"传奇"令作者本身也成为自己的作品，借此增加引力。譬如梁凤仪便挟商界女强人形象促销财经小说[⑪]。

梁凤仪财经小说的快速推出方式和宣传促销方法，对于加深广大读者对其作品的印象、推动其作品的稳定畅销，也产生了一定的作用。

综上所述，尽管我们只是十分粗略地探寻了梁凤仪财经小说畅销的原因，也使我们认识到梁凤仪财经小说的畅销并不是偶然，而是诸多必然性因素共同作用的结果。同时，对梁凤仪财经小说畅销效应的探讨，不仅有助于加深对梁凤仪财经小说创作的理解，而且还给我们的文学创作及促销活动提供了十分有益的启示，有着一定的借鉴和参照意义。

八、发展趋势的思考

现在，梁凤仪面临的一个不容回避的现实课题是，如何进一步提高、突破和超越其财经小说的创作水准。对于这样一个富于挑战性的严峻课题，需要作家从各个方面进行探索，以寻求富有实效的途径。

首先，应该认真总结经验和教训，努力克服存在的缺点和问题。

毋庸讳言，梁凤仪的财经小说还存在一些有待克服的缺点和需要改善的问题。在一些小说中，由于过于匆忙的叙述和粗疏的描写而在语言文字、乃至篇章结构等方面存在明显的瑕疵；而对于主人公、特别是对于女强人的描写，也在不同程度上存在着模式化倾向和个性化不够等弱点。同时，作为财经小说，对香港经济领域的现实状况和激烈竞争及有关重要财团和代表人物的描写，应该说，还不够充实，不够深刻。香港经济领域的矛盾冲突、特别是重大经济活动及其深层内幕和复杂斗争，以及有关代表人物及其财团的兴衰沉浮等，都是财经小说富于特色的表现内容，理应得到突出而充分的反映，理应成为小说描写的核心，从而形成充实而深刻的工商财经内容与优美而完善的艺术形式相结合的艺术整体。

梁凤仪的财经小说，除了应在内容上进一步加强其财经描写深度，还应在接受效果上提高其可读性。加强财经内容的深度，会使小说超越一般通俗文学的内容和描写，而具备严肃文学的长处和特征；而可读性的提高，又能突出小说作为通俗文学的本色和优势。如果在这两个方面达到高度的统一，梁凤仪财经小说的整体水准将提升到一个新的高度。

其次，应该进一步完善财经小说这一新品种的文体建构。

关于梁凤仪财经小说的文类，应该属于通俗文学范畴。但是，梁凤仪财经小说呈现出的总体风貌表明，它不是一般的通俗文学，而是品位较高的通俗文学。突出文类特色和完善文体建构，是梁凤仪财经小说创作水准进一步提高需面临的重要课题之一。梁凤仪的财经小说创作如果能够充分发挥对香港财经界既十分熟悉又有直接体验的优势，同时，更加突出读者喜闻乐见、通俗易解的文体特色，完全可以创作出既有严肃的社会内容又有通俗的艺术形式的优秀财经小说。这样的财经小说具有独特的文类属性和文体特征，它是通俗文学的基本模式与严肃文学的某些因素相融汇而形成的品位较高的通俗文学。梁凤仪的财经小说，已经初步体现了这样的创作取向和文体选择，创造了财经小说这一新品种、新文体。但是，严格地说，财经小说这一新品种、新文体还处于尝试与探索的阶段，还没有达到圆熟和完美的程度。因此，就这些小说本身来看，新品种、新文体的创造显然还存在着不成熟的痕迹；就作家来说，对于新品种、新文体的创造似乎还没有完全脱离自发状态。在今后的创作实践中，作家只有努力完成从自发向自觉的转化，才能进一步深化和完善财经小说这一新品种的文体建构，使之成为香港文学创作整体格局中具有独特审美质素和艺术功能的新品种、新文体。

第三，应该在原有的创作基础上不断提高，在既定的艺术道路上稳步前进。

梁凤仪财经小说创作面临的现实课题有着相当复杂而广泛的内容。作家一定要切忌偏离自己熟悉的题材内容和擅长的文体模式，以及实践证明正确而恰当的艺术取向和创作轨迹；一定要在原有的创作基础上来提高，在既定的艺术道路上求发展；对于各种各样的意见和评论，也要在这样的前提条件下来做分析、定取舍，力求有助于充分发挥自己的创作优势，突出已形成的艺术特色。

我们相信，广大读者一定会以既严格要求又实事求是的态度，来对待作为香港通俗文学的一个新品种的财经小说。我们也相信，梁凤仪一定会在广大读者的热情关注和大力支持下，在已经取得重要实绩的基础上，把财经小说创作推向一个新的发展阶段，以更多的作品、更大的成就为香港当代文学乃至整个中国当代文学做出应有的贡献！

（选自《梁凤仪财经小说论析》，成都科技大学出版社1993年9月版）

注释：

①梁凤仪：《转捩点》，见梁凤仪的《再战江湖》一书，香港勤+缘出版社，1991年4月出版，第59页。

②梁凤仪专栏散文集《行政秘笈·自序》。

③梁凤仪专栏散文集《胜者为王·自序》。

④梁凤仪：《说理立体化》，见散文集《谁可叮咛》，香港勤+缘出版社，1991年3月出版，第44至45页。

⑤引文均见梁凤仪《尽在不言中·自序》。

⑥转引自李大宏《梁凤仪：以小说展现香港过渡期历史》一文，载1992年11月2日出版的《瞭望周刊》海外版第44期。

⑦梁凤仪：《写作与从商》，见梁凤仪专栏散文系列《财来自有方》，香港勤+缘出版社，1991年1月出版，第12至13页。

⑧梁凤仪：《谁怜落日·自序》。

⑨引文均见戴天的文章：《小说的新风——读梁凤仪新作有感》。此文系梁凤仪的财经小说《千堆雪》的序文。

⑩李焯雄：《流行文学》，载台湾《联合文学》第94期"香港文学专号"。

⑪李焯雄：《流行文学》，载台湾《联合文学》第94期。

易明善学术著作年表

一九五九年
《试论鲁迅在文艺理论上的贡献》　《四川大学学报》1959年第4期

一九六三年
《略论散文的特点及其他》　《成都晚报》1963年10月9日

一九七八年
《指路的明灯　锐利的武器——学习〈毛主席给陈毅同志谈诗的一封信〉》　《四川大学学报》1978年第1期

一九七九年
《李大钊与鲁迅》　《四川日报》1979年5月6日

《鲁迅与李大钊的友谊》　《成都晚报》1979年5月10日

《论郭沫若五四时期的文艺思想》　《郭沫若研究专刊》第一辑（1979年12月）

一九八〇年
《绿川英子与郭沫若》　《成都晚报》1980年6月19日

《略谈郭沫若对李劼人小说的评价》　《四川大学学报》1980年第4期

《抗日战争时期郭沫若在武汉活动纪略》　《武汉师范学院学报》1980年第4期

《郭沫若在广州》　《郭沫若研究专刊》第二辑（1980年11月）

一九八一年
《关怀和扶植青年作家》　《青年作家》1981年第7期

《郭沫若〈洪波曲〉的几处史实误记》　《四川大学学报》1981年第4期

《记挂着别人的走路——鲁迅与周文的一次谈话》　《四川日报》1981年12月1日

一九八二年

《〈何其芳评传〉若干史实辨正》　《四川大学学报》1982年第2期

《郭沫若抗战时期简谱》　《郭沫若研究专刊》第三辑（1982年5月）

《关于郭沫若生平活动的几点考订》　《文艺评论丛刊》第十一辑（1982年2月）

《郭沫若四十年代中期在上海的活动纪略》　《上海师范学院学报》1982年第4期

一九八三年

《郭沫若生平活动若干史实考辨》　《郭沫若研究专刊》第四辑（1983年2月）

《何其芳谈文学研究与论文写作》　《何其芳研究资料》第二期（1983年2月）

《何其芳抗战时期简谱》　《四川作家研究》第二辑（1983年9月）

一九八四年

《关于新发现的何其芳佚诗五首》　《四川大学学报》1984年第1期

《略论白先勇短篇小说的语言描写艺术》　《当代作家评论》1984年第6期

一九八五年

《试论何其芳早年的创作》　《何其芳研究》第七期（1985年4月）

《何其芳别名、笔名录》　《何其芳研究》第八期（1985年9月）

一九八六年

《刘以鬯：刻意创新的香港作家》　《文艺报》1986年3月1日

《戏剧运动的出路：新发现的何其芳佚文》　《四川大学学报》1986年第3期

《何其芳研究专集》　四川文艺出版社，1986年3月

一九八七年

《读何其芳的一封未刊书简》　《四川大学学报》1987 年第 4 期

《刘以鬯研究专集》（与梅子合编）　四川大学出版社，1987 年 9 月

一九八八年

《〈吵架〉赏析》　《名作欣赏》1988 年第 1 期

《刘以鬯小说的创新特色》　《当代文坛》1988 年第 3 期

《创新意识：刘以鬯小说艺术的核心》　《台湾香港与海外华文文学论文选》，海峡文艺出版社，1988 年 9 月

《香港文学的整体格局》　香港《经济日报》1988 年 12 月 5、6 日

一九八九年

《香港文学的基本特征简论》　《香港文学》（月刊）1989 年第 4 期

《浅谈香港作家夏易的短篇小说》　《香港文学》（月刊）1989 年第 7 期

《评介香港作家的新收获》　《文艺报》1989 年 8 月 26 日

《香港文学分期的再探讨》　香港《文汇报》1989 年 8 月 27 日

《从香港文学研讨会的热门话题谈起》　《香港文学》（月刊）1989 年第 10 期

《浅谈香港作家夏易的短篇小说》　《文艺报》1989 年 10 月 21 日

《诗人·散文家·文学评论家何其芳》　《四川近现代文化人物》，四川人民出版社，1989 年 3 月

一九九〇年

《内地大学生谈香港文学》　香港《文汇报》1990 年 4 月 29 日

《中国现当代文学概述》　《世界比较文学史》（曹顺庆主编），四川人民出版社，1992 年

一九九一年

《向水屋的怀念》《琼峰园的纪念》　《香港文学》（月刊）1991 年第 8 期

一九九二年

《徐訏的小说〈彼岸〉初探》　《香港文学》（月刊）1992 年第 5 期

《香港与大陆在文学上的相互联系》　《香港文学》（月刊）1992 年第 6、7 期

《香港文学的拓荒期》　《香港文学》（月刊）1992 年第 8 期

《香港文学的萌芽期》　《香港文学》（月刊）1992 年第 9 期

《西西的〈像我这样的一个女子〉的比较研究》　《香港文学》（月刊）1992 年第 10 期

《曹聚仁的小说〈酒店〉漫评》　《香港文学》（月刊）1992 年第 11 期

《〈香港文丛·刘以鬯卷〉的文化价值》　香港《文汇报》1992 年 10 月 4、11 日

一九九三年

《香港文学历史分期论纲》　《福建论坛》（文史版）1993 年第 1 期

《略论梁凤仪财经小说对香港商界的描写》　《台港与海外华文文学评论和研究》1993 年第 2 期

《梁凤仪财经小说对香港文学的贡献》　《梁凤仪现象》，人民文学出版社，1993 年 9 月

《香港作家梁凤仪财经小说论析》（合著）　成都科技大学出版社，1993 年 9 月

一九九五年

《海峡两岸文学关系一瞥》　《福建论坛》（文史哲版）1995 年第 2 期

《台湾与大陆在文学上的相互联系》　《香港文学》（月刊）1995 年第 8、9 期

《读刘以鬯抗战题材的两篇作品》　香港《文汇报》1995 年 9 月 3 日

《刘以鬯实验小说创作的最早尝试》　香港《大公报》1995 年 11 月 29 日

《文友情谊》　《台港与海外华文文学评论和研究》1995 年第 4 期

《香港琐记》　《成都晚报》1995 年 12 月 16—22 日

一九九六年

《抗日战争时期的刘以鬯》　《台港与海外华文文学评论和研究》1996

年第 3 期

《刘以鬯的生活情趣》 《香港文学报》1996 年 4 月版

《"大"家聚"会"一"堂"》 《香港作家报》1996 年 9 月 1 日

一九九七年

《刘以鬯传》 香港明报出版社，1997 年 8 月

《星岛晚报·大会堂·目录》 香港岭南学院文学与翻译中心，1996 年 11 月

一九九八年

《台港澳文学作品精选》（任副主编） 广东高等教育出版社，1998 年 10 月

二〇一五年

《刘以鬯抗战时期在重庆的文学活动》 《华文文学评论》第三辑，四川大学出版社，2015 年 7 月

《一九三八年：何其芳在成都》 《文史杂志》2015 年第 5 期

编后记

编完这本学术文集，首先我们要怀着敬意感谢今年已年届米寿的易明善先生。他提供了编选用的全部文献资料，同时又对被选入文集的文章进行了细心审订或补充、修改。这种严谨的治学精神值得我们认真学习！

易明善先生在几十年的学术生涯里，把主要精力放在中国香港文学研究、郭沫若研究、何其芳研究三大学术领域上，公开发表的论文和相关著述较多，也占据了他全部学术成果的大部分，特别是中国香港文学研究影响更大。依据出版要求，我们将全书编为四辑。第一辑是"中国现代文学研究"，收入16篇论文，其中郭沫若研究6篇、何其芳研究8篇、鲁迅研究和中国台湾文学研究各1篇。第二辑是"香港文学的整体格局"，收入2篇长文，以中国现当代文学整体格局的视野论述中国香港文学的基本情况、主要特点和历史贡献。第三辑是"香港作家刘以鬯研究"，收入9篇文章，从刘以鬯先生的生平经历、文学创作、编辑出版、文学评论、生活交友等诸多方面进行了论述。第四辑是"香港小说选评"，收入6篇文章，分别评论了徐訏、曹聚仁、夏易、西西、也斯、梁凤仪的小说作品。此外，为了方便读者查阅，我们编写了《易明善学术著作年表》附于书后。

易明善先生的中国现当代文学研究，始于1959年《试论鲁迅在文艺理论上的贡献》一文的公开发表，然而，他的中国香港文学研究则是在将近20年以后了。20世纪80年代初可谓是易明善先生学术生涯的一个分水岭，在此之前他以中国现当代文学整体研究为主，在此之后他以中国香港文学研究为主。这种学术研究重心转移既是经过深思熟虑而决定的，也跟时代变迁有着一定的关联。总之，通过梳理易明善先生的学术经历与学术思想，我们可以从中感受到个人的理想、时代的氛围、学术的演变。从这个层面来讲，编辑本书，既是在抚摸已然成为历史的学术脉络，也是在品读一段人生旅程的沿途风景。在此，我们要再次感谢易老先生，同时也感谢曾绍义教授在整个编选过程中给予的悉心指导！

由于水平所限，本书的编选或有不当之处，真诚欢迎读者批评指正。

编者

2021 年 10 月 20 日